图书在版编目（CIP）数据

丝路望长安 I / 风威著 . -- 北京 ：中国言实出版社，
2019.6
ISBN 978-7-5171-2848-9

Ⅰ．①丝… Ⅱ．①风… Ⅲ．①长篇小说－中国－当代
Ⅳ．① I247.5

中国版本图书馆 CIP 数据核字（2019）第 093869 号

责任编辑：崔文婷
责任校对：代青霞
出版统筹：史会美
封面设计：树上微出版

出版发行：中国言实出版社
　　　　　地　　址：北京市朝阳区北苑路 180 号加利大厦 5 号楼 105 室
　　　　　邮　　编：100101
　　　　　编辑部：北京市海淀区北太平庄路甲 1 号
　　　　　邮　　编：100088
　　　　　电　　话：64924853（总编室）　　　64924716（发行部）
　　　　　网　　址：www.zgyscbs.cn
　　　　　E-mial:zgyscbs@263.net
经　　销：新华书店
印　　刷：武汉市卓源印务有限公司
版　　次：2019 年 7 月第 1 版　　2019 年 7 月第 1 次印刷
规　　格：787 毫米 ×1092 毫米　　1/16　　33.25 印张
字　　数：665 千字
定　　价：198.00 元　　ISBN 978-7-5171-2848-9

目录

第一部

天　道

1

　　谢文元年纪轻轻便在院试中考取了秀才，少年郎踌躇满志，准备乡试时再展身手。他脚下的西安府，古称长安，是十三朝古都，也是他祖祖辈辈繁衍生息的地方，这里也曾是令国人骄傲的汉唐帝国之都，国威远扬、万邦来朝，演绎了多少中华民族繁荣盛况；而如今，慈禧太后大权独揽，清廷腐败无能，列强横行霸道，割地赔款、丧权辱国，怎不让有志之士仰天长啸？谢文元踏上了归家之路，暮色时分回到了临潼家中。

　　此刻，进山收购山货药材的谢父谢曾祖也在回家的路上。谢曾祖为人仗义豪爽，却在仕途上打拼得遍体鳞伤，年过半百还是个秀才，好不惭愧，只得寄望独子谢文元圆他的仕途梦，尽心培养谢文元，教其以忠信笃敏为修持、以做善降祥为受用、以乐天受命为依归，自己则一心打理祖业。谢曾祖之妻谢夫人温良恭顺，持家有方，谢家一门可谓是家境殷实，父严母慈子孝，何其美满。

　　谢曾祖这次进山收购只带着谢忠一人，这谢忠原是孤儿，十年前逃难至此，奄奄一息之时被谢曾祖所救，如今已是十七，谢家早已将其视为半子。归途风光无限好，山色缤纷迷人眼，流水潺潺撩人心，秋色喜煞人。

　　二人正在陶醉之际，忽听得有人呼喊救命，声音甚是凄怆。侠肝义胆的谢曾祖拿上宝剑循着呼救声奔了过去，在密林深处发现了呼救之人。这人身着长袍马褂，却是满身血污，见谢曾祖提剑奔来，竟昏了过去。谢曾祖将此人背到车上，让谢忠快马加鞭直奔家中。听见车响，谢文元快步迎了出来，但见爹爹背着一人正要进门，便要接过此人。

　　谢曾祖说："快去请郎中，救人要紧。"

　　谢文元三步并作两步，不大一会儿工夫便与郎中来到客房给此人疗伤。这人昏睡了三天三夜，谢家父子二人轮流看护。"啊，救命！"这伤者忽地大喊一声，惊坐而起。

　　谢曾祖忙上前安慰道："没事了，你安心养伤便是。"

　　此人一脸惧色，张望一番，才安静下来，只见自己身着干干净净的睡衣躺在素净的屋子里，一老一少皆是慈眉善目，这才定下心来，开口说："恩人，我在何处？"

　　谢曾祖说："小老哥，此处是临潼谢家。你伤得不轻，且在此安心养病吧。"

　　此人惊魂未定，苦苦相求："恩公，只要能救我性命，要多少银两尽管开口。"

　　谢曾祖说："救人于危难理所应当，谋人之钱财实属不义，君子勿为。你只管在寒舍安心养伤，有事尽管开口，只要我能办到的，定当尽力。敢问小老哥尊姓大名。"

此人答道："在下魏继业，家居肃州王子庄（今酒泉金塔县），路经此地，不幸遭此横祸，承蒙恩公相救，定当报答救命之恩。"

此时只听得窗外谢忠询问："老爷，您吩咐熬的小米粥已是妥当，太太着我来问，小米粥是否端上来？"

谢曾祖说："快快端来。"

谢忠把红枣小米粥端上来，谢文元伺候魏继业吃完，对父亲说："爹爹，这里有儿照应，爹娘三日未好生安歇，安心休息去吧。"

谢忠闻言道："少爷也不曾合眼，有我在，放心就是了。"

魏继业感怀："你们定是救我命的菩萨！我没事，恩公快快歇息去吧。"

谢曾祖叮嘱谢忠："有事叫我，不可粗心大意。"

谢忠立即回话："老爷放心。"

谢曾祖对魏继业说："你身体虚弱，把一切烦恼置于脑后，放宽心养好伤，早日回家与家人团聚。"

谢曾祖走后，谢文元对谢忠说："小弟，你晚上还要侍弄牲口，有我在，你放心去吧。"愣是把谢忠打发走了。

魏继业心中过意不去，对着谢文元说道："贤侄你也休息去吧，我没事。"

谢文元说："不妨事，魏爷，我扶你方便过后，你便静心安养。伤病之人不可殚精竭虑伤了元气。"伺候魏继业便后，谢文元自去一旁秉烛读书。

魏继业心想此子可教也。这一老一少，心意相通，又都寄希望于科考，一起讨论起学问来，感情日笃。

谢曾祖白天忙于打理生意，多是晚上来探视魏继业，二人谈古论今，越谈越投契，到了无话不谈的地步。魏继业小谢曾祖两岁，家中世代行医，是当地有名望的乡绅，想通过科举提高家族地位。去年来西安拜名师学习，农历九月二十四届满准备回家，因仰慕临潼乃十三朝京畿御苑，特意前来，不料遭强盗打劫，家仆也因护主而遇害。

谢曾祖安慰道："自古祸福相依，你此番大难不死，必有后福。"

魏继业说："谢公一门仁义，我真有塞翁失马之感。"

二人又是一番交谈，说起了官场，谢曾祖说："如今官场混乱，卖官鬻爵、贪污腐败，亟待整肃。我此生已是与仕途无缘，唯愿我儿高中。"

魏继业说："令郎天资聪慧，学有所成，为人仗义，好好栽培，自然天成。我儿承祖继承祖业，执迷中医，研修药典，曾去北京拜师学医，医术强于我，这也是造化，随他去吧。"

谢曾祖说："我看令郎做的是济世救人的善事。俗话说医不过三世勿服其药，真可谓学字费纸，学医费人。纸可以另购，人可再生乎？无论富贵贫贱，莫不爱其生。"

说到世医，魏继业感慨："祖上行医到我，何止三世？我爷爷不屈于权贵而遭诬陷，差点丧命，这才决心叫儿孙考取功名，光耀门庭。"

年关将至，在谢曾祖父子无微不至的关怀下，魏继业的伤已基本痊愈。魏继业之子魏承祖家书来告，驼队将来西安接父亲回家，顺便置办药材。

魏继业对谢曾祖说："此一别将是天各一方，谢公大恩大德何以为报！"

谢曾祖说："贤弟何足挂齿，这是缘分。海内存知己，天涯若比邻。"

魏继业深思熟虑一番，说："我有一女秀娥，小文元九岁，聪慧乖巧，愿许配于文元，永结秦晋之好，敢问谢公意下如何？"

谢曾祖怕有乘人之危之嫌，笑而不语。

2

正月十一魏家的驼队来到西安，管家在药材市场采购药材，魏承祖风尘仆仆赶到谢家来接父亲，父子相见悲喜交加，恍如隔世……

魏承祖见到谢曾祖夫妻，跪倒拜谢："伯父伯母，救父之恩，世代永记。"

谢曾祖忙扶起魏承祖，说："贤侄快快请起，我与你父前世情、今世缘，弥足珍贵。"

魏继业又让儿子谢过谢文元，说："从今以后，你须得视文元为手足，有福同享，永世不忘。"

魏承祖献上肃州特产——一匹矫健的山丹黑骏马，以作答射之礼。

谢曾祖哪里肯收："这马太珍贵了，我岂能收下这般大礼！"

魏继业说："悲莫悲兮生别离，乐莫乐兮新相知。区区礼物，怎能报答谢兄救命之恩？唯愿留些念想予谢公，万望勿相忘。"

谢家开宴相待，与魏家父子相约一起去赶一年一度的老君庙会。正月十三的老君庙会乃骊山最为隆重的祈福盛会。

正月十二午时谢曾祖一行来到骊山脚下。骊山如一匹黑骏马腾云驾雾，欲飞升天。华清宫碧树银台万种色，一脉温汤亘古流。在华清宫温泉沐浴更衣，随着欢歌笑语进山的人流向老君殿而去。东西绣岭如擎天玉柱，云雾缭绕，庄严肃穆。谷底氤氲，潼水弥散，如玉带飘来，谷壁如含万千珍珠，熠熠闪光。

谢曾祖说："这就是潼水，与瓮溪一同滋养了万千临潼儿女。"

魏继业赞道："三秦豪士天下奇，意气相投山可移，让我感同身受。"

谢曾祖指着云翔雾绕的老君殿说："过奖！这西绣岭有三峰，居高的为第一峰，当年周幽王烽火戏诸侯，千古一笑亡国君。中锋稳如泰山，有'炼石补天''黄土做人'的骊山老母殿。太上老君从南天门上天言好事，下地保平安，老君殿所在的第三峰，如骏马回首，翘首遥望南天。"

魏继业附和："得天独厚，清静自然。"

夕阳镀金似的落在翘峰上，老君殿在霞光中金光闪闪，殿堂不甚宏大，但处处显现着老君无为而治、道法自然。

谢曾祖每年四次来老君殿参拜布施，祈求吉祥如意，与李道长相交甚密。与李道长一见面，便道："俗家弟子大年初一进香，小道士说道长云游去了，道长何时归来？"

李道长白发长髯，仙风道骨，说："回来六日，知施主与文元今日要来，特意等候。诸位别来无恙！"道长见有生面孔，端详一番，看了看魏继业，继续说道："这位施主与令郎缘分不浅呀！"

谢曾祖介绍说："托太上老君的福。这位乃是肃州居士魏继业和其公子魏承祖，专程前来祈福。"

魏继业旋即献上白银二十两、青布二匹，并敬献红绫一匹披在太上老君神像之上。魏继业道："弟子十六日启程返回肃州，望道长指点迷津。"

李道长说："无量天尊。施主逢凶化吉，遇难成祥，贵人相助，好事成双，一帆风顺。"

入夜，灯火闪烁，人如潮涌，殿堂楼阁都是来赶庙会的善男信女。老君殿挤满了男性，老母殿拥满了妇女。有缘相会，大家相互安慰祝福。秦韵乡音你哼哼，我唱唱，这边唱，那边和，越来越起劲，真有赛歌会友之妙。

谢曾祖、魏继业在儿子的陪同下回到下榻之处。魏继业对魏承祖说："这一别不知何时再见，我儿再拜恩公相救之恩。"魏承祖跪倒就拜，谢曾祖让谢文元扶起魏承祖说："吉事在左，凶事在右，善施且现成，魏公不必挂齿。"

魏继业转身与承祖、文元道："承祖你与文元先出去，我与谢公有事相商。"二人去后，魏继业拱手道："谢公，大恩不言谢，离别在即，儿女之事，还望直言相告。"

谢曾祖唯恐有挟恩娶亲之嫌，面露难色："犬子不才，怕有负魏公盛情。"

魏继业似有察觉，说："大丈夫无愧于天、无愧于地、无愧于心，何须在意他人胡言！"

谢曾祖闻言，遂说："承蒙魏公不弃，你我两家便结为秦晋之好。"

魏继业笑言："魏谢两家永以为好也。"

谢曾祖叫来谢文元，说："我儿快快拜过泰山大人。"谢文元赶忙拜见岳父大人。两家又请李道长合了八字，绝配。

十三日是老君会的正日子，谢曾祖一行上了头香，别过李道长，越谷攀山前往东绣岭的石瓮寺祈祷。石瓮寺是唐开元年间以修缮华清宫的材料修筑的佛殿。在石瓮寺进了香，献上布施，四人急急下山为儿女筹办定于正月十五的订婚仪式。

3

谢曾祖夫妻商定为未过门的儿媳秀娥准备一份像样的订婚礼。谢夫人在自己的嫁妆中挑选了一对和田羊脂玉镯，另备上百年好合金锁一副，及各式首饰、彩缎、花线，以作订婚之礼。魏继业修书家中，告知将魏秀娥许配谢文元，并为女婿准备了文房四宝、夜光杯等。

正月十五谢家喜摆酒宴，举行订婚仪式。当着谢家长者、媒妁之面，谢、魏两家交换信物，确立婚约天长地久。

订婚宴喜气洋洋。谢曾祖在门前摆设香案，以热茶、点心等热情招待观灯过客。

正月十六晨，吃了送行的饺子，便是送离之景。谢曾祖、魏继业并马在前，谢文元、魏承祖紧随其后。一直送到城外的十里长亭，饮了送别酒，依旧难舍难分。

魏继业说："谢兄止步。就此告别，等文元来年乡试过后，专候谢兄同文元前来相会。"

谢曾祖抱拳："亲家一路顺风，静候佳音。"

魏继祖回礼："海内存知己，天涯若比邻。"

谢曾祖说："人生一诺重，欲使寸心倾。"

谢文元拜别岳父大人，与舅兄魏承祖抱拳告别。

自别离后，谢曾祖、魏继业二人常有书信往来。魏继业喜事连连，做了肃州农官。魏承祖医德高尚，济世救人，肃州闹瘟疫，魏医堂广散驱瘟汤救人无数，被当地百姓尊为"魏神仙"。魏医堂所需在西安采购的药材，由谢曾祖代为收购办理；魏家的驼队来西安送货，常带来肃州的玉器、夜光杯，西域的特产，也由谢曾祖代理出售，出售后的银钱作为购药材的资金；驼队回程时要带回的唐三彩、临潼的石榴、火晶柿子、各式山货亦由谢曾祖代办。

光阴似箭，转眼又是一年，当下河南闹灾荒，饥民如潮，涌入西安，惨不忍睹。谢曾祖夫妻心慈良善，施粥蒸馍，赈灾救人，尽力而为。怎奈祸不单行，瘟疫又起，死者众多。谢曾祖亦是身体力行，掩埋遗尸。这日谢曾祖正在给尸堆撒石灰，忽然觉腹如刀绞，大汗淋漓，不能自持，慌得众人忙把谢曾祖送回家。

谢曾祖自知染上瘟疫，捧腹忍痛道："乡里亲朋都请走吧，以免染病，各自珍重。"也不让谢忠搀扶，挣扎着进了书房，紧闭屋门。

谢夫人听闻，心疼不已，踉踉跄跄来到书房门外，说："老爷快快开门，为妻来了。"

谢曾祖说："夫人听着，家人不得近我，将我的铺盖用具送来。你等一定要各自珍重。文元如今在西安读书备考，此事不得告诉文元，保住谢家祖脉后继荣光，我虽死犹生。"

谢夫人大恸说："夫君，何出此言？我夫若有个三长两短，为妻也活不成了。"

谢曾祖说："贤妻莫悲，死生有命，你要好好活下去，呵护儿子成家立业，我虽死亦当护佑子孙，切记。"

谢夫人说："我夫心慈，上苍保佑，定能逢凶化吉。"

谢忠去请郎中，郎中也要活命，都已关门歇业，不知去向。谢忠寻遍大街小巷，亦不见一位郎中的踪影，正在他绝望之际，猛看见吴郎中迎面匆匆走来。

这吴郎中仰慕谢曾祖仗义疏财，隔窗给谢曾祖号了脉，开了方子说："疫病来势凶猛，就看谢老爷的命了。"事毕，吴郎中婉拒医资，匆匆离去。

谢夫人煎药，让谢忠去骊山老君庙，求李道长祈福免灾，赐救命的灵丹妙药。谢忠到了老君庙，只见香火萧疏，李道长云游去了。

从此以后谢夫人烧香磕头，求神拜佛，以求消灾免祸，日夜守在书房窗外陪伴夫君。谢曾祖劝她不要如此费心，谢夫人依旧不弃不离，尽心照料。

到了第五日，谢曾祖已不能进食，自知天命难违，强打精神说："夫人，此生有你为妻，我之幸也。今生让你受苦，来世我一定加倍补偿。"

谢夫人泣不成声："今生能为老爷您端茶递水，是妻之幸也，为妻生死相随，绝不反悔。"

谢曾祖说："夫人贤德，深明大义，有你在，我放心。我死之后，不可发丧，立即葬于祖坟，勿背我言。"

谢夫人悲痛欲绝："老爷定能渡过此劫。车马已经备好，为妻陪老爷去西安求医，也可以与儿子相见。"

谢曾祖知道大限将至，说："万万不可，为夫命数已定。"谢曾祖转而问谢忠，"从今之后，你就是我的儿子，你愿意不愿意？"

谢忠磕头道："儿的命是爹给的，您就是孩儿的亲爹。孩儿这就去西安请郎中，爹的病一定能治好。"

谢曾祖说："快快拜过你母亲。好好听你母亲的话，忠义做人，勤奋持家。"

谢忠拜过母亲。

谢曾祖对夫人说："夫人，瘟疫盛行，我思之再三，避之为上。我死后，为保血脉相传，你母子三人必须立即西去肃州投奔亲家，瘟疫过后择吉……回家……"

谢夫人说："为妻伺候夫君病好后同往。"

等候良久，没有回音，惊呼不得应答。谢忠破门而入。谢曾祖已经殡天……

4

自瘟疫肆虐以来，谢文元只身在西安贡院心急如焚，既收不到父亲的家书，去信也不得回音，心中牵念父母是否安好，夜不能寐。夜阑人静，谢文元似见黑云压顶，一股旋风平地而起，将自家的房子卷到半空中，惊得一身冷汗："父亲、母亲，想煞儿子了！"他白日神思恍惚，满脑子都是父母的身影，哪里读得下书啊！于是下定决心，回家探望父母，匆匆忙忙出了东门，就碰见谢忠披麻戴孝前来报丧。

谢文元瞧见谢忠的模样，顿觉天旋地转。他摇摇晃晃地强打精神问："小弟为何这般打扮？"

谢忠说："少爷，老爷为救灾民，染上了疫病，已于昨日升天。"

谢文元如遭五雷轰顶，想起家中的母亲，更是心焦。他从谢忠手中接过马缰，飞身上马，直奔临潼。回到家中，天色已晚，径直奔向灵堂。只见母亲守着父亲的灵位，痛不欲生。

谢文元悲痛欲绝地问道："母亲大人，我父的灵柩，现在何处？"

谢夫人答："遵你父遗言，已于当日入土为安。遵你父的安排，随即动身，去肃州投奔你岳父大人，我儿快做准备。"

谢文元泪流满面："爹爹啊，我为人子，生不能养其老，病不能分其忧，丧不能致其哀，此乃大不孝啊，孩儿有何面目立于天地间？"

谢夫人问道："我儿，何为大？"

谢文元说："父为天，母为地，天人合一为大。"

"我儿，什么是孝？"

"母亲，百善孝为先，不孝有三，无后为大。"

谢夫人又言："你父有遗书于我儿。儿啊，身为人子，你要传宗接代。你若有担当、有作为，便兴家立业，儿孙满堂，我也好向你爹爹交代。"谢文元立时接过了爹爹的绝笔书信。

文元我儿：

天道无常人有情，人道有规不能违。父染瘟疫劫数难逃，儿护你母去肃州，千里投亲为保宗。忠孝仁义是根本，择吉还乡守着根。我死之后，不举丧、不守孝，三日内举家前往肃州投亲。父在天之灵佑儿孙平安。

父绝笔

谢文元读了父亲的遗书，擦干眼泪说："母亲，儿欲为父亲大人守灵三日，聊表寸心，求母亲允准。"

谢夫人说："儿啊，你父为我之本，我欲随你父而去，又有违他一片苦心。而今瘟疫猖獗，十室九空，今夜你为你父守灵，后日西行投亲。家中其他事任凭我儿处置。"

谢文元执拗："母亲，孩儿不惜死，不能背骂名。"

谢夫人怒斥："不遵父命乃大不孝，烈妇怎违夫君之命？"说罢，站起来就要往供桌上撞。

吓得谢文元魂飞天外，双手紧紧抱住母亲说："母亲啊！儿子大逆不道，一切遵父母命……"

5

第三日清晨，西行的车马整装待发。谢夫人用小红布袋装了石榴树下的一抔土说："儿啊，宁要家乡一把土，不恋他乡万两金，哪怕一去千万里，家乡明月照我还。"

谢文元扶母亲上了车，欲放下车帘。

谢夫人说："儿啊，不要遮挡，我还想看看我们的乡亲、我们的家。"

谢文元悲上心头说："临水凄凄潼水哀，时不利兮奈何天。待到云开日出时，学有所成好还乡。"

谢忠赶车，谢文元牵着黑骏马，恋恋不舍地上路了。沿途哀鸿遍野，惨不忍睹。过了西安城，盘上秦岭，雨雪霏霏，此情此景，更生悲凉。

谢夫人让谢忠停车。谢文元搀扶母亲下了车，回眸东望，云山雾罩，将要离开生生不息的故土，怎不让人哀叹？

谢夫人说："儿啊，你看见家了吗？"

谢文元说："云横秦岭家何在？雪满天道马不前。"

谢夫人说："儿啊，家在心中，若娘以后回不了家，你一定要回来。"

谢文元说："母亲何出此言？送走了瘟神，来年择吉日回家，儿为爹爹守灵三年，发奋苦读，考取功名，孝敬母亲颐养天年。"

山路泥泞湿滑，谢文元牵马在前面探路，谢忠助马拉套，小心前行。

等谢忠上来，谢文元对母亲说："苦了母亲了。"

谢夫人道："这点苦算什么？你父数九寒天翻山越岭，苦心经营，才有了我们的衣食无忧。铁要打，人要练，走尽崎岖路，方有平坦途……儿啊，你俩该加件衣服。"

谢文元只道不冷，取了件棉袍给母亲披上。又对谢忠说："小弟，我稳住车，你来加件衣服。"

谢忠说："俺不冷。俺头上戴的是皮帽子，身上穿着羊皮袄，脚上穿的马靴，都出汗了。俺过得好，有力气，走千山过万水都中。当年俺爹俺娘领俺逃难，也是这样的天，肚里无食，身上连个麻袋片子都没有。俺爹俺娘搂着俺冻饿死了，要不是父亲救俺，哪有俺的命。"

到了凤翔天色已晚，在客栈住下。夜半谢夫人心痛气喘，呻吟不断，慌得谢文元要去请郎中。

谢夫人说："儿啊，为娘旧病难愈，你父在世请名医治疗，配置了丸药常备。"于是让儿子取来自己带的丹参丸吃了，又道："路途遥远不可停留，为娘没事，明日照行。"

第二日，谢文元见母亲的病没有好转，执意去请郎中，忽地瞧见几队驼队。原来，每年年前都有来自河西、西域的驼队到凤翔柳林驮西凤酒过年。要能随驼队去肃州投亲这样安全可靠。

请来郎中给母亲看了病，郎中说："你母亲是操劳过度，心力交瘁，气血两亏，心脉不调，好好调理才行。"谢文元接过方子，抓来药，煎好了伺候母亲吃药。

谢夫人说："儿啊，此处非安全之地，还是赶路吧。"

谢文元说："母亲身体欠安，将养好了再走。"

谢夫人劝说："在外做客与在车上有何区别？听娘的话离疫区越远越好，明天赶路。"

谢文元坚持："一路风寒，颠沛流离，母亲要有个三长两短，让儿子怎么承受得起？还是养上几日再走。"

谢夫人说："我的病我知道不要紧，我夜深听到凄惨的哭声，心如刀割，我儿听话，万不可在此地停留。"

谢文元这才把随驼队去肃州的想法告诉母亲。

谢夫人大喜："我儿长大了，出门在外，人生地不熟，这样好有个照应，再好不过了。"

谢文元买了烟茶点心前去拜会肃州驼队把式。驼把式是位四十多岁西北汉子，为人爽快，也是西安人。听了谢文元要去肃州投亲，投的又是有口皆碑的魏农官，便说："他们可是好人！前些年闹瘟疫，魏医堂支起大锅熬药散发，救了不少人，说是神仙啊。你跟我们走，包你安全到达。"便说好了明日出发，在凤翔西门日出相会，不见不散。

6

谢文元一家随驼队跋山涉水，风餐露宿。驼把式老罗多有照顾。谢文元真诚勤快，到站歇息常以酒肉相待。

驼铃叮咚，漫漫丝路，寂寥之时拉拉家常。老罗爱听书，谢文元就说上一段唐僧取经，或谈些丝路轶事，诸如昭君出塞、张骞通西域、左宗棠抬棺收复新疆之类。老罗看谢文元小小年纪，有学问没有架子，两人很快就成了忘年之交。

进了河西走廊，山势峥嵘，白雪皑皑，疾风劲草，满目沧桑。谢文元说："罗叔，我想象中的河西走廊是个富庶之地，金张掖银武威。怎的人烟稀少？"

老罗说："前面就是石羊河养人的武威，一望无际的水浇地，富庶得很，今晚我们就在那里歇脚了。三四天就到肃州了。"

谢夫人听了心里高兴，说："他罗叔，能遇上你这样的好人，是我们的福气，不知怎么谢才好。"

老罗说："不用谢，这是我们的缘分，老太太，你的儿子读过书，就是不一样得很，知道的多得很。"

谢夫人说："您过奖了，您的恩情没齿难忘。我儿缺乏历练，您教了他怎么做一个慈悲为怀的好人。"

老罗说："老太太，我是受苦的，小先生是干大事的，不敢托大的。"

谢文元谢道："罗叔的恩情永世不忘。"

祁连山北麓的河西走廊，是横贯东西连接内地和西北的大通道，是丝绸之路通往西域的生命线。从千沟万壑巍巍祁连山北坡汇流而下的河流，造就了一片片绿洲，犹如镶嵌在河西走廊的一颗颗耀眼明珠……继续西行，黑河从祁连山北坡奔流而下。

老罗说："老太太，见了黑河就快到肃州了，你的苦也就到头了。"

谢夫人说："多亏了你们一路照应。"

谢文元说："母亲，黑河从甘州流经肃州，北上黑城子入居延海，造福一方。"

谢母说："这么好的地方，种啥庄稼？"

老罗说："啥都种呢，麦子、稻子、苞米、油菜好得很。"

谢文元说："不望祁连山顶雪，错把甘州当江南。"

终于看见肃州城了。

老罗说："老太太进了东门，一问就知道农官府了，我也该交货去了。"

谢文元送上五两银子说："略表心意，不成敬意，权当请酒，恩情后补。"

老罗执意不收，说："小谢先生，你把我当成啥人了，你家遭了难，顺路的事。好好孝敬你母亲，你母亲病病恹恹的，这么远来投亲，都是为了你好。日后出息了，见了面可别装不认识，就好得很了。"

谢文元说："大叔的恩德，终生铭记，有用得着小侄的，必全力以赴。请留下住址，改日当面致谢。"

老罗说："干我们这一行的，生不闲时，死无定地的。"

谢夫人说："大恩不言谢，好人有好报。"

老罗说："老太太，到了，你走好，我们交货去了。"

两相别离，只留下一串驼铃声……

7

谢文元一行进城时天色已晚，鞍马劳顿一路风寒，谢母强打精神依旧被心痛病折磨得疲惫不堪，吩咐说："儿啊，先找个客栈住下，明日再去农官府拜见魏老爷。"

翌日，谢文元身着素净长袍马褂，头戴黑缎子帽，脚穿厚底青布鞋，一条过腰的大辫子又黑又粗，英俊挺拔，引得路人回眸。一路走一路打听来到农官府，一座古色古香的二进府邸立于眼前。递上名帖，守门的老人家说："老爷下乡察看新修的水利去了。"

光绪年间，土地兼并愈演愈烈，越来越多的土地集中在地主手中。无地农民沦为佃农、雇农，高额的地租使他们食不果腹、衣不暖体。魏继业深感官场水深火热，税赋徭役沉重，民生艰辛。为了解决农民的温饱问题，他鼓励兴修水利，对落后的种植法进行改良，优选种、增肥效、适灌溉，推广高产的苞米、番薯种植。为提高农民的收入，他又鼓励农民种桑养蚕，种植从西域引进的长绒棉、缫丝、纺纱织布，取得了不错的成效。魏继业得到了农户的拥戴，同时也引来了一些同僚的嫉妒。

谢文元问道："魏老爷何时能归？"

老人家答道："说是三两天，若是顺利，午后也应回来了，要是有事绊着，就说不定了。听相公的口音不是本地人？"

谢文元说："在下谢文元，西安府临潼人士，家父与魏老爷是故交，有事相扰。"

老人家说："那请相公客房饮茶。"

谢文元说："多谢眷顾，在下午后再叨扰。"谢别老人家，谢文元信步前行。肃州城经纬分明，街市繁华。但见一座宏伟建筑，雄踞东西南北四条大街之中，建筑之精妙实属罕见。他知道这就是著名的肃州鼓楼。

谢文元步入鼓楼内，四根粗大的通天红柱直贯顶层，雕花窗扇嵌在十二根撑柱之间。登楼东望，云雾迷茫，想起父亲，恍若隔世……看着太阳西倾，快步来到农官府，老人家说老爷还没有回来。谢文元担心母亲着急，留下客栈地址，急急回到客栈。

谢忠正在门口张望，见谢文元匆匆归来，迎上去说："哥，娘心痛病又犯了，我急得没办法。"

谢文元忙进屋说："母亲忍一忍，儿这就去请郎中。"

谢母一边呻吟，一边问道："见到魏老爷了吗？"

谢文元说："魏老爷下乡未归，儿请郎中给母亲瞧了病，傍晚再去。"

谢母说："扶娘坐起来，拿丸药吃上，忙正事要紧。"

谢文元伺候母亲吃了药说："母亲，您吃饭了吗？"

谢母说："娘不想吃，让谢忠去吃，他要等你回来，你俩去吃吧。"

谢文元说："母亲不吃饭儿子怎么吃得下去？我让店家给母亲熬些小米稀饭如何？"

谢母深知儿子心焦，便应："也好，儿也快去吃。"

谢文元说："儿让谢忠去买些锅盔、咸菜回来，跟母亲一块儿吃。"

谢母说："我儿这一路就没吃上顿可口的饭，都是娘拖累的，儿瘦了，娘心疼啊，出去吃些好的。"

谢文元说："母亲身体好，儿子就好。"

黄昏，谢文元又去了农官府。魏老爷还没回府。由于母亲有病不敢耽误，正要离开之际，看见魏继业一行骑马归来，忙迎上前去。

魏继业不敢相信自己的眼睛，说："莫非真的是文元来了？"

谢文元倒地便拜。

魏继业下马让文元起来，说："文元怎么也不书信相告，你父怎么没来？"

谢文元眼泪汪汪地说："我父为赈灾，染上瘟疫，命丧黄泉。小婿奉父命千里相投，还望保全。"

魏继业听了如雷轰顶，晃晃悠悠地就要倒下去，慌得谢文元、随从忙把他扶着。魏继业老泪纵横地说："痛哉吾兄，悲哉恩公，惜哉知己！"

魏继业情绪稳定下来后立刻让文元带路，直奔客栈。

谢文元先通报母亲。谢夫人打起精神迎了出来说："亲家，家中逢难，前来打扰，深感不安。"

魏继业说："亲家母出此言，我深感惭愧。亲家母来到这里就如同回家一般，从今往后你我两家休戚与共。"

谢文元奉上茶说："岳父大人请用茶。"

魏继业说："贤婿，你母亲有病在身，身体虚弱，得抓紧疗治。快快收拾，我们回家。"

魏继业吩咐家人快马回去通知。结了账，魏家的车轿也赶来了。魏继业说："亲家母请上这辆车。"

谢夫人说："我还是坐来的车，这车亲家你坐为好。"

魏继业说："我骑马，这车是为亲家母准备的。"

魏继业让谢文元把他母亲扶上车。一行人一同回王子庄去了。

8

黑河灌溉着这片肥沃的土地。天高云淡晚霞缤纷，沿途一座座农家小院炊烟袅袅。日之夕矣，牛羊下来。点亮车灯循路而行。一弯新月挂在墨玉般的天空，隐约能看见远处的村庄……

魏继业关怀地向车内的谢夫人问道："亲家母感觉如何？"

谢夫人心里一块石头落地，精神也就好了些，答道："亲家，我也像回家了一样。"

魏继业说：“那就好，前面高处的那座宅院便是咱们的家，在这里住惯了，哪里都没有这里好。黑河两岸清静。亲家母精气神透支，得安心静养才是。”

谢夫人说：“托亲家的福，若能撑到抱上孙子，也好向我家老爷交代了。”

魏继业说：“亲家母放宽心，人就活个精气神，心宽体健，颐养天年，抱上重孙子也无不可。”

车停在门口，风灯闪烁，大门大开。

魏夫人笑吟吟地领着家人迎上来说：“我说喜鹊叫着报喜呢，灯结双花，定有贵客来呢，原来是老姐姐来了，我这里有礼了。”一位妙龄少女俊眉修目，一条过腰的大辫子在灯光下又黑又亮，长裙齐踝，三寸金莲，亭亭上前，扶侍谢夫人下车。

谢夫人下车拉着魏夫人的手问：“亲家母，这是秀娥吧？”

魏氏忙答：“正是小女秀娥。”

谢夫人见秀娥聪明文静，心中好不高兴，有这样的女子做儿媳妇，自然称心如意了，遂拉着秀娥的手连连叫着说：“好闺女，好闺女。”

谢文元素来面皮薄，看了一眼月光中的秀娥，好像是梦中的人儿，脸红心跳，像做了什么见不得人的事。

魏继业说：“文元，志在守朴，养素金真。不弃不离，患难与共。”

谢文元像被泰山看出端倪，心慌意乱地诺诺称是。

魏夫人与谢夫人携手进门，秀娥在旁伺候。

魏继业吩咐：“把谢夫人的东西搬进东厢。文元你就在前院书房用心读书，勿负父愿。”

谢忠要侍弄牲口，在后院安排好了。

谢夫人一行梳洗更衣后，来到前厅，众人依序入座。谢文元拜上岳父岳母眷顾之恩，魏秀娥正式拜过婆婆。

魏继业对家人说：“从今往后对谢夫人不敬的，就是对我无理。”

谢夫人说：“亲家这样说，我于心难安！”

魏夫人道：“亲家母，救命之恩不能忘，亲家母能来寒舍，这是我们求之不得的，就把这里当成自己的家。”

魏家当日设下素食为谢家母子三人接风。饭后魏继业说：“亲家母一路辛苦，身体不适，我已让人告诉承祖回来诊治。秀娥、吴妈伺候谢夫人回屋歇息去吧。”

话音刚落，魏承祖赶了回来，拜见了谢夫人，说：“接到家父通知，正准备往家赶，不料王府的太太病了，被拖到现在，还请伯母见谅。”

谢夫人说：“贤侄费心了。我觉得好多了，你忙正事要紧。”

魏承祖说："请伯母回屋，我与伯母把脉。"

秀娥、吴妈伺候谢夫人回屋。

魏承祖拉着谢文元的手说："贤弟越来越干练了。"

谢文元说："兄长过奖了。弟为人子，生不能为爹爹分忧解难，死不能守孝，诚惶诚恐，深感不安。"

魏承祖说："待贤弟学业有成，金榜题名，必能告慰谢伯父在天之灵。我先给伯母诊脉去了。"说完走向里屋。

魏继业说："文元，我有事与你说。"

谢文元说："请岳父赐教。"

魏继业说："我欲三日后，为谢公设场，追悼亡灵。你且询你母亲之意，可否？"

谢文元说："全凭岳父大人做主，我与母亲感激涕零。"

魏继业又问了些与谢曾祖别后的事，对谢文元宽慰一番。谢文元自是感激。

魏承祖给谢夫人诊断后说："伯母殚精竭虑，气血两亏，再也经不起风寒劳累。心安身自安，身安室自宽，心与身俱安，何事能相干。既来之则安之，生活依规，慢慢调理为上。我为伯母配制养心健脾丸，早晚服用，以观疗效。"

三日后魏继业设灵堂，请高僧诵经三日，超度谢曾祖亡灵。安排就绪后，魏继业方打道回官府。

9

冬去春来，万物复苏。谢夫人本以为过了年，身体好转便可还乡，哪知道病不由人，心痛头晕气短，又得风寒感冒发烧，回家心切，却身不由己。

魏承祖尽心尽力及时给予诊治，这日号脉见谢夫人心绪不宁便问："伯母为何事担忧？"

谢夫人说："我这病，拖累得举家不安，贤侄日夜操劳，真是不好意思得很。我一闭上眼睛就是文元他爹孤孤单单的……"

魏承祖说："伯母，侄子就是治病的，理应尽心尽力。古话说病来如山倒，病去如抽丝。伯母的病要标本兼治。病由心起，阴阳表里，缺一不可。思虑伤心，忧郁伤肺，饥饱伤脾，身病还得心病医，心境静时身亦静。伯母一定要安下心来慢慢调理，做长期打算。"

谢文元说："母亲啊，日有所思，夜有所梦，您把心放下，承祖兄给妈治好了病，我们好还乡陪伴父亲。"

魏秀娥说："是不是秀娥有啥不是，让婆母不顺心？若有不当之处，婆母该说的说，该打的打，秀娥改正，千万不要搁在心里方好。"

谢夫人拉着秀娥的手说："我把你们一家子都拖累的，要不是你母亲和你这么周到的照顾，我还不知咋样了呢。千万不要为了我累坏了身子，让我心里更加不安。"

魏夫人说："亲家母你这就见外了。每天能与你说说话，觉得这日子过得挺有意思的。老天会保佑你平平安安的。"

魏承祖开好了方子说："我一会儿让人把药送过来，这病是急不得的。天冷常坐之处须要四面周密，避风如避箭。早晚散步，屋里空气要清新，开窗通风，千万要注意别让煤烟打着。"

魏夫人说："老姐姐，先到我房里去，让秀娥、吴妈再仔细察看哪里不严实。"

谢文元送魏承祖出门回来说："让我来检查吧。"

魏夫人说："你岳父吩咐了，让你用心读书，不要分心。"

谢文元生活很有规律，五更起长跑，回来洒扫庭院，洗漱问安。早饭后读到午时，午饭后去后院同谢忠铡草、起圈、劈柴、喂马……晚上作文到三更。这习惯是爹爹在世时养成的，春种夏收，苦活脏活累活都能干，必不能四体不勤、五谷不分，要成为一个自强自立的人。

魏秀娥从小受三从四德的熏陶。自从爹爹把她许配给谢文元，从爹爹的言谈中感到未来的夫君是一位始终如一、知书达理的正人君子。憧憬中的他出现了，而且无处不在，这就是她今生今世要忠贞厮守的人。

七九河开，八九雁来。谢夫人接到亲戚的书信，真是晴天霹雳：老宅在一场大火中被毁。命不由人，自己的身子又这样不争气，该做长远打算。谢夫人与儿子谢文元、义子谢忠商量："儿啊，长此下去，怎么是好？娘想搬出去，用你爹爹留给咱们的钱买房置地，自食其力，等来年身体好了再做打算。"

谢文元说："母亲说的正是儿所想的，承祖兄说母亲的身体再也经不住长途跋涉。儿已长大成人，怎么能长期寄人篱下？应该自食其力，兴家立业。"

谢忠也道："中，有儿子养家不是问题。"

谢夫人把这个意思对魏夫人说了。

魏夫人说："老姐姐，万万使不得，若有不当之处，请老姐姐指出来，我们改正。老姐姐若搬出去，要是老爷怪罪下来，我可担当不起。"

谢夫人说："亲家公和妹妹对我家的恩德，永世难忘。我主意已定，这样麻烦拖累妹妹一家，我实在心里不安。但是文元是个大男人，得成家立业，没个家业怎么能行？还请妹妹谅解。"

魏继业回来后，魏夫人把谢夫人的意思对魏继业讲了，魏继业哪里肯依。

谢夫人一再坚持："这一冬把亲家忙得够呛，我心里实在不安。儿女大了，也需谨遵礼仪，成家立业也得先有个家业。我想用我家老爷留下的银两和首饰置一处小院，二十亩田地，自食其力。还请亲家成全。"

魏继业说："亲家，你的意思我理解。只是太仓促了些，还是从长计议为好。"

谢夫人回道："眼看就到了农忙季节，不能再拖了，误了季节又是一年。越快越好，还请亲家成全。"

见谢夫人如此坚定，魏继业少不得细细考量一番，心里也承认谢夫人所思有理。一来，男女授受不亲，虽是订了婚，却也多有不便；二来，他日结婚必得有个去处，有了家，安定下来，也能常来常往；三来，可以考查女婿的自立能力；四来，要换位思考，寄人篱下，怎能心安理得？对亲家母治病也无益处。魏继业说："既然亲家去意已决，我也不好强留。我家西面不远，有一处宅院、二十亩地要卖，一应手续俱全，我让人去办，只是委屈亲家母了。"

谢夫人谢道："这就太谢谢亲家了，我让谢忠去付钱。"

魏继业说："亲家母，还有什么需要尽管吩咐就是。"

魏继业不动声色地把小院收拾得焕然一新、井然有序。谢夫人验收，感念之情难以言表。择吉日良辰，张灯结彩，搬进了自己的新家。

谢夫人住了上房，有谢曾祖的灵位相伴。谢文元住东厢，挨着书房。谢忠为了侍弄牲口，把西北角的房朝后院开了个门。

魏夫人按照魏继业的意思，把厨房上已满十五的囡囡使了过来伺候谢夫人。

10

谢夫人搬进新居，庄子上没人见她迈出过大门。她日日在家中操持，天明即起，首先在夫君灵前上三炷香、奉上鲜果。接着便是同众人一同打扫庭院，下厨房指导囡囡做饭。

饭后收拾干净，便进机房看囡囡纺纱织布，教囡囡做女红。谢夫人手巧活精细，出自她手的绣品皆是上品，不愁没有富家顾客定购。

谢文元忙着春种，上午读书，下午干活，晚上作文。谢夫人心疼儿子，每每相伴到深夜，儿不催母不歇。母亲的灯熄了，儿子才上炕。守孝三年期间，他要跟母亲一起吃素，母亲不准。正是长身体的年纪，劳心费力，况且儿子须吃些油大的滑肠。所以每次谢忠赶集，谢夫人总叮嘱买些肥肋条肉回来。不过，初一、十五全家是吃素的。

谢忠有了田种，准备着大展拳脚。他征得谢母、谢文元的同意，留下黑骏马，把自家的枣红马卖了，买了头黄牛，添置了些农具。谢文元又是个有脑子的，农事上也下得功夫，每每魏继业推广新品种，谢家总是不遗余力尝试，如今粮、棉、油、菜自给有余，日子过得不错。

囡囡个儿不高，话语不多，憨厚实诚，做饭、织布、喂猪、养鸡事事用心尽力，谢夫人自是宽厚相待。

秀娥每天上午都过来请安，陪谢夫人做针线，说体己话儿，细心照料谢夫人饮食起居，桩桩件件都能让谢夫人喜欢。魏夫人也常来探视，问寒问暖，照顾有加。魏承祖按时前来给谢夫人看病，见脉象趋稳，心里的一块石头落地了——这个坎儿总算是过了，遂以养心健脾丸早晚服用，交代其安心静养，慢慢调理。

时光荏苒，寒暑交替，又是一年春来到，杏花纷纷桃含苞。谢文元三年守孝期满。谢夫人急着抱孙子，希望儿子早日完婚，这日正想着与魏家商议此事，便听到囡囡通报魏老爷、魏夫人身着礼服往谢家来了。

谢夫人忙出来迎客："正想着去家拜见，二位亲家就到了，快请屋里用茶！"囡囡端上八宝茶，知道主家人有事商议就退了出去。

魏继业说："亲家母要注意身体，切莫劳累着，家务活不必事事亲力亲为。"

谢夫人说："手里有活儿，心里面不慌，日子过得实在。囡囡踏实肯干，家务事多是她在做。现如今，我要有个孙儿那就太好了。"

魏夫人说："姐姐不上街、不听戏、不玩牌、不串门，着实爱清静。"

谢夫人说："我就喜欢在家里绣绣花儿，若有个孙儿带着，便是乐事了。"

魏夫人掩嘴笑笑，拿过谢夫人绣的红缎枕头赞道："鸳鸯戏水。哎呀，姐姐简直绣活了！我就没长上这双巧手。"

谢夫人道："这是为文元来日大婚早做准备，我老了，眼花手拙，也只能这样了，我看亲家母的活儿就好。"

听到这话，魏夫人才想起正事，说："我家老爷今天来，有喜事与姐姐商量。"

谢夫人忙应："亲家莫不也是想着文元和秀娥的婚事？"

魏继业说："正是为婚事而来，亲家母若同意，择良辰吉日，两家把婚事办了，您意下如何？"

谢夫人说："我就盼着这一天呢，正想请媒人上门定日子，一时又没个合适的人，急得我没辙啊！"

魏夫人说："结婚的事有我们操办呢，亲家母切莫过度操劳，累坏了身子。"

谢夫人道："亲家就这一个宝贝闺女，夫君在世时早就有所筹划，这三年我也用心准备着，亲家不妨过去瞧一瞧，看看还有什么要做的。"

谢夫人陪着魏继业夫妻过来，囡囡开了东厢门迎候。一进门淡淡的幽香让人心旷神怡。方砖地，白粉墙，一尘不染。外屋是厅堂，正面是檀色方桌、靠椅，南墙有书橱、茶具橱，东窗下设洗漱器具。里屋是卧室，西墙青砖木沿儿的炕上铺着和田红毯子。一对红漆铜扣儿的胡杨木箱，左面箱子是文元的，右面是秀娥的，周到精致。箱子上压两条红缎面儿褥子，四床男红女绿绣缎被整整齐齐，上面罩着红绸子钩花网边。水曲柳的炕桌，梳妆台精雕细琢，一应俱全。

魏继业埋怨妻子："这等准备，你也不告诉我。"

魏夫人道："没听亲家母提起啊！"

谢夫人解释道："这些都是文元与谢忠抽空儿一点一点备下来的。"

魏继业说："他俩能干出这么好的活儿？"

谢夫人说："我家老爷在时，空闲就爱抚弄个木工瓦匠活儿，两个孩子从小跟着学的。今后家里有什么粗话让他俩去干。"

魏继业说："这让我说啥好呢，真是可怜天下父母心啊。"

"这是我家老爷的心愿，却没有看到这一天。"谢夫人有些伤感。

魏夫人见这情景，赶紧把话引到婚事上："千里姻缘一线牵，祈求送子娘娘快快送个大胖孙子，亲家母就有事干了。"

听这话，谢夫人也转过话头："你们家孙娃子福福会走了吧？"

魏夫人说："能扶着走了，一刻也离不开人。"

谢夫人问魏继业："亲家，还有什么不周之处尽管吩咐。"

魏继业说："我看这样就好得很了。"

"那就请亲家做主把日子定下，咱们把婚事办了。"

魏继业说："明天就是个好日子，不如让媒婆明早过来举行合帖礼。大喜的日子定在六月十六。谢夫人若是没有意见，就定了。还有一个多月的时间，我看够了。"

谢文元正在地里除草，囡囡急急忙忙来请他回去："少爷，魏老爷魏夫人来了，咱家夫人让你快些回去呢。"

谢文元回来洗漱干净，重新装扮一番，穿着绛色长衫，脚踏千层底圆口青布鞋，一条大辫子梳得整整齐齐，这才进来拜见魏老爷、魏夫人。

魏继业说道："晒黑了，乡试准备得如何？"

谢文元答："遵照岳父指教，用心准备着，就看临场发挥了。"

魏继业说："如今科考拜门成风，令人担忧啊！"

谢文元说："官场虽腐败，个人自当有所坚守。"

"好孩子，我要的就是你这个劲儿。"魏继业话锋一转，"现下该谈你的婚姻大事了。"

谢夫人接话："我与你泰山大人商定，准备为你完婚，不知我儿意下如何？"

谢文元恭敬回答："谨遵上命。"

11

第二日早晨，魏继业沐浴更衣，焚香化表祭拜祖宗，把当年订婚时，在骊山老君殿李道长所批"得吉，无克"细帖让媒婆用红盘端着送往谢家，一路吹吹打打、鞭炮齐鸣，好不热闹。

谢夫人设香案，把当年行聘后用游龙戏凤红缎子巾包好的细帖从契约盒子里取出来。两帧细帖男左女右摆在谢曾祖的灵位前，祭拜天地祖宗后说："老爷，愿你在天之灵保佑文元、秀娥天长地久、永结同心，保佑咱家多子多福，保佑儿孙光宗耀祖。"说罢黯然泪下。

谢文元见状，忙向母亲磕头求解："母亲啊，今天是大喜的日子，为何伤心落泪？"

谢氏扶起儿子回道："儿啊，快快起来，为娘这是高兴的。你爹爹临走时告诉我，文元大婚喜庆日，定要告知于他。"

家祭过后，谢了媒婆，谢家把细帖送到魏家。魏继业接过细帖百感交集："西北望长安，可怜无数山，青山遮不住，毕竟东流去……谢兄你我两家千里姻缘终得成。"

合了细帖，谢了媒婆。媒婆满心喜欢地过来复命。

长天欢翔比翼鸟，大地喜结连理枝。农历六月十二日，谢家行聘的班子，吹吹打打来到魏家。媒婆奉上红漆盘聘礼，金钏、玉镯，另有一对胡杨木的红漆箱装着结婚用的冠披花粉，都是谢夫人精心绣制、精挑细选的。

魏继业感慨良多，对贺喜之人道谢后便都送了红封子。

媒婆带话："谢夫人说怠慢了，夫君若在，断不能这样草草将小姐娶进门。"

"切莫如此说，只愿他们夫妻二人同心同德，子孙绵延昌盛。"魏继业说完，便引证婚的长者、媒婆、送聘众人入席，热情款待。

翌日上午，风和日丽，魏家的陪嫁送了过来。谢文元全家出门相迎。媒婆用红漆盘送上礼帖，证婚长者唱曰："金银双胜御罗花幞头、绿袍、靴全套；绿紫罗、彩色锦缎各二匹；文房四宝、金玉珠翠、腰带、钱袋、袜带……吉祥如意，子孙兴旺！"

农历六月十四，魏夫人过来安排十六日待客事宜。"老爷吩咐说，一切按商定的办。明日一早便让掌勺厨子带着一应待客器具过来，有管家遵照办理，亲家母只管吩咐，莫要过于操劳，累坏了身子。"

谢夫人说："我家娶媳妇，忙了亲家，实在让我过意不去。我看这一切都好得很，什么都不缺。"

魏夫人说："我们两家谁跟谁啊，当年不是你家，我家老爷还不知咋样！老爷平安回来，说起秀娥的婚事，我的心啊……千里迢迢的不知如何是好。如今分不开了，两家便是一家。秀娥是我惯下的，爱个素净，又患着过敏性哮喘，闻不得油烟刺激的气味，灶上的事儿没教过她，还得劳烦姐姐调教。"

谢夫人接话道："我就喜欢秀娥的绵性子，把人都往好处想，凡事都往好处做，善良贤惠。闻油烟难受，灶上有人做，不会也就罢了。"

魏夫人却是心焦："做女人的做不了饭，我心里总是个病。"

谢夫人倒不在意这桩事儿，又开解了魏夫人几句。

12

谢家门上已是红灯高挂，谢夫人看着谢忠、囡囡贴好了魏老爷亲书的喜联。新房门前贴着"百年修得同船渡，千里姻缘一线牵"，横批是"天赐鸿禧"。谢家大门上则是"家传敬意数千载，龙凤呈祥好家风"，横批"诗书传家"。

夜深人静，忙了一天的厨子都歇息了，儿女双全的压床男也鼾声正浓。谢夫人让家里人都歇息去，明天是正日子，要做的事多着呢。往事如潮，谢文元察觉出母亲满怀感慨并无睡意，执意相伴，欲服侍母亲睡下后再去休息。谢夫人说："儿啊，听娘的话快去休息，明天是你一生的大事，精神饱满才能心想事成。"谢文元这才乖乖回到书房。

这边魏家同是难眠。魏秀娥六岁缠足，九岁学纺纱织布，在父兄的熏陶下，她《三字经》《女儿经》能倒背如流，剪纸绣花颇有天赋，十岁许婚谢文元，明日便是出嫁之日，魏继业对女儿有些不舍，独自在院中伤神踱步，但想到女婿的为人，却也深信自己为女儿找到了一生的依靠。

这是女儿离家前的最后一晚，魏夫人与女儿自是难舍难分，诸般交代之后，又教以男欢女爱、夫妻和谐之道，羞得秀娥脸红心颤。夜深将眠，魏夫人说："闺女好好睡上一觉，容光焕发夫君喜欢。"

秀娥眼泪汪汪："母亲啊，我就离不开爹和娘亲。"

魏夫人搂着女儿开解："傻闺女，男大当婚，女大当嫁，天经地义。"

天刚蒙蒙亮，魏家便忙上了。待秀娥洗漱干净，灶上端来了一碗素面，母亲让秀娥吃了好打扮。秀娥说："我吃不下去。"

魏夫人掩面道："闺女啊，今天就这顿娘家饭了。"魏秀娥闻言，勉强吃了小半碗就让收了。

魏夫人给闺女开脸。先用香粉扑面，然后用灵巧的双手拉着丝线的二端，咬住丝线的中间，均匀用力，绞住汗毛，开面，然后梳妆打扮，转眼间姑娘时的辫子便盘成妇人的发髻，这便意味着魏秀娥的姑娘时代即将结束了。

另一头，谢家娶亲的班子整装待发。媒婆看着日头唱："吉时到，起花轿。迎新娘，美新郎。"爆竹响，喜乐奏，谢文元长袍马褂披红绣球，神采奕奕飞身上马。花轿披红挂彩，喜帘半掩，绕着庄子一圈，散了喜糖，吹吹打打地来到了魏家大门口。

魏家喜气洋洋，来了不少观婚的。两个腰扎红带的年轻人，提红斗贴"喜"字，斗里装满了喜糖、红枣、花生、瓜子，二人唱着："一斗散去又一斗，好事成对又成双。"

闺房里，魏母说："秀娥，娘给你盖上红盖头，让你哥背你上花轿。"

魏秀娥听了，跪着抱着母亲放声大哭。

魏继业掀开门帘进来说："今天是我女儿大喜的日子，爹高兴。"

魏秀娥拜过爹爹说："爹啊，十六年养育恩情似海深，女儿不能在爹娘膝下尽孝了，唯愿爹娘诸事顺心、身体康健。"

魏继业扭头拭泪，说："承祖，背你妹子上轿。"

魏母送女，唱道："别带娘家土，不忘父母恩。土能生万物，地能产黄金。"

魏承祖背着魏秀娥出门，傧相问："有红没有？"伴娘答："有红。"傧相唱："新郎下马受红。"谢文元下马，加披八尺红绫，魏承祖把魏秀娥背上婚轿。在傧相的指导下，谢文元走到轿前，向轿里的新娘拱手致意，又向来宾致谢。

"起轿！"

傧相话音一落，鞭炮响乐声起，绕着庄子晒新郎。女人看，男人叫，娃娃跟着轿子跑。

轿子停在新郎家，两个汉子白毛巾红腰带，提着盛满麸皮、麦草、红枣、核桃的红斗迎上来。魏秀娥被谢文元抱下轿，踩着口袋在伴娘的搀扶下移动金莲。两个汉子往魏秀娥身上撒斗中喜物，一个唱："一撒麸二撒料三撒新媳妇下花轿。"另一个接着唱："一撒金二撒银三撒新媳妇进了门。"合唱："新媳妇好身手，走路好像风摆柳。今年娶，明年抓，生下个胖娃娃叫大大。"

一个伴娘唱："捎袋传口袋。"

众人和："好。"

另一个伴娘唱："一袋传九袋。"

新娘进了门，从此魏秀娥便是谢家人。新郎新娘步入厅堂。主婚人、证婚人就位，谢母捧着谢曾祖灵位入座。

主婚人宣布："光绪十六年六月十六日，西安秀才谢文元与肃州魏农官之女魏秀娥，千里姻缘一线牵，百年好合结良缘。一拜天地……二拜高堂……夫妻对拜……送入洞房！"在傧相、伴娘的引导下，夫妻共挽同心结，在炮竹声中步入洞房。

13

第二日晨，谢文元身穿淡色长衫，魏秀娥着红裙装，一起来向谢母问安。

谢母问："一宿可好？"

谢文元说："托母亲的福都好。"

魏秀娥脸上飞霞，给婆婆敬茶说："婆母请用茶。"

夫妻双双拜过母亲。

谢母体贴儿子、媳妇："累了就回去休息，不必拘于礼节。"

谢文元说："为了儿子婚事，母亲劳心耗神，儿子好不惭愧。从今以后母亲要多多保重，养好身体。"

魏秀娥说："家里的事有我呢，母亲指教就好。"

谢母说："做女人的洁身自好，夫唱妻随，一心一意好好过日子就好。有秀娥你，我高兴呢！"

谢文元说："母亲，快尝尝秀娥给你配的八宝盖碗茶是否可口。"

谢母呷了口，清香可口，滋润甜爽，便说："好喝。"

谢文元说："母亲要是觉得好喝，以后就喝八宝茶，对身体好。"

谢母看了一眼茶碗，问："满满的一碗，用的什么配料？"

谢文元说："秀娥你告诉母亲。"

秀娥答道："都是些常用的，枸杞、红枣、沙枣、核桃仁、果干、杏干、桂圆、砂仁八样。"

谢母说："儿媳费心了。"

秀娥说："一点小事，不值一提。这是我大哥交代的配料，婆母用了对身体好。"

谢母说："那就谢谢了。媳妇单薄了些，养好身体，好生儿育女。"

秀娥答说："儿媳自小就这个样儿，胖不了的。"

谢母笑笑："会的。"转而又问："大婚吉日也不施脂粉？"

谢文元抢着回话："居家过日子，我说这样好。"

谢母看媳妇肤如脂玉，说："肉皮子好，用了更好。"

秀娥说："媳妇在家也这样。小时候，额头碰了个口子，爹娘怕破了相，结果没事儿，我爹也说都是遗传了我娘的好肉皮子。"

这般地又说了些家事，谢母就催他俩回屋休息。回到屋里，魏秀娥换上家常的淡紫色镶绛色边袍子，下厨房要跟囡囡学做饭。

囡囡说："少奶奶，做饭是我分内的事，这几个人的饭，不妨碍，你忙你的去。"

魏秀娥说："以后叫我嫂子就好。"

囡囡说："这可不行。还是叫少奶奶合适，不能坏了规矩。"

魏秀娥说："再叫我就生气了。"

囡囡说："好嫂子，快回去，我要炒菜了，熏坏了你，大喜的日子，我可担当不起。"

傍晚，魏秀娥过来给婆婆按摩。

谢母心疼："算了吧，你够累的了。"

魏秀娥说："给母亲按摩，媳妇也活动筋骨了。"

儿媳按摩，穴位准而巧，谢母浑身舒坦，十分受用；按罢，婆婆又教媳妇练太极盘腿理气。自此以后，便是每日如此。

秀娥孝顺婆婆，对自己的男人体贴入微，文元的习性、爱好、讲究，件件都放在心上，夫妻恩爱和谐，谢母看在眼里，喜在心里。

14

婚后第三日回门，谢家备好了回门礼专候魏家来接。魏承祖夫妻来接妹妹、妹婿，见过谢母，问了安、喝了茶，说了些家事，又给谢母号了脉，提醒了要注意之事。谢文元夫妻才告别母亲，上轿车回门。

到了娘家，谢文元夫妻先拜岳父岳母，再拜兄嫂，给侄子红封子。魏承祖有病人等着，福儿也该吃奶，夫妻俩便先去了。魏母和魏秀娥进里屋说体己话去了，翁婿二人在厅里谈论科考的事。

魏继业叮嘱："新婚蜜月，切莫荒废学业。田里的活且放下，安心准备乡试。若忙不过来，我让人去干就是了。"

谢文元答道："有些日子没干了。死记硬背没有新意，干活激发灵感。"

魏继业忽地话锋一转，轻咳一声，细声说："凡事适可而止，不可耽误学业。"

谢文元脸先红了说："小婿知晓。"

魏继业叹道："但愿你能完成你父亲的遗愿！"

谢文元说："我父要我做个自食其力、有益于世的人，小婿时刻不敢忘。"

魏继业说："科考如市，独有才未必能行，你心中要有分晓，不得只计一时得失。"

谢文元说："岳父请放心！"

这厢魏母与女儿亦是有说不完的话。"闺女，你在娘身边惯了，我这丢三落四的，转不过来就唤你，醒过神来才想起你出嫁了。"

魏秀娥说："我婆婆说了，让我常回家看看。母亲想我了，我就回来陪伴母亲。"

魏母说："这可使不得，媳妇就是要把婆婆照料好了，日子才好过。我不妨事。不说这个，你婆婆对你好吧？"

魏秀娥答："像待自己亲生女儿一样。"

魏母说："日子长呢，儿啊，你得处处尽心才好。你婆婆人老了，体弱多病，又是寡妇思乡，心里苦得很，你得体贴些，多做婆婆喜欢的。文元对你好吗？"

魏秀娥未语脸先红，低下头说："好呢。"

魏母说："这可是一辈子的事，两好并一好，爱亲才作亲。男人喜欢贤惠漂亮的妻子，夫妻恩爱，多子多孙，家就兴旺，你过得好，娘才放心。"

不知不觉已经到了开饭的时间，今天是婚后女婿第一次上门，席面丰盛。谢文元平时不喝酒，岳父高兴，遵命多喝了几杯脸就红了。魏承祖玩笑道："想不到文元还这么能喝。"

魏继业见女婿喝红了脸，说："酒这个东西少吃些也好，吃了饭休息去，我也困了。"

15

婚事忙完，谢文元又回到了有规律的生活，起五更、睡半夜，准备乡试。魏秀娥一边做活一边陪读，怕打扰了丈夫，连大气都不敢出，却是乐在其中。

魏秀娥婚后织的第一件织品，是给婆婆的一双裹脚布，她好生给婆婆裹上，扶着婆婆走，问："母亲，硌不硌脚？"

谢母喜欢得很，说："不硌脚，绵柔得很，你给自己也织一双。"

魏秀娥笑着应道："有呢，学手时织的还放着呢。"尔后，便天天给婆婆烫脚、换裹脚布，定期修脚，甚得婆婆喜欢。

转眼将是中秋，节前家里打月饼，魏秀娥在大月饼上画月照桂花树，看饼面油汪汪的就发呕，放下簪子就往外跑，如此三番也吐不出东西，小脸儿煞白。

囡囡关切地问道："天凉了，嫂子穿得单，是不是着凉了？"

魏秀娥说："不会的，我喜欢凉些，怕热。"

谢文元在门外看鏊子，看秀娥又跑了出来，对着痰罐儿吐，关心道："哪里不舒服？到你哥那儿瞧瞧去，大过节的。"

魏秀娥说："胃里燥得很，吃个藿香正气丸就行了。"

谢母听到了说："是不是有了？"

魏秀娥说："有啥了？"

谢母问："这个月月事该过了吧？"

魏秀娥说："还没有来呢，我也觉得不对劲儿？"

谢母说："傻孩子，你这是有喜了。"

正好魏承祖来给谢母诊脉，还带来了团圆节供月的西瓜、葡萄、红枣、苹果、月饼。

谢母说："承祖你来得正好，快给秀娥瞧瞧是不是有喜了？"

魏承祖诊了脉，说："确是喜脉，头胎最是要紧，多注意些。"又转达了父母的意思，说中秋节都过去一块儿过热闹。

谢母说："年年都在你家，今年我说来我家，我正要让文元去请呢。"

魏承祖说："都准备好了，还是去我家，不然我父亲和母亲说我不会办事。明天我来接伯母。"

亲家盛情难却，谢母也就应下了，只道："一截截路，我们按时去，你忙你的去吧。"

"我明天一准来接。"魏承祖说完便告辞回家去了。

魏秀娥怀了身孕，谢家很是上心。谢母对秀娥说："从今以后家里的累活儿，你不要干了。按摩我自己也会了，不用劳累你，你用心保胎，不要抓凉水，不要扭了腰。娘还想着，你晚上过来跟娘睡上些天，你俩说行不行？"

谢文元答："都听母亲的安排。"

谢母接着嘱咐秀娥："口要壮，样样都要吃，想吃什么，我让文元买去，可不能亏了我孙娃。"

从此以后，全家都围着秀娥转，弓腰婆婆说轻轻地，走路男人说慢慢地，进机房只能绣不能织，囵囵顿顿都问想吃些什么。

晚上谢文元送魏秀娥到母亲那儿去时间："想吃点啥？"

魏秀娥答道："就想吃个酸杏儿。"

谢文元高兴地说："酸儿辣女。"

第二天谢文元到集市上去买酸杏子，众人都笑这公子痴，这季节哪有青杏子。谢文元心想买些酸杏皮子也能凑合，他尝了尝杏皮子，觉得都不够酸，见到鼓楼一家杂货店有一种新疆来的杏皮子，看得淡黄透亮，吃起来酸倒牙，便买了一斤回来让媳妇尝尝。

秀娥却说："妇无私货，先问过母亲。"

谢文元说："这么点小东西，也值得如此？"

秀娥说："关乎礼仪，无小事。"

谢文元只得去母亲那儿赔了不是。

谢母说："秀娥是个好媳妇，进门不久就把自己的私房钱交给我了，你可不能有负于她。今后家里的事就交给她，我也该歇心了。"

十月怀胎，一朝分娩，魏秀娥顺利生下一个女婴。

谢母抱着孙女儿说："白白净净，眼仁子黑亮的，我孙女儿贞洁仁爱，就叫贞儿吧。"

16

　　适逢乡试，谢文元同一起参加考试的人约定吉日在东门相会，结伴同行参加科考。谢家人对这次赶考寄予厚望，魏继业也对女婿赶考关怀备至。魏秀娥将赶考行装准备齐全，生怕漏了什么，谢文元想着轻装简行，减了又减，只带了些实用的。临行前谢文元夫妻去跟魏继业辞行。魏继业嘱咐几句："谋事在人，成事在天。十年寒窗，全力以赴。好去好回，家里有我们不必挂念。"

　　谢文元说："但愿不负岳父大人谆谆教诲，以慰父母养育之恩。"

　　魏继业说："巡抚鲁大人与我相知，我修书一封，有一套夜光杯你且带去奉上。礼优先于事，故能解忧。"

　　谢文元说："谨遵岳父之命。"

　　路途艰险，魏继业难免担心，反复交代："河西走廊路途艰险，要加倍小心为上，晓行夜宿。不怕一万只怕万一，遇事不可逞一时之强，钱没了可以再挣，人没万事皆空。这银票你放好了，需要当用。早早回来，免得家人担心！"

　　谢文元谢过岳父，答道："岳父的话小婿句句记在心上，银两有余，就不必了。"

　　魏继业却十分坚持："有备无患。"

　　这一宿谢文元夫妻难舍难分，到了夜半更深方睡。魏秀娥心里有事，迷糊了一阵，等谢文元睡熟了，悄悄起来把要带的行装又细细察看了一番。她祈祷夫君金榜题名，光宗耀祖……正想得出神，身后有人说："天都快亮了，也不叫我。"

　　魏秀娥吓了一跳："哎呀，你啊，还是把你吵醒了，还早呢，再睡一会儿，饺子好了我叫你。"

　　谢文元说："鸡都要叫了，身边少了个人，哪里躺得住。"

　　果然鸡啼鸣了。魏秀娥伺候谢文元洗漱，谢文元说："听，贞儿在叫你呢。"

　　"你心里就有你闺女。"说罢，便瞧见谢母屋里的灯也亮了，"当爹的耳朵真尖。我服侍去了。"

　　谢文元笑道："骨肉情深，父女连心！"

　　魏秀娥急着过去，边走边说："我得赶紧过去，不然又给奶奶尿湿了。"刚要出门，谢母抱着贞儿进来："我孙女儿想爹了。"

"我也想我闺女。"谢文元接过贞儿，把她举得高高的。

谢母在一旁担心道："小心点，别摔着我孙女了。"

谢文元把贞儿往下一放，贞儿咯咯地笑了。

谢母责备："看你这个当爹的，吓我一跳。"

谢文元玩笑道："儿子要把娘的宝贝孙女摔了，那还得了。"

谢母故作凶相："我饶不了你。"

谢文元说："母亲偏心了吧，心里只有孙女。"

这时，囡囡已经把饺子包好了，问谢母："夫人，下不下？"

谢母说："下吧，早些吃了好，不要到走的时候手忙脚乱。"

吃了饭，谢文元又把上路带的东西整理一番。谢母问："银票和路上用的钱放好了吧？"

谢文元答："放好了。"

魏秀娥不放心："放在贴身的衣服里安全，我给你缝上几针。"

谢文元笑道："路上使的放在娘子绣的钱袋里随身带着，银票夹在书里，娘子缝不缝？"

谢母吃惊地说："放在书里丢了怎么是好？"

谢文元说："母亲，想不到的就是最安全的。"

谢母说："这倒是个办法。"

魏秀娥嫣然一笑："就你精。"

谢文元嘱咐秀娥："我走之后母亲就托付给你了。"

魏秀娥说："你放心赶考，早些平安回来。"

该上路了，谢忠把矫健的黑马牵过来，整装待发。谢母祈祷："愿观音菩萨保佑，告慰过你爹在天之灵就出发吧。"

谢文元点燃三炷香，夫妻跪拜，谢母祷告："老爷，终于盼到了乡试这一天，愿老爷在天之灵，保佑文元一路平安，金榜题名。"接着又对文元说："娘在家求菩萨保佑我儿一帆风顺。你是一家之主，要知道自己的责任。"

谢文元恭顺地答道："谨遵母训，铭记于心。"

魏继业夫妻也来给女婿送行，叮嘱了些注意事项。

17

　　相约同行的秀才准时在东门会合。赵公子、李秀才有随从，崔生、谢文元独身出发。告别送行的家人，策马扬鞭，迎着初升的红日，一路向东，赶过了一队队驼铃叮咚昂首天外的驼队，沿着河西走廊一路风霜无阻，过了闻名遐迩的皇家马场天祝，指日便可到达目的地，众人精神大振。

　　赵公子出身高门大户，心高气盛，说："时间还早，今日赶到永登，天祝永登，寓意吉祥。"

　　李秀才出身富户，财大气粗，附和道："公子说得对，这一路鞍马劳顿吃不好、睡不好，早到了好好地玩乐一下，定好了拜见恩师。"

　　崔生却说："早到早放心，比比谁的马快。"

　　谢文元瞧着天色渐晚，建议找个住处，明日再行。

　　赵公子不以为然，扬鞭跑了起来，只留一句："快马加鞭，看谁先到永登金榜题名！"

　　众人见状，便跟着前行，直到太阳落山，跑得人困马乏。突然一彪马队挡住去路，火枪、明晃晃的马刀指向他们，而此刻前不见行人，后无驼铃声。

　　赵公子的随从要抄家伙，只听得一声枪响，随从应声倒下。为首的大胡子响马喝道："想要活命的，乖乖下马把银钱交出来，两手抱头蹲下。"

　　赵公子、李秀才哆嗦着从马背上掉下来瘫在地上。谢文元、崔生也吓得魂飞魄散，按照响马的要求将手放在头上蹲下。马贼把每个人从头到脚搜个干净，褡裢里的书，文房四宝扔得遍地都是。牵上马，一声呼哨，扬长而去，不见了踪影。留下这四个书生胆战心惊茫然四顾，泣不成声。

　　谢文元道："哭有何用？赶快收拾起自己紧要的东西，再作打算。"

　　赵公子、李秀才呆若木鸡，哪里还动得了。谢文元草草掩埋随从的尸体，带上些随身之物，说："把拿不了的藏起来，我们得找个安全去处，在这里没被打死，也会被冻死。"

　　乌云遮月，山风如刀，下起了淅淅沥沥的雨。崔生说："前面隐隐约约有灯光闪烁，我们照着灯光走过去，找着人家就有了希望。"

　　谢文元在前面探路，崔生扶着赵公子，随从搀着李秀才踉踉跄跄地跟着走。登上一面坡，赵公子、李秀才走不动了，哭哭啼啼地不起来。

崔生说："要想活命就得豁出命来走。"没走几步，赵公子一个趔趄，带着扶他的崔生一块儿滚下坡去，赵公子放声痛哭，战战兢兢，起不来身。

万般无奈，谢文元背起赵公子，随从搀着李秀才，崔生拿着赵公子的东西，朝着灯光走去。夜半更深，狗吠声四起，好不容易才敲开好人家的门。开门的是位老汉，家徒四壁，与老婆子相依为命。听了谢文元的述说，善心大发，忙烧炕给他们暖身，做饭给他们吃。

不想赵公子、李秀才发起烧来，胡抓乱叫，"救命""饶命"之声迭起，崔生也是头晕目眩。谢文元询问主人家："老人家，庄子里有郎中吗？"

老汉说："我们这里没几户人家，哪里来的郎中！头疼脑热，喝碗姜皮子水。得了大病听天由命。"

谢文元求老人家熬了些姜汤一人喝一碗，并恳求老人家把炕烧得热热的，以便出汗驱寒。他只盼这几人病好了同去赶考。到了第四天，赵公子、李秀才病情加重，昏迷不醒。谢文元便与崔生商量："这样下去，出了人命那还了得，救人要紧。"

崔生说："这里距凉州近，没有车也是去不了的，这不活活急死人吗？"

谢文元与老人家商量车的事，老汉说："我也愁得很，我们老两口的那些口粮紧紧巴巴凑合着过，有你们就接不上了。看你们这样可怜，我们不忍心啊，我套上拉水的车送两个病的去凉州，你俩只能走路了。"

谢文元感动地说："老人家的大恩大德没齿不忘！"

老妈妈准备了干粮。第二日一早，谢文元和崔生把赵公子、李秀才抬上车，告别老妈妈去了凉州。

到了凉州，谢文元兑了银票，住了客栈。安排妥了，老汉要回，谢文元拿出十两银子说："老人家救命之恩天高地厚，聊表心意请收下。若有寸进，必登门拜谢。"

老人家说啥也不收："你们正在用钱的当口，我老汉咋都能过。"谢文元只好就近给老人家买了些粮食、日常用品，以表谢意。

谢文元一边给赵公子、李秀才治病，一边打听去肃州的驼队商旅，好让随从给赵家、李家报信。他没有让随从给自己家报信，母亲年迈多病，经不起惊吓。

五天后，随从上路了。半个多月后，赵家，李家来接人。考期已过。

18

东方曦染，谢文元大步流星，直奔家门。

开门的囡囡目瞪口呆地看着谢文元，随后大喊起来："你？啊！是少爷。夫人、少奶奶，少爷回来了。"

魏秀娥迎了出来，看文元又黑又瘦，衣衫破烂，鞋也穿破了，眼窝深陷，惊得几乎晕过去了。

谢文元抢上前去搂住，抱起秀娥就往屋里跑。谢母也过来了，见儿子这般模样，好不伤感，却也只念："阿弥陀佛，人没事就好。"

魏秀娥也渐渐回过神了，问道："夫君，你这是怎么了？吓死人了。"

谢文元把遭遇强盗打劫的事轻描淡写地说了。谢母听了悲喜交加，悲的是儿子的科举之路这样艰难，盼星星盼月亮，竹篮打水一场空；喜的是儿子化险为夷平安归来。谢母说："真是苍天有眼，祖宗积德，菩萨保佑，平安是福，从来好事多折磨，都是九分苦一分甜。"

魏继业夫妻听女婿遭难也过来了，见人好端端的，便说："人好就好，这次不行还有下次，不吃苦中苦，难得甜上甜。"

谢文元的内心怎能不苦，十年寒窗苦，连一试的机会都没有，沮丧地说："唉，我的命怎么这样？"

魏继业说："天有不测风云，人有旦夕祸福，天命难违。"

谢文元通过这场遭遇深刻认识到，明者因时而变，智者随事而制。之后，谢文元经常与志同道合的崔生相约去黑河谈论理想抱负。谈起赵公子得失心疯溺水身亡的悲剧，痛心不已。

崔生感慨良多："科举未果身先丧，怎不让我心胆寒。"

谢文元说："身心健康，能屈能伸是安身立命之本，顺应潮流审时度势，随遇而安才好。我只想做些实实在在的事无愧于人生。"

……

19

光阴似水，又是春暖花开时，魏秀娥顺利产下二女儿，小名慧儿。

谢忠与囡囡的婚事也准备好了，按照谢忠的意思在后院起了三间东房。谢家选择吉日良辰，从魏家把囡囡隆重地娶进门。

立冬以后谢母的心痛病越发严重，全家人急得团团转。

魏承祖尽其所能，也未能使病情好转，建议说："伯母的病，另请位好医生看，也许比我好。"

魏继业夫妻前来探望也是这个意思："术业有专攻，没有全能的医生，另请名医，我看可以试一试。"

魏承祖在肃州城里介绍了几位名医，来看过之后，都束手无策。

谢文元求魏承祖救母亲，魏承祖说："你母亲便是我母亲，我能不尽心尽力？贤弟，往好处看，别朝坏处想，你要挺住，我才不乱方寸。"

谢母对文元说："儿啊，为娘想必是大限将至，一闭上眼就是你爹年轻时的模样。"

谢文元说："母亲啊，您想多了，梦由心生。承祖哥说母亲的病开了春就有转机。您放宽心养好病，抱着孙儿回老家。"

谢母说："儿啊，人生自古谁无死。娘的心宽着呢。我孙女还小，我更盼着抱孙子，人就是薪火相传，生生不息，只是不知道老天爷给不给我这个机会。"她搂着依偎着她的孙女贞儿，望着熟睡在媳妇怀里的慧儿说："秀娥肚子里这一胎一定是我的孙娃子。"

魏秀娥说："母亲，都是儿媳不好，让您焦虑了。"

谢母劝慰："生儿生女由送子娘娘，怪不得你。"

在这种信念的支撑下，谢母顽强地挺了过来。丁酉鸡年八月九日魏秀娥生下了男婴，小名国儿。最让全家人高兴的是，谢母的精神好了起来，要给孙子、孙女做新衣服新鞋。

秀娥说："母亲只管养好身体，针线活有我呢。"

谢母说："这也许是娘今生最后的活儿了，穿在我孙娃的身上，喜在奶奶的心上。"

谢母虽然年迈多病但耳不聋眼不花，针线活无可挑剔，国儿的连脚裤上绣了雄鸡一唱天下白，贞儿的绣了荷花，慧儿的绣上玉兰。这是用命在做，做几针闭上眼睛歇一会儿……

秀娥要帮谢母做，谢母不依："你做的日子长得很，要能行给你和文元也做上，留个念想。"

秀娥说："母亲，我与文元结婚时您给我俩做的我们都舍不得穿，怕弄脏了。我这一辈子怕是赶不上母亲的手艺了。"

谢母说："手不听使了，唉，不服老不行，也只能这样了。"

魏秀娥寸步不离地伺候着婆婆，晚上说啥也不让婆婆做了，给婆婆按摩，说《西游记》给她听。囡囡端茶送水，每餐都依着谢母的意思。这时的谢母也只能吃些清淡绵软的食物了。

谢文元寝食难安，谢忠也不时过来问候。谢母竭尽所能，终于赶在谢国百日前做好了，长长地舒了一口气，说："好了，该回去了。"

谢国过百日，亲朋乡里纷纷来贺喜。三个孙子穿上奶奶做的新衣裳，跟画儿上下来的一样。贞儿懂事，虽然只有六岁，已经开始缠足。魏秀娥不会做饭，自己的女儿已经踩着垫脚板，跟着囡囡学做饭了。慧儿乖巧，国儿听话，百日过得好，谢母心情也好了一些。

20

这天凌晨，秀娥还没有过来。谢母要下炕，腿上一点儿劲都没有，手扶着炕沿，脚像踩在棉花上，一屁股坐在地上，怎么也起不来。贞儿下来扶奶奶，毕竟是年幼力不及。慧儿也来帮助，还是不行，便哭着叫起来："娘啊！爹啊！我奶奶不好了！"

打扫院子的谢文元听到哭声，扔下扫帚就往谢母屋里跑。魏秀娥也慌慌张张地跑了过来。

谢文元把母亲抱上炕问："母亲，摔着了没有？"

谢母说："儿啊，娘的腿不中了。"

魏秀娥端来热水给婆婆烫了脚，做了腿部按摩，但谢母还是站不起来。

谢文元泪汪汪地请来魏承祖看了，开了方子，吃药针灸，一连数天不见好转。更要命的是，谢母心痛气喘，躺不下、坐不住、吃不下。

魏承祖私下对谢文元夫妻说："伯母的病恐怕拖不了多久，早准备后事以备不测。"

谢文元夫妻抱头痛哭，随后谢文元跟岳父母商量准备后事。魏继业说："这儿有我安排，你俩照顾好你母亲就是。"

谢母心中有数，见谢文元夫妻眼睛红红的，也不说破："秀娥，你是个贤妻良母，文元有你我放心。"

秀娥说："母亲安心养病，一切都会好的。"

谢母说："儿啊，你父在老家孤孤单单快十三年了，我无时不想陪伴他，看来到时候了，就是爬，我也要爬回去。你若有心，就安排送我回去，越快越好，晚了怕来不及了。"

谢文元说："母亲啊，天寒地冻，您身体怎么受得了？来年春暖花开，母亲的身体养好了，再走也不晚。"

谢母说："我心意已决，归心似箭，三五日便行。"说完又对着窗外说："谢忠，我知道你在呢，你送我。"

谢忠夫妻进来。谢忠说："我听娘和哥的。"

谢文元说："都是儿子不孝，儿听母亲的安排。"

魏继业一家都过来了，大家商议后，决定要满足谢母这个心愿，于是一起来到谢母的屋。魏继业说："亲家母，迟行几日，也好做个准备。"

谢母说："这些年多亏了亲家的照顾，无以为报，只有来世了。我身后的用品、老衣都准备好了，放在东边箱子的第二个包袱里。除了回老家，我再无他求。"

魏继业说："祝愿嫂嫂一路顺风。"

魏夫人也说："家里的事，老姐姐只管放心便是，只盼早日回来。"

两家紧张地准备起来。年关将近，肃州的驼队要去西安送办年货，到凤翔驮西凤酒。谢文元随魏继业家的驼队回西安，明晨就要启程。这一夜难舍难分，秀娥泪涟涟，要随婆婆去。谢母抚摸着孙娃的手说，对秀娥说："你在家好好照顾孩子，我在九泉之下也会保佑你们，听话。"谢母转而又拉着囡囡的手。"这些年亏你两口子了，没什么可留的……"说着从项上摘下连心锁，又断断续续地说，"这个你留下……做个念想，心连心……同心同德，好好过日子。"

囡囡推辞："娘啊，这是您的心爱之物，我哪里配呢。"

谢忠说："娘啊，这可使不得。"

谢母说："拿着，兄弟一条心，黄土……变成金。见、见了你爹，我也……好交代……"

天亮了，亲友依依不舍地把谢母送上回西安的东归之路。谢母让儿子掀起车帘，深情地惜别这片难忘的土地。

21

谢母又踏上了秦川大地，回到了临潼，不听亲人的劝阻，让谢文元、谢忠简单修整了一下被火烧后的老屋，便住了进去。这是她魂牵梦萦的故土。这里的一砖一瓦、一草一木都是她生命的一部分。"儿啊，回来了。"谢母长叹一句，此时，她已经三天不能进食了。

亲戚乡里听说谢母回来，纷纷前来探看。这家送床被，那家送条毡，一日工夫日用家当都有了，火盆里也烧上了木炭，荒芜的庭院又开始有了生机。

翌日，谢母让儿子准备香表祭品上坟，祖坟上已是杂草丛生。谢母看着谢文元、谢忠给祖坟清理了杂草、培了新土，又让两个孩儿抬着她拜了祖先公婆的墓，到谢曾祖的墓碑前，谢母双手搂住墓碑说："老爷，为妻回来了。十三年前闹瘟疫，西去投亲为儿孙，如今我俩不再离分了。"谢母哭得悲悲戚戚，谢文元、谢忠也磕头痛哭……

从墓地回来，谢母说："文元去告诉你小姨，我今天要洗个澡。"

谢文元说："母亲先吃些稀饭，今天累了，明天吧。"

谢母坚持："听娘的话，快去。"

谢忠准备好了车，同谢文元同去。小姨带着女儿一块儿过来。谢母让小姨拿上老衣包袱，里面有她和秀娥精心做的内单夹棉四套老衣、裹脚鞋袜。谢文元把母亲抱上车，驾车驶向华清宫温泉。到了华清宫，小姨说："姐，到了，我背你进去。"

谢母洗了温泉澡，换上老衣，发髻纹丝不乱，凤头银簪、金耳环、蓝宝石戒指、和田白玉镯，这是当年与谢曾祖喜结良缘时的嫁妆。

回到家里，谢母深情地望着儿子说："一树果果要结全，叶落归根在家乡。"说完便安详地走了……

22

办完了母亲的丧事，谢文元便打发谢忠回家。谢文元蓄须吃素，决定守孝三年以报父母养育之恩，也为自己未来的道路作打算。

光绪三十一年清政府宣布废除科举，鼓励将各地书院、祠堂改为学堂，推广地方办私学，学堂一律兼习中学与西学。深思熟虑后，谢文元决定教书育人、启蒙报国。考察了不少公立学校、私塾，搜集教材，悉心研究。

三年守孝期满，谢文元要随魏家的驼队回家。他安排好家事，悉心谋划一番，踌躇满志。谢文元是黎明到家的。魏秀娥领着三个孩子在门外迎候，夫妻相见，激动不已。谢文元抱起国儿，儿子不认识爹，睁着大大的眼睛望着母亲不敢动，谢文元用满脸胡楂蹭着儿子的小脸说："连爹都不认了？"

魏秀娥这才回过神来，看自己的男人坚毅自信，更有男子汉气概了，推着身边的闺女说："快叫爹。"

大女儿贞儿已经长得有母亲的肩头高了，望着爹说："爹，我娘在门口等爹三天了。"

慧儿腼腆，刚开始裹脚痛得寸步难行，低着头细语："爹爹，我想你。"

谢文元搂着儿女说："爹爹回来了，再也不和你们分开了。"

23

第二天早饭后，谢文元一家过节似的过来拜见岳父岳母，适逢侄子福福生日，全家上下喜气洋洋。

魏继业有事要跟谢文元谈，翁婿二人便来到了书房。一进书房，魏继业就开门见山地问："安身立命是今生的大事，文元有何打算？"

谢文元说："列强亡我中华贼心不死。不正本清源，提高国民教养、振兴中华精神，鸦片会毁掉炎黄子孙自强自立的根基。列强一日不除，鸦片一日不禁，教育一日不兴，只能坐以待毙。国之希望在于青年，我想办学，从启蒙做起，教书育人，为国为民尽微薄之力。"

听到女婿这么说，魏继业感到很是惊讶。民间有"家有隔夜粮，不当孩子王"的说法，教书先生的社会地位和报酬都是较低的。魏继业说："稽古之世，民以农为主；越今之时，国以商为本。欲制西人以自强，莫若振兴商业。你若愿继承父业，我家的药材生意就交给你，我也放心。要发挥你之长，可以荐你去衙门做事。这是你一辈子的前程，应该慎之又慎，三思而后行。"

谢文元说："承蒙岳父大人厚爱，这些我也想过，但我最想做的当属启蒙教育，这里没有学校，好之而欲学者无其师，知之而欲传者无其徒，岂不悲哉？而今日之权贵就像坐在薪柴之上，一遇变故难于自保。"

魏继业说："这些也就是说说罢了。文元，一定要仁义处世，慎言慎行，明白做人，切记。"

谢文元知道宦海凶险，一不小心就会惹来杀身之祸，后悔自己多言："岳父大人之言，小婿会铭记在心。"

魏继业说："既然文元心意已决，我支持你。但有些人恶习难改，抽大烟，家徒四壁，没有钱送孩子上学。庄户人家认为学而无用，宁愿让娃干活也不让上学。办学一定是困难重重，你得坚守下去。"

听见岳父支持，谢文元立时谢道："多谢岳父大人支持。"

谢文元又请魏继业为学校起名。

魏继业说："就叫'王子学校'吧。"

谢文元说："好。不如写个'通告'，把办王子学校的消息在临近的村庄广为告知，我也可以抽空到生员家去劝学。"

魏继业说："你做一个通盘的谋划，有序推进。我和乡绅们商议办学堂的事，力争得到他们的支持。独木难成林，合谋图发展。你说是吧？"

谢文元说："岳父想得真周全！崔生也有意教书育人，我这就找他去谈。"

魏继业说："有两个秀才办学，这是娃娃们的福分。开学就定在秋上，得抓紧时间准备。你回去跟秀娥打个招呼，夫妻一条心，黄土变成金。"

谢文元说："谨遵岳父之命。"接着谢文元表示想请魏继业任校长，魏继业不允，只同意担任学监，为家乡的教育集资助学。

24

王子学校的前期准备工作，按着计划有条不紊地进行。魏继业修缮祠堂准备教具，为慷慨解囊捐资助学的善心人立功德碑。

积极送儿上学的有十几家，为了让更多的孩子上学，谢文元、崔生家访劝学。仅有几户望子成龙的农户答应节衣缩食送儿子读书，但大多数农民生活艰难、衣食不保，无力供儿子上学。

谢文元一脸愁容，道："想上学的学费难筹，摇摆不定，温饱都无法解决的更是不用说，如何是好？"

魏继业劝解："赋税徭役沉重民不聊生，有地的农民尚难温饱，无地农户食不果腹，哪有钱供儿子上学？办学启蒙是功德无量、利国利民的善举，凡事不可急于求成，要量力而行。学校的开支是一笔笔精打细算的，不能再低了。"

崔生一声叹息："唉，上学也这么难！"

魏继业说："万事开头难，待有了成绩，自然会引起大家的重视。现如今，只能对犹豫不决的晓之以理、动之以情；个别一时交不上学费的，视情况缓交。"

崔生说："学监大人说得在理。"

谢文元忽而萌生一个念头，说："岳父大人，我有个想法，学校可设奖励，鼓励品学兼优的学生，以利于人才的培养，可否？"魏继业、崔生纷纷表示赞同。

谢文元和崔生忙到快开学，学生定下二十三个，小的七八岁，大的十几岁。读过私塾的有九人。

从办学的那一天起，谢文元就全身心投入进去，按章办事，正风严纪，言传身教，尽心竭力，乐此不倦。

崔生教书慢条斯理，和颜悦色。但惩戒调皮捣蛋不好好学习的学生毫不留情，杀鸡给猴看，学生们背后称他"笑面虎"。

秋去春来，日月经天，江河行地，王子学校渐入佳境，远近闻名。

今年新学期开学以后，谢文元发现一个十多岁的放牛娃，把牛拴在学校附近，在窗外凝神静气地偷学。

谢文元悄悄地过来，他专注得竟没有发现。问起家中情况，他说他叫狗儿，爹是佃户，想读书识字。问他听了些什么。他说先生讲的他会了。考他他竟能举一反三，不比在校的学生差。

谢文元决定资助狗儿上学。狗儿姓解，谢文元征得家长的同意起名解强，寓意自强不息。

25

转眼又是三年，戊申年正月十五这天王子学校的社火队刚回到学校门前，谢忠匆匆忙忙地赶来给谢文元报信："哥，嫂子要生了，魏老爷魏夫人让你快回去呢！"

谢文元问："接生婆请了没有？"

"从你出门就请来了。"

谢文元略思量几秒，答道："知道了，我把远处几个学生送回家，就回去了，你领上国儿先回吧。"

崔生忙接话："你快回吧，我来送。"

谢文元不允："你不熟悉，我快送快回。"

谢忠听他这般说，小声嘟哝："家都不顾了，哥你快些。"说罢便领着国儿回家了。

谢国在学校是个循规蹈矩的学生，学习成绩不突出，但也是认认真真。他为人忠厚，从不惹是生非。在家中，谢国是个听话的儿子，爹要求做的功课、安排干的活都不打折扣地干好，魏秀娥也中意这个靠得住的长子。

谢文元送回最后一个学生已是夜幕降临，他匆匆忙忙沿着田间小路往家赶，月光洒在白茫茫的雪野上。当他迈进大门时，就听到了婴儿的啼哭声，三个娃看爹回来也都围了过来叫爹。谢贞给爹扫净身上、鞋上的雪。谢文元盼望是个儿子，却又怕失望，便忐忑地在院子里来回踱步。儿女们不解地望着爹爹。

谢慧说："爹要是冷了，到书房里去暖和暖和。"

"爹不冷，你们快回屋，耳朵都冻木了吧？爹给焐焐。"

谢国说："不冷，我们要看小弟弟。"

谢文元盼儿子的心情家人皆知，他搓热双手先给国儿焐耳朵，又给慧儿、贞儿焐。就在这时，接生婆开门出来，脸红红的，手上还冒着热气，见到谢文元立时报喜："谢先生，恭喜了，是个带把的。"

一股暖流涌上谢文元的心头，真是天遂人愿。谢文元谢过接生婆，送她出门才回头往上房里走去。谢文元刚进堂屋，便见囡囡出来叫他："嫂子让哥进去呢，我给嫂子熬小米汤去。"谢慧和谢贞一边一个拉着他，父女三人一同进了屋。

魏秀娥要坐起来，他握着她的手说："秀娥苦了你了，别动。"

魏秀娥说："抱抱你的儿子。"

谢文元抱起儿子念叨着取名："顺风顺水顺理成章，就叫顺儿吧，我的心肝宝贝。"

26

王子学校在考试时成绩突出，得到督抚的赞赏，加之魏继业锲而不舍的努力，被纳入公学。校长谢文元为提高学生的认知水平，借鉴了新式教育的成果，拓展了学生日后的发展空间。学生们对政治风云变幻异常敏感，对朝廷的腐败无能、列强的横行霸道、民生贫困潦倒，无比气愤，期望推动社会变革、改善民生。有条件的毕业生有的选择继续深造，有的投笔从戎进了军校。

而今清政府大幅削减教育经费，增加了学生家庭负担，有些农户无力负担就让娃辍学了。如今魏继业年老体衰，在家休养，学校的事就落在了谢文元的肩上。他上跑经费，无济于事，下去说服辍学的学生复学，困难重重，更顾不上家了。

魏秀娥天天都回娘家看望年老多病的母亲，把已经一岁多的顺儿交由谢贞、谢慧照看。顺儿好动任性，谢慧生性恬静，一不注意，顺儿不是打了东西，就是钻地不见人，愁得谢慧哭鼻子。谢贞干练泼辣些，看二弟的事多半便落到了她的身上。入冬后，魏继业夫妻相继去世，因为生前做了诸多好事，许多人前来送行，葬礼轰动四方。

原定开春出嫁的谢贞因为外祖父外祖母新丧，两家商议把婚期推到了百日以后的秋天。亲家公张家老爷原是肃州人，娶的是沁城骆驼户杨家的独生女儿，几年前继承岳父的产业。女婿张弛在王子学堂读过书，是个顾家能吃苦的后生。张家与魏家关系甚密，看上了谢贞，经魏继业做主把谢贞许配给了张弛。

谢文元学校的事多顾不上家，全家都由着谢顺。他天不怕地不怕，就怕爹爹把脸变。三岁多爬到后院柳树上掏鸟蛋下不来，没把家里人吓死。魏秀娥、囡囡、谢贞、谢慧撑开单子在树下接，谢忠上树把他抱下来。他又爱马，一不留神看着，就钻进马厩里，站在槽上要骑马。或是撵着公鸡满院跑，追鸽子、捕鸟，一刻不停歇。顺儿对新东西充满了好奇，见爹回家手里捧着个小壶，衔着壶嘴嗞嗞的，爹不在的时候拿着小壶也学爹爹的样子，结果绊倒了把壶摔破了。谢贞吓哭了："我的小祖宗，你可闯下大祸了！"

魏秀娥也慌了："天呐，这个紫砂壶可是你爹爹的心爱之物！"拿起鸡毛掸子就要打，他一溜烟跑得不见了踪影。

谢文元回来见壶破了，好一阵心疼，问道："谁打的？"

魏秀娥答："还能有谁？"

"人呢？"谢文元生气了。

"不知道钻到哪里去了，他两个姐姐找去了，再不管要上房揭瓦了。"

谢国突然说："爹，我知道他藏到哪里了。"

"走，我不信能钻到老鼠洞里。"谢文元叫上谢国就走。

谢国在前，谢文元在后来到后院。谢贞见爹脸色不对，便说："找过了，没有找见，可能跑出去了。我俩再去外面找。"

谢国问："红柳洞里找了没有？"说着便拉开挡在柴堆前面的红柳枝，果然顺儿在里面躲着呢。

谢文元拉下脸叫顺儿出来，顺儿乖乖地出来低着头站着。

"你可知道错在哪里？"

顺儿不开口。

"养不教，父之过。"谢文元拉过一个红柳条子，问，"错在哪里，说不说？"

顺儿还是不开口。谢文元朝着顺儿的屁股就是两下："让你淘，新衣服上都是三角口，手像个鸡爪子，还不给我回去，把衣服缝好！"谢贞见父亲发了话，赶紧拉弟弟回家。

魏秀娥见小儿挨了打，却未心疼，直说该打："得管呢，我是抓不住、打不上。"

谢文元虽是动了手，却不大赞同："太窝囊了，受人欺负。只要没有坏毛病，顽皮一点没关系，淘气的娃大了有出息。"

魏秀娥仍是担忧。

谢文元并不担心，安慰道："没事，上了学套上笼头就好了。"

秋天到了，谢贞与张弛的婚期将至，张家人为了娶亲，已经在魏家准备了三天。

谢文元、魏秀娥这时才真正品尝到了骨肉分离的滋味。出嫁的前一天晚上，谢贞要给爹妈修脚，谢文元拒绝了："算了，好好说说话，早点歇息，去你夫家路途遥远，苦得很。"

　　谢贞坚持："就让女儿再尽点孝心吧。爹娘把女儿拉扯大，这一去不知哪年哪月才能见面。"在谢贞心中，爹是最有本事的，天文地理无所不知，琴棋书画无所不能，洁身自好，兢兢业业；娘就是她的护身符，面善心慈，勤俭持家，识大体，先人后己，够她一辈子学的。

　　出嫁当天，谢贞的眼睛肿得像桃子似的，但离家时一声也没哭出来。张弛头戴瓜壳帽，长袍、马褂一身新，和张家人一道来迎亲。在祝福声中，谢贞被弟弟背上婚车。婚车在庄子上转了一圈，停在家门口。谢贞与母亲、弟弟妹妹们就此作别。谢文元把大女儿谢贞送出嘉峪关，谢忠作为娘家人拉着陪嫁，一路送到谢贞夫家。

　　大女儿出嫁了，魏秀娥心里空落落的，人也憔悴了。谢贞留下了四个包袱，两个是她从小到大穿过的衣服，洗得干干净净，平平展展，另外两个是给爹娘弟妹做的衣服鞋袜，件件都是精工细作，谢文元与魏秀娥感慨万分。

　　谢慧说："娘啊，我姐每天晚上从机房回到屋里就在做这些，我一觉醒来还在做。"

　　"我的儿啊！"魏秀娥又是一阵心疼，关于大女儿的往事一件件涌上了心头。

27

　　魏秀娥又怀上了，只能让谢慧照看弟弟。顺儿哪是个省油的灯。谢慧天生娇弱，杨柳细腰，三寸金莲，看不住、追不上，每每找见顺儿，他早已脏得像个土猴子。谢慧常常一边给弟弟收拾一边哭。按魏秀娥的话讲，谢慧是林黛玉转世的，冰清玉洁，干净得身上、鞋上不能有一点儿土，衣服天天换洗。谢慧爱看《红楼梦》，喜欢工笔画，所以谢文元的书房都是由她打理，谢文元十分喜欢这个文雅的二女儿。

　　魏秀娥可怜二闺女，每天早饭后把顺儿留在屋里教《三字经》，规定背会学过的，新学六句，全部完成了才能出去玩。顺儿记忆力好得很，轻轻松松就背会了。

　　顺儿喜欢马、喜欢牛、喜欢在外面野，谢文元让谢忠下午领着他出去放牛马。顺儿高兴得很，十分听话，生怕惹恼了爹爹，不让他去。

　　谢忠在田里干活，让顺儿看着牛马吃草，嘱咐他千万不要跑远，也别惊了马，不然以后就不带他出来了。顺儿在外面野，学会了凫水、上树吃桑子、掏鸟蛋。爹娘也会让他摘自家地里熟了的热瓜子、梨瓜子、西瓜、洋柿子等。他从不吃独食，每次摘了瓜果都来和大家分享。

谢忠喜欢这个淘气讲义气的娃。顺儿爱鸽子，谢忠给他抓了两只，鸽子筐吊在马圈的屋檐下，顺儿高兴得又蹦又跳。等鸽子膀子放开第一次飞的那天，谢忠在红柳条上拴了个红布条子大喊："吆啊，让它飞得高高的。"

顺儿挥动着红柳条，大声吆喝着赶着鸽子飞。鸽子低低地绕着自家院子飞了两圈，要落下时，他便又去追赶，结果鸽子越飞越高，飞得不见了踪影。

谢忠急了："哎哟，别跑掉了！"

顺儿急得直跳脚，望着天上黑点子好懊悔，自己也想飞上去，把鸽子抓回来。正当他失望的时候，鸽子又出现了，绕着院子飞了两圈，落在了房上。

谢忠说："鸽子会走路了，好鸽子。"

顺儿抓上鸽子食犒劳回来的鸽子。他的胆子越来越大，这天谢忠下地干活没顾上，不知道他又跑到哪里玩去了。等了又等，始终不见人，谢忠有些慌了，急得满头大汗，边找边喊，问了下田的人都说没看见。谢忠心想，是不是惦记鸽子自己回家了？

想到这里，便飞快往家里跑去。半路遇见谢文元领着国儿下地干活，于是几人准备分头去找。只见顺儿浑身泥水，端着草帽子来了。帽窠子里盛的是几条活鲫鱼。"你要造反了！这么不听话，不管怎么能行？"谢文元气急了，说罢朝顺儿屁股打了几巴掌，"我让你不经大人同意乱跑！"

谢忠劝道："大哥，都是我的不是，没看住。"

谢文元仍未停手，只道："以后你也得管着他，该打的打，该骂的骂，出了事就晚了。"

谢文元下手不轻，谢顺回来还疼得龇牙咧嘴的。魏秀娥问："咋的了？"顺儿不作声，魏秀娥接着问："是不是又惹你爹生气了？"

谢文元说："这孩子偷偷跑到渠里摸鱼去了，把大家伙吓坏了，今年收收心，明年该上学了。"从这以后，顺儿每每见到父亲，就像耗子见了猫。秋天，谢文元送大儿子谢国去城里学习。

28

一九一二年一月一日，孙中山在南京宣布就任中华民国临时大总统。同年二月十二日宣统帝宣布退位，结束了清朝的封建统治。而后袁世凯宣布效忠共和，当选为中华民国临时大总统。时局一片混乱，民生凋敝。

谢文元在乡下过着相对安宁的日子，春天里，他的小儿子昌儿出世。谢文元把小儿子抱在怀里逗乐，越看越觉得像自己，喜不自禁地说："儿啊，你可是爹爹的希望，将来我昌儿学有所成，便回西安。"

到了快开学的时候，顺儿已经晒得黑黑的，肉皮子紧紧的。谢文元严肃地说："从明天起，不要下地了，收收心，准备上学。"

在顺儿眼里，爹是说一不二的，他只得低着头一声不吭。

魏秀娥摸摸顺儿的头，满怀希望地对他说："我顺儿好好上学，长大了像你爹一样。"

谢文元训诫道："你是匹没驯服的马驹，套上笼头不能松，上了学要听老师的话，好好学习，守纪律，讲卫生，做个好学生。"

"答应你爹，给你爹争气。上学的东西你二姐都给你准备好了，新衣服新书包，好漂亮的。"魏秀娥拉着顺儿的手交代着。

上学那天，顺儿出天花儿，烧得迷迷糊糊，走路都栽跟头。魏秀娥心焦地说："早不出晚不出，上学了出天花儿了。"顺儿的花儿出得重，魏秀娥望着连水都喂不进去的儿子，心如刀绞。

谢文元也吓坏了，大儿子没像二儿子这样。魏秀娥把哥哥魏承祖请来瞧了。魏承祖开了方子叮咛说："屋子暗些，别见风，别受凉，别动荤腥，管住手，多喝水。"谢文元夫妻俩守着儿子七天七夜没合眼。一个月后才让顺儿出门，学也耽误了，只能来年再上。

农历八月十五，最让人放不下的二闺女谢慧也要出嫁了。一谈起出嫁，慧儿就眼泪汪汪，求道："爹啊，娘啊，我不嫁，一辈子陪着爹娘。"

谢文元说："闺女，男大当婚，女大当嫁，天经地义。爹娘是为你一辈子好，有一天爹娘走了，你孤孤单单的，我们怎么放得下？"

谢慧转而求母亲："娘啊，求求你，我害怕。"

魏秀娥抹着泪说："傻闺女不怕，娘比你小就嫁了你爹，你说好不好？你崔叔叔多喜欢你，肃儒你也见过，多好的后生。"谢慧许给了崔生的长子崔肃儒，两家知根知底，六年前定了亲。崔肃儒长谢慧八岁，温文儒雅，在城里做玉器生意，是个多情体贴的人。

谢慧与崔肃儒的婚礼办得十分隆重，婚后崔肃儒对谢慧百般呵护。有了温馨的爱巢和如花似玉的妻子，崔肃儒有空就往家里跑，连生意也淡了。谢慧知书达理，把家里安排得井然有序，也敦促着夫君上进，叮嘱崔肃儒不得提前打烊回家，否则就不理他。她心思缜密，喜欢花鸟玉器，没有多久，她对玉器的鉴赏也一便十分精通。崔肃儒爱谢慧的才情，将谢慧的工笔画《昭君出塞》《西施浣纱》《贵妃醉酒》《黛玉葬花》挂在店里，有人出重金购买，他也从未松口。这小夫妻其乐融融，小日子过得如胶似漆。

29

谢顺终于要上学去了，魏秀娥把儿子拾掇得干干净净。这孩子本就长得精巴，谁见了都喜欢。魏秀娥一再叮嘱："儿啊，到了学校听老师的话，好好学习，给你爹长脸。跟你一块儿玩的狗娃、牛娃、羊娃家里穷，上不起学，大了就是个睁眼瞎，一辈子受欺负。你爹说了，儿上到哪里，他就供到哪里，能回西安求学，回老家就有了希望。"

谢顺不耐烦道："娘啊，你说了多少遍了，我又不傻，还能学不过谁？把我的鸽子看好，鸽娃子别跑了。"

谢文元进来领儿子去报名上学，听见了母子二人的对话，说："上学要心无二用、专心致志，你再想鸽子，我就把鸽子送人了。学问是自己的，还是那句话，你们能上到哪里，爹就供到哪里。你说好不好？"谢顺应了一声好。

"我听人说，你能讲得很，把你妈讲过的故事，讲得连大人都迈不动腿了，见了爹咋就没话了？到了学校老师提问，会的要踊跃举手，不会的要虚心学习。做个好学生，爹脸上有光，你说是不是？走，爹领我儿上学去。"说罢拉上儿子的手出门去。

"娘我走了。"谢顺跟母亲道别。魏秀娥忍不住又唠叨："到了学校听老师的话，好好学，要勤快有眼色，鸽子的事娘知道，安心上你的学。"

"知道了，娘放心！"

谢文元喜滋滋地领着顺儿沿着乡间小路向学校走去。他对二儿子充满期待，这娃仗义，脑子灵活，是块好料。路边高粱红了，向日葵像个大金盘迎着太阳。学校外操场边的古柳千丝万缕，点缀上金色。年近半百的他，在这个乡村学校义无反顾地为理想奋斗。想到这些，他心里有些感慨。一路上都有学生给他鞠躬，今天送儿子上学，他比往常晚了些。报上名，他把谢顺交给教员说："严管勿怠。"

谢顺比同班的好多同学高出半头，教员让他当班长。他每日早晨拿上个馒头就往学校跑，开教室的窗子通风，擦桌子，带领班里的学生出操。中午吃了就往班里去，给家远的同学带上自己家里腌的咸菜，完成上午留的作业。下午放学帮着打扫好卫生，关好了门窗才回家。

魏秀娥笑着对谢文元说："你儿子可是孙猴子封了个弼马温，成了我们家的大忙人了。"

谢文元骄傲地说:"老师说他威信高,脑子灵。"

谢顺是班里的斗鸡高手,班里很少有同学赢得了他,他成了迎接其他班挑战的斗鸡代表。学校里有他两个表哥,大表哥魏仁福人高马大,是学校的斗鸡王。二表哥魏仁诚长他一岁,稳重和气,与他最好,特别喜欢《易经》,从小就跟他爹学医。

这天课间,魏仁福斗鸡摆擂台,说:"手下败将靠边站,不服气的上来斗,能斗三个回合,奖励一把花生。"后面跟着个提花生兜子的瘦猴。

班里的同学撺掇着谢顺上,他不上。同学们推着他嚷嚷:"我们班长一个顶俩。"

魏仁福不屑一顾地说:"就你,真是山中无老虎,猴子称大王,小屁孩,要能抵挡上三个回合,奖你两把花生。"他从小就看不惯这个不听使唤的表弟。谢顺到舅舅家,魏仁福总指派他摘桑子、揪杏子、捣乌鸦窝,不听话就挨脚踢。谢顺从心里不服气,但人家比他高一头、大一圈,胜券在握。今天当着这么多同学的面认怂,好没面子。

魏仁福趾高气扬地说:"我听说你能得不行,你要不敢上,从胯下钻过去,小爷今天就饶了你。王朝马汉听令,不斗就让他钻胯,再钻出个韩信来,哈哈。"

谢顺是个吃软不吃硬的主儿,这一激,不顾一切地上去迎战,架起右腿就要开战。魏仁福说:"大哥我今天用左腿,让你一马。"说完抢先一步把左腿压在谢顺的右腿上,看他难以支撑往前倾,突然把腿闪开。谢顺就往前倒,幸亏反应快,双手撑着了地。他不服气地爬起来,把腿架得高高的。魏仁福从下面一挑,谢顺又是一个仰面朝天。

从此以后,不服输的谢顺特意针对魏仁福苦练斗鸡。谢顺琢磨着,硬碰硬不是他的对手,那就扬长避短,避其锋芒,伺机进攻。

30

魏仁福是长子,家里人都宠着他,从小就养成了唯我独大的性子。他学习不好,性子又急,但对朋友却十分慷慨。年前家里从西安带回石榴、火晶柿子,给亲友送了些,剩下的被他拿上跟朋友们打平伙了。

魏夫人劝道:"福儿,这可不是白来的,你爹、姑爹好这一口,要细水长流慢慢吃。"

魏仁福说:"不要你管,我心里有数。"

正巧魏承祖在家听见了,立时教训了他一顿:"你就这么跟你母亲说话?你不好好学习,领上一群孩子称王称霸,你以为我不知道?我已经告诉你姑爹,不得徇私情,从严管理。"

魏仁福问："是不是我姑爹告的状？"

"知子莫若父，你的一举一动我一清二楚，还用得着别人？家里有些吃的，看把你显摆的，你把兜子里提的，给我放下了再走。"

魏仁福恼了："就这么点东西，小气的。"

"怎么跟你爹说话？没礼性的东西，你倒是大气，只是坐享其成。"魏承祖说完顺手就是一拐打到魏仁福身上。魏仁福把兜子往地下一摔，兜里的柿子摔得满地屎一样，气得魏承祖举着拐杖，说："气死我了，你这个没大没小的冲发君。"从此以后"冲发君"这个绰号就不胫而走。

到了放寒假这天，学生们打扫完卫生等着老师发家长通知书。好多学生都集聚在操场上聊天玩耍。

魏仁福摆擂台，欲定下今年的擂主，有两个争霸的败了下来。没人再争。平日与魏仁福最要好的刘海说："没有敢挑战的，我宣布今年的擂主仍然是魏……"话还未说完，只听一声"我来"，原来是谢顺前来挑战。

魏仁福见是谢顺，不耐烦道："去去去，手下败将。"

谢顺说："这一次败了，我心服口服。"

魏仁福说："没心思让你狗吃屎。"

"你不敢吧！"谢顺故意挑衅。

魏仁福果然是一点就着的脾气，立即应战："小屁孩，给脸不要脸，老规矩，三个回合。"

刘海宣布擂主争霸战现在开始。魏仁福像一头公牛冲了上来，谢顺像猴子一样灵巧地闪开。魏仁福再攻，谢顺再躲，就是不跟他拼蛮力。魏仁福气喘吁吁，嗷嗷叫着："你小子他妈的挨不起，老子一腿踢死你。"说完放开腿就要踢，谢顺从侧面一顶，魏仁福重心失衡，仰面朝天地摔倒在地。惹得围观的学生哄堂大笑，起哄说："今年的擂主是谢顺。""谢顺！""谢擂主。"

刘海把魏仁福扶起来，拍净身上的土，说："顺娃子不守规矩，使用奸计。要受惩处。"

谢顺说："谁的脚先落地，谁就输，斗智斗勇，谁规定这么个斗法是奸计了？"

魏仁福恼羞成怒，骂道："笑你妈的，你小子耍诈，老子今天饶不了你！"

三十六计走为上，谢顺知道大事不好，在一片混乱中拔腿就跑。

魏仁福擦干汗水，说："人呢？"

刘海说："溜了。"

"追。"魏仁福一声令下，几个帮手就跟着追了过去。谢顺心里忐忑，又不愿认尿，只管走自己的路。魏仁福与三个比他壮的学生把他围起来，上去就是一脚，骂道："你狗日的想溜，没那么容易。"

谢顺说："输不起，还打起人来了。"

"你用阴谋诡计，让我丢人现眼。"魏仁福说完又是一脚。

谢顺说："你要怎的？"

"你跟我回去，当着众人的面，让我斗你三个马爬，当众认输，永不再战，我就饶了你。"

"谁跟你不讲理地玩呢？"谢顺的拧劲上来了，抬腿要走。

魏仁福大喊一声："给我带走！"众人围起来连推带拉他要带走谢顺。

"走就走谁怕谁！"谢顺迈开大步往前走，到了操场已经没有人了，谢顺便问："你说怎么来？"

魏仁福见没有人，说："没工夫理你，要你记住再不敢了，打。"

这三个知道谢顺是校长的儿子，不敢上手，便把谢顺架住。魏仁福对着谢顺一顿拳打脚踢，然后扬长而去。

谢顺灰头土脸地回到家里，魏秀娥看儿子的狼狈样便问："这是咋的了？"

谢顺只说没事，魏秀娥哪里还有不明白的，问："你爹不让你跟人打架，你是不是打架了？"

谢顺冤枉地哭了："我跟谁打架了？玩不起还打人。"

魏秀娥很少见儿子这么委屈，问道："你说是谁？这么霸道，娘找他去。"

"还不是那个冲发君。"

魏秀娥说："你没事惹他干啥？"

"我哪里惹他了，是他斗不过还打人。"

"你小小年纪斗个啥啊，以后咱不斗了。"魏秀娥劝道。

"我饶不了他。"谢顺不听劝，记上了仇。

魏秀娥一边给儿子扫身上的土，一边说："跟你大表哥还记上仇了，算了算了。"

谢文元已知晓此事，但回到家中只装作不知道，对谢顺说："考得可以，继续努力。我看你领上一群人跑啊跳啊斗啊，你要把精力用在学习上更好。"

谢顺搪塞道："那是准备参加运动会的。"

"你的脸怎么搞的？"谢文元接着问。

"碰的。"

谢文元说："你还敷衍开你爹了，我略有所闻，说，怎么回事？"谢顺低头不语。谢文元恼火了："我就看不惯你这个坏毛病，不说是不是，去门外跪着去，想通了进来说。"谢顺咬着牙忍着泪往外走。

昌儿拉着哥哥说："爹，我二哥被魏大哥哥打的，还怪我二哥啊？"

谢文元最疼小儿子，而昌儿与二哥的关系最铁，二哥对他最好，带他骑大马、踢沙包、堆雪人、打牛儿，有了好玩的、好吃的都想着三弟。

魏秀娥从不在人前护子，对昌儿的表现甚是理解，便说："知道好赖了，你二哥没白疼你。"

谢文元深知此事不全是谢顺的责任，便也略有松口："还不洗了干活去。"

从此以后谢顺对魏仁福敬而远之，再也不跟他交锋。魏仁福却耿耿于怀，常胜不败的斗鸡王成了笑柄，岂能善罢甘休！

31

初夏，野鸭子又成群地在苇湖中觅食，这是野鸟繁衍后代的季节。昌儿最喜欢吃咸鸭蛋，尤其是咸野鸭蛋，橙红色的蛋黄像个油坨坨，就着热馍馍那才叫香呢。休息时谢顺同两个家贫的同学，到远处一个少有人去的大湖滩上的芦苇墩上捡鸟蛋。蔚蓝的天空中一轮光芒万丈的太阳，照得清澈的水面直泛金光，一群群水鸟自由自在地在湖滩上嬉戏。他们脱掉衣服，脖子上挂着书包，连说带闹地跑进水里，扑腾扑腾打着水花向各自的目标游去。惊恐的野鸭子、水鸡、鸳鸯、水鸟扑棱棱地飞起来，低低地盘旋，幼鸟在母鸟的带领下隐进了芦苇丛中。

谢顺水性好，游到了湖心高地上，这里是鸟孵化的天堂。草丛里的鸟见人过来，扑腾腾地飞起来，盘旋在空中低鸣着。谢顺摸着热乎乎的鸟蛋异常兴奋，他把鸟蛋一个一个检查，确认没有孵化的放进铺了草的书包里，分层放好后才小心地游回来。

两个朋友一个捡了七个野鸭蛋，一个什么也没捡上。谢顺一共捡了四十五个，他把蛋分了一些给两位朋友，然后准备穿衣服回家。

正在这时魏仁福、刘海、瘦猴擦着汗走了过来，见到沙地草上的鸟蛋，刘海大呼："啊，发财了！"

魏仁福嬉皮笑脸地说："野鸭子见我来了，把蛋下到面前孝敬我的，来，把蛋都给我放到衣襟里。"

谢顺的两个同学，谁不知道魏仁福的厉害，哪个敢跟他计较，只能忍气吞声。

刘海他们上来就拿蛋，谢顺哪里肯干，挡着说："你们这不是明抢吗！"

魏仁福说："没有记性的东西，又跟大哥来劲了，把他给我拉过去。"刘海和瘦猴一人拽谢顺一条胳膊把谢顺拉开。魏仁福显摆地拿起一只野鸭蛋对着太阳看了看，说："透亮，新鲜得很。刘海把蛋给我放好，到前面的树下生一堆火，用泥裹上，烧得香香的吃一下。"

刘海用自己的衣服盛上蛋，放在魏仁福的白纺绸长衫衣襟里说："老大，你前面走，我们断后。"

魏仁福得意地说："量他小泥鳅掀不起大浪，走。"三个人兴高采烈地走了。

此时谢顺气不打一处来，趁其不备，赶上前去就是一脚，把魏仁福衣襟里的蛋踢得放花似的，溅得身上皆是。谢顺踢完提上衣服大喊："快跑。"等魏仁福一伙回过神来，已经看不见人了。

魏仁福垂头丧气地回家，进门时正碰到魏承祖送谢文元出门，见魏仁福这个样子，魏承祖便问："你这是咋的了，身上糊的是屎啊？"

魏仁福说："还不是谢顺那个坏家伙，一脚把我衣服兜着的野鸭子蛋都踢烂了。"

魏承祖说："你也不是个省心的，还不换洗去。我说这个顺儿也得管了。"

谢文元脸上挂不住，说："是得管。"

魏承祖说："娃娃的事回去好好说，这两个都不是省油的灯。"

谢文元转过话风，接着说正事："学校举步维艰，可再难也要办下去。政府无能，哪里能顾上学校。要走的老师也是为了养家糊口，上不起学的学生还得再做工作。这个月的薪水，我们再想想办法。"

太阳快落山的时候，谢顺又捡了十七个野鸭蛋。回到家刚把蛋放到案板上，就听见爹在院子里怒气冲冲地喊："谢顺你给我出来。"

听这口气，谢顺知道大事不好，乖乖出来，低着头不敢看爹。

谢文元说："你这个混虫，又给我惹祸。"

魏秀娥听谢文元说了事情的原委，却不相信顺儿会这样无缘无故踢人，提醒谢文元一定要问明白。魏秀娥拿着小笤帚给二儿子扫尘，想缓和一下气氛，说："你咋又给你爹惹事呢？抢你仁福哥的蛋。"

谢顺答："是他们抢我们捡的蛋。"

谢文元正在气头上，说："你还有理了？就是你的，也不能使坏，搞得你哥一身脏，你去给你哥认错去。"

谢顺犟得很："我没错。"看谢文元沉下脸，魏秀娥心疼儿子，开导道："听爹的话，去给你哥认个错，以后他要就给他，犯不着针尖对麦芒的。"

谢顺不服气，就是站着不动。

"我不信治不了你这个不听话的毛病。"谢文元彻底怒了，拿起板子就抽，几板子下去，谢顺屁股上便留下了几条红印。

站在二哥身边的昌儿吓哭了："爹，不打、不打。"

谢文元说："记住，听话就不打。"

32

第二天下午快下学时，谢顺和班里两个同学练跳远。昨天抢鸟蛋的几个人扑上来把谢顺按住，刘海说："看你还往哪里跑？"

瘦猴恶狠狠地说："看你还敢不敢犯上作乱？"

魏仁福说："休跟他磨牙，给我按紧了，看我的。"说着便从书包里拿出一个三角纸包，打开一面，往被按住的谢顺后颈倒进去，谢顺痛得"啊啊啊"地惨叫。魏仁福弓着腰，得意扬扬地拍着谢顺的头说："小屁虫，记住了没有，还敢跟我发横？"

谢顺疯狂地要挣脱折磨，拼命往上一蹿，脑袋就冲魏仁福的嘴和鼻子撞了上去，只听得魏仁福大叫一声"妈啊"，就朝后倒了下去，魏仁福两手捂着脸，那血就从手指缝往外涌。谢文元闻声朝这里跑过来，刘海恶人先告状："谢校长，大事不好了。"

谢文元盯着沙坑子里满身是血的魏仁福和正在抖衣服的二儿子，并没有注意到围观的学生一脸惊恐的表情和地上正在逃窜的蝎子。谢文元怒火中烧，厉声命令："把这个混虫给我按倒。"

"不用。"谢顺倔强得很，自己趴下。谢文元手持戒尺，向二儿子稚嫩的屁股打下去，尺尺带血，抽得谢顺屁股上血肉模糊。

崔生听了在场学生的报告，跑过了抓住谢文元的手，说："你疯了，不明是非，把这么好的娃打成这样！"

教员也在一旁劝解："谢顺天天早来晚走，以身作则。马驹家爹死、娘嫁人，爷爷奶奶年老力衰，没钱上学了，天天拉着羊在窗前听课，谢顺便动员同学给他家干农活、打柴，还把自己的干粮给他，同学都说他的好。"

谢文元知道了事由，心里那个痛，回头再看二儿子已不见踪影。谢顺跟跟跄跄地走啊走，身上的蝎毒还在扩散，屁股上火辣辣的，每走一步都钻心地痛。脸上的泪水和心里的委屈交织在一起，漫无目的地走着，最后昏昏沉沉地跌倒在草丛中。

谢文元后悔万分地往家赶，在门口碰上回家的谢国，问："见你二弟了没有？"

谢国说："我也刚到家，爹怎么了？"

魏秀娥闻声出来，说："没见人啊，是不是又有事了？"

谢文元脑子乱哄哄的，着急地说："赶快分头去找。"

魏秀娥见状，腿都吓软了，摇摇晃晃地问："这是咋的了？"谢国抢先一步扶住了魏秀娥。

谢文元说："我冤枉顺儿了，恐怕是打坏了，赶紧分头去找。"他从来也没有这样憔悴过，失落和悔恨让他一下子苍老了许多。

谢国说："爹，你和娘在家候着，没事的，我去把二弟找回家。"

谢忠、囡囡也闻讯赶了过来说："我们去就行了，不会有事。"

谢文元心里着急，催大家赶紧一起出去找人。

全家立刻分头去找，谢文元心里百般忏悔，声音都在颤抖："顺儿，你在哪里？回家吧，我的儿。"

魏秀娥声声呼唤："顺儿回来啊，别让你爹担心了。我的儿啊，娘求你了。"

天渐渐地黑下来，乡邻同学也帮着找，谢顺的名字从不同的方向传开。

魏秀娥拖着个大肚子，又心疼丈夫又心疼儿子，一屁股坐在路边哭了起来，身边的昌儿也哭了起来。谢顺像在缥缈的云雾中听到母亲在哭，挣扎着起来，但很快便又摇摇晃晃地摔倒了，他向魏秀娥呼唤的方向爬去："娘……娘……儿在这里……"

仿佛是母子连心，魏秀娥听到了谢顺微弱的声音："儿啊。娘来了。"

昌儿扶着她，急急顺着声音传来的方向走去。她看见二儿子向她爬来，便对昌儿说："大声告诉你爹，你二哥找见了。"

昌儿大声喊："爹，我二哥在这里。"

谢文元循声跑过来，众人也向这里聚拢。魏秀娥抱着浑身滚烫的二儿子放声大哭。谢文元摸了摸谢顺的头，赶紧背上二儿子往家跑，谁也不让替，连声说："谢谢，谢谢，都回家吧。"

谢国在后面帮着爹，谢忠在前面开路，囡囡扶着魏秀娥，昌儿紧随其后。一阵风把谢顺吹得清醒过来，他不让爹背，要下来，说："爹，我没事。"

谢文元不放，安抚道："听话，乖乖的。"

谢顺还是挣扎着下来了，没走几步又摔倒了。谢忠强行把顺儿背上。在门口遇见焦急不安背着药箱的魏承祖。谢文元说："哥，把你也惊动了。"

魏承祖答道："这么大的动静，都这把年纪了，脾气上来咋就管不住自己呢。"

谢文元问："仁福怎样？"

魏承祖说："该让他接受教训，这个冲发君。走，赶紧给顺儿瞧瞧去。"

谢顺的屁股上的肉和裤子粘在一起硬邦邦的。魏承祖倒了半盆开水，又放了些盐，用剪子把裤腿剪开，对谢顺说："忍住些，疼呢。"接着用白布蘸上盐水滴在揭不开处，待软了再轻轻揭下来，清洗了伤口，看得魏秀娥直流泪。伤口面积太大，魏承祖撒上消炎药，用块干净白布遮住伤处，喂谢顺吃了退烧药，说："是条汉子，一声都没吭。娃还在发烧，伤得太重，我开个方子，去取药，按时服用。过上三天我再来给他换药。"

魏承祖开完药方后又交代说："忌口，切莫沾水。那我先回了。"

谢文元嘱咐谢国："打上灯笼，送你舅回去。"

魏秀娥送大哥出大门，让哥哥路上小心。魏承祖拍了拍谢文元的肩膀，说："文元，不是我说你呢，你下手太狠了，打残了，可是一辈子的事。"谢文元此时心里正在流血。他哪里想到这一顿板子彻底打掉了谢顺上学的念想。

送走魏承祖，谢文元扶着魏秀娥说："不让你去你不听，大着个肚子，若是有个事，那可咋办？看你浑身的土，还不换了去。"

魏秀娥说："这一急把肚里的老杆子忘了，还好没事儿，看你也一样，也换了吧。"

谢文元最是讲究形象的，换好衣服出来，嘱咐魏秀娥："我去改作业、备课了，顺儿那儿得经心些。"

魏秀娥宽慰道："把心放得宽宽的，一切有我，你放心。"

谢国送舅舅回来正巧听到他们的对话，便对爹娘说："爹娘有我呢，你们放心休息吧。"

昌儿也在一旁附和："还有我呢，我陪二哥。"

魏秀娥心里感动，搂着昌儿说："我的儿啊，还轮不到你呢。"

这一夜谢文元操心发烧的二儿子，不时地去看，怕他烧坏了脑子，待到天亮烧退了，才放心地去了学校。

33

谢国上学住在二姐家，读书之余还能帮二姐干些家务活。他是个实诚人，自己的事从不让二姐操心。他喜欢做饭，菜炒得有滋有味，闲暇时还能帮着二姐夫照料玉器店。

崔肃儒问他："明年毕业了，咱爹打算让你干啥？"

谢国说："爹的意思让我回西安读专科，但这么乱又不放心。我是想不读了，出去做事还能帮衬家里。"

崔肃儒说："想过没想过跟我干？"

谢国不知如何回答，只说还得听爹的，便说起了谢顺挨打的事。谢慧一听，与崔肃儒第二天上午就赶了回去。魏秀娥有好些天没见二闺女，拉着谢慧的手说："越发单薄了，吃些好的。"

崔肃儒在一旁说道："挑剔得很，不吃肥的，不喝奶，这几天倒开胃了，只是吃什么吐什么。"

魏秀娥一惊，问道："是不是有了？"

谢慧不解："有啥了？"

魏秀娥便直截了当地问："是不是怀上了？"

谢慧羞坏了，说："娘啊！吓死人了。"

魏秀娥说："怕什么，生个大胖小子，你公婆得高兴坏了。回去让你舅给你号个脉，要真是，得小心为好。"

崔肃儒心里欢喜，说："这可是天大的喜事，我们赶紧回去告诉爹娘去，爹娘急着要抱孙子呢。"

谢慧说："先去看了二弟，见了咱爹再说。"

这几天谢昌陪着二哥，细心伺候着。谢顺不能走动，屁股挨不得炕，多数时间得趴着。谢文元让谢忠从城里买来了蜂蜜，让他喝蜂蜜水拉屎顺畅些。他想吃红烧肉，魏秀娥不让，只说等他好些了让他吃个够。

魏秀娥一行人进了谢顺的屋，谢慧说："二弟，让二姐看看怎么样了？"说罢就要揭起顺儿的遮羞布。

谢顺光着腚，用手挡着说："不行。"

魏秀娥知道二闺女爱干净，也帮谢顺拦着，说："那就算了吧，无大碍，养几天就好了。你这个弟弟以前吃药比登天还难，如今一到时候，自己要着吃呢，知道吃药少受罪。"

谢慧说："二弟还是让二姐瞧一瞧，姐也就心定了。二姐给你带了好吃的。"

谢昌趁其不备把白布揭开了说："二姐，你看。"

谢顺抓住谢昌的手说："你小子出卖我。"

谢慧不看则罢，看了只觉心惊："天啊，咋？爹也……"

魏秀娥说："你爹也是为他好，打他比打自己还痛，看他给你二弟抹药那痛苦的样子，娘看了心里也不好受。昌儿快给你二哥盖上。"

谢昌给二哥盖上，说："二哥说不疼，见了爹就发抖，还让我告诉爹别为他担心。"

崔肃儒说："二弟啊，知道心疼爹娘了，这就好。以后你得省心呢，你看咱爹头发都白了。"

魏秀娥说："这是个灾气，也是该着了，过了就好了。你爹说还是女儿好。走，到我屋里说话去。"

崔肃儒说："今天下午有个客户，还是我在好，顺便告诉我爹娘好消息，不知他们得多么高兴呢。"

谢慧说："把你轻狂的，还不知道是不是呢！"

崔肃儒说："娘都说是了，那肯定错不了。当心些，等我来接你。我走了。"

魏秀娥交代："回去问你娘好，有空过来。"

快到了吃午饭，谢慧专候在门口迎接爹。看爹过来忙迎上去说："爹，我好想你啊。"

谢文元说："好闺女，爹也想你，有时间常回家看看，你娘常念叨呢。"

谢慧给爹仔细扫着身上的尘，说："爹说得是。爹的精神欠佳，有些事过了就过了，爹都是为我们好。"

谢文元说："爹盼着你们都比爹过得好。你爹这辈子就一个字'累'。"

谢慧说："我们都以爹为荣．爹把心放宽。"

魏秀娥说："你爹啊，就是个操劳的命，忧国忧民。

众人聊了一会儿，便听囡囡叫吃饭。今天谢慧带来了大肉，烧了红烧肉满院子飘香，魏秀娥说："他爹，顺儿嚷着要吃呢，他舅让忌口呢，你说能不能吃？"

谢文元说："大家都吃他没有，他心里能痛快？少吃些没事的。"

吃了饭，谢慧让爹试她为他新做的长衫。谢文元说："上次你做的还新着呢，还有你大姐夫带过来的，多了也是个负担，别让你公婆有意见。"

谢慧说："两家一样的，这也是公公的意思。"

魏秀娥说："你爹可当个东西穿呢。"

谢慧说："可不是，都说我爹是个衣服架子，我公公的都打了褙子了，我爹的还像新的呢。"

魏秀娥笑道："一双鞋你二弟一个月就穿破帮了，要不是你大姐，我就光给他做鞋了。"

正巧魏承祖过来给顺儿看诊，说："这娃的肉皮子真好，无大碍了，过几天自己能动了。"

魏秀娥说："不让人管，拉个屎都要自己来，痂上裂开了，红兮兮的。"

魏承祖说："这娃这么犟，像个男子汉。"

谢慧给舅上茶，魏承祖瞧着谢慧瘦了，说："慧儿越发像个林黛玉了。"

魏秀娥说："哥，你给看看，说不舒服的。"

魏承祖诊了脉说："是喜脉，有一个月了。"

魏秀娥大喜："阿弥陀佛。"

夜里崔肃儒来接谢慧，听了好消息高兴地说："我爹说这个学期结束了，也搬到城里看孙子，全家就团圆了。"

谢文元道："是该这样。"

34

谢顺的伤结了痂，就不愿意待在屋里，爹去学校，他便上后院飞鸽子，仔细看着，怕鸽子和院里的鸡娃子被老鹰叼了。

魏秀娥给他敷药，看活动的地方痂有些裂开了，露出鲜红的肉来，心疼地说："让你好好待着，你就是不听，闹发了自己受罪，你爹担心。"

谢顺安慰道："娘，没事，外面多好。"

谢昌在一旁帮腔："娘，大老鹰叼咱家的小鸡，要不是二哥都叼上天了。"

魏秀娥说："用柳筐扣住，你把它们放开，老母鸡也护不过来。"

谢昌说："我二哥说，鸡就是刨吃虫子的，这样长得快，到了秋天就下蛋了。"

"你啊跟上你二哥心野了，钻空就往后院跑，浑身没好的。顺儿，你要收心呢，你爹让你把学过的复习好，落下的功课你爹回来教你。你倒好，不学不问。儿啊，学下是你自己的，一辈子受益。"

一说到上学，谢顺头就大了，爹就是个阎王，魏仁福就是个催命的，这个学他是不想上了。

谢昌说："娘，我哥说是装给我爹看的。"

谢顺拍了谢昌一把，说："你啊，出卖我，我是怕娘担心。"

谢文元回来，对撅屁股正趴着的谢顺说："怎么穿上裤子了，让爹看看你的伤。"

谢顺不看爹，也不作声。

谢文元说："我儿不怕，爹以后再也不会无缘无故打你了。"说完要上手脱二儿子的裤子。

"爹，我来。"谢昌顺手就替二哥脱了裤子。

谢文元说："我昌儿顶事了。"

魏秀娥附和："可不，他二哥的意思都是他传达的，想干个啥，想吃个啥的。两个人叽叽咕咕，寸步不离。"

谢文元看了看创面，说："干了，裂了的我给上了药，抹些獾油，要好一些。"

"你洗手吃饭吧，我来就行了。"魏秀娥拦住谢文元，自己要上手。

谢文元执意要自己来，说："自己的儿子，不妨事，我来。"

魏秀娥把药递过来，谢文元仔细地给二儿子敷了药，抹了獾油用布遮住，一边给他提裤子，一遍交代："落下的功课爹给儿补上，活到老学到老，一生一世忘不了。"

到谢顺的伤痂退了，长出嫩红的肉，能够自由行动了。魏秀娥千叮咛万嘱咐，告诫顺儿说："没有好透，千万不要上房上树，不小心伤着了可不得了！"

谢顺满口答应着，说："娘，放心就是了，我又不傻。"

魏秀娥转而交代谢昌："昌儿，你给娘看着你二哥，他若是不听话，上房爬树，赶快告诉娘。"

谢昌满口答应："娘，二哥要不听娘的话，我就告诉爹。"

谢顺拍了一把谢昌，说："你敢告诉爹，二哥就不带你玩了。"

这日，谢文元从学校回就寻顺儿，魏秀娥朝院里扫了一眼，说："刚才还在呢，这会儿咋就不见人了呢？昌儿找你二哥去。"

"算了，无事。"谢文元想着顺儿伤也好得差不多了，必然无甚大事。如今也快放假了，他正为拖欠教员的工资寝食不安，得力的老搭档崔生也将进城，加之政治时局混乱，诸事烦扰，他也无过多心思顾二儿子。

35

新学期开学这天早晨，魏秀娥把谢顺收拾得体体面面，谢文元领着谢顺上学校，父子二人像得很。谢顺神情紧张地跟在谢文元身后，离学校越近，他的心情越沉重，到了学校门口浑身直发抖。

谢文元看二儿子这个样子，又气又悔，问："你这是怎么了？"

谢顺低着头，满脸的汗，浑身仍然在打颤。谢文元说："不怕，有爹呢。"

这话让谢顺更加紧张，恨不得挣开爹的手。谢文元恨铁不成钢，责备道："你啊，咋成了扶不起的阿斗？"父子二人僵持着，引得学生驻足观看。

谢文元有些火了："你给我走不走？"

好在教员赶了过来，接过谢顺的手说："谢校长，你忙你的。"

教员连哄带推地将谢顺带进了教室，又在教室强调："同学们，班长回来了，大家欢迎！"说完不忘训诫大家："大家要遵守纪律，努力学习，不许打架斗殴。"

谢顺听到"打"字，立刻冲出教室，跑得不见踪影。教员无可奈何，只得告诉谢文元。谢文元说："你去上课吧。"

教员担心地说："不会出事吧？"

谢文元宽慰道："放心去上课，没事。"

谢顺并没有回家，怕后面有人追，一气猛跑，直跑得筋疲力尽才停下来靠着一棵大柳树喘气。他知道回去不会有好果子吃，呆呆地望着大雁南飞。休息了一会儿，他又漫无目的地走啊走，来到碧波荡漾的黑河岸边，在冰凉清水湾里游了一会儿，游累了躺在晒热的沙地上发呆。

中午谢文元回家寻谢顺，魏秀娥一听顺儿又不见了，立时急得不行，让赶紧去找。谢文元纳闷了："今日可是没动他一指头。"

谢忠也顾不上吃饭了，起身就要出门去找，谢文元只说没事，让大家安心吃饭。

"地里有活。"谢忠拿上馍便出了门。

魏秀娥站在门口大声交代谢忠："见了顺儿让他赶紧回来，就说他爹不打他。"

谢忠骑上马向黑河寻去，那是谢顺常去的地方。谢顺自从听说黑河有龙，能腾云驾雾呼风唤雨，就异想天开地想看看真龙，便常常往黑河边上跑。他从小爱骑马，谢忠便拉着马让他学，他学得快，骑得稳，谢忠也就由着他骑着马去黑河边放马。

谢顺看到谢忠寻过来，坐起来说："二老你咋来了？"

"你这个娃啊，咋不让人省心呢？你爹娘急死了。听话，吃了回家。"谢忠边说边把馍给谢顺。

谢顺接过馍，低头答道："二老，我不想上学。"

"娃啊，放着好你不走，后悔的是自己。"谢忠心疼这孩子，生怕他日后受苦，耐心劝着。

谢顺说："冲发君害我，我爹当着那么多同学的面打我，人活一张脸，树活一张皮，我哪里还有脸进学校。"

"打是亲骂是爱，不打不骂是祸害。听话，别让你爹娘着急上火。"

谢顺想起那天晚上爹娘的样子，他的心也在颤抖，他说："二老让我在这儿想一想，待会儿再回，行吗？"

谢忠不依："那不把你爹娘急坏了。"

"二老，我就在这儿放马，你给我爹娘说一声，没事儿。"

谢忠勉为其难地答应了。

太阳快落山时，谢忠领着顺儿进了门。谢文元心平气和地说："洗手吃饭，明天好好上学，不能再跑了。儿啊，爹是为你一辈子着想。"

魏秀娥在一旁帮腔："听你爹的话，你不上学，这不是要你爹的命吗？这都是为你好，我的儿啊。"

第二天早晨，谢顺不知什么时候出的门，待到谢文元去叫他上学，早不见了踪影。谢文元气得没辙，叹道："这个不争气的！"

魏秀娥劝道："他爹，别气伤身子，孩子怕是胆子吓破了，好好地劝，慢慢地来，让他转过弯来。"

谢顺没有去别处，而是来到自家地里。谢忠牵着牲口过来，说："顺儿啊，咋就不听话，看把你爹气的。"

"我怕上学。"

谢忠不解，问："上学好有啥好怕的？现在去还来得及。"

谢顺说："二老没上学还不是一样吗？"

"我不是上学的料，见书就傻了。你脑子灵光，千万别学我，上了学干大事，听二老的话快回去。"

谢顺不接话茬，只说要去放牲口。

谢忠瞧着孩子心里不痛快，问："没吃吧？我给你烧个苞米吃。"谢忠捡了些柴，用火镰子点着了火，一边烧苞米一边点着烟锅抽烟，嘱咐顺儿别走远。

谢顺答应着："就在渠边上。"渠水停了，深水处有鱼藏在草丛里。他拴好牲口，脱掉长裤下渠摸鱼，一条一条金色鲤鱼、肥大的鲫鱼被他扔上岸。等到中午吃饭时，两根柳条穿着的鱼都耷拉到他的脚上。

谢忠不禁感慨："娃啊，还是你行，二老不如你，咱回吧。"

谢顺不想回去，对谢忠说："二老，你把鱼带回去，我就在这里。"

谢忠怎么劝，谢顺也不松口回家，谢忠也只能由着他，自己回家报信去，临走前说："顺儿啊，你太犟了。别去玩水，我很快就带饭回来。"

傍晚，谢顺惴惴不安地回到家里，他想着一定得挨顿打了，但是爹爹并没有出现。魏秀娥见顺儿回来，拉着他的手说："吃上我儿的鱼，儿的孝心爹娘领了。儿啊，娘更喜欢我顺儿好好上学。"

谢顺说："娘，我没脸去学校，我怕上学。"

谢文元这时才进门，语重心长地说："娃啊，你爹这把年纪，为了想上学又上不起学的寒门娃有学上日夜操劳。你帮助过的马驹，爹让他自主旁听，他学得可好了。马驹没条件要学，你有条件为啥不学？儿啊，学下本事就是自己的呀！"

夫妇二人苦口婆心地劝说，他们完全没有在意顺儿的恐惧心理。谢顺翻来覆去，一夜未睡，第二天一早还是悄悄跑了。第三天一早，昌儿提前守着，谢顺才出房门就被拉住了，昌儿大声喊："爹，二哥又要跑了。"

谢文元把二儿子堵在院子里，无奈地说："爹不逼你，你自己上学去，爹以后不打你，你安心上学，行吧？"

魏秀娥千叮咛万嘱咐，把谢顺送出门，看着他向学校走去才安心回家。他磨磨蹭蹭地，到了学校门口已经迟到了，正碰上老师处罚学生。谢顺紧张得心快要从嗓子眼跳出来，扭头又跑了。从此以后，他没脸面对爹，就想方设法躲着爹。谢文元无奈，为了让二儿子放松下来，也没有再逼着他去上学。

谢忠只好日日带着谢顺下地，让他看着牲口，他就骑着马到河边去放。为了打发日子，谢顺常常到水湾子凫水，帮着打鱼的老爷爷下网，老汉喜欢这个顶事的孩子，有时会给他鱼。谢顺晚上总是悄悄溜回家。囡囡每日在厨房给他留饭。夜里躺在炕上，谢顺也是提心吊胆，翻来覆去，生怕被爹揍，养伤时好不容易养胖了些，如今慢慢又掉了肉。

二儿子变得又黑又瘦，当爹的看在眼里，疼在心里，事情到这个份儿上，他也是追悔莫及。这天晚上，谢文元终于下定决心，预备满足顺儿的心愿，和魏秀娥商量："顺儿这样下去也不是个办法，你把顺儿叫来，咱把话说开了，他不爱上学便不上了吧！"

魏秀娥知道谢文元心里不好受，劝解道："娃他爹，你把心放宽，等孩子大些懂事了，知道好赖了，就知道你的好了。"她把顺儿从马圈里拉出来，说："儿啊，你爹不逼你了。他这么说一不二的人，为你也妥协了，你大了就知道后悔了。走吧，没人会动你一指头。"

谢忠在一旁劝："去了给你爹认个错，听爹的话。"说罢又同魏秀娥感慨："娃是个好娃，就是太犟了。"

待顺儿进了屋，谢文元才开口说话："儿啊，你娘说强按牛头不喝水，我算是知道了，我娃一时想不通，不愿上学，爹随你，我娃想通了想上学了，爹教你。往后你要好好跟你二老学农活，民以食为天，三十六行行行出状元。爹娘老了还指望儿呢。"

谢顺的事儿总算是有了了结，过了没几日，魏秀娥便生下老杆子闺女芳儿。这年十二月，袁世凯公然称帝，改称"中华帝国"，年号"洪宪"，没过多久，就在全国一片讨伐怒潮中忧惧而死。

36

两年后，谢文元调到肃州中学任国文教研室主任，他跟魏秀娥合计好了，自己去了先跟谢国住，安排好了全家再搬过去。谢国毕业后在教育会上班，他为人勤快忠厚，甚得上司的信任。

谢慧夫妻一向恩爱，自从给崔家生了个儿子，更得婆家欢心。崔肃儒的玉器生意也是风生水起，一家子过得称心如意。

谢文元要去县城上班，最放心不下的还是顺儿上学的事，这是他的心病。如今这对父子之间很少交流，相互又都有亏欠感。晚饭后谢文元叫住要去后院的二儿子说："娃啊，爹要走了，你大了，懂事了，像个庄稼娃了，但总不能一辈子种田吧，人活一世干什么都需要知识，你还是去上几年学吧。"

谢顺怯生生地望了爹一眼，看到了爹那有些祈求的眼神，低下头去不作声。

谢文元又说："儿啊，爹想知道你的想法。你不说，爹心里总是个事。"

"爹，我这么大的人了，哪有脸跟着小孩子混。"谢顺低头答话。

谢文元说："你学过《三字经》，苏老泉，二十七，始发愤，读书籍，成了非常有名的大文学家，名垂青史。你现在正是时候。"

"爹，不是说好了的。"谢顺固执地低下头，自尊心作祟，他没有回旋的余地。

谢文元知道二儿子的倔劲上来了，开导说："儿啊，爹知道你要脸面，跟爹去城里上学，没人知道。"

"爹，我不去。"

"儿啊，长大了你会后悔，会埋怨爹的。"

"爹对我多好，我知道。"

谢文元又一次让步了："娃，爹还是那句话，想上学的时候告诉爹，有爹在不能亏了你。在家听你娘的话，不要让家里人担心。"

谢顺说："爹放心去，儿听爹的。"

谢文元这才勉强放心出门，临行前魏秀娥又详细检查了一番行装，说："他爹，你看看还缺啥？"

谢文元说："我常用的都装好了，日常起居你看着办，一截截路，想回来就回来了，那边准备好了就过去了。谢忠他们还是一起过去有个照应，你别担心。"

谢忠在一旁问："哥，我不种地咋活呢？"

囡囡岔开谢忠的话，说："嫂子过去时把小丫带过去，我就这么一个丫头，有合适的给她在城里定下个，就好得很了。"

谢文元说："我经心着，谁有缘分能娶上咱家小丫是他的福。"

魏秀娥也应着："我给我哥也说了，有合适的先定下来。"

魏秀娥却不知谢文元和顺儿已达成了共识，暂时不再纠结上学的事儿，仍以为顺儿要一同进城上学，便对顺儿说："你的东西娘帮你收拾好，你爹说明早早点走。"

谢顺说："我哪里也不去，就跟娘在家。"

魏秀娥说："怎么说你呢，你爹为了你读书，头发都愁白了，长大了有你后悔的。"

"顺儿机灵得很，干个啥像个啥，不上学可惜了，我说还是跟你爹上学去。"谢忠在一旁帮着劝说。

谢顺说："我就跟二老种地。"

谢文元对谢忠说："你们该有个帮手了。"

"我就是个种田的命，庄稼长在我心上，就喜欢个不会说话、善解人意的牲灵，一天不见心里慌。你让顺儿跟我种田，耽误了前程实难当。"谢忠始终认为谢顺该去读书，仍旧劝着。

谢顺说："二老，我愿意，都不种田吃啥？"

37

秋收是庄户人家最喜庆的日子。在谢文元编写的一整套《新农经》的指导下，今年的秋粮丰收在望。谢家留下魏秀娥看家，其他人全都上阵。每年这个时候谢忠都在瓜棚里过夜，直到收完秋。

今年谢顺也不回去，他要像个男子汉干出个样子来。清晨霜打的大地像撒了盐一样，天朦胧雾蒙蒙，他就开始掰玉米棒子，全然不在意衣服被打湿了。

谢忠说："这娃咋都说不听，太阳出来了再掰也不迟。"

谢顺手上活儿也不停，说："二老，我年轻，你再躺一会儿。"

谢忠担心他着凉，预备着起火堆让他暖和一下，说："清鼻子淌地，我隆上火了，快来暖和暖和，把衣服烤干了，别凉着。"

"我没事。二老，太阳出来了，把被子搭到棚上晒一晒。"

囡囡和谢昌送饭来了，谢顺拉过谢昌来给他烤露水打湿的裤腿。谢昌说："二老、二哥先吃饭，我收玉米心喜欢，今年有个好收成，欢欢喜喜过大年。"

谢忠听着谢昌说话齐齐整整，对谢顺说："你看上学就是不一样，我说顺儿听你爹的话，收了秋快上学去，二老就盼你出人头地，我也沾个光。"

囡囡说："你二老说的对呢！"

吃了午饭，谢顺立马接着干活，也不歇一会儿，谢忠劝道："歇一会儿再干，别挣断了肠子，牛还要喝水呢，这娃干哇哇地吃上，连个水都不喝。"

谢昌忙给二哥端了碗茶送去，说："二哥，喝了茶再干。摘棉花摘得我腰疼了，你不累？"

谢顺接过茶一口气喝完，说："尕尕的娃娃哪里来的腰，你趴下，二哥给你揉揉。"谢昌趴下，谢顺光着脚，踩着昌儿的腰揉搓着。谢昌舒服得直哼哼。

晚上，叔侄二人早早钻被窝，谢顺累得眼睛都睁不开，腿抽筋，胳膊僵。谢忠摁着谢顺抽筋的脚埋怨道："娃啊，往后干活悠着点。农民苦啊，不说面朝黄土背朝天，风吹雨淋日头晒，就说辛辛苦苦干一年，交了公粮地租，能剩几成是自己的？我们这样的家庭，青黄不接还缺粮，佃农雇农更难熬，二老劝你学本事，干啥都比农民强。"

谢顺说："我也不想一辈子当农民，二老你说干啥好？"

谢忠说："这得听你爹爹的，他见多识广，有本事。你跟二老不一样，父母双全有教养。"

收了秋，打够了冬天烧的柴，便进入了漫长的猫冬季节。谢顺提着粪筐看斗鸡，心里痒痒啊，他多么希望自己也有一只打遍天下无敌手的斗鸡。他没有钱，也从来不会开口问娘要。这天他在斗鸡场边看见了一位卖斗鸡的老汉，卖的是秋天出窝的雏鸡。他恋恋不舍地盯着看，摸摸这只，逗逗那只，爱不释手。

卖鸡的老汉都被他打动了，说："娃，我这个斗鸡好得很，这里没有这个种，是我儿子从新疆弄上来的，说是老毛子的种，养成了没比的。"

谢顺说："我没钱。"

老汉说："拿东西换也行。"

"我有今年的鸽娃子、农家鸡。"

"看你娃爱得不行，老汉我今天如你的愿，两只鸽子换一只斗鸡，便宜了你。"

谢顺立马道谢，说："谢谢爷爷，您等着，我去去就来。"

老汉说："快些的。"

谢顺一口气跑回家，在鸽堂子里抓了两只好鸽娃子，揣在怀里，气喘吁吁地跑到老汉跟前说："爷爷，您看行不行？"

老汉说："好喜欢人的娃，你叫啥？"

"爷爷，我叫谢顺。你告诉我您家在哪，打了鱼我给您送去。"

老汉说："你是谢校长的娃？"

谢顺说："对，谢校长就是我爹。"

老汉说："我说咋这么眼熟呢，你爹对我们有恩呢，让我娃识文断字出息了。你爹走了，开学了才知道，乡亲们都感谢谢校长的恩德呢。我家就住在村西头，都知道我焦老汉。"

谢顺看哪只小鸡都一样，拿不准地说："爷爷，您给我挑个好的。"

焦老汉说："好，爷爷给你挑，你给爷爷好好养，五谷豆子虫子杂杂的按时喂，要强壮多飞跑，要凶悍敢斗狼，斗出名气就好了。娃，我看这两只好。"

谢顺挠着头问道："爷爷，咋看呢？我只能换一只。"

焦老汉说："娃，爷爷喜欢你，一只太孤单，好事要成双，这两只腿壮、脖子粗、嘴利，眼里有杀气，好好养，错不了。"

"谢谢爷爷。"谢顺说完便揣着两只斗鸡欢天喜地地回到家。

魏秀娥见谢顺抱着东西回家，问："你又出啥惊呢，揣着啥？"

谢顺开心地说："娘，我用鸽子换了两只好斗鸡，养大了威风得很，值钱呢。"

魏秀娥摇摇头，说："你爹知道了，没你的好。"

"娘，千万别让我爹知道，又不耽误干活。你就让儿开开心地养，行不行？"

魏秀娥觉得这个儿子可怜，说："喜欢了就好好养着，藏着掖着不是个事。"

谢顺把斗鸡拿到后院，见谢忠正在淘麦子准备磨面，问："二老，我把斗鸡养在哪里好？"

"这娃，鸡就养在鸡房里，还能往哪里养？"

"斗鸡小，大鸡叨坏了，咋行呢！"

谢忠说："叨尿了，就不叨了。"

"那不行，斗鸡要让别的鸡都怕它，认尿了就玩完了。"

"说道还多得很，那你说养在哪里？"

"我看这样，白天让斗鸡跟大鸡熟悉，晚上扣在马圈里，黄鼠狼叼不走，二老说，行不行？"

"你都想好了，能说不行？"

"二老，晚上喂马的时候多经些心。"

"我这里没事，就怕你爹那里。"

"二老，我爹要是知道了，你说是你抓的。"

"你爹心里明镜似的，小孩子家可不敢说谎。"

38

谢顺自从养上斗鸡，一门心思都放在这两只鸡上，半夜里都去照料。在他的精心呵护下，这两只斗鸡不但吃五谷，还天天有小鱼吃，见他来了就拍打着翅膀抢着啄他手上的豆子、胡麻籽籽。它们长得又快又好，很快就在鸡群中称王称霸。他按照焦爷爷交代的要领训练斗鸡，为了练斗鸡的耐力，他早晨、黄昏赶着斗鸡在野地里跑，在黑暗处喂吃食练眼力……引得谢昌下了学就跑过来看他飞鸽子、训斗鸡。

魏秀娥过来，见兄弟俩赶着斗鸡，满头是汗地从外面回来，警告说："顺儿，你不念书我也没办法，昌儿可是你爹的金娃娃，是学校的好学生，跟随你心昏脑热的，天不黑不学习，你爹能愿意？"

谢顺说："我往回赶他呢，可他不走啊，让我咋办？"

谢昌说："娘，教员让长跑练耐力，强身健体，保卫国家。没个好身体，一切都是空。你看我二哥脱掉衣服全是肌肉，胳膊上的两块肌肉铁一样硬，连个伤风感冒都没有。我就不行，我也要像二哥一样身体棒棒的，你说好不好？"

魏秀娥说："哎呀，我的儿，说话也是一套一套的。我愿意，只怕你爹过几天放假回来不愿意。"

谢顺说："我的好娘亲，你不告诉爹就没事。"

魏秀娥说："猫走了老鼠反了，你娘护你还来不及呢。但是，什么事能瞒过你爹？你爹最烦玩物丧志，你俩给我小心些。"

谢顺觉得娘说得有理，说："三弟，你可不敢来了，加油给爹考个第一，二哥就能过关了。"

谢昌说："为了二哥，我也得拿这个第一，娘你说行不行？"

魏秀娥说："只要拿上第一，都好说。娘有言在先，顺儿，你爱斗鸡，娘从你，但不能赌输赢，赌那可是会上瘾的，那是亡命徒败家的玩法儿。"

谢顺说："我听娘的，一辈子都不沾赌。"

魏秀娥想，二儿子也够苦的，能开开心心过农闲，做娘的心里也好受些，于是说道："儿啊，你也不小了，得把心收一收，过了年到了城里，你可得专心读书。"

一听说读书，谢顺心有余悸，说："娘，书我是读不了了，我也不去城里，我就跟二老种田。"

魏秀娥说："我们都走了，留下你，爹娘能放心？"

"有二老在，有啥不放心的。"他铁了心留下来种地，也免得爹娘成天劝他去上学。

魏秀娥说："你就是离不开你那些个天上飞的地下跑的玩意儿，连爹娘的话也不听了。"

谢文元寒假回来，谢昌拿了第一，他高兴得不行，小儿子聪明仁义，是他的希望。

谢顺劈柴打水积肥，手粗脸皱，谢文元心疼不已。中午吃饭，谢顺特意砸冰窟窿打了鱼来孝敬他，他又觉欣慰。

吃饭时，芳儿黏在谢文元的怀里不肯下来。魏秀娥在一旁伸手要抱她过来："芳儿，别缠你爹了，到娘这里来，让你爹安生吃个饭，好不好？"

"不碍事的。"谢文元抱着芳儿不放，继续挑鱼刺，喂老杆子闺女吃鱼。为了缓和父子之间的紧张关系，他没有过问顺儿的事。这让魏秀娥把心放到了肚子里。

年前谢国给父母弟妹买了过年的礼物回来过年。谢文元说："国儿你不小了，该成家了。"

谢国面红耳赤，说："婚姻大事父母做主，儿子听爹娘的。"

谢文元说："我的同事王相业的闺女王思怡，今年十七，贤惠人好，有机会见个面，要满意了，爹为儿求之，你看怎样？"

谢国答："全凭爹娘做主。"

晚上三兄弟又像小时候一样睡在一个炕上，谢顺要大哥讲水浒梁山的故事。谢国说："你要是读书识字多带劲，天下的好书多得很，自己想看啥看啥。听爹的话，跟我们一起进城读书去，全家都高兴。"

谢顺打定主意不读书，说："我要是干出个财主来，就让咱爹咱娘回西安住瓦房、坐轿子、吃好的。现在提起读书，我屁股上的肉就跳。"

谢国说："你做梦呢，土里刨食能刨出个财主？你还是听爹的话！"

谢昌在一旁帮腔："二哥，咱俩上一个学校多好，爹娘放心。"

谢顺没有半分退让："你哥傻啊？丢死人了。"

"不偷不抢有啥丢人的？学校里比你大的学生多的是呢。再者说，书中自有颜如玉，书中自有黄金屋，读书的好处大了去了！"谢顺一副油盐不进的样子，谢国只得百般诱惑了。

谢顺立时发问："不说这，颜如玉是个啥？"

"不读书就不懂了吧？这是典故，窈窕淑女，君子好逑。"谢国耐心解释。

"我明白了，大哥读书就是要娶个颜如玉。"谢顺故意曲解道。

谢国恨铁不成钢，恨恨地说："你懂个啥，听爹的话没错。"

39

谢文元国学功底颇深，在学校屈指可数，讲课妙语连珠，学生喜欢听他的课。他为人正直，口碑颇好，与阿谀奉承、任人唯亲的官场格格不入。

同事王相业祖籍河南，是位得过且过好好先生，心中有货，出口无彩，循规蹈矩，苦熬多年，级别却很低，如今又受排挤，职位不保。幸得谢文元力排众议，全力保举。

王相业业余爱好制印，谢文元的篆书颇有神采，二人有工有书，珠联璧合，作品颇得好评。

大年初二谢文元领着谢国去给王相业拜年，给谢国提亲做铺垫。谢文元提醒儿子："到了王老师家要落落大方、有自信。"

"我听爹的。"谢国脸皮薄，不敢主动亲近异性，这也许是遗传。

到了王家门口，正巧王相业用竹竿挑着鞭炮，女儿思怡拈着香火，却不敢正视炮捻子，怎么也点不着个鞭炮，只得像父亲求助："爹，俺不行，你来点吧。"

王相业鼓励道："妮子胆子大一点，看准了点。"

谢文元见状，插话进来："闺女胆子就是小。"

王相业看谢文元领着文质彬彬的谢国来拜年，忙把手里挑着炮仗子的竹竿交给闺女。王思怡与后面的谢国目光相碰，像触电似的，忙转过脸去，面红耳赤，心慌意乱，没有接住。竹竿就"啪嗒"一声掉到地上，二人又同时弯腰去捡竹竿，头碰了个正着。思怡惊呼一声，粉脸桃花，冲着捡起竹竿的谢国嫣然一笑，转身往院里走。

谢国生平第一次接触这么令人神迷的姑娘，心里像揣了个小兔子，连连说："对不起，对不起，失礼了！"

谢文元向王相业道贺："开门见喜，天下皆春。"

王相业握双手回礼："新年吉祥，万事如意。本来准备去给你拜年，谁知内人突感不适。我说放炮爆爆，小妮子胆子小，点不响个炮仗子。"

谢文元说："闺女都胆小，谢国拿着呢，你来点。"

王相业从谢国手里接过竹竿说："我撑着让侄子来点。"

谢国忙从地下捡起还燃着的香，把炮仗子点着，一片噼噼啪啪的爆竹声欢欢快快地响起了。

王相业请谢文元屋里用茶，闻到思怡上茶时衣裳的药味，问："你娘吃药了？"

"吃了，说好多了，出个汗就好了。"

王相业说："闺女能不能给弄两个菜？我与你谢伯伯喝两杯。"

谢文元见状说："弟妹有恙，我就不打扰了。"

王相业挽留道："我知道你俩还没有吃饭，这么远的路，怎么能让你们饿着肚子回去？一定得吃了再走，你们不要嫌弃就好。"

思怡说："爹，我准备去做饭了。"

谢文元有备而来，抓准机会就说："我这个大儿子做饭还行，谢国你去帮把手。"

王相业有些意外，说："还会做饭，真不简单。"

谢文元答道："他二姐不便，他不做谁做？"

王相业把谢国领到厨房说："闺女，你谢大哥给你主厨来了。"

思怡满脸通红地说："爹，我中——"

在如花似玉的思怡面前，谢国只想好好表现，反倒落落大方地说："你歇息去，让我来吧。"

思怡说："别把你的新衣裳弄脏了。"

谢国把袍子的前襟折起来，挽起袖子说："不要紧。"

思怡指着围裙说："大哥不熟悉，还是我来。"

谢国围上围裙说："姑娘说，我做，行吧？"

思怡娇羞地说："我听大哥的。"

谢国谦虚道："我做得不好，还是姑娘吩咐我照着做。"

思怡说："做饭有俺娘呢，俺学呢。"

谢国建议："我看就做三凉三热，多了浪费了不好。过年吃饺子，你看行不行？"

思怡问道："是不是怠慢了些？"

"六六大顺，万事如意。"谢国解释道。

思怡润润的杏眼闪烁着，说："大哥说得真好，先做凉菜，让大伯和俺爹先喝着。"

谢国安排着："凉菜现成的卤猪肉、耳、舌、蛋做个拼盘，油炸花生米，拌个金丝翡翠。"

思怡择着菠菜说："大哥俺家没有翡翠啊！"

谢国说："姑娘手中正是翡翠。"

思怡嫣然一笑："大哥跟我开玩笑来。"

"明太祖朱元璋少年时贫困潦倒入了沙门，家乡大旱颗粒无收饥肠辘辘。化缘到一户好人家，给了他一碗白米、菠菜、白菜煮的饭汤，他从来没有吃过这么香的东西。做了皇帝之后山珍海味食不甘味，就想吃这个，这个就成了珍珠翡翠白玉汤了。"谢国娓娓道来。

思怡看谢国的刀工，片是片、丝如线，秋波点点地说："大哥你真行。拿什么做金丝呢？"

谢国说："鸡蛋糊摊成薄页切成丝。"

思怡楚楚动人地说："真好听，是菜谱上的吧？"

"我看姑娘要做菠菜，就想起明太祖的事，也就想做这道菜。"

这厢王相业见这两个孩子一见如故，高兴地说："我这闺女来了生人不愿照面的，今天见了你大儿子不认生，这岂不是缘分。"

谢文元说："这两个娃真是前世缘，你要是愿意就让思怡做谢国的媳妇吧。"

王相业说："让我跟娃她娘和俺闺女说好了再定，你看中不中？"

谢文元说："要是同意了，正月十五我们两家去赶庙会，合了八字，我就请媒人上门提亲。天生的一对，还望成全。"

40

谢文元同谢国走在回家的路上。落日的余晖给大地镀上金色，晚霞灿烂，祁连山银装素裹。

一路上谢国恍恍惚惚的，有时喜上眉梢，有时心事重重。等到了家，便进了自己的屋连晚饭都不吃了……

魏秀娥疑惑："国儿有些不对劲？"

谢文元笑道："儿子大了该成家了。"

魏秀娥说："不是说王先生有个好闺女，要为谢国提亲吗？"

"你说奇不奇，王先生的闺女不愿见生人，今天不但见上了，两人相当投机，配合默契地做了一顿饭，出了人家的门，咱儿子就是这副神魂颠倒的样子了。"

"国儿可是一根筋的，赶紧给我儿提亲去，莫让他伤了心。"

"已经说过了。"

"能成不能成？"

"他们要商量了再说。咱们静候佳音。"

魏秀娥着急，说："我看得加把劲儿，请媒人提亲去。"

谢文元不让："凡事得水到渠成，急不得的。我已约了王老师正月十五赶庙会，他若赴约，婚事就有望了。"

夜深人静，谢国在院子里踱步。

谢文元出来说："儿啊，夜半更深不休息？"

谢国打了个激灵，从梦境中醒来惭愧地说："都是儿子不好，我这就回去，爹去休息吧。"

谢文元说："婚姻大事要看缘分，缘分到了好事成，没有缘分岂能强求？放宽心，爹会尽力的。"

正月十五，王相业同王夫人带着思怡，谢文元、魏秀娥带着谢国如约去金泉赶庙会。

金泉因金而得名，相传很久以前有人路过泉边，天热口渴，取泉水而饮之。发现泉水喷涌，金光闪闪，有金溢出，取之果然得金，因此而得名。这里庙宇宏伟香火旺盛，流水潺潺，林木葱茏，是善男信女的圣殿，也是文人墨客抒怀之地。谢文元、王相业闲暇之时结伴郊游，吟诗作赋，不亦乐乎。

王夫人快人快语拉着魏秀娥的手说："这件狐皮大衣，也就能配姐姐的好身材、好容貌。"

魏秀娥说："妹妹容光焕发，有这么好的闺女相伴，好让人羡慕。我这件大衣还是我结婚时的陪嫁，没穿过几次，打算传给大儿媳妇，不知行与不行？"

王夫人说："这么金贵的物件，得配得上的。"

魏秀娥说："我看思怡就好。"

说得思怡粉脸通红，目光与谢国不期而遇，忙低下头去，心里像揣了个小兔子。谢国的心也好像要蹦出来似的。

王相业解围："雪压青松蓝天白云，艳阳高照春光无限。"

"良辰美景天作美，阳春白雪庆丰年。"谢文元与他一唱一和。

庙会上人流如潮，摩肩接踵。随着熙熙攘攘的人流，谢王两家一个庙一个庙地拜，到了午时，寺里有斋饭、粉汤、馍馍供应。

魏秀娥布施了一块银元，说："这都是做饭的善男信女化来的百家粮，吃了祈福免灾，都来吃上些，我还要带上两个馍回去给我的娃分着吃。"

从大雄宝殿出来，王相业与谢文元你一言、我一语地闲聊着，突然王夫人叫了起来："思怡不见了！"两家人立马向不同的方向寻去，也不见思怡的踪影。

王相业先沉不住气了，着急得不行："这……这如何是好？"

王夫人埋怨起来："干啥来连个闺女都看不好。"

王相业说："找人要紧。"

谢文元环顾四周，发现谢国也不见了，顿时放了心，说："谢国也不在，这两个孩子一定在一起，不会有事的。"

过了一会儿，果然两人一起出现了，思怡在前，谢国远远地跟在后面。王夫人抹着泪说："死妮子，你吓死人了，干啥去了？"

思怡未语脸先红，磨叽了半天才吐出两个字："方便。"

王夫人问："你谢大哥陪你去的？"

"没有啊！"王思怡脱口而出。

谢国惴惴不安地说："我看姑娘一个人，怕出事，远远跟在后面，没敢惊动她。"

王夫人说："好细心的后生，我放心了。"

41

谢国的婚事算是定下来了。谢顺依旧让人发愁。谢顺耍鸽子玩斗鸡又怕被谢文元责骂，每每谢文元回来，总是躲着不敢出来。

谢文元看在眼里急在心里，前车之鉴又让他狠不下心来，便与魏秀娥商量道："娃他妈，顺儿你要劝呢，这样下去不是个办法。"

魏秀娥说："拧得很，咋说也转不过这个弯来。娃他爹，各有各的命呢，别揪心了，随他吧。"

谢文元不甘心，打定主意要给二儿子铺好路，让他今后的路好走些。他来到后院，谢顺正赶着斗鸡从外面回来，斗鸡身上还套个沙袋子。谢顺抬头看见爹和颜悦色地瞧着自己，惴惴不安地低下头。

谢文元说："你也不小了，该收收心跟爹进城去，读几年书，大了有个好事干，爹也放心了。"

谢顺还是那句话："爹说好的，你就依了儿子吧，我不上学，再苦再累不怪爹。"

谢文元失落了，自己酿的苦酒自己喝，他要为二儿子的前途另作打算。

谢顺常去看斗鸡，别人的斗鸡都有个名，他也给自己的起了名，毛色鲜亮、鹰嘴金爪的那只叫大鹏，他记得爹说过大鹏抟扶摇而上者九万里；毛色较深的叫开山，因为母亲给他讲过一只开山鸡的故事。

谢忠心疼谢顺，也就由着他，他还是个娃娃啊！

麦子抽穗了，谢顺的斗鸡长得凤凰似的，该到一试身手的时候了。他先找了附近的斗鸡来斗，大鹏出场所向无敌，开山胜多败少，他的胆子渐渐地大起来。赶集的日子，谢顺带着开山去赶场子，战绩不错，他的内心便有些膨胀。这一日适逢赶集，他背篓里背着蓝布罩着的开山，随着赶集的人流来到集市。斗鸡场上人声鼎沸。他挤到前面，看两只斗鸡斗得惊心动魄，心里痒痒的。两场斗鸡过后来了一个满脸滚刀肉的壮汉，此人叫戈大，是斗鸡场上说一不二的一霸，把蓝布罩子罩着的鸡笼一放说："今天谁还敢斗？"

没人应战。

"脓包一群！"戈大满脸骄横。

谢顺初生牛犊不怕虎，急于显摆，出来应战："我敢！"

戈大不屑一顾地说："小屁孩，一边耍去。"

斗鸡场的老板说："娃，这不是你玩的地方。"

"我想斗鸡。"谢顺很执着。

围观的人想看热闹，在旁起哄："娃，把你的鸡放到场子里看一看。"

谢顺把开山放进斗鸡圈子里，引来不少的好评。

戈大问："怎么个斗法？"

"我不赌，只试试我的开山行不行。"

"开你娘的蛋，戈爷叫你开开眼，输了把鸡留下让爷打牙祭。小二，把我的无敌放进去。"

无敌目露凶光，开山也不示弱，四目相持，翎毛竖起。斗鸡场上尘土飞扬，鸡毛乱飞，血呼啦啦，一众看客直呼过瘾。谢顺的心都要提起来，眼睛看不过来，时间好像要凝固了。

"该死的畜生，让你狂！"

恶狠狠的声音传来，谢顺看到败阵的开山被戈大拗断了脖子，一阵慌乱，失望到几乎崩溃了。回到家，他魂不守舍地睡了两天。

谢忠劝慰道："一只鸡有啥舍不得的。还是听你爹话，读书做人。"

"胜败乃兵家常事，人家就是干这个的，你的斗鸡能这样就不错得很了。"焦老汉听说了这事儿，也赶来开导谢顺。

谢顺不服气，好胜心让他更加努力地驯养大鹏，简直是废寝忘食。终于等到大鹏跟无敌较量的机会了。斗鸡场观战的人们从来没见过这场比意志、比凶狠的恶战！当谢顺看到大鹏踩着无敌的脑袋、昂首挺胸显示胜利的时候，他激动得流下了泪水。

戈大气急败坏地大叫，抢起棍子向大鹏打去，大鹏腾空而起直扑戈大的眼睛，戈大惊慌失措，摔倒在地。

谢顺见戈大失去了理智，抱着大鹏撒腿就跑。

戈大连滚带爬地喊道："你小子不把大鹏给我留下，看老子怎么收拾你！"

42

谢文元让魏秀娥过来商量买房子的事，谢顺便把母亲送到二姐家。第二天，谢顺坚持要回去，怎么也留不住。

魏秀娥直叹："你啊，心不在了。"

谢文元说："天上飞的、地下跑的、河里游的，哪样都得放得下。小小年纪玩物丧志，这还了得？儿啊，收收心回来读书吧。"

谢顺不作声，他们也没法子，只能让他回去。谢顺走了，谢文元失眠了，儿子虽然不在身边，但他对这个儿子的关心从来也没有减少过。谢顺现在以大鹏为种鸡孵化小斗鸡，成了名人。整个冬天谢文元都吃着谢顺孝敬的鸡、鱼、鸽子，却高兴不起来。他为顺儿的前途担忧，一念之差就可能误入歧途，怎能放任他！谢文元与魏秀娥交代："老婆子，咱再也不能由着顺儿的性子来了，这是害他，不是爱他。"

魏秀娥说："放假回来你好好对他说，你别看他怕见你，人前可为有你这个爹自豪呢。一口一个我爹咋说的，别人给他烟，他说我爹说了烟没好处，不要学那个。'酒是助兴的，少喝点可以，酗酒伤身又丢人万万不可，你看我爹抽过烟喝醉过吗？'这可是他的原话。跟他一般大种地的烟酒一样不少，你儿子可是烟酒不沾。"

谢文元越发觉得不能让谢顺继续耽误下去了，放了寒假，就刻不容缓地回到家，下定决心安排谢顺的未来。

天黑了，谢顺扛了半麻袋冻得硬邦邦的鱼回来。谢昌、谢芳看二哥回来了，高兴地说叫着："爹啊！娘啊！二哥哥打回来好多好多大鱼！"

魏秀娥看二儿子眉毛上都结了霜，心疼地说："衣服都硬了，换了到屋里暖和暖和。"

谢顺说："娘，没事，我爹费脑子，喜欢个荤腥，冻到柴房慢慢吃。"

谢文元甚感欣慰："知道心疼爹了，没白养，好孩子，快换了衣服吃饭。"

谢昌拉着二哥说："二哥打的火墙可暖和了。今天晚上我给你说武松打虎吧！"

谢顺夸赞道："我小弟长本事了。"

"你爹的书都让他看得差不多了。你三弟跳了一级还拔尖，儿啊，你要是好好读书，不比你弟差。"魏秀娥逮到机会就开始劝说谢顺。

"娘啊，人比人活不成，货比货没法说，上学的事娘就别操心了。芳儿跟哥来，哥在水桶里消了冻梨，又凉又软又甜，你给爹娘端上去一起吃。"

魏秀娥无奈："你啊，越大越不听话了，一说上学就不爱听了，吃苦的日子在后头呢。"

第二天午后，谢文元说好了要带谢顺去魏承祖家，却不见谢顺的面，说是赶着斗鸡出去了。魏秀娥看他脸色不对，忙说："我们先走吧，回来了让他二老告诉他，让他自己过来就是了。"

到了魏家，魏承祖说："我刚说要和你嫂子过去看看你们还缺些啥，城里的房子还没拾掇好吧？"

魏秀娥回说："什么也不缺。"

"怕哥看病不在家，在一个城里却少见了，一年到头忙忙碌碌的干啥了？"谢文元问道。

……

两家人欢欢喜喜地说了些体己话。魏承祖邀谢文元到书房品茶对弈，茶是魏氏家传的八宝盖碗茶，香茗可口保健滋润，配上自家打的葫芦小饼、杏仁酥，别有一番风味。

谢文元与魏承祖说起了谢顺的事儿，魏承祖责怪他："你怎么能让顺儿一个人在家？他二老隔着呢，能管得住他？今秋跟戈大斗鸡闹出来的事，要不是我出面，后果难料。"

谢文元说："现如今，没有啥事我也就没去刺激他，看来是我大意了。"

魏承祖接着说："戈大可是斗鸡场上的一霸，他的金字招牌无敌被顺儿的大鹏斗废了，他哪儿能善罢甘休？事后到处打听顺儿的住处，要报仇雪恨。斗鸡的事传得神乎其神，我家的仁福那天也在现场，回来给我说了，我岂能坐视不管。前年戈大得了绞肠风求医难治，求到了我，我下猛药回天，对我感激涕零。我说是我的外甥，才放了一马，你说悬不悬。"

谢文元抚额道："多谢大哥了！哥啊，我为这个儿子伤透了脑筋，死也不上学，也弄不过去，又是打骂不得，真是个要命的冤家。"

"这般放任自流，可不是害他！"

"谁说不是呢，今天过来，就是为谢顺求哥的。"

"有事你只管说，只要我能做到的我都尽力而为。"

"我与秀娥商量再三，谢顺只能劳哥费心，在哥这里做上三五年长工，能吃苦耐劳，学做人做事，也能安身立命。若是能成，弟感激不尽。"谢文元说出了自己的想法。

魏承祖犯难："这让我如何应承得来！家里的事有你嫂子，干活的事仁福管。我年事已高，两头顾不过来，幸好仁诚继承祖业，过上几年如果能接上，我也可以颐养天年了。顺儿的事责任太大，我哪里敢接下来呀！"

谢文元说："哥，弟知道这事儿难，可除了我信任的哥，我还能托付于谁？哥家有地、有铁匠、有驼队，能让他扎扎实实学门手艺，我也就心定了。"

魏秀娥这时也进来了，求着哥哥："哥啊，你就帮帮小妹吧，小妹一辈子感恩不尽。"

魏承祖沉思良久后说："若日后我对顺儿严厉些，你们可别心疼。"

谢文元一听，这事算是成了，连忙道谢："感谢哥！大哥办事我俩放心，你只管严加管教，顺儿长大了就知道舅舅的好了。"

43

腊月二十四扫房舍后，全家痛痛快快地洗了个热水澡准备过大年。晚饭谢文元让囡囡准备几个好菜，他到后院去叫谢忠，哥儿俩喝几杯。

谢忠正在筛草喂牲口。谢顺在一旁飞鸽子，见爹过来有点尴尬便走了。

谢文元对谢忠说："这些事让顺儿干就行了。"

谢忠答道："顺手的活。娃忙了一年了，让娃开开心心过个年。"

谢文元说："我们上了年纪，不能护犊子了，要让他能管住自己、养活自己。"

谢忠笑着说："哥要这么说，我也不好说，谁家的娃不正是淘气的时候？娃是精的呢，干个啥像个啥。"

谢文元解释道："我可没怪你的意思，我们都是为他操心、为他好，过了年也不小了，该懂事了。我让囡囡做了几个菜，咱俩喝几杯。"

小丫过来请谢文元示下："大老，大妈说凉菜齐了，红烧肉、羊肉泡馍，鱼准备好了。大妈说都按大老的意思摆好了，还要啥告诉我，我马上准备去。"

"你们先吃你们的，让你爹洗洗换件衣服，要啥去了看你爹的。"谢文元答道。

"哥先走，我换了衣服就来了。"谢忠说道。

"不急，你去换衣服，我来喂牲灵。"

谢忠换了件干净的黑布对襟褂子，同谢文元一起来到西厢，二人脱了鞋对面坐定。凉菜上桌了，凉拌三丝、绿豆芽、猪杂拼盘，炕烧得热热的，火盆里的火红红的，烫酒缸子里的开水在火边冒着热气，桌上是一瓶陈年西凤酒。

谢文元先开口说话："过了年又忙上了，苦了你了。"

谢忠说："我没哥劳心费力，给自己干不苦。哥这么好的酒留下招待客人，我喝啥都好。"

谢文元斟上酒说："来，咱们这第一杯酒敬天敬地敬爹娘！"

谢文元又将酒斟满，说："二弟为了这个家辛勤劳作，哥敬你一杯。"

谢忠连忙说："大哥是这个家的主心骨，没有哥就没这个家，这杯酒应该敬哥。"

谢文元再次满上："兄弟一条心黄土变成金，来，一起干了这杯。"

谢忠举杯说："能有哥是我的福气，这杯酒应该是我敬大哥。"

谢文元说："你我情同手足休戚与共。过了年小牛也该上学了，往后好好培养，光耀门楣。"

谢忠说："但愿应哥的吉言，我先干了。"

兄弟俩喝酒谈心，说说今年，商量明年。谢忠说："哥，我心里窝着件事，不知当说不当说？"

"兄弟之间有啥不能讲的，你说。"

"三个儿就属顺儿从小就跟上我受苦，我为他抱屈呢。"

"我今天就为这事跟二弟商量呢。我跟他舅说通了，让顺儿去他舅家当几年长工。"谢文元说道。

谢忠眼睛瞪得老大："哥，你说啥？当长工？那不中。"

"他舅还会亏待他？先戴上笼头学好，让他吃些苦，懂事了，愿意上学让他上学，愿意学手艺让他学门手艺。再往后就由他了，我也管不了了。"

"这就是哥说的先苦后甜，中。"

过了年，谢文元把顺儿叫来说："儿啊，又长了一岁，个子要赶上爹了，你坐下，爹跟你说个事。"魏秀娥把二儿子拉到谢文元身边坐下。

"儿啊，学校举步维艰，爹欠了你舅一笔债，这笔债压得爹喘不过气来。你们兄弟三个，你大哥要成家了，你弟还小。你说怎么是好？"

谢顺坚定地说："我娘给我说了，父债子还天经地义，爹你说多少，儿子还。"

"儿啊，你舅不要钱。"谢文元掩面说道。

谢顺问："那咋办呢？"

谢文元说："你舅不要，我们不能赖账。儿啊，人无信不立，这可让爹无法面对。"

"儿子听爹的，爹说咋办好。"

谢文元说："顺儿，别怪爹狠心，这是没办法的办法，一钱亦分明，谁能肆谗毁。爹想让你去你舅家做三五年长工，把这笔债给还了。这是很苦的差事，你想好了再回答爹。"

魏秀娥拉着谢顺的手，说："儿啊，你可想好了，要不妈给你舅说去，等我顺儿读好书，干大事，挣大钱了再还。"

谢顺说："早还早好，让我爹心里好受了，儿子的心也安了，我去。什么时候走？"

谢文元夫妇真没想到二儿子答应得这么痛快。顺儿的孝心让谢文元伤感不已："儿啊，正月十五过了你的生日就去。"

谢顺说："只是苦了二老，我走了后，该我干的活都得让二老干。"

谢文元心情复杂，说道："你二老那里说好了，农忙时我们一起干。儿啊，拿人家的钱，受人家的管，你是个孝顺的好孩子，咱不能言而无信，怕苦怕累，安心干活，好好学本事。"

"爹，你把心放宽，儿子不会在舅舅家好吃懒做给爹娘丢人现眼的。"谢顺宽慰道。

魏秀娥的眼泪已经忍不住了，抽泣道："儿啊，有你这份孝心，娘就放心了。"

44

正月十六，谢顺由爹娘陪着去舅舅家做长工。谢文元心事重重，仿佛一下子苍老了许多。如今的光景都是那顿板子的罪过，罪与罚折磨着他。顺儿一天不自立，他一天不得安生。

魏承祖还是那样和蔼可亲："我说算了，你还是给我送来了，我农忙雇人也得雇个苦下的。顺儿能行吗？我看还是把他领回去读几年书，找个日晒不着、雨淋不着的差事干，多体面！"

谢文元说："哥，人我交给你了，该怎么使就怎么使，生铁不炼不成钢，人不摔打不坚强。"

魏承祖对谢顺说："顺儿，我和你爹之间的事本与你无关，现在回头还来得及，回去好好读你的书去。"

"父债子还天经地义，舅，我什么苦都能受。"谢顺打定了主意替爹还债。

魏承祖说："不听老人言，长大受饥寒。干活是你仁福哥管，你要听话，顺毛驴少挨鞭子。"

一听仁福，谢顺的头大了，忙说："舅，我跟你干。"

魏承祖拒绝道："你舅老了，看病都忙不过来，你哥成年了，该他管的交给他管，我不能一辈子养着他。"

谢文元说："儿要是后悔了，爹欠的债由爹自己来还。"

谢顺想了想，说："爹说过，开弓没有回头箭，我干。"

这时候魏仁福提着马鞭子进来，身穿狐领灰呢大衣，脚蹬着一双马靴，多疱的脸上有一双高傲的羊眼，带笑说："姑爹、姑妈来了。"

谢文元应了一声，说："我们来跟你爹娘告个别，顺便把你弟送过来，以后你就多操些心，带着你弟弟。"

魏仁福还是有些难以置信，说："我爹给我说过了，我还以为听错了，果真如此啊！姑爹你放心，有我错不了。爹，我和老铁到地里实地考察了，把今年的生产规划好了，爹要同意了，我们就抓紧准备春种了。"

魏承祖应下："这样好，仁福把你弟领上去安排了，从今以后就交给你管，管好了有你的功德，管不好拿你是问。"

魏仁福说："爹放心就是了，由不得他不听话。来，跟我走吧。"

魏承祖又交代一句："让谢顺跟哑巴住，那些长工晚上没好的，别把娃给教唆坏了。"

"知道了，爹、姑爹、姑妈要是没别的事了，我们就先走了。"

"没事，忙你的去吧。"

这时，谢顺眼泪不听话了，回头望着魏秀娥说："娘，来看我。"

魏秀娥也是一阵伤心："儿啊，听话，想娘了，娘就来了。"

谢文元担心这母子俩难分别，拉上魏秀娥准备走，向魏承祖告辞："哥，那我们也该走了。"

魏承祖挽留："吃了饭再走。"

谢文元推说下午还有课。魏秀娥还是不放心，叮嘱魏承祖："哥，顺儿性子烈，让仁福悠着点。"

魏夫人说："妹子放心，他爹不在，还有我呢。"

谢顺背着行李卷卷，像个犯错的学生，小心翼翼地跟着魏仁福来到马圈隔出来的一间马夫房。炕洞里煨着马粪，火盆里的柴疙瘩冒着烟，烟雾沉沉的。哑巴正在门口喂牲口。

魏仁福提着鞭子站在门口说："哑巴你过来。"

哑巴弓着腰迎了出来，花白的头发，锅底似的脸上满是褶皱，牙像上了黑漆，木然地望着魏仁福。

魏仁福说："哑巴，这个二娃子跟你睡，你教他伺候牲口，给我看紧了，别让他偷懒磨滑。"

哑巴看着谢顺伸出小拇指头，发出咿咿呀呀的声音，意思是太小了。

魏仁福不管他的，只对谢顺教训："二娃子，你给我听好了，让你伺候牲口，那是看我姑爹的面子。让你睡这里是我开的恩，如果把你放到长工房，端屎端尿沟门子发痒。从今以后，我是主你是仆，没有别的关系。唯命是从、循规蹈矩，好处多的是，否则我认识你，我手中的鞭子不认识你。"说完，转身就走了。

哑巴让谢顺进屋，把靠墙的炕上腾开了一块地方，让他把行李放下。等眼睛适应了，谢顺这才看清楚，苇席上堆着哑巴的被褥，像一堆破烂，老羊皮袄黑油油的。土墙苇子顶棚都是烟色，污浊的气味让他喘不过气来。在家里，魏秀娥讲究清洁整齐。现下这般，也由不得他后悔了，他的长工生活正式开始了。

中午饭时，魏仁福骑着马回来，哑巴把马缰绳接过来拴好了，取下马鞍子给马刷身上。一个尖嘴猴腮的中年人操着河南腔敲着碗喊道："吃饭了。"看见魏仁福下马，忙跑上去用袖子擦魏仁福靴子上的泥水，一边擦一边说："这好的马靴只配咱少爷穿，脏了不漂亮。"

谢顺最看不惯这些奉承，在一边嘲讽地哼笑。魏仁福顺手就是一鞭子问："你笑啥？"

谢顺被打恼了，质问："你凭啥打我？"

魏仁福又是一下。谢顺怒不可遏："冲发君你凭啥欺负人？"

魏仁福喝道："马皮、陇牛，还不给我把他抓起来。"

河南人马皮扑过去就抱着谢顺的双腿，瘦小冬瓜脸的陇牛抓住谢顺的手。

魏仁福接着命令："把他给我捆在拴马桩上。"

绑好以后魏仁福说："我打你一顿杀威鞭，饿上你一天，又能怎样？"说完反手又是几鞭子，打完后便扬长而去，这一去再没见人。

黄昏时分，魏仁诚来看谢顺，见他被绑在拴马桩上，大吃一惊，问道："这是谁干的？"

"冲发君。"谢顺委屈得眼泪花花在眼眶里打转。

"你怎么招惹他了？"

"谁惹他了，明明是他找茬。"

魏仁诚一边解绳一边说："二弟，听说你来做长工，我跟爹还争论了一番。如今你跟大哥之间的疙瘩，只能忍，别无他法。"

老铁过来帮着把绳解了，说："我看着像谢校长的二小子，又不敢认，这是怎么回事？"老铁是长工头，铁柱子一般魁梧，满脸络腮胡子，一身本事，铁匠活儿、木匠活儿都拿手。

魏仁诚叹道："一言难尽，我得说说我哥。铁叔以后多关照些我表弟。二弟，让我看看打伤了没有。"

待仔细检查一番，魏仁诚交代："我带了治伤的药，晚上睡觉自己往伤口上抹药，过几天就下去了。以后听话，不要使性子，惹不起躲着点。"

一听说是少爷的亲戚，马皮觍着脸凑上来说："娘啊，你是表少爷，我可不是有意的，大少爷的话谁敢不听？哪儿疼？我看看，以后有用我的地方尽管吩咐。"

谢顺不屑："不关你的事，我是长工。"

魏仁诚说："我去看姑妈，她说你嘴刁，让我给你带了一罐炸酱放在我房里。姑妈交代你晚上睡觉别蹬被子，我明天一早就要赶回去，你还有啥事，我带话过去。"

谢顺怕娘伤心，只说了一句："我的事千万别告诉我娘。"

魏仁诚答应了，让谢顺一起吃饭去。

"冲发君不让我吃。"谢顺不肯去。

魏仁诚拉着谢顺说："没事，有我呢！"

晚饭是甜面条咸菜。魏仁诚提着个黄瓷罐过来说："这是姑妈让我给你带来的炸酱，放上些滑肠提个味。"打开盖，上面厚厚的一层是雪白的油，那香味馋得马皮、陇牛围上来。

谢顺说："都有，一人放上些。"便先给眼睛里都像伸出手来的马皮放了，马皮嫌少说："抠，再来些。"

谢顺解释："太多了咸。"

马皮说："我爱吃。"

谢顺又给他放了些。陇牛扭捏地把碗伸过来，放了炸酱吃了个不抬头。他又给老铁、哑巴放上，才轮到自己。炸酱一下子拉近了谢顺与大家之间的距离。

45

哑巴没有想到谢顺对侍弄牲口、照看魏仁福的鸽子斗鸡那么在行。他喜欢这个能干事的娃。天黑以后哑巴靠着窗台一锅接着一锅地抽烟，呛得谢顺只能把头蒙在被子里。他想娘、想家，偷偷地哭了。

马不吃夜草不肥，哑巴晚上起来喂马。谢顺也要起来，哑巴按着他不让他去。哑巴对他好，铡草让他续草，起圈帮他推车，放牲口让他骑马，喜欢鸽子就让他玩鸽子，能少干就让他少干些，随着他。他渐渐适应了这样的生活，晚上听不见哑巴的鼾声还睡不好了，这一老一少相处十分融洽，像谁也离不开谁似的。

冰雪消融后往地里送肥是让他最高兴的，出了后门哑巴就让他回去看一看。谢忠见谢顺回来，问："你咋敢回来？"

"哑叔让我回来看娘，看我的鸽子和斗鸡。二老，我娘呢？"

谢忠说："你爹城里的房子，让你娘过去看怎搞好。鸡和鸽子都好着呢，你可别偷偷地往家跑，让魏大少爷知道了没你的好。"他遇见老铁打听谢顺的情况，对顺儿挨打心疼不已。

谢顺说："我跟哑叔往地里送粪，他不知道。"

谢忠担心魏仁福找顺儿麻烦，说："本不该悄悄回来，你还是小心些好。你二妈昨天烧了些红烧肉，你去吃上些再回去。"

"二老和二妈吃就好了，我还小，吃的日子多着呢。"

谢忠说："我们吃不吃都一样，你可不要亏了身子，听话，快去。"

"我正有事跟二妈商量呢。"谢顺说完，一趟子跑了过来。

囡囡摸着谢顺的头，心疼地说："枯焦的，热馍馍就着红烧肉好好吃上些。"

谢顺狼吞虎咽吃好了，说："吃饱了喝胀了，跟有钱的娃娃一样了。看冲发君把我怎样？二妈，哑叔的被子破得盖不住了，我明天拿过来二妈给补一补、洗一洗，行不行？"

囡囡答应了："只要能对我顺儿好，干啥都行，你明天送被子时把你要洗的、要补的都给我带过来，我一并干了。"

临走时，谢顺拿热馍夹上肉给哑巴带去，说："哑叔不知道有多高兴。我得赶紧走。"

第二天早晨，谢顺愣是说通了哑巴把他那床被子送到囡囡那里，晚上拿回来的却是一床新被子。囡囡说实在烂的没办法弄了，棉花里虮子多得硌硬，便在外面地里点了把火烧了。哑巴摸着新被子感动得不知道怎么好，这也许是他这辈子用过的最好的铺盖。

魏秀娥总觉得二儿子可怜，在二闺女家住了几天，把房子的事儿商量好了，就准备回家。女儿女婿留住又住了几天，见她唉声叹气、不思茶饭，只得赶紧送她回家。

魏秀娥放下东西就直奔哥家。长工们正忙着地里的活。哥出去看诊没在家，魏秀娥便跟嫂子谈起谢顺。

魏夫人说："好着呢，长工们对他不错。没想到这孩子人小，却有心眼，会维人得很。晚上给长工说书，大家听得上了瘾了。要补的、要洗的，我说我这里就行了，他不让。

他二妈拿来洗补好的，拿走要洗要补的，在心得很，妹子放心就是了。"

魏秀娥满心感激地说："我这个二小子就交给哥嫂了，将来出息了，我不知怎么报答呢。"

"你哥就怕出了事不好交代，学好三年，学坏三天。让你大侄子经心呢，责任大得很。"

"我知道给哥嫂添麻烦了。嫂子，我这个老二犟得很，却不会惹是生非，你放心，不会有事。"她有这样的预感，顺儿指得住。

下午魏承祖回来，兄妹说的还是谢顺。魏承祖说："这娃错不了，过了年我准备让他学铁匠、木工，他喜欢个啥就着重培养他，也好给妹子一个交代。等他回来，你领他回去住上几天。我这里可不能对他有好脸子，以免他得意忘形。"

"对得很，他爹不让他回家住，我今天破个例，明天一准让他回来。哥，我就不等了，顺儿回来告诉他我回来了。"

傍晚谢顺异常兴奋地跑了回来，一进院子就喊："娘，娘，我回来了。"

谢芳听见二哥的叫声先一颠一颠地跑了过来。

谢顺抱起小妹问："小妹想哥了没有？"

"想了。"

"哪里想了？"

谢芳指着心说："这里。"

"我也是想小妹呢。"说完便抱着小妹在原地风车似的转起圈。

魏秀娥担心他们摔倒，在一旁着急："疯的，都不小了，别摔着。"

谢顺放下小妹，看见谢芳被裹了脚，抹一把头上的汗，说："娘，现在不兴裹脚了，你咋还给小妹裹脚，受罪的。"

"大脚片子难看，嫁得出去？"

"娘啊，再剃头我把辫子剃了，麻烦的。"

魏秀娥说："万万不可，你这条辫子稀罕着呢，有几个能长上你这条辫子？你可得给娘好好地干，学出个样子来，娘老了还指望你呢。"

"哎，有啥学的，还不是给人家受苦。"谢顺不以为然。

"你舅说你农活干得好，来年让你学铁匠、木匠。铁匠、木匠干得好，可以到驼队学着做生意。就看你是个啥料。儿啊，人往高处走水往低处流，看你了。"

谢顺不出声，魏秀娥接着说："你要好好干活，千万不能逮着空儿就往家跑，放不下你的鸽子啊斗鸡的，让你大表哥知道了，没你的好。儿啊，你该懂事了，要清清白白做人，踏踏实实做事。"

魏秀娥在家，谢顺晚上收了工逮着机会就往家跑。魏秀娥担心他，问："给你大表哥说了没有？"

"要叫他知道了那就完了。哑叔给我打掩护，没事。"

魏秀娥说："娘明天一早要过去看着拾掇房子，得些日子，收拾好了就搬过去住。儿一天一天地长大，听娘的话，不要再惦记着鸽子、斗鸡偷着往家跑，定下心来好好干活，你大表哥通过了，你舅也好让你学本事。少惹麻烦，没事就回去吧。"

"娘啊，你咋赶开儿子了，天天晚饭是汤面条子，我就想个家的风干馍馍。"

魏秀娥知道二儿子吃汤饭吃不饱，便说："你二妈还给你留着红烧肉呢。"

"二妈织布呢，别惊动她了。"说完便拿起母亲预备好的风干馍馍大口大口地嚼起来。

魏秀娥把凉开水递给二儿子："慢些，别噎着。"这个儿子不管开水，还是凉水，抓起来就是猛灌。吃了风干馍馍，喝了凉白开，谢顺拍着肚子心满意足，然后和母亲聊起天来："别看冲发君现在威风，总有让他知道我厉害的那一天呢。"

魏秀娥拉着他的手说："你还记开仇来，那是你大表哥。不把你那个野性制服了，你还不反了天了。"

"我没他这个大表哥，二眼别在鬓角上，光找我的茬。"

"那也是为你学出个人样来。"魏秀娥开解道。

"娘和他串通起来整我，别以为我不知道。"

"越说越不像话了，这不是为了你好，让你学好争气，谁闲得没事干了，算计起自己的儿子了。想上学了，回来跟娘进城上学去。"

"娘啊，开个玩笑您就不愿意了。爹打我，我不怨爹，我这么大的人跟上娃娃上学，再挨板子那不丢死人了，不上不上。"

"看起来儿是铁了心不上学了。看你邋遢的，鞋都破了，娘给你做的新鞋你回去换上。"魏秀娥是拿这个儿子没办法了。

"下地干活穿新的那不糟蹋了，二妈给我做的都没上脚，娘别再给我做了。"

"二老二妈对你有多好，你长大了，要知道感恩呢。"

"娘，我知道。我告诉二老一声，就回去了，免得叫冲发君知道了。"

46

第二天天刚蒙蒙亮，谢顺就跑回来了。魏秀娥说："你咋回来了？"

谢顺说："我来送送娘。"

"给你大表哥说了没有？"

"他还做着美梦呢，没事。"

"你啊，咋没记性，没有规矩不能成方圆。快回去。"

"娘走了，我就干活去，他不会知道。"

囡囡过来叫吃饭，魏秀娥说："吃了就走，娃二老地里还忙着呢。"

谢顺央求道："娘，你给舅说一声，让我回来给二老帮几天忙。"

谢忠不同意："大的活，你爹带着你哥你弟两天就干得差不多了，剩下的不多，我干就好了。"

"我爹回来，二老也不告诉我。"

谢忠说："你爹从早到晚干了整整两天，累得连腰都直不起来，第二天晚上连夜就回去了。哪个爹也没有你爹疼你，娃知足吧。"

魏秀娥说："你爹有人管呢，身不由己。你也一样，可不能由着性子。吃了赶快回去。"

家里的早饭是黄米汤，烫面鸡蛋韭菜合子。头茬韭菜，那个鲜啊。饭后，魏秀娥又交代谢顺一番，才起身往城里去。谢顺又到后院飞鸽子、练斗鸡。

"我给你包了几个韭菜合子，拿上快点去吧，要让魏家大少爷发现了，可了不得了。"囡囡担心他，让他赶紧回魏家干活。

谢顺并不着急："没事，他上午不去。二妈，我的斗鸡要按我说的练呢，斗鸡也像人一样光吃不练脓包一个。"

囡囡说："我可没这个闲心。小牛都让你教的连饭都顾不上吃了。"

"要不我拿过去养？"

囡囡不让，说："我看你是惹祸呢。"

"冲发君早就想我的斗鸡了，我就是不松口，他干气没辙。"

听这话，囡囡难免怪他不会巴结人："你啊，放着竿儿不顺着往上爬，把你大表哥巴结好，有多少好处。"

谢顺看不上魏仁福，说道："我巴结他干啥，到期了我回来跟二老干自家的，我才不稀罕跟他干呢。"

"在人屋檐下怎敢不低头？一只斗鸡能换来个好，值了。天不早了，快去吧。"囡囡又开始催他走了。

谢顺埋怨道："二妈咋也学开我娘了？我听你的，让他高兴高兴。"口袋里掏了些食，伸开手咕咕咕地叫着小鹏，斗鸡就跑了过来，吃手心里的食，他抱上斗鸡说："二妈我得走了，小鹏我拿去让冲发君高兴，你告诉小牛。"

囡囡说："不告诉那可就急疯了。把韭菜合子拿上，有好吃的我给你留下。遇上事该低头的低个头，好汉不吃眼前亏。"

"知道了。"谢顺连走带玩地一来到地里便愣住了，魏仁福居然一大早就来了。只见他提着鞭子过来，逮着谢顺就开始抽，一边打一边骂："你狗日的，吃饭了你来了。"

谢顺身上挨了几下火辣辣的，一边躲一边说："我娘今天走，我送送不行啊。"

魏仁福可不管这些，抽得更猛了，嘴里还骂骂咧咧："你狗日的偷奸摸滑，偷着往家跑，别以为我不知道，给脸你不要脸，玩起斗鸡来了，今天你搬出谁，我都让你知道什么是规矩。"

谢顺说："你不是让我把小鹏拿来吗，我拿来了随你的意也不对了？"

魏仁福说："你狗日的糊弄开我了。我让你把大鹏拿来，你给我拿的是啥球玩意儿。"

"大鹏给焦大爷当种鸡了，这就是它的儿子，训成了不比它爹差。"谢顺边跑边解释。

"我就打你这个反穿皮褥子的，不知道反正的家伙。"说完抡起鞭子又来了。

谢顺躲不及，脚下不注意就给绊倒了，抱着的斗鸡也跑了。小鹏的毛竖起来了，一跃而起直扑魏仁福的手，只听得魏仁福大叫一声"妈啊"，鞭子便掉到了地上，拿鞭子的右手就流血了。魏仁福恼羞成怒地说："狗日的看热闹来了，还不把他给老子绑在树上。"见没人动手便骂道："你们狗日的嘴吃软了，我他妈的饿你们三天，看谁还敢不听话。"

老铁上前打圆场："大少爷，他娘走，是我同意他送的。"

魏仁福说："你也能做主了，今天我让你把他给我捆在树上，要不然连你一起打。"

哑巴急得连比带画，意思是是他的主意。谢顺拦在哑巴前面，说："不干铁叔、哑叔的事，我一人做事一人当。"说完径直走到田边的一棵榆树下站住。

马皮献媚地说："主子，我来绑。"说完便利索地把谢顺的双手绑上了，又悄悄地说："我绑得松，嘿嘿，韭菜合子我给你保存好了，得给我多些。"

魏仁福上去就是一鞭子："你比比叨叨磨蹭个啥？"然后指着谢顺说："这第一鞭子是一解我当年未了之恨。这第二鞭子是你不听管教屡坏我的规矩。这第三鞭子是作为长者，教育你这个不成器的东西。当年你不进学校，我心里还挺过意不去的。今天看来，你是狗肉包子上不了台面。"

这时候的谢顺低着头，悲愤交加，刻骨铭心的往事又涌上了心头，他不怪爹不怪娘，就怪自己没本事。回去跟爹认错，难道真背上书包回去上学？不。自己不小了，还让爹娘操心是最大的不孝。想着想着，泪水不听话地流了出来。

魏仁福还是第一次见这小子软了，虽说两人关系不好，可也是打断了骨头连着筋的表亲，教训的口气也缓和了些："看在你小子还有点儿孝心，给我孝敬斗鸡的分上，告个饶说再也不敢了，我就饶了你。"

谢顺低着头一声不吭，心里想，认错也只能给爹娘认，你算老几？给你认错，你让我咋做人呢？

魏仁福顺坡下驴说："二娃子，看在姑爹的良苦用心上，今天便宜了你，要不然叫你吃不了兜着走。你给我记住了，再犯决不轻饶。赶快把我的斗鸡送回来，好好养，要是个草包，我饶不了你。"

老铁赶紧过来把绳子解开。谢顺把小鹏抱给魏仁福，说："小鹏得和你的战胜分开养，要不斗坏了别怨我。"

魏仁福不悦："你说的啥屁，我那是纯种名鸡，不让你那转转子俯首帖耳，还算个啥。"

谢顺小声回道："能胜才算呢。"

"你狗日的乳臭未干还挺狂的，今天我就不信这个邪。"

马皮在一旁插话："你的鸡怎么能跟大少爷的战胜比？大少爷的战胜天下无双，喂的东西比俺吃的好。"

魏仁福得意地说："听见了没有，不给你点颜色看，你小子不知道天高地厚。"

谢顺不服输："胜者为王败者为寇，斗了才知道呢。"

陇牛畏畏缩缩地问："斗一下啥？"

"今天就让你们开开眼，去用草帘子给咱圈个圈。"魏仁福命令。

老铁领着大伙儿把草帘子围成圈，又打了桩固定牢靠。魏仁福让哑巴把战胜抱过来，对谢顺说："把你的小鹏放进去，让我的战胜试试身手。"

谢顺说："不敢。"

魏仁福问道："要开战了你认尿了？"

"我的输了没啥，大少爷的战胜要伤残了，我可担当不起。"

魏仁福不耐烦了："少说废话，我正等着你的鸡趴下了，下锅煮熟了吃呢。"

谢顺说："大少爷说了算，只要别怪我就行。"

"你小子学乖了，小爷不怪你。"魏仁福打开身上带的小瓶取出两条虫子给战胜喂上。

谢顺把小鹏放进圈子，魏仁福让哑巴把战胜也放了进去。两只鸡竖起翎毛，怒视对方，发出威胁的声音，都要在气势上压倒对方。战胜首先发起攻势，小鹏奋勇迎战，你来我往，对制、扑打，互不妥协。正在惊心动魄之际，谢顺突然叫停："大少爷，行了，不斗了。"

"认输？晚了！"

谢顺淡定地说："见好就收，免得不痛快。"

魏仁福不屑："我痛快了就行，不把你的斗趴下，绝不收兵。"

这时的小鹏越战越勇，战胜处于守势，只听得战胜一声惨叫耷拉着头认输了。

谢顺不顾一切地跨进圈子抱起战胜，鸡冠上的伤倒无大碍，关键是右眼血肉模糊，伤得不轻。这会儿，谢顺一颗心七上八下。

魏仁福又气又恨，脸上无光，骂道："狗日的！"

马皮火上浇油："大事不好了，战胜的眼睛被啄瞎了，大少爷可是花了三块袁大头，我的天啊。"

老铁在一旁说："斗鸡斗鸡，不斗能分出好赖吗？大少爷大人大量，说话算数。"

魏仁福哈哈大笑，说道："有了好的，还要这个尿包干啥？谢顺，小鹏就交给你了，有更好的给我拿上来，要不能称王称霸我拿你是问。"

小鹏也真争气，第一次下场就获胜。自从有了小鹏，谢顺、魏仁福二人的关系有了改善。

47

忙过了春种，谢顺又过上了相对自在的马倌日子，每天太阳出来和哑巴出去放牲口。牲口虽然不会说话，但有灵性呢，你对它好，它也对你好。哑巴打草，谢顺放牧、训斗鸡、拾粪。他学鬼了，不那么硬对硬，遇事都有个"忍"。偶尔偷着回去，也是报个平安就赶紧回，谢忠都夸他长大懂事了。

晚饭后谢顺上茅房，看到马皮正蹲在里面鼓着腮帮子用劲，手里拿块擦沟子的土块，便说："铁叔喊你抡大锤，你天天蹲到茅房里不出来，想挨沟尖了？"

马皮说："我有啥办法？憋死我了，没油水，干得拉不出来，我看你也不比我好，拉的屎像骆驼粪蛋蛋。"

谢顺说："我滑滑肠就好了。"

"这屎橛子不用手抠下不来。我要是你，打死也要偷着回去肥肥地吃呢，还用受这个罪？"

"臭死人了，你可真恶心。"谢顺嚷道。

"没有粪能长好粮食？你跟俺不一样，你是有福不会享，想吃了回去有肥肉吃。俺可是十天半月不见个荤腥，馋得俺啊，晚上做梦碗里的红烧肉就是吃不到嘴里，求你了，给俺拿些肥荤腥让俺也美一下，俺也不愿动手抠啊，行不行？"

"我回去拿来的东西你吃了还出卖我，是不是？"

"天地良心，大少爷问起了，俺都说你的好。"

老铁进来揪着马皮的耳朵说："你那个乌鸦嘴尽说没用的，走，干活去。"

第二天出去放牲口，谢顺说："哑叔，我回去拿渔网打些鱼解个馋。"

哑巴比画着，意思是：我慢慢走，你快些去，不要让大少爷知道了打你，我心疼。

谢顺气喘吁吁地跑回家，正好娘在收拾东西。

魏秀娥说："狼追着一样，又咋了？"

"没事，我跑回来拿渔网打鱼吃。娘，你这是干啥，大包小包的。"

魏秀娥说："再过上几天，我们就往城里搬了，我正准备给你舅说，让你过来帮着收拾上几天房子。"

谢顺不舍："娘啊，你搬走了，我想你咋办呢？"

魏秀娥说："要不是你早该搬了，一个家分两处，娘不在可苦了你爹了。要不你跟娘回去上学去。"

"娘又来了。那我今天就回来帮娘吧。"

魏秀娥说："还没有给你舅说好呢。这几天见你舅了没有？"

"我舅又不管我的事，哪里见去呢。"

"你这个没礼性的，莫非让你舅找你不成？"

谢芳拉着谢顺撒娇："二哥你跟我们一起走。"

谢顺抱起小妹，哄道："让娘赶快给舅说，二哥打鱼回来给芳儿香香嘴好不好？"

谢芳立马转过头去，冲魏秀娥说："娘，快去给舅舅说，让二哥哥回来。"

囡囡在厨房门口招手说："这些天不见面，你爹回来带的大肉一再交代别忘了你。"

谢顺说："你们吃了就行了。"

囡囡说："那不行，你爹可惦记你呢，让你二老送去吧，我又怕你自己吃不到嘴里，打了平伙。肉我热好了，夹馍饼子刚出锅，就等你过来我给你夹上了。"

魏秀娥催道："吃了快走，别让你哑叔受连累。"

谢顺说："娘，你早些给我说。二妈你给我夹到馍里，我赶紧追哑叔去。"谢顺背着网提着肉夹馍，追上哑巴。哑巴看他满头的汗，让他上了拉草的车。到了河边，哑巴打草，谢顺打鱼，打到中午收获甚少，是些小鲫鱼，他无精打采，有点失落。

哑巴比画着该吃饭了，带的是玉米窝窝头、咸萝卜、一葫芦茶、一葫芦白水。

"今天中午改善生活。"谢顺取出肉夹馍一人一个。馍里面还包着几块肥肉，谢顺打开了让哑叔吃。哑巴比画着，意思是自己有馍吃就美上天了，肉让谢顺吃。谢顺硬是把一块肉塞到哑叔的嘴里。吃了午饭，哑巴让他在车上睡一会儿。

谢顺说："我到远一点的地方试一试看行不行。"

哑巴示意要跟着他，谢顺循着河边的苇塘水坑撒网。哑巴赶着牛车放着牲口远远望着他。太阳已经西倾，收效不大。他想今天白忙乎了，前面河边有一处两间房子大的水泡子，水面浮满了发绿的水草，跟河水基本断了流。他撒了一网，收网太沉了，草大在所难免。他细心地收网，网里有了动静。越往上拉网，网里的动静越大，他的心跳仿佛要停止了。网被拖出水面。清出网，十几条一斤多的大鲤鱼，在草丛里张着大嘴活蹦乱跳。他换着位置撒着网，网网有鱼，好像是有人专门精选出来的，个头一样大小。他兴奋地向哑巴招手，哑巴过来看着草地上的鲤鱼，惊得张大了嘴。

谢顺顺路给家里送了鱼，出来赶上了哑巴回到了魏家。看着车上拿下来的鲤鱼，魏仁福也十分惊讶："你小子不赖，拿上几条回家吧，我姑妈要你帮着搬家去。"

48

家里没有女人的日子可真不行，谢文元父子三人住的是离学校较近的城西的房子，吃饭在城东女婿家，每天两头跑。爹爹不回来谢慧便不开饭，每餐要合着爹的喜好，如果爹遇到不顺心的事影响情绪，崔肃儒都会惴惴不安地通过谢慧问是不是自己哪里做得不当。真难为了女婿，这让谢文元感到很不安。

谢文元盘下了这个古朴紧凑的小院，筹备长子谢国的婚礼已经是捉襟见肘。为了节省开支，于是维修的活儿就由自家承担。父子三人自搬进来就干上些修修补补的零碎活，现在已经干得差不多了。剩下上房泥打炕的大活就想让谢忠、二儿子过来帮忙呢。

魏秀娥心系着丈夫，怃大年纪还日夜操劳，于是决定早些让谢忠、二儿子过去把剩下的活帮着干了。

谢顺听了娘的话，第二天麻黑就赶着装满了铡好的麦草的马车跟谢忠直奔新家。赶到家正好迎上谢文元、谢国、谢昌三人准备出门。

谢文元心里高兴："真是神了，想到一起去了！"

谢忠埋怨道："哥也不言喘一声，要不是大嫂，真把哥累坏了。剩下的活就由我和顺儿干了，你们忙你们的。"

谢文元说："你嫂子能掐会算啊，我也准备回去打招呼呢。上房泥你们两个人不行吧？等我们大后天休息了一块儿干，这两天先备料干些零碎活。"

谢忠说："你们忙你们的事，我俩干我俩的活。顺儿在家里都给算计好了。"

谢顺说："炕道还得爹指正，爹修下的炕，扯得呼呼的，一点都不倒烟。"

谢文元说："没问题，那我们得赶快上班去了。顺儿，你二老上了年纪，干活让他悠着点，爬高要千万小心。"

谢国说："爹，要不我请几天假。"

谢文元不同意："为自家的事请假耽误工作，影响不好，还是休息时一块儿干。"

谢顺怕他们迟到，催促道："快走吧，别迟到了。"

谢昌有些急："二老、二哥，我得先走了，我们老师要求严格得很。"

谢忠说："都快走吧。"

谢文元边出门，边交代："中午到慧儿家去吃饭。"

谢忠嫌麻烦："不了，误事得很，带的锅盔攒劲得很。"

谢文元不依："干哇哇的，我让他们送上来，我们走了。"

根据谢顺的计划，今天他上房铲房皮，二老拉土，先把炕面子打好。下午把房泥和好，第二天一早上房泥，争取爹回来前干好。后天爹再把炕盘好。用上两三天时间把该收拾的收拾利落了，再打上两天柴，就可以安顿下了。

中午谢文元、谢国下班就直接赶过来要帮着干活。谢忠哪里肯依："快吃饭去，糊得不成样子咋干事去呢？"

谢顺在房上，忙停下手中的活，说："爹，我们也饿了，吃了再干。"谢顺把上衣脱下来连打带抖地把身上的土打了，又用衣服把头上脸上的汗擦了一把。

谢文元让他下来洗把脸，谢国端着兑了热水的脸盆过来。谢顺把头伸到捂泥的堆上让大哥端着盆子往他头上浇。

谢文元闲不住，拿起铁锨就干上活儿了。谢顺胡乱洗了两把，把头上的水甩了几下，要去接谢文元手上的活儿，谢文元不让，让他歇会儿。

"衫子上沾上泥水了，咋上讲台呢？爹，还是我来吧！"说罢把铁锨接过来。

谢国脱去长衫，兄弟二人过一遍泥。崔肃儒和谢昌来送饭，崔肃儒说："我们在家里等着呢，小弟来了才知道二老和二弟来了。你们先吃饭吧，我来干活儿。"

谢文元说："你二老怕耽误工夫，吃了现下可以歇一会儿。"

"二姐夫，你这身衣服是干这个活的？"谢顺说。

崔肃儒银灰色的长衫、千层底的黑布鞋，头发纹丝不乱，笑着说："二弟，做我们这一行的，没有行头就没有价钱，正可谓人靠衣裳，货靠包装。我说让爹雇个人干，咱爹说能省就省。"

谢顺说："二姐夫忙你的生意，以后家里的这些活，只要爹娘说一声，我都包了。"

午饭是肉包子和黄米汤，谢文元让大家赶紧洗了手吃饭。

傍晚，谢文元下学回来，谢忠、谢顺的炕面子快抹好了。谢国也光着脚和第二天的上房泥，谢昌往干处泼水。

干完活儿，一众人一起到谢慧家里吃饭，晚饭有酒有肉，丰盛得很。谢慧的菜做得好，大家伙儿吃得很开心。

第二天，东方破晓，谢顺就开始把捂了一夜的草泥再过一遍。谢国也穿着短裤要插手，谢顺不让："大哥快收拾好了上班去，这点活我顺手就干好了。"

谢文元从屋里出来，问："喝拌汤，还是喝米汤？"

谢国回答："米汤我都熬上了，爹还是去晨练的好。"

谢文元又说："那我去买些早点。"

谢昌一听，立马拦住爹，说："还是我去，爹，是买烧饼，还是买馒头？"

谢文元想了一下，说："我看巷口的油饼子炸得不错，就买油饼子吧。"

谢昌从抽屉里拿上钱就出去了，不大会儿工夫就捧着热油饼子回来了："爹，还热着呢，趁热吃。"

谢文元吆喝道："大家都吃早饭吧，吃了各忙各的。"说完又拿起瓢给谢忠和二儿子洗了手脚。

谢国炒了个糖醋白菜，又做了个凉拌咸萝卜丝，味道都不错。

谢忠夸奖道："大侄子练出来了。"

谢文元在旁应道："人都是逼出来的。"

油饼多买了两个，意图很明显，是给干活的。一边吃早饭，谢文元一遍遍嘱咐："用桶子提房泥要小心啊！"

谢顺答道："太慢了，我把泥扔上房。"

谢国问："那么高能扔上去吗？"

谢顺早就计划好了："我看柴房里有门板，用两个条凳支上，把草泥挑到门板上，站在凳子上就行了。"

谢文元感慨二儿子的机灵，也惋惜这么灵醒的娃不愿上学。怎么能使二儿子回心转意呢？这让谢文元一筹莫展。

活儿都按谢顺的计划顺利进行着。第三天大伙儿在谢文元的指导下修了新炕，补了墙根。炕洞是开在屋外的，炕上铺了麦草，生着火扯得呼呼的，一丝倒烟都没有。用文火给新炕出汗，把手伸到不同的位置去摸满炕热。谢顺又用了两天时间把该收拾的地方收拾好，刷了墙，又征求爹的意见："爹，看哪里还要搞一搞？"

谢文元很是满意："我看好了，糊仰棚的明天来。你二姐等着咱们吃饭呢。今天晚上我们去看戏，你和二老玩两天再回去。"

谢忠拒绝了大哥的挽留："大哥，地里的活，我放心不下，干完了我得赶紧回去。"第二天，天刚蒙蒙亮，谢顺同二老去打柴。回来后把打来的柴剁好了码在柴房里，便回家去了。

49

一切准备就绪，准备搬家。魏秀娥要搬走了，乡邻们多来相送，她是个菩萨心肠，谁家有了难事能帮上的绝不会袖手旁观，对谁都是以礼相待。兄嫂也来帮着搬。

看见魏秀娥收拾的大包小包，谢文元一个头两个大："我说少拿上些，放了假了还回来呢。"

魏秀娥却什么都不肯舍下："穷家值万贯，少个啥都得买新的，白花钱，嫂子你说是不是！"

魏夫人掩嘴笑道："我妹子细的，要我说瓶瓶罐罐，城里有的是好的。"

"嫂子啊，我这些物件里有我爹娘陪嫁的，清代景德镇官窑的粉彩龙凤瓷瓶，娃他爹喜欢，也是我的念想。"

魏承祖摇着头说道："我的老东西，让儿子打的没个啥了，真是个败家的。"

"哥啊，你们也搬过去多好呢。"

"这里可是我们的根基，故土难离。"

谢文元应道："养老还是回来好，亲近自然，远离尘嚣。"

魏秀娥笑说："娃他爹，这可是你说的，哪里也没咱家乡好，鸡鸣狗叫声都能听出来是谁家的。"

谢忠赞同地说："这话说到我心里去了。"

......

马车辚辚地离开了老宅，魏秀娥挥手与乡亲们依依不舍地告别。谢忠赶的是轿车，拉着女眷在前。车上有他的闺女小丫。小丫随了她爹的性子，少言寡语、性格温顺，家务活也从小调教出来了。

谢顺赶的是舅家的马车载着爹紧随前车。车动起来，谢顺冲着车内说："爹，您坐好了，小路颠簸。"

谢文元嘱咐："你小心些，我知道这匹黄马尥蹶子，可别惊了，没把握我来。"

"爹，您放心坐好了，这匹马听我的话，我放牲灵就骑着它到黑河边去捡鸟蛋、抓鱼。"

"儿啊，爹看你能干，高兴啊。你要是读下书能文能武，爹就更放心了。爹欠你的。"

"爹，您不欠儿子的，养育之恩难以报答。如今不上学也能学好本事孝敬爹娘。"

谢文元有苦难言："一切可以从头开始，过去的都过去了，爹说话算数。在你舅家还好吧？"

"还行。"

"你舅忙，顾不上你，你表哥对你怎样？你要懂事听话，不要任性，更不能与他对着干。"

"我是长工，人家是主子，我哪敢呢。"

"那就好。这次过去，你同我去看看你崔叔。他常问起你的情况，挺为你惋惜的。你崔叔的私塾带着几个年龄和你差不多的学生，他说愿意教你。"

一说到读书谢顺就紧张，谢文元在这一点上对二儿子有亏欠，总想补偿。谢文元继续劝说："娃啊，知识改变命运，你要读下书如虎添翼，就不一样了。"这父子二人在读书问题上总是无法达成共识，谢顺不理解父亲的良苦用心，谢文元的心在颤抖，眼睛有点酸楚。

谢顺见爹这样，眼泪忍不住流下来；"爹，不要再为我上学的事操心了，儿一定会好好干，学好手艺孝敬爹娘。"

50

放下东西，谢文元催促谢忠快点儿回去，世道不宁，晚了不好，更何况现在家里只有谢忠主事。

第二天，上班的上班、上学的上学，谢顺在家里帮母亲整理东西。晚饭后谢国才回来，吃了留下的汤饭，又掌灯写东西。

谢顺看着谢国挑灯加班，说："大哥，回来也没个消停的时候。"

谢国苦笑道："这个报告明天要呢，会长还有些地方让仔细推敲呢，真难死人了。"

谢文元听见了进来说："让爹看看。"谢国忙让爹坐下，把底稿让爹看。

谢文元拿起底稿看了看，略加思考提笔改了几处说："你再斟酌一下誊写好了。顺儿苦了这些天也累了，烫了脚早些睡去吧。"

谢顺说："我看爹比我累，从早到晚匆匆忙忙没个闲的时候。"

谢国捧着底稿细细读，感慨地说："爹这一批，画龙点睛，儿茅塞顿开，我要有爹的一分文墨，也就好了。"

谢文元说："你爹这辈子笔墨文章也就这样了，你还年轻，要多开拓眼界。"父子三人聊了一会儿，便各自回房休息了。谢文元走后，谢顺仰面朝天怔怔地躺在被子上。

谢国写好文件，端了一盆烫水过来，看着谢顺呆呆的样子，问："发什么呆呢？烫了脚睡觉。"

"大哥，爹是不是特为我闹心？"谢顺问道。

"爹想起你的事，心里肯定不好受，你咋不听爹的话，好好上学去呢？"

谢顺把脚往盆子里一放，大叫一声："烫死我也。"忙把脚抽出来说："你要学董超薛霸，要我的命不成。"

"狗咬吕洞宾不识好人心，这一盆子归我了。"谢国把脚放进去："还不够劲，再舀一马勺热水加上。"

"你是煺猪毛呢？"

"你懂个啥，脚乃人之根基，热贯全身解乏祛病，安心等着，等哥烫好了，给哥倒了，自己打上洗去。"谢国慢悠悠地洗着。

第二天下午谢文元没有课，早晨走的时候就交代魏秀娥说："让顺儿洗个澡，穿得体面些，待会儿去看望他崔叔，愿意不愿意读书随他。"

午饭后谢顺收拾整齐，个有个、条有条，一脸精明，活脱脱谢文元年轻时的样子。

谢文元感慨道："儿，爹真为你高兴，到你崔叔那里，你要是愿意，别的都不用管，有爹呢。晚是晚了些，你这么大年岁上读书的多着呢。"

谢顺不愿意再伤爹的心，心里嘀咕嘴里不说，穿上长衫又浑身不舒服，好似被牵着走。

魏秀娥说："这多好，听你爹的话错不了的。"

"走吧，回来还有事呢。"说罢，谢文元带着二儿子出了门，一路上熟人见了都说谢顺好精神。刚进私塾的门，谢顺就看见先生处罚学生，整颗心一下子提到了嗓子眼，不由自主地掉头就往外走。

谢文元发现了追出来，正在谢顺犹豫不决之际，就见抓兵的牵着跟谢顺差不多大小的孩儿走过来。谢文元脑子里轰地要炸了似的，对着二儿子喊："快跑！"

谢顺心里本来就忐忑不安，回头望着爹，才发现不对劲。这个事情庄子上也有过，拉夫抓兵，谁家摊上不是哭天抹泪的，好铁不打钉，好男不当兵。谢文元继续喊着："还愣着干啥？快跑啊！"谢顺拔腿就跑得不见了踪影。

谢文元只身回家，秀娥问道："顺儿这就上学了？"

"碰上抓兵的了，没回来吗？"

魏秀娥满面愁容："怕啥就来啥，我去找一找。"

"哪里找去呢？你儿子机灵得很，不会有事。"谢文元虽是安慰着魏秀娥，心里也着实担心着。

魏秀娥依旧不放心，说："我的心吊着呢，我到门口看着。"夫妻二人提心吊胆地盼二儿子回来，直到天黑谢顺才惴惴不安地回来。

魏秀娥抢先一步抱住儿子，抽泣道："把人急死了，咋才回来！"

谢顺搂住母亲，轻拍她的背，说："怕再碰上抓兵的，天不黑不敢走，没事了，没事了！"

谢文元握着拳，恨恨地说："军阀割据，断不能让我儿子去当炮灰。"

谢顺不愿意去读书，坚持要回去，谢文元也只能认了："这是命啊，爹送你回去。"谢顺再次回到魏家当长工。

51

花红柳绿，万物复苏。经过精心的准备，谢文元为长子谢国举办了隆重的婚礼，风风光光地把儿媳王思怡娶进了门。

王思怡知书达理，过门后的第四天就进机房跟婆婆学纺纱、织布。准时到厨房跟小丫切磋厨艺，询问公婆的生活习惯、饮食喜好。凡事都按婆婆的意思去做，跟弟妹亲密无间，对丈夫更柔情似水、体贴入微。谢国与妻子情深意切，下班就往家赶，真是一日不见如隔三秋。

就在这一年的秋天，谢文元、谢忠开开心心地把谢小丫嫁了出去。男人是魏氏医堂的伙计。他早年丧母，与父亲相依为命，人是很本分的，家里就缺个主妇。小丫在魏秀娥的调教下，持家理事、针线茶饭都是无可挑剔的，又有眼色，过门没多久就让一个寒碜窝囊的家变了个样。公公、男人高兴地把这个家交给了媳妇，放心出去做事。

谢忠两口子看着闺女、女婿相亲相爱，心满意足，又担心小丫嫁了魏秀娥在新家没有帮手，决定让囡囡留下来帮着魏秀娥料理家务。

魏秀娥哪里肯依："万万使不得，地里的活就靠你了，家里不能没有女人，我说还是听你哥的，把地租出去，过来一起过。"

囡囡说："有了地心里才踏实，万万不能放手。收了秋，地里的活少了，我来帮上一冬没事的。"

思怡在一旁劝说："二妈，家里有我呢，二老离不开你，您就放心地回吧。"

囡囡哪里能放心："大媳妇这么娇贵，又有了身子，头一个最为要紧，我留下伺候过了月子再说。"

"我没事，我那口子回来，什么都不让我动手。还有小妹可能干了，重活也都让昌弟抢着干了，二妈放心回你的。"

"哥，还是让她留下好。"谢忠一同劝着。

"放心回吧！"谢文元说完摸摸小牛的头，对小牛说："小牛要好好上学，长大了好好孝顺爹娘。"

"赶不进学堂啊，他就喜欢个牲灵，鸽子、鸡的，嘿嘿，随他了，种田也不赖，能吃饱肚子，心里实实在在的。"谢忠答话。

　　谢文元一听孩子不愿读书，变了脸色："那不成，咋也得读书识字！"

　　魏秀娥同丈夫是一般想法，对谢忠说道："我把你侄子上学时穿过的衣裳挑了些好的出来包好了，让囡囡带回去，给小牛上学穿。"

　　谢文元硬是把谢忠一家送上回家的路，回来跟魏秀娥商量着还是请个人妥当。思怡听到了说："爹，家里连娶带嫁并不富裕，家务活我能干。有不当之处，请爹娘指教。"

　　有这么懂事的媳妇，谢文元夫妇哪有不开心的，魏秀娥把家里的事儿交给媳妇，自己精心做女红。思怡做事麻利，遇事都与家里人商量，把家打理得头头是道。谢文元不是一个守旧的人，吩咐媳妇重活留下让他俩男人干。谢国在家也是手脚不闲。

　　魏秀娥虽不能做饭，其他家事样样都行，思怡说："娘啊，你从早到晚手不离活，织布、纺纱、做针线，俺什么时候能做到娘的水平就心满意足了。"

　　"你身子不方便，千万要小心呢。"魏秀娥现下哪里忍心让儿媳做活儿，只让她做些细碎活儿。

　　谢文元也同魏秀娥一样的想法，说："你是我们家的福星，下厨房没你的事，实在闲得慌，不如剪些喜欢的花样子。"

　　谢昌下学回来了，一家人吃了晚饭，便各干各的。思怡给公公婆婆上了茶，拉拉家常。

　　魏秀娥担心思怡累，喊来谢国说："忙了一天了，国儿陪你媳妇歇着去。"

　　临走前，思怡问爹妈明日饭食安排，谢文元、魏秀娥只说随她安排。

　　因着要备课批改作业，还要为准备写的《丝路行》一书收集资料，谢文元每天都工作到很晚，谢国、思怡总是在亥时准备好夜宵送过去，或是葫芦小甜饼，或是清汤面，或是小米粥加小菜。谢文元总是交代谢国，别让思怡拖着大肚子忙活，他就着茶吃块馒头就好了。谢国和思怡却是不听，尤其是思怡，她担心爹熬夜工作伤了身子。

　　谢文元爱整洁，衣服洗了要熨烫，脱下来要叠好。每天休息前，魏秀娥都要把他第二天穿的用的准备好才上炕。

52

秋收过后，驼队从茫茫大漠归来，长途跋涉后的骆驼疲惫不堪，被赶到嘉峪关脚下的骆驼圈子休整。谢顺跟着老铁去放骆驼，戈壁上狼虫虎豹出没，首先要学会打枪。老铁打铁是好把式，打枪却笨拙，老是瞄不准。谢顺好像天生就是玩枪的料儿，闭着眼睛就能拆装，弹无虚发。

谢顺扛着枪警惕地观察着周围的动静，骆驼狗金刚叫唤着不让吃草的骆驼散开了。夜晚骆驼进了圈，点起篝火，他前半夜值班，老铁后半夜值班。

初冬后的第一场雪飘飘洒洒地在天际间飞舞。忽然听到了狗吠声。金刚飞身迎了上去，一黄一黑、一雌一雄在飘飘雪花中亲热起来。随后魏承祖，魏仁福骑着马出现了。

谢顺迎了上去，牵着舅舅的黑骏马，在骆驼圈子的大门口扶舅下了马。魏仁福也下了马。老铁迎了出来，把马拴好了，喂上草料。

魏承祖看谢顺背着枪便说："打上东西了没有？"

谢顺答道："子弹金贵得很，没敢用。"

"这娃机灵，抓了十几只刺猬，打了五只野兔子，壮得很，就等老爷过来呢。"老铁对谢顺十分欣赏。

魏承祖点点头，说："是懂事了，也长本事了，不过可不敢轻狂。这枪是救命的，不到非用不可的时候是不敢用的，记牢了。"

谢顺应是。

魏仁福在一旁挑谢顺的刺儿："连舅也不叫，没礼性。"

谢顺低着头没吭声，不是不叫，他是怕自己这个身份玷污了舅的名声。

魏承祖笑了笑说："我知道你咋想的，长大了就知道了。"

太阳快要落山了，魏承祖交代："把炕烧热，今天在这里歇一宿，明天顺儿跟我去打猎。"

老铁请魏承祖父子进屋："炕热得很，老爷少爷快进屋。"

魏家父子进了屋，老铁又说："老爷我们这里没啥好吃的。"

魏承祖不挑剔："有啥吃啥，热乎就好。"

"我烧个黄米汤，贴个苞米面饼子，有咸菜呢，老爷看行不行？"

魏仁福说："我带着肉、酒、油饼子。"

魏承祖只说按老铁说的做，便出门转悠去了。

篝火旁，谢顺已经把裹了泥的刺猬埋在了火下，三只又肥又大的野兔剥了皮穿在红柳棍上，架在红柳火上烤。兔子烤得油滋滋的，撒上盐、辣面子、孜然粉，香气弥漫。

魏仁福披着宝蓝色毛皮大衣，提着马鞭子跟魏承祖转了一圈回来说："二娃子的日子过得不错，可别忘了自己是来干啥的，骆驼出了事，搭上你自己也不顶事儿。"

谢顺吓了一个激灵，魏承祖随后进来，叫魏仁福好好说话，又对谢顺说："顺儿，可不敢在放骆驼时打兔子不见人了！"

老铁在一旁帮忙解释："骆驼进了圈，我在这儿守着，娃才出去，用棍子打的，这不是太枯焦了，改善改善嘛。老爷，晚饭好了！"

"吃饭。"

老铁点上马灯，在炕席上铺了块油布，端上了黑瓷碗盛的黄米汤和红柳小筐盛着的金黄苞米面饼，请老爷、少爷吃饭。

谢顺端着裹着泥团的刺猬进来，说："现砸现吃，别凉了。"魏承祖让儿子把褡裢里的金泉酒取出来，谢顺要出去看着烤兔子便出去了。老铁用小斧头敲开散发着热气的泥团，露出酱红色的刺猬团，取出小小的一团，把香气扑鼻的刺猬肉放在备好的红柳小筐里，撒上盐，说："老爷、少爷，你俩吃，好吃得很。"

魏承祖让老铁一起吃，老铁只说还有，待会儿来吃。

魏仁福先吃了一口，说："爹，又脆又香，快吃呀！"他又打开行军壶盖喝了口金泉酒，情不自禁叫了一声痛快。

此时，谢顺把烤好的一只兔子端进来，金黄油亮，十分诱人，他撕下一只后腿递给魏承祖："舅，撕着吃好。"

魏承祖用牙撕了一点儿，有滋有味地品尝着，赞不绝口："这孜然的味道就是特别，你说七碟子八碗的美味佳肴，咋就不如野地里的野味！"

老铁应道："家养的就不如野生的有味道。"

魏仁福津津有味地连吃带喝，见谢顺又把第二只烤好的野兔拿进来，便说："你过的是神仙的日子呀！"

谢顺嘴里不说，心里想着：要是你，估计连一天都熬不过去，风吹日晒，担惊受怕，忍饥挨饿的。

吃完饭，老铁对谢顺说："今天你好好睡个觉，牲口有我呢。"谢顺说不困，让老铁先睡。老铁就在草堆里穿着老羊皮袄打起呼噜来，他确实太累了。

53

雪后的戈壁北风呼啸，阳光刺目却少了温暖。魏仁福烟瘾大得很，早饭后一锅接一锅地抽。魏承祖劝他少抽烟，他只是嘿嘿笑。

一大早，魏承祖准备出发打猎，魏仁福想要暖和些了再去。魏承祖背着猎枪径自出了门，边走边说："受不了这个苦，你就待着，我走了。"谢顺早已准备好了，等着魏承祖一道出发。魏仁福这才缩着脖子出了门。谢顺扶着舅上了马，又过去伺候魏仁福骑好，才纵身上马。黑豹紧随左右，一行人离开古道，向戈壁深处奔去。

一边赶路，一边赏景，魏承祖感叹："醉卧沙场君莫笑，古来征战几人回。当年左宗棠抬棺光复新疆，就是从这里出关的。"

魏仁福说："不毛之地，我才不去呢。"

"孤陋寡闻，那里地广人稀，有山有水有绿洲。顺儿，你大姐就在那里，来信了没有？"

谢顺恭敬地答话："我姐夫去年过来说好着呢，就是大姐想爹娘。我爹说要有机会，一定过去看看。"

魏承祖说："你们有的是机会。"

说着说着就到了狩猎的地方，几只黄羊看见人就跑得不见影儿了。魏承祖让大家就在这里守着。

谢顺照看马，魏承祖、魏仁福分开隐蔽在红柳墩下。几只黄羊一出现，就听见"砰"的一声枪响，黄羊受了惊吓跑开了。魏承祖气得不行，对着魏仁福教训："叫你瞄准了再开枪，你咋冒冒失失地就打开了。"

魏仁富还不服："我瞄得准准的，想一枪毙命，让我去看一看。"说罢提上枪跑了过去。他肥大的身躯像狗熊似的，哼哧哼哧地找了一番，脸红耳赤地回来，说："日了怪了，咋没有啥？谢顺你给我远处找去。"

魏承祖说："罢了，你手抖，闭着眼睛打枪，你的毛病我还能不知道？你给我守着别动，我让你打你再打。"

三人又转移了地方观察，守到了中午。这次出现的是一只鹿，身形矫健美丽。魏仁福急功近利，抢先又是一枪。那鹿一跃而起，又跑了。

魏承祖气得把枪收了过来，守到日头西倾也没有猎物出现。魏承祖带着大家又准备转移地方，还没有选好地方，几只黄羊就出现了。魏承祖指挥："都趴下，把枪给谢顺。"

谢顺小声说："舅，让大少爷……"

"嘘！他是谁的大少爷？"魏承祖还没让谢顺把话说完，就打断了他。

黄羊渐渐地进入射击距离，魏仁福急得抓耳挠腮："爹，打啊，不打就跑了！"

魏承祖扣动扳机，枪响了，紧接着又响了一枪，一只黄羊摇摇晃晃地跑。谢顺、黑豹一跃而起向猎物扑去，黑豹一口咬住受伤黄羊的腿，黄羊砰然倒地。

魏承祖、魏仁福也跟了过来，验了枪伤。一只黄羊头部中枪毙命，另一只黄羊腹部中枪重伤。

天黑以后，魏承祖让谢顺把马灯点着，黄羊是个怪东西，会迎着亮光过来。又打了两只，一只是魏仁福打的，乐得他不知所以。

天一黑，郊外除了风声，就是狼嚎声，甚是吓人。魏仁福有些害怕："爹，回吧，怪吓人的。"

魏承祖骂道："臭矫情，回吧。"

回到了驻地，下半夜谢顺把老铁换下来睡觉。黎明在袭人的寒气中来临，新的一天开始了。在谢顺准备放牧的当儿，一只尖嘴巴、尖耳朵、眼如星星、白绒绒闪闪发光的牲灵，迎着初升的太阳出现了。"啊，银狐！"谢顺听娘说狐狸千年黑万年白，能吸取天地之灵气。这可是千载难逢的机会。他屏住呼吸，瞄准银狐闪电般的眼睛扣下扳机。砰！谢顺收起枪向银狐跑去，子弹穿透了狐狸的眼睛。天啊，这个天地造化的尤物静静地躺在血泊里，那样的温柔，每一根毛尖都像镶着一颗珍珠。他抱起银狐哭了。这就是瞬间的生命转换，这就是弱肉强食的生存法则……

魏承祖被黎明的枪声惊醒，他披上大衣推开门，冷热空气交融，雾气润眼。老铁正赶着骆驼去放牧，魏承祖问道："谁打枪？"

老铁说："我见顺子跑过去了。"

魏承祖向那边走去，看见谢顺双手托着银狐。"我的天啊！这是在做梦吗？"一向稳重的他有几分狂喜，有些不可思议。当他的手抚摸着缎子般的毛皮，好一会儿才回过神来。银狐他见过不少，但是没有见过这样鲜活美丽的，他情不自禁地说："啊！狐中之王。"

54

魏秀娥从小弱不禁风，若是风寒发烧，常常要许久才能痊愈。她爹告诉她阴阳二气要平衡协调，方能身体康健、延年益寿。从小她就学会了观音打坐，调气养生从不间断，体质好了比吃药好。思怡进门后，她把自己的养生之道传授给大儿媳妇，饮食上也悉心照顾着，婆媳之间相处得十分融洽。

转眼，思怡的产期日就快到了，身子笨拙起来，她还放不下每晚睡前给婆婆烫脚、定期给婆婆修脚的事儿。她知道，裹脚的女人脚上的茧子若不及时修掉，会疼得走不得路。魏秀娥担心思怡不方便，不让她修，思怡却说日子未到得多活动活动。

魏秀娥说："还是小心为好。"

谢芳主动请缨："娘，你和大嫂修脚都让我来。瞧你们这么受罪的，要不把我的脚放了吧？"

魏秀娥笑骂道："这妮子鬼心眼多得很，不能成。"

谢芳叹了一口气，对思怡说："大嫂，你看着，我给娘修。"

思怡不放心："你没修过，还是我来吧。"

魏秀娥拦着不让，说："不学咋会呢？让她来。"

谢芳给母亲修脚，裹成的脚，脚趾弯曲到脚心，修脚比较难。修脚刀锋利，一下拿不准便修出血来，谢芳心疼得流泪了。

魏秀娥看着谢芳修脚的样儿，说："不敢让你拿你大嫂的脚练手艺，你再兑些热水让你大嫂烫了脚，还是妈来给你大嫂修。"

思怡忙说："不用了，我是你大哥烫了脚，我才烫呢。"她回到屋里，火盆上壶里的水开了。谢国让思怡坐好了，兑好了温水，让她洗脚。热量通过思怡的脚由下而上传遍全身，鼻尖都出汗了，思怡舒服得想睡了。

谢国轻轻地把那秀气的小脚放在自己铺了洗脚布的大腿上，满怀深情地修起来。他痴痴望着妻子的桃花面，一瞬间就想入非非了。思怡突然睁开眼，用水葱儿似的指尖点了一下谢国的额头，娇嗔："傻样儿。"

谢国忘情地抱起娇妻亲起来，思怡突然呻吟，汗珠从面颊上滚落下来。谢国吓坏了："思怡，你这是怎么了？"

思怡叫声凄惨："我……我……肚子疼。"

谢国惊慌失措地说："思怡，我给你揉揉。"

思怡痛得不行："快……快叫娘！"

谢国慌慌张张地冲进娘的屋里："娘啊！思怡肚子疼得不行了。"

魏秀娥与谢国过来，思怡疼得满炕滚蛋蛋，她抱着儿媳说："算日子还不到呢！"

思怡哀求说："娘啊！救 —— 救我。"

"男娃娃提前，菩萨保佑啊！你还愣着干啥！赶紧去请接生婆。"魏秀娥喊道。

谢国跑了出去又返回来，问："娘啊，我不知道接生婆的家。"

"就是民生巷的陈妈，慌个啥，把衣服穿好，别冻凉了，没那么快。"

谢国急急忙忙地去了，魏秀娥又吩咐谢芳烧热水、把生娃的包袱拿过来。谢国这一去久久不归，思怡疼得一阵比一阵紧，哭天喊地的。

谢文元在院子里等消息，见谢国还未将接生婆请来，有些待不住了，匆匆忙忙往外走，要去迎谢国，谢昌提着马灯追上来给他照亮。

到了陈妈家，她儿子说："我妈到乡下我姐家去了，谢国大哥问了就急急忙忙走了。"

谢文元想着，这个一根筋的儿子莫非是跑到乡下去了？情急之下来找亲家，王相业见谢文元慌慌张张，忙问："咋啦？"

"思怡要生了，接生婆去乡下女儿家了，谢国准是追到乡下去了，你说这可如何是好？"

王相业笑了："思怡她娘就是最好的接生婆，都准备好了，这提前发作了，哎哟老谢，准是个儿子。"

谢文元大喜过望，说："那就请亲家母快去。"

王夫人提着个包出来，赶紧往谢家去了。

思怡新一轮的疼痛又上来了。魏秀娥满身是汗，正在埋怨接生婆还未请来，突然外面传来声音，来人掀开拴了红布条的蓝布棉门帘，神情坦然地进来了。

思怡见到自己母亲就像见到了救命的活菩萨，满脸汗水，可怜兮兮地喊："娘啊！救我。"

魏秀娥说："亲家，你咋来了？"

王夫人说："我闺女生外孙怎么能少了我？亲家母，有我在，你放心吧。"

"原来亲家母会接生，我要早知道，哪会这样担惊受怕，菩萨保佑！"

院子里的几个爷们儿干着急，无能为力。王相业提议："杀两盘？"

谢文元说："棋逢对手，把酒临风。"拿来一瓶陈年西凤酒、一盘花生米、一盘咸菜，两个人对弈品酒静候佳音。

夜已五更。一声声婴儿的啼哭声传了出来，对弈的两个人不约而同地向院里走去，正遇上谢国拉着接生婆进门。

王夫人欢欢喜喜地出来报喜："我闺女生了个大胖小子。"

55

每年的药材市场开市，魏氏医堂都是收购药材的大户。魏承祖要先行会见几个药材代理商，这次他要带谢顺去，他看好这个有个性的外甥。

这是谢顺第一次进山，谢文元为二儿子装备了全副防寒的行头——皮袄、羊皮帽子等，把谢顺武装成猎户。进了山，谢顺才知道自己天天见到那个绵延无垠的祁连山里别有一番天地。

"舅，鹿！"谢顺叫了一声。

"别有响动，下马。"魏承祖指着坡下废弃木屋，让谢顺把马拉过去喂好。他虽然年事渐高，身体有些发福，但精力充沛。魏承祖悄悄地向鹿靠近，魏仁福紧随其后。

鹿好像发现了什么异常，警惕地掉过头去，魏承祖的枪响了，魏仁福也扣动扳机。鹿在第一声枪响后，身躯摇摇晃晃，挣扎着向松林跑去，留下一串串血迹。黑豹一跃而起，咬住了鹿的腿。鹿拼命地挣扎开，在接近林子的时候慢慢地倒下去。

魏仁福大喜："爹，没跑了。"

魏承祖正色道："没到手就不是自己的。"

果然鹿又立起来，摇摇晃晃地进了林子。黑豹向它追去，魏承祖紧跟，魏仁福上气不接下气地弓着腰，在上坡处跟不上了，被甩了很远。树密坡陡，鹿与魏承祖相隔一段距离，它时隐时现，捉迷藏似的。

太阳落山了，林子里黑压压的，落在后边的魏仁福筋疲力尽，山风像狂舞的妖魔，让他胆战心惊。摇落的雪粒子纷纷扬扬。他手硬脸僵，腿不听使唤，靠在一棵树上哭起来："爹啊，爹啊！你在哪里？"

在木屋里的谢顺生着火，喂好马，左等右等，天黑了还不见他们回来，猜想一定是鹿大难弄回来，提着马灯，牵着哈萨马，关好门去迎。他顺着鹿的血迹走进林子放开喉咙大声喊："舅，舅……"

魏仁福听到了谢顺的声音，战战兢兢地站起来，挥动着手扯开嘶哑的喉咙回应："我……我在这里……"

谢顺来到魏仁福身边，问："舅呢？"

"追……追……鹿。"

"我们一块去找。"

"我动不得了。"

"这样会把你冻坏的，我先送你暖和去。"谢顺把魏仁福弄上马，送回木屋又出去找舅舅。

谢顺又沿着原路进了林子，寻找着雪上的踪迹放声喊："舅，舅，你在哪里？"他的嗓子喊哑了，腿像灌了铅。风停了，月光影影绰绰透进林中来，他喊着找着，突然他听到黑豹的求救声。他放开喉咙响应道："舅，舅！我来了。"深一脚浅一脚地奔过去。黑豹迎过来，撕着他的袖口。他被领到陡坡上，旁边就是黑幽幽的悬崖，死鹿被崖边的树挡住，舅又被鹿挡住。他晃动着马灯问："舅，你没事吧？"

魏承祖应答："舅身上没劲，就是上不去了。"他曾几次三番用尽浑身力气想上去，坡陡雪滑，没有成功。几番挣扎后魏承祖精疲力竭，又担心遇上猛兽。

"舅，我把绳子绑到树上，你把绳子在腰上拴牢了，我拉你上来。"

借助绳子的力量，谢顺把魏承祖拉了上来。脱险后魏承祖说："今晚要不是你，麻烦就大了，见你哥了没有？"

"大哥冻坏了，在木屋里等着呢。"

"这个孽障！我们走吧。"

"舅，咱把鹿拉上来。"

"差一点没把命要了，黑咕隆咚的，算了吧。"

"舅费了九牛二虎之力，到手的东西咋能白扔了？"

"要不是鹿，我说不定没命了。"

谢顺把绳子拴在自己的腰上下去，把绳子拴在鹿角上，他上来牵过马，把鹿拉上说："舅，你上马，我牵着，没事。"

魏承祖说："你牵着马在前探路，我在后面招呼着，出了林子再说。"

二人顺利出了林子，这才把心放下。谢顺扶魏承祖上了马。魏承祖感慨："逢凶化吉，遇难成祥，顺儿你是我的福星。"

谢顺说："舅舅吉人自有天相。"

不多时，二人到达了小木屋。魏仁福听到狗叫，跑了出来把爹扶下马，抱住爹说："爹啊，孩儿还以为再也见不到爹了。"

魏承祖恼怒："你这个孽障，我遭难的时候见不到你，现在你倒咒开爹了。"

魏仁福抽了自己两嘴巴，然后扶着爹进去，说："我这个破嘴，呸呸呸。"

56

魏承祖遇险的事不胫而走。魏秀娥听了惴惴不安地赶过来探望哥。看哥有惊无险，只是有些许冻疮，也就放心了。见二儿子的手脸多处冻伤，几个指头明晃晃的，像透了亮，心疼得不行。可现下又逢年关，家里还有个大孙子离不开啊，便打算第二天带着谢顺回去。

谢顺不肯，说："娘，男子汉这点冻疮算个啥？我还有好多事要做呢。"

魏秀娥心疼："这冻疮落下根，年年冬天要犯呢，缠人得很。"

魏承祖也劝谢顺："跟你妈回去吧，我给你配的冻疮膏要按时抹，舅也心疼得很。"

"没事，这次能跟舅进山高兴得很。"

魏承祖说："世界之大无奇不有。你先回去，等把伤养好了，到处都可去看看。你的老家西安就是个大去处，你不想回去看一看？"

谢顺听得心花怒放，爹口中的老家是天底下最好的地方。他的心多少次穿越时空，飞回那既陌生又熟悉的故乡……

魏承祖给妹子带了一条鹿腿、参茸酒、山货，还奖励谢顺两块袁大头，谢顺当即便给了娘。魏秀娥带着谢顺回去，举家老小对谢顺都另眼相看，什么都不让插手，只让他听书、抚弄宠物，安心养伤。

光阴荏苒，又是新的一年。年初二谢文元把亲家请来，招牌菜就是红烧鹿肉，又加了适量的黑猪肉、参茸酒。二妈囡囡主厨，小丫帮厨，谢昌、谢芳听差。崔肃儒、谢慧、谢国、王思怡都有拿手菜。大闺女谢贞传了书信回来，又给爹娘二老、二妈、弟、妹带来驼绒毛衣。

崔生、王相业久没相聚，酒没尽兴。众人散去后，谢文元又让添了几样清淡的菜肴。崔生说："真是人生如梦，当年乡试的情景还历历在目，如今年已过半百！"

王相业难免感怀："养儿防老，积谷防饥。我要是动不得了，如何是好？"

谢文元劝道："谢国指得住，你放宽心就是。"

提到谢国这个女婿，王相业还是很满意的，又说："我看谢顺这娃也不赖，听说今天吃的鹿肉来之不易。"

崔生知道谢顺不爱读书是谢文元的心结，便说："做爹妈的都望子成龙，能成龙的少之又少。功名富贵如过眼云烟，我看平平安安就好。"

谢文元说："孩子犟得很，咋说也不行，只能出此下策。我这心里啊，苦得很。"谢顺这次回来，上学的事他一字没提，但他对二儿子的未来还是忧心忡忡。这些年辛辛苦苦没有置下什么私产，就是要让儿女多一点自立的能力，却没想到一顿板子，改变了二儿子的人生轨迹。

在这个家里谢顺好像成了多余的人，家里人都各负其责。父亲早出晚归教书育人，母亲纺纱织布辛勤劳作；大哥做事专一、用情专一，夫妻和顺，长孙明明聪明乖巧；三弟样样都要拔个尖，又敢于担当，前途远大；唯有他让父母担惊受怕。冬天全家人睡在同一个大炕上，他睡在爹的左面，三弟挨着他，娘的右边是小妹。爹在书房工作到很晚，三弟跟爹在一起复习功课、做作业、读书，小妹跟娘做女红，而他无事可做。冻疮渐渐养好了，他心里却深深地不安起来，常常半夜醒来，翻来覆去地睡不着。

谢文元翻过身来悄悄地问："怎么又睡不着了？"

就是在深夜里，他也不敢直面爹。他问心有愧，这么大的人，还让爹操心不应该啊，只得扯谎要尿尿。

谢文元说："尿盆就在墙根里。"

他披着衣服小声地说："我到茅房去，吵着爹了。"说完蹬上鞋就往外走。

谢文元嘱咐："把衣服穿上了别凉着！"

谢顺应了一声，便推门出去。谢文元听到门轴吱吱嘎嘎响，想着该上油了，便起来找来棉花捻子蘸着油灯里的油往门轴里滴。

"半夜三更的不睡也不让别人睡。"魏秀娥被吵醒了。

谢文元说："门响得很，搞些油，吵醒你了？好冷啊。"边说着，边试着拉了下门，没听见响才钻进被窝里。等了好一阵，谢顺还没进来，他又悄悄地穿好衣服出去。

"娃他爹别把你折腾着凉了。"

谢文元没吭气，轻轻地出了门，他看到二儿子在月光下发呆，说："快回去，你不睡，大家也睡不着。"

谢顺打了个激灵，怕爹着凉，忙扶着爹回屋里。谢顺躺在暖和和的被窝里，望着黑幽幽的屋顶，思绪却回到了那广阔的天地。

清晨谁也没有叫醒谢顺，他睁开眼睛，天已大亮。他一骨碌爬起来，嘴里咕噜着："完了，误了干活了。"

谢文元进来说："没事，睡好了？你娘等你吃饭呢。"

谢顺才想起来在自己家，说："我这就去。"匆匆忙忙地穿上衣服去了。娘在厨房的炕上等着呢。

魏秀娥让儿子过来吃饭，说："娃啊，你有心事了，有什么不能给娘说的？"

谢顺说："娘，我看我爹头发白了，都是儿子不争气，让爹娘操心，我怎么能待在家里吃闲饭。"

谢文元听见了心里一热，娃大了懂事了，进来说："要不爹给你在城里谋个事干？"

魏秀娥说："这些日子我也一直在想，我给我哥说一下，在魏医堂里谋个差事，顺儿跟仁诚也合得来。儿啊，你识下字多好。"

谢顺说："爹娘，药上的事我一窍不通，那可是人命关天的事。舅让我好了就回去，说有的事还指望我呢。我听爹娘的话，我过去好好学本事，不会一辈子当长工的。儿不会让爹娘没指望。儿能担起孝敬爹娘的责任。"

谢文元心里一亮，儿子大了有主见了，不能强迫了，说："儿啊，爹是为你好，你不要怨恨爹，我依你。"他话里多是忏悔，他的心在颤抖。这次谢顺冻伤，他早中晚都忘不了给儿子抹冻疮膏。为了让他的生活丰富些，谢文元让他去听说书，他却去打柴，爹娘不干了，要是刚好一点的冻疮再犯了，岂不前功尽弃。谢文元便抽空亲自领他去看戏，顺路给他买碗羊肉泡馍。看着儿子吃得满头大汗，这才心满意足地带着儿子走进戏园子。

谢顺心想，家里父母兄弟姐妹都护着他，有了好吃的都想着他，他若再不干出个人样来对得起谁？想到这儿眼泪便不听话地掉了下。谢顺擦了一把泪，说道："爹，都是儿子不好，从今往后，一定不让爹娘为儿操心。"

57

谢顺过完生日，谢文元把他送到了去庄子的路口，把提着的烟叶递给顺儿说："你自己过去，路上小心。爹得去学校，下午还有课呢。"

谢顺恋恋不舍地看着爹频频向他挥手，听到爹说："照顾好自己，你平平安安的，爹娘就放心了。儿啊！走吧走吧……"他的眼泪夺眶而出，说："爹，你多多保重。"

谢顺从舅舅家的后门进去，听到背后有人喊："顺儿回来了。"

这正是舅舅的声音，他忙转过身去说："舅好吧？"

魏承祖说："舅老了，一年不如一年了，你爹娘好吧？"

谢顺说：“还好，都问舅好呢。”

魏承祖说：“还是你爹娘好，胖了、白了，越发精神了。”

谢顺不好意思地说：“舅，我爹给舅带了些烟叶。”他把手里提的一捆金黄色的烟叶双手递过去。

“颜色不错。”魏承祖拿起来闻了闻说，“河南的，好东西。你爹不抽烟还挺识货的。”

谢顺回答：“是王叔老家来人带来的，我大哥拿回来孝敬舅的，不知舅喜欢不喜欢？”

“有这个心就好。”

“舅要是没事，我把行李放下，该干活了。”

魏承祖说：“把你的行李放到东角门那间，我已经让收拾好了，你来去方便。”

谢顺连想都没想就拒绝了，说：“舅，我喜欢跟哑叔住，有个伴儿干活也方便。”他舍不得离开那些有灵性的牲灵，也习惯了牲口吃草反刍的声音和散发着田野味道的牛马粪味。

“听话，那里臭烘烘的，虱子没把你吃够？别让外人说舅虐待你。”

“舅对我好我知道，要是侄儿学好了本事，能报答舅的再造之恩就好了，舅你就应了吧。”

魏承祖摇头说：“犟得很。”

第二天下午谢顺正在跟哑巴铡草，魏仁福来叫：“我爹叫你呢。”

谢顺一边铡一边说：“啥事？”

“把你日能的，别把自己当回事。”魏仁福不耐烦了。

“知道了，我干完了活就去。”

“你还拽上了，快走。”

谢顺跟哑叔交换了一下眼神，哑叔摆手让他快去，他说：“那就走吧。”

魏仁福一脸嫌弃：“看你这讨吃样，洗干净、换上好衣服。”

谢顺心里有些疑问，长工本来就是这样的。他又想这是舅叫的呢，别给舅丢人。在井台上洗干净，换上过年穿的衣服，那小样儿真出众。在谢文元的影响下，他喜欢整洁，第二天要穿的衣服睡时挂在墙上，洗好的衣服叠好了压在枕头底下的褥子里，平平顺顺的，破烂皱巴的衣服他穿上不自在。来了魏家，他学会了自己洗衣服。但二妈不让他自己洗，说这是女人的活，定期把该洗补的收走，洗补好了再送过来。连哑巴铺的、盖的、穿的也变了样，哑巴木讷的脸上有了笑容。

魏仁福和谢顺一前一后进了西厢，凉菜已经上桌了，魏承祖和魏仁诚在等着呢。

魏仁诚招呼着：“二弟你来了。”

谢顺向二表哥问好后，对魏承祖说："舅，有事尽管吩咐别耽搁吃饭。"

魏承祖指着右边的位置说："上炕，这里坐。"魏仁福坐在左边，魏仁诚坐了下手。谢顺不知道该不该坐，犹犹豫豫的。

魏仁诚说："让你坐你就坐，今天的酒是我爹为你摆的。"

谢顺哪里敢坐，连连说道："不敢、不敢！"

"有啥不敢的，今天把你们弟兄叫来喝这个酒，就是要让你们明白，凡今之人，莫如兄弟。上来坐。"魏承祖执意让谢顺上炕坐。

谢顺请二表哥上坐，魏承祖应下："也好，长幼有别。"说完，他给自己杯子里倒满了酒，又亲手给谢顺倒上。

谢顺受宠若惊，有些慌乱："舅，我不会。"

魏仁诚给谢顺斟上，自己也满上，说："今天的酒你得喝，没有你，我们也没这个福气。"

谢顺还是那句："不敢。"

魏仁福斜眼嘲讽："狗肉包子上不了台面。"

魏承祖立刻责备道："好好说话！来，都端起来。"说罢自己先喝了。

魏仁福干了，连说好酒。

"二表弟，我爸这是窖藏陈年西凤酒，给小辈这是头一回，干了。"魏仁诚也是一口饮尽。

谢顺双手端杯毕恭毕敬地喝了，果然酒香怡人，醇厚绵长。

魏仁福心中不愤，说："喝出个子丑寅卯了没有？喝到你肚子里糟蹋了。"

谢顺岂能不知道自己的处境？但不屈的个性又不让他低三下四，他在心里想着：今天这个酒我喝定了，气死你。于是，他倒上酒，双手敬上说："舅，我敬你。"

魏承祖接过酒，语重心长地说："我这辈子的艰辛，你们哪里知道？清亡建民国，盼长治久安，可就连这边陲也没能长安，乱世人情薄，天灾人祸，民不聊生。我是医生，一生救人无数，无愧于心。我希望你们兄弟相互帮扶，平平安安。"

魏仁福笑嘻嘻地应是，魏仁诚也说着谨记教诲之类的话语。谢顺为自己的小心眼感到惭愧，低着头说："我听舅的。"

魏承祖接着说："今天把你们叫到一起，就是要尽释前嫌。兄弟阋于墙，外御其侮。年前进山购药材，遇上危险，好在谢顺是个有情有义又有谋划的好娃。我老了，希望你们能同心同德，干了这杯酒，你们三人便是再好不过的兄弟！"

魏承祖先干了，三个小的也都恭恭敬敬地喝了。

魏承祖又对谢顺说："有个差事，我拿不定主意该不该让你干。丝路上从来没有平安过，常有强盗出没。骆驼帮会疏通关系，有护队这些年倒也平安。我思谋着管家老了，驼队得有个家里人管事。你要愿意，你爹同意了，你先到驼队跟着老管家打理，护个队。你脑子灵，业务熟悉了，舅就可以放心把驼队交给你。你要是不愿干了，你娘给我说了，你可以跟仁诚在药铺里学着做，你们兄弟对脾气，我放心。"

这一番话说得谢顺心花怒放，又激动又感动，他痛快地应道："舅舅，我愿意！"

58

谢顺如愿以偿去了骆驼队，常常往返丝路，却从没能回老家。谢文元对劫后余生的故乡忧心如焚。

民国十五年（一九二六年）四月军阀刘振华围困西安长达八个月之久，在这期间，城里粮食耗尽，野菜树皮吃光，皮带、皮革、癞蛤蟆、老鼠也都没有了。进入严冬，饥寒交迫，横尸街衢，不少人忍痛以人肉充饥。直到十一月，冯玉祥大败刘振华部，西安才得以解围。

年末，魏家的驼队去西安办货，这将是谢顺第一次踏上三秦大地，回到爹魂牵梦萦的故乡。舅给了他三天假，他要回家告诉父亲这个振奋人心的好消息。

谢忠猫着腰在回家的路口向他招手，谢顺快步过去说："二老，你在这里干啥呢？"

"送你回去。"

谢顺拍打着二老身上的尘灰，说："二老，我自己可以回去。这么冷的天站得有工夫了。"

"庄户人哪个不是天不亮就起来，晚了能行？正好我要去给家里送面、菜，顺便捎你回去。吃了没有？你二妈还给你热着饭呢。"

谢顺心疼地说："准是又推了一夜的面，我的二老啊，站在野地里咳嗽，也不进去说一声，我带着馍呢。"

"面是你二妈磨的，我知道你娃性子急，怕迟了，你再不来我就赶上车迎去了。上一次我去送柴，你爹说一定让你回去一趟，有事呢。"

"啥事？"

谢忠说："没说，你回去不就知道了。"

"那走吧。我爹那脾气，唉！"

"你爹这几年好多了，还不都是为了你们好。吃口热饭再走，再急也不在这一时半会儿的，你二妈等着呢。"

谢顺应好，一老一少相伴向家走去。谢顺老远就看见二妈站在大门口张望，跑上去说："二妈这么冷的天，你别站在门口，当心着凉了。"

囡囡拉着他的手说："等你吃饭呢，咋等也不见人。"

"本来想自己走，还是把你和二老惊动了，真不好意思。"

"跟我还客套起来了，快进屋炕上坐，山里代放的羊下来了，油葫芦一样。你二老正要送羊肉去呢，你娘的闹心病有些肥肉吃就舒服多了。我把杂碎烩上了，你热热地吃完好赶路。"锅里的羊杂碎汤上浮着一层红红的油辣子，撒上葱、蒜苗、芫荽，闻着就让人流口水。

谢顺见只端上来一碗，说："二老一起吃。小牛呢？"

谢忠说："我们吃了，这是你的。小牛和你小时候一样爱放鸽子呢。"

"你们不吃，我也不吃，我去叫小牛去。"谢顺穿上鞋就去了后院。

小牛看二哥来了高兴，说："二哥，飞个点点子。"

谢顺拉着小牛的手说："走，跟哥吃羊杂碎去。"

谢顺把锅里的羊杂碎分了四碗说："全家人一起吃才香呢。"

"这娃，我咳嗽吃辣子不行。"一到冬天谢忠的咳嗽病就犯了。

囡囡推说自己初一十五吃素，谢顺把一碗的辣子油撇到自己碗里，说："我们三个人吃，谁不吃我也不吃。"

三人吃得差不多了，囡囡又把她的那份倒给谢顺，谢顺又给小牛分了些。吃好了，谢忠、谢顺准备走了。谢忠往车上装了白面、荞面、黄米、小米、冻豆腐、油茶和放在麻袋里的一只整羊。谢顺把麻袋拿进伙房，把后半截羊肉掏出来劈开，半个放在案板上，又把羊肉装好。

囡囡问："这是干啥呢？"

"留下你们吃。"

谢忠从门外跟进来说："我们留下了。"

"二老这样，我爹娘能情愿吗？二老上车，该走了。"说完，谢顺吆车出了门。

中午时分车停在了谢家门口，正碰上谢国提着东西回家："算着你们这会儿到家，思怡让我下班买包素雅斋的酥皮点心，二老喜欢吃。"

谢忠咳咳咳地吐了痰说："贪嘴了，让你笑话。"

"这是侄儿孝敬二老的，还有顺儿这个馋嘴猫爱吃的卤鸡。二老你咳嗽得这么厉害，明天我陪你去看病。"

谢忠摆手："看过了，冬天就厉害了，没办法。"

谢文元出来说："有病就得治，明天我跟你去，大家把东西搬回去。"

谢顺说："我搬就行了，别把衣服都弄脏了。"

谢文元拉着谢忠说："让他们弟兄仨干去，咱俩进去喝茶。"

思怡拿着笤帚子要给二老扫尘，谢忠要自己扫。谢文元说："你侄媳妇有啥不行的？"

谢忠说："我这埋汰的，侄媳妇不方便的，还是我自己来。侄媳妇你要多吃些吃胖些。"

思怡肚子显了，红着脸说："二老，我就这么个样，哪有那么娇气。"

魏秀娥接过话说："有了闹口呢，比怀明明时厉害，吃饭像个猫儿啄似的，我说得好好养呢，不能再不识闲了。"

谢国搬东西进屋，接了思怡手上的笤帚子给二老扫尘，说道："她啊，说得不听，得看着呢。"

放好了车上的东西，兄弟几个互相扫尘进屋。思怡又给丈夫扫了一番，帮着把洗脸水兑好了，看着丈夫洗了脸，擦了脸油，换了家里穿的短衫，梳理好头发，这才一同捧着点心进了上房。

谢国奉上点心，说："爹，素雅斋刚出锅的点心，人多得很，先尝一尝，我帮小妹做饭去。"

谢文元说："昨天的还有呢。"

思怡解释道："爹说今天二老来，我又让买些好的。"

"别为我破费，我看侄媳妇做的干粮就好吃得很。"

这时谢芳进来叫吃饭，午饭后谢忠却急着要赶回去。谢文元说："不是说好了吗？明天看了病，我还有事要和你商量呢！"

59

晚饭后，谢文元把全家召集起来，说："城东靠城墙处的宋家急着用钱，有一亩园子地要卖，价钱合理。我和孩他娘商量了，用孩他娘的私房钱就买了下来。事情急也没来得及跟你们商量，大家齐心协力建起满意的宅院，我也算了了一桩心愿。"

谢忠说："这是好事，要是需要钱就把去年下的黄牛犊卖了？"

"不急，过了年犁牛遍地走，能卖个好价钱。"

魏秀娥说："他二老，钱是我爹留给我的，派上了用场，他老人家在九泉之下也会很高兴的。国儿结婚六年了，还挤在一起，你哥心里不好受，我心里也难受。"

谢国说："跟爹娘同住是儿子一家的福气，亲情是根。"

思怡在旁只说听公公婆婆的安排。

谢文元说："你爹是个教书先生，入不敷出。若没有二老，我们过不上今天的日子。你们一个个长大了，我们都老了，二老腰都苦弯了，你们都要记住二老的恩情。"

儿女们都说："谨遵爹娘的教诲。"

谢忠说："买地置业是最周正的。没有父亲，就没有我。没有哥，哪有我的今天？我天生是种地的，只要我能动弹就要种地，不种地干啥来？憋都憋屈死了，咳咳咳。"

谢文元笑道："看起来你我都闲不住，过几年娃都大了，我也回去种地。"

魏秀娥说："恐怕由不得你了，儿子大了有孙子。"长孙明明断了奶就跟着奶奶睡，是爷爷的宝贝疙瘩。孩子都怕爹，孙子从奶奶怀里钻到爷爷怀里。按奶奶的话讲，孙子要天上的星星，爷爷也得想法摘下来，真是隔代亲。

"儿孙自有儿孙福，莫为儿孙做马牛。人过留名，雁过留声，我现在做梦都是我那本书，有个清净安适的环境，做自己最想做的事，此生足矣。"谢文元一直挂记着自己的书，日日为此工作。

谢国说："我们都希望爹能早日完成，盼着拜读爹的大作。明明快过来，爷爷说事呢。"

谢文元把孙子搂上说："大家都说说。"

谢顺说："我听爹娘的，学好本事。挣钱孝敬爹娘、二老二妈，住好房子，不让爹娘再为我操心。"

谢昌说："爹写作，儿给爹研墨，我也要像爹一样孜孜不倦，勤奋努力。"

月光洒在窗棂上，明明学着爷爷的声音说："床前明月光，疑是地上霜。举头望明月，低头思故乡。"逗得大家都乐了。明明聪明伶俐，三岁就会背《三字经》，有爷爷的风度，爷爷特别喜欢。

大伙儿又说了些建房的事，也就散了。

魏秀娥刚进机房，思怡也进来了。魏秀娥便说："忙碌了一天了，快去歇着吧。"

思怡却说："干活对生娃好。"

魏秀娥扶思怡坐下，说："看你脸似桃花，这一胎像是个女娃。"

思怡掩面笑："他爹说就喜欢个女娃。"

魏秀娥催着思怡去休息，说："小心些别有个闪失，去吧，我做完这点也去睡了。你不回去，谢国也睡不了。"

"他忙着写东西呢，我不打搅他。"

婆媳二人便一同在机房里给将要出生的小生命做穿的。不大一会儿，魏秀娥又叫她回去，说自己困了。思怡知道婆婆赶呢，便说："娘，那我先走了，别做太晚了。"

思怡走后，魏秀娥又待了一会儿才回屋，路过大儿子的窗前时，还听到小两口说悄悄话，这真是前世缘今生合，有啥能比这更好。她又担心两人休息不好，提醒说："睡吧，天亮又忙上了。"

谢国在屋里答道："娘，我们年轻，没事。你咋又做到这么晚，别伤了身子。"

"娘老了没瞌睡了，等你爹呢。你们年轻，休息好才有精神。饭明天早上有你弟弟妹妹做呢，你们俩多睡一会儿。"

60

东方欲晓，谢顺就开始洒水扫院子。谢国听到动静也起来了，掀开门帘说："哎，不好好睡你的，这是我的活，倒让你抢先了。"

"大少爷，我在这儿，你就美美地睡你的。"谢顺玩笑道。

"二公子骑马挎抢走南闯北威风得很，可别得意忘形啊。"

兄弟二人你一言我一语玩笑着，突然听到思怡在屋里问："米汤熬开了没有？"

谢国一拍大腿，说："哎呀，光顾跟二弟麻缠了，火还没生呢。"

谢顺抢着去干活，说："我去生火熬米汤，大哥是拿笔杆子的。"

"老二，这个活儿你可干不了。"

"我连个米汤也熬不了了？"谢顺不信邪。

"那好，我扫院子，你熬米汤，今天让爹娘喝喝二公子熬的黄米汤。"

兄弟二人分工，各自忙着，谢国的院子还没有打扫好，就听见谢顺叫："大哥，不好了，米汤煳了。"

谢国跑过来一看，无可奈何地说："二少爷，你这是做黏饭呢，赶紧把火撤了。"他把没煳的清出来，把煳了的清干净，然后把锅洗干净，再把没煳的重新熬米汤。忙活一番，谢国笑着说道："今天让全家人喝喝二公子熬的烟熏米汤。"谢国一边搅锅以免抓锅，一边看着尴尬的谢顺，说："术业有专攻，我说你还是回来，在城里学个手艺也不错。"

谢顺不乐意了，说："那次碰上抓兵的，没把爹愁坏，现在这个尕娃司令马仲英更坏，抓娃娃兵，还是乡下好对付。"

"尕娃司令野心大得很，想做西北王呢！抓了许多河州十四五的娃娃兵，吃不饱、穿不暖，有的光着脚片子。娃们都在背地里骂他狗日的。"

"农村里日子也不好过，税多得很，连人头都交税。农民苦得很，种田的连肚子都吃不饱，有人商量着要抗税呢。"想到这些，谢顺也很是发愁。

谢国说："民不跟官斗，你可不敢跟着闹，出门也不可信口开河，安安稳稳的，别让爹娘操心，出了事那可是要咱爹咱娘的命。"

这时候有人敲门，魏秀娥正好在院子里，打开大门一看，原来是两个兵娃子，抱着个膀子乞求着说："妈妈，给个馍馍吃一下，行不行啥？"

魏秀娥心善，说："能行，你俩等着。"说罢来到厨房把刚出笼的馍馍往小筐里放了两个。

谢国说："娘，饭就要好了。"

"门口两个兵娃子要呢，连个鞋都没穿，可怜见的。"

谢顺在一旁说："娘啊，天底下可怜的人多得很，能可怜过来吗？"

魏秀娥端着小筐往外走，说："儿啊，能帮一个是一个，在咱门口，岂能视而不见、听而不闻呢，你说是不是？"

谢国感慨："我娘就是个菩萨心肠！"

魏秀娥把两个大热馍馍给了门口的两个兵娃子，二人狼吞虎咽吃起来。她看着两个兵娃子冻得发紫的光脚板说："你俩等着。"魏秀娥又回屋把自己给儿子做的两双棉鞋、棉袜子拿了让他俩穿上。见他们没吃饱，她又让谢芳拿两个过来。

谢芳拿来了，悄悄说："娘，大嫂说我们不够了。"

魏秀娥毫不在意，说："我们少吃些没个啥，一顿半顿不吃也没事，这两个孩子，可怜的，于心何忍呀！"

早饭后，谢顺赶上车要去打柴，魏秀娥说："家里的柴还有呢，回来就好好歇上两天。"

"娘，我再一走又是个把月，先备些好。"

魏秀娥对二儿子的远行已经习以为常，顺口问："这次去哪里？"

"回老家西安办药材，驮年货去。"

"你说啥？"魏秀娥要再确认一下。

谢文元在一旁听得真真切切，心里又是喜又是忧，说："这娃，咋不早说？"

"正要跟爹说呢。"

"这么大的事，你也沉得住气。这可是咱的根啊，你爹可是连做梦都想回西安。"谢文元始终眷恋着家乡。

"爹，你要能跟儿一块儿回去有多好，路上有儿子你放心。"

谢文元如今离不了，说："爹带的是毕业班，脱不开身啊。你回去了，要能替爹给爷爷奶奶扫个墓、烧个纸，尽人子之道，爹心里也好受些。"

"爹，我给舅说了，舅说让我回家祭祀一番，还夸我有孝心。爹，你把回家的路线告诉我，儿子一定做到。"

谢文元大喜，说："爹给你画一张回家的路线图。儿啊，咱祖上本是临潼人，登高遥望华清宫……"

听说谢顺要回老家，全家人都围了上来。谢国说："你小子不见爹娘，一句不漏。"

谢顺摸摸头，说："骆驼客，走南闯北家常便饭，有啥说的。"

谢国交代："回去了在祖宗墓上给哥添把土，多磕几个头。"

"爹说让我代表全家子孙祭奠祖宗，我一定替爹娘、二老二妈，还有我们兄弟姐妹给爷爷奶奶磕头、烧纸、祭扫。"

"是这个话！我先跟你二老看病去，老家的情况回来再细细讲与你们。"说完，谢文元与谢忠二人来到魏氏医堂。

魏承祖请二人进屋喝茶，稍作休息。魏承祖叫来伙计交代："让新来的不要排了，拿上号的下午再来吧。"

谢文元忙说："你看你的，我等着。"

魏承祖说："我看好了这位，后面的就有仁诚了。"

魏仁诚过来打招呼："姑爹，好久没见了，我这里事多没抽开身，还请姑爹见谅。"

"治病救人，忙就对了。看病要紧，忙你的去。"谢文元说完，和谢忠来到客房，房子里弥漫着药香味，伙计恭敬地端上盖碗茶，招呼他们坐下。

不大会儿工夫，魏承祖安排好了外面，走了进来，说："我给娃二老看病来了。"

谢文元说：“他咳嗽得厉害。”

魏承祖号了脉，说：“呼吸上的病难缠得很，老病重调理，忌烟酒辛辣，注意保暖，我给二弟配上润肺止咳的丸药，一日两次按时吃。”

接着，他又给谢文元诊了脉：“文元的脉象不错，不沾烟酒好。”

谢文元谢过魏承祖，又说：“哥不愧是神医，每次来都那么多人。”

“要不是放不下这么多病人，我早回乡养老了。”

几人正聊着，县长家来人请，说是家里老太太心痛病犯了，让赶紧去。

“本想咱哥仨好好聊一聊，吃顿涮羊肉，这可是惹不起的主儿。”

“大哥你快去，咱们来日方长，我也要去鼓楼买些特产，让谢顺回老家带上。”

魏承祖边准备出诊的药箱边说：“这娃犟，才和他一说，就非去不可。本想征求你的意见。”

“这是我多少年的心愿，让儿子替我圆吧。你快走，别让人等得有意见。”

“那我就走了。”魏承祖背着药箱匆匆忙忙地去了。

魏仁诚提来五服药，说：“丸药好了我送过去，看完了最后两个病人，我爹让请姑爹到前面老李家涮羊肉馆吃个涮羊肉。”

“改日吧，我和你叔去买些特产，让你二弟回老家带上。我倒要问问，你爹为什么想要回乡？这是想把魏氏药堂关了？”

“迫不得已而为之，都以为咱开了个金山，捐税多不说，当官的、兵痞子看病哪敢收钱，一点伺候不周就动粗。”魏仁诚无奈地说道。

谢文元叹道：“要是真关了，看病的百姓可难了。”

魏仁诚说：“可不是吗，就为这，我爹狠不下心来。”

“干啥都不易啊！我们先走了。”谢文元放下一块银元准备走。

“姑爹，你这不是打侄儿的脸？”话还没说完，外面等着看病的不耐烦起来。

谢文元催他：“快去看你的病，我们走了。”

61

谢文元回来，太阳已经偏西了。谢顺打完柴回来，正在院里劈柴，满头是汗。谢文元便说："让他们回来劈去。"

"顺手的活，我一会儿就干了。爹，我打算明天早些回呢。"

谢文元说："急啥呢，我见你舅了，说选好了黄道吉日方行，后日回吧。"

谢顺坚持明日回，说："来的时候和舅说了，后日一准过去。"

谢忠想提前回去，说道："大哥，我今日回去，让顺儿多待些日子。"

谢文元挽留："明天吧，今晚还让你给娃们讲讲老家的事呢。"

"我这笨嘴笨舌的，哥讲就行了。我不放心家里的牲口。"

谢文元说："有小牛在，你有啥不放心的。"

谢忠笑着说："要是谢顺我就没啥，我那个儿子一躺倒，叫人抬出去卖了他都不知道。"

听到谢忠说今天要走，魏秀娥也过来留人："每回过来都像火上房似的，明天再走，天塌不下来。"

谢顺对谢忠说："明天我们一起走。"

魏秀娥不依："着什么急？你前脚出门，娘的心就提起来，世道这么乱，荒山野岭，吃不上睡不好的。要我说，不去也罢。"

"我的娘啊，等了这些年才等上，怎么能不去呢！娘，你放心就是了，什么事都没有。"

"让娃去吧，这也是我多年的心愿。顺儿，听你娘的话，遇事多加小心，不要逞一时之强、匹夫之勇。要审时度势，才能保护好自己。"谢文元嘱咐道。

谢文元的话对谢顺来说就是金玉良言，他一辈子都把爹的话当作座右铭。他说："爹，我记住了，凡事要三思而后行，小心没大错。"

王相业来看闺女，闺女的预产期就要到了，王夫人已准备好了，等着给闺女接生。恰好谢家准备吃团圆饭，谢文元一定要王相业留下吃了再回。

思怡见爹的长衫皱巴巴，说："爹啊，把衫子脱下来，我给熨一熨。"

王相业说："我哪能跟你公公比，随意就好。"

"爹，俺娘好吧？"

"好，但就是想你。"

"下雪了路滑，我也不大敢出门！"

"我闺女瘦了，是哪儿不好？"

"女儿顿顿都吃好的，就这个样儿。"思怡非常在意体型，女为悦己者容嘛。

王相业满脸笑意夸赞道："亲家，我这闺女没比的，你说是吧？"

"是个好媳妇。来，我俩先杀一盘，饭还得一会儿。"

一盘棋还没有下完，谢国便过来请他们过去吃饭。饭罢送走了王相业，孩子们都围在谢文元身边，听他说老家的事。谢文元满怀深情地诉说着永远不能忘怀的故乡。

女眷这边忙着烧水，水烧好了，谢芳过来请娘过去洗澡，魏秀娥要大媳妇先洗，思怡不肯，让娘先洗。

魏秀娥坚持："今日你先洗，好好地泡一泡，你别动，我和芳儿给你洗，到日子了，咱们还是小心点好。"

思怡说："娘喜欢水热，还是娘先洗。"她硬是让婆婆先洗了，她和谢芳才洗。谢芳看着洗澡后的母亲，直夸好看。

魏秀娥嗔道："这妮子，跟妈也开起玩笑来了。老了连镜子也懒得照。"

思怡也夸道："娘的身材这么好，肉皮子好得连我都妒忌呢。"

魏秀娥笑呵呵地说："让你们这么一说，我也觉得精神了。"

谢芳央求道："娘，把你年轻时的好衣服穿上，那就更好了。一年四季朴素着，不老也显得老了。"

"明日我整理出来看着穿吧。"

三人正玩笑着思怡突然抱着肚子呻吟起来。魏秀娥先是一惊，迅速镇定下来，招呼起来："要生了，芳儿快扶你大嫂回房。"

谢国在院子里等着接媳妇，听到叫唤声，慌忙迎过来问："思怡，你这是怎么了？"

"思怡要生了，快请你岳母去。"

谢国又兴奋又紧张地去请岳母。这一夜全家人谁也没有安睡。黎明前思怡生下一个女婴。

魏秀娥喜欢得不行，乐呵呵地说："是谢家的小福娃。"

谢文元大喜，给孙女取了名，小名玉玉，大名凤仪，有凤来仪。

62

从脸朝黄土背朝天的长工成为远行的骆驼客，对谢顺而言是精神上的解放。但这单调孤寂的漫漫旅途并没有他想象中那么浪漫。他过来的第三天，天刚破晓，便在叮咚的驼铃声中向古丝绸之路的起点长安，如今的西安进发。这条路上有无数的商人、道士、传教士、使臣、探险家，也有劫道的响马，从古至今演绎了无数悲壮的故事。中原儿女思乡的情怀，边关将士仰天长啸壮怀激烈，朝拜者的无限虔诚，探险者的无所畏惧……多少秘密连同躯体一起消失在这漫漫长路上。

骆驼是荒漠的船，是漫漫丝路的吉祥物。驼把式是不苟言笑的老派人物，头上一条花白的细辫子、一张满是皱褶的古铜色的脸，着一身脏兮兮驼绒长袍，系了条红腰带，穿着打补丁的黑布大裆裤。一头老驴搭着拖地的光面老羊皮袄和一个黑黢黢的褡裢，这就是驼把式的全部行装。他骑着老驴，吼叫几声秦腔，前面应后面和。他很喜欢谢顺这个大辫子缠头、热情机灵的小伙子。

谢顺问："大叔，你拉骆驼有多少年了？"

他说："像你这么大就拉上了。"

"大叔咋不成个家？"

"拉骆驼的穷得很，顾不上家，哪个女人跟呢？"

"大叔不拉骆驼了干啥呢？"

他抽了口旱烟，说："拉不动了，死球了。"骆驼客居无定所，死无定地，他的生命已融入叮叮咚咚的驼铃声中。进入关中平原的凤翔地界，管家交代大家规规矩矩莫逞能，过了党爷的关卡才安稳。

如今的凤翔已如党氏的私产，寨主党玉琨是阴险狡诈无恶不作的土匪出身，买通官府，网罗地痞恶少，经过多年的打拼有乡勇近万，暗探无数。他横征暴敛，广积粮草，囤积枪支弹药，自定法律，私设公堂，连官府也奈何不得他。其势力范围庞大，内有敢私通官府者，定会遭灭门之祸。对发泄不满者实行连坐，重则家破人亡，轻则没收家产，受尽牢狱之灾。党氏的税赋就是卖儿卖女，老百姓也不敢延误，否则必会祸殃全家。连娃娃听到党阎王之名，都不敢哭出声来。党玉琨在势力范围实行居民证、出门证、通行证、乞丐证、营业证，无证者寸步难行。党氏的乡勇哨卡遍布，过路的商队要交齐了过路费才能通行。

老管家点头哈腰地点烟，塞了好处费，交足了过路钱，办好通卡的文书，这才小心翼翼地招呼驼队过了关卡。一路上狗吠不断，原来党阎王为了防密探，养了不少训练有素的恶狗，听梆子吃食，天黑卧进在城墙根、寨墙外准备好的狗窝里值班。不仅如此，他还规定户户养狗，富人家的狗都是三五成群。晚上若遇到生人，如同饿狼扑食。守城的狗叫起来，全城的狗都跟着叫起来，巡逻兵紧急赶往，人人提心吊胆。所以凤翔城天一黑，家家闭门灭灯，大气不敢吭，以免招惹是非。党阎王家确实一派热闹景象，夜夜灯红酒绿，歌舞升平。

去西安的路上也不省心，军阀割据，岗哨盘查不断，如今的民国已经放不下一张安静的书桌了。一行人提心吊胆，终于到了目的地，交了货天已晚，便住了客栈。老管家安排驼把式第二天一早把骆驼拉到郊外去放牧，他要按照清单查验代购货物、采购货品，准备尽快回程。一切安排就绪，大伙儿吃了饭，准备休息。

谢顺提出要连夜赶往临潼老家。老管家担心不安全，让他天明了再走。

"我今天晚上走，明天早早到了也好打问。叔，你就让我走吧。"谢顺央求道。

老管家劝道："娃啊，一路上你都见了，到处设卡子，抓兵拉夫，你一个外乡人，骑马挎枪，黑灯瞎火的，人生地不熟，出了事，我咋向你爹娘、你舅交代呢！"

谢顺说："白天也不保险，我不骑马也不拿枪，神不知鬼不觉地趁黑走，小心些不会有事的。"

老管家拉着他不放，说："娃，你一路上没少操心，别人睡了你还要值班，听我的，今晚好好睡一觉，养足精神，明天再去。"

"时间不等人，我早去早回，别误了大家的事，叔说是吧。"谢顺边说着，边把爹娘精心准备的褡裢搭在肩上。

"不行，晚上不能行。"老管家欲拦着他，却拦不住，谢顺推开门，大步流星地向老家临潼奔去。

老管家急得直跺脚："天啊，这如何是好？"

63

谢顺把回家的路线图揣在怀里熟记在心，急急地赶路。夜阑人静，月光如水，他像一个独往独来的精灵，遇到情况就躲在树后面观察。他记得临走前爹爹那期盼忧伤的眼神和母亲忐忑不安的嘱咐。

东方破晓的时候，谢顺望见了骊山脚下的华清宫，欣喜若狂地喊道："爹，我回来了！"他打听到回家的路，眼前的一切如爹说的一样，真真切切。在街西，他看到了那棵苍劲的古柳，偌大的树冠遮街避巷，树东就是沧桑不改的百年谢宅。树下有位持杖的长者，白发长髯，目不转睛地看着谢顺，问："你是谢文元的后人吧？四爷爷在这里等你等得好苦啊！"

真是血脉相通！眼前的这位老翁虽然素未谋面，谢顺看他的神态便相信这就是爹爹所说的四爷爷，跪倒便拜："四爷爷，我就是谢文元的二儿子谢顺，你老人家怎么知道的？"

四爷爷老泪纵横，说："娃啊，昨天晚上我清清楚楚地看见我爹和你爷爷相携而至，说今天我侄孙从肃州来，我想问个详细，却掉进了河里。快快起来跟我回家。"

四爷爷手牵着谢顺说："看人儿女大，为客岁年长。孙娃，我从咸阳回来一直等你爹回家，头发都等白了。"

谢顺说："我爹想回来的，很放不下学生。世道这么乱，拖家带口就是回不来啊。"

四爷爷说："不回来就对了，刘振华围困西安八个月，死人无数，我家七口就活下我和你弟谢根了，要不是这个苗，我真是生不如死。听说要打党阎王了，仗打起来，这日子更乱了。"

到了四爷爷家，谢顺被领进了上房，他奉上爹爹给四爷爷的书信和送给亲戚的礼物。四爷爷边看边流泪，说："真是烽火连三月，家书抵万金，想煞我了。"

谢顺说："四爷爷，我准备祭扫了祖坟，今天晚上就返回去。"

四爷爷留他，说："回家不易，哪能来了家就走的道理，少说也住上十天半月的。"

"四爷爷，我也想啊，可是不行，我们驼队驮上货就得赶回去。眼看着要打仗了，凤翔又是我们的必经之地，迟了就坏了。"

四爷爷一声长叹，说："真是生不逢时，吃了饭赶紧上坟。见了亲戚，给讲讲你爹、你家的事，再走也不迟。我们家的家谱还等你爹续呢。"

这时，谢根安排好了饭食，进来请爷爷和哥哥吃饭。

谢根十七八岁，斯斯文文，过来见过二哥，说："二哥不远千里回来，怎么说走就走呢？"

谢顺与他见过礼，说道："我是拉骆驼的，身不由己。"

谢根说："二哥回去问大伯父好，我爷爷盼着大伯父早日回家呢！"

四爷爷瞧着谢根，十分欣慰，对谢顺说："这孩子十八了，还在读书。记住了，纵是相隔千山万水，你们也是血脉相连的兄弟。"

吃了饭，谢顺急着要去祭扫，便在冥生店买了香表、纸钱、纸屋、纸马、幡、花圈等供品，拉了一车来到祖坟，墓碑斑驳，衰草漫坟。

四爷爷说："这草长得太快了，去年清明培的新土。"谢顺、谢根兄弟二人清干净野草，培上新土，插上幡，献上花圈，摆好祭品，点上香，点燃香表、纸钱、金元宝、屋马衣物。谢顺的头磕个不停，他要替爹娘、二老二妈、兄弟姐妹给祖宗磕个头。

四爷爷在每个坟头撒着家乡的秦池酒念道："收钱来，喝酒来，远来的孝子祭祖来了。"

起风了，吹得满天的灰烬，风卷幡声欢。四爷爷说："祖先笑了，儿孙好了。祖先越高兴，后人越如意。"

太阳已经西倾，把人影拖得长长的，四爷爷老泪纵横地说："有弟皆分散，无家问生死。我领你去认认亲戚的门，我要是走了，你们以后回来了也有个照应。"

64

管家自从谢顺深夜走后，心神不宁，夜不能寐，谢顺要是有个好歹真是不知该如何交代。第三天傍晚，听到客栈的狗叫，忙出门看，迎面而来的正是谢顺。管家拉住谢顺说："阿弥陀佛，你总算平安回来了，我心里的石头落地了。"

谢顺安抚道："叔，让你担心了，要不是脱不开身，昨天晚上就回来了。"

"看你满头的汗，饿了吧？"

"褡裢里有我四爷爷、舅姨带的吃食，让路上吃。"说着掏出来麻腐包子、锅盔、鸡蛋、腊羊肉、石榴、火晶柿子一些吃食放到炕桌上请管家吃。

管家让他留着，说："冻到外面留着，拿回去让你爹娘尝一尝家乡的味道，几十年了，你爹没回过家啊。"

"这还有我祖上留下的一对唐三彩。"谢顺小心翼翼地从褡裢里取出层层纸包着的一对物件,打开了是一头骆驼和一匹骏马,流光溢彩,传神得很。

"好东西,千万别伤着,我给你放到茶叶箱里,你说如何?"

谢顺觉得甚好,二人便把唐三彩包好,放在茶叶箱子里封上,管家说:"西安的货已经办得差不多了,明天还有些零碎的要到市场去采购,定了大后天黄道吉日返程,再去凤翔柳林驮西凤酒。我看你累的,明天歇上一天吧。"

"我不累,叔,你带我去见识见识,我爹一直都告诉我西安闻名天下,世上有的东西在西安东西市场都能买到。我回了趟老家,给家里人连个礼物都不带,不是太没有礼性了吗?叔,你就带我去吧。"

管家说:"城大得很,你可一步也不能离开我,带你去也是个帮手。"

谢顺大喜过望,连声说:"一定。"

"那你早些睡,我还有些账算一下。"

谢顺倒头就睡,一宿无话。第二天早上打扮齐整,这么精神的小伙子真让管家刮目相看。二人来到西安城下,就对那高大无比的青砖城墙、威武雄壮的城门楼惊叹不已。谢顺听爹说过,城里有二十多条笔直宽阔的大道纵横交错,好像棋盘似的,分为一百二十坊。道旁弱柳青槐拂地垂,路上青牛白马七香车。

管家谨慎地说:"听说又要打仗了,人心惶惶,我们买上东西赶紧走为好。"

谢顺赞同:"我叔伯也是这么说的,我能进城就好得很了,一切听叔的。"

市场上人头攒动,物华天宝,让谢顺目不暇接,叹为观止。瓷器、纺织品、玉器、工艺品、波斯的珠宝、西洋的工业品、东瀛的布匹、俄罗斯的毛纺织品,各式商品,琳琅满目,叫卖声不绝于耳。他掮着褡裢,跟着管家按照清单采购,到了下午才算买了个差不多。他给爹、舅买了放大镜,给娘、舅母、二妈买了俄罗斯的拉毛围巾;他还买了东瀛的布匹预备给全家人每人做一身新衣服;又给侄子外甥各买了一对吉祥如意的布老虎,带的钱都花光了才算数。还是管家掏钱让他美美地吃了一碗羊肉泡馍,这才心满意足地回到客栈。

第四天收货验货打包忙到了傍晚方好,骆驼的驼峰竖得直愣愣的,一切准备就绪,只等来日打道回府。当天晚上管家酒肉相待,酒足饭饱,大家伙早早歇下。

五更上,驼队的人便准备好了,一行人离开货栈,在城西与其他驼队会合,向凤翔柳林进发。

65

驼队从陈仓古道北上，沿着蜿蜒的小路盘桓上塬。管家在党家的管卡办好了去柳林买酒的手续。驼队摘去驼铃，悄悄地向柳林镇进发，进入柳林以后，古柳沧桑，酒幌招展，酒香迷人。管家说："若是春暖花开时，彩蝶飞舞，花丛间、草地里、柳树上都是被酒香醉倒的五彩蝴蝶，可以说是天下奇观……"

每年年关节前，柳林酒坊都把浓浓的年味早早地展现给长途跋涉而来买酒的客人。老客户有固定的酒坊，预约在先，随行就市也不必为买不到酒发愁。柳林酒坊张灯结彩迎接远方来的客人，请来戏班子唱大戏。街市上像赶集似的，人潮涌动，买卖兴隆。

魏家定的是这一带有名的屈家酒坊的陈酿，屈家酒坊在柳林深处，今日却门庭冷落。管家心里有些忐忑，今年层层管卡耽误了约定的时日，如果买不上酒，这如何是好？西凤酒是十大名酒之一，以醇香典雅，甘味挺爽，诸味协调，尾净悠长闻名于世。屈家酒坊是祖传的老窖，所酿的西凤酒闻名遐迩，是酒中的凤凰。价钱虽然高，但是物超所值，所存的酒每年早早就被定光了。老管家正在惴惴不安之际。屈老掌柜迎出来说："今年就等你家了。"

老管家说："路难走，紧赶慢赶还是来晚了。"

屈掌柜说："酒留着呢，出再高的价也不卖给别人，你提了酒，我也要关门歇业了。"

老管家问："这又从何说起？"

屈掌柜看了看周围说："你知道的。"

这是路人皆知的事实，国民党军对盘踞凤翔的党家乡勇清剿不断，每一次的清剿都以失败而告终。党阎王扬言，打上三五年不缺枪支弹药，吃香喝辣都不缺粮。战争一触即发，人人自危。以酒为业的凤翔柳林生意冷清，只有一些铁杆西凤酒的主顾，才会冒险而来。魏家是为采购药材顺便而为。提了酒、交了钱，准备就绪，谈好来年的交易，驼队第二天便要接着赶路了。

屈掌柜双手抱拳说："老管家一路辛苦了，粗茶淡饭吃个热乎的，屋里有请。"

老管家回礼道谢，屈掌柜连说受不起。

二人进屋闲谈，老管家说："屈掌柜老了许多？"

屈掌柜掩面叹道："家门不幸，大儿子死了，我的心碎了。"

老管家吃惊地问："去年来时还好好的，因何遭此不幸？"

"被官军打死的。"

凤翔党家势力范围的住户，凡是有男丁的都是党家的乡勇，凡是招而不到的必定家败人亡，战时退却的就地枪决。这几年官兵来剿死伤无数，今年屈掌柜家的大儿子战死，二儿子又被征去。

老管家说："花钱买个通融呢？"

"这几年家里能拿出来的钱，都花上了，无底洞啊。"

正聊着，一位妙龄姑娘进来了，她身材高挑，花容月貌，眼睛尤为水灵，梳着一条黑亮亮的大辫子。

"爹，饭好了。"这女子说道。

屈掌柜说："我们去吃饭吧。"

谢顺刚卸下驮子，归拢好物件，正低头擦着汗，一抬头，无意间与这姑娘目光交会，像触电一样，他怔怔地望着她，心想莫非是仙女下凡？

这姑娘一甩大辫子，忽闪着亮晶晶的大眼睛，抿着嘴儿笑："这位大哥哥的辫子比上我的了。"

屈掌柜说："这妮子没礼性。"其实他也注意到了谢顺这个精神的后生，仿佛似曾相识，若能有这样一个女婿，他也就心定了，便问老管家："这后生，像哪里见过？"

老管家答道："这是我们东家的外甥谢顺，头一次回临潼老家探亲祭祖。你这儿来的人多得很，怕是记混了吧。"

屈掌柜说："面善得很，你爹是干啥的？"

谢顺说："我爹是老师。"

屈掌柜笑道："我说呢，一脸的精明，我要是有这么个女婿就好了。"

谢顺还以为屈掌柜看出了他的心思，羞得满脸通红，低下了头。

橙红色的太阳像一个巨大的燃烧着的火球，渐渐坠入青山背后。晚饭是陕西的油泼面、凉拌绿豆芽、青红萝卜丝，还有红烧肉。

屈掌柜打开一坛酒说："这就是你们要驮回去的，俺家窖藏三年的西凤酒。别客气，开怀畅饮。"

谢顺并不喝酒，吃饱了就要去换看货的人来吃饭。

屈掌柜说："后生，我这酒绵软得很，不上头。过了这个村没有这个店。"

谢顺答："我不会。"

正好姑娘进来添菜，说："男子汉，喝个酒都不敢。"说完把碗里的酒喝了一口，抿着嘴儿走了。

谢顺把碗里剩下的酒喝了，像一条玉龙，心里不得平静。

屈掌柜对谢顺说："我闺女小凤是也不小了。你这后生我喜欢，回去对你爹说，若有意，便过来一趟。"

老管家拉着谢顺笑道："真是天上掉下来的。"

屈掌柜又打开第二坛酒给满上，说："婚姻大事父母做主，若有意，我专候着。"

第二天五更天。吃了香喷喷送行的饺子，驼队要走了，谢顺左顾右盼，他心中的仙女始终没有出现，有些失落。

屈掌柜抱拳相送："一路保重，明年再见。"

66

谢文元一直梦想着回临潼老家，但是人算不如天算。民国政府风雨飘摇，战乱不断，路难行，儿女小的时候不行，儿女大了更不能。如今大儿子一家，还挤在一个屋檐下，大儿子不说，媳妇不提，他也明白老大一家该自立门户了。这才萌生了建房的想法，魏秀娥全力支持。

自从有了城东宅基地，谢文元也顾不上别的事儿，戏少听了、棋少下了，有时间就去宅基地，盘算怎样又好又省地把新房建起来。他把新房和家乡的老宅联系起来，老宅的每一间房、每一个细节都记忆犹新，他要把美好记忆融进新房的修建中去。

谢文元废寝忘食，魏秀娥怕他熬坏了，提醒说："他爹，差不多就行了，不要房子没建，把身体搞坏了。"

谢文元全不理会，说："能建好一点全靠算计，老婆子你们过来，看哪个好些。"

魏秀娥叫来儿女们一同来看，烛光中墙上挂的两幅庭院鸟瞰图赏心悦目。梁柱椽门窗砖瓦辅料都在分解图上清清楚楚地标了出来，并列了材料清单。所用材料的数量现价都是谢昌询价统计计算的，一目了然。他是个数理脑子，举一反三，双手打算盘准确无误，是学校的尖子生，谢文元对小儿子的期望很高。

谢文元说："两面坡的比一面坡的要费工费料些，砖门脸比全砖的省不少，瓦房当然好，现在我们家的条件，还是能省的就省。"

谢国说："依我说，全家人在一起怎样都好，我看土的就好，这里的土房上百年的都好好的。"

魏秀娥说："你爹和我商量，这房是非建不可的，你们都大了该自立门户了。"

思怡说："要建就建得好些，让爹娘住得好些，儿女们心里也好受些。"

"我同意大嫂的意见，要建就建好的，让爹娘住进去，儿女们脸上也有光。"谢顺兴致勃勃地回来了，正听到大家在屋里商量事儿，插上一嘴。

谢忠见他回来，立马帮忙卸年货。魏秀娥吓了一跳："这娃猛猛地吓了我一跳，什么时候回来的？你走了这些天，娘的心提了这些天，回来了也不打个招呼。"

谢顺说："交了差就赶紧往回跑。"

谢文元说："来得正是时候，我们正在商量建个什么样的房子好。"

谢顺看了墙上的图，说："爹设计得都好。"

众人都说："爹娘定好了，我们齐努力。"

谢文元心满意足："今天就到这里，先把车上的东西卸了。吃了饭，我还急着听顺儿讲老家的情况呢。"

晚上，全家都挤在爹娘的炕上，谢顺把从西安带来的礼物分了，大家都喜欢得很。谢文元拿着放大镜说："这东西就是精致，有了它，最小的字也看得清清楚楚。"

魏秀娥对拉毛的大方围巾更是爱不释手，看着东洋布称赞："这是怎么织出来的！"

思怡说："娘，布是机器织的，花是机器印的。"

魏秀娥惊讶："人真能啊，能做出这么好的东西。儿啊，很贵吧？你哪里来这么多钱？"

谢顺说："不贵，除了爹娘、二老、舅临走时给的，还有娘平时留给我的零花钱，卖鸽子、卖斗鸡的，我也没处花。"

魏秀娥问："你自己呢？"

谢顺说："我有娘做的新衣服，有吃有喝的，剃个光光头好过年。"

魏秀娥不许他剃光头，说："算命的说你的辫子招桃花，留着好。"

谢文元说："说到这还真是，有人说庄子上何山的闺女十九了，人能干长得又好，眼睛高，一般的人看不上，就看好咱家顺儿，你若愿意，爹就请人说去。"他知道儿子的脾气，强按牛头不喝水。

魏秀娥觉得不错，说："那可是庄子上有头有脸的人家，好闺女，我见过。"

家里人都兴奋起来，反倒是谢顺干脆地说："我不愿意。"

谢文元问："你连想也没想就说不行，莫非你心里有人了？"

谢顺像被爹看穿了心思一样，脸红心跳地忙岔开说："这箱子里装的唐三彩，四爷爷说爹最看重这祖传的珍品了。"

谢文元听了喜不自禁，忙说："快取出来让爹看。"谢文元见到了这两尊唐三彩就像见到了久违的爹娘，思乡之情油然而生。他的眼睛模糊了，强忍着泪说："快给爹说说老家的事。"

谢顺被爹的深情打动了，细细地说着，爹有时会打断他的话，问得很详细。

第二天中午，老管家来访，谢文元请他到书房入座，谢顺端上八宝盖碗茶。

谢文元向他道谢："这次谢顺回老家，一路上承蒙老管家关照，不胜感谢。"

老管家说："这后生胆大心细，吃苦耐劳，敢作敢当，是个干事的。到的当天晚上，他就要回老家，我真为他捏了一把汗。第三天晚上就回来了，干净利落，什么也没耽搁，驼把式喜欢得很。"

谢文元听出来了，对谢顺训话："我得说你，要听话，我行我素不行，不听老人言吃亏在眼前。"

谢顺恭顺地答道："再也不敢了。"

老管家说："其实谢顺也是为我着想呢，怕误事。你儿子也真招人喜欢，在凤翔柳林屈家酒坊，屈掌柜就看上了，想让他当女婿呢，那闺女才叫俊呢。"

谢文元大惊："这是真的吗？"

老管家说："这等事儿岂能玩笑，屈掌柜说亲不过家乡人，你若有意，请你去做客，还让我给你捎了一坛进贡的御酒。"

"要真能成，也是缘分啊。"谢文元转而问儿子，"儿啊，你要是愿意，爹为你求之。"

谢顺满脸通红地说："爹说了算。"

谢文元拉着老管家的手说："要真是这样，还要请老管家玉成呢。"

老管家爽快应下："来年去的时候，先生你也顺便去，还能回趟家，路上有我们没麻缠，这岂不是一举两得。"

谢文元高兴："一言为定。"

魏秀娥这时来书房请示："他爹，菜好了端上来吧？"

谢文元应好，又对谢顺说："把你二老请来，今天是个好日子，咱们一醉方休。"

魏秀娥说："他二老说家里离不开，已经回去了。"

老管家也说："今天我还得交账去，改日吧。"

谢文元挽留道："今天这个酒一定得喝，有事我担着。"硬拉着老管家入座。二人对坐，刚碰了两杯，谢顺陪着驼大进来说："爹，驼大叔送酒来了。"

驼大说："谢先生，这是老管家让我保管的酒。"

老管家说："谢先生，这就是屈掌柜送你的御酒，光这包装就非同寻常。我怕打了，让驼大保管着。"

谢文元心里高兴："从此会得杯中意，小筑初成盼佳期。谢顺，打开共饮。"说罢，请驼大入座。

谢顺把御酒打开，果然是酒中凤凰，香味沁人心脾。

老管家也是个懂酒的，说："喝了这么多年的酒，今天算是心满意足了。"才喝了三杯，老管家执意让谢顺把御酒封好，这样好的酒，醉了没意思，又忙着交账去。

驼大一同告辞："谢谢了，谢先生，好得很啊，骆驼还等着呢，我得走了。"

谢文元说："咋也得吃了饭再走。"又让谢顺满上："来，为我二儿子谢顺的好事再饮三杯，这个面子总得给的。"几人又满满地干了三杯。想着老管家和驼大有事要忙，也不再强留，说："招待不周怠慢了。"

67

谢顺回来后先给魏仁福报到。

魏仁福调笑："二娃子美梦成真，找不着北了吧？"

谢顺稳稳地回话："少东家要是没事，我就干活去了。"

魏承祖进来说："走一趟有惊无险，我的心也放下了。要过年了家里事情多，这里仁福安排一下，让你弟领上工钱，回去帮帮你姑。"

魏仁福说："打鱼的成车拉鱼呢，别让人家打完了，我们连个鱼也吃不上，网不就白置了。"

谢顺说："我今天准备一下，明天一早让哑叔赶上车，让陇牛也去搭个手，撞撞大运去。"

魏仁福不乐意了："我搭上工搭上料，让你玩去呢？"

魏承祖不理会魏仁福，对谢顺说："野湖里的鱼不是家里池子养的，想什么时候要什么时候有，若打不上，咱就买上些，你早去早回。"

第二天，天蒙蒙亮，谢顺一行就出发了，数九寒天，雪野茫茫。尖利的风像蘸着盐的鞭子抽打在脸上，帽子、眉毛都结了霜。陇牛缩成一团说："人家太阳老高才出门呢，我们天黑黑的出来跑骚，把人冻死了。"

哑巴还漏出铁一样的脖颈赶着车乐呵呵的，谢顺说："你看哑叔，再看看你，想吃好的又怕苦，天上掉不下馅饼，我们拉骆驼，天上下刀子也得顶住。"

"今日你可答应让我把鱼吃个够够的。"陇牛说道。

"只要打上鱼先烤上给你吃行不行？哑叔，今天走远些，这个地方背，知道的人不多，不出意外好戏在后头呢。"

哑巴拍了下陇牛点点头，朝着谢顺指的地方去。太阳照在冰封的河面上，往日汹涌澎湃的黑河静静地淌在蓝天下，等待着春的呼唤。

哑巴在谢顺指的一处草湖边停下车，卸下马喂上草料。陇牛拿上凿冰的工具在谢顺指定的位置凿冰窟窿。天太冷了，北风刺骨，手脸都冻得失去了知觉，陇牛一会儿搓着手、一会儿跺着脚。

谢顺说："你能不能消停些？一个冰窟窿没打好。"

"冻死了啊，我尿个尿。"陇牛转过去就尿。

谢顺说："你他妈的能不能走几步，尿都能刮到人脸上。"

陇牛往前走了几步，没站稳，摔一个仰面朝天，嗷嗷叫。

谢顺把他拉起来说："你这个囊尿，沟门子摔开了没有？"

陇牛系上裤子，袖着手说："尿都冻成个棍棍了，早知道受这个罪，不吃也划算。"

谢顺安抚："我让哑叔生把火，我掌钎，你打。"

"打上手可别赖我。"

"那还是我来。"

午时，几处冰窟窿打好了，又有人来了。他们开始下网，拉了几网收效甚微，不多的鲫鱼和四条不上斤的鲤鱼，蹦了几蹦就冻硬了。谢顺说："今天悬了，先把这几条大的烤上，吃了再看。"

谢顺争强好胜，无心吃喝，他拿了一个烤馍又到野湖上转了一番，他选的地方应该没啥问题。后来的几个冰窟窿也不行，三人准备走了。谢顺还是不甘心，又下网拉鱼，直到太阳西下才悻悻地拉着小半麻袋鱼儿回家。

魏仁福见车进来，走上前去问："怎么样？"

谢顺答道："没打上。"

魏仁福不信，问："真的？"

陇牛在一旁阴阳怪气地说："丢死人了，没有鱼啊。"

魏仁福骂道："没球用的东西！"

谢顺忍着气说："我也不想这样。"

魏仁福说："你不是能得很吗？我花钱让你玩去了？"

谢顺实在忍不住了，气不打一处来，说："你去玩上一天试一试？"

魏仁福怒上心来，冷不防地就是一鞭子，骂道："狗日的，还敢顶嘴。"

谢顺顿时觉得脸像撕开了似的，用手一摸有血，怒不可遏地说："冲发君，你凭什么打我？"

"我让你犟！"说着又抡起了鞭子。

谢顺扑上去夺下鞭子，一用劲鞭子就成了两截，他把鞭子往地上一扔说："你给我记住，没有下一次。"说完转身便走了。

谢忠在家等他，关切地问道："打鱼这么晚才回来，没吃吧？"

谢顺还气着，说："吃了一肚子气。"

"哎呀，你的脸上咋的了？"

"没打上鱼，冲发君打的。"

"这个牲口打人不打脸，这怎么见人呢？"

"不偷不抢的，有啥见不得人的，二老，我在你这里歇几天，就回家。"

"过几天我正要送东西呢，咱爷儿俩好好待上几天。洗个脸，上些药。"

68

谢顺回了家，脸上的伤还未痊愈，魏秀娥担心地问："怎么闹的？"

谢顺敷衍道："不小心刮的。"

魏秀娥嘱咐："以后小心些，没伤着眼睛那算是万幸。"

谢文元岔开话题，说："今年家里修房子没个专人照料真不行，这可是咱家的大事，马虎不得。我们上班的上班，上学的上学，考虑再三，你最合适，不知儿意下如何？"

"只要爹爹信得过，我就回来照看着修房子，也能当个壮劳力干活。"谢顺痛快地答应道。

谢文元说："我跟你舅商量好了，你就回来，现在抓紧备料。"

谢顺心里有数，说："爹现在正是备料的好时机，集市上要有合适的就买上，这样划算些。"

"木材市场上的价格我们都问了，单价总价在材料清单上已列出来了，一次买齐了省事。"谢文元拿出了清单。

"我这几年跟着管家给舅买材料，跑过不少市场。木材市场上的材料是二手货，商家是要赚钱的。集市上卖的多是用不着的或山里人卖了买生活用品的，价格上要划算得多。"谢顺对行市颇有了解。

谢文元对儿子越发满意，说："还有这个窍门！爹老了，又没干过这个事，这事就交给你了。"

谢顺谦虚："大主意还得爹拿，我看好了，还得爹点头才好。"

谢文元完全相信儿子能办好，说道："那岂不误事了？交给你就是信任你，大胆地去办。"

谢顺受宠若惊，他暗暗下定决心，一定要把爹交给他的第一件事办好。他先跑了远近的材料市场核实价格。尔后每集开市必到，精心选料砍价，几个集市下来清单上所列的建材基本上保质保量地买全了。

谢文元真觉得二儿子这些年的苦没白受，他对魏秀娥说："实践出真知，在这一点上，顺儿比我强。"

魏秀娥从来没听过谢文元这样夸过二儿子，高兴得很。

过了正月十五驼队要西出阳关到哈密送货，谢文元一家期待此行。大闺女出嫁后没有回过娘家，魏秀娥思念得很。大女婿张弛的驼队每每过来总是匆匆忙忙，带来谢贞给爹娘弟妹做的衣裳、驼绒织品。大女婿总是说："好得很，家里啥也不缺，放心就是了。娃娃稠，老的老、小的小，脱不开身啊，等儿女们大了，我带他们来看望爹娘。要不爹娘随我的驼队过去，在我那里多住些日子，山里夏天凉快得很，家里猪了、羊了、鸡了都养着呢，奶羊的奶子喝都喝不完。"看起来大闺女的日子过得不错，但过去又谈何容易？

魏秀娥说："要能看看贞儿多好。"

谢文元也惦记着大闺女，说："从地图上看是顺路。"

谢顺说："我也想大姐得很，要能行，一定去。"

过了惊蛰，谢文元选定黄道吉日，请打井的进场打井，先举行隆重的祭土仪式。老道插幡挂符，供上土地的神位，献上贡品，放炮、焚香、化表、三叩头，老道摇着铃口中念念有词地举着幡，领着谢家男丁绕着外墙转了一圈，回来又三叩头，又围绕着院子念了一圈，又三叩头。这才让打井的师傅拿起拴着红布的铁锹破土打井……

69

谢顺从西边刚一回来就着急赶回家里，魏秀娥问："见到你大姐了没有？"

谢顺说："交货的地方离大姐家远得很，路过的时候驼大叔指给我看，只见一片雪山中的山口。"

魏秀娥问道："那给你大姐家带的东西没送到？"

谢顺说："娘，你说巧不巧，遇到了去大姐夫家的金大头，我们也是在路上认识的，他年龄跟我差不多，人热心得很，我就托他带去了。"

谢文元说："多一个朋友多一条路，挺好。"

"爹，我带回一些葡萄干、瓜干、杏干，好吃得好，快尝尝。"

魏秀娥心疼，说："可不敢乱花钱，家里修房子正是用钱的时候，把你爹愁的。"

谢顺说："我正跟爹商量呢，修房子用的土块我脱，二老说这两天小牛就过来了，人工上能省多少算多少。"

谢文元说："我给你舅说好了，建房子用的砖、瓦、沙、石灰、土块还得你办，土块用得不老少呢。"

谢顺说："爹，三弟算下的料，我和小牛估计有一个多月就能完成，现在动手来得及。"

谢文元说："也好，这可解决了大问题了。"

第二天早晨，谢顺就开始做脱土块的准备工作。下午小牛就过来了，他个子矮谢顺半头，壮实憨厚随了他爹，话不多主意正，跟谢顺铁得很。下午一切准备就绪就开始取土和泥。

谢文元和谢国、谢昌也过来了，都是干活的打扮，这倒使谢顺看着不习惯了。

谢文元说："从今天起我们下班就来，干完了早些收工。"

谢顺说："爹，你们不是干这个的。"

谢国怕劳累到爹，说："爹啊，你看看就回去吧，有我们弟兄就够了。"

谢昌帮腔："爹，你在我们不安心。"

"大老，你在我怕。"在小牛眼里，大老是高不可攀的圣人。

谢文元也想改变以往严厉的形象，便说："怕个啥，我打个下手，一家人一起干活多开心！"

从此以后，谢文元和四个小子赶在早晨上班以前码好土块，下午下班后直接过来干活，天黑才回家。谁也劝不住谢文元，他们便抢着干，尽量不让他插手。谢文元插不上手，便为孩子们端茶擦汗，大家干活干得其乐融融。

魏秀娥要求中午饭油水大一些，隔两三天做顿红烧肉，全家人这么辛苦，伙食一定要跟上。她要亲自去送饭，思怡抢着要去。谢芳心疼娘的脚走路多了疼，也抢着要去。魏秀娥说："我去看一看孩子们，心里也舒坦。芳儿，你一个小姑娘家，路上碰到坏人了咋办？"

谢芳建议："我和娘一块儿去。"

魏秀娥说："你好好在家干活，娘去去就来。"

刚出大门，四个兵娃子就灰头土脸地过来了。其中最小的一个上一次来过，魏秀娥给他们的那双鞋已穿得露脚指头了。他躲躲闪闪地说："妈妈，你是好人啊，我们肚子饿得不行啊，给个馍馍吃一下吧？"

另一个大一点的孩子说："马仲英这个狗日的，操练得厉害，吃不饱啊。"

最大的贼头贼脑，说："你娃皮胀了，敢胡说开了。"

魏秀娥又返回去拿了四个馍。思怡说："今天又多了两个，再多了供不起了。"魏秀娥无奈地摇了摇头，出去和四个兵娃子纠缠一番才脱开身，匆匆忙忙地往新宅基地赶，还是晚了。

谢顺拔下模子放到涮模子沙上，说："娘来了。"

"娘要看看儿。今天晚了，饿坏了吧？"

小牛实诚，说："肚子咕咕叫呢。"

魏秀娥招呼大家洗手吃饭，说："明天我早些动身。"

看着这两个狼吞虎咽的小子，她心疼得很，问："累不累？"

"跟二哥干活我不累。"

魏秀娥问："怎么跟你二哥干活就不累？"

"我和二哥对脾气，泥和好了，两个模子我上模子二哥脱，赶不及了，二哥自己上。"

魏秀娥给两个孩子擦擦汗，嘱咐道："悠着点，别累坏了。"二儿子干啥像啥，脱土块方方正正，干净利落没有多余的动作。她心里暗叹，儿啊，凭你的机灵劲儿和胆识，识下字该多好。

谢顺一点儿也不觉得累，说："给自己家干活，累了就歇会儿，下午爹他们来了抢着干，有个啥累的。"

魏秀娥说："修好了新房，也该给你说媳妇了。"

谢顺嘿嘿一笑，说："不急。"谢顺忙岔开话题："娘天天给我们吃好的，你们呢？"

"都一样。"其实中午给他俩加了肉的。

谢顺擦了擦嘴，说："娘，吃好了，该干活了，娘也该回去休息一会儿了，不然家里人会担心的。"

魏秀娥玩笑道："嫌娘碍事了？"

"哪里，外面风大别吹着娘了。"

魏秀娥收拾好东西准备走了，说："你俩也躺一会儿，刚吃饱别挣断了肠子。你们俩咋不穿鞋？扎了脚咋办呢？小牛啊，新鞋过两天就好了。"

谢顺说："鞋好好的。光脚丫子干泥水活利落。"

魏秀娥看现场拾掇得利利落落，交代说："还是穿上鞋好，娘见不得让你光脚，你俩悠着点，娘走了。"

70

到了桃红柳绿之时，谢文元建房的有关建筑材料准备就绪。选定了黄道吉日祭了土，谢文元家里摆了一桌招待匠人。泥水匠是给魏家盖过房的，魏家有泥匠的活都交给他，人实诚技术好；木匠是王相业的河南老乡，来了先给谢文元做了一套水曲柳的八仙桌，手艺没说的。谢文元要小牛回去，谢忠不让，说是少用一个工就省一份工钱。天热了谢顺和小牛干脆搬到临时工棚里跟木匠住，小牛打杂烧水送茶送饭，谢顺负责工程的顺利进行，需要什么做什么，什么紧张干什么。他诚信待人做事认真，木匠和泥瓦匠都夸他。

谢文元、谢国、谢昌三人天天下班、下学都来，对工程的质量进度颇为满意。匠人们都跟谢文元夸赞谢顺："你这个娃了不得了啊，一点点不满意都不行，是个把家的里手。"

谢文元心里骄傲，嘴上却谦虚："若有不敬之处，我说他。"

匠人们连连摆手，说："那倒没有，认真得很。"

立门之后最关键的是上梁，这关系到家门安危。从古到今人们把超意志的现象都归结于神，对神的敬仰与畏惧几乎是与生俱来的。

农历六月，吉日良辰，旭日东升，晴空万里，谢宅的上梁仪式启动。

谢文元领着儿子们焚香化表，敬天敬地敬祖宗。三清宫的道长将有阴阳的红布包着"姜太公在此，诸邪回避"的咒符及五谷铜钱，固定在中梁上。鞭炮响起了。梁在唢呐声、炮竹声中缓缓上升。

木匠道一句："万事如意，步步高升。"

在上面起梁的儿子侄子，下面帮忙的谢文元的学生，前来看上梁的同仁也和着："万事如意，步步高升。"

中梁稳稳当当地被安放到中柱的衔口上。木匠手执斧子从中梁上走过说："万无一失，大吉大利。"鞭炮又响起了。

上梁作业进行得顺利，这让谢文元松了一口气。这表明新房的关键工序都顺利完成，能不让他高兴吗！到了九月，新房顺利完工。匠人高高兴兴地吃了验收饭，拿着工钱走了，剩下的盘炕铺地等零碎活谢顺等人自己便能干了。谢顺学到了谢文元盘炕的窍门，可以说青出于蓝而胜于蓝。

就在这个时候，魏仁诚来说："姑爹，我爹让顺儿这两天赶紧过去呢，驼大前天白天还好好的，早晨等人发现，已经死了。驼队到漠北的货都备好了，不能耽误，我爹说这一趟得有他。"

谢文元说："你收拾收拾快去吧，时间不等人。"

谢顺说："地没铺砖，现场清理也得费工。"

谢文元让他放心，说："你走你的，这些我会安排的。"

"爹，等我回来干也不迟，千万别累着了。"

谢国说："你放心走吧，有我们咋能让爹受累。"

谢文元安排道："明天一早，国儿你就跟小牛一起回去，快要秋收了，颗粒归仓，我们也得出把力，这里先放一放。"

收了秋，谢文元同两个儿子整理院子，西面空出来的预留地，种菜种花，自己也有着桃花源里可耕田的闲情逸致。他计划等谢顺的婚事定下来再建起来。如果屈家要谢顺过去一块儿过，未尝不是好事，自己叶落归根的夙愿也有了条件。他把未来想象得很美。

院子刚收拾好，谢顺从漠北回来，跟小牛一起过来，全家人又把精力集中到新宅。方砖铺地，大功告成，自己干的怎么看都好。

闲暇之时，谢文元常来，在月光下庭院里漫步畅想。上房屋檐下的四座石墩上的原木立柱，他还没有考虑好要不要上色，照壁上的"福"字是他手书的，祥云图案，寓意着福寿绵长。

71

新宅准备好了，谢文元让谢国一家在春暖花开之时搬过去。二儿子谢顺的婚事又提上日程，谢文元提前做好准备，打算跟二儿子一起去凤翔屈家酒坊，拜见屈掌柜，给谢顺提亲，也圆他梦寐以求的回家之梦。

民国政府风雨飘摇，军阀割据强人当道，地方势力横行霸道河西一带，鱼肉百姓强取豪夺，掠夺金银财宝无数。这里的居民忍气吞声，谁敢露富？值钱的家当都秘密挖洞埋藏。

凤翔作恶多端的党阎王已成政府军非除不可的匪首。民国十七年（一九二八年）五月，国军宋哲元亲率三个师、一个独立旅，以三万七千精锐之师围剿党玉琨七千部队，本以为能一战而平。谁料党玉琨的守军居高临下，作战顽强，居然将他们打得败下阵来。多次强攻，损兵折将，宋哲元无计可施。

谢文元十分关心凤翔的战事，一场旷日持久的攻防战，又阻断了他回乡的梦想。

天渐渐热了，谢文元催大儿子搬家，谢国要爹娘住新房。谢文元哪里肯依，说："新房就是给你们建的，闲置着不好。你们搬了，就该筹备你二弟的了。"

魏秀娥说："听你爹爹的，大媳妇赶紧拾掇，选好了日子搬过去，近近的，来去方便。"

思怡想住新房自己过，见公婆都催，也就准备起来了。谢国是个勤快人，一个冬天下来，房子院子都收拾得井井有条，新家具散发着桐油的芳香。木炕沿光滑如镜，连炕墙的砖都打磨得平平整整，院中的花池砌了花墙。

思怡想栽上葡萄树，夏天可以乘凉，又想在花池里种菊花、西番莲、海娜花。谢国说："大门外栽上垂柳，又凉快又辟邪。"

小夫妻把小日子过得和和美美的，西边的空地也整得平平整整，施了羊粪种上水萝卜、菠菜、芹菜、豇豆、黄瓜、茄子、辣子，还栽了几行韭菜。通道上种了黄菊花，这花谢文元喜欢。

到了选好的吉日良辰，举行了出门仪式，先把面箱、米缸、灶上用的拉过去。

待到真的要搬了，魏秀娥心里又空落落的。这些年朝夕相处，分开了难舍难分。谢国说："娘啊，明明、玉玉都离不开爷爷奶奶啊。"

谢文元说道："男子汉大丈夫顶门立户，岂能儿女情长！"

魏秀娥抹着泪说："这些年挤在一起，委屈你们了。一个个长大了，都会出去过，我和你爹看着你们过得比我们好，互相帮衬着，心里高兴呢。"

思怡说："娘啊，我们一点儿都不委屈，能和爹娘在一起是我们的福气。"

谢文元对儿媳是很宽容的，从不干预小两口的私事。有矛盾也是先从儿子身上找问题，所以他深受家里人的敬重。

魏秀娥深知做女人的苦，说女人是水做的骨肉，待好了滋润，待不好是祸水。同样的事儿，媳妇做得不好，她循循善诱，以身作则。对女儿就严厉得多，要从头做起，直到熟能生巧。

谢芳常说娘偏心嫂子，魏秀娥说："那是为你好，有了婆家你就知道娘的好了。"

谢芳挽着魏秀娥的手臂撒娇："我就跟爹娘在一起。"

魏秀娥点点她的头，说："刚还说娘的不是呢。"

谢芳娇滴滴地说："本来就是嘛，给娘干活去了。"

72

举行了入门仪式，炮竹从新宅的院里炸到大门外。

魏秀娥要把自己的玉观音供奉在长子的中堂，以求福寿延年、吉祥平安。

红烛闪烁，青铜香炉里放了三块银元，香火缥缈。全家人都跟着魏秀娥的节拍齐声："进、进、进。"第三声"进"时，观音菩萨稳稳地放定在供桌上。众人献了供果，烧香化表三叩首，放鞭炮。

随后举行安床仪式，新房温馨雅致，东墙一对红漆胡杨木箱上叠着四床新缎子被，苫着思怡钩花的戏水鸳鸯的红绸单。炕上铺着和田毯子，上墙挂《福寿图》，舷窗上有魏秀娥剪的金童玉女。

客厅里，王相业正在欣赏谢文元画的梅、兰、菊、竹四图和写有"宁静致远"的一幅字。王相业称赞道："不落俗套，立意高洁。有时间给我也来上一套。"

谢文元谦虚："兴趣爱好而已，怎敢登大雅之堂。"

王相业说："不是我恭维，你的水平可以开画廊了。亲家又给咱娃办了一次喜事呢。"

"跟你家隔着一条街，也好照应。"

王相业说："要是你也过来，那就更好了，带孙子、看戏、下棋、吟诗、作画、谈古论今，不亦乐乎。"

正说着，魏秀娥和王夫人喜气洋洋地走过来了，魏秀娥说："收拾得差不多了，也该吃饭了，我们先过去。"

谢文元说："我俩随后就到。"

为庆贺乔迁之喜，魏秀娥让囡囡母女在老宅做了两桌丰盛的家宴，该请的亲戚都请了。魏承祖去年丧妻，年事又高，很少应酬，让魏仁诚代为祝贺。谢忠脱不开身，崔生有疾来不了，谢慧怀上了保胎呢，崔肃儒是个情种一步也不离开。

到了日落，客人方走，谢国和思怡要留下来帮着收拾。魏秀娥说："云上来了，快洗了领着孩子回吧。"

思怡说："收拾完了再回也不晚。"

谢文元催促："你爹娘等着一起走，走吧，听话。"

思怡说："爹娘，那我走了，明天早上我早些来。"

魏秀娥心疼他们两边跑，说："累了这些天，也该歇着了，明天早上，我让谢昌把吃的送过去。"

思怡说："给爹娘做的鞋就差上了，我带过去上。"

"没穿的还有呢，收拾利落了再说，不差那一时半会儿，快走吧。"魏秀娥说道。

思怡过来给谢文元的盖碗茶里续上水，说："爹，我们走了。"

谢文元说："天阴得黑黑的，拿上伞，路上小心些。"

思怡要把玉玉从婆婆怀里接过来，玉玉说啥也不依，哭着叫着要跟奶奶呢。谢国忙过来哄，就是抱不到怀里。

思怡有些恼了："不听话，哭丧呢？"

魏秀娥说："跟我睡惯了。雨丝丝都来了。今晚还跟奶奶睡。"玉玉紧紧搂着奶奶的脖子，脸贴着奶奶的脸，生怕有人抢。

思怡吓唬道："不要你了。"

魏秀娥说道："猪肉贴不到羊身上，迟早是你的。"

谢国牵着明明，让明明跟爷爷奶奶再见。王相业逗道："快给外祖来首诗。"

明明学着爷爷的神态吟道："凤凰台上凤凰游，凤去台空江自流。爷爷奶奶我走了。"

谢文元假装埋怨："就这样走了，也不亲亲爷爷奶奶。"

明明亲了爷爷、奶奶、三叔、小姑，又跑到厨房亲了二奶奶、小丫姑姑，临出门还不忘嘱咐："奶奶别忘了喂小鸡。"

魏秀娥笑道："我孙儿礼性大得很，忘不了，快回吧，明天让你小叔接你过来吃饭，奶奶给我孙子做香香的。"

到了门口，王相业发出邀请："明天都到我家去，我们也一起热闹热闹，如何？"

谢文元说："改天吧，都累了。"

送到门外，风夹着雨丝，明明模仿着跟爷爷看的《荆轲刺秦王》里角儿的样子说："风萧萧兮易水寒，壮士一去兮不复还。"

谢文元有些不快，这孙子怎么了？

73

王相业陪着女儿回到新房，思怡一定要跟爹娘说一会儿话，留他们喝了茶再走。

王夫人说："说话的日子多着呢，我孩儿都累瘦了，娘要好好给俺闺女调养调养，你收拾好了早些睡吧。"

思怡不依："娘啊，我有好多话要跟你说呢。"

谢国让岳父岳母上炕，正要去烧水，刚出房门就听见有人敲门。开门一看，原来是单位上的老海。

老海说："让我好找，这两天你告假，我搞得室长又不满意，事情急，明天要报呢，室长等着呢。"

王相业听到了，在屋里说："那你就快去，公事要紧。"

谢国不放心思怡母子在家，王相业说："你去吧，有我呢，干好了早些回来。"

谢国仍是担心，交代思怡："把门窗关好了，我去去就回。我走了！"

思怡拿着伞追出去已经不见人了，懊悔地说："唉，还是晚了。"

王夫人见天要下雨，说："出来一天了，我得回家看看门窗关好了没有。娃他爹，你陪咱孩儿。"

思怡说："爹，你也回吧。"

"我送了你娘就过来。"

思怡不想父亲奔波，说："不用了，爹也早点回去休息吧，我没事。"

王相业说："第一个晚上又是风又是雨，爹得来陪闺女、孙子。"

风雨交加，电闪雷鸣。思怡把伞给爹，自己带着明明去烧水。烧开了水沏好茶，王相业冒着风雨过来了，衣服也湿了，思怡拿了谢国的长衫一定要爹换上。

王相业说："没事，一阵就干了。"

思怡怕他着凉，硬是要他换上，说："衣服长了些，肥瘦还可以。"

王相业说："他们家都是大个子，长得好。"

思怡一笑，说："心好，对人也好。爹，我把你这衣服洗了，明天可以穿。"

"家里衣服有的是，不急。"

思怡把沏好的茶和带来的炸花花拾了一碟子端上炕，请爹吃上些。

王相业端着茶碗，说："我看谢国对你不错。"

思怡娇羞地说道："感情是好，下辈子还嫁他。"

王相业满意地说："我没看错人。你公婆人也不错。你们夫妻和睦，不像我和你娘，她是个无理搅三分的性子。"

思怡说："娘心好，只是嘴碎些，对家里人好得没说的。"

王相业抱起明明哄道："明明聪明得很，好会哄人的，人见人爱，我好喜欢的，明明长大了想干啥呢？"

明明毫不犹豫地说："像爷爷、姥爷教书育人，桃李满天下。"

王相业高兴得不行，说："我孙子要励志成才干大事，青出于蓝而胜于蓝，你说是不是？"

明明问："姥爷，什么是大事？"

王相业说："说白了就是有钱有势做好人。"

三代人家长里短地说了一会儿，明明在妈妈的怀里打盹。王相业让思怡领着孩子睡去。

思怡说："爹，那我哄明明睡去了，西厢东西都有呢，你也去睡吧，明天还要上课呢。"

王相业让她赶紧睡去，说："你睡你的，你爹是个夜猫子，到了晚上就来精神了。"他顺手拿起桌上的一本《三国演义》翻开津津有味地读了起来。思怡过来看爹还没有睡，问道："爹，你咋还不睡？"

王相业说："你陪明明放心地去睡。"

思怡说："我得给他开门呢。"

"开门有我呢，好好睡你的去。"

思怡担心得不行，说："这个人去了这么久还不回来，风雨交加，连个伞也没带，让人等得急的。"

王相业开解道："公家的事能由得了他？别等了，快去睡吧，我也准备睡了。"

思怡关好门，留着灯，说："爹，我去睡了，有事叫我。"

王相业看书看到三更，还不见女婿回来，实在困得睁不开眼了，就和衣睡了。黎明前听见敲门声，他趿上鞋忙去开了门。

谢国悄声问："爹，咋是你？思怡的瞌睡最轻了，一有动静就醒了，搬家定是累了，让她好好地睡上一觉吧。"

王相业说："你快去睡上一会儿，我也该回去准备上班了。"

谢国留他吃了早饭再走，说："我熬些黄米汤来，门外炸油饼的店已经开门了，吃了一块儿走，我还得交差去。"

黄米汤熬好了，天也亮了，买回来油饼子，谢国说："爹，你先吃，明明该起床吃完早饭上学去了。"他轻轻地推开门，灯亮着，要是往常思怡会在他的怀里撒娇，今天却一点反应都没有，娘儿俩睡得死死的。他不忍心叫醒他们，千金难买黎明觉。他在门口静静地站了一会儿，让娘儿俩再多睡一会儿。看见明明把被子蹬开了，就轻轻地走过去给儿子拉上被子，疼爱地轻抚着儿子缎子似的头发，突然发现不对劲儿，他喊道："儿子起来该上学了。"明明还是没有反应。他看儿子的脸是那样苍白，像雕刻的一样，他的心要从胸腔跳出来了。他大声地喊叫："明明，凤鸣！你怎么了？"他又过去推思怡："思怡、思怡，你醒醒！"思怡静静的，他抱着思怡瞧，惊恐地喊道："救命啊，救命啊！"

听到女婿凄惨的求救声，王相业连鞋都没顾上穿，惊慌失措地跑过来，只见谢国跪在地上，双手托着思怡和凤鸣的头哀求说："思怡思怡看看我，明明凤鸣，看看爹，我的天啊，救救我啊！"

王相业推推闺女，呼唤着孙子，脑袋像炸开似的，说："我的天啊，还愣着干什么？快去请大夫救人啊！"

惊惶万分的谢国踉跄地在泥水中奔走，敲开魏氏医堂的门。睡眼惺忪的魏仁诚惊讶地张大嘴说："表哥，你这是咋的了？"

谢国拉住魏仁诚的手说："快去急救你嫂子和侄子吧！"

魏仁诚背上药箱，跟着方寸大乱的谢国慌不择路地直奔目标。路过老房子，又把这天大的不幸告诉了谢文元，惊得他如五雷轰顶。他们不顾一切地向新宅方向奔去。谢芳扶着娘，谢昌抱着玉玉，像天要塌下来似的跟在后面。到了屋里只见王相业瘫坐在地下泣不成声。

魏仁诚摸着脉，已无脉象，翻开眼帘，人已经去了。

74

这场飞来横祸让谢家悲痛欲绝，街头巷尾流言纷纷。

谢文元悲愤交加，多年的辛劳引来祸事一场。老天啊！好人为什么没有好报？才几天工夫，他就两鬓斑白。魏秀娥心如刀绞，但日子还要过下去，谁能跟命斗？在这个时候她不能倒下去。她强打精神关心丈夫，照顾丢魂失魄、几乎崩溃的大儿子，烧香拜佛追悼亡灵。

受到打击最大的还是谢国，一个幸福美满的家庭，一个相濡以沫的妻子，一个聪明伶俐的心肝宝贝儿子，一夜之间全部失去了，他烧得满嘴都是泡，迷迷糊糊中，他隐隐约约地看见思怡领着凤鸣在向他招手，却怎么也追不上，急得他满身是汗，大声呼喊："思怡、凤鸣，等等我。"却一脚踩空，从天上掉到地上。

谢文元、魏秀娥守着昏迷不醒的谢国已经四天四夜了，魏承祖亲自给治疗。谢家又请来道士招魂，生怕谢国扛不过去。听见谢国的叫声，谢文元才略松了一口气，悲戚地说道："娃啊，以后的日子还长呢，该放下的都得放下。"

他怎么能放得下呢？他一生刻骨铭心的至爱呀！谢国能下炕的时候，一不注意就找不见人，全家便着急分头去找，但找过几次就不用找了——在他心中，只有一个地方可以见到爱妻爱子，那就是与思怡母子二人最后相见的地方。

谢国这样丢魂丧魄，照此下去，不但毁了他，也会影响全家的安宁。唯一的办法就是远远地离开这个让他伤心的环境。谢文元想到了回家，而这时的凤翔剿匪战打得难分难解，尸骨遍野，血流成河，此时回家无疑是飞蛾扑火，他又怎么敢拿全家性命做赌注！

谢国日渐消瘦，又丢掉了工作，不愿意交流，自闭越来越厉害。全家人想尽办法也无济于事。谢文元忧心忡忡，无计可施。一日有客来访，来的是一位与谢国年龄相仿的青年军官。军官对谢家的不幸深表同情，双手递上一封信说："谢先生，这是我们解强团长亲笔所书，命令我一定亲手交给先生。"

谢文元想起了那个拉着牛在窗外偷学、自强不息的学生。信中写道：

尊敬的谢老师：

　　一别二十多年，学生东征西讨九死一生，醉卧疆场不自哀，终不忘先生的启蒙之恩、谆谆教诲。我团伊州驻地随军家属中有数十名学龄儿童，期盼有谢老师这样品德学识的先生教导，早日成才，于国于家有望。若先生能够亲至，不胜荣幸。若不能，望先生荐之。

此致敬礼！

学生解强

民国十八年秋

　　谢文元连想都没多想，就一口答应说："天下兴亡，匹夫有责。军人赴汤蹈火，血染沙场，保家卫国，我等岂会怕艰难险阻！"

　　军官说："我有军务在身，不敢久留，您有什么要求，尽管提出，我能满足的全力以赴。不能满足的，请解团长指示，谢先生尽管放心。"

　　谢文元说："教书育人是我之天职也，能为军人做点事，心甘情愿，什么要求都没有。"

　　军官说："军务紧急，三日后有军车来迎送，请谢先生早做准备。就此告别，三日后见。"

　　军官走后，全家人七嘴八舌表示反对。谢贞远嫁，这么多年一面难求。在魏秀娥的眼里这个蛮荒之地更遥远、更神秘，便坚决反对："这一去岂不成了苏武牧羊？出了玉门关，两眼泪不干，何日才能回家？不行不行。"

　　谢文元说："老婆子，在我有生之年，能为军队做些事心甘情愿，你就让我去吧。军队岂能常驻一地？少则一二年，多则三五年，我一定回来安度晚年。"

　　魏秀娥说："不是说好了，你要去凤翔给二儿子提亲，还送谢昌到西安读书。"

　　谢文元说："老婆子，家国不能两全，家事就请你、你哥成全，多多拜上。"

　　谢昌说："爹爹年事已高，大哥病体初愈，您身边岂能无儿？爹爹若执意西行，我随爹爹前往，也好有个照应。如今凤翔剿匪不知何日是头。至于读书，有爹爹的指教，自己的努力，过几年也不晚。"

　　谢国惭愧地说："都是儿不好，人到中年还让爹娘操心。从今往后我要担起谢家老大的责任，我愿随爹爹前往，为父尽孝，为国尽忠。"

　　这正是谢文元所期待的："有我国儿在，我还有什么不放心的。谢昌你就陪伴你母亲，好好读书，只等秦川无战事，西安读书求真知。"

　　魏秀娥说："让昌儿也随你们去，你们走后，我就搬回去住，有我哥、他二老，有儿有女有孙，没有什么可抱怨的，只等你们早日归来，共享天伦之乐，我就心满意足了。"

谢文元说："秀娥，我这一生最亏欠的就是你，我这次西行归来都听你的安排，生死相依，不离不弃。"

听说谢文元要领两个儿子西出阳关去新疆，最反对的还是魏承祖，他说："妹夫，你疯了吗？去那蛮荒之地？立马放弃你那不实之想，安生过日子。"

王相业大病一场，老态龙钟地说："万万去不得啊，听说三年一小反，五年一大反，你背井离乡还带上两个儿子，如何应对？"

谢文元不听劝阻执意西行。三日后的早晨在亲朋、同事、学生的告别声中登上了西行的军车，壮怀激烈地说："东归梦待圆，西行育新篇。待到花烂漫，举杯共团圆。"

75

谢文元在西去的路上，谢顺的驼队正在从包头返回的路上，稀稀拉拉的骆驼刺顽强地在疾风中守候，大漠茫茫无飞鸟，驼队犹如海中舟。驼队进入金塔，阵阵清风带着黑河芳香的水汽扑面而来，像春风化雨滋润心身。他双手捧起甘甜的黑河水尽情畅饮，洗去满身的风尘高声喊："哎……到了，爹！娘！我回来了。"

今天的官道人山人海，十分异常，驼队被挡在远离人群的黑河岸边。他选了一处水草丰美处歇脚，安排好了以后，谢顺征得老管家的同意去打听有什么大事发生。官道上诵经声阵阵，虔诚的信众跪立在路两旁，好似两道望不到头的人墙。

谢顺问一位白发苍苍的长者："大爷，今天是什么日子？"

长者说："后生，今天是个好日子，黑河活佛要从这里路过，去塔尔寺讲经，这是我们的福祉，大家都在祈祷和平、风调雨顺、五谷丰登。长途跋涉而来的信徒，都是为祈福而来的。"

突然间人潮涌动，哈达如浪，诵经声排山倒海。高大魁梧的黑河活佛，在众多喇嘛的簇拥下身披红色的袈裟手捻佛珠口念真经，就像佛殿上供奉的佛下凡来了。活佛向谢顺走来了，把硕大的手放在了他的头上，他眩晕了，什么都没看清，什么都没听清。人潮随着活佛行走的方向流动，他呆呆痴痴地站在原地不动。

新来的驼大惊慌失措地跑过来说："大事不好了，淘气驼陷到泥里去了，你不好好看骆驼，跑上去看热闹去了，我拉了个屎就出大事了。"

谢顺的头像被重重地击了一棍。淘气驼是驼队中最不安分，也是最强壮的种驼。谢顺拔腿就往驼队跑。淘气驼陷在草地的淤泥中，痛苦地哀号着挣扎着，越挣扎越往下陷。他不顾一切地要过去，驼大拦住他："不要命了！你过去能干个啥？"

谢顺被提醒了，没想好办法，过去也是徒劳无益，别把自己也搭进去，问："叔，你说咋办呢？"

驼大说："这里离家不远了，要是货有个闪失，我就完了。我拉上骆驼回去交货并报告东家，看东家咋说。你在这里看着，别让它成了人家桌上的肉了。"

谢顺说："行，越快越好，骆驼挨不住。"

驼大说："这么大的事咋敢耽误？快着呢。"

说话间，大伙儿麻利地把淘气驼驮的货分装妥当，驼大拉着骆驼匆匆走了。

谢顺也没有闲着，他砍了许多树枝，用木棍探路，在松软的草皮上铺上树枝，接近了淘气驼。他抚摸着它的头，为它鼓劲，却别无他法。他哭了，只能期盼奇迹的发生。天渐渐黑下来，清冷的月光洒在泥潭上，淘气驼依旧在绝望当中等待。面对这样一个庞然大物，谢顺无能为力，只能等待救援。这一夜狼嚎狗吠，甚是凄凉。半夜他又一次来到淘气驼身边，他怕它撑不住。它望着遥远的星空，似乎在思念着跨越戈壁大漠的豪情。

天快亮时，嘈杂声向他逼近。魏仁福在驼大的带领下，骑马驾车领着长工赶过来了，见了谢顺气就不打一处来，说："你小子给我听着，要是我的骆驼死了，小爷饶不了你。"

谢顺说："活着呢，我刚看过，快来救它，越快越好。"

魏仁富问："你说怎么救？"

谢顺说："护好骆驼，拉上来。"

驼大说："你和少东家想到一起去了，怪不得是兄弟。"

魏仁福吼道："少说废话！谢老二你去把骆驼给我绑好了，有了事拿你是问。"

哑巴比画着要一起去，谢顺不让："哑叔，危险，我把绳子绑在腰上，我要是陷下去，把我往外拽就行了。"他背着护板、麻绳沿着他昨天探好的路线靠近骆驼。他两次陷入泥潭被拉出来。他冒着生命危险用木板护在骆驼受挤压的两肋边，绑好了前后两个扣。马拉人拽终于把淘气驼拉了出来，但是淘气驼的腿断了，永远站不起来了。魏家忌吃"四大荤"，更不要说为他家走南闯北的骆驼了，只能就地处理一了百了。

谢顺疲惫不堪地回来，准备去长工房换件干衣服。就看见魏仁福气急败坏冲过来说："把他给我吊起来。"

谢顺被吊在马架上，魏仁福一边打一边骂："你这个丧门星，害死了我的骆驼，我要你的命！"

魏秀娥在谢文元走后就搬回老宅住，心里惦记着娃他爹，也惦记着谢顺。骆驼陷在泥潭里不是件小事，有人报信，她一夜都没有睡好。

谢顺回来被打的消息是哑巴比比画画让谢忠明白的。时刻惦记谢顺安危的谢忠心急火燎地敲开大嫂的门说："不好了，谢顺被吊起来打，大嫂快去吧，别被打坏了。"

魏秀娥的心要从嗓子里跳出来了，跌跌撞撞地跟着谢忠往娘家跑。还没进后院就听见鞭子抽打的声音和叫骂声。看见二儿子身上的血，魏秀娥不顾一切地扑上去，抱住魏仁福说："你咋能下得去手啊？"

谢忠也冲过去挡在谢顺前面。魏秀娥的这个动静，惊动了魏承祖，他匆忙赶过来，看见大儿子提着鞭子凶神恶煞的，谢顺被打得体无完肤，过去朝魏仁福的左脸就是一个耳光，说："我打你个反穿皮褂子，不知道反正的冲发君。"

魏仁福捂住脸说："爹呀，你咋打开我了！"

魏承祖右面又是一下，说："就打你这个里外不分、不懂人事的畜生。"

魏仁福辩解："爹，我的大公驼就这样完了，让他赔。"

魏承祖说："放屁，还不赶紧把人放了。"

众人七手八脚地把谢顺放开。谢顺扶起了瘫坐在地上的母亲说："娘，我们回家吧。"

魏秀娥抹着泪说："我的儿啊，你疼吗？"

"娘，拿人家的钱，犯了错挨打儿无话可说。"

魏秀娥听二儿子这么说，还有什么好说的？对哥说："哥，打了盆说盆，打了碗说碗，这骆驼若是谢顺的过，我们赔。"

"妹子你这是个啥话？你哥我是舍命不舍财，六亲不认的人？"

魏仁福不甘心地问："爹，就这么完了？"

魏承祖说："你给我打住，你这个胡作非为的冲发君，这不是记下仇了吗？"

魏秀娥拉着谢顺，对魏承祖说："哥，那我们就先回了。"

魏承祖说："咋能这么走了，我给顺儿把伤处理好，拿上药再走。"

"哥，药有呢，我回去处理就行了。我的哥啊，你显老了，要多多保重。家里的事过了就过了，过几天我再来看哥。"

谢顺暗暗下定决心，这个长工不能再当下去，这个决心一下，九头牛也拉不回来了。

76

谢文元把去凤翔给谢顺提亲的事，全权交给了大哥魏承祖。在他走后不久，凤翔剿匪有了转机。在宋哲元的一再求援下，冯玉祥把能征惯战的张维玺的十三军调过去。张维玺吸取先前强攻不下的教训，打算智取，采取坑道战术，突破居高临下易守难攻的城防。从民国十七年八月十九日挖到二十四日，地道顺利掘进，在靠近城墙时以炮火掩护。二十四日四千公斤炸药被装在城下。一千五百门大炮，每门一百五十发炮弹。二十五日十时总攻开始。工兵营长按下电钮，凤翔城天摇地动如火山爆发，烟尘柱直插云霄，霎时间天昏地暗，飞向空中的砖石落在两千米开外。凤翔城被炸开六七十米的大豁口。与此同时千门大炮齐发，十五万发炮弹把凤翔城打成一片火海，党家军大势已去，凤翔哀鸿遍野。

谢顺回家后才知道爹爹、大哥、三弟去了新疆，自己要承担起家中应有的责任来。第二天早晨他就要下地，魏秀娥说："刚回来歇几天吧。"

他说："好久没下地了，到地里瞧瞧去。"

谢忠交代："你身上有伤，看看就回来。"

"没事，有活干心里踏实。"谢顺牵上马和二老一起下地，他感到前所未有的轻松和自在。对过去他没有什么可抱怨的，就怪自己不懂事；对未来没有什么奢求的，只想通过自己诚实的劳动，过上受人尊敬的生活。他想到小凤，他的心还是那样的不平静。自从凤翔一见倾心，他的心就被分为两半。凤翔的战事无时无刻不牵动着他的心，在城里时他会抽空去忠义客栈的西凤酒专卖店打听消息。这次回来他想到凤翔的战事心中便惴惴不安，他打算明天就去打听消息。这几年他跟老铁学打铁，学得不错，他想好了要建一个铁匠炉，修理农具，再收购些废铜废铁打些农具、刀勺铲到集市上去卖，还要打些马掌到集上去钉马掌。他的加钢、淬火技术连老铁也说好。他一边干活一边把自己的想法同二老商量，得到了二老的支持。

谢忠连说："家里多年舍不得丢掉的农具，要拾掇好了能省不少钱，你教会了小牛，小牛也有个营生干。"

魏秀娥更不用说了，只要儿子在她的眼皮子底下，干什么她都高兴，说："我儿长本事了，挣钱不挣钱娘都喜欢。”

"娘，那明天我就去了。"

魏秀娥说："我正准备去看看你二姐，我的娇包包连门也不愿出了，不放心的。"

谢顺说："那就更好了。"

第二天早晨谢顺赶上车，把娘和玉玉送到二姐家，打了一头，就急急忙忙地去赶集。

谢慧说："别忘了中午回来吃饭。"

谢顺说："没准儿，别等我。"说完便一溜烟不见了踪影。

魏秀娥目送着儿子离开，说："就是这么个急性子人，事不办好放不下，随他去吧。闺女，你可不要长时间做针线，要多活动，对肚子里的娃好。外孙的小衣服我都做好了。"

谢慧说："娘，婴儿穿的、用的都准备好了。洗衣做饭有我婆婆，什么也不让我干。肃儒回来就陪着我走一走。对了，娘，咱娃咋一点动静都没有？"

"闺女，娘看你的脸色这么鲜亮的，恐怕是个闺女。"

谢慧说："肃儒就盼个闺女呢。"

母女俩又说些家事，谢慧说："涛涛要下学了，我做饭去。"

魏秀娥问："我外孙学得好吗？"

谢慧脸上露出满意的笑容说："好呢，他爷爷、他爹从小教下的，比一般大的孩子还高一年级呢。娘，你就在我这里住上些天再回吧。"

魏秀娥转了话头，说："等我闺女生的时候，娘来伺候月子好吗？"

谢慧怕娘辛苦，说："有婆婆呢，娘看好玉玉。"

二人聊了好一阵，谢顺才回来，情绪比较低落。魏秀娥问："没办好？"

"该买的都买上了。"

魏秀娥不解地问："那你这是咋了？霜打的一样。"

谢顺叹道："娘啊，凤翔人这下可完了！"

"儿啊，咋没头没脑、猛猛地冒出这个话来？"

谢顺说："娘啊，官军攻打凤翔，十几万发炮弹把凤翔城炸了个底朝上，没炸死的五千多乡勇，投降了都被打死了，现下还在追查当过党家军的，说要斩草除根，屈掌柜家会咋样呢？"

77

　　谢顺回来后，一直沉默不语，只是埋头干活。铁匠炉子建起来了，修理好农具，他就被黑河的鱼汛吸引了。每年秋天河水归流到主河道，漫滩上的苇湖、水洼、水湾就凸了出来，打鱼的不会放过一年一度的天赐良机。今年的鱼特别多，不要说打鱼的笑逐颜开，就连种地的也光着身子跳到水里摸鱼。

　　谢顺自然不会错过这个千金难买的机会，修理好渔具，赶上车带上小牛，东方破晓就来到计划好的打鱼的地方。水面上雾气腾腾，得穿着棉袄取暖。历经磨难的他不畏严寒，穿着单衣打鱼。小牛捡鱼，把打上的鱼放在鱼兜里，在水边插根棍子放到水里养起来，保证鱼鲜活。每天不到中午他就能打上几十斤鱼。他也不卖给鱼贩子，而是拉到城里去卖，新鲜又便宜，好卖得很。他每天都给二姐留上几条，回家路过二姐家，便送过去。

　　卖鱼的钱谢顺全交给了魏秀娥，她每每总会说："我儿子这些年的苦没白受，娘给你把钱攒着，娶小凤的时候用。"

　　天冷起来，早晨草上都结霜，到中午，谢顺准备打最后一网鱼，这一网撒下去，只听见水面上"咕咚"一声，像一个沉重的物体转身似的，网被拖得沉下去。他心里一惊，往上收网，网像定住了一样，没有动静。他怕网被挂着了，小心地从左侧拉，拉不动，又移到右面，还是拉不动。他下水左手提紧钢绳，右手伸进水里在网边摸，并没有挂住。慢慢地往上拽，网里的东西像疯了似的在网里挣，搞得他团团转。打鱼的、摸鱼的从没见过这个动静，都停下来，站在岸上围观。谢顺想把它往岸上拉，硬拉又怕网破了，只能消耗它的体力。

　　在黑河打了几十年鱼的老渔翁说："天啊，莫非是龙子龙孙！"

　　领着马皮、陇牛来打鱼的魏仁福也在岸上围观。他是个好大喜功的人，在岸上看得心里痒痒的，这个千载难逢的机会怎么能少了他？他下了水，小心地向里走，几个热心的也跟了过来，今天要不看看这个水中家伙，决不善罢甘休。网中之鱼又在深水区潜伏下来积蓄力量，想要摆脱羁绊。

　　魏仁福站在齐腰深的水中说："二娃子，给我拉紧了，我来了，千万别给跑了。水深不深？"

　　这时的谢顺精神高度紧张，无暇顾及，他拉着网里的鱼往岸上走。魏仁福抓住了钢绳笑逐颜开："哈哈，有我跑不了了。"

网中的鱼开始做垂死挣扎，把谢顺、魏仁福拖进深水区。魏仁福不识水性，喝了一口水，惊慌失措地在水里挣扎起来。他脚没挨着地，水已没过头，喊一声救命喝一口水。

经过激烈的较量，网中的鱼已筋疲力尽，被谢顺拉到浅水区。几个围观的过来帮忙，一点一点地把网拖出水面，拖到浅水处。岸上的人们把这个听都没听过的怪物团团地围了起来。

"天啊！龙种？"老渔翁惊呼一句，立刻跪下说，"'小白龙'显身了，千万莫伤着，快快请回去！"围着的人们跟着跪下来。

网中的"小白龙"四尺左右，通体银白，在阳光下熠熠闪光，珠子似的眼睛流下无奈的泪水，有人说隐隐地听见了警示声。

在老渔翁的指挥下，八个人把网中的"小白龙"从两边手搭手地抬起来，它太滑了，一挣扎就滑了下来。

老渔翁说："罪过罪过，快小心些，千万别伤着！"

有人推来一辆独轮车，人们小心翼翼地把"小白龙"抬到车上，前露头后摆尾。人们诚惶诚恐地把"小白龙"推到河边，送进了滔滔黑河水中。"小白龙"在水中稍作调整，一跃而起进入主流，在金光闪闪的河面上，一摆尾一片浪花，一回头一片涟漪，九回头潜入水中。

这时，突然有人冲过来拽上谢顺就跑，谢顺转头一看是哑叔，他全身湿透，咿咿呀呀地叫。

岸上的陇牛声嘶力竭地喊："救命！救命啊！救救我家少爷的命！"

水中的魏仁福已无力挣扎，头时隐时现，谢顺吓得不行，拼命跳入水中，几下就游到他的侧面，抓住他的头，拉到浅水处，抱起魏仁福就往岸上跑。几个人帮着把魏仁福仰面朝天放平了，他的肚子像十月怀胎似的快要撑破了。

谢顺双手压住魏仁福的胸一上一下地按压，魏仁福的口就像喷泉似的往外喷水。肚子里的水排净了，又是掐人中又是揉，好一番折腾，终于听到魏仁福发出了微弱的求救声："娘啊，救命！"众人这才放下心来。

哑巴让把魏仁福脸朝下放着，谢顺便把自己的衣服卷起来垫在魏仁福的肚子下面。魏仁福一顿好吐，好像要把胃都吐出来。

谢顺问："大哥，你觉得怎样？"

魏仁福呻吟着："要命的。"

就在这时候谢顺看见舅骑马扬鞭而来，后面的马皮上气不接下气。谢顺忙迎上去把舅扶下马说："舅，我哥他溺水了。"

"儿啊！你这是怎么了？"魏承祖径直向魏仁福那边急速走去。魏仁福脑袋一沉，闭着眼睛不吭声。魏承祖见他趴着，赶紧让人把他翻过来："儿啊，你挺住啊！"

谢顺、哑巴忙把魏仁福翻过来放平了。魏仁福口张得大大的，身子抽搐着，嘴角流着清水狼狈不堪地说："爹啊，儿子要死了。"

"胡说什么，怎么回事？"

魏仁福说指着谢顺说："爹啊，谢顺要淹死我。"

马皮说："东家，我嗓子都喊哑了，没办法啊，要不是东家来，那可是要命了。"

魏承祖是骑马来黑河边赏秋的，遇上马皮来报，说魏仁福快淹死了！

魏承祖大怒："你？你怎么能干出这等事来？"

谢顺解释："舅，我没注意上啊。"

"人命关天，你注意的是什么？"说罢抡起鞭子劈头盖脸地就朝谢顺抽。

谢顺辩解不清，没及时救上大表哥，自己有责任，就让舅打了出气吧。

魏承祖年老体衰，心头气难消："把这个害人的白眼狼给我捆起来游街示众。我要让他知道害人的下场。"

谢顺如今不是魏家的长工，又没做亏心事，当然不能顶害人的恶名，任人宰割。他双目如炬，摆出一副拼命的样子，大吼："谁敢！黑白颠倒，我救人还救出罪来了。"周围的人心知肚明，没人敢贸然向前。魏承祖气得直跺脚："养活你们这些白吃饭的干什么！我自己来。"说着就要上去捆谢顺。

谢顺怎么敢跟舅舅动粗，这是对他恩重如山的亲舅啊。但他也绝不能让人像牵着牲口一样游街，好汉不吃眼前亏，三十六计走为上，他大声说道："舅，这么多人你问问就明白了，对不住了。"说完往前几步，跳进滔滔的黑河中顺流而下。

这时的魏承祖冷静下来，听了周围人的述说，忐忑不安起来，黑河无底啊，万一有个不测，可如何交代？赶紧安排人沿河去找人。

哑巴、小牛沿着河找到太阳偏西也没见个人影，小牛赶紧回来告诉魏秀娥。

这时，谢顺"降龙"的消息早已传得沸沸扬扬，神乎其神。魏秀娥听了小牛的话更是提心吊胆。儿子跳进黑河到现在还不见踪影，她简直不敢往下想，连忙让谢忠赶上车，沿河寻过去："谢顺，我的儿啊，快回来吧，回来吧，我的儿啊！"

太阳落山了，月儿升起来了。魏秀娥声泪俱下："我的儿啊，你是要娘的命啊，回来吧！"

谢忠安慰道："大嫂，谢顺水性好，说不定已经回去了。"

魏秀娥觉得有道理，说："那我们赶紧回。"

一路走一路喊，快到家门口的时候，月光下蹿出一个赤条条的汉子，说："娘，我回来了。"

谢忠忙停下车，跳下去，说："回来就好，没把人吓死。"

魏秀娥下了车，抱住二儿子就哭："我苦命的儿啊！"拉着儿子再也不松手，一同往家走。儿子的手冰凉，秋风萧瑟，光着身子怎么挨过来的？全家都围着他。

谢芳端来热水说："二哥，你洗了赶快换上衣服。"

玉玉用圆润的小手抚摸着谢顺冰凉的脊背，问："二老，你咋不穿衣服？"

谢顺说："二老的衣服丢了。"

玉玉问："二老你不冷吗？我都穿上毛衣了。"

谢顺摸摸她的头说："二老不冷。"

魏秀娥拉开被子说："你快洗了钻到被子里暖和暖和，芳儿快给你哥弄饭吃。"

囡囡说："饭都便宜的呢，我端过来就是了。"

"二妈不用了，我这就过去。"

吃了饭，谢顺说："娘，我去马房里睡，要真的被抓去游街，你儿子可没法活了。"

魏秀娥护儿心切，坚定地说："有娘在看谁敢来抓你？"

谢顺说："要讲理就好了。"

"你给娘说说到底怎么回事？"

谢顺把事情的经过说了，全家人都听得惊心动魄。他说："娘，我想好了，人倒霉了喝凉水都塞牙，我无法再忍了。"

一头是亲儿，一头是表哥，魏秀娥也是无奈，说："不忍也得忍，他是你舅啊，总会有明白的一天。你还是到你二老那儿躲一躲好，别把娘吓死了。"

78

魏仁福在家养了两天，成天念叨着要报害命之仇。

魏承祖警告儿子说："那是你自己没本事，与他人何干？你给我省心些，你二弟是把好手，能帮得上你。"

魏仁福恨恨地说："我的命差点丢在他手里，我饶不了他。"

魏承祖教训道："你给我记住，要敢胡来，我饶不了你。"

魏仁福不理会爹的教训，私下里花钱雇了三个打手，谋划好了，拿着棍棒绳子在天黑时候闯进谢家。魏秀娥本以为这事儿过了，没想到来了这个阵势，挡住问："仁福，你这是干啥呢？"

魏仁福交代手下："这是我姑，谁都不得无理。姑，我是来会会降龙能手谢顺的，他要是男子汉不要像娘儿们一样躲着，出来显摆显摆。"

魏秀娥劝说："你要还认我这个姑，过去的就过去了，手足相残，亲痛仇快。你回去吧，过了这个劲儿，我让他给你去赔礼道歉去。"

"姑，你让他出来我们谈谈。"

魏秀娥说："只谈谈你领上这些外人干啥呢？让他们回去。我让给你俩炒上两个菜，你们好好谈。"

魏仁福大声喊："谢老二，你要是个男人你给我出来。"

谢顺正在后院打马掌，准备赶集去钉马掌。谢芳跑过来说："大表哥领着人来抓你来了，娘说让你出去躲一躲。"

谢顺起身要往前院走："我还怕了他了？我去看看。"

谢芳拦住他，说："二哥，娘说了你要再敢惹祸，她就死给你看。"

谢忠过来帮着拦，说："听你娘的没错，快出去躲一躲。"

谢顺是个孝子，他不愿让娘担惊受怕，便对谢忠说："二老，我躲在房上的草堆里。"他踩着梯子上了房，谢忠把梯子撤了。

前院的魏仁福不见人出来，不甘心地说："你以为他妈的不出来，我就能饶了你？给我搜。"他让人把姑挡住，在前院各屋里搜了个遍都没搜着。

魏仁福下令："去后院搜。"搜遍了也没有，只得作罢，临走时恶狠狠地说："躲得了初一，躲不过十五，此仇不报非为人也。"

从此以后魏秀娥让关牢大门，不认识的人不准放进来，也不准谢顺出门，她说："冤冤相报何时了？得让且让，你给我夹着尾巴做人。"

魏仁福过不了几天就搞突然袭击，不是家里，就是田里，闹得是鸡飞狗跳墙。谢顺也不耐烦起来："不躲了，不就是一条命吗！让他来，我也不是吃素的，看能把我怎样！"

魏秀娥愁得彻夜难眠，这两个冤家针尖对麦芒，手心手背都是肉，伤了谁都不行。最好的办法就是让他俩分开，怎么分开？千里奔夫无歧路，西出阳关好团圆。主意定了，她心里反倒轻松了。第二天，她把全家叫到一块儿说了自己的打算："家里三个男人身居异乡，吃穿都是问题。又要过年了，我决定领上你们去找你爹他们。"

这个决定实在是太突然了，大家都沉默不语。

魏秀娥说："娃二老，现下你是一家之主，你说。"

谢忠抽着烟，张着黑洞洞的嘴说不出话来。愣了一会儿神，说："大嫂，我听你的。唉，躲一躲也好，来年跟我大哥一块儿回来，这个家没你们可不行。"

魏秀娥说："那家里就拜托你们了。"

囡囡说："大嫂，你尽管放心好了。"

魏秀娥说："娃他爹之前来信，信上说，来年春暖花开时安排我们过去看看，也能见上谢贞。谁料到有这么一出！"

"娘，天寒地冻的，戈壁沙漠你受不了的，还是按我爹说的，天暖和了再去。"

魏秀娥说："我主意已定，赶快准备，你去把你奶奶的车修好，这些年没好好保养了，路上出了问题那就坏了。"

谢顺说："娘这个尽管放心，明天就去保养。等上路时把工具材料都带上，有问题就修，不能让它坏事儿。"

正说着，魏秀娥突然气短，脸色惨白，大伙儿都慌了。谢顺要去找大夫来瞧瞧，魏秀娥摆手不让，缓了一会儿说："过去了，没事。"

谢顺看娘为他担惊受怕，于心不忍，说："这条路我走过，我们去找爹去。"

第二天下午魏秀娥领上玉玉前去魏家辞行，魏承祖听了大惊："我的妹子啊，为那点事，你这一走，岂不是陷哥于不仁不义！"

魏秀娥说："嫁夫随夫，理所应当，怎么能怪得上哥呢。"

魏承祖拉住妹子的手说："妹子你别怪哥，这次差一点点仁福就没命了，你说我急不急？"

魏秀娥抽出手，转过头说："哥，要真的有事，谢顺跳进黄河也洗不清，今天我才说呢，那么多人不能只怪谢顺吧！"

"妹子，外人不说，他俩是兄弟啊。不是顺儿，仁福能下水？知道他不会水，不及时相救，我怎么想？仁福被淹后，经常半夜三更胡喊乱闹，这几日又发烧。唉，说一千道一万，过去的都过去了。你看哥这把年纪，爹娘在世时我答应了他们要照顾好小妹，你怎么在这个时候弃哥而去？"

"哥，我意已决，哥对我们的大恩大德，今生不能相报，来世结草衔环，小妹就此告别。"说罢她跪地给魏承祖三叩首。

魏承祖连忙拉着妹子的手，扶她起来，说："你这是要哥的命呢？叫哥怎么向爹娘交代。文元托我向凤翔屈家酒坊给谢顺提亲，我已派管家带着提亲礼去了，也快回来了，你听哥的，有了结果再做打算如何？"

魏秀娥大喜说："还是我哥好。他爹听了，不知该多高兴呢。"

79

两天后，老管家风尘仆仆地回来了。说起凤翔的事触目惊心。屈掌柜的小儿子在战乱中丢了一只胳膊，在家养伤。小凤也在战事中香消玉殒，怎不让人痛心疾首。官兵搜查队滥杀无辜，十室九空，屈掌柜不知去向。

谢顺又找老管家问了个仔细，情绪非常低落，不吃不喝地修理了三天车，睡了一天一夜。

第五天，大女婿张弛的驼队过来，来探望岳父母，才知道岳父去了伊州。魏秀娥决心与女婿的驼队一起西出阳关，与夫君团圆。谢慧夫妻、亲戚们都来相劝。魏秀娥主意已定，婉言谢绝。乡邻都络绎不绝地前来道别。

魏秀娥走的前一天中午，魏承祖羞愧难当地为小妹送别，几天时间他便苍老了许多。"妹妹，你从小至今循规蹈矩，没有离开过家乡，这次长途跋涉，大漠戈壁荒无人烟，让哥寝食难安。"

魏秀娥安慰道："有女婿、儿子在，哥尽管放心。你要多多保重，妹妹天天烧香拜佛，求菩萨保佑哥哥吉祥如意。"

魏承祖说："艰难苦恨繁霜鬓，哥也不知道咱们兄妹还有没有团圆的那一天。妹子，哥只盼你们平安，你们要早早回家啊。谢顺是个好娃，一路上要照顾好你娘，不能有半点差池。"

谢顺说："舅，我记住了。都是外甥不好，辜负了舅的栽培，让舅生气。"

"你与你哥的恩恩怨怨，过去的就过去了。舅想好了，等你回来，让你跟上仁诚干，凭你的精明，说不定能干出一番事业来。"

魏仁福见姑姑一家要远走他乡，虽然还嘴硬，还是有意和解。

小凤的惨遭不幸，让谢顺领悟到要与人为善，多做好事，性子也缓和了些。他说："大表哥，以前多是小弟的不是，以后绝不会再有。"二人算是冰释前嫌。

第二天早晨大雪纷飞，四十年前婆婆从西安千里迢迢而来坐的车，又要把魏秀娥送上漫漫长路了，这就是难违的"天道"。她泪眼蒙眬地看着哥哥双手拄杖老态龙钟的样子。魏承祖老泪纵横地说："妹子啊，早些回来，晚了恐怕见不上了，哥等你。"

魏秀娥说："哥要多多保重，妹子过不了多久就会回来。"

谢忠还在往车上装东西，魏秀娥说："够了，别把你们掏空了。"

"一点点我哥喜欢的家乡特产和路上吃的。"谢忠又交代谢顺说，"一路小心，保护好你娘。"

张弛说："娘，我们该走了。"

魏秀娥说："送君千里终有一别，都回去吧，我们走了，再见，再见！"

驼队启程了，叮咚的驼铃声催人泪下。魏仁福追着把一袋银元交给魏秀娥说："姑，我爹说过去用得着。"又拉着谢顺的手说："后会有期，一路平安。"

魏秀娥说："孩子们，给父老乡亲们磕头。"谢顺、谢芳、谢凤仪跪倒三叩首，一家人踏上了西行的路！

第二部

西出阳关

80

魏秀娥从小就听爹妈说，出了嘉峪关，两眼泪不干。在她的心中，关里关外就是以阳关分界的，要不怎么会有劝君更进一杯酒，西出阳关无故人呢。家乡在泪眼蒙眬中渐渐消失。小时候她坐在爹爹的膝盖上听爹爹讲唐僧取经、班超出使西域、左宗棠抬棺收复新疆等故事，都是从这里踏上西行的漫漫长路。阳关已经被淹没在历史的长河中，扑入她眼帘的是大漠孤烟。

寒冬腊月风寒透骨，玉玉第二天就头昏脑热。这可吓坏了魏秀娥，幸亏哥给他带来许多常见病的药。她给玉玉吃银翘解毒丸，把孙娃用棉被盖严了搂在怀里唱着："玉玉玉玉快些好，过年穿上花棉袄。玉玉玉玉快到了，葡萄哈密瓜大贡枣。"北风起，天地变，驼铃变调心更乱，魏秀娥问道："儿啊，告诉娘，离你爹还有多远？"

"娘，过了红柳河，我们就走在去新疆的路上，越走越近。"

魏秀娥问："咋没见个水？"

"娘，大冬天的哪能有水。"

"有红柳吗？"

谢顺答道："有呢，我还看见鹿了。"

"能长东西就好，你娘这次可见识了，戈壁原来是这样的荒凉。我的儿就在这样的地方拉骆驼，早知道娘说啥也不让你干。"

"娘，拉骆驼有拉骆驼的好处，学会了忍耐，懂得了宽容，知道爹娘都是为了我好。"

第三天魏秀娥也伤风感冒了，头昏眼花，咳嗽痰多。谢芳鼻子囔囔的，嗓子哑哑的。

谢顺身上的皮袄脱下来给娘披上，魏秀娥不让，说："快穿上，把你再冻坏了那可怎么是好？"

谢顺把皮袄给母亲披上，说："娘，没事，你见我啥时候有过头疼脑热。"

"娘不冷，你快穿上，别轻狂。"

远处的山边上有两股灰白的旋风，旋转着呼啸着由远而近。魏秀娥从来没有见过如此可怕的旋风，吃惊地问："儿啊，这么大的旋风，你遇到过吗？"

谢顺淡定地说："遇到过，连人都能旋起来。"

魏秀娥问："遇上了咋办呢？"

谢顺让娘放心，说："能避的避过去。躲不过去的靠着骆驼，趴下捂住鼻子嘴。有我在，娘不用怕。"

这时候玉玉要方便，谢顺停车，先把娘扶下车，谢芳也下了车，抱下玉玉。他说："就在前面的坑坑里就好了。"他转过身去向车前挡住的方向走一小段小便，只见北面的天空像山洪暴发一样压了过来，犹如万马奔腾，横冲直撞。他提起裤子，转身向娘的方向跑去，大声喊："娘！别动，我来了！"

张弛指挥骆驼靠近卧倒，魏秀娥被眼前天崩地裂似的景象惊呆了，黑风暴遮天蔽日，夹带的砾石打到身上就如同敲鼓一样。

谢顺拉着马车向母亲靠近，大喊："趴下！趴下。"

谢芳护着恐惧得放声大哭的玉玉趴倒在地，魏秀娥被大风刮得摔倒在地。谢顺扑上去，背对着风用身体护住祖孙三代。风轰隆隆的，飞起来砾石打得他几乎失去知觉。黑风暴终于过去了，呼啸的劲风还在持续。他听到母亲痛苦的呻吟，他说："娘，你哪儿不好？"

魏秀娥忍着痛说："没事，赶紧看看车！"

车被刮得东倒西歪，马也受了惊。谢顺把车整理了一番，扶娘上了车，又把谢芳、玉玉安顿好。

张弛过来，说："我的天啊，这还了得呢，娘怎么样？"

魏秀娥说："我没啥，你快去忙你的。"

"那我们就走吧。"张弛吆喝着驼队重新出发，又开始了新的征程。

谢顺这才注意到娘脸色惨白，却咬紧牙关不让自己的痛苦影响到儿女。他紧张地问："娘，你这是怎么了？"

"娘被风掀翻，右肩锁子骨碰到了硬东西，恐怕伤了。"

"娘，让我看一看。"

魏秀娥不许，说："儿啊，娘家就是看病的，没有用的，越折腾越糟，到了地方再想办法。你安心赶车，心无二用，别有事就好，千万别告诉你大姐夫。"

谢顺自责地说："娘啊，都是儿子不好，让娘受这个罪。"

魏秀娥说："天有不测风云，人有旦夕祸福。娘不怪儿，快跟上。"

驼队到了星星峡，谢顺不忍心看娘痛苦的样子，把娘的伤病给大姐夫说了。张弛也慌了神，忙跑过来说："娘，这咋办呢？这里没有看病的。"

魏秀娥安慰道："跌打损伤的药我带着呢，到了站我会处理，你别慌，安心干你的事。"

张弛说："天也不早了，今天不赶夜路了，咱们就在这里住下，想办法疗伤。"

住下后，魏秀娥对谢顺说："你还是去帮帮你大姐夫，我这里有芳儿就行了，你大姐夫说，过了这大戈壁就快到了。"

谢顺交代谢芳："小妹，娘要有什么不好，你赶快告诉哥，我去了。"

魏秀娥让谢芳打了盆热水，帮她把右胳膊袖子褪下来，她的肩已经肿得连胳膊都抬不起来。让谢芳给她热敷了，又跟店家讨了一两酒，让谢芳蘸酒搓揉发红后拿出魏氏的跌打损伤膏药，在火上烤热了贴到伤处，又吃了跌打损伤丸。

张弛给岳母端来热揪面说："娘，吃碗热面，是不是摔坏了？疼不疼？"

魏秀娥说："不疼是假的，贴上跌打损伤膏药好多了。这是个灾气，过了就好了，有你弟照看，你放心睡去，明天还要赶路呢。"

张弛说："这趟可托了二弟的福了，要是能有二弟这么个帮手，那就太好了。"

"你俩的事你俩去商量，我做不了主。"

"娘，那您安心歇息吧，有事让小妹叫一声，我睡去了。"

这一夜魏秀娥连动都不敢动，她忍住疼怕儿女担心。谢芳一心惦记着母亲，也整晚上都没睡好。

第二天早晨是谢顺把娘抱上车的。看这个情况再长途颠簸，后果难以设想。谢顺跟大姐夫商量，决定先把娘送到大姐夫家，让大姐照顾，等他到了告诉了爹再做打算。

谢贞按日子算丈夫应该这两天回来，她盼望着知道家里的消息。一直以来她就是通过传书的方式来寄托自己对亲人的思念。听到驼铃声，她跑了出来，一个跟爹年轻时一般模样的年轻后生站在雪地里，从车里抱下她日思夜想的娘！她吓坏了，冲上来说："我的娘啊，你这是咋的了？"

魏秀娥轻描淡写地说："闺女，娘摔了一跤，没事。"

谢贞泪汪汪地说："娘啊，你哪里摔坏了？"

魏秀娥给她抹泪，说："肩上，没啥大不了的。这么大了不要轻易流泪！"

谢贞望着谢顺说："你是二弟吧，一转眼成了大小伙子了。快把咱娘放到我房里。"

谢顺把魏秀娥放到东厢的炕上，张弛过来说："我还得交货去，年关节将至一点点都不敢耽误的。"

谢贞让他吃了饭走，张弛喊她取些干粮，说："着急交货，明天交了货我连夜就往回返。"

谢贞跟张弛这么多年，知道年前的货对商家意味着什么，于是赶紧备上干粮、热茶。谢顺也跟娘商量妥了，交了货顺便给爹报个信。

谢贞说："娘，我已经跟爹说好了，今年来我家过年。二弟辛苦了，不去也可以。"

"要能行我就把爹接回来。"

商议了一番，谢贞才顾得上谢芳和玉玉，问："这是老杆子小妹吧，长得太像娘了。

还有玉玉，我可怜的侄女啊！"几人又是一阵伤感。

魏秀娥就在谢贞家住了下来安心养伤，谢顺跟着张弛去交货，通知爹娘来的消息。

81

话分两头，当日谢文元顺利到达目的地。解强团长盛情招待，感谢谢老师启蒙之恩，给了谢文元父子三人极高的待遇。在得知谢国的遭遇后，解强深表同情，利用自己的关系，把谢国安排到县相关部门工作。谢昌既要照顾父亲、又要自学，谢文元也不好意思再麻烦解团长，就让他协助自己教书育人。

谢文元父子三人住在大营房部队家属院的一间宿舍里。打扫院子卫生的事，兄弟俩人抢着干，院子的面貌焕然一新。大人孩子都喜欢新来的谢老师。两个儿子知书达理，勤快和气，邻里关系融洽。有针线活邻居主妇总是帮着，吃好吃的也都送些过来。

谢文元是一个把名义看得比生命还重要的人，一世清清白白做人，勤勤恳恳做事，从不沽名钓誉阿谀奉承。他这一辈子虽没做过出人头地的大事，更没做过伤天害理的亏心事。凭着几十年的教学经验，他对十六个年龄大小不一、智商高低有别的学生进行了细致观察和耐心交流，因材施教。国文课不是为了识字而学字，通过学字对学生们进行爱国主义教育，比如学"中国"，他会告诉同学们中国有五千年的光辉历史。讲"岳"，他会讲祖国的名山"五岳"，也会讲精忠报国的英雄岳飞抗金的故事。他将算术和实际应用结合起来。业余时间，他给学生们辅导功课、教习书法。空闲时，谢文元父子还为邻里代写书信，日子过得很充实。

这一日晚饭后，父子三人正在辅导学生练习毛笔字。有当兵的领人来找谢文元。父子三人一看是谢顺，喜上眉梢。谢文元问："是不是你们的驼队送货来了？这里偏僻不好找吧？"

谢顺羞愧难当，说："我是跟大姐夫的驼队来的，在大营房见到几个学生在玩，一问就问到爹住的地方。"

"我儿子真不愧是走南闯北的，脑子好使得很，不走冤枉路。"

谢国说："没吃饭吧？我给你做饭。"

"等大姐夫过来，一块儿吃了走。"

谢昌拉住谢顺说："二哥，过来了就住上一晚上再走吧，好好给我们讲一讲家里的事，我好想娘。"

提起母亲，谢顺的眼泪开始在眼眶里打转："娘不好了。"

谢文元大惊，说："你娘怎么了？"

谢顺这才把事情的由来说了。"祸福相依，来了也好。你大姐过来说，要我们务必到她家过年。你人哥也请了年假，我们也正准备去呢，明天就出发。"

谢顺说："大姐夫说回去的年货是现成的，在这里过夜又装又卸耽误时间，还不如连夜走，早早地就到了。"

谢文元问："骑你大姐夫的骆驼？"

"说好了，大姐夫交了货就在大营房不远的东出口等我们，不见不散。我们家的马车，就在院子门外的杨树上拴着呢。"

谢文元说："那就好，赶快准备走。"

谢国问："要不要给解团长打个招呼？"

谢文元说："解团长忙得很，没有要事不要去打扰，给邻居打个招呼，解团长要问起来就告诉一声。"

"爹要决定走，我就去东出口等大姐夫过来，给带个路。"谢顺说道。

谢文元说："你还是吃上些再去。"

谢顺担心大姐夫等得着急，说："早一点好，别让大姐夫着急。爹，咱家的马也乏力了，我喂上了。我去迎接大姐夫。"

谢昌自告奋勇去接大姐夫，说："二哥，还是我去，你休息一会儿，吃点东西。"

"我没事，你帮着爹赶快收拾。我去了。"谢顺出了门加快步伐，消失在沉沉的夜色里。他刚到东出口就看见大姐夫张弛的驼队过来，便立刻迎上前去说："大姐夫，咱爹等你吃饭呢。"

张弛说："饭不着急，走呢，还是不走？"

"说好了，吃了饭就走。"

张弛问："住得远不远？"

"不远，顺路前面就是。"

到了谢文元住的地方时，谢文元已收拾好了正等着呢。翁婿相见倍感亲切。张弛说："这么一截截路一直忙得都没顾上过来看爹，日子过得很艰难，提心吊胆的，路上不安宁。"

谢文元说："国不统，政不廉，民生苦，路难行。快快吃饭了，好赶路。"

谢顺要去看骆驼，谢昌抢着去，说："这里我熟我去，二哥你吃，我都准备好装上车了，我去骆驼那儿等着，就不回来了。"

张弛说："一块儿吃，路上冷得很，吃好了扛得住。"

谢文元说："我们都吃好了，就等你俩了。"

"那我就吃了。"说话间张弛夹了一块红烧肉送入口中，"这个肉烧得好吃得很，就是娃他妈做的那个味道，我就爱吃个肥肥的。"

"爱吃就多吃些，想吃了让你大弟再给你做。"

张弛、谢顺二人把一碗红烧肉就着馒头吃了，谢文元、谢国检查一番，锁好门，众人便出发了。

谢顺让爹、大哥、三弟上了车，自己赶着车跟上大姐夫的驼队。他是非常爱惜枣红马的，枣红马是自己家母马下的小儿马，英武健壮，现下长途跋涉更要爱惜，上坡时他都会下来助一把力。

驼队沿着古丝绸之路向东，谢文元和儿子们都牵挂着魏秀娥的伤病，一路无话，只有驼铃声从风中传来。后半夜驼队进入一条南面的山口，一路上坡，山路蜿蜒群山低回白雪皑皑。越走越开阔，狗叫声越来越清晰，这是快到了。

82

驼队下了路边的缓坡，路边不远处有一片榆树林，过了这片林子，瞧见东面的山坡上有一盏马灯在晃动，张弛说："到家了。"

谢文元让谢顺停车，步行过去。谢贞手提马灯向爹跑来，一头扎进爹的怀里嘤嘤哭泣。

谢文元抱着大女儿，几近哽咽："好闺女，久别重逢高兴才是。"

谢贞擦着泪说："爹，弟弟，我太想你们了。娃们，都过来，这是你们外爷，清朝的秀才。"儿女们都把爹的这个衔当作荣耀，在这里不要说秀才，连识字的也寥寥无几。谢贞的四个儿女中除了大闺女沁淑嫁了人没在，十二岁的大儿子沁丰、七岁的二儿子沁义、三岁的小女儿沁彩纷纷过来见礼。

谢文元搂着每个外孙亲了一口，说："天没亮呢，都回去睡去，别冻坏了。"

谢芳领着玉玉过来见父亲、兄长，说："爹爹、大哥、三哥，我和娘太想你们了，都好吧？"

谢文元搂着玉玉说："我们都好，你娘的伤怎么样？"

谢贞说："我娘说没大事，不要担心。"

谢国与大姐也多年没见了，谢国问大姐好，谢贞说："我们都好，三个弟弟都成大小伙子了，帮我在爹娘跟前尽孝，我就放心了。来，咱一起回家。"

一进张家的院子，谢文元就感叹道："好宽敞的院子。"

"地多人少，地方有呢。"谢贞回道，又对儿女说，"都回去睡去。"

安顿好孩子们，谢贞把爹和弟弟们领到娘住的房子。魏秀娥听到说话声，迎了出去，高兴地说："娃他爹，你来了，我的心就定了，我可是把儿女都好好地交给你了。"

谢文元说："老婆子你受苦了。"

"一家人在一起再苦也是甜。"魏秀娥说道。

谢文元担心她的伤，说："我和娃在路上商量，咱们去城里看大夫好吗？"

"我这是硬伤，我心里有数，看不看大夫都得慢慢养着，别无他法。"

谢文元劝说："娃他娘，让大夫看了我放心，你就听我的，好不好？"

"娃他爹，我爹是祖传的大夫，我从小就是药理熏陶大的，锁子骨伤着了只能养，越折腾越糟，你就听我的，把心放宽了。"

谢国也不放心，说："娘啊，还是让大夫看一看好，看把你伤成啥样子了，都瘦了，痛吗？"

"娘就是这个样子，有你舅舅给的药用着，娘没遭什么罪。"

谢昌心疼娘，恨不能替娘受苦，魏秀娥自是舍不得儿子们受罪。

众人没有劝动魏秀娥，她依旧不愿意进城看大夫。一家团聚，魏秀娥心里万分高兴。一家人挤在炕上，她说："从今以后我们一家子又和以前一样了，儿子挨着爹，闺女搂着娘，咱一起听你爹说三国、讲聊斋，多么温馨。"

谢贞细致，打了水过来让爹爹洗漱了好休息。正在这时，张弛牵回一只大山羊进院，这只羊可能预感到没命了，四条腿蹬得直直的，偏着脑袋恐惧地咩咩叫，怎么也拉不过来，气得张弛骂道："哎，你他妈的还把人固住了。"

谢顺闻声问："大姐夫，你这是要干什么？"

张弛说："宰了我们中午做闷饼子吃，你大姐做的闷饼子好吃得很。你会宰羊吗？我的手臭，总剥烂皮子，皮子烂了就不值钱了。"

谢文元讲究，说："明天是腊月二十三，明日祭灶了再宰吧。"

"今天一样，明天还得找个放骆驼的。"张弛解释。

谢顺一听，立刻自告奋勇："这个活用不着请人，有我呢。"

谢昌也说："我跟二哥去。"

谢顺不让，说："你带了那么多书，好好读书，我一个人就够了。"

"往年不都是你放骆驼吗，我弟弟这才刚来！"谢贞疼爱弟弟，舍不得让弟弟一来就干活。

"让你二弟去帮忙，这样好，大女婿一年四季没有个闲。我去瞧瞧你公公，听说连路也走不好了。"

张弛领谢文元过去看他爹，说："我娘死得早，我爹把我拉扯大，现在眼睛看不见，炕也下不了，啥都得人伺候。"

谢文元嘱咐谢贞："养儿防老，你要好好孝顺你公公。"

才到张父房门口，就听见老爷子在上房里回应："亲家，你养了个好丫头，我家娶了个好儿媳妇，我能过上这么好的日子，亏了这个能干孝顺的媳妇了。"

谢贞给爹掀起门帘，谢文元瞧见这屋子里整齐干净又暖和，对着女儿点头称赞，果然是谢家的女儿。

张父眼睛不行，耳朵可灵光得很，听见谢文元进来招呼亲家上炕："媳妇天天都念叨你呢。媳妇把你给她讲的故事讲给我听，我迷得放不下，没有她，我这个日子咋熬呢。"

谢文元递上哈德门香烟和蜂蜜，说："孝顺父母天经地义，老哥哥晚上你这么的，得有个人吧？"

张父说："晚上有两个孙子在，好得很，我也没啥事，老了瞌睡少了。"

"晚上我过来，老哥哥想听啥我说给你听。"

屋里谢文元跟张父说着话，院子里谢顺和张弛已经把羊剥皮开膛收拾好了。天将明时，谢贞已经把早饭准备好了，叫家人起床吃饭。烟火人间，小院里一片幸福和美的景象。

83

腊月二十三，为庆祝团圆年，张弛在院里放了鞭炮。大女婿的家门前好大的坡地，白茫茫的积雪盈尺，谢贞在这片地里种庄稼，要是夏天雨水好，种下的麦子、洋芋吃都吃不完。

离山口不远的戈壁滩上很难积雪，骆驼刺籽儿饱满，谢顺牵上骆驼背上猎枪领上猎狗去放牧。谢昌赶上大姐夫家的马车与谢顺一同出门，准备打些柴回来。兄弟二人出了山口，谢顺让谢昌看着骆驼，自己去砍柴。谢昌不依，说："看骆驼责任重大，还是二哥看着稳妥，我干些粗活锻炼锻炼。"

谢顺知道砍柴费力，细心交代说："悠着点干，千万别把手打起泡了，你那手秀气，干猛了受不了。"

"没事的,二哥你放心放你的骆驼。"谢昌说完,扛起斧头就走了。

二十三是小年,晚上祭灶,下午的团圆饭对谢贞十分重要,谢国、谢芳帮着大姐准备。午饭后,谢文元把孙娃子们集中到张父的屋里,摆上从新疆带来的吃食,给孙子们讲故事,讲的是《阿凡提与财主》,引得孩子们笑声阵阵。

张父喜笑颜开,感叹:"好些年没有这么红火了。"

谢文元说:"亲家好福气,儿孙满堂。"

厨房这边都准备得差不多了,谢国让大姐、小妹去陪娘说话儿,剩下的活儿有他就行了,只等大姐夫、谢顺、谢昌回来炒菜。

谢贞手不离活,一边织毛衣一边说:"娘你就在我这儿住下,夏天绿油油的,凉快得很。"

魏秀娥担心女婿不同意,毕竟有这一大家子人,谢贞说:"娘,我在他家起五更睡半夜,生了四个孩子,悉心照料公公,奉养我父母,他为何不愿意?"

魏秀娥心疼女儿,说:"闺女,这一大家子,你这样没命地干,怎么能行呢?"

"娘,我这些毛衣毛裤毛围巾都是商铺定下的,违约不好,娶媳妇嫁闺女,没钱咋能找个好人家。我男人看上二弟了,想让他留下帮上几年,等儿子大了就好了。我说不行,我们家的人不行。"

魏秀娥说道:"你二弟在你舅家拉骆驼伤着心了,他说他要开个铁匠铺,一辈子守着爹娘呢。"

"主意好,我支持,我二弟就是没上学,要是有大弟、三弟的学问,不是一般的。"

提到大儿子和二儿子,魏秀娥就忍不住伤心:"你大弟命苦啊,多好的媳妇、儿子,说没了就没了。"

谢芳一边听娘和大姐说话,一边把大姐针线筐里换洗下来要补的衣服一针一线补起来。

待谢贞发现,谢芳都已经快做完了,止不住地夸赞小妹活儿好。

谢芳谦虚:"娘常拿大姐、二姐做的活儿教训我粗手笨脚的。大姐你驼毛毛衣咋织得那么好,人见人爱的,也教教我。"

"多年干出来的。"谢贞越瞧越喜欢这个老杆子妹妹,笑着说,"我妹子这么出众,将来嫁个好人家,不愁吃不愁穿,不用像你大姐老得见不得人了。"

魏秀娥嗔怪:"你年轻轻的在母亲面前称开老了。"

谢芳搂着大姐的胳膊哄道:"大姐一点儿都不老,好好打扮一下,比小姑娘一点都不差。"

谢贞用食指点了点谢芳的头,笑道:"这妮子会哄大姐了,你姐就是个受苦的命,一天到晚哪有个闲的时候，打扮上给谁看呢？"

魏秀娥给谢贞理了理额前的碎发，说："女为悦己者容，自己的男人喜欢就好，做两身好衣服，备一瓶雪花膏，就不一样了。"

"我的男人可不一样，一年四季在外多在家少，我要是花枝招展的，那还了得？"

魏秀娥劝着："他在家时你也得收拾收拾，不要补丁摞补丁的。你看我和你爹穿的，都是你和慧儿做的，穿在身上都说好，旧的没去新的又带上来了。别给娘做了，给自己做几身好的。"

母女几人家长里短说个没完，末了说到孩子上学的事儿上，魏秀娥说："你刚还说起你二弟呢，不能让娃当睁眼瞎，你爹说，过了年走的时候把沁丰带上上学去。本来想把沁义也带上，他爷爷身边没个人不行，只能这样了。"

"我这里没问题，只怕他爹……"谢贞担忧。

"你爹说你们俩先商量，若他不同意，还有你爹呢。"

谢贞应下了，她朝窗外望了一眼，太阳已偏西了，赶紧下炕去厨房，说道："不能让大弟又扫院子又起圈，又给我当上火头军了。"谢芳也下了炕，要去把大哥替下来。

太阳快落山时，谢顺、谢昌回来了，车上拉着两只黄羊。不多时，张弛也回来了，账没收回来，怕是要拖到明年，心里有些不痛快。

一家人都齐了，谢贞等人摆好饭菜，全家人欢欢喜喜地吃一顿团圆饭。谢文元发现谢昌的手不对劲，看了才知道是砍柴磨起了泡，有几个泡都磨破了，便叮嘱："抹上药，明天别砍了。"

谢昌倔强地说："爹，儿就不信过不了这一关，明天照干不误。"

谢文元晓得小儿子的争强好胜脾气，提醒说："凡事不能急于求成，慢慢来，功到自然成。顺儿，你要关心些这个比你还犟的小弟。"

谢顺无奈："说他不听。三弟，明天你还是别去了。"

见父亲和二哥都不同意了，谢昌赶紧做保证："明日我一定注意，就让我一同去吧，二哥一个人多寂寞！"

晚上睡下，谢文元还是对魏秀娥的伤不放心，他决定明天去求解团长派个医生过来。

84

腊月二十四一早，谢文元骑着马直奔团里，中午便带了医生回来给魏秀娥检查了伤病。医生说的跟魏秀娥说的一样，摔裂的部位愈合后会产生骨质增生，影响肩部的功能，只能在大医院手术。临走时开了些镇痛药、消炎药、胶布，叮嘱不要活动，不要磕碰，静心养伤。

谢文元担心魏秀娥落下病根，她自己却很坦然，安慰丈夫说："不要紧，一切都会好的，安安心心地跟儿孙们过个团圆年。"

扫了房磨豆腐，宰了猪张弛把后半扇子猪肉卖了。

谢贞不高兴了，埋怨说："你也不说一声。"

"年年都一样，今年就不行了？"

谢贞说："今年和往年一样吗？我爹娘好不容易来了一次，还不能大大气气过个年，把你抠的。"

张弛骂道："你这个败家的娘儿们，你要把我家吃光喝尽啊！"

谢贞不甘示弱，说："我挣死累活的，你也不给我一点面子。"

"败家的你还没个完了。"张弛骂完顺手就是一下捶在她身上。

谢贞哭了，看爹过来忙擦去眼泪。

谢文元看出了异样，问他俩怎么了。张弛遮遮掩掩地说："爹，没事，我收钱去。"说完转身匆匆忙忙地走了。

谢贞怕爹担心，扯谎说眼睛里进了沙子。谢文元看得一清二楚，心里不快但又不能说破，便语重心长地说："丫头，家有千口，主事一人。居家过日子精打细算对着呢。你大弟说把猪血掺些猪油葱姜蒜做个血肠子，你说行不行？"

"年年我们都是把猪血紧上，把肠子煮上，我还没这样做过。"

"他也是从他岳父那里学的，味道不错。"

谢贞听着不错，说："好，以后年年这样做，我这就去做。"

谢文元心疼女儿，说："你忙了一天了，跟你娘说说话，让你大弟做去。"

"我学会了就去。爹，外面冷，你进去暖和暖和。总让爹操心，我心里难过。"

"闺女，夫妻间要互谅互让，相濡以沫。"

"爹，娃他爹脾气不好心好着呢，霸家得很，除了抽烟，爱喝两口，没有别的坏毛病。家里的事都交给我呢，我知足了，爹放心就是。"

转眼到了腊月二十九，谢文元在院子里写对联，邻居和女婿家的亲朋都来求对联。大伙儿拿着对联，都说这个字好，舍不得往门上贴。

正月初五拜财神，初六送了穷神。学生要开课，谢国要上班去。回去的事情多，最重要的是找房子，家属来了不能住在军队临时宿舍里。正月初七吃了"人日节"团团圆圆的送行饺子，谢文元和谢国、谢昌就准备走了，这次还领着沁丰回去上学。

张父拉着谢文元的手说："亲家啊，你的学问大得很，我孙子交给你我一百个放心。你来我们家的这些日子，我开心得很，听到了那么多不知道的事。你要是不嫌弃的话，这里就是你的家，闲暇了就回来，行不行？让我这个快死的人活得痛快些。"

谢文元说："亲家公，只要你开心，我一定来，你要多多保重。"

张父让儿子背着他一起把谢文元送出大门，拉着谢文元的手久久不放："亲家，我等你……"

从此以后，每个暑假谢贞都遵照公公的叮嘱接爹娘进山避暑。

85

经人介绍，谢文元在老城汉城找到了房子，就租在老城西北片区的孔家院。院主人孔先生是祖籍山东的老学究，自称是大圣先师孔子的后人，听说他考到废除科举也没入学，教了一辈子书，妻亡无后孤身一人。他年过七旬，一身灰色的长袍马褂，面容严峻，身材瘦小，腰板笔挺，黑羔皮山羊帽子下拖着一条雪白的辫子。谢文元来找房子，不凡的气度就让孔先生另眼相看，谈起"四书五经"头头是道，乐此不疲。听说谢文元四十多年前在西安入学的，租房的事儿更是一拍即合，连租金也不计较。

谢文元领着两个儿子收拾房子的日子，孔先生与两个小辈谢国、谢昌谈起儒学，甚是欢喜，尤其是对谢昌不吝褒奖。

一日，谢昌到中山路去买东西，看到银行正在招人，出来的人垂头丧气埋怨故意刁难。他年轻气盛也要去试一试。主考官看来应试的年轻人气度不凡，对答如流，十分满意。笔试的题目是：怎样做一个合格的银行人？谢昌略加思考，挥笔而就，紧扣主题，文字干练，立意高远，那笔清秀的楷书让考官暗暗称赞。考数算，双手打算盘分毫不差。

当下签了合同，明日就来上班。

谢昌回去告诉爹这个喜讯，谢文元高兴地说："我儿能主宰自己的命运，决定自己的前途，爹支持你。"

过了清明天气渐渐地暖和了，房子也收拾好了，谢文元把搬家的事告诉解团长，解团长因公务不能相送，却发放了一笔安家费，谢文元不肯收，副团长百般解释属按章办事，绝非特别照顾，谢文元才收下。

谢文元一家人搬过来后，两个儿子上班都近，就他远一些 —— 学校在大营房东南角的一个小院里。每天早晨他领上外孙七点准时动身，出东门沿着菜园子弯弯曲曲的田间小路来到地势较低的东河坝，沿着河西岸北上阿亚桥东去大营房。这段路他控制在三刻钟左右，可以赶上早晨迎接学生到校。他中午不回家，又婉言拒绝了解团长安排的部队伙食，带上中午饭就到营房外的左公柳下祖孙一同吃。吃完饭，谢文元到教室批改作业，沁丰趴在桌子上打个盹。

孔先生年老体衰，独身一人，吃饭那就是凑合，家里一天外头一天的，就着馕也能过一天。谢文元搬来以后邀请他搭伙吃饭。可孔先生是个要强的人，坚持无功不受禄，竟提议房租与伙食费两相抵消才算公平，谁也不占谁的便宜。

谢文元租的是东三间，西面的三间年久失修，虽破损严重，若是修理修理，还是不错的厦房。征得孔先生的同意后，他准备天气暖和了，等二儿子过来修理。并将靠门房的一间改造成伙房。孔先生决定，西边三间也可让他们用，且不另收房租。

两个儿子因父亲每天带着外孙步行路远太辛苦了，商量着给爹买一匹好一点的乖毛驴。他们俩知道爹不会同意，就自作主张托懂行的同事买了一匹灰母驴。

谢文元回来甚是不快，说："我走这段路正好锻炼，再说没经你孔叔同意，怎么能养毛驴呢？"

孔先生说："不孝其父非礼也。乐乎哉，冬天煨炕就不用买粪了。"

上房的后面是一块一丈多宽的空地，西面是茅房，东面就隔开了做驴圈。谢国、谢昌早晚把茅房、驴圈打扫得干干净净。在孔先生同意后，他们在前院的天井里建了花池，栽了葡萄树、种了花，死气沉沉的院子变得生机勃勃。

86

毛驴就拴在后门外的草地上，学生们上学的时候总忘不了给毛驴拔些草。这天下午下学后，谢文元送走三个值日生，检查教室、关好门窗，领着沁丰从后门出来。驴肚儿滚圆，搭上褡裢后他先扶外孙上了驴，然后解开缰绳拉到一个柳树墩边上了毛驴，抖一抖缰绳，大灰驴懂得主人的意思，顺着小路上了大路，一路小跑把家回。忽地，他瞧见路边沟里一个身着长衫的人蜷曲着身子抽搐，慌忙下来让孙子拉着毛驴。他赶紧过去问："老乡，你这是怎么了？"问了几遍不见回答，只见他抖得更加厉害，便下到沟里问："你哪儿不好？"还是不见回答，只得把这人扶到沟边靠着。这人突然一把抓着他，求到："好人啊！给我抽上一口吧！"谢文元细细一瞧，这人是眼泪鼻涕满脸，骨瘦如柴，原来是个抽大烟的，他最是瞧不上这样的人。

抽大烟的人误国毁家没有廉耻，这样的人不值得同情。他拉上毛驴准备回家，刚走了几步就看见渠里有水了，这个人的下半身都湿了，也不见他躲避。善心驱使，他还是没忍住，毫不犹豫地跑过去把这人拉了上来。这人下半身水淋淋的，摇摇晃晃站起来，趔趔趄趄地往东走。谢文元想，要是倒在路上定然性命难保，做事做到心安方为是。他赶了过去，说："看你也是读书人，你的家在哪里？"

这人答："新、新庄子。"

谢文元大惊，这么远的路，他这个样子什么时候才能走得回去！怜悯之心人皆有之，谢文元将他扶上毛驴，预备送他回家。怎料这人居然说："你要是给我几个泡泡子，比什么都好。"

"你都这个样子了，不要命了？咱们先回家再说。"他也顾不上这人愿不愿意了，牵着毛驴顺着东去的大路往新庄子走去。

没一会儿，这人的烟劲过去了，说："我自己回，我可没钱给你。"

谢文元问道："听你的口音是陕西人？"

"秦始皇的老家，陕西凤翔人士，你也是老陕吧？"

"我老家是临潼。"

这人一听是老乡，说："哎哟，是老乡啊，你知道西凤酒吗，那可是闻名天下的，我祖上就是柳林屈家酒坊主人，我家的酒那可是国脉凤香的典范。"

天下竟有这样巧的事，莫非失踪的屈掌柜跑到这里？谢文元好奇地问："你是什么时候过来的？"

"我太爷手里，我爷爷自立门户来到这里，三代创业，一朝抽光，不肖子孙无地自容……"说完捂脸哭泣。

谢文元说："知错能改你还有救。敢问大名？"

此人抱拳行礼，说道："姓屈名芜。世态炎凉，穷在街头无人问，看先生气质非等闲之辈。请问先生尊姓大名？"

谢文元回礼，答："谢文元，教书的先生。"

屈芜说："您在那里教书？"

"才来不久，人生地不熟，给军队的娃教书。"

屈芜看到了旁边的沁丰，问道："这娃是你的孙子？山里来的？"

"外孙子呢，你怎么知道是山里来的？"

"红脸蛋子还没有过来。"

谢文元说："我这个外孙子仁义得很，刻苦踏实，从不惹是生非。"

屈芜要下驴，让孩子上来。谢文元把沁丰抱上去，说："你们一同坐，我们快些走，天快黑了，免得家里着急。"

沁丰常年在山里跑，脚力好，说："外姥爷，我能行。"

屈芜也说自己能走，谢文元不放心地说："走吧，看你湿成这样。老乡，下个狠心把烟戒了，堂堂正正过日子。"

"老乡，不瞒你说，我和内人戒了不少次，内人戒了，我就不行。"

"这说明下决心是能够戒了的，就是能抽得起，也不能沾这个害人的玩意儿。"谢文元劝解道。

屈芜难得遇上有人愿意同他长谈，既感动，又内疚，流着泪说："连锅都揭不开了，今日去亲家家借钱，那个老吝啬鬼一毛不拔地把我打发出门。我的娃都等我拿钱回来买粮呢。"

"那你更应该下狠心把烟戒了。"

屈芜抹泪不作声，一路无话，待到快到家才出声指路："到了到了，就在路边边的那个院子里。"

庄子上的狗咬起来。院子留着门，谢文元推开门牵着驴进了院。好大的院子，好齐整的房子！院里杏花开了，桃树、枣树影影绰绰的，葡萄藤还挡在门前。屋里炕上的婆娘听到院里的动静，趿拉上鞋下炕，边走边问："娃他爹，借上了没有？"

屈芜骂骂咧咧："借上个屁了，还是亲家呢，那个吝啬鬼一毛不拔。我的前胸都贴后背了。有吃的吗？"

瘦弱不堪的婆娘有气无力地说："面箱子里扫了些苞米面，二丫头捋了些榆钱子蒸上了等你呢。家里可是断粮了，这不是要命吗？见死不救还是亲家呢！哎呀，门外还有人呢！"

谢文元和屈芜婆娘打了招呼便要告辞："你赶紧换上干衣服，我该走了。"

屈芜拉着他向自家婆娘说道："老婆子，要不是老乡，我今天可能回不来了。"

"爹，我饿！"屋里传来小男孩的哭声，原来是屈芜的儿子见爹两手空空回来，饿得受不住了。

屈芜骂道："你们这些吃货，属蜘蛛的要吃我不成！"

正在这时候，大门开了，一个姑娘背着一捆柴进来，把柴放在柴堆上，擦着汗。谢文元不敢相信这么一个精瘦稚气的姑娘，能打回来这么一大捆柴。

姑娘见门口站着生人，以为是讨债的，便问："叔，你是讨债的吧？屋里坐，喝水。"

谢文元这才看清楚，这姑娘着实俊啊，高个儿瓜子脸，有一双美丽的大眼睛、一条长长的大辫子，从她冷静的表情看，这是个有主见的姑娘。谢文元心疼这姑娘在十四五的花样年华就要承受这样的苦，便和善地说："我不是要债的，我是你父亲的老乡，过来认认门的。"

姑娘这才如释重负："叔，快请屋里坐。"

谢文元进了门心情更加沉重，家徒四壁说的正是屈家：没有摆设，连个桌子都没见，炕上铺着破席子，靠着炕沿还站着两个丫头，一个十二三岁，一个十岁左右。

大的那个性子泼辣，一双丹凤眼毫无怯色地望着谢文元，说："看看还有啥东西，拿上走吧。"

小些的姑娘一头自来卷的栗色头发，双眼皮大眼睛，皮肤粉白，吃惊地看了谢文元一眼，又腼腆地低下头去。

谢文元赶紧解释："我是你们父亲的老乡，来看看你们，莫误会。"

屈家婆娘见大女儿砍了柴回来，说："昶芸，让你到邻居亲戚家借些面，等着不见人，怎的又去打柴了？"

昶芸说："我可没脸借去，忍一忍，明天我和昶芳到城里把柴卖了买面回来。饿了吃个红萝卜。"说着从花布包里拿出几个红萝卜洗干净，拿了一个塞到沁丰手里，对谢文元说："大老，让这个小弟弟也吃个新鲜。"

屈芜问："哪里来的？"

"菜窖沙子里翻出来的，这下可真没有了。"

屈芜说："你非要把这一家子饿死不成？把地契给我。"

昶芸不给，说："爹，城里的产业、圈里的牲口、几十亩地都卖光了，就祖上留下的这二十亩地了，爷爷说什么时候都不能动，当了咋活呢？"

"你这个不孝的死妮子，气死我了。"屈芜不悦，拿起门后的笤帚就要打。

谢文元忙挡住他，说："姑娘做得对着呢，当了这一家子怎么过？"

"活一天是一天，先当上，过了这阵子，我再想办法赎回来，总比饿死好。"

昶芸说："爹，有我呢，能度过去。"

谢文元没想到她是这么坚强的闺女，从身上掏出零用钱放在桌上说："先救个急。"

昶芸说："大老，咱们无亲无故，这不行。"

屈芜抢上去拿走钱，乐道："这可救了命了。"

屈家婆娘哭着说："没救了，咋不去死呢？"

87

谢文元从屈家出来，满脑子都是四个无辜的娃的影子，得想个办法让屈家过上正常人的生活。现在最关键的是屈芜戒烟，给钱并不是个好法子，可能还是害他。不如明天先送些米面过去，等过了春荒，若能想办法让地里有收成更好。屈芜家没牲口，这个地怎么种？回去的路上，谢文元一路思考这些问题，忽然听到有人叫他："爹，你到东边干啥去？"他这才回过神来，原来是两个儿子。

谢国接过驴缰绳，说："学校里一个人都没有了，把人急得不行。"

"下学碰上了个姓屈的凤翔老乡，是个大烟鬼，活不成，躺在水渠里，能不送回去？说是屈家酒坊的后人，可怜得很。"

谢国说道："大烟鬼倾家荡产、家破人亡的有的是，我们能管好自己就行了。"

谢昌附和："这样的人有啥可怜的？无药可救，不值得同情。"

"可怜四个娃了！"谢文元忘不了四个孩子的可怜样儿。

谢昌觉得父亲话里有话，便说："这样的人家不在少数，我们无能为力。"

谢文元说："又怎能视而不见？"

谢国问："爹你说怎么办？"

谢文元说："我也没有好的办法，只能解燃眉之急，明天早晨先送些米面过去。"

谢国应下了："我回去准备好。"

这一夜谢文元满脑子都是屈家的场景，又无计可施。翻来翻去睡不着，天不亮就爬起来穿好衣服。他在家是短打扮，出门才穿上长衫。来到厨房点着灯，儿子已经把米面准备好了，就叫醒沁丰吃上些早些走。这一动，两个儿子也起来了。

谢国说："爹，打个拌汤，炒个洋芋丝，快得很。"

谢文元说："我带些馍馍就行了，早些把东西送到了，免得耽误上课。"

谢昌自告奋勇要替爹跑腿，谢文元不让，说："好好上班，我顺路。"

谢国把昨夜烙好的锅盔热好了，让爹和外甥吃了早饭再走，又将爹中午带的馕肉菜奶茶也都准备好了，把毛驴拉到门外，把给屈家的东西安置好。

谢文元让沁丰上了驴，拉着毛驴出了巷子，天还麻黑的呢。一路紧赶，到了屈家门口，太阳从青山背后刚露出半个红彤彤的脸。正巧昶芸、昶芳准备拉着柴车到城里去卖柴，见谢文元过来，屈昶芸惊讶地问："大老，你有事？"

"也没事，这点米面油先吃着。"谢文元轻描淡写地说道。

屈昶芸自觉愧疚："这怎么好呢，我……"

屈芜这会儿也过来了，说："不好意思的，平白无故地拿你的、吃你的，我要有出头之日一定还。"

"老乡，有你这个话我就高兴，看在娃的面子上，先把大烟戒了，重整旗鼓不愁没好日子过。"

"戒戒戒，没钱，瘾死也得戒。"

谢文元见屈芜如此痛快，心中高兴，说："君子一言，驷马难追，你要是戒了，我就没白忙活。"

屈昶芳让谢文元进屋喝碗茶，谢文元赶着去学校上课，婉拒了。他又把毛驴套在屈家柴车上，说："以后有用毛驴的时候，尽管用。"

屈家两个女儿去卖柴，与谢文元同路，一路上谈起了家里的事。自从屈芜抽上大烟，便病怏怏的，形同废人，什么也干不了。春种都是好心的吴舅给犁地种上，母女四人起早贪黑地经管，勉强苟且偷生。

谢文元善心大发，说："闺女，以后你家的事也是我的事，有事只管开口。当务之急是想方设法让你爹把大烟戒了。"

屈昶芸无奈："我们管不住啊！"

谢文元安慰道："这次有我呢，一定让他戒彻底了。"

屈昶芸心中满是感恩："大老就是我们的再生父母。"

到了学校旁，谢文元去上课，屈昶芳说："大老，听说这里的学生家长都是当官的。"

谢文元笑笑，只道有教无类。

学校距城里不远了，屈昶芸要把驴卸下来，谢文元说："你用吧，我有没有都行。"屈昶芸也不假客套了，说卖完柴了再把驴送回来。

88

谢文元惦记着屈芜戒烟的事，休息天带了些米面油肉来到屈家，听到的是屈家悲惨的哭声。一种不祥的预感袭上心来，不好！一定是出事了。他也顾不上礼节了，直接推门进去，只见一家人抱头痛哭。

原来是烟馆讨债的打上门来了，把屈芜打得鼻青脸肿，留下话来，十天里不还烟债便封门抵债。一家人无计可施，只能以祖上留下的二十亩好地的地契做抵押，在中介的斡旋担保下向银行贷了款，把赌债还上。无力还贷的屈家，陷入绝望以泪洗面。

屈芜抽了自己两个大嘴巴，哭道："都是我这个该死的，地没有了，这个家完了。"

谢文元问："你不是说大闺女把地契藏起来了吗？"

"没办法啊，总不能流落街头沿街乞讨呀。"屈芜现在是悔得不行，"没脸见人了，都是我害的，我去死。"

屈芜挣扎着要出门寻死，一家人死死地拉住，哭嚷着要死一块儿去死，又哭成了一团。

谢文元的心提了起来，说："你们这样要死要活的，也不是个办法，打起精神，咱们从长计议。"

四个儿女跪下求谢文元："求大老救救我们吧。"

谢文元扶起孩子们，说："都起来，天无绝人之路。没吃吧？先吃饱饭，再做打算！"

说到吃饭儿子文武先哭起来，昶芸要去打搅团，可哪里还有面？

"面我带来了些，先做饭，天塌不下来。"谢文元拿出带来的粮给昶芸。

屈家婆娘请谢文元一起吃，谢文元也不推："行，今天我休息想吃个拉条子。"

屈家婆娘领娃们去做饭，谢文元询问屈芜贷款的详情，半年期一百块大洋，对这样的家庭可是一笔无法负担的债务。

谢文元问："你就没有借钱的地方了？"

"嫌贫爱富，亲戚黎崇义家大业大，就是一毛不拔，没指望的，唉！"屈芜无奈地叹气。

谢文元接着问："没有本家可解燃眉之急？"

"本家都在凤翔，早已失去联系，我爹就我一个儿子。"

"亲戚那里诚恳些，又不是不还。"谢文元依旧不死心地问着。

"没门，连人都见不上。"

谢文元常去陕西会馆，屈家的亲戚黎老爷也常去，两人下棋品茶很投缘的。但自己毕竟是外人，也不好去向黎老爷张口，便说："车到山前必有路，活人还能被尿憋死，咱们一起想办法。"

"大不了讨饭去。"

谢文元深知土地是一家之本，绝不能轻易放弃，说道："半年还一百块大洋，还有时间从长计议，要紧的是你得下决心把大烟戒了，把身体搞好了，还有奔头。"

屈芫在心里暗下决心，说："老哥，我听你的，戒，一定戒。"

饭好了，屈昶芸端上的第一碗请谢文元先吃，谢文元把碗推给屈家小儿子，让孩子先吃。快嘴屈昶芳说："不瞒大老说，我们有好久没见过肉了，我弟弟在厨房里先吃了。"

谢文元又将碗推到屈芫面前，说："那就让你爹先来。"

"娃大老不吃，谁能吃？"屈芫又把碗推回谢文元面前。

这时屈昶芸又端上来一碗说："大老，你吃，你吃了，我们才吃得下去。"

谢文元拗不过他们，便吃了第一筷子，羊肉炸酱、萝卜丝、氽菠菜、油泼辣子、蒜末、芫荽末、醋拌下的面，面拉得细而透明，吃到嘴里十分滑溜，这是他吃过的最好吃的拉条子，他发自内心地称赞："好手艺！"

屈芫对大闺女很满意，骄傲地说："我这大闺女八九岁就下厨，她妈教下的，针线活儿麻利得很。"

"多好的娃呀！为了孩子们，你也得打起精神戒了烟，把日子过好了。"谢文元就是要时时提醒他。

屈芫立刻发誓："从现在开始，再抽大烟天打五雷轰。"

吃过饭，他就让谢文元把自己锁在戒烟的房子里，下狠心说："就是我要死，谁也不许把我放出来。"

谢文元鼓励道："天下无难事，只怕有心人，我去城里给你配些戒烟的药，你要坚持住，我有工夫就来陪你。"他决心尽己之能，帮助这一家人脱离苦海，开始新的生活。

89

魏秀娥在女婿家的第二个月，自己带的跌打损伤药以及军医给的西药就用尽了，山里缺医少药，没有办法。头一天晚上大雪纷飞，早上连门都推不开了，谢贞急得不知怎么是好。

谢顺把房上的雪推下来扫干净，把院子里的路清出来，拉上马准备到城里找爹，再给娘买药。

谢贞不放心他出门，说："路封了，你不要命了？"

谢顺不在意地说："没事，出了山就好了。"

魏秀娥说："不能去，你爹要是一急进山来，你哥你弟也跟上了，影响工作不说，出了事怎么办？"

谢顺担心娘没了药，仍坚持要去，魏秀娥说："我自有办法。贞儿，你给娘找九样东西。"魏秀娥便一一交代。

"娘，这些东西都有呢。"谢贞听完娘的交代后回答道。

谢贞知道娘是半拉子医生，儿女有个头疼脑热都是娘给调理的，赶紧按着娘的交代做好了。魏秀娥让谢贞点着酒，把伤处清理了，按照伤处的大小剪了一块新白布，把做好的药均匀摊上，大概一块银元的厚度，贴到伤处。余下的密封起来放到阴凉处待用。用这个方子处理一个月，到了四月份，伤处已基本好了。只是从此以后右肩动不了了，她也没有特别在意，相信这是命运的安排。她在张家养病的这段日子，孙子们都爱围着她转，听她讲故事，连亲家公也爱听。不仅如此，她还用自己知道的医理为家里人调养身体，自她来后，儿孙们的身体没出过大毛病。

谢顺跟大姐夫从漠北回来，已是春暖花开时节。大姐夫希望他能留下来拉骆驼，谢顺拒绝了。这次过年爹过来，父子俩谈得很投机，爹答应帮他开一个铁匠铺，他做梦都梦见他的铁匠铺炉火熊熊。

张弛回来看谢贞又宰了羊，砂锅子里炖了羊肉汤，又给爹娘、弟、妹、孩子们一人置了一身新衣服，齐齐整整地包在包袱里，他心中有些恼火，骂道："你这个败家娘儿们，就是有一座金山也得让你败光。"

谢贞把他拉到角落，说："你小声些，布料都是早置下的，花不了多少钱。我娘说要走呢。我爹娘多年来一次，给咱家没少花，我不应该尽点孝心？"

张弛虽然嘴上讨厌，却也不是不讲道理的坏心眼，惊讶道："啊呀，真的要走了？我爹刚才还对我说，让岳母留下多住些日子呢，孙子离不开。你看我……"

张父一家再三挽留，魏秀娥还是执意要走，但外孙子哭着不让外奶走。魏秀娥摸着外孙子、外孙女的头说："想见了，我让你二舅来接你们，听爹娘的话，好好的。"

张父隔着窗子说："亲家母与亲家公放了假一起过来，我们高兴得很，开心得很。"

谢贞流着泪说："娘，一路走好，我给爹和弟弟做的衣裳一并带上。"

魏秀娥拉着谢贞的手交代："好好孝顺你公公，相夫教子，我们走了。"

90

苦熬一番，屈芜最终戒了大烟，谢文元还在操心屈家还贷的事。还款的日子一天天临近，屈家一筹莫展，这笔巨款对谢文元来说也是难事。这一日休息，谢文元抓紧收拾了房子，午后他去陕西会馆，这里是西北人关注时局、联络感情、互通信息的去处。文人墨客多会于此，纵论时事，品茶博弈，不亦乐乎。他常在南厢的第一间与几位知己相约。到了门口，门虚掩着，他推开门就听到汤臣汤老板说："听脚步声就知道是你。"汤老板西装革履，他是客友好商号的合伙人，主营粮油调料的零售批发，信誉好、质量好，生意十分兴隆。

谢文元抱拳施礼："老乡，来晚了，见谅。"

"沏好的茶都凉了，有事耽搁了？"汤老板问道。

"娃他娘要来了，拾掇房子呢，儿子们抢着干活，硬把我使过来了。"谢文元解释。

这时，窗外传来咳嗽声，二人迎了出去，来者是本地著名乡绅黎老爷黎崇义，他面容清癯，身着长袍马褂，戴着墨色黄铜腿儿的茶镜，背后甩着一条花白的细辫子，口头禅是：要问我家在哪里，山西大槐树老鸹窝。

谢文元和黎崇义摆了一局，二人战得正酣时，就见屈芜推门进来。谢文元心里一紧，他抢先一步说："老乡，坐下喝茶。"

屈芜戒烟后瘦弱不堪，说："茶就免了，我是找黎老爷商量个救急的事。"

黎崇义旁若无人地说："炮二。"

谢文元见黎崇义不理他，打着圆场："黎先生，老屈是找你商量事呢。"

黎崇义眼也不抬地问："大烟瘾又犯了吧？"

屈芜尴尬地说："我戒了，再也不抽了，嘿嘿。"

黎崇义挑眉不屑地说："你，我还能不知道？狗鼻子尖得很，哪里都找得到。"

屈芜央求道："实在没办法，期限越来越近了，没了地，我这一家子可咋办呢？"

汤臣先起来告辞："我还有点急事，就先走了，改日再会。"

谢文元送他出门："怎么这就走了？"

汤臣说："这样的人沾不得，把偌大一个家业都烧成泡泡了，沾上就没个好。"

屋里的黎崇义听了屈芜要借的数目，冷笑一声说道："你倒会狮子大开口，以前的肉包子打狗有去无回也就罢了，你当我是印钱的，没门！"

屈芜自知过去荒唐，继续哀求："地契赎回来，就放到你那儿行不行？还了钱，再给我。"

黎崇义大怒："你把我当成什么人了！我拿了你的地契，坏了我的名声，我借给你钱，有去无回。你还真是会编故事！"说完就要摔门而出。

屈芜拽住黎崇义的衣袖，求道："不看别的，看在昶芸的面上，拉我们一把吧！"

"不像话！你卖女儿呢，昶芸要是过了门，我自会让她过上体面日子。"黎崇义甩开他的手，怒气冲冲地走了，看见大门外的谢文元和汤臣道了一句不好意思便离开了陕西会馆。

屈芜可怜巴巴的，谢文元上来问："谈得咋样？"

屈芜埋怨："嫌贫爱富，我怎么能有这么个亲戚？都是我，没活路了，听天由命吧。"他六神无主地出门，要回家去，谢文元拉着他说："先到我家，你这个样子走到啥时候呢？到我家去吃些东西，骑着我的毛驴一阵就到了。"

两人前脚才进门，谢文元正要拿出点心让屈芜先吃上些，就听见大门外一个熟悉的声音问："请问谢文元家住这里吗？"

谢文元一听是自己的二儿子，赶紧出来看，二儿子风尘仆仆，谢文元忙问："是送货来了吧？"

"爹，咱都过来了。"

"你娘呢？"

"娘和芳芳、玉玉就在门口呢。"

谢文元赶紧跟二儿子出去接妻女、孙女进屋。屈芜上前行礼，谢文元介绍道："这是咱们陕西老乡。"

魏秀娥回礼："幸会，娃他爹，你招待客人，我们整理就行了。"

屈芜不想打扰谢家团聚，起身告辞："大嫂远道而来，我就不麻缠了，改日再来拜谢。"

谢文元拉住他说："恐怕要下雨了，骑毛驴挨浇你也受不了，还是躲一躲再看。"

屈芜坚持："真下起来就回不去了，我还是先走。"

谢顺在一旁说："这位叔怕是病了，爹，我赶上车送去。"

"马走了这么长的路，套上毛驴去吧。这驴识途，把这些预备好的米和面带上，平平安安送到家，天不早了别迷路了。"谢文元交代。

"爹，放心吧。"谢顺准备妥了请屈芜上车，亲自将他送回家。

91

麻烦谢顺送自己回家，屈芜很不好意思，谢顺倒是无所谓，说："这点路不算啥，我们骆驼客十天半月在戈壁沙漠上都是经常的事，叔千万不要放在心上。"

屈芜说："你和你爹太像了，一见面我就觉得咱爷儿俩对脾气。我要有你这么大的儿子，我就是死了也放心了。我的娃啊，小小年纪就跟了我这个没用的爹受罪。"

谢顺虽不知他到底为何如此悲切，却耐心开解："屈叔，不怕你笑话，我小时候不听爹的话，惹祸让我爹头痛得很，我也是十分惭愧呢！"

"男娃娃淘气，长大就好了，你和你爹一样仁义得很。我有点不明白，你的兄弟都是干大事的，你怎么拉起骆驼来了？"

谢顺苦笑："一言难尽，在学校惹了祸，被我爹教训了，怎么也不敢上学了。我爹为这伤透了脑筋，也没把我拉进学校，只得让我学些手艺。把我送到我舅舅家，种地、打铁、拉骆驼都干了，现在后悔也晚了。"

"我倒是读了五年私塾，有啥用呢？倒害了自己。"想起自己的境遇，屈芜不免难过。

"屈叔给我宽心呢！"

"我说的是真心话，我这一辈子低不成高不就，斗鸡、玩鸟、耍鸽子，玩物丧志，一事无成，老了老了……"他不愿在一个后生面前说出自己不光彩的过去。

"这些我也喜欢，但不能误了正事。屈叔，你说是不是？"

"是啊！"屈芜整理了一下情绪，问道，"你过来要干个啥呢？"

"我爹答应给我开个铁匠铺。我听我爹的，再也不能让我爹为我操心了，挣钱孝顺我爹娘。"

屈芜称赞："有你这份孝心就足够了！"

这二人谈得甚投机，不知不觉就到了屈家，这时太阳还没有落山，屈家婆娘在家等得着急，在门外候着，见屈芜从车上下来，迎上来问："娃他爹，怎么样了？"

屈芜答道："我说不去丢这个人，你们都让我去，嫌贫爱富、见死不救的吝啬鬼，没指望。"

这时昶芸和妹妹从地里回来，见院子里停着车，一个大辫子盘头的英武青年正准备搬东西。

昶芳不由得说道："姐，这个哥哥的辫子比我们的都好。"

谢顺一回头像触电似的定住了，他不敢相信自己的眼睛，这个迅速低下头的姑娘难道是小凤吗？世上哪有这样奇妙的事？

屈芜招呼女儿过来搬东西，介绍道："这是你谢大老的二儿子谢顺，今天刚从外地过来。"

屈昶芳一边拿东西一边说："你们那儿的人还都留辫子？"

屈昶芸训斥道："多嘴的喜鹊，快拿！"

谢顺一下子满面通红，屈芜见状赶紧过来解围："这个妮子还不快做饭去，我看这辫子真稀罕，没有什么不好的，别在意。"

谢顺红着脸说："屈叔，要没事了，我该回了。"

"这么远来了连口水都没喝咋行呢？咋也得吃了饭再走。昶芸给你二哥把身上的尘扫干净。"

屈昶芸的笤帚落到谢顺的身上，他的内心跌宕起伏，难以平静。昶芸扫好了，也低着头、红着脸走了。

屈芜让谢顺进屋喝茶，谢顺看院子宽敞，却家徒四壁，怜悯之心油然而生，一家六口没有一个壮劳力，难怪日子过得这样窘迫……

92

谢顺满腹心思，恍恍惚惚地赶着车来到北门，月光下站着的那不是三弟吗！

"二哥！"

"三弟！"

兄弟俩几乎同时出声，谢昌担心二哥迷路，特来接他，谢顺说："屈叔不让走啊，一定要留下吃了饭再走，上车快些回。"

谢昌摇摇头说道："自己都养活不了，礼性还多得很。"

谢顺不明真相，说道："老的老小的小，没个能干活的，靠几个女娃怎么能行呢？"

"二哥，你咋也像咱爹一样悲天悯人，能管得过来吗？"

谢顺说："能帮上的帮一帮，心里好受些。"

谢昌懒得分说，只感叹了一句："但愿好心有好报！"

进了巷子，谢国也在门口等着呢，兄弟三人安排好了，一同来到屋里。这时全家都齐了，只等谢文元喊开饭。

谢文元说："你娘来了就好了，老规矩男主外女主内，娃他娘开饭。"

魏秀娥回应："开饭。"

晚饭是长面，谢芳擀的长面像纸一样薄，劲道滑溜，羊肉臊子是谢国的拿手活，有红白萝卜、豆腐、青豆、黄花、木耳六种配菜，辅以葱花、芫荽、油泼辣子，色香味俱全。又另外做了红烧肉、爆炒洋芋丝、凉拌韭菜。

孔先生的饭是谢昌送过去的，旁边是一家团圆，自己孤苦伶仃，孔先生百感交集，喝了点酒，哼着秦腔，迷迷糊糊地睡了。

吃了饭一家人都来到爹娘屋里说话，谢文元看二儿子神情恍惚便说："要是累了就回房睡去。"

谢顺说："不累，在大姐家把头都睡扁了。"

魏秀娥问："哪里不舒服？"

谢顺说："好好的，没事。"

谢文元不放心，追问道："那你这是咋的？魂不守舍的。"

谢顺欲说又止，面红耳赤。谢文元说："一家人有啥不能说的？是不是铁匠的事，我一直在物色地方。"

"我知道这个事没那么容易。今天我到屈叔家去，老的老小的小，眼泪和着饭吃，不知道出了什么事，心里不是个味，怪可怜的。"

"抽大烟把家败了，欠了烟债又把祖上留下活命的二十亩地押了。四个娃娃还没成年，这一家人怎么个活法？"谢文元说道。

魏秀娥向来心慈，说："可怜见的，要能帮上一定得帮。"

"娃他娘，我也为这烦心呢。一百块银元，这可不是一笔小数字，无能为力啊。"

谢国劝道："不是不帮，爹，你就放下吧。"

谢昌也劝："自作孽，不可活，爹已经尽了力了，问心无愧。"

谢顺说："爹娘常说，救人一命胜造七级浮屠，这可是六条命啊，这如何是好？"

魏秀娥想了想，说道："我来的时候，我哥给了我六十块袁大头，还些总比不还好吧。"

谢文元甚是感动，说："娃他娘可真是救命的菩萨，有了这笔钱，我心里就有数了，孩子们，你们都说说自己的想法。"

谢国和谢昌自是不愿意，都说自家一大家子人用钱之处也多，不可逞强。

谢顺却说："钱可以挣，救人如救火，爹都说了，过期于事无补。再说二十亩地就值这些钱，这也太亏了。"

谢昌在银行工作，说："这是担保贷款，银行不要地，有相应操作程序。"

谢文元说："还是不要走到这一步。我看今天就到这里，你们休息去，我和你娘商量好了再说。"

儿女们走了，魏秀娥说："他爹，这钱生不带来死不带走，能救一家人也算是物有所值，你说是吧？"

"秀娥你是菩萨心肠，我这里还有二十多块，缺的再想想办法。你这一路奔波也累了，洗了睡吧。"

谢芳端来洗脚水让爹娘洗脚，谢文元要去书房写东西，便让魏秀娥先洗。魏秀娥洗了脚，谢芳给她修了脚。老头子不睡，她是不会先睡的。安排两个孙子睡了，她把谢贞带的东西整理一番，打开包袱把衣服按顺序放好，一人一双鞋摆好。拿过文元的鞋，她觉得沉沉的，鞋里面都塞着白布袜子。她把白袜子掏出来，伸手一摸，居然是银元！再看另外三双，也一样。她没有声张，知道这是大闺女孝敬的。她照原样放好，提着鞋包袱来到书房。

谢文元见她过来，说道："你去睡吧，我马上就好了。"

"娃他爹，你大闺女可给你救急了。"魏秀娥把鞋包袱递给他，"你自己看。"谢文元把鞋里的袜子掏出来，摸到了里面的银元，整整六十块，鞋里还有谢贞留的一张字条。

一向把钱看得很淡的谢文元傻眼了，感慨道："闺女啊，也不言一声，你可是救急了。"

魏秀娥嘱咐："不敢声张的，要叫女婿知道了，那可不好说了？"

93

第二天一早，谢文元就让谢昌去搞清楚赎地的流程，深思熟虑后，决定帮屈家把地赎回来。魏秀娥也是毫无保留地支持他。

准备就绪，谢文元让谢顺赶上车去屈家，让屈芜拿上相关手续到银行办理相关事宜。在车上谢顺说出了自己的担心："爹，地赎回来，他们家没一个能种地的，这日子也不好过啊。"

谢文元也是忧心此事，说："这也是我犹豫不决的原因，只能走一步是一步了。"

"爹，反正我现在也没事干，要不我帮上一两年？屈叔家的丫头大了，也许就好了。"

"不行，不能把你再搭上。"谢文元脱口而出。

谢顺解释道："这几天，我一直在想，就凭他家现在的情况，有心种地，也于事无补。若是这样，爹娘的好心也等不到好结果。"

"这也是你爹我最揪心的。"

谢顺继续说："爹，我那天到屈叔家，他家就住在路边上。这一带农户不少，南来北往，要在这里开一个铁匠铺比城里好。西门外就有两家铁匠铺，我若过去开一家，不就是抢人家的生意吗，怕要出事呢。"

这确实是不容忽视的问题，谢文元沉思片刻说："儿，是不是一时心血来潮？你容爹想一想，回去跟你娘商量了再做决定行吗？"

谢顺答应了。

到了屈家，谢顺敲门不见人应，开口问道："家里有人吗？"

屈芜听是谢顺的声音，无精打采地开了门。见谢文元也来了，有气无力地说："谢大哥，没想到是你，不是有意怠慢，我是愁得没治了。"

"愁啥呢？"谢文元问。

屈芜哭丧着脸说："我的老哥，我是没救了，我的儿啊。"说完抱着儿子哭了起来。

谢文元说："早知今日，何必当初，吸取教训从头开始。今天来就是解决问题的。"

屈芜一听，立马止住了眼泪，问："你……你这是啥意思？"

"把你的借据都带上，我们去把地契赎回来。从今以后你们定要齐心协力，好好过日子。"

屈芜惊得呆住了，谢文元戳了他一把，说："愣着干什么，拿上借据赎地去。"

屈芜不敢相信，问："这是真的？"

"千真万确，我什么时候说过假话？"谢文元笑道。

屈芜转身就往屋里跑："娃他妈，你听见了吗？咱家有救了。谢先生要把咱的地赎回来。"

愁眉不展的屈家婆娘喜极而泣，双手合十念道："菩萨显灵了，菩萨显灵了！"念了两遍，突然想起了什么，问道："咱可怎么还这份恩情啊？"

这下提醒了屈芜，他有些惴惴不安地问："老哥，你有啥条件？"

"啥条件都没有。"

屈芜觉得不可思议，说："要不我把地契押给你！"

谢文元义正词严地说："你把我看成啥人了？趁火打劫？我只有一个条件，远离大烟，永不复吸，好好过日子，把娃娃们养大成人。"

屈芜满脸是泪，说："救命的活菩萨，我不敢相信这是真的啊！"

"快些换了衣服，拿上借据，我们走，我小儿子还在银行等着呢。"谢文元看着他情绪难平，唯恐耽误了事儿，赶紧催他办正事。

屈家婆娘帮屈芜换上衣服，拿上相关手续，三人一起出了门。一路上，屈芜千恩万谢。

有谢昌指导，他们在银行顺利地办好了相关手续。地契回到自己的手中，屈芜这才如梦方醒，跪谢大恩："恩人啊，今生不能相报，来生变牛做马也要相报，我这地契还是恩公你拿着，我还了钱再说。"

谢文元将地契退回屈芜手中，说："快收好了，回去还交给大闺女保管，再不能动地的心思了。"

屈芜实在不敢相信，又问了一句："我不是做梦吧？"

谢文元哭笑不得，说："千真万确！银行人多，不要这样，走吧。"

路过大十字已是正午，谢文元问："早上没有吃吧？"

屈芜小心翼翼地捧着地契，眼睛也不敢眨一下，说道："有了这，三天不吃也不饿。"

"还是吃点东西，打起精神，才好重新开始。"谢文元让谢顺停好车，在路边的一家抓饭铺子买了三份抓饭、一份两个的薄皮包子，吃抓饭、喝茯茶美得很。吃着吃着屈芜又惭愧起来："恩公，我怕辜负了你。"

谢文元莫名其妙，问："这又从何说起？"

"我家的情况你知道，种不好地，打不下粮，还不了债，岂不辜负了你一片仁义之心。"

"话说到这个份上，你看我这个二儿子如何？"

屈芜真诚地称赞："没说的！"

谢文元问："给你家种两年地怎样？"

屈芜一脸不可思议："恩公，你在逗我乐呢？"

谢文元正色说道："不过，我有言在先，这只是救急，管得了一时，管不了一世，不能影响我儿成家立业、干自己的事。"

屈芜感激涕零地说："全听恩公的。"

到屈家门口，谢顺问屈芜："叔，我回去准备一下就过来了，你有啥事，我来的时候就手办了。"

屈芜感激地说："我什么事都没有。孩子，我家的情况你也见了，啥也给不了你，你可要想好了。"

谢顺坦然说道："我啥也不求，就要个愿意。"

屈芜再三确认后，说："那我给你收拾间屋子出来。"

谢顺在屈家周围转了一圈，又问："屈叔，我想在路旁开个铁匠铺，行不行？"

屈芜想都没想，直接说："正好临街有间门面房，收拾一下就行了。"

谢文元乐了："我看你俩已经谈好了，也了了我的一件心事。"

94

谢文元把屈芜送进院子，屈昶芳此时正在门口张望，看见他们回来了，大声冲屋里喊道："娘、爹，谢大老还有那个大辫子的二哥回来了。"

谢文元不愿意让人家感恩戴德，如今有了二儿子的介入，他也可以安心做自己的事了，便对屈芜说："我下午还有课，不进去了，老乡要用心过日子。顺儿送爹去学校。"

谢顺调转马头毫不犹豫地就走，回去的路上，他说："爹，我把辫子剃了吧，没有几个人留辫子了。"

"去西门任待招那里理个自己满意的头型。儿啊，你不小了，凤翔的过去了。自己的事耽误不起的，得赶紧稳定下来成家立业，爹也就放心了。"

谢顺说："从今往后，我听爹爹的。"

屈家婆娘对自己赌气抽大烟败了家时刻忏悔，她只能拼命干活来赎罪。三十多岁的她曾是庄子上有名的俏媳妇，如今的她羞于见人。她难以想象，一个陌生人的出现让她看到了希望。她和四个儿女眼巴巴地盼回了屈芜，真不敢相信这是真的。屈芜对眼前发生的这一切也是难以置信，人在的时候是真实的，人不在了他又怀疑自己身处梦中。他用手护住胸前的地契，泪流满面地对大女儿说："昶芸，你看这是不是真的？"他不敢松开手，生怕它会飞了。

屈昶芸扶着爹问："爹，你心里不好受？"

"你谢大老说，这还交给你保管，你掐掐爹，是不是真的？"

屈昶芸明白了，她从爹怀里取出了失而复得的地契。全家人喜极而泣。

屈家婆娘抹了一把泪问道："真的没条件？"

屈芜确定地说："不但没条件，还让谢顺帮我们种田。"

屈家婆娘惊讶地问："这是真的？"

"千真万确，准备好了就来了。"他对谢文元的为人深信不疑。

屈昶芸问："爹，这怎么能行呢，怎么还人家？"

"我这是没办法的办法，你爹能行了，人家该走了。"

屈昶芸又问："走哪里去？"

"谢大哥是解团长的老师，请来教部队子弟的，部队换防了，谢先生就回去了。谢顺也不打算在这里找事干，自己愿意来的。"

屈昶芸是个懂事的姑娘，说道："爹，人家仗义，我们却不能耽误人家，我能行。"

"人家正是看闺女家不是干这个的才来的。这几天抓紧了把面南的两间门面房拾掇好，谢顺要开一个铁匠铺。"

屈家婆娘应下了，又说："比起谢先生，黎亲家真是薄情寡义。"

"你快别再提起他，嫌贫爱富。想当年为了结这门亲，没把门槛踏破，看我穷了，连门也不让进了，我们不是一路人，这样的亲戚没有更好。"

黎崇义、屈芜过去都是这里有头有脸的人，黎崇义喜欢昶芸聪明伶俐，打算让昶芸做大儿子黎端的媳妇。昶芸十岁那年两家就定下了儿女婚约。当时，黎崇义为了儿子的喜事三媒六证，还请了戏班子来唱大戏。也是这年，黎端去苏联留学，黎崇义也华丽转身成了民族资本家。屈芜抽大烟贫困潦倒，没钱就去向黎崇义借，借得黎崇义不愿相见，也没有提起婚配的事。

屈芜在心中立下了宏愿，发誓要把日子越过越好，对一大家子人说道："从今以后他走他的阳关道，我走我的独木桥，咱好好过日子。"

95

谢顺回来以后要做的第一件事就是给地里的庄稼施肥。肥从哪里来是他最头疼的，靠拾粪误了农时，庄稼不等人。

谢文元看二儿子天不亮提上粪筐出去，回来拾不了多少，便说："爹领你到邮电局家属院去看看，线路段的卢工头是咱亲得很的老乡。我来没几天卢工头就骑着高头大马来了，开口就是你我都是临潼人，给咱说说家乡的事，亲热得很。"

谢文元领着谢顺在库房的门口见到了卢工头。卢工头不愧是威风凛凛的关中大汉，一张国字脸棱角分明，满脸络腮胡子，一双眼睛却和善得很。他正在整理库房，手里晃着个稀罕玩意儿手电筒。库房里各种物品引起了谢顺的兴趣，他目不转睛地看着这个神奇的世界。

卢工头瞧见了谢文元和谢顺，问道："这就是你的老二吧？好精神的娃。新奇吧，叔领你进来看一下。"

谢文元说："库房重地，合适吗？"

"没事，让娃开开眼，进来看看。"

谢顺看了爹一眼，等爹吩咐。谢文元说："你卢叔让你看，就看看去。"

库房的东西上都蒙了一层土，各种铁丝一盘一盘摞起来有半人多高，谢顺奇怪的是，人怎么能做出这么长的电话线，一样粗细，如此精巧。他听说通过这根线，就能把说话人的话传给很远很远的人，问道："卢叔，通过这根线，真的能让很远的人听到你说的啥？"

卢工头笑着说："我天天早上试话都跟很远的线务员说话呢。我的电话铃响了，就有人找我说事呢！这里面的学问大了去了。你要想干，招人的时候，我把你招进来，你就明白咋回事了。"

这时工头办公的小库房里电话铃响了，小库房的门挨着大库房的双扇门，卢工头过来拿起电话听了后回复："找到了抢时间赶紧修好。你给咱侄子二娃说两句话，让他也开个洋荤，知道电话是个啥了。"说完把电话递给谢顺。

谢顺拿起电话学着卢工头的样子，把话筒放在耳朵上，就听见话筒里有人说："听清楚了没有？"

谢顺惊呆了，答道："清楚得很。"挂了电话，他问卢工头："我不识字能干不能干？"

卢工头说："现在后悔了吧，告诉你，我也识不了几个字，家里穷得叮当响，我那是没那个条件。干线务员识字当然好，不识字也行，只要你肯用心，没麻大的。"

谢顺又问："我能行吗？"

卢工头打包票："有我在没问题。"

谢文元在一旁说："你还说风就是雨，也得有了机会才行呢。老卢，娃他娘过来了，星期天你和弟妹到我家吃个家常便饭。"

卢工头爽利地说道："一定去拜访。今天有事？"

谢文元说："咱凤翔的老乡屈芜你是知道的。"

卢工头自然知道，说道："大烟鬼莫招惹。"

谢文元说："大烟戒了，家里四个女人，老的老小的小，困难得很，没个能种地的。二娃刚过来也没个事做，就让他帮着种田。这不是没肥料，局子的厕所要是没人掏，就让二娃掏，规矩你们立。"

"我正为这事伤脑筋呢，以前掏厕所的好久没来掏了，快满了，苍蝇碰人了，正找人掏呢。以后就交给二娃了，每周掏上一次拉些垫圈的土就行了。"

"那就说定了，那你忙你的，我俩过去瞧瞧。"

卢工头说："没事了，我领你们去看，还有牲口圈也把它掏干净了。"

卢工头带着谢文元和谢顺来到了东南角高台上茅房所在的位置。

谢顺探头一瞧，果然茅房好久没掏了，臭气熏天，绿头苍蝇嗡嗡的。高兴地说："这可解决问题了，卢叔我去拿工具，今天一定把它清干净了。"

卢工头说："不在这一时半会儿。"

谢顺在西门外的铁匠铺买了铁锨、坎土镘。这里的人喜欢坎土镘这个多用途的工具，他买它就是为了学会做它。谢顺只用了半天工夫就把茅房、马厩，收拾得利利索索，连小道上的浮土也扫净了，洒了水。

何局长回来，问道："今天怎么变样了？"

卢工头说："我让谢先生的二娃打扫茅房、马厩，好后生能干得很，又有眼色。"

何局长是位戴眼镜的南方人，斯文洋气，他太太时髦得很，是个不穿高跟鞋不上街的女人。这两口子没有孩子，家务有佣人，家里用的是马桶，从没有人见过何太太去过茅房，每天早晨都是佣人用竹条子刷马桶。

谢顺把粪堆在厕所挡墙后面，用土苫住。拉上爹爹让他带到地上干活的枣红马，驮上行李对娘说："娘，我去屈叔家。"

魏秀娥说："东西都没准备，你急个啥。"

"该带的带上了，季节不等人，明天一早我再过来拉粪，堆在公家的院子里，臭烘烘的不好。"

魏秀娥说："你爹快回来了，吃了饭再走吧。"

"不了，过去还得把他家的车修一修，我就不等爹回来了，娘，我走了。"

谢芳提着个小白布袋追出来说："二哥也不知道哪根筋抽的，给别人受苦。把包子带上路上吃。"

谢顺的这个决定，受到了兄弟妹妹的一致反对：长工还没有当够？

到了屈家，屈芜在家看儿子，见谢顺拉着马进来便说："这么快就来了？"

谢顺说："人误地一时，地误人一年，得赶紧把肥追上浇一水，叔你说是不是这个理。"

屈芜无奈："家里就有一头猪的粪，他们娘儿仁也不顶啥事。"

"叔，我在城里积了些肥，现在把车修理利索了，明天拉回来捂上几天追上。外面风大，叔你进屋去。"

屈芜说："没事，外面敞亮，我给你打个下手。"

谢顺把带来的工具材料打了开始修车，该加固的加固，该换的换。天渐渐暗下来，文武饿了喊着要吃饭。屈芜骂道："等你娘回来给你做，饿死鬼转下的。"

谢顺拿出小妹给他带上的包子说："叔，我带了几个包子，你和文武先垫一垫。"

屈芜不好意思地说："二娃你吃，干活的人饿着肚子不行。"

"叔，我饱饱的，你吃。"

屈芜给文武和谢顺一人递一个，谢顺手一摊，说："叔，你看我的手脏的，你吃。"

屈芜给他留两个，给地里干活的一人留了一个，又给文武递了一个。文武咬了一口，真香啊，韭菜肉馅的。

这时候屈家婆娘同三个闺女下地干活回来了，见谢顺修车，屈家婆娘催昶芸赶快洗了手给谢顺做饭去。昶芳见谢顺把大辫子剪了，好一阵惋惜。

96

屈家对谢顺好得很，让他住东房，他不住，住在门面房的套间里，说往后有了铁匠炉干活方便。谢文元给儿子置了铁匠铺的全套工具，只等开业大吉。

屈家吃饭有意照顾他，汤饭捞干的，又帮着洗衣服、打扫房，早晨洗脸水、晚上洗脚水都准备妥当就等他，搞得他怪不好意思的。

谢顺地里的活从早忙到晚，庄子上都说屈家雇了个不要命的长工。屈芜也勤快了，跟谢顺一起下地干活，提筐拾粪。屈家的女人们在家里纺纱织布做针线，日子渐渐安定下来。屈昶芸是大姑娘，知道要避嫌，总是躲着谢顺，两人从没有单独接触过。

谢顺又包了一个大杂院子的茅房，主人家对他很满意。大哥和三弟也想方设法地帮助他，把邮电局家属院的活提前干了，院子也收拾得干干净净，谢顺来了就直接拉粪了。

屈家的地里夏粮收成不错，秋粮丰收在望，冬菜长势喜人，小日子过得风生水起，不用再为生计发愁。谢顺的铁匠铺也有了起色，他打些坎土镘、菜刀、剃刀、锅铲子、小铲子、马掌，屈昶芳自告奋勇看摊出售，赶集时谢顺在门前的马架子上钉马掌，屈芜在一旁帮忙。

到了腊月二十三过小年，谢顺装了一车冬白菜，用洗得干干净净的旧棉被苫住要进城去。他准备先去把两个院子的茅房起了，院子也打扫一番，再给一家送上三棵白菜。屈芜等在门前，打算同去，给谢文元夫妇拜个早年。

谢顺过来，屈芜递上一双新棉鞋给他："你大妹给你做了双棉鞋，我给你拿来了，你试一试合脚不合脚？"

谢顺一把推回去，说："新的还有呢，叔留下穿吧。"

"这是昶芸的一点心意，走，到你屋里试一试。"屈芜直接把他往屋里拉，不容他拒绝，盯着他试鞋。

谢顺换上新鞋，像量着脚做的，走了两步说："舒服得很，这么俊的鞋我穿上糟蹋了。"

"这是个啥说法！鞋就是穿的。"见谢顺喜欢，屈芜很是高兴。

谢顺解释道："我泥里土里跑，穿这样好的鞋脏了心疼。"

屈芜捡起了谢顺的旧鞋顺手就要扔出去，说："以后就穿昶芸给你做的鞋。"

谢顺拦着不让他扔旧鞋，屈芜拉着他赶紧出门，边走边说："就穿这双。去把过年的半扇子猪肉拉上我们走。"

二人在路上碰上卖糖的，买了两包灶糖、两包芝麻滚滚糖、两包花生板板糖。到了谢家，他们大包小包地往屋里下东西，谢文元说："怎么又拿又买的？糖带回去给娃吃。"

屈芜答道："你让谢顺带回去的糖，放在凉处又脆又香。今天我也买上些让孙娃子吃，没花几个钱。这么久没见恩公的面，怪想的。"

几声恩公叫得谢文元怪不好意思，忙说："别恩公恩公的，叫老谢就行了。"

屈芜可不好叫他老谢，只改口叫谢先生，说道："谢先生，嫂子来了这么久也没过来祝贺，不好意思啊。"

谢文元说："都不知道忙啥了，我们也没顾上去看你，快进屋。"

谢芳上了茶，屈芜这才头回见到谢文元的老杆子闺女，连声夸赞，谢芳低着头叫了声屈叔害羞地出去了。

魏秀娥进来说："拜个早年，家里都好吧。"

屈芜道："托您的福，咱家过上安生日子了，不知道怎么感谢您呢。"

魏秀娥是个善心人，不图回报，说："好好珍惜！我让谢芳炒两个菜，你们边喝边说。"

门外谢顺喊道："娘，我把大哥的旧鞋穿上干活去了。"

屈芜听见了责怪道："这后生，一双鞋算个什么！"说着又从包袱里拿出一袋新鞋给谢文元夫妇，说："我大闺女给大哥、大嫂做了双鞋，也不知道合适不合适。"

谢文元是个爽快人，道了谢拿过鞋穿上，对魏秀娥说："老婆子，这合适得很，昶芸这孩子怎么知道我鞋子大小的！"

"常做鞋的看一眼八九不离十。鞋做得俊俏平展，底厚鞋垫绣花真好。倒是我的这双真是难为她想得周到了！"魏秀娥是女红能手，这鞋入她的眼，只是没料到昶芸如此细心，竟然想到她的裹了小脚。

屈芜解释道："听谢顺说大嫂是三寸金莲，跟娃他娘的差不多。"

不大会儿工夫，谢芳就把酒菜端上来，两人一边喝酒一边说话。屈芜想起了刚才路过王爷庙，十分热闹，像是在唱戏。

王爷庙与县政府隔街相望，是一座殿堂式木结构建筑。进去经过凸出的戏台，是木结构三跨有立柱支撑大厅，中跨后面是庄严的关帝庙，红脸关帝凛然上坐，两边是关平周仓。红烛闪烁，香火旺盛，祈祷抽签的信众络绎不绝。王爷庙也是这里唯一的戏园子，夜里唱起戏来汽灯亮得跟白天一样，卖零食香烟的、跑堂的应有尽有。

谢文元说："西安过来了个戏班子，唱得不错，人多得很。今天演的是你老家的事。你要愿意咱去看。"

屈芫问："演的咱老家的啥事？"

谢文元说："你听过凤翔的《灶公灶婆悲喜缘》的故事吗？"

屈芫说："我在这里落地长大，老家许多事都不清楚呢。"

"既如此，咱快吃了看戏去。"

97

看完戏，屈芫到家已经是月牙儿挂在树梢，星空璀璨。

屈家婆娘左等右等不见人，正在屋里着急，见到他回来，关切地问道："咋这么晚了才回来？"

"跟娃谢大老看了个戏，把人恓惶的。"

屈家婆娘见他两手空空，又问："等你买灶糖回来祭灶呢，你咋空着手？"

"放心，灶糖我供在灶上了。娃他二哥卸粪去了，等他过来我们开始祭灶。"

谢顺忙完进屋，屈芫招呼孩子们来给灶王爷磕头："吃灶糖把嘴黏住，上天言好事，下地保平安。"

仪式完毕后，谢顺要去喂牲口，天亮还要去拉两车粪回来，屈芫留他吃糖瓜子，谢顺让留给弟弟妹妹们吃吧，直接出门干活了，屈芫让昶芳拿了几个灶糖芝麻滚滚糖追上去，叮嘱他一定要吃，祭灶吃了糖才吉利。谢顺推不掉，各拿了一个才出门去。

昶芳馋了，问道："爹，我们能吃吗？"

屈芫给孩子们分糖，说道："能吃，这灶神是咱凤翔人士，封神以前最爱吃灶糖了。爹老了没出息了，看一出戏眼泪流得啊……"

昶芳说："把俺爹唱哭的戏，一定好看，又是老家的，爹，你给咱说一说好不好？"

昶芸、文武和婆娘也都说想听，屈芫点上一锅烟，细细讲："好久好久以前，凤翔有个有钱人张立德，吃喝玩乐不务正业，幸亏有个贤惠善良能干的妻子郭丁香约束着，勤俭持家才能够过上好日子。这个张立德家有贤妻不珍惜，鬼迷心窍地和风流标致的李海棠好上了。这个李海棠为人奸诈，好吃懒做、花钱如流水，嫌郭丁香碍她吃喝玩乐的好事，挑拨离间背后说郭丁香的坏话。不知好赖鬼迷心窍的张立德一纸休书把郭丁香休了……"

"该续香了。"屈家婆娘说道。昶芸起身去续香，让爹等她回来接着说。

屈芜交代："你别怕，灶神龇了那是好事。"

昶芸问："灶神怎么个龇法？"

"你若看见供'三首'活了似的流泪，那就叫龇，那是因为灶王爷见了漂亮的女人会哭的。"昶芸娘解释道。

听娘这么说，昶芸不敢出门了。

屈芜鼓励："灶王爷对你哭那是好事，大吉大利。"

昶芸还是害怕不敢去，告饶地说："爹，你陪我去。"

"这妮子，盼还盼不来的，娘陪你去。"

乡村的夜晚静悄悄的，风飒飒树影婆娑，偶尔听到狗吠。昶芸感觉像是有幽灵在她左右，心怦怦直跳，看都不敢看一眼灶上献的猪头、羊头、鸡，上完香走时又忍不住瞥了一眼。天啊，她真的看见她喂大的黑猪头龇牙咧嘴对她哭呢，拉着娘就跑。

屈家婆娘被自家闺女拉得莫名其妙，嗔道："这闺女咋的了？"

"娘，灶王爷龇了。"

她也有些虚，和闺女一起赶紧走，头都不敢回。

母女俩慌慌张张地进屋，屈芜问道："灶王爷龇了？"

两人一同点头，一脸惊魂未定的样子。"大惊小怪！"屈芜背着手慢悠悠地来到灶房，点上三炷香磕头祷告："灶王爷，我屈芜浪子回头，敬天敬地敬祖宗，盼你上天言好事，下地保平安。"回到屋里喜滋滋地说："我家的晦气散了，有贵人相助，苦尽甘来。"

昶芳问："爹，你看见灶王爷龇了没龇？"

屈芜笑着说："灶王爷高兴，都来吃灶糖。"

一家人都回屋了，孩子们都急着听下情，屈芜故意问道："爹讲到哪里了？"

昶芳抢着说："讲到张立德这个坏家伙把贤妻休了。"

屈芜接着讲故事："这两人没人管，成天吃喝玩乐，有座金山也挡不住造，不到两年把万贯家财败尽。李海棠嫌贫爱富改嫁了，张立德贫困潦倒沿街乞讨，后悔莫及。"

昶芸恨恨地说："活该。"

"这一日黄昏，风雪交加，张立德腹中无食，身上衣单，认识的人嫌他是个负心汉，不肯施舍。张立德羞愧难当，狼狈不堪地离开沿路乞讨，昏倒在一家门口。这家的丫鬟出门倒水绊了一跤，一盆子脏水浇了张立德一身，盆子甩出去好远，丫鬟被吓得大喊大叫。女主人听见了赶紧出来，发现人还没死，便和丫鬟一道把他拖了进去。进了屋，这女主人看了这人一眼便黯然泪下，再看了这人身上的衣服破破烂烂都冻硬了，便赶忙进里屋去找当年自己男人穿的衣服。张立德缓过气了，求丫鬟给他点吃的。丫鬟把他扶进灶房，拿了个小凳让他坐在灶口前让他烤火，看他狼吞虎咽。张立德吃饱了跪倒在地感谢救命之恩，丫鬟扶起他来，让他感谢自家女主人。张立德问她家女主人在哪里，丫鬟说她家女主人去给他拿负心汉的衣服去了。张立德感叹老天无眼，居然让好心人碰上了负心汉。丫鬟又说，女主人的前夫跟浪荡女人鬼混休妻，女主人却还天天烧香拜佛保佑他平安。听到这话，张立德大哭起来，直说自己就是这样的负心汉，又让丫鬟告诉她家女主人为这样的人不值得。说完他就站起来往外跑，摇摇晃晃地跟一个人撞了个满怀，撞到的正是郭丁香。张立德无地自容一头钻进燃烧的灶火里。郭丁香扑上去把张立德拉出灶火，为时已晚，张立德的头已烧焦。郭丁香痛不欲生，没过多久也随他去了。玉皇大帝念郭丁香忠贞不贰，张立德知耻自裁，下旨封郭丁香为灶婆，张立德为灶公，以警示世人。"

听完故事，昶芳很不痛快，说道："这样的人怎么也能封神！"

98

腊月里学校放假，谢贞来城里送东西，请爹娘过去过年。每人一套过年的衣服，一双鞋那是早就打过招呼的。今年谢文元跟魏秀娥商量，过年就不过去了，谢贞没办法只得领着儿子回了。

谢文元准备邀请解团长等朋友老乡聚一聚，所以格外重视今年的年。

从过小年祭灶到蒸面席，谢芳忙得噘着嘴叫苦，魏秀娥说："大过年的，不要死啊活啊的。一年就忙这几天，你大嫂要在，还能轮到你拿大？做面食精心些，做得好人人夸手巧，嫁了人不受罪。"

一提到大嫂谢芳悲从中来。看见母亲干活辛苦，又有些心疼，伤感地说："娘，你胳膊不带劲，还是歇着吧，别再疼了。我不嫁人就跟爹娘在一起，帮着娘干活。"

"说什么傻话呢！你娘别的干不好，翻个翻翻，做个花花还是可以的。"

上班不一会儿谢国就回来了，他知道小妹定然忙不过来，惦记着回来帮忙，单位又有人值班，便提前回来了。

谢芳高兴地说道："哥，你是咱家的做饭高手，花花的面，葫芦圈圈的面，油香的面都拿手，我给你打下手。"

谢国笑道："别给大哥戴高帽子，花椒水熬好了吧？"

"好了好了，花椒水熬好了放凉了，葫芦也蒸好放凉了。"

"我小妹真能干，哥洗个手，先把面和好了醒上。"谢国洗了手把白面舀到大铁盆里，足有三四十斤。在花椒水里加适量的胡麻油把面和均匀，分成三斤大小的块度，揉均匀醒上。再和葫芦面，在蒸熟的葫芦里加油加面和好了醒上。这些活儿干好了也就中午了，午饭是过油肉拌面。中午饭后休息片刻，接着干活。先做花花，第二批做的是翻翻，一种是夹红糖馅的，一种是甜的直接翻。这时候几乎全家都加入了，玉玉也学着大人做。花花翻翻做的差不多了，谢文元也加入这个行列中来，他是来炸第一锅果子的。谢昌过来给爹帮忙，生上火，把胡麻油倒上多半锅。

玉玉拿着刚做好的面人问："爷爷，面人儿我做好了。你说好不好？"

"我孙女做的好得很，爷爷给你放好了。"他把小面人固定在锅沿上。

灶火熊熊油香袭人，油面上泛起了浓浓的白色的沫子。谢文元喊谢昌拉水。谢昌把准备好的几片洋芋，从锅边溜进锅里。洋芋片在锅里吱吱的，渐渐地变黄变焦，沫子没有了。

谢文元把洋芋片捞出来，试了试，说："可以下第一锅了。轻轻顺着锅沿下。"

花花开始下锅了，炒面花似的。谢文元看花花的颜色，谢昌掌握火候，配合默契。第一锅出锅照例大家都要尝一尝，下午没有饭就尝饱了。

做完了花花，谢文元就退场了，看锅的是谢国。快到吃晚饭的时候，谢文元第二次进来，在谢顺编的柳条小篮里放上各样的油果子，端到房东孔先生屋里。孔先生的上房里旱烟味噎人，眼睛得缓一缓才能看清楚，炕上都是书。这是除了谢文元外，任何人都不能不经允许进入的地方。谢文元端上油果子，说："孔先生，晚饭就是这个了。"二人吃着油果喝着浓茶，聊古谈今。

听到门响，魏秀娥知道二儿子回来了，上前问："吃了没有？这么晚才回来。"

"娘，吃的是油果子，屈叔还让带回来一大包，让家里人尝尝。"魏秀娥看了屈家的油果子炸得漂亮，喊大家都来尝一尝，又问谢顺："明天还去干活吗？"

谢顺回答："明天把茅房起了，院子打扫干净，粪拉上，拿上爹给庄子上写的春联送过去，三十早一点欢欢乐乐回来过个团圆年。"

99

腊月二十九贴对联，中午阳光灿烂，谢文元在院子里摆了张桌子，自备纸墨为左邻右舍写对联。拿年联的邻居都夸奖这个字写得好。备下的红纸都用尽了，还有求联的，连自家都没得贴了，谢文元赶紧让谢国去买些回来。

谢文元突然灵感爆发，让谢昌赶紧去拿他的文稿出来。谢昌拿来文稿，放好后悄悄离开。谢文元挥笔疾书，陷入了创作的亢奋状态。谢国买纸回来，急急地给爹递纸，一边上前，一边说道："爹，纸买回来了。"谢昌向二哥摆手已经晚了。大儿子的呼声将他拉回了现实，思路一下就被打断了，他停住笔说："儿啊，灵感去了遗憾。"

儿子们这才又围到爹的身边，这时太阳已经沉到了西城墙的后面，院子里暗了下来。但这并不影响一家人一起欣赏对联。谢国和谢昌都羡慕父亲的一手好字。

谢文元说："青出于蓝而胜于蓝，你们年轻，只要用心，世上之事皆能成。"

谢芳觉得爹的字比绣的花还好看，问道："爹啊，你天天写，有那么多要写的事？"

谢文元说："娃啊，你爹这辈子命运多舛！"说话间又有人来取年联，他赶紧写了，又把认识的几家写好了准备送去。写完了自家的春联，一家人准备吃饭，这时候谢顺打扫干净邮电局的院子，装了满满一车粪来取年联。谢顺进了院子，对爹说："爹，卢工头说这几天事情多得很，抽不出时间来，让你别忘了给他写年联。"

"忘不了，写好了我给你卢叔送去。怎么这么晚才回来？"

谢顺说："打扫好了院子，卢叔教我装电话。"

谢文元笑道："还不是你缠着你卢叔不走。"

谢顺嘿嘿一笑，说："真好，我就是喜欢。"

"若是有机会让你卢叔招人时把你招进去，我也放心了。"

谢顺高兴地说："爹同意了？卢叔说了，来年局子里有了招人指标，第一个就是我。"

"看把你高兴的，这可是个苦差事，大漠戈壁、深山老林，你可要想好了！"谢文元提醒。

谢顺坚定地说："吃得苦中苦，方为人上人。爹，我喜欢做线务员。"

"我儿成人了，有主见了，爹不拦你，你脚下的路是你走出来的，爹愿你走好。"

魏秀娥说："这可是你自己定的目标，风霜雨雪、日晒枯焦的，往后你可不能后悔，别怨天尤人！"

谢顺说："娘，你儿子什么时候埋怨过？卢叔说一年的工资顶得上在地里干几年的，儿子再也不让爹娘担惊受怕了，挣了钱好好地孝敬爹娘。"

谢文元欣慰地说："有儿的这句话，爹妈就知足了。"

谢文元给卢工头的年联写好了，谢顺拿上了就要送过去，魏秀娥让他吃了饭再送出去。一家人欢欢喜喜吃了饭，谢顺拿上年联给卢工头送了过去。

大年三十早上谢顺吃了屈昶芸做的饺子，又在屈芜的紧盯下穿上了昶芸为他量身定做的新衣服，里外一身新，喜气洋洋，精神十足。屈芜想着要攒些钱给谢家，一是赎地的钱，二是谢顺的工钱，奈何才糊口，手中银钱不足，便对谢顺说："回去问您爹娘好。一年把你累坏了。日后攒下了钱，我想着给你爹先还些，还要给你些工钱。我知道你们一家仁义，我不能坐享其成，亏欠一辈子。"

谢顺安慰道："我爹娘说了，只要屈叔家的日子过好了，我们就可以放心了。屈叔我走了。"

谢顺进了汉城的东门，家家都在团聚，路上没遇到过几个行人。路边有一条不长的冰道在熙熙闪光，有几个小孩滑冰，偶尔能听到炮仗子炸响的声音。

全家人都等着他回来吃年三十的长面。谢顺一出现就把家人给惊呆了。谢昌玩笑道："二哥今天像个新郎官！"

魏秀娥也觉得二儿子这一身新衣穿上后精神头好，拉过去细细地瞧着。贴身的是白棉布的对襟小褂，紫红缎子的小棉袄外罩深蓝色的制服，白布袜子、黑条绒的鞋，俊俏合适得很，一表人才。魏秀娥问："这么好的针线是谁的手艺？"

谢顺答道："是屈家大妹子做的。"

魏秀娥不禁感叹："谁要是娶上昶芸真是前世修来的福，贤惠善良，任劳任怨，人长得俊，手还这么巧。"

谢文元担心道："这一身花销不菲吧？刚好些还是节俭些好。"

谢顺说："我一个扛活的，穿这么好的东西糟蹋了，屈叔说这是压箱底的料子，只有我才配，不穿脱不了身啊。"

谢芳插口说："我看我二哥穿上最配，我二哥苦了快一年，做身衣服不为过的。"

魏秀娥说道："这是人家的一片心意，不穿这不是打脸？我看高高兴兴地穿上才是。"

此时谢国在任待招理发店给谢顺排队，谢文元让谢顺赶紧去理了发回来。谢顺怕理发把新衣服弄脏，换了件衣服立马去了。过了不大一会儿，哥俩肩并肩地走回来，一样的分头、一样的个头，哥白净弟精神。父子四人叫上孔先生一同去澡堂子搓澡，干净清爽过大年。

谢文元叹孔先生孤独，让备上些吃的，要过去同孔先生坐一会儿。谢昌赶紧去厨房里准备，在锅里捞了一盘烂烂的肥肋条撒点盐，谢国又做了个猪杂拼盘、拌三丝，拾了些花花、葫芦圈圈、油饼，谢文元提了一瓶西凤酒，儿子们端上吃食，一同送到孔先生房里。

孔先生正在清油灯下读《论语》，谢文元来后，二人对酒当歌。这厢儿女们坐在爹娘的炕上，围在魏秀娥身边。一年中也就是三十晚上女人不动针线，怕扎了龙眼。炕桌上摆满了剥了皮的花生、瓜子、大豆、核桃、糖、葡萄干。谢国又奉母命端来一盆热气腾腾的肉骨头。魏秀娥从箱子里拿出八月十五打的香豆大月饼。她让谢国把月饼切成十六牙子，又让谢昌给谢文元和孔先生送两牙月饼和一些零食过去，这才给她的小尾巴孙丫头玉玉掰了一块，说："年是娃娃的年，儿孙们好，我们才会好。玉玉今年守岁不瞌睡，新年爷爷、奶奶、叔叔都给压岁钱。"

玉玉说："奶奶，我今年不睡觉。"

魏秀娥抱着孙女说："我孙女瞌睡了就睡，给压岁钱时奶奶叫醒我的宝贝，好不好？"

玉玉突然哭了："奶奶我不睡，妈妈今天晚上回来看我呢，我想妈妈，再也不让妈妈走了……"

小孩子的一句想妈妈，让全家人黯然神伤。魏秀娥说："你妈妈在天上守护着她的宝贝玉玉，在梦里就能相见了。"

她又给儿女们一人掰了一块月饼，说："都吃，吃饱了太平有象，幸福无疆。"看着儿孙们啃着肉骨头、月饼吃得有滋有味，她心里感到无比的幸福。

魏秀娥对谢国说："你爹说了，若有合适的姑娘给你续上一房。要不娘给你托人说上一房，好不好？"

这话说到了谢国的伤心处，只说要把玉玉养大成人，不松口续弦的事。

儿女们喜欢听爹娘讲故事守岁，谢芳摇着娘的手央求道："娘，说个故事吧。"

魏秀娥说："那就讲个《刘郎天尽头寻妻》吧。"

谢芳不依，说："娘啊，我都能背过来了。讲个新的。"

魏秀娥问："那你们可知道唐僧西天取经过这里庙儿沟遭难的故事吗？"

谢昌笑着说："娘，《西游记》上可没这一难。"

魏秀娥说："多了一难心更诚了。"

谢国让大家安静听娘讲故事，大伙儿才噤了声。

魏秀娥才开始讲，谢芳又忍不住了，笑道："娘，你也会编书了。"

"不是我编的，是你爹讲给我的，还是让你爹讲给你们听。"

谢文元接了话，开始讲故事。一家人围坐在炕上守岁，一边吃东西，一边听爹讲精彩的故事。屋外爆竹连天，新的一年开始了。

100

谢芳刚打了个盹就被娘叫起来包饺子，谢芳迷迷糊糊地翻了个身不愿起来。

魏秀娥细声说道："好闺女，天一亮就有人来拜年，吃不上开年的饺子怎么能行？快起来，有你睡觉的时候。"

谢芳眯着眼央求："娘，就一小会儿。"

魏秀娥知道过年可把老杆子闺女累坏了，她摸着闺女的头，真不愿意把她叫醒，可也没有别的办法。魏秀娥轻轻地拍着闺女说："丫头，不敢睡了，再睡就来不及了。"

谢芳这才不情愿地起来，小声嘟囔着："把人困的。"

魏秀娥说："闺女，洗了脸就不困了，娘给你梳头。"

谢芳用冷水洗了脸。魏秀娥随后给闺女头发丝上喷些水轻轻地唱着"小白菜根根黄，二三岁上没了娘……"，细心地给闺女梳好大辫子后自己也下了炕，跟闺女一起去厨房。隔厨房睡的是三兄弟，厨房门"吱"的一响，谢顺一骨碌就爬起来了，问："娘，我干啥呢？"

魏秀娥说："你帮娘把旧灶神揭下来。"

谢顺照办了，魏秀娥收起来放到灶火里烧，嘴里念着说："一年又一年，旧貌换新颜。"接着，又让谢顺把新灶神贴正了，上了三炷香，念道："迎灶神回宫，年年有余，岁岁平安。"

做完这些，谢顺又问："娘，还干什么？"

魏秀娥说："你苦了一年，再睡一会儿吧。"

这一会儿的工夫谢国也起来了，谢芳高兴坏了，大哥拌饺子馅，她揉面，兄妹二人合作，轻松许多。谢国把馅子拌好了让娘尝尝，魏秀娥直夸味道好，隔老远就能闻到香味。

谢芳无意说道："我嫂子的手艺都让我大哥学上了。"

一提起思怡，气氛就沉闷了……

魏秀娥说："该放下的放下，都是命，认命吧。"

谢芳后悔地吐了吐舌头。

谢国说："天快亮了，抓紧包饺子，要拜年了。"

谢芳擀皮，一家人一起包饺子。

就谢顺不会包饺子，在一旁看着，想着去打扫院子，娘却说满地落红才有年味，他又拿起锨去打扫猪圈。

饺子包得差不多了，一家人煮了饺子吃，没过一会儿，学生家长带着学生娃来拜年。学生家长走后，谢文元也要出去拜年了。

谢文元在邮电局门口就碰到了卢工头，卢工头正准备去谢家拜年，两人寒暄一番后，各自奔向下一家拜年。谢文元给几位老友拜年回来，魏秀娥说解团长来过了，她说："解团长说本来想请老师吃个饭，接到通知要去开会，不好意思，让你有事就给事务长说，没问题。"谢文元怕人家说他攀龙附凤，更不想给解团长添麻烦，师生之间礼尚往来，从未提过非分要求。

这时老城里热闹起来，王爷庙的香火除夕夜里就达到高潮，善男信女排着队进香，烟雾缭绕。连本大戏《封神演义》也要在午后开唱，街道两旁卖吃的、算命的、赌钱的、卖工艺品的、耍猴的，应有尽有。社火队扭秧歌、舞龙舞狮、走旱船、踩高跷，一队接着一队在县政府门口的广场上给县长拜年。过年最高兴的还是娃娃们，跟着社火队的小丑，到处疯跑……

汤臣带着儿子汤天山来给谢文元拜年，他看上了谢芳要给汤天山说媳妇。汤天山在省城邮电局做事，中等个子头发一丝不乱，白净的蛋脸上有一双修长的眼，一身蓝色长袍、紫红围巾配上黑皮鞋，文质彬彬。

谢文元把汤臣父子送出门，正好遇见魏秀娥同谢芳领着玉玉回来。汤天山看见谢芳就觉得喜欢，盯着谢芳看，把她都看得不好意思了。

汤臣向魏秀娥介绍道："这是我儿子汤天山，在省城做事，回来过年来了。"

谢芳此刻被盯得满脸通红，突然插话："娘，你不是答应去大十字吗？"

魏秀娥说道："这闺女没先后的！"

汤臣识趣地说："我们也该回了，你们去吧。"

谢文元连忙道歉："这老杆子闺女让我惯坏了。"

魏秀娥道了声抱歉，领着谢芳和玉玉出门了。出了门，魏秀娥便问谢芳："我什么时候答应你去大十字的？"

谢芳坦白："他们把人看得不自在的。"

那边汤家父子走在回家的路上，汤天山忽然对父亲说想去大十字走走。汤臣给儿子说起过几家姑娘，天山都没有答应。看来这次是要成了，他满心欢喜地说："天山，爹看谢芳不错，说给你当媳妇好吧？"

汤天山被爹说中了心思，面红耳赤地说："爹，回家再说。"

从西门向北一里的街市就是大十字，两边几乎都是商铺。吃穿用品应有尽有，特别引人注目的是东方的丝绸、南亚的工艺品，还有和田地毯，南疆的无花果、石榴，等等。

街面上烤肉、手抓肉、抓饭、烤包子、皮牙子的味道特别刺激人们的味蕾。

汤臣父子很快就赶上了魏秀娥祖孙三人，汤天山在人群中寻找谢芳，紧随着，生怕跟丢了。到了河南巷子口，谢芳拉住母亲说要回去。

魏秀娥说："娘脚疼，不是你早该回了。"

回到家，谢国正在厨房备菜，魏秀娥问："下午不是吃饺子吗？"

谢国答道："饺子的料都备着呢。屈叔来拜年，爹要喝点酒。"

谢芳要过来抢大哥手里的活儿，谢国说："通常都是累了小妹，今天大哥给你放假。"

"大哥，你还是少下厨房，爹娘该说我了。"

谢国心疼小妹，说道："大哥能帮上的就帮把手，要是小妹出嫁了，想帮也帮不上了。"

谢芳害羞地说："我才不嫁。"

魏秀娥进屋招呼屈芜，屈芜请谢顺一家明日去他家吃饭，魏秀娥说明日大女婿一家要来，便说改日。

谢芳端上四个凉菜，一个猪杂拼盘、一个手抓羊肉，一个拌三丝、一个油炸花生米。谢芳转身出去，屈芜把一个压岁钱的红封子塞到谢芳手中说："图个喜庆。"

谢芳不肯要，朝爹看了一眼，谢文元点头说："谢谢你屈叔，拿上吧。"

谢芳接过红封子道了谢就出去了，谢文元、屈芜二人在屋里一边喝酒一边闲聊。屈芜感激谢文元的搭救，频频举杯敬酒，喝得有些猛，晕晕乎乎地要下炕去茅厕，一屁股坐在地下。谢文元忙将他扶起来，要陪他去茅房。

谢顺在门外，忙过来扶住屈芜，领着他去茅房。醉着酒的屈芜嘴里不停念叨着"多亏了恩公""连累了谢顺"之类的话。从茅房出来，屈芜被风一吹，清醒了许多，想着要回家了，谢文元也不强留，同谢顺一道送他回家。

屈家婆娘见到谢文元和谢顺送屈芜回来，忙迎上来，让孩子们扶爹回屋。安置好屈芜，屈家婆娘请谢文元上座，让女儿们端上早已备好的酒菜，又叫孩子们都过来给谢文元拜年，四个儿女齐刷刷地跪下磕头，给谢文元拜年，谢文元给了孩子们一人一份压岁钱。屈芜这会儿早就清醒了，从里间出来，要陪谢文元再喝几杯，又叫上谢顺。谢顺推说要喂牲口，谢文元与屈芜二人又对饮一番。

酒喝得差不多了，谢顺将爹拉到自己屋里坐。屈芜陪在一旁，说道："叫他住东房，他硬是住到马厩旁。"

谢顺说："住在马厩旁有个动静我就知道了，刚听说赵家的牛又被狼咬死了，这可是要命的事。"

"可不是吗！前天晚上门没插好，天快亮的时候听见有响动，一看可吓死人了。两眼绿莹莹，灯一亮一下蹿出去一只大灰狼，你说悬不悬。"屈芜想起这事儿，仍旧是心惊胆战。

虽说知道二儿子胆大心细，谢文元还是十分忧心，反复交代谢顺要小心。谢文元是第一次到谢顺屋里，见屋子里干干净净，摸着炕还有余温，问："不是你收拾的吧？"

谢顺不好意思地说："我不在就这样了。"

谢文元明白，屈家在吃住上对谢顺很是照顾，心里很是感谢。

101

初二中午，谢贞一家人风尘仆仆地回娘家，全家喜笑颜开。都说丈母娘看女婿越看越欢喜，在魏秀娥眼里大女婿是吃苦耐劳、精明把家的人，大女儿跟着他日子过得不错。

魏秀娥与谢贞母女相见泪涟涟，谢文元劝道："阖家团圆皆大欢喜哭个啥，高兴些！"

谢贞担心娘的肩伤，非要亲自瞧瞧，魏秀娥不让，说："闺女，娘的胳膊抬不起来了。娘老了，认命了，只盼你们平平安安，我就心满意足了。"

谢贞见娘穿了一身青色，问道："咋没穿我做的紫红缎子丝棉袄呢？"

"娘老了，穿这个好。"

母女俩自门口就亲亲热热说不停，谢文元催着大伙赶紧进屋，说："一路劳顿，洗了吃了休息一会儿，说话的时间多着呢。"

谢顺、谢昌把大姐一家带来的东西搬进来。谢文元瞧着又是肉又是油的，责怪道："回娘家带这么多东西，也不留下让亲家公吃！"

张弛回答："这是我爹的意思，都是自家产的。"

谢贞又细细地说着带回来的年礼："驼毛被褥爹娘冬天盖上暖和，酸奶子疙瘩爹娘爱吃，甜奶子疙瘩弟弟妹妹和玉玉喜欢，做个汤饭放上些钉子蘑菇鲜得很……"

听着大女儿絮絮叨叨，魏秀娥也催起来了："快进屋洗了吃饭，你大哥和小妹忙了一上午了，就是为了这顿团圆饭。"

谢贞带着孩子们赶紧洗了进屋，六个凉菜已经摆上堂屋的大圆桌，八个热菜也准备就绪。

谢贞夸赞："大弟越发能干了，能做这么多菜，姐都叫不出名字。"

谢国谦虚："不怕大姐笑话，除了家常菜是照着书照猫画虎的，其他的都是小妹为主我打下手。"

谢贞毫不掩饰地夸起了谢芳："小妹漂亮能干，要是有了人家，那可是里里外外一把手。"

谢芳被夸红了脸，低着头说道："大姐，是大哥教我的，好不好大姐多多指教。"

谢贞拉着小妹的手说："你大姐粗茶淡饭惯了，可做不了这么多的菜，下次到姐家去教一教大姐。"

"大姐，大哥这里有做菜的书，好菜多得很，就是太麻烦了，调料都不全。"

谢贞笑道："你大姐斗大的字识不几个，这书是看不成了，大姐这会儿能干个什么，尽管吩咐。"

谢国把大家推到圆桌边，说道："大姐，都准备好了，上桌吧。"

魏秀娥过来说："就等你们了。"

祖孙三代全都落座了，大家长谢文元说道："当年我娘带着我和谢忠从西安艰难跋涉，千里投亲到肃州，蹉跎四十多年，没想到除了你们二老家和谢慧家，大家今天能在这里团圆。人世沧桑，世事难料，你娘跟着我辛苦半生、劳苦功高，我这辈子最欠的就是你们的娘。庆幸的是，如今儿孙满堂，咱们一世清清白白做人，勤勤恳恳做事，安家立业，无愧于心。为了今天的相聚，第一杯酒敬祖宗。"说完，他把这第一杯酒向地上洒去。

儿女们都让娘也说说，魏秀娥说得简单："你娘这辈子心满意足了，就盼你们平平安安，香火永续，给你爹争气。干杯！"

喝了第二杯酒，谢贞让张弛给爹娘敬酒，张弛是个糙汉子，说道："我说不好，岳父岳母生了个好女儿，我娶了个好婆娘，我一年四季多在外，她进了门没明没夜，伺候老的、照顾小的，家里平安，我在外面也放心得很，我敬爹娘一杯。"

谢贞接着说："我十六岁出嫁，这么多年没在爹娘面前敬过孝，常怀愧疚之心，今后我要努力报答爹娘的养育之恩，好好孝顺父母！"

家宴一直到晚霞映照才结束。晚上全家又聚到爹娘屋里，魏秀娥把过年备的果点都拿出来，又是一个温馨的晚上。

第二天天刚亮谢文元正要带着儿子、孙子去河坝，见谢贞已经起来要上厨房，心疼地说："昨天一路颠簸，睡得晚，你去再睡一阵，灶上有你小妹呢。"

谢贞说道："爹，我习惯了，到时候就躺不住了，不起来浑身不舒服。"说完就开始准备早饭，做的是粉汤饺子。中午她又做了拿手的羊肉焖饼子，全家都喜欢吃，羊肉肥而不腻，饼子薄而劲道，炸得金黄的洋芋块香酥可口，让人难忘。谢文元连着陪女婿看了几场大戏，谢国兄弟几个也陪着姐夫逛街、吃特色小吃、看社火。一转眼到了初六，谢贞一家要回了，大家虽是难舍难分，也不好挽留，张家还留着一老一小，搁着谁也不放心的。吃了送行的饺子，装上爹娘早就准备好了的洋布、瓷器、糖果点心，谢贞一家就要踏上回程的路。

魏秀娥抹着泪交代谢贞要好好伺候公公、教养孩子、照顾好家里，谢贞含泪应着，邀请爹娘带着大伙儿去山里常住。沁丰没跟着回去，留着等开学，谢文元牵着沁丰对谢贞夫妇说："放了暑假我和你娘送沁丰去看你们。回去问老亲家好！"

谢贞交代大儿子沁丰听外爷、外奶、舅舅、姨姨的话，好好上学。沁丰毕竟年纪不大，泪点点的，嘴里只说舍不得娘，张弛恨铁不成钢恨不得打到他身上，谢贞向儿子许诺会常常来看他。

好一番难舍难分的送别场景，谢国兄妹一直把大姐一家送出东门才回家。

102

一年之计在于春，春耕春种前谢顺抢着日子积肥。往地里送肥之余，他的铁匠铺也忙碌起来。庄子上的小马跟着他学手艺，早早就准备好了。他为庄子上的乡亲义务修理农具，自己打的马掌、菜刀、剃刀、马嚼子、坎土镘，价廉物美，大家常常来他的铁匠铺定做，挑选。赶巴扎时，谢顺也到巴扎上去一边钉马掌一边卖农具。来赶巴扎的车马毛驴不少，会停放在西城根东面的很大的空地上。他的马架子就在这里。

天刚亮巴扎上就沸腾起来，谢文元每到赶巴扎日子从河坝过来，就看见弟兄三个已经忙上了。谢国远远地就瞧见爹过来了，说："爹，娘等你吃了去学校呢。"

谢文元说："误不了，小心些别让马踢着。"

谢顺让大哥和三弟跟爹回去吃早饭，然后上班去，谢国、谢昌都说吃了，误不了上班。

卢工头背着手驼着背过来赶巴扎，笑道："你们这赶巴扎成了父子相聚的好日子了！"

谢文元拱拱手说道："你这不也是逢集必到。"

卢工头说："你说日怪不日怪，不来心里像少点东西。身不由己地往巴扎上转一转，接人气。"

谢文元赞同道："可不是，巴扎上能看到平时看不到的，真是东方神韵，西域风情！"

卢工头瞧了瞧谢顺摊子上的工具，说："我还没看出来，二娃还有这门手艺。我要有这么个人，省钱省事美得很。"

谢文元说："在他舅舅家干了多年，铁匠、木匠、泥水匠的活儿难不住。老卢，看你胡子拉碴的，拿把剃刀，抽空整一整精神。"

卢工头嘿嘿一笑，说道："二娃给我的菜刀、剃刀利得很，自己刮不小心就是口子。

我没你那么讲究，这胡子长得快啊！"

谢文元瞧着时间快到了，与卢工头告辞走了，卢工头也预备到集上买两棵白菜就回去干活。谢顺把车上的盖头一掀，递上两棵给他，说道："白菜、萝卜千万不能买了，窖里还有的是，都是自己种的。"

午时巴扎散了，谢顺装好今天的收入，心满意足。在秋记点心铺定了两包点心，两包芝麻糖，等收拾完三个大院的茅房再过去拿。如他所料，茅厕收拾得干干净净的，粪已经堆在一边只等装车就行了，大哥和三弟总是不露声色地帮他，他从心里感谢。他不声不响地把带过来的白菜、红白萝卜给院子里每户门口放了些，余下的送到自己家窖里。喂上马、提上点心和糖进了魏秀娥的屋子。

魏秀娥正在做针线，玉玉看见二叔进来，高兴地叫起来："奶奶，二叔回来了！"

谢顺从背后拿出芝麻糖给玉玉，说："看二叔给你买的芝麻糖。"

魏秀娥说："平白无故地花这个钱干啥？"

谢顺嘿嘿一笑，说："娘，你胳膊不带劲，别累着。"

"连缝缝补补都干不了，那不废了？吃了吗？你又黑了瘦了。"

谢顺说："娘啊，还没到吃饭的时候，一冬天养下的膘派上用场了。"

"我说的是中午饭。"

"早晨昶芸妹子给我带的素包子还有呢，娘您尝尝，挺好吃的。"

魏秀娥问道："听说屈家的大闺女能干得很，对你咋样？"

谢顺答道："那是苦出来的，干啥像个啥。没怎么接触过，好像是有意避着我。"

"对的呢，姑娘大了避嫌呢。茶饭怎么样？"

谢顺说："好着呢，对我的口味得很。"

谢芳端上热水过来让谢顺洗手，与二哥玩笑道："二哥，别人的妹子都比自己的好？"

谢顺在卢工头那里洗了，不肯再洗，魏秀娥盯着让他又洗一遍，说："看你的手糙得什么似的，热水洗了抹些油。"

"娘，我这个手用不着。"

谢芳把热水又送到他面前，说："二哥，你就快洗了吧，娘知道你天不亮就动身了，让我留着好东西等着你呢。"

谢顺问："啥东西？"

谢芳说："你到厨房就知道了。"

谢顺洗了手到厨房，谢芳揭开锅盖，五个金黄的烫面盒子还冒着油呢。

"娘说二哥喜欢吃，进了门就急着走，让我先给二哥烙上，你先吃，我给你舀黄米汤。"

谢顺拿起一个咬了一口问："哪里来的新鲜韭菜？"

"韭菜是小哥拿了来的,说是同事从吐鲁番带来的。"谢芳把盒子盛到盘子里端过来,又舀了一碗米汤,问:"香不香?"

"香,羊肉韭菜萝卜馅那是一绝。"

魏秀娥过来说:"你小妹一有好东西,就想起她二哥,真是猪肉贴不到羊身上。"

谢顺吃了两个盒子,喝了两碗米汤,心满意足,准备出门了。魏秀娥担心他路上饿,让把剩下的都带上,谢顺想着爹喜欢,不肯带。魏秀娥告诉他中午全家都吃这个,他爹已经带上了,他才肯带。谢芳把剩下的三个羊肉韭菜合子包好了给谢顺,说:"想吃啥告诉小妹,我给二哥做。"

谢顺拍拍小妹的头,说:"想吃的时候一定跟我小妹说,等二哥手头宽裕了给小妹扯好看的花布做衣服穿。"

姑娘大了知道打扮了,谢芳的身材好,衣服穿着平展合体,一条大辫子光鲜动人,又喜欢雪花膏,打扮起来漂漂亮亮的。

谢顺赶着车路过一家维吾尔族庭院,一个大胡子维吾尔族男人正在剥牛皮,旁边是一头胎衣未干的小牛犊,谢顺想买下来,便停下车问:"小牛犊卖下吗?"

这维吾尔族男人问:"你拿下呢吗?你的给下。"

谢顺又问:"多少钱卖下呢?"

维吾尔族男人说:"你看的给下。"

谢顺把身上的钱都掏出来,问:"够了吗?我回家取下。"

维吾尔族男人说:"拿上去。"

谢顺把小牛犊用皮袄包好,抱上赶着车往回走,连声道谢。

屈芜正伸长脖子在大门口张望呢,见谢顺满身是汗,抱着个牛犊过来,迎上去,问:"哪里弄下的?"

谢顺说:"阿亚桥,母牛死了。"

屈芜怕小牛养不活,谢顺说买些奶、打些面糊糊喂喂看,若是能养得活,明年就是一头大牛。全家都围上来,小牛犊太漂亮了,橙黄缎子一样的毛色,可人得很。

屈昶芸和屈家婆娘都说能养,屈芜交代她俩尽心养着,交代完又对谢顺说:"饭好了,左等右等你都没回来,我们先吃了,让昶芸赶快给你下面去。"

谢顺说:"不用了,我在家吃了,还有三个盒子,屈叔屈婶热一热,你们尝一尝。"

屈家婆娘心疼他干活又赶路,让昶芸赶紧去下面,谢顺便也不推了,说卸了粪就来吃。

屈昶芸说:"昶芳,你去下面,我去卸粪。"

谢顺哪里能让姑娘家干这活儿,拦着不让,屈芜又争着要去。谢顺知道他戒烟了身体没有恢复好,一直在咳,抢先一步出门,赶紧把粪给卸了,屈芜跟着过去搭手。

103

今年春天闹狼灾，黄鼠狼偷鸡，野狼祸害牲口，有些人家看院子的狗也被咬死了，搞得人心惶惶。庄子上组织了打狼队，谁家的铁器敲响，大家就一同出去打狼。天快黑了，谢顺打柴还没有归来，屈芜不放心，提了根棍子出门，身边是那条形影不离的白额头的黑狗。

天黑以后，很少有人出门，有些人家连灯都不点，早早就钻进了被窝。屈芜带着白额头黑狗去迎打柴的谢顺，刚上路就听见有人"咿咿呀呀"地哼唱秦腔。屈芜定睛一看，果然月光下一个熟悉的身影出现了。

屈芜迎上来问："怎么这时候才回来？遇上狼咋办呢！"

谢顺说："多打了些，我有这个不怕的。"他手里有根从老家带来的方铁棍，四尺长锃亮的，打柴的时候带上既是工具，又可以防身。

屈芜说："不行，狼凶恶得很，人少了不是对手。家里的柴火够烧了，往后不能这么晚了。"

谢顺说："快农忙了，别断了。"

屈芜怕他遇上危险，说："需要的话，让你妹子到近处打上些。"

"这就更不行了，姑娘家不要说狼，就是人也得防呢。以后出去，天黑以前我一定回来。"谢顺保证道。

"这就对了，别让人牵肠挂肚的。以后我跟你一起去，也是个伴。"

谢顺说："叔把身体养好了比啥都强。"

说着已经到家了，昶芳、昶梦也来帮忙卸车。谢顺不让小女娃娃干这种粗活，让她俩别动，自己一个人卸。干完活儿，谢顺吃了饭，烫了脚准备睡了。屈芜提着个包，拿着一杆猎枪进来。他年轻的时候喜欢打猎，这支猎枪是他的爱物，就算是潦倒之时也藏着没有拿出来。谢顺见到枪眼前一亮，这可是朝思暮想的好东西呀。

屈芜问："二娃，打过枪吗？"

"打过，当年拉骆驼的时候，枪没离过身。"

屈芜说："我年轻的时候，骑马挎枪打猎是有了名的，如今身体不行了，有这支枪心里踏实。"

谢顺兴致勃勃地说："等叔养好身体，我陪叔打猎去，痛快得很。"

"谁说不是，骑马挎枪迎日出，少年得志不知愁。"

谢顺安慰道："屈叔，把身体养好还和以前一样威风。"

屈芜叹道："再也比不上当年了，老眼昏花，白糟蹋家伙。这杆枪在你手里再好不过，一可以防身，二可以打些猎物。"

谢顺不肯收，说："屈叔，这是你的心爱之物，我受不起啊！"

"当年买这支德国造猎枪时争强好胜，除了喜欢也不失显摆，干什么都要争个上风，野兔、野羊没少打，狐狸鹿也打过。"他把枪交给谢顺说，"拿着，这也是叔的一点儿心意，没有别的了。这包里是配药的材料，配的时候叔跟你一起来。"

"屈叔，这么好的枪，我真的不敢拿。"

屈芜说："除了你，我给谁都舍不得呢。"

这支枪确实太诱人了，谢顺说："我先给叔保管着，要的时候言一声。"

屈芜交代："任何时候不能拿枪对付人，你可记牢了。"

谢顺保证："屈叔，你放心，绝对不会的。我把它包好了，放到够不到的梁上。"

"累了一天了，早些睡。"屈芜走后，谢顺越看越爱，越想越美，有些日子没有动枪了。一点儿睡意也没有，打开包，里面保养枪的物品一应俱全。他细心地拆卸保养好了，踩着凳子把枪、药放在房梁上固定好。睡下了又不心安，想着他在时应该放在随手可得的地方，又起来把枪取下来放到枕头下面，这才放心地睡了。

第二天早上起来后的第一件事情就是做子弹，谢顺生着铁匠炉，把铅条子放在坩埚里熔化。屈芜过来，看见他眼睛红红的，定是没有睡好觉。谢顺不好意思地说："想试一试，嘿嘿。"

屈芜挽起袖子，说："一起来。"

二人忙活好一阵，做了一些铅弹，又一起配药装弹。正忙着，昶芳过来叫吃早饭。这两人怎么肯立刻去吃饭，屈芜让他们先吃，别等着。好一阵拾掇，才过去吃早饭。

见早饭是熬洋芋白菜、黄米饭，屈芜责怪道："这闺女，也不给你二哥拿个馍馍来。"

昶芸低着头说："今天就是这了。"

昶芳嘴快："家里没细粮了。"

"好的呢，我拉骆驼经常吃不上没水喝。"谢顺知道去年夏粮收成平平，还了些债，能坚持到现在实属不易。他哪里知道他不在的时候，屈家都吃粗粮，细粮是紧着他的。谢顺呼呼啦啦地吃了两大碗：说："屈叔，我拉粪去了，有没有事？"

屈芜说："没事，问你爹好，闲了过来。"

谢顺说："我爹让叔过去听戏去呢。"

"等忙过了这阵子就去。"

谢顺给卢工头装了一车柴，到了邮电局的院子里，把柴卸在卢工头的柴房里就去收拾茅厕。卢工头从马厩里出来，说："你大哥天刚亮就收拾起来了，没一点点政府里做事的派头，勤快得很。"

谢顺说："我大哥里里外外一把手，我不行。"

"我给你说过，今年修工要人呢，春种过后要是能脱开身，你过来跟我准备材料，能行不能行？"卢工头这样说，是给了准话了。

谢顺满心欢喜，说道："我跟我爹和屈叔都说了，都说只要卢叔用我，就是抬举我，我更没说的了。"

"那就说定了，五月份你把手里的活搞利落了就过来。时间紧、任务重，不含糊。"

"我听卢叔的。"谢顺面上沉稳，心里早就高兴坏了，把马喂上就立马回家告诉娘这个好消息。

魏秀娥为二儿子高兴，若能如愿以偿成为公家人，做娘的也就心满意足了，嘱咐儿子要记住卢工头的情意。

谢顺让娘给爹转告这个好消息，自己又出去接着干活了。谢芳在厨房听见了二哥的话，兴冲冲地出来给二哥鼓劲，魏秀娥让她赶紧给二哥端上些吃的。谢顺说要去干活，先不吃了，嘴上说着着急要走，又在屋里磨磨蹭蹭。

魏秀娥知道儿子有话难开口，说："有话只管说，对娘还有什么不能说的？"

"娘，那边断顿了。"

魏秀娥毫不犹豫地说道："把我们家的先拿上些去。"

谢顺说："不是一时半会儿能成的，要有钱买上些麦子，把春荒度过去，收了麦子就好了，不会再有这样的事。吴大哥家的老母猪一窝下了九个，昶芸想抓上两个喂上，有肥有肉一举两得。"

"你等着。"魏秀娥进屋去，不一会儿出来把钱递给二儿子，"不够了开口。"

谢顺见娘如此仗义，说："娘，不要把家里掏空了。"

"娘，心里有数，这是你哥你弟孝敬娘的零花钱，娘也没处花。"

谢顺这才放心，说："趁着集还没散，我先去把麦子买上。"

谢芳直道吃了啥迷幻药，废寝忘食的连自己家都不顾了。厨房里的面已经好了，谢芳又把二哥拽回来吃了才放他走。谢顺从妹子手里接过一碗羊肉炒白菜拌拉条子，三下五除二就给吃了，抹了把嘴一边往外走一边说："还是小妹好。"

谢芳端着晾好的面汤追出去说："干哇哇的，面汤晾在碗里喝了再走。"

谢顺喝完面汤把碗递给小妹，说："过几天哥打上黄羊了，我们吃黄羊肉。"

谢芳送二哥出门，说道："我等着。"

魏秀娥望着儿子的背影，叮嘱道："凡事小心。"

谢顺在集市上买了两麻袋麦子，又买了几个苞米馕。维吾尔族农民没钱买日用品，就带上个苞米馕到杂货店里换急需的，杂货店的掌柜子都愿意按既定的价格以物换物，城里人也喜欢这种具有特殊民族风味的食品。

谢顺回到屈家，屈芜见他搬了大包小包的回来，不好意思地说："我已经给尚元说好了，从他那儿先借上些，等收了再还，你这娃咋也不言一声，又去麻烦你爹娘了，这让我如何是好？"

谢顺保证以后都先言语，不再擅自做主了，又张罗着去把麦子筛了淘上。昶芸让他休息，别管这些小事儿。谢顺哪里闲得住，扛着枪就要出去打柴，顺便试试枪，屈芜交代他早些回来。谢顺说了声"知道了"，背上枪赶着车去了。

太阳暖洋洋的，戈壁滩上的积雪已基本融化，只有灌木丛中有些残留，红柳枝条已出芽，春风唤醒沉睡的戈壁。太阳西下，他把柴装上车，开始寻找猎物，几只黄羊进入了他的视线，他果断地扣下扳机，一发双中，两只黄羊挣扎着倒在血泊中。回到屈家，屈芜帮着把黄羊收拾利落。

谢顺把黄羊放到厨房的案板上，却见厨房一个人都没有，要是往日这么大的动静早就来帮忙了。谢顺问道："婶不在家？"

"娘儿几个到吴家磨面去了。锅里的黄米汤还热着呢，就上苞米馕吃了休息去。"

谢顺要去吴家换他们回来吃饭，正好屈婶领着文武回来，谢顺见姐妹三人没回来，担心天黑了吓着她们，便要去接。屈家婆娘说："她们姊妹仨在一起，又是她舅家，离得也不远，没事的。"

谢顺还是去了，屈昶芸打了包票说能行，让他快回去休息，昶芳和昶梦却露了怯，都说二哥来了心里才踏实。谢顺一直等着她们，麦子磨好了才陪着她们回去。回来收拾好了躺倒就睡。

天刚亮，谢顺就准备出发去城里运肥，昶芸已经把早饭准备好了。"二哥，吃了再走。"这是她第一次主动跟他说话。一股暖流涌上他的心头，他有些眩晕，这就是他心中的女人。

吃了早饭，屈芜把黄羊装上了车，谢顺这才进城。

104

屈家今年的春种准备得充分,十亩冬麦已经返青,长势喜人。屈芜跟谢顺商量定了,种五亩玉米、二亩棉花、一亩胡麻、半亩葵花,剩余的种瓜菜,屈昶芸还在田埂边点了蚕豆。春种时,留下屈家婆娘带着文武做饭送水,其余的人都早出晚归到田间劳作。

转眼已经快到了卢工头约定的时候。屈芜一门心思都放在地里。功夫不负有心人,庄稼长势喜人,丰收在望。日子有了盼头,心情好了,活力又回到了身上。这天早晨屈芜在菜地浇水,谢顺锄完了最后一垄麦,走到屈芜身边。

屈芜说:"我知道你有事,来,我爷儿俩坐下说。"

谢顺抹了一把脸上的汗,说:"屈叔,邮电局的卢工头你熟悉吧?"

"也是咱陕西老乡,人爽快得很,只是你叔这个样子,没脸结交。"

谢顺说:"卢叔对我好得很,院子里的大粪、马粪都是他给我的。去年卢叔就对我说,今年修工把我也招去,修一次工挣下的钱比种地强多了。"

屈芜问:"修的什么工?"

"就是架设我们经常见的电线杆上有线线的新线路。叔,你说怪也不怪,跟远处的人说话都能听得清清楚楚的。"

屈芜惊讶地说:"当真?"

"我听得清楚得很,口音都不变。"

屈芜感叹道:"人能得很,哪一天我也能亲耳听一听就好了。"

谢顺说:"卢工头说了,这次线路就从我们这里过。有机会,让卢工头给您也听一听,说上几句话。"

屈芜又问:"卢工头让你干,你会吗?"

"卢工头让我跟着他学,学好了说不定还能进邮电局呢。"

屈芜想了想,说:"好事,没有门路不行,你要是成了公家人,挣钱成家立业,我也就心安了。"

"不急。有了钱把家里该置办的置上,巴扎上买个奶羊,叔有奶子喝,身体就会壮起来。"

一席话说得屈芜心里热乎乎的,屈芜感动地说:"你娃有这个心,叔没看错。娃啊,干活千万不要累坏了身子，这可是一辈子的事。"

谢顺拍拍胸脯，说："我年轻力壮，比现在苦的日子都不怕，叔放心就是了。"

屈芜问："打算哪天走呢？"

"前天拉粪的时候见了卢工头，他让我抓紧了，我打算明天过去，地里的活你放心，我会抽空回来干。卢工头说了雇我家的车拉材料，价钱好，往后咱就好过了。"

"谁不想当城里人，要干咱就干出个样子来，不能让人家说二话。这里有我们，你好好奔你的前程去，你好了，我们都为你高兴。"屈芜的话里虽有些无奈，却也是当初和谢文元商量好的。

屈家一家得知谢顺要进城打工，心情复杂。人往高处走水往低处流，这一去干上了公家的事，恐怕不会再来做面朝黄土背朝天的农民了，这个家又会多些磨难。这个从天而降的二哥已是这个家庭不可或缺的顶梁柱，人才出众能干又真诚，如果就此而去，怎能让人舍得。屈家人把送他走当作大事办，趁谢顺出去打猎，屈家婆娘、昶芳把被褥翻新了，昶芸准备送行的饺子。

谢顺打猎回来已经天黑了，今天收获颇丰，打了两只黄羊和一只獾。全家都等着他回来才吃饭，谢顺有些愧疚，说："回来晚了，不好意思，不是说好了不要等吗？"

屈芜正色说道："今天这顿饭是要一起吃的。"

谢顺说："不就是出去干活吗，又不是不回来了。"

屈昶芳可怜巴巴地说："二哥，你可不能去了真的不回来了。"

屈昶梦眼里含着泪说："二哥，你不在，我连门也不敢出了。"她长得好看，庄子上的人见了都说稀罕，有些不三不四的竟然动手动脚。自从谢顺来后，对这样的人毫不客气，自从把一个无理取闹的泼皮治得服服帖帖，便没人再敢挑衅滋事了。

谢顺安慰道："不用怕，谁敢无理，你告诉他，我回来绝不轻饶。"

文武过来拉着谢顺的衣袖，说道："二哥，我等你给我捉蝈蝈呢。"

谢顺拍拍他的小脑袋，说："一定。我这次是出去干活挣钱。卢工头说线路就从庄子不远处过，能回来我就回来了，什么都误不了。"

第二天早晨，昶芸不知什么时候就起来，谢顺从房里出来，她已经做好了黄羊肉馅的饺子。吃了送行的饺子，谢顺套上车准备走了，全家人都聚在门口。屈芜提了一筐水萝卜递给他，说："也没有个拿的，把这筐水萝卜，还有昨天打的黄羊和獾带上，卢工头这样照顾你，不能没有礼性。过去以后，要时刻不忘对咱有恩的人。"

谢顺把东西放置好，和大家道了别准备走。屈芜见他并未带上行李，问："行李不带了？"

谢顺答道："家里有呢，过年刚换洗的怎么又换洗了？"

屈芜劝道："出门不比在家，体面些别让人小看。"

谢顺不在意这些细节，摆摆手说道："只要咱把活干好，不在这个。叔、婶，我这就走了，有事打个招呼我就来了。"

105

谢顺在汉城的东门碰上了驮着外孙沁丰去学校的爹，忙停下车说："爹，这么早就去了？"

谢文元说："天天如此，今天早晨在西河坝，你卢叔还问你什么时候过来。我说就这两天了，我以为你昨天要来的。"

谢顺答道："手里的活昨天才干利落，今天一早就过来了。"

谢文元语重心长地说："你卢叔可抬举你了，去了好好学，踏踏实实的。"

"爹，我记住了，我现在就到卢叔那儿报到去，你路上小心些。"

"你快去吧，我也走了。"谢文元两腿一夹大灰驴的肚子，大灰驴就迈着平稳的步子向学校走去。

谢顺把车停到茅房旁的马架子边，卢工头从茅房出来，正提着大裆裤系红裤带，说："二娃来了。"

谢顺先告罪："卢叔，对不起，耽误事了吧？"

卢工头说："正是时候，把马喂上，人来齐了我给你们交代一下今后的工作，各负其责。"

这时候一个跟谢顺年纪相仿的圆脸男子走过来了，他背着行李，耷拉着头不紧不慢的。卢工头见了他，说道："典兵，我给你说了，年轻轻的耷拉个头不好，拿出年轻人的样子。"说完，卢工头带着典兵去小库房放行李，谢顺虽没带什么，也跟着一起过去了。

三人正在小库房呢，又来了一位二十多岁的小伙子，脸色黝黑，左肩高右肩低，还抽着喇叭口卷烟，踢里踏拉地朝他们走来了。

卢工头见了他就训："金玉，你看你这个浪里浪荡的样子，第一次上班你就不当回事。"

金玉毫不在意，说道："卢叔，我的白鸽娃子度不上食，来之前得用嘴度饱了，饿死了那可是一头驴。"他的白鸽子是专程从兰州花重金买来的，浑身没有一根杂毛，金眼，玉似的鼻泡，小嘴是凹进去的，吃食都困难，照顾不到位就可能饿死，成活率低。不过比身架、头、眼、鼻、嘴各项指标，没有能出其上的，养鸽子的人为了能得到他家的白鸽子不惜花重金购买。

卢工头接着说："你是你爹的独子，要不是你爹为你的前途着想，你就养你的白鸽子去。既然想干就得把心思放到正事上，好好学。"

金玉的爹金基石在城郊有二亩多菜地，日子过得并不宽裕，几乎全部的财力都投入儿子养鸽子的事业中。他是独子，成家立业、传宗接代就成了他爹最大的心思。他爹与李立本段长是老乡，关系不错，他是经段长介绍来的。他麻利地卷了一根喇叭口烟递给卢工头，讨好地说："卢工头，我一定好好干，你抽烟。"

卢工头不接，说："我刚抽过，不抽了。"

金玉递给旁边的谢顺，说："你也是新来的吧，我咋看我俩对脾气，你来上一根。"

谢顺不会抽烟，自是不接的，言明了自己不会，又说了句："今后多关照。"

金玉又让典兵抽："我看你抽的是莫合烟，你抽抽我的，过瘾。"自己先点上，又给典兵点上。

典兵抽了一口，这个烟太厉害了，堵嗓子，咽不下去就吐出来了。看金玉深深地吸进去，悠悠地吐出来，典兵又不肯认尿，也大口地吃了一口，硬咽下去，立刻觉得头有些大。他不信邪地又咽了一口，只觉得天旋地转，摇晃地扶住谢顺。过了会儿才缓过劲来，脸色苍白地说："我的娘啊，这是毒药啊？"

金玉吐着烟雾歪着头说："嘿嘿，享受不了吧，这是我家自己种的独一无二的。"

人都来齐了，今天是第一天，卢工头细细交代："今天我把该交代事给你们说一下，要认真听、牢牢记，这可是关系到自身的大事。现在你们都认识了，好鞋不踩臭狗屎，今后你们要学好，互帮互学。谁干得好，有了招工指标就先招谁，那可是一辈子的饭碗。都坐下。谁上过学？"

"我上过。"金玉立马举手。

卢工头接着问他："会写信吗？"

"扔了七八年了，没咋用，能识数。"

卢工头说："干我们这一行，若不识字，能吃苦、有责任心、胆大心细也行呢。我们干的事可是国家的大事，重要得很，一点不敢马虎。我可有言在先，闯下乱子，你们可负不起这个责任，要坐牢的。我这不是吓唬人，干啥都有规矩呢。不按规矩执行，吃亏的是自己。所以你们要想好了，干上了可不能撂挑子。要干一行爱一行，我等着你们接班呢。今天着重讲安全，出行安全、干活安全，才能人身安全，安安全全才能皆大欢喜。干我们这个工作，可不是在办公室喝茶、烤火、扇扇子，不是什么冻不着、饿不着、风不吹、雨不打、日不晒的事。我们是在野外工作，靠两条腿在线路上做事呢。线务员的工作单枪匹马，独当一面，交给你的线路到哪里就维护到哪里，要眼观六路，耳听八方，吃苦耐劳，随机应变……师傅引进门，修行在个人，你们要认真学，明天开始教你们做电线杆的防腐层处理，烧不到火候，防腐效果不好，烧过了就可能废了。这可是事故，要负责的……"

卢工头讲了一上午，到吃中饭时才停，他问道："你们听懂了没有？都说一说。"

金玉吊儿郎当地说："这个还能听不懂，那不就傻了吗？"

典兵恭顺地答道："您咋说我就咋做啊，没麻大的。"

谢顺正色说道："听起来容易做起来难，卢工头多指教。"

卢工头"嗯"了一声，说："今天上午就到这里，下午你们把手里的事清利索了，明天正儿八经地开始干活。"

典兵从衣袋里掏出一把金黄色的蚕豆放在桌上请大家吃："黄路岗的蚕豆啊，好吃得很，我爹炒的蚕豆最好吃，卢工头你们吃一下就知道了。"

金玉不屑地说："炒个屁蚕豆你能的不行了，我说挨着你咋一股子一股子臭气。"说完，金玉抓了些蚕豆便往外跑，赶着回去瞧他的鸽子，生怕他爹给度坏了。

典兵气哼哼地说："吃上了还要糟蹋人呢。"他又从兜里抓了一把放到卢工头手里，说："卢工头你吃呀，我带来的还有呢。"

卢工头接了蚕豆，说："看样子就不错，该吃饭去了。"

典兵赶紧问："卢叔，我吃饭睡觉咋办呢？"

卢工头指了指库房方向，说："住的房子就是靠库房旁边的一间，谢顺，你领他去把行李放好，重要的钱物随身保管好了，现在没有伙食，修工的时候才开呢，你先到街上吃个便饭。"

典兵不好意思地低下头说："卢叔，我没钱啊，挣上了才有呢。"

"工钱到了日子才发呢，我这里有你拿上先吃去。"卢工头从口袋里拿出些钱给了典兵。

"街上吃费钱，先到我家吃吧。"谢顺大方地邀典兵去自己家吃饭。

"一两天可以，长了怎么能行？还是让他自己想办法。"卢工头劝道。

谢顺拉着典兵要往家走，说道："先吃了再说，走吧，我娘还等着呢。"

典兵望向卢工头问："卢叔能行吗？"

谢顺抢着说："能行能行，我爹我娘可好了，去了你就知道了。"

典兵又问："钱咋算呢？"

谢顺摆摆手说："算钱就不让你去了，走吧。"

106

典兵家离得远，赶路没睡好，吃了饭谢顺让他在屋里睡觉，又过来找卢工头。卢工头让他赶上车买些草料回来，邮电局每个月的草料钱都是固定的，谢顺打算紧着经费买了些麦草和干苜蓿混着喂马。

谢顺拉上草圈子，在西门外一家卖草的维吾尔族人家门口停下，瞧着人家的葡萄苗子好，预备买上两株。这家主人大方，帮着挑了两株送给他。谢顺感谢得很，准备以后都来这家买草。吆着车往回走，在回城桥看见了一个卖杏树苗的，他又买了三棵杏树苗，这才高高兴兴地回来。卸下草，给卢工头交账汇报："卢叔，后面连个树也没有，我在茅圈的土台子下面栽上这三棵杏树。典兵住的东房前面这么大的地方，空落落的，把葡萄苗压上，上了架也可以乘个凉，你说行不行？"

卢工头笑着说："你娃心经大得很，这能养得活吗？"

"我砍些沙枣枝枝护住，能活。"谢顺信心满满。

"成，我同你一起栽，都操些心，长大了多好。"

二人说干就干，把杏树苗栽上、葡萄压上，浇足了水，谢顺又去砍了些沙枣枝枝围住，卢工头又用刺儿规护住它们。收拾完后，卢工头要留谢顺在家吃饭，把他送的黄羊焖了。谢顺怕麻烦卢工头，又怕家里等他吃饭，还是要回去。这时候典兵睡醒了过来，说："卢叔不好意思，这一觉咋睡到这时候了。"

卢工头提醒："以后上班的时候就叫我卢工头，公事公办。你啊，养足精神好好干。"

谢顺又要拉着典兵回家吃晚饭，典兵摸摸肚子说："中午的拉条子还饱着呢。"

"走吧，别让家里等了。"谢顺也不管他吃不吃，直接将他拽着一起回家去。

两个人在家门口碰上了谢文元和沁丰回来，谢顺迎上去给爹介绍："爹，这是跟我一天来的典兵，家在黄路岗，没处吃饭，在咱家搭几天伙。"

谢文元和颜悦色地对典兵说："小伙子你就把这里当成自己家，不要拘束。"

典兵第一次见谢文元就被他超然的风度镇住了，就像小学生第一次见了先生，心里像敲鼓似的，不知所措。听谢文元这么一说，更不知怎么表示好，抓出一把蚕豆塞到谢文元手里，说："大伯，这是我爹炒的蚕豆，你尝一尝。"

谢文元接过来剥了皮吃了一颗，赞道："火候、味道都好，我也听说你们那儿的蚕豆有名，果然名不虚传。听你的口气是兰州人？"

见谢文元如此和气，典兵的心情放松下来，说："我爹是兰州人，我是在这里生的。去年何局长路过我们那里，遇上大风，刮地断路人稀的，在我们家避了三天风，也说我们家的蚕豆好，我爹进城就给局长带呢。"

谢文元牵着驴子进去，说："你俩要好好相处，你妹妹招呼吃饭呢。"

吃了饭谢顺告诉爹打算和典兵到段上住，方便干活、捡粪、照顾牲口。谢文元交代他好好干活，又让他按时喊典兵回来吃饭，便同意了。

107

第二天上班，三人都来到小库房，卢工头开始安排一周的工作："把电杆埋到地下的部分做防腐处理，用铁棍、镰刀先把电线杆上的松树皮给咱剥干净了，皮不能扔掉，要做燃料的。你们先剥上一码子，下午我教你们怎么做防腐处理。"

沿着东墙根一码子一码子码成坡形的电线杆足足有几百根，都用铁丝拦着。卢工头让他们处理那一码子电线杆，交代道："干的时候千万要小心呢，不要让电线杆滚下来砸着人了，特别是小孩。我还有事忙，谢顺你给咱管起来，你俩要听他的安排。"

谢顺受宠若惊地说："卢工头，你忙你的，我们都会按照你的要求去做的。"

卢工头又打开库房门，里面的光线很暗，各式各样的物资分门别类摆放着。卢工头说："这都是修工的时候配套用的，丁是丁卯是卯，少了哪个也不行。"说完让他们拿上铁棍、镰刀，"用过了交回来，用的时候再拿。谢顺，这是德国造的电工工具，把拦着电线杆的八号铁丝取开了，不稳的你给咱搞稳当了，不能滚下来砸着人。还是那个要求，安全是最重要的。"

谢顺也学卢工头的样子把工具袋挎在腰上，盼望着有一天成为一名真正的线务员。卢工头发话："我在小库房干我的，你们干你们的。"

谢顺、典兵、金玉三人一上午完成了二十几根，下午卢工头过来检查，夸赞了几句，金玉抽着旱烟埋怨道："腰痛得都要断了。"

卢工头训斥道："你还是种地的，这么说不嫌寒碜。"

"地里的活由着我呢，哪能像这断命的一样，卢工头你可真会用人啊！"

卢工头严厉地说道："干就像个干的样子。现在用铁锹按我画地的大小挖下去半尺。"他在离剥了皮电线杆大头外半米处画了一个约三尺宽、四尺长的方框子。挖好了，在离坑半米的一侧，相隔三四米平行放了两根杆。把要做防腐处理的电线杆滚到上面。又指挥他们三个把松树皮放满方坑，倒了些煤油点着，松树皮就像生油似的燃烧起来。

卢工头让谢顺、典兵从库房搬出一个黑油铁桶放到火边烧，说道："这东西名叫沥青，我叫它臭油，烧好了的电线杆根上刷了臭油再埋进土里，防腐好着呢。"

谢顺把臭油柱砸碎了放到铁桶里融化，化开的沥青咕咚咕咚地冒泡。

典兵心惊胆战地说："卢叔，别着火了。"金玉瞧不上他这少见多怪的模样，在一旁笑话他。

卢工头在旁边继续指导。

卢工头看着他们仨干了几根，觉得可以了，这才交代谢顺说："这个活就交给你们了，按照我要求的去做。上午剥皮，下午做防腐处理，每天我验收合格了才能算工钱，造成废品是要赔的。我还要准备修工的有关事情，你们要抓紧，下个星期争取干个差不多。趁天气好，先出去把线路定了位，回来再干。"

谢顺说："保证完成任务。"

卢工头去了库房，谢顺开始分工："典兵跟我烧电杆，金玉烧火刷臭油。"

金玉不满地说："你们两个干一样事，让我一个人干两件事，这不公平吧。"

谢顺懒得跟他纠缠，说："那么你跟典兵换一下，我们一定得按时干完。"

金玉干了没一会儿受不住这烟熏火燎了，大汗淋漓的，一屁股坐在电线杆上说："累死了，干不动了。"

谢顺手上活不停，说道："活不能停，你跟典兵再换过来！"

典兵也看不惯金玉干活的样子，却也服从谢顺的安排："挑肥拣瘦的，受苦的命不受苦能行吗？谢顺我听你的。"

金玉理屈词穷地说："舔屁溜。"

谢顺在一旁催道："赶紧干。"

金玉烧火烧得满身是汗，臭油沸腾着又热又熏，刷臭油刷得地下都是。谢顺让他精心点，别滴滴答答满地都是。

金玉嘀咕着："孙猴子当了个弼马温，不知道天高地厚。"

"你说谁呢？你嘴巴给我干净一点，我也是受苦的。"谢顺可是听不得人阴阳怪气的刚直性子。金玉看谢顺那股劲儿，心有余悸地说："开个玩笑都不行。"谢顺、典兵二人也不再搭理他，继续干活，金玉也只好继续干活。

谢顺对金玉还是宽容的，自己尽量多干点，金玉累了就让他休息一会儿。卢工头交代的任务提前半天完成，金玉从心里要交谢顺这个朋友。

108

第三个礼拜开始了，卢工头对上个星期的工作进行点评："给电线杆做防腐处理工作，基本上说得过去。但问题还是有的，比如说个别的电线杆防腐面烧得还不够均匀。有些地方臭油狗舔的一样。以后的工作技术要求高，一点都不能马虎。你们每个人的工作表现，我心里都有一本账，今天咱就不点名了。严师出高徒，学下是你们自己的，多一门本事，多一条路，有总比没有好，你们说是不是？"

作为三个人中的头儿，谢顺主动担起了责任："主要是我的不是，那些不行的地方，卢工头说怎么办，我就怎么做，不占上班的时间。"

典兵赶紧澄清："卢叔，我可是实实在在的。"

金玉也辩解道："十个指头不一般齐，不能都一个样吧。"

卢工头不管他们这些托辞，继续说："干我们这一行不能马虎，存在的问题架杆的时候还要一一检查补充到位。这个礼拜的工作是把修工的线路复查最后定下来，经上面检查批准，准备施工。线路勘探工作去年就基本上定下来了，领导指出的需要修正的地方，我也有了数。经过一个冬天，打的基桩个别的可能不见了。这一次是定位桩，就看本事了。今天上午按照我的要求分头准备。下午我把每个人干什么、怎么干，实地教会你们。明天上班出发，把复查定位工作落实好，架一条线路，得让上面验收满意，这也是对我们的考验。"

第二天谢顺赶着车拉着测量器材，卢工头带着他们教了一下午，基本了解测量要领的三个"生瓜"来到始桩。卢工头说："这个桩就是第一个桩，写着'1＃'，线路就是从这里开始连接的。顺着我指的方向，你们拉着量绳就很容易找到'2＃''3＃'……把测量杆端端地立在桩上，我手中的红旗举起来，要是放下了就表示位置是对的。金玉你把桩号给咱写准了。谢顺确认定位了，这个桩号就定下来了。我手中的红旗往左摆几下，就是要求标杆往左移动，幅度大多一些，幅度小少一些，右面也是一样的。桩位都是测定的，问题不大。线路要求转角越少越好，端端地对准终点那是不可能的，咱又不是千里眼。熟能生巧，在干中学下的东西最牢靠，听明白了没有？"

金玉抽着烟无所谓地说："昨天下午就知道了，不就是对准了、搞直了，这么个事做不了，还能干啥？"

卢工头说："你话大得很，我干了这些年也不敢说干好了。这么长的线路，心里面没有个数，就是个没头的苍蝇。"

典兵问道："我就闹不懂，卢工头，你又不是千里眼，咋就能对准呢？"

卢工头解释道："这里的学问大了去了，首先你得确定始端与终端的方位，了解线路沿途的地形地貌，确定参照物。踩线的过程中，要把线路经过的方位标清楚了，经过不断的修正，确定最好的方案，报领导批准。当然不可能一个弯弯都没有，转角少，耗材最小的方案才是可行的。这个光说不练是不行的，干多了你就明白了其中的奥妙。你们听明白了没有？"

谢顺答道："听是听明白了，我是想怎么能把你教我们的学到手。"

"现在你们就按照我说的开始干，你看太阳老高了，一上午干不了多少活，光溜腿了。工期紧，明天以后我们就带上帐篷，干到哪里歇到哪里，直到把线路搞定为止。"

一听要到外面住帐篷，金玉就担心他的白鸽子："那我的白鸽娃子咋办呢？一只一头驴！"

卢工头问："那你不靠白鸽子发财去，来受这个苦干啥？"

金玉说："那是玩的，怎么能安家立业呢。"

卢工头听金玉这么说，知道他还算有救，说道："要穷耍毛虫，毛虫上了天，穷鬼把眼翻。一心不能二用，要干就把你那白鸽子放下，放不下就回去专心抚弄你的白鸽子。今天我们沿着线路踩线，熟悉情况，把每个桩位都找到了，心中有数。明天开始定位作业，现在开始干吧。"

典兵拿着红白相间的标杆拉着量绳，耷拉着头吃着蚕豆，不慌不忙地在前面。

卢工头见他这般模样，厉声道："典兵，你耷拉着个头，怕把蚂蚁踩死了？把测量绳拾起来，打起精神干。"

金玉跟着嘲笑："耷拉头，你听清楚了没有。"从此以后"耷拉头"就成了典兵的外号。

卢工头脖子上挂着一只老毛子的双筒望远镜，这个东西能把远处的天山拉到眼前，雪线都看得清清楚楚的。这是他们第一次接触，都想拿着它把远处的景色看个够。卢工头让他们每人看了一下，说："这可是工程上用的'千里眼'，将来你们谁能脖子上挂上它，谁就可以勘探线路了。谢顺，你两头跑三点一线，跟我学吊线。今天我们先熟悉一下，掌握要领，你俩找到基桩就把标杆端端地立到基桩上，注意我手中的小红旗指挥，我收了旗，再到下一个桩。"

中午，他们踩线快到新庄子。卢工头说："我们在前面路边的左公柳下吃了干粮再干。"

那柳树旁正是屈家，谢顺见他们带的水没多少了，便说："卢工头，柳树旁的路边就是屈叔家，咱带的水剩得不多了，我们去喝些水，再灌满行军壶，你说好不好？"

卢工头怕麻烦人家，只让去喝水。谢顺想着这戈壁上不安全，又说："卢工头，我去把屈叔的猎枪带上，遇到危险可以护身，打上猎物也能改善生活，你看行不行？"

卢工头觉得他考虑得周全，说："这样好，世道不安宁，我已向局长申请枪支，不怕一万就怕万一。"

正在这时候，谢顺就见屈芜背着一捆草，拉着奶羊从地里往回走。谢顺赶忙迎上前去接过草，说："屈叔，卢工头带我们踩线路过这里。"

屈芜知道卢工头对谢顺的好，邀请他到家里吃饭，以表谢意。卢工头怕麻烦，婉言相拒。屈芜虽是庄户人家，却是讲礼性得很，一再邀请他们。卢工头一行几人也就不再客气了。

适逢初夏五月天，远芳侵古道，庄稼无穷碧，山水潺潺流。到了家，屈芜让全家见过卢工头，介绍道："这是咱老乡，老婆子快去准备饭去。"昶芸已经做上饭了，屈家婆娘便进去厨房帮忙。

卢工头说："咱都带上了，有水就好了，老屈，不是我说呢，你美去吧，有儿有女，几个闺女一个赛过一个好看。"

屈芜笑笑，说："都是人家的，来，洗了屋里坐。"

卢工头喜欢屈家这院子，洗了把脸就直接在院子的树下坐了。

屈昶芳端上三个凉菜，小葱拌豆腐、凉拌水萝卜、金丝菠菜。屈芜提着酒过来说："不好意思，粗茶淡饭，卢工头，凑合着先喝上杯再吃饭。"

卢工头是个不拘小节的人，说："简简单单有碗面就好，千万别兴师动众的，下午还要干活呢。"

屈芜倒了酒要敬卢工头："二娃常说起卢工头，粗茶淡饭不成敬意，这一杯敬你。"

一旁作陪的典兵说："叔，我喝不了酒！"

金玉瞪了典兵一眼，痛快地说："先干为敬。"一仰脖子一杯酒下肚，又深深地吃了一口烟。

屈芜见他抽得猛，说："后生你抽烟凶得很啊。"

金玉说："自己家种的不花钱。"

喝了第一杯，卢工头自己又满上一杯，说："这第二杯，我谢谢老乡的盛情款待。"

卢工头敬完，屈芜端起了第三杯，说："卢工头，这第三杯酒，咱是老乡路过了就来，粗茶淡饭不要见外。"

三杯酒过后，卢工头叫停了，下午还要干活。屈芜明白，不耽误正事，让闺女快上饭。谢顺端上一碗羊肉炸酱，昶芳端上一盘炒韭菜、一盘洋芋丝，一人一碗拉条子。屈芜一边给每个人碗里加炸酱一边说："把炸酱拌上，还有呢，别客气。"

卢工头吃了一口，夸道："美得很，又滑溜又劲道，我吃着咋像黄羊肉？"

屈芜回答："正是，谢顺打回来的，拣肉厚的揽了放下，吃个汤饭拌面有味道。"

卢工头大口吃着，说："攒劲得很，野生跟家养的就是不一样。"

屈芜想着让谢顺带枪防身的事儿，说道："我让谢顺把枪带上野外防身，碰上了野味打上了也能有个荤腥吃，他说征得你的同意才行呢。"卢工头痛快地点头答应了。

屈芜真心实意地希望谢顺好，边吃边说："卢工头让谢顺出息了，我们全家也就心安了，别为我们耽误了娃的前程。"

卢工头对谢顺只有夸赞的："灵醒着呢，是个好料，要是读下书了不得。"

一行人在屈家吃得饱饱的，稍作休息后又开始了一下午的工作。

109

野外作业的第四天，线路定位已进入尾声。谢顺跑前跑后，精力充沛；典兵闷声做事，忠于职守；金玉却念念不忘他的白鸽子，叫苦连天。茫茫戈壁早穿皮袄午穿纱，太阳升起来了连个遮阴的地方都没有，到了午后赤日炎炎连汗都被烤干了，石头上都能摊鸡蛋饼。要风的时候没有风，怕风的时候狂风大作飞沙走石，这对被爹娘百般呵护的金玉无疑是一次脱胎换骨的考验。

骄阳似火，万里无云，连一丝风都没有，一日三餐风干馍馍、老咸菜，金玉行军壶里的茶水已经喝干了，又渴又累地说："我的娘啊，家里好好的，让人家出来送命来了。"他躲在车边的一点点阴影下，干裂的嘴唇连抽烟都疼。

卢工头盯着他说："抓紧些，明天早早就干完了，你咋又躺下了。"

金玉嚷道："要命啊！跑得动不了了。"

卢工头说："你说的这是啥话？我们就是干这个的，怕苦、怕累、怕风吹日晒，就不要干。"

金玉央求道："卢工头，你让我躺一会儿，行不行？"

卢工头骂道："把你日能的，我这把年纪还在干，你躺着，我们都陪着你晒太阳，影响进度。年轻轻的，咋不学好呢，你给我起来。"

金玉苦着脸说："我的嗓子眼都冒火了。"

卢工头问："你的水呢？"

金玉摇着空壶说："早喝完了。"

谢顺把自己的行军壶递给金玉，壶里的茶没有喝过，拉骆驼练就了他骆驼的品格，饭前饭后喝好，在路上不到非喝不可，是不会动壶中的救命水的。

金玉接过行军壶一口气喝掉了半壶，卢工头喝道："差不多就行了，你喝光了，人家就不知道渴？"

金玉这才站起来把行军壶还给谢顺。

傍晚，他们准备在一个坎儿井旁安营扎寨。他们选择了一处离水源较远、骆驼刺茂盛、红柳堆高大的地方搭帐篷生火做饭。四人下了些挂面，拌上从屈芜家带来的炸酱，连汤带水地就些咸菜吃了。月挂东南，星光璀璨，旷野的风呼呼地吹。四人都进了帐篷。谢顺不放心马，准备去马车上过夜，卢工头嘱咐他多注意些。不大一会儿工夫，卢工头就鼾声如雷，典兵哼哼唧唧如自言自语，金玉在梦里连连怨爹喊娘，还担心自己的白鸽子跑了。

多年的拉骆驼经历让谢顺的神经高度灵敏，一丁点异常都警醒得很。三更过后，风带来了急促的马蹄声。谢顺紧握着枪耳贴着地。马蹄声越来越近了。他拍拍枣红马的头，马像听到了命令似的，不声不响地卧倒。夜色苍茫，一骑一人向帐篷逼近。谢顺端着枪在隐蔽处厉声问："干什么的？站住。"

马上的人说："过路的，星星峡怎么走？"

谢顺答："上大路一直向东。我们是架电话线的，你懂，再不转向上路，那就对不起了。"

马上的人毫无惧色，威胁道："你和帐篷里的听着，六爷看上的是枣红马，乖乖把马送过来，万事皆休，否则……"

谢顺听说过这里一名叫六六的青年土匪，独来独往，杀人越货，恶名远扬。谢顺好言与他说道："六爷，我们是给公家干活的农民，马可是一家人的命，行个方便吧。"

"少啰嗦。"六六不耐烦了，举手就是一枪，枪声把凝固的空气炸开了！

帐篷里的人心惊胆战，典兵和金玉不知所措地围着卢工头。卢工头悄声说："用棉被连头一起护好，都趴下，不要动。要真的进来了，要啥让他拿啥。"

谢顺还在外面与六六谈判："六爷手下留情，请回吧。"

"去你妈的，你想得美。"又对着说话的方向开了一枪，恶狠狠地说道："要命，还是要马，给老子快一点。"

谢顺突然来了一句："六爷，对不起了，你马头前有块石头！"

只听"砰"的一声，枪响了，石头在枪声中火星飞溅，盆子大小的一块石头在夜色中若隐若现。

六六这才知道今天遇上了高手了，开口说："朋友，留下姓名。"

"谢老二。"

六六调转马头消失在黎明前的夜色中，从此以后谢老二就成了谢顺的代名词。

110

经过这次与响马的交手，线路定位的进度大大提高，连金玉也是一路小跑。典兵蚕豆也来不及吃，大家心里都明白不能拖到天黑。卢工头对谢顺更加倚重，决定把这些年积累的关于线路测量的秘诀传授给谢顺，这可都是他修工头牌地位的看家本领。谢顺有与生俱来的方向感，对地形地貌的鉴别能力强，掌握技术快。

大家争先恐后，连中午也不休息，按计划完成任务后立刻往回赶。太阳落山的时候就看到了大路边屈家院里炊烟袅袅。

卢工头说："今天都累了，咱就听谢顺的，今晚先在老屈家歇歇，缓上一夜。明天消消停停地回家，放两天假。上班后还有很多事要抓紧做呢。上面批下来，就开始开工架线。"

屈芜招着手迎了过来说："卢工头回来了？"

卢工头说："老乡，正说的又要麻缠你呢。"

"说什么麻缠不麻缠，我恭候着呢，就怕你不来。"屈芜一直记着谢家对他的恩情，对有利于谢顺的事义无反顾。

屈芜赶紧迎他们几人进院子。

四人轮流到井台上痛痛快快地洗了一番，又到谢顺的屋里换上干净衣服才出来吃饭。饭间，聊起遇响马的事，卢工头说："有惊无险，多亏了老乡的枪和谢顺随机应变，才能逢凶化吉。"

卢工头细细地把险情说给屈芜听，屈芜吃惊地说："听说这个匪徒六六从小就当土匪，贼胆包天，凶悍得很，不死后患无穷呀！"

卢工头说："我当时的想法和你也一样。事过之后仔细一想，要是真的打死了，麻缠就大了。官府不说，跟土匪那不就结下仇了，今后我们线路上的麻缠大了去了，老乡你说是不是这么个症结？"

屈芜又问："他要是把咱盯上了咋办呢？"

卢工头说："二娃贼得很，在红柳墩间出溜出溜的，六六连位置都搞不清，胡乱开枪。"

这时昶芳已经把四个凉菜端上来了，三个后生懂事了许多，知趣地早早吃了退了。屈芜与卢工头是老乡见老乡，越谈越投机。

卢工头知道屈家的情况，想留下饭钱给屈芜，屈芜定然是不会要的，只说今年的庄稼好得很，万事都不用愁。卢工头见他不肯收钱，突然有了个想法，便与屈芜商量："这次修工离你家不远，你家做的饭都说好吃得很。戈壁滩上什么都不凑手，有口吃的能吃到嘴里就不错了。刮起大风碜得不敢咬，还未必能吃上。我们工程队要有个供饭的，那可就好了，你要是愿意，这个饭就由你家来负责，咱定下标准，一日三餐家常便饭，每人每天的伙食费算钱。我们都有野外补助，不用自己掏钱，你看怎样？"

屈芜因为无力偿还谢文元赎地的钱，一直于心不安，想挣钱还债。卢工头给他算了每人每天伙食费，让他又惊又喜，真是天上掉下个金娃娃，哪有不愿意的道理？屈芜一口答应，说："卢工头这样照顾我，我绝不会让卢工头为难，一定会尽心尽力让大家吃好。我家闺女做饭还行吧，有不满意的地方尽管说。想吃什么说出来，我们尽量满足。"

卢工头吃了一口韭菜盒子，说："美得很，就这水平比街上卖的好吃。老乡，咱这饭钱，吃饱就行了，能换个口味就好得很了，哪有想吃什么就有什么的道理？可不能让你赔本。开伙前我先给你预付一部分费用，差不多了再补充，完工了一起算，你看怎么样？"

屈芜连连点头："我尽量做到让大家满意，不让你落不是。"

谈定了伙食，卢工头又说："我有个想法，不知该说不该说？"

"但说无妨。"

卢工头问："你觉得谢顺怎么样？"

"没说的，是个好孩子，我们一家拖累了他，我心有不安。"

卢工头说出了自己的想法："别怪我多嘴，一个女婿半个儿呢，我要是有闺女，我就把闺女许配给谢顺，老了也有个依靠。"

屈芜心里何尝不知这是个天大的好事。

卢工头继续劝着："我看谢顺靠得住，那你还挑个啥呢？我解决工作，你许配闺女，你进了城，我们经常可以在一起喝酒，何乐而不为？"

屈芜沉默良久才吐出一句话："看缘分了。"

卢工头有些醉了，站起来要去尿尿，摇摇晃晃地差一点摔倒。谢顺一直在院子里候着，一个箭步上去扶着。卢工头不好意思地说："丢丑了，屈老弟不喝了，过去睡觉去了。"

谢顺伺候卢工头休息，卢工头却毫无睡意，对谢顺说："二娃，咱爷儿俩对脾气。你年纪不小了，该娶媳妇了，你的心思我心里有数，对我还保密？"

谢顺被卢工头戳中了心事，面红耳赤，言不由衷地说："哪，哪里……"

卢工头干脆说破了："我看你见了昶芸总是心慌意乱不自然的样子，是不是看上人家了？你小子眼光不赖，没挑的。"

谢顺小声嗡嗡："人家还小呢……"

"不小了，我刚刚给老屈提起，我看有门。你可要抓紧呢，这么漂亮能干的媳妇哪里找去呢？"

111

卢工头一行回家路过东河坝就看见金玉家，金玉一眼就瞧见鸽子带着哨子在天空中飞翔，便着急对卢工头说："卢工头，要是没有别的事我就回家了，我爹咋把我的白鸽子惊起来了！"不等卢工头点头，他背起行李撒腿就跑，那个敏捷与往日判若两人。

卢工头望着他的背影喊道："别忘了按时上班。"

回到局子整理完毕，卢工头让谢顺和典兵也回，典兵蔫蔫地说："我今天回去就晚了，明天又得往回赶；不回去了吧，我娘想我想得直哭。唉，蚕豆也没有了。"

卢工头问："是不是想你媳妇了？"

典兵摸着头，讪讪地说："卢叔，我这连个娃娃都没有，我爹急着要抱孙子呢。"

卢工头劝道："生儿育女天注定，急不得的。"

典兵又说："我还是回吧。"

卢工头通情达理，说："多给你两天假，别回来迟了。"

典兵兴高采烈地说："卢叔，你真是好人啊，我让我娘做了油炸蚕豆给你送来，香得很。"

回到屋子里，典兵又磨蹭起来。谢顺问："刚才急得不行，现在又不急了？"

"谁说不急，我得带上钱上街给我娘买些针线、调料菜啥的。"

谢顺说："一口一个娘，你爹呢？"

典兵边收拾边说："我爹下地干活，抽烟喝茶，啥都听我娘的。我得赶紧走了，可以一边走一边拦便车。"

谢文元知道卢工头回来了，过来约卢工头明天中午到陕西会馆喝茶。听到典兵还要搭便车，便问："能搭上吗？"

典兵说："那就碰运气了，遇不上好人，走回去晚得很了。"

谢文元便让谢顺把他的驴牵来给典兵骑回去，典兵乐得不行，连声感谢。

谢顺、典兵走后，卢工头又把遇响马的事与谢文元说了一遍，把谢顺好一阵夸。末了，他又向谢文元提起了谢顺与屈昶芸的事。

谢文元说："提过两个他都不愿意。是不是他看上给你说了？要是这样就好了。"

卢工头问："你看屈芜的大闺女咋样？"

谢文元知道这姑娘勤劳能干，说："没说的。"

"我瞧谢顺是看上了，你抓紧托媒人去说。"

"我和屈芜的关系，你可能听说了，我从来没往这上面想过，怕被人说我们家乘人之危。"谢文元说出了自己的担忧。

卢工头问："我看屈芜有难言之隐，是不是也为这个？"

正在这时候谢顺送完典兵回来了，两人便不再说这事儿。谢文元与卢工头约好了明日喝茶，告辞后就带着谢顺一同回家吃饭。

112

屈芜和谢顺在地里忙着，庄稼长势喜人，只等丰收，屈芜心里高兴，与谢顺说道："二娃，你叔现在连魂都在这庄稼上，只要人勤快，庄稼不哄人。今年能丰衣足食，今后就有了奔头。"

"叔，你身体还没复原，注意身体，不要过度劳累。地里的活我心里有数，不论什么情况，我都会尽心尽力，误不了，你放心就是了。"

屈芜心中始终担忧谢顺的前程，说："二娃你的话我信，但不能因为这耽误了你。现在不到地里干活，我这心里就空落落的。干什么都得上心，有了盼头苦也是甜。你一心奔你的前程去，你好了，叔心里就好受了。"

第二天黎明，谢顺走的时候，盖着草的车上放了不少东西，有一把把二茬韭菜、菠菜、小葱、芫荽，还有刚熟的梨瓜子，头天打回来的两只黄羊都在车上。他把一只拿进厨房，正好碰见昶芸在。也许是卢工头捅破了他心中的秘密，他有点心慌意乱，黄羊没放稳差点掉下来，二人都去接，碰了个正着。昶芸"哎哟"一声，谢顺掉头就走。这一切被门外的屈芫瞧见，羞得昶芸转过身去。

屈芫说："二娃，局长和卢工头那里，咱也没有个表示，拿上去尝个鲜，你咋又给放回来了？"

谢顺面红耳赤地说："叔啊，我干不了这个。"

"这娃，请卢工头帮你送给局长，听我的。"

谢顺这时心都是乱的，哪里听得下什么。屈芫又劝道："黄羊一冬天吃得够够的，这一次不留了。"他又冲着厨房里的昶芸吩咐："昶芸，把黄羊拿出来放到车上。"

"还是我来。"谢顺又把黄羊放到车上，要和屈芫告别。

屈昶芳蹦蹦跳跳地出来对谢顺说："二哥，这下回来给我带个卡子。"

屈芫哄道："过两天爹上城的时候给你买。"

屈昶芳撇撇嘴说："那得猴年马月。"

谢顺一口就答应了，说："明天晚上我送粪就带上了。"

屈家婆娘这会儿也出了屋，责怪道："这丫头，货郎子经常挑着担儿叫卖呢。"

谢顺笑笑，也不多说了，和屈家人道了别就出门去。在阿亚桥，谢顺与爹遇上了，说："爹，我这里有刚下来的梨瓜子，拿上让沁丰吃。"

谢文元说："不能养这个不良习惯，在学校吃影响不好，下午回来吧。你怎么又拉了这么多东西？"

谢顺说："屈叔硬让带的，说局里领导对我不错，自己家地里种的东西，让带来送给领导。"

谢文元为人正直，说道："我最烦的就是这个，好像做贼似的。你送算个啥，让人指指点点的。"

"屈叔说就麻烦卢工头代为相送了，爹说咋办呢？"谢顺对这起子事儿心里也没个数。

"你屈叔和卢叔为你可没少操心，你可要知恩图报。那你就快去吧，你卢叔已经在小库房试话呢。"

谢顺快马加鞭来到小库房没碰上人，把东西搬到墙根放下。

卢工头进来，正瞧见他搬东西，问："二娃你这是做啥呢？"

谢顺说："卢叔，这都是自己种的，我屈叔说今年的庄稼好是肥好，多亏局里领导照顾，没有可表示的，也就这个了。"

卢工头说："我把遭响马的事给咱李副局长兼段长说了，李副局长说要见你呢。"

二人正说着话，金玉垂头丧气地抽着烟来了。

卢工头说："霜打的茄子一样，你又迟到了。"

金玉懊悔地说："都是我，唉……"

卢工头听得莫名其妙，问："还没睡醒，说胡话呢？"

"错失良机，跑了……"

卢工头一头雾水，接着问："谁跑了？"

"艾买提的翻鸽娃子，端端地上去稳稳地三个旋，今天叫我裹下来了，'吁'到了地下撒了些食，一网没打上。唉，我咋能失手呢？"

卢工头恍然大悟："你絮絮叨叨的，不就是个鸽子吗？看你那个尿样子。"

金玉不痛快，说："要不是我爹催着上班，我能心慌吗？这可是千金难买的好鸽子。"

卢工头不和他麻缠鸽子的事，开始交代工作："过两天我去迪化（今乌鲁木齐）催工程款，也就是十天半月，回来就要修工了。新来的电线杆防腐的活还要抓紧干呢，不能稀里哗啦地混日子。我们的电线杆一个萝卜一个坑，个个都是按标准来的，贼娃子盯着呢，要安排人值班，丢了是要赔的。干活还是谢顺管，我说的就是你金玉，不要总是稀里马虎的，出了事可没有你的好果子吃。"

金玉埋怨道："你咋就看我不顺眼？"

卢工头正色说道："那你就好好干，吊儿郎当不行。金玉，你去拿上笔墨在杆顶上编号，今天就交接。"

113

卢工头出去催款了，典兵过了期也没回来，不知是为何。金玉吊儿郎当的，迟到早退不出活。谢顺干着急，说金玉两句，反被他讥讽成弼马温，两人关系搞得很不愉快，谢顺上了火嗓子都哑了，又怕丢了杆，吃饭都是谢昌送的。

谢文元晚饭后来看二儿子怎么会忙得连家都不能回，只见谢国、谢顺、谢昌弟兄三人都是满头大汗地在剥杆皮，便说："我说都到哪里去了，原来在这里。"

谢顺吃了一惊，停下手中的活抹把汗说："典兵没回来。金玉犯懒，我说了两句，他就说肚子疼了。活儿没人干，电杆要人看，这不把大哥和三弟也搭上了。"

谢文元问："卢工头什么时候回来？"

"说是十天半月，走了四天了。"

谢文元顺手拿起钢钎撬松树皮，兄弟几个都让他去休息，怕爹受累，谢文元说："我就不信我老得连这个也干不了了。"虽是不服输，但是年龄不饶人，谢文元剥了两根，老腰就不行了。

谢昌扶爹坐在剥去皮的电线杆上，一边给爹捶腰，一边说："爹，行长让我起草一份工作总结供他参考，我写好了，爹给我看一看是否贴切。"

谢文元说："你们的情况我又不了解，要突出行长强调的要点。实事求是，多请示，不要自以为是。"

天快黑了，谢顺把工具收拾进小库房，让爹和大哥、三弟回家去，自己留下来看电线杆。

谢文元提出要去谢顺住的屋里看看。谢顺带着大伙儿去了紧靠库房的一间，东窗下是满炕。谢顺点上马灯，请爹上炕坐。

这时，典兵提着个白布袋耷拉着头战战兢兢地进来，说："我娘病得起不来了，没办法，迟了两天，卢工头扣不扣我的钱？要不要我了？"

谢顺问："你娘好些没有？卢工头去迪化了，没说你。"

典兵说："好了些，这不就赶紧赶过来了。我娘这是老毛病，心慌头晕下不了炕，我得挣下钱给我娘买药。"

谢文元在一旁夸赞："好后生，接你娘过来看医生，对症下药，效果好。"

典兵叹了口气，说："城里没人，哪里吃，哪里住呢？"

谢文元便说："没关系，来了就住我家。"

典兵心里感动，对谢文元更加崇拜。谢昌提醒道："爹，汤掌柜约你去听戏，该走了。"

谢文元这才想起来，谢昌打了一盆水给爹洗洗，要送爹过去，谢文元问："有没有人愿意一同去看戏？"

谢国想早点休息，谢文元嘱咐他少抽烟喝酒，回去早早睡下。大儿子丧偶以后，少不了烟酒茶，全家都同情，他也理解。谢昌要回去看《资治通鉴》，也说不去。

谢文元想着典兵应该没吃饭，让兄弟几个带他回去吃饭。典兵说："谢谢叔了，我带着风干馍馍呢。我爹炸了些油蚕豆，让带给局长、卢工头和您，您拿着。剩下的我这会儿就送过去。"

114

话说卢工头去迪化催修工款，款还没有到位，现场不能没人，只能先回来。工程所需要打的抱箍，卢工头与西门外的维吾尔族铁匠价钱没有谈拢。谢顺看了看样品，说自己可以干。卢工头知道他有打铁的手艺，也知道做下这整套东西不容易。谢顺信心十足，卢工头深知他知道轻重，从不说大话，便同意将此事交给他，并要给他算工钱，谢顺坚持不要。

谢顺接下这个活儿，典兵和金玉自然要一起帮忙。金玉埋怨谢顺没事找事，典兵却乐意和谢顺一起干。于是卢工头让谢顺和典兵白天干活，金玉晚上值班。人员安排妥当，他们便准备在库房与东房之间的拐角的空地上修铁匠炉子。

第二天，谢顺到屈家把打铁的器具拉过来。第三天，准备好了修铁匠炉的材料。第四天，铁匠炉就修好了。第五天，铁匠炉耀眼的火光就燃烧起来，谢顺和典兵紧锣密鼓地干了起来。第六天，第一批标准抱箍在机油里淬了火，十个一捆放在库房里。金玉折服了，也加入抡大锤打铁的行列中。半月后，抱箍铁件保质保量完成了。

打完了公家的，金玉拿来两块钢板问谢顺会不会打菜刀。谢顺是打过菜刀的，说："打过，没麻大。"

金玉问："能打三把菜刀吗？"

谢顺拿着料说："打五把也没问题。"

金玉问："我一把、你一把、局长和卢工头各一把，还有一把呢？"

典兵说："没我的呢！"

金玉反问："跟你有啥关系？涩皮。"

谢顺要把自己那把给典兵，金玉说："这不行，吃他的金豆子放屁去吧！"

谢顺说："都在一起干活低头不见抬头见，你就听我的吧。"

典兵感谢谢顺，把兜里的蚕豆都掏出来，放在炉台上让他吃。

三人下班后就开始打菜刀，在这院子里打出了名，有些家属拿料来求他。卢工头让他下班后悄悄打，别弄太大的动静。谢顺是个热心人，连刃都开了。

七月麦收，谢文元和卢工头商量让谢顺和典兵回去夏收，看材料的事交给他和谢国。卢工头说："明天把工钱拿了，就可以回去夏收。"原来他早已安排好了，白天他看材料，晚上金玉看。谢顺的事，金玉是愿意帮忙的。而且，卢工头还承诺等夏收回来给金玉放几天假。谢文元还是兑现诺言，白天去看材料，谢国晚上就在谢顺的宿舍值班。

谢顺拿上工钱喜不自禁，他第一次有这么多钱，给爹买了翰墨狼毫笔，买了秋家的点心，把余下的钱全部交到娘的手上。

魏秀娥感慨："还是给公家干好，娘给你存下娶媳妇用。"

谢文元说："留下一半，另一半给他屈叔家。"

魏秀娥把钱给了二儿子让带去屈家，又给谢顺一些零花钱，说："这么大的人了，身上没个钱不能行。"

谢顺用娘给的钱买了面、油、调料，打了一条子肥猪肉，赶上车准备去屈家。谢文元提着点心，也让送过去。魏秀娥给屈家的闺女儿子扯了些布，打好包袱让谢顺一并带过去。

谢顺到了屈家已经是傍晚吃饭的时候，晚饭是煮苞米棒子，这几天是地里产什么，家里吃什么。谢顺交代麦子一定要等他回来才开镰，早割一天损失不小。

谢顺将车上的东西搬进去，屈芜说："田里的麦子就要收了，你咋又花你娘的钱？"

谢顺又把自己工钱的一半给了屈芜，解释道："这是我挣的钱。"

屈芜惊叹："我的天啊，能挣这么多钱！给公家干事月月都发钱。这个差事好，千万别丢掉。这钱让你婶放着等你娶媳妇的时候用。"

谢文元急于给二儿子说媳妇，屈芜早有耳闻。最近汤臣跟谢文元套近乎，要给谢顺介绍对象，他下定决心在适当的时候把谢顺的事挑明了。

115

夏收过后屈芜的心情特别好，家里有粮心里不慌。入伏后的天又闷又热，他在地里除草，奶羊在沟边上吃草。傍晚谢顺送粪过来，让他去休息，自己替他把剩下的草除了。

屈芜说："我行，咱一起干快些。"

两人一边干活，一边闲聊。谢顺说："今年的冬菜长得不错，卢工头说院子里的冬菜就买咱的。"

屈芜高兴地说："那就不愁卖了。对了，你爹什么时候从你大姐那里回来？"

谢顺说："我爹昨天晚上回来的，还让我来接你过去听戏。"

屈芜说："好久没见了，我有重要的事跟你爹商量，咱俩后天过去？"

"我爹也是这个意思，说开了学就不那么方便了。"

第三天早晨屈芜收拾一番，到底是有钱人家读书出身，虽然晒黑了，打扮下来还是十分体面。屈芜让儿女们把准备好的两袋子新麦子面、一筐嫩玉米、甜瓜、洋柿子、豇豆、茄子、黄瓜等搬上车，谢顺大吃一惊。

到了谢家，谢文元请屈芜上炕，让他别再送这么多东西。屈芜推说吃不完，不送过来也要糟蹋。

谢芳端上茶来，谢文元与屈芜二人喝茶聊天。正在这时，汤臣亲自来请谢文元下午去东江春寿山厅赴宴。

谢文元问："今天是什么好日子？"

"小儿天山昨天晚上回来，一定要提前为我过六十寿辰。"

屈芜才来，谢文元不好撇下他去敷衍，为难地说："你看，我老乡刚进门，这……"

汤臣邀请屈芜同去，屈芜怕麻烦他们，说就要回去了。汤臣力邀道："屈先生，咱们也是老相识，连这点面子都不给？专候！"说完后，汤臣便告辞，继续邀请其他客人。谢文元赶紧准备起来，汤臣一直想要他的草书一帧，谢文元写下一幅字，又取了一幅《花开富贵》，作为贺礼相送。

汤臣醉翁之意不在酒，虽说是寿宴，其实是为其子天山求婚的先奏。汤天山自从见了谢芳以后，立志要娶谢芳为妻。父子俩想法不谋而合。

寿宴上，汤天山特意打扮了一番，温文尔雅，对谢文元恭敬有加，亲自到门口相迎："伯父光临，不胜荣幸，请上座。"席间天山礼貌周全，深得谢文元的认可。

席散，汤臣对谢文元请求道："谢先生，小儿久慕江南才子裴景福留在龙王庙的长联，诚请谢先生指教，能否赐教？"

谢文元爽快地说："犬子也催着去看山洪后裴景福的那副长联，明日休息，何不一同前往？"

汤臣大喜："明日辰时，我在大十字相候。"

116

第二天辰时，两家的车在大十字会合。入伏以后天气十分炎热，太阳出来热浪滚滚，汤臣体胖，不停地摇着扇子。汤天山一身白纺绸的中式短装，黑布鞋，风流倜傥，拉着谢昌的手夸："小弟可真是才貌双全。"

谢昌谦虚地回话："才疏学浅，岂敢不自量力？还是汤兄见多识广，文武双全。"

汤掌柜对这一带的路清楚得很，谢文元请他在前带路。虽遭了山洪，龙王庙依旧庄严。车停在大戏台旁，汤臣已经在休息的凉亭安排妥当，天山留下来把长联抄下，准备回去欣赏。

谢顺摸了几条鲤鱼烤上，谢国将水烧好后请爹过去。谢文元与汤臣一同过去。谢国看谢昌看长联入了迷似的，推了一下三弟说："天山已经抄走了。"

凉亭果然是好去处，极目远望，湖光山色尽收眼。天山打开食盒，是素三丝、肉拼盘、卤鸡卤蛋、蜜汁金球，谢国也把烤热的肉馕摆上。

谢文元与汤臣把酒相谈，谢家的儿子们在旁烤着野味。汤掌柜对儿子说："你拿些吃的与他们一道，我跟你谢叔说些要紧的话。"汤天山心领神会。

谢顺用棍子把烧得发白的刺猬泥团从火里拨出来，用卵石砸开一个，让汤天山送过去。天山也急于得到信息，用苇叶托着刺猬过来。正听父亲说："小儿这次专程为婚姻大事而来，人你也见了，一心想要迎娶谢芳为妻。"

汤天山毕恭毕敬地过来，说："叔，我会一辈子对谢芳好的。"说完放下东西赶快离开。

谢文元说："汤掌柜的意思我跟娃她娘商量了，只要他们好，我们没有意见。"

汤臣大喜，说："选个黄道吉日，我就请媒人上门提亲。"说着又干了一杯酒。

117

话说那日屈芜本是欲与谢文元商量谢顺与昶芸的婚事，不料被汤臣的寿宴打断。回到家便唉声叹气，情绪低落，便与婆娘商量先去黎家把昶芸的婚约解除。

屈家婆娘心有不安地说："按照你的意思，嫁给谢顺再好不过。可一女不二嫁，昶芸那里我试探过了，守着死礼，愁死我了。"

屈芜说："昶芸懂事孝顺，只是我当初看走了眼，幸亏没有生米煮成熟饭。我主意已定，这亲退定了，咱两家各不相干。"

婆娘问："我昶芸的名声咋办呢？"

屈芜反问道："什么名声？卖给了他家，还是已经嫁了？黎家这几年连个话也没有了，意思明摆着，人家家大业大，儿子在苏联留学不着急，就盼着我们开口呢。要是人家提出来，我们的脸往哪里放呢？倒不如遂了他的愿，一了百了。要是等谢顺定了亲，那可真是悔之晚矣。"

"要不要先给昶芸说好了？"

屈芜主意已定："婚姻大事父母做主。我闺女识大体、知大理，家里的光景她心里有数。谢顺是个好后生，指得上、靠得住，老天爷送上门来的。"

屈家婆娘也愿意与谢家结亲，两人便说定了退婚之事。

第二天傍晚，屈芜带上当年的婚约信物，敲开黎家的大门，这是汉城为数不多的大院子。黎崇义吩咐过下人，只要是屈芜过来，就说他不在，免得麻缠。用人李妈拉开门见是屈芜，用身子挡住门缝说："老爷不在家。"

屈芜深知黎崇义的为人，说："你哄谁呢？你告诉他，今天一了百了，从今往后，我不会再登他的门。"

李妈问："你有啥事？等老爷回来我转告。"

屈芜说："这是我们两家的事，你办不了。我知道他在，事办完了我立马就走。"

李妈只当他还是来麻缠，说："老爷吩咐过，我一个下人做不了主，不能放你进来。"说完便把门关上了。

屈芜被挡在门外，羞愧难当，怒上心来，重重地敲着门喊道："黎崇义，你给我出来，我是来结账的。"

黎家是要脸面的人家，乡下有良田四百多亩，城里有长永兴商铺经营粮油。如此丢人现眼，岂能忍？黎崇义让李妈放他进来。

往日里屈芜见黎崇义都是低三下四，今天却是理直气壮的样子。黎崇义心里有些嘀咕，面上说着："你快进来，有话好好说。"

屈芜瞪眼问道："你黎家门槛高，眼睛长在鬓角上我能进吗？"

黎崇义一把将屈芜拽进门，免得引人围观，说："你在大门口胡咧咧个啥？不怕丢人现眼啊？"

屈芜心里也怕太过张扬，顺势进了门，开门见山地说："黎爷，你有钱有势，我一贫如洗，门不当户不对，我高攀不起，今天你我把孩子们的婚约解了，各行其道。"

黎崇义惊得目瞪口呆，说："你是不是疯了？满口胡言乱语，这是有三媒六证的婚约，岂容你说退就退？"

屈芜说："咱两家本就不是一路人，岂能联姻？"

黎崇义问："你是哪根筋抽的，我这个家我的儿子哪点配不上？"

屈芜无动于衷地说："是我们配不上，让你脸上无光。"

黎崇义见他来真的，婉言劝说："有话好好说，悔婚是万万不可的。"

屈芜心中对黎崇义是有怨气的，不耐烦与他纠缠，说道："话说三遍臭如屎，这个婚约一定要解除。"

黎崇义慌了，让李妈赶紧上茶，说："亲家，莫要耍小孩子脾气，昶芸进了门有的是好日子。"

屈芜不管他，拿出婚约，点上火，当着他的面把婚约烧了，说道："出了这个门，咱两家两清了，从今以后，你走你的阳关道，我走我的独木桥。"

黎崇义气得浑身发抖："反了你了，没有王法了？"

屈芜把当年的定礼如数还回，完事走人。黎崇义气急败坏，扬言要去告他。屈芜全不理他，扬长而去。

黎崇义气愤不过，一纸诉状递给了时县长。时县长是黎家的座上宾，对黎家十分了解，有意结亲，此时正是好时机，便对黎崇义说："此事略有耳闻，我还以为是闲言碎语，这个屈芜是有名的败家子，怎么能跟你这样的人家联姻，我看这样甚好，从此不再来往。"

黎崇义对昶芸这个媳妇是认定了的，说："你判他个悔婚无效，以示法律的威严。"

时县长笑着劝说："黎爷，婚姻之事要双方同意，为这闹得满城风雨，岂不有损于你的名声？况且哪里有这样的律条。"

黎崇义问："按县长的意思就没办法了？"

时县长说："门不当户不对不成礼，有损于贵公子的前程，我侄女大家闺秀，知书达理你若有意，我为你做媒如何？"

黎崇义明白了，时县长是不愿意帮忙，只能忍气吞声把婚约解除了。

与黎家退完亲，屈芜找了一个晚上与昶芸说了此事，只说黎家有钱有势瞧不起她。昶芸如五雷轰顶，一下就昏了过去。屈芜两口子又掐又揉，好一会儿才听到昶芸"哇"的一声哭了出来。

屈昶芸不吃不喝地待了三天，谁劝也不应。第四天，晨色朦胧，她进了厨房开始做早餐，为了苦命的爹娘，为了没成年的弟妹，她认命了。

118

从龙王庙回来的第三天，汤臣就请了媒婆到谢家提亲。双方的父母都同意这门亲事，一拍即合，皆大欢喜。汤天山的假期快要到期，第二天中午两家就在东江春举行了隆重的订婚仪式。汤天山回省城前与父母一道来谢家辞行，谢文元设家宴款待。谢芳在大哥的协助下做了一桌席面，汤臣夫妻交口称赞。酒至半酣，汤臣说："亲家，后天咱一同过去，把结婚的新房准备好，择吉日良辰把婚事办了，你看如何？"

谢文元为人爽快："我们听亲家的安排。"

汤臣保证道："亲家放心，谢芳过了门，定不会让她受一点委屈。"

谢文元说："小女若有不是之处，往后还要你们多多调教。"

两家当日便约好了婚期。谢芳待嫁在家，失去了往日的欢乐，含苞待放的花季少女要嫁给一个比自己大九岁的陌生的男人，回头四顾两茫然。

魏秀娥忙着给老闺女准备嫁妆，又想着得进厨房学做饭。小闺女出嫁，男人们都上班，不能吃不上饭，她若不学可怎么办！

往日魏秀娥是不在厨房久待的，这日谢芳准备做午饭，让娘出去，免得被油烟呛着了又喘又咳嗽的。魏秀娥说："丫头你走了，总得让上班的按时吃上饭，娘在旁边跟着你学。"说着又感伤起来，"时间咋这么快啊，一晃我贴心的小棉袄也要嫁人了！"

谢芳也哭着说："娘，嫂子不进门我不嫁。"

魏秀娥说："傻闺女，咋能事事由得了咱们。这是缘分，我看天山不错，文雅干练，好好过日子。只要你好，娘这里没有过不去的火焰山。"

谢芳担心地说："那眼睛像刀子似的，怕人呢。"

"男人能没点杀气？男儿是土做的骨肉，女儿是水做的骨肉，水滋润土才能天长地久。"

谢国中午下班回家就往厨房来，对娘说："娘，这里不是你待的地方，有我在，不能让娘遭烟火之罪。"他让娘从厨房出来，把早晨准备好的食材拿出来，"娘，你出去吧，做饭的事有我呢，快得很。"

魏秀娥说："以后娘给你准备好东西，你进门就可以做了。"

汤家准备把儿子的婚事办了去迪化做生意，谢芳自然是要跟着一起去。三个哥哥对小妹远嫁心怀忧虑，高兴不起来。小妹是家中最让人怜爱的，这一去不知哪年哪月才能团聚。谢文元何尝不是如此？他希望女儿在他的身边，但是闺女的幸福才是他最希望的。

119

邮局松了一阵后，工程款到位又要开始忙起来了。卢工头让大家一个星期后全部到齐，做好修工的准备工作，按时进入现场。

修工开始前的这段日子，金玉、典兵都喜欢上白班，谢顺值夜班。谢顺白天回屈家干活，地里的活没耽误。正是秋季田间管理的关键时刻，他把地里的活干好，走的前一天又打好柴。屈芜对他是从心里喜欢。

这天，屈芜放羊回来，领着儿子在院子里抓鸡，追得气喘吁吁也没有抓住，又喊了昶芳过来帮忙。昶芳以为爹让她收鸡蛋，说："爹，我看过了，今天还没下蛋。"

屈芜说："你二哥明天要走了，没明没夜地苦了这些天，抓了鸡炖上给他补补。"

昶芸听见了，立刻把鸡窝里正在下蛋的鸡逮了出来。老母鸡在她手里挣扎，她不敢宰，把鸡递给爹去处理。

昶芳觉得宰了下蛋的鸡怪可惜的，说："这只蛋还没下下来呢！"

昶芸说："蛋还能飞了，这鸡老了，不好好下蛋了，白吃粮食，今年春上的鸡快下了。"

昶芳还想护着，说："不是还没有下嘛！"

昶芸训斥道："这妮子，一只鸡算个什么，你二哥天天吃鸡都值得，这次人家走了，要是进了公家单位，你还能这么着？地里的活就够你受的了。"

昶芳见姐姐这么护着谢顺，故意说："一口一个你二哥你二哥的，他要是我姐夫，他吃什么我都愿意。"

昶芸也不争辩，转身做饭去了。太阳落山时谢顺打柴回来，又打了两只黄羊。昶芳端过来满满一大盘鸡肉，说："二哥，你先吃肉，我姐说等到你吃得差不多了，再下了面端上来。"

谢顺觉得奇怪，问："今天是啥日子？"

屈芜解释："明早你又走了，宰只鸡犒劳犒劳。"

谢顺问："咋把下蛋的鸡宰了？"

屈芜说："也下得快停了，你这一天天太苦了，也该吃些好的。"

"这点苦算什么？这盘太多了，我得拨出来些。"谢顺端着盘子往厨房走，昶芸在厨房门口说："你的饭量我知道，吃吧，端来端去都凉了。"

近来他们没有照过面，昶芸有意躲着他。今天面对面让他有些心慌，她瘦了，憔悴得让他心疼。心仪的女人主动跟他说话，他的脸一下红了，端着饭到树下的小方桌上吃。过了一会儿，昶芸端上一碗宽扯面和一碗面汤，他有饭后喝面汤的习惯。

文武过来，谢顺让他一起吃肉，文武说吃过了，谢顺知道他们都舍不得吃，对文武说："不吃二哥碗里的肉，这是不跟二哥好了？"

屈芜过来，让文武到一边去玩："不要打搅你二哥吃饭。"

谢顺不让文武走，对他说："二哥实在吃不下去了，帮哥吃一点。"

文武说："这么香的香香肉是留给二哥的。"

昶芸见谢顺这么坚持，给文武递了一双筷子，说："跟你二哥吃去，要不然你二哥心里不得劲。"

120

卢工头施工、站上的事得两头兼顾，这次修工便请了骆驼圈子站上调来的秦师傅领着干，修完工了他也差不多快回家颐养天年了。常年在戈壁滩上，秦师傅像晒干了似的，满头稀疏的花发、满脸的皱褶，走路也一瘸一拐的，这是线务员长年爬冰卧雪落下的职业病。

卢工头说："老秦，工修好了你就快到点了，高高兴兴地回家，老婆孩子热炕头，过你的小日子。你给咱把关把好了，不出麻烦，平平安安就功德圆满了。"他把谢顺叫过来说："他叫谢顺，给你个帮手，人勤快，脑子又灵光，跑腿的事你让他去，你就省劲了。"

"卢工头看下的人，我有啥说的。"秦师傅常年爬戈壁，不善言谈。

卢工头交代："这次修工打坑、拉杆、栽杆这些活，得给咱盯紧了，不能马虎。明天我们就到市场上去挑力工，不能要偷尖摸滑的，磨洋工咱可没闲钱。"

秦师傅说："我哪能顾得过来？"

谢顺想到这次修工线路从新庄子过，有的还得从地里走，占地得给庄户补偿，他们都嫌给的少，可局里只给了这些钱，卢工头也没办法。谢顺便说出了自己的想法："庄户人可怜，没地方挣个急用的钱，我们不如把挖坑、拉杆、栽杆的活儿给他们干，挣上钱就不会打麻烦，一举两得。"

卢工头担心不好管理，谢顺提议："像挖坑、拉杆可以包下去，拉杆多少钱、挖坑多少钱，一包到底一起算钱，你说行不行？"

卢工头说："这倒是个办法，就是得一家一家落实去。"

"我跟卢工头勘探过线路，谁家的地我心里有数。若是信得过我，把钱算好了，我去办。"

秦师傅说："这个办法省劲。"

卢工头点了头："我看就这么试一下，你这脑瓜子道道还不少。"

卢工头让谢昌帮忙把工程费用分解得明明白白，还留下了一定的不可预见费，这让卢工头啧啧称赞，有本事就是不一样。

秦师傅要熟悉路况，谢顺、典兵、金玉和他介绍来的王志林随行。

谢顺牵着驴让秦师傅坐上，老秦直夸他有眼色。

出发前，卢工头对秦师傅说："老秦，进场还有几天，你看了哪里能改就改。这条线路有几个转角，我本想修正，忙着要钱也没顾上，要能少个弯，省事省钱。"

秦师傅为人谦虚低调，说："你是这方面的行家，你手里出来的活儿定然没得挑。"

在谢顺的带领下，秦师傅一行人沿着线路走了，晚上住在屈芫家。屈芫家殷勤相待，酒后秦师傅话多了起来："我这腿要能行，转角少能省不少。"

谢顺机灵，说："秦师傅，你坐镇指挥，我们听你的，如果能够把线路取直，省工省料麻烦点不算个啥。"

王志林高壮粗犷，是个直筒子，说："秦师傅，你干出了名，我们跟着你也脸上有光，你说是吧？"

这话说中了秦师傅的心意。谢顺从旁提议：“我们在几个长杆子上面拴上红布，在每一个转角杆桩位立一根，确定大方向后想办法取直了，秦师傅您一定有办法。”

秦师傅想了想，说：“可以试一试。哪里去找那么长的杆子去呢？”

“我们家有椽子，高得很。”屈芜说道，又问昶芸，“我们家有红布没有？”昶芸说有个破了的红被面没扔。

东西都备齐了，第二天早晨谢顺早早准备好了装上车。秦师傅十分满意，临走前又对屈芜表达了谢意。屈芜不敢居功，说：“是秦师傅赏脸，我侄子谢顺还望多多关照。您把午饭带上了，我没事还能给你们看东西。”

秦师傅骑上驴，脖子上挂着卢工头的望远镜，谢顺背上猎枪赶上车，一行人便向目的地出发。

功夫不负有心人，在大家的努力下取直了两个转角，省下了九根杆子。回来的时候谢顺打了只黄羊，大家痛痛快快吃喝一场。

临回局子的那天晚上他们在屈家留宿，酒过三巡，秦师傅问屈芜：“老屈，你一肚子的学问，咋不到城里找个事干？”

“一言难尽啊，要年轻……”屈芜话还没说完，就开始喘得不行。昶芸赶快给爹拿来丸药吃上，嘱咐他少喝些酒。

秦师傅忙问他是哪里不好了，屈芜只说是老毛病。

秦师傅说：“我也是入了秋咳嗽痰多，不敢多喝酒。”

谢顺担心屈芜的身体，说：“我娘也是，用冬梨和川贝冰糖按法制作，临睡前吃一个，效果不错。我娘说能养神安眠，润肺泄热，生津养明，常吃能去根。今年冬梨下来了，咱多买些放到窖里，随吃随取。”

谢顺做事勤快有想法，又这么孝顺，秦师傅很喜欢他，感慨着：“我要有这么个女婿就好了。”夸得谢顺脸红心跳的。

121

开工的前一天，参加修工挖坑拉杆的农民工要在屈芜家集中。卢工头骑着马，带了十斤猪肉过来，与屈芜商量开工事宜。这一次修工与以往不同，用的农民工又多是屈芜一个庄子上的人，还得让他帮忙从中联系。卢工头把十斤猪肉交给屈芜，交代他准备明天早晨开工典礼上的大肉包子，出工的人每人五个大肉包子，又把事先买好的鞭炮给他，开工前放了，图个吉利。

屈家当天下午开始准备，第二天五更就开始蒸包子。天亮后，参加修工的壮劳力拿着工具陆续来到屈芫的院子里，这是这几年屈家最露脸的一次。大家吃着猪肉韭菜包子，喝着大碗茶，咧嘴笑得开心。庄子上像过节似的，乱哄哄的。

大家吃得差不多了，卢工头说："大家静一静，听我说，这次修工由我管。咱秦师傅现场负责，有啥事找谢顺，他解决不了的由他反映给秦师傅，再解决不了，还有我卢工头。大家干活要注意安全，按要求干好活了，挖的杆坑合格不合格、运来的电线杆到位不到位，由金玉验收签字。所有工序完成后，秦师傅验收盖章算通过，才能拿到钱，都听清楚了？"底下一众人都说明白了，卢工头带着大伙进入工地，安排动土、祭土。

庄户人爱凑个热闹，大人小孩都围上来了。王道士头顶道帽、身披道袍在前摇铃领路，弟子举着法幡紧跟其后边走边念，到开工的电线杆坑旁，烧纸焚香、泼酒摔碗。法事做完，爆竹齐鸣，卢工头用拴着红绣球的铁锨破土，宣布动工，大家一阵欢呼。

一切都按计划有条不紊地进行，秦师傅欣赏谢顺，这娃做事较真，手脚不闲，使唤起来顺手。每日收工都提前安排好第二天要完成的活，一丝不苟没耽误过事。屈家更是全力以赴，按前一天晚饭后商量定的，用心做好每一顿饭。

卢工头经常来检查，这次修工他可明白了，职责分明进度快。他打心底觉得二娃是个人才，悄悄嘱咐屈芫千万不要错过这样好的女婿。屈芫也是下了决心，说："这还要请你给作伐呢，修完了工，我便去和谢先生说。"

卢工头说："我看谢先生心里愿意得很，他就是怕人说他乘人之危。我俩加把劲，把这好事促成了。"

122

修工开始后，谢文元来得也勤了，他关心谢顺的前途，这是二儿子第一次以雇工身份干这么重要的事。这日下午放学后，谢文元牵着驴驮着孙娃子沁丰直接去屈芫家。屈芫见他来了，丢下手里的活过来，邀他进屋里坐。

谢文元说："忙你的去，别管我。"

"我就是跑个龙套，有大丫头呢。"

谢文元知道昶芸能干，这回修工也出了大力。这时秦师傅下工了，进来和谢文元说话："谢先生来了，今年的工修得痛快，多亏了谢顺这个帮手，干活痛快。我在老屈这里也吃得好、睡得好。"

儿子被夸，谢文元心里高兴，嘴上还是谦虚："秦师傅要对他严格要求，多提点。"

秦师傅夸起谢顺来毫不吝啬："现在修工的活差不多他都能干了，立杆、吊线、装组件、做拉线，我看修完这次工，他就能成了把式了。"

谢文元说："秦师傅你干了一辈子，他才学着干，还得麻烦你多费心，我这个儿重情义，能出上力的绝无二话。"

"谢顺经心得很，是干这个的料！"

谢顺见家里的驴子拴在院子里，知道爹来了，进来见了爹便和秦师傅说要去安排明天的活。谢文元带了肉夹馍来，让他带着去吃。屋里又只剩谢文元、秦师傅、屈芜三人了。秦师傅说："修了这些年的工，生一顿、熟一顿、煳一顿的，今年可享受上了，我说可别让老屈吃亏了，哈哈哈！"

屈芜知道修工的苦，也明白秦师傅尽心带谢顺，只盼着把秦师傅照顾好了，对谢顺将来有帮助。

谢文元说："我老乡是意气相投山可移的那种人，有他在，你放心就是了。"

屈芜在一旁嘿嘿笑，说道："昶芸都安排好了酒菜，咱一起喝点。"

炕桌上已经摆好了四样合口的菜，谢文元打开荷叶包的卤鸡，请秦师傅上坐。秦师傅哪里肯："谢先生是老哥，礼应上坐。"

谢文元便也不推辞，秦师傅、屈芜两边坐定。屈芜关切地对秦师傅说："谢顺说你爱睡个热炕，昶芸按时把炕煨上了，够不够热？"

秦师傅满意得很，说："热得很、解乏得很，昶芸真是个好丫头，我给老屈说，跟谢顺真是天生的一对。"

天下哪有不透风的墙，谢文元对屈芜退婚的做法不理解。人往高处走，水往低处流，黎崇义家是这里数一数二的人家，儿子又在苏联留学，前途不可限量。秦师傅在这，他也不便多讲，只是惋惜地说："我那个儿是个受苦的命，亏了这么好的闺女了。"

屈芜放下手中的筷子，说："话既然说到这里，谢先生我就豁上老脸直说了，我看中谢顺了，就等你一句话。"

谢文元怕屈芜一时冲动，说："老乡，我是求之不得的，你再好好想一想，修工完了，你若还这么想，咱再定下，行吗？"

屈芜举起酒杯一饮而尽："一言为定！"

立冬的那天，修工顺利完成。已是滴水成冰的季节，戈壁上狂风肆虐，工程队众人顶着风弓着腰回局里，皮袄都像穿的是汗衫子。悬而未决的招工终于落实了，先试用再签正式合同。王志林回到骆驼圈子等着接秦师傅的班，典兵如愿以偿回到了黄路岗站当学徒，谢顺、金玉跟卢工头学徒。

123

屈芫从来没有像今年这样开心过，丰衣足食，拿到修工的钱更是心潮澎湃，这些钱来得虽辛苦，但是依靠种地是再怎么也得不到的。工修完了，谢文元还没和屈芫提谢顺与昶芸的亲事，弄得屈芫心神不定。

黎端留学回来给苏联顾问当翻译，他是一个勤奋谦虚的进步青年，兢兢业业，又是一个能审时度势的人。黎崇义忙着给黎端办喜事，女方是大家闺秀，门当户对，郎才女貌。

谢顺呢，被卢工头留下当助手，准备新的工程。上班跟卢工头学徒。下班积肥，一个星期往回送两次肥。

年关将近，腊月二十四扫房，先从上房开始。谢顺请屈芫两口子到隔壁坐，他来收拾。屈昶芸拿着拆了的被面子、被里子过来说："二哥你的被子我拆了。"

谢顺说："我的被子盖了不多久。"

"清清爽爽过年，今天天气好，我们到后院洗去了。"屈婶说完带着文武去了后院。

屈芫打杂晒太阳，对谢顺说："二娃，有事你就说。"

"屈叔，土大得很，你站远些，别把你弄脏了。"谢顺戴着草帽子先扫屋顶再扫墙，一年的积尘看起来不起眼，扫起来却尘土飞扬，粉尘从开着的门窗悠悠地飘散出去。

屈芫怕谢顺被尘土迷了眼睛，在外面说："把我的眼镜子戴上。"

屈芫提了水来，往地上洒水压尘。谢顺说："叔，我没事，扫完了我来洒，别让尘土把你呛着。"

屈芫说："盆子里泡着的白土和泥了，我再加些水，搅一搅。你这个白土是哪里挖的？"

谢顺回答："回城桥下的白土崖子，都在那里挖呢。"

屈芫说："那崖子三四丈高，白土瓷得像和好的面。"

"可不是，一坎土镘下去就像砍下了面块块。叔，你不是说要借个刷子吗？"

"我这就去。"屈芜去了一会儿，空着手回来，"都用着呢。"

"没办法只得等。"谢顺把房扫好了，洒水压土。屈芜过来给他扫身上的土。"反正得换，我自己来。"谢顺拍打了下身上的土，在井台上洗脸、漱口，把鼻孔里的土洗干净，拿起葫芦瓢喝了一肚子凉水。

屈芜说："冷哇哇的，锅里有开水呢，喝口热茶。"

谢顺说："凉水喝惯了。"他又问起刷子："这要等到啥时候去？"

屈芜又去了一趟，回来说："人家还用着呢。"

谢顺提着炕上的破毯说："该买条新毯了。"

屈芜说："买上了，三十晚上再铺。"

"我奶奶的炕毯，铺了几十年还好着呢，又好看又结实，都说和田的毯子好得很，我挣上钱也买一块。叔，我喂马去了。"

文武抡着鞭子在冰上打木牛儿，见谢顺过来说："二哥哥，你削的牛儿小得很，给我再削一个大大的。"

谢顺说："今天晚上闲了给文武削个大大的。"

文武小脸蛋红红的，眉目像极了屈芜。谢顺把他脸上的清鼻涕给拧了，焐着他冰冷的小手说："快去哥的屋里暖和去，别把耳刮子冻得一弹就掉了。"

文武说："我不冷，二哥哥，我们比赛打牛儿。"

谢顺说："二哥在忙呢。"

文武央求道："就打一回。"

屈芜过来，喊文武进去，文武不肯进，非要和谢顺玩。

屈芜骂道："你这个娃咋不听话呢？"

正僵持着，屈昶芳拿了个刷子过来，说："二哥，我姐做了个白山羊皮刷子，你看行不行？"

谢顺接过来看，惊喜地说："好得很。"拿上就开始刷墙。蘸上灰，刷子在墙上拉不开，屈芜让多蘸上些，还是不行。

屈芜叫来昶芸，她看了说："糨太稠了，墙干得很。"往糨里加了些水，用棍子搅拌着，又加了些水看棍子上的糨流进灰盆里，对谢顺说："再试一试看！"

谢顺蘸上果然能刷了，问道："是不是稀了些？"

昶芸说："第一遍稀些，第二遍稠些，两遍挨着刷。我来调糨。"

这是他俩之间的第一次合作。谢顺心里服了，这个妮子怎么这么能干呢！要是能娶上她，这辈子心满意足。

124

腊月二十五，屈家要杀猪了。大锅里沸腾的开水雾气腾腾的，谢顺把一扇门板用一条凳子斜支在后院，屈芫把猪赶了来。

大白洋猪好像预感到今天的劫数，躺倒赖着，怎么也赶不起来。谢顺和屈芫一个在前面拉，一个在后面赶。谢顺抓着两个大猪耳朵，屈芫用棍子吆喝，猪就是不出圈。耳朵拉痛了，猪甩头龇牙咧嘴像是要吃人。

屈芫叫谢顺小心些："这畜生惹恼了可真会伤人的。"

谢顺提议拴牢了直接拉上走，屈芫问："三四百斤的猪哪能拉得动？"

昶芸端着个放了苞米的猪食小盆子过来，说："死也得让它死得痛快些。"敲着小盆子，嘴里"啰啰啰"地唤大白洋猪。这头猪是她一手养大的，只要看见她就来精神，一抖圆滚滚的身体就跟上出了圈，听话地来到门板旁。

谢顺趁猪吃得欢，把它的后腿绊住，猛地一拉，大白猪砰然倒地，嗷嗷惨叫。屈芫又把前蹄绑了，昶芸摸摸猪头说："别叫了，早早托生去吧，转个畜生就得挨这一刀！"

屈昶芸从来不看杀猪，遇到杀猪她都躲到一边。屈芫喊昶芳把接血盆子放些盐水拿过来，昶芳把盆子拿过来，说："就知道使唤我！"

准备妥当，谢顺准备动手宰猪了，屈芫说："赵家的猪一刀没捅死，挣开了横冲直撞的，没把人害死！"

"马蹄扣挣不开。"谢顺手中举着一尺多的刀，一刀从锁子骨间捅进去，大白猪连哼都没哼一声就没气了。他又在后腿上开一个口，用条子捅通了，鼓着腮帮子往开口处吹气。

屈芫用棍子敲，气到之处就鼓了起来。他在猪上盖一个麻袋，把滚开的热水往上浇，揭开一处谢顺便麻利地把毛刮净。一会儿工夫，两人就把两扇子猪肉摆在了案板上。

屈芫说："一根肋条子。"谢顺懂规矩，谁家宰猪都给亲戚邻居送条子肉，图个喜庆。

腊月二十六，屈芫穿戴一新，紫羔帽、紫长衫、千层底的黑布鞋，文质彬彬的。昶芳看呆了，说："我的爹爹啊，你让我不敢认了。"

屈芫满怀感慨地说："你爹年轻的时候，跟谁比也不差，只是今非昔比啊。"

谢顺说："等都长大了，条件好了，叔天天都这样，听书、看戏、抱孙子。"

　　"我盼着那一天，不再为生活发愁。我的文武长大成人，能文能武，也能在公家干事，我就心满意足了。"

　　屈家婆娘在一旁催道："娃他爹，你让准备的东西都好了，早去早回，免得我牵肠挂肚。"

　　谢顺把车赶了过来，屈芜指挥着他把东西搬上车，猪半扇子、羊一只、精白面粉两袋、荞麦面一袋、小米一袋、胡麻油一桶、红枣十斤、豆腐一板、粉条一捆，还有白菜、洋芋红萝卜、葱、姜、蒜、苹果等。

　　谢顺劝着："叔，别把家搬空了。"

　　屈芜说："这是早备下的，一家一份。今年的年过得舒心，没有你爹哪有我的今天？只是你的工钱还得先欠着。"

　　谢顺说："叔，你是在寒碜我呢，我能出点力，不算个事。你们对我好，我一辈子都忘不了。"

　　屈芜又让他换上新衣服，昶芳说："二哥，你的新衣服都放在你的炕上了。"

　　屈芜笑着说："换去吧，今天是个好日子。"

　　谢顺有些纳闷，看样子不换不行了。一身紫红缎子的中式棉服、一双青布棉鞋，这不是打扮新郎吗？谢顺红着脸说："不行不行，我穿不出去。"

　　屈芜说："这身衣服的料子是我选的，就配你了，百里挑一，快穿上我们走。"

　　谢顺不肯，昶芸劝道："罩上罩衣行了吧。"

　　衣服太合身了，上了身顿时像换了个样，全家人都说好。屈芜都情不自禁地说："这模样、身材没说的！"谢顺又穿上了过年过节穿的蓝布罩衣。

　　屈芜和谢顺准备出门，谢顺问几个小的要不要捎些啥，昶芳要冰糖葫芦、芝麻滚滚糖，昶梦要卡子、擦脸油，文武要旋儿牛。昶芸在厨房里忙，谢顺特意跑过去问，昶芸在厨房扫了一眼，说："带些花椒、大料、姜、调和面。"

125

谢顺赶着马车在巷口碰上买肉回来的谢文元，屈芜下车拉着谢文元的手说："你不是去了大闺女家了吗？"

谢文元说："本来大闺女一家是要回来过年的，老亲家不方便离开，我心里又惦记着二儿子的事，这不是就回来了。"

屈芜说："我要早一步，你这肉就不要买了。"

谢文元说："知道谢顺要回来了，我这娃喜欢个荤腥。"

到了家，大伙一起把东西卸了。谢文元说："礼太重了。"

屈芜说："谢顺苦了一年，我可不能自顾自。"

知道谢顺惦记着卢工头那边，谢文元让他把肉和菜拿出来一些给卢工头送去。

屈芜说："我另外准备好了，二十八送过来。"

谢文元十分坚持："就按我说的办。"

魏秀娥看着让谢顺把分给卢工头的东西装上车，嘱咐他别张扬。谢顺心里有数，说："我放到小库房，卢叔就知道了。"

谢文元说："给你卢叔说老乡过来了，请过来一起吃个饭。"

谢顺怕把新衣服弄脏，把衣服换了，赶上车走了。

谢文元把屈芜让上炕，谢芳端上茶、油果子、干果。屈芜问："老闺女的喜事日子定了没有？"

谢文元说："明年春暖花开时，我希望她二哥定了再办，汤掌柜坚持天山来了就办。"

屈芜从衣内兜掏出一袋子银元，说："老乡，这二十块银元你先收着，余下的我争取两三年还清。"

谢文元说："你用钱的地方多呢，来日方长，何必着急！"

"钱还不上，我心里总是个病。你对我家的恩情……"

还未等屈芜说完，谢文元就挡了他的话："这些话千万不能挂着嘴上，这不就生分了？"

屈芜把钱袋子往前一推，说："你收下吧。"

谢文元知道人都是有尊严的，便说："好，我收下。"

谢芳把酒菜端上来，谢文元说边吃边等卢工头。屈芫说："时候还早呢，等卢工头来了。"

"今天中午黎崇义的儿子在东江春办喜事，兴许卢工头下了班也去……"

屈芫说："好事，他办了，我的心里也安稳了。"

这时谢顺回来了，进屋回话："爹，段长找卢工头商量事，来不了了。"

屈芫说："吃了饭，买了东西我就回了。"

谢顺说："我把电话机修理好，卢工头说年前没事了，我送叔回去。"

魏秀娥叫住谢顺问："你屈叔要买什么？"

谢顺便把要买的告诉娘，又说中午他替屈叔去买回来。

魏秀娥让他别管了，预备自己出钱买了给屈家做谢礼。正说着，谢国回来了，魏秀娥让他陪着上街买东西去，谢芳要陪着去，让大哥留下做饭。魏秀娥想着谢芳快嫁人了，还是少上街好。母子二人出了西门，家家商铺张灯结彩，年货上市琳琅满目，办年货的络绎不绝。魏秀娥按照谢顺说的买齐了，又买了富海的大鲤鱼、冬梨冰糖、花粉、发卡、三条花头巾，一条灰拉毛的俄罗斯方围巾，给屈家父子买了新帽子。

126

"爆竹声中一岁除，春风送暖入屠苏。千门万户曈曈日，总把新桃换旧符。"

大年初一中午，留下昶芸，屈芫夫妻带着三个儿女来谢家拜年。谢文元和儿子们分头去拜年未归。屈芫也要去给卢工头拜年，魏秀娥拉着屈家婆娘上炕坐，屈家婆娘拿出两个红封子给谢芳、凤仪一人一个。

谢芳说："婶，我大了。"

魏秀娥知道屈家想表达谢意，不忍拒绝，说："拿上，谢谢婶。"谢芳和凤仪恭恭敬敬地磕头拜年，便退了出去。

魏秀娥拿出四个红封子给屈家的孩子们，问道："大闺女怎么没来？这一份是她的。"

"家里一摊子得有人照料。"屈家婆娘又让三个孩子给魏秀娥磕头致谢。

谢芳上了茶，魏秀娥给孩子们抓了些花生、瓜子、葡萄干。街上锣鼓喧天，昶芳想去看社火，屈家婆娘让她领上弟弟一同去，别走远了。

凤仪乖巧地说："奶奶，我领他们到县政府门口看去。"几个孩子高高兴兴地走了。

谢芳过来跟娘请示："娘，菜我准备好了，可以做了吗？"

魏秀娥说："等你叔他们回来了吧。"

屈家婆娘看着谢芳心里喜欢，说道："你小闺女的小脚配上这身段、模样，多俊！我的那几个丫头裹脚没把天喊破，放了也好，都像我一样可真是没办法干活了。"

魏秀娥说："我的这个也是他爹让放了，比没裹强些。现在不时兴了，受罪。你家大闺女有人家了吗？"

"还没有，这个家亏了她了。"

魏秀娥说："哪个有福的能娶上昶芸就要烧高香了。"

屈家婆娘试探着说："她爹倒是看中了，只是看缘分了。"

魏秀娥心里一惊，这件事老头子、卢工头都提过，只是碍于情面才拖到今天，明知故问道："见过面了吗？"

屈家婆娘顺着话茬答道："经常见呢，婚姻大事还是要父母做主。"

魏秀娥说："这后生是个木头？这么好的事，也不让父母抓紧办。跟我的谢顺一样样的，心里有了，嘴里说不出来，死要面子活受罪，错过了后悔一辈子。"

这时候谢文元屈芜肩并肩回来了，孩子们看社火也回来了。

谢芳麻利地做好菜往外端。女人们在里屋，外屋只有两个家长，屈芜说："怎么不见你儿子？一块儿多热闹。"

"都出去拜年去了，不管他们。"谢文元打开酒瓶，酒香怡人。

屈芜惊喜地说："天啊，国脉凤香，只有咱凤翔的皇封御酒才有这个阵势。"

"不愧是屈家的后人。这是几年前谢顺去凤翔柳林屈家酒坊驮酒，屈老板的闺女小凤悄悄放到他褡裢里的，走了才发现，他一直舍不得打开。"

"没听提到过，我屈家的谁啊？"屈芜问。

"这我就说不上了，谢顺也是一面之缘，香消玉殒了。家破人亡，屈老板不知去向，可悲可叹。"

这又勾起了屈芜的思乡之情，说："我要是能回去一趟，死也甘心了。"

谢文元倒上酒，说："明年我同你一起回！"

屈芜举杯为谢家嫁女道喜，谢文元心中又喜又悲，说道："说实话，远嫁老杆子丫头，我心里不是个滋味。"

屈芜说："小闺女结婚的日子定了，一定要提前说一声呢。"

"哪能不请老乡呢！达坂城的雪把路封了，大女婿来信说路不通。"

屈芜叹着气说："农民苦啊，赋税徭役重得喘不过气，要不是修工，我这日子难过啊。"

谢文元说:"我听卢工头说,修工的任务又下来了。"

"老乡,新年好啊!我到站上去拜年,来晚了!"就听到卢工头的声音从门外传来。他进了屋,见屈芜也在,又是寒暄一番。

屈芜抱拳说:"老乡,正说着今年沾了你的光呢。"

两家的孩子们都出来给卢工头拜年,一人得了一份压岁钱。孩子们都走了,三人坐定,谢文元斟酒举杯说:"一元复始万象更新,塞外相聚老陕同庆。干!"

三人一饮而尽,屈芜又举杯给卢工头敬酒:"庄子上的都托我给卢工头拜年呢。以后修工只要您一声号令,要人有人,要车有车,保证干得好好的。"

卢工头爽快地说:"回去给大家说,定下来了,我让谢顺通知便是。"

屈芜说:"我替庄子上的众人多谢您了,交给我们的活,您放心。我敬您三杯!"

卢工头并不居功,说:"这次修工多亏了谢先生一家出谋划策,老屈全家鼎力相助,上面满意,我脸上有光,心里高兴。干!"

127

初三早晨吃过了粉汤饺子,谢文元吩咐谢顺套车去屈家。这辆当年从临潼老家西行坐的车,他把它当宝贝似的保养着。

魏秀娥吩咐谢芳说:"香不要断了,小心火,中午孔先生的饭软和些。"

谢芳说:"娘,我记住了。"

魏秀娥对谢国说:"你是老大,我们不在,你就是一家之主,家交给你了。"

谢国叫娘只管放心。

谢文元在一旁笑着说:"还没老呢,就絮叨上了。"

谢昌自觉地说:"娘,我哪里也不去,就在家听孔先生给我讲中庸之道。"

谢顺把车停在门口,谢文元走出去,说:"走吧,再迟了到了就过了晌午了。"

魏秀娥这才领上凤仪出了门。谢顺把娘扶上车,谢文元说:"都回去吧。"凤仪在车上跟爹爹说:"爹,唐僧取经还没过火焰山呢,孙猴子还在铁扇公主的肚子里呢,爹,等我回来再讲。"

谢国宠溺地说:"爹等宝贝回来。亲亲爹。"

凤仪亲了他一下，说："爹爹的胡子扎疼我了。"

谢文元打量了大儿子一番，说："大过年的，也不把胡子刮一刮！"

谢顺驾上车说："大哥、三弟、小妹，我们走了。"

车上了阿亚桥的长坡，望不尽的雪野茫茫，古道南北小桥流水人家，炊烟袅袅。魏秀娥感慨道："不来新疆不知道地有多大。"

南下的小河流水潺潺，河边有美丽的冰花映着太阳的光辉。凤仪说："奶奶，我要用冰做雪花凉吃呢。"

魏秀娥说："奶奶给我孙娃凉开水冻冰做雪花凉好吗？"

凤仪说："奶奶，我就想要河边这么好的冰尝一尝。"

"我给我孙娃取一块去。"谢文元下了车在河边掰了一块冰，递给凤仪说，"舔一舔就行了，吃多了肚子疼，冻手了扔掉。"

魏秀娥责怪道："你啊，她要天上的星星你也摘给她。扔掉吧，别把我凤仪的小手手冻坏了。"

"我不冻。"凤仪把镂花似的冰捧在手中，最后还是掉到车上碎了。

"冻坏了吧？"魏秀娥把凤仪冻红的小手揣到怀里。

谢顺走热了，把棉衣解开。魏秀娥说道："别张狂，着了凉可不好受。"

谢文元下命令一般说："扣上，你也到车上来。"

谢顺理了理棉衣，不肯上车，说："走得痛快。"

顺着路到了解团长驻军所在地大营房，周围都是参天大树，完全看不见营里的情况。过了大营房，一条大路向东，两边都是庄稼地，阳光下的农家小院让魏秀娥想起了她远方的家。

快到屈家，谢顺隔老远就看到了屈芜等在路边，便向他挥手。屈芜猫着腰、筒着手，白额狗向谢顺跑来。谢文元跳下车向屈芜大步流星地走去，抓着屈芜的手说："你怎么光着头在路边顶风呢？"

屈芜摸着年前刚剃过的头说："今天天气好得很，晒晒太阳挺好的。咋都没让孩子们来？热热闹闹多好。"

谢文元推说谢国让同事叫住了，孔先生身边又少不了人。

谢顺赶着车也到了，屈芜和车上的魏秀娥打招呼，魏秀娥要下车。屈芜说路上冷，让她坐着到家再下。

魏秀娥说："看到了你家，就想起我家，安安静静的，多好。"

屈芜说："大嫂要是喜欢，房子有呢，搬过来一起住。"

谢文元说："天天念叨着要回去，今年咋也得如她的愿。"

128

屈家婆娘领着文武和三个女儿迎出门来，春风满面地说："新年吉祥！！"

魏秀娥也道了吉祥，拉着她的手说："你这三个闺女一个赛一个，画儿上走下来的一样，真是你的福气。"

屈家婆娘谦虚地说："庄户人家的闺女，没见过世面，让她大妈见笑了。快请屋里坐！"

魏秀娥打量着屈家的院子，说："一到这里就想到我的家，人啊还是哪里住惯了哪里好，院子里的枣树、杏树都有些年了吧，我们肃州家后院也是这样。"

屈家婆娘说："可不是嘛，是娃他爷爷手里栽的，见了就像见了他爷爷一样，日子过得快得很。"

进了屋，魏秀娥说："白土刷墙我第一次见，也亮堂呢。"

屈家婆娘张罗着大家上炕，说："要不是谢顺也没这个闲心，快上炕，炕上暖和。"

谢文元和屈芜在外屋的火盆旁坐定喝茶，昶芸端来洗好的一大盘大果子请谢文元品尝。

谢文元见这果子有小碗一般大，说："怕一个人吃不了糟蹋了，拿两个切成牙子分着吃。"

昶芸望着爹，屈芜说："听大老的。"

屈昶芸说："我娘怕切开了不敬呢。"

谢文元摆手说不会，屈昶芸这才去把果子切成八牙端上来。谢文元先拿了一牙。

屈芜说："秋天摘下来酸得很，牙都能酸倒了。"

谢文元咬了一口，说："现在沙沙的，酸甜可口，好吃着呢。"

"越放越香越好吃，啥都有个由来呢。"屈芜也拿了一牙来吃。

谢文元说："瓜熟蒂落水到渠成，闺女端过去让大家吃。"

屈昶芸给里屋送果子，魏秀娥吃着果子心里喜欢，却也不敢贪嘴。

屈家婆娘见她爱吃，让多吃些，魏秀娥说："我从小胃不好，凉的吃多了不行。"

"这枣儿也是我家树上的，热性的，对胃好呢。"

魏秀娥说："这枣儿圆圆的，酒盅一样大，稀罕呢！"

"娃他爹说是贡枣儿，过去皇帝喜欢呢。晒干了，什么时候吃，前一天洗净了放在碗里，用湿毛巾捂着就这个样子。你尝尝。"屈家婆娘拿了一个递给魏秀娥。

魏秀娥把溜圆紫红大枣拿在手里，用牙尖儿挑了些尝，细腻甜润，感慨地说："皇家真会享受！不说这些了。闺女咋一个都不见了？"

"准备饭去了。"

魏秀娥不好意思地说道："不怕你笑话，我不会做饭。"

屈家婆娘一惊，问："大嫂，开玩笑呢吧？"

"真的，老杆子闺女嫁了，这还是个事呢。我听谢顺说你家饭可合他的口味，我到厨房看一看。"

"没什么好的，去看看准备的怎么样了？"屈家婆娘带着她往厨房去。昶芳、昶梦正在厨房门口背着太阳择绿豆芽，昶芸在里间剁肉馅。三姊妹一边干活一边说话。

姊妹三个正说得欢喜，没有发现来了人。魏秀娥玩心来了，突然出了声："说谁呢，不让我们听见？"

屈昶芳转头看见娘和大妈，大大方方地说："也没个啥，说起我们的辫子来，还不如二哥哥来我家时留的那根大辫子。"

屈家婆娘惋惜地说："多好的辫子。"

"最早我硬是没让剪，头发密密的，剪了可惜了。"

屈昶芸剁好肉馅，把从窖里取出来的青辣子、红辣子洗干净，切下盖儿，往里填上调好的肉馅儿，再把原辣盖儿盖住，摆放在碗里放到蒸笼里同四喜丸子、粉蒸肉一起蒸。

"我们也是这个做法，肥而不腻清香可口。"说着话，魏秀娥掏出准备好的红封子，"这是大妈的见面礼，一人一个。"第一个便给了昶芸。

"大妈，我这么大了，不能收的。"昶芸不肯收。

魏秀娥把红封子塞到她的围裙里，说："都拿着，再大也是小辈儿。"

屈家婆娘也发话了："都拿上吧，给大妈行礼。"

昶芸要跪，魏秀娥拦住了，说："没那么大的礼性，把新裤子跪脏了。多好的闺女，我要有这么好的媳妇，送子娘娘再送一群孙娃子，我天天烧香念佛。"

这话说得屈昶芸满脸通红，抬不起头。给三个姑娘发了压岁钱，魏秀娥想去谢顺住的屋里看看，屈家婆娘带着她到了谢顺住的房里，魏秀娥说："好干净整齐，他可不是个会收拾屋子的。"

"现在住得少了，昶芸还天天收拾呢。"

魏秀娥说："给你们添麻烦了。你就把他当儿子使，我这个二儿子嘴硬心眼儿好，靠得住。"

屈家婆娘带着魏秀娥逛到了牲口圈门口，谢顺见娘过来忙停下手中清圈的活，说："娘、屈婶，你们咋来了？"

魏秀娥说："来了，娘都想看看。"

老母鸡正"咯咯咯"地叫着下蛋，文武跑过去捡了蛋过来，递到娘手里说："热热的。"

正说着，昶芳过来请她们过去吃饭，等人到屋里，六个凉菜已经摆好了。魏秀娥连声夸赞。

"庄户人家不讲究花样，尝尝看。"屈家婆娘给魏秀娥夹了一只卤鸡腿。

魏秀娥又夹给了文武，说："这鸡腿是咱文武的。"

屈家婆娘把另一只鸡腿给凤仪，凤仪嚷着不吃。

魏秀娥说："这孩子跟了她妈妈，喜欢清淡。这鸡腿昶梦和昶芳分着吃了吧，别推来推去的。"

昶梦说："大妈不吃，我也不吃。"

魏秀娥夸道："这么懂事的闺女，你教得好。"

听见自己闺女被夸奖，屈家婆娘自是高兴："我们家的丫头，十岁就能指着使唤了，家常便饭、缝缝补补没问题。"

魏秀娥说："寻常人家，居家过日子这就对了。"

屈昶芳又端上红烧鱼，魏秀娥让昶芳去叫昶芸赶紧过来一起吃，别做多了吃不完。

昶芳去叫昶芸，又端来一盘四喜丸子，对魏秀娥说："我大姐说都快好了，还有两个菜，马上过来。"

又过了一会儿还不见昶芸过来，魏秀娥要去唤，屈家婆娘说："我去叫，我这个闺女吃饭总是最后的，剩什么吃什么。"

"这可不行，哪能这么吃。"魏秀娥又说道，"谢顺要有这么好的媳妇，我就心满意足了。"

屈家婆娘听魏秀娥今日说了两回了，便问："那就让昶芸给谢顺做媳妇，咋样？"

"他屈婶，此话当真？"

"婚姻大事岂敢儿戏。"

外屋的谢顺吃得快，吃完了便要出去干活。大过年的，屈芜让他留下一起喝酒。谢文元说："让他去吧，有我在，他就不自在。再说，他大哥好喝酒，我是没办法，他别有这个毛病。"

屈芜说："给老大续个弦，有了人管就好了。"

谢文元叹道："老大夫妻情深，勉强不来。我现在急的是二儿子的婚事。"

屈芜问："你没问他心里有人了没有？"

"我这个儿子自尊心强，脸皮薄，明明心里有了非娶不可的人，就是不说出来。"

屈芜心中一紧，问："看上谁了？我能帮上吗？"

谢文元叹了一口长气，缓缓地说："在这件事上，我顾虑过多。该是良缘一世久，佳偶百年长。我诚心诚意地请你考虑，把昶芸许配给我儿谢顺做媳妇。路遥知马力，日久见人心。别的我也没法许诺。"

屈芜大喜："什么都不要说了，我愿意。"

谢文元问："你跟昶芸娘商量好了？"

屈芜拍着胸脯说："我们俩早商量好了。"

谢文元心中的石头总算落了地，说："我选好了日子，就请媒人上门提亲。"

129

回到家，魏秀娥感慨良久，她对昶芸这个媳妇很满意。

谢文元说："称心如意了好。你没注意到，和顺儿谈起婚事，提别的女人，他连考虑都不考虑就连连摇头。问起屈家的事，便称赞大闺女能干。"

魏秀娥没有想到忙着著书立说的男人对儿子的事这么细心，真是知子莫若父。她想赶紧把这个好消息告诉儿子，免得他心神不宁。

谢文元让她别着急，先商量好了再告诉他。

"家有千口，主事一人，我听你的。"魏秀娥向来是什么都听丈夫的。

谢文元说："今年的事多，又嫁又娶还要回家，怎么统筹安排，老婆子，你可要谋划好呀。"

"孩子们的婚嫁大事，这些年该准备的，我都精心准备了，一视同仁。你专心干你的大事，钱的事不要操心。"魏秀娥又说，"屈家的家境如此，提亲时会不会有什么条件？我们事先要想到了。"

"屈芜的为人我是知道的，不会有额外的要求。他家今后的生活我们不能不管，谢顺更要尽半子之劳。"

谢文元一家走后，屈芜让婆娘把大闺女叫来，打算告诉她这门婚事，让她也有个思想准备。昶芸正在收拾厨房，见娘过来叫她，便让两个妹妹帮着收拾。

昶芸问："娘，什么事这么急？"

"好事好事，你爹等着呢。"

昶芸洗了手跟着娘进了屋，问："爹，啥事非要这会儿说？"

屈芜高兴地说："我们家的喜事，你的终身大事。"

昶芸的脸一下白了，她对爹的安排早有预感，只是没有料到说来就来了，心慌意乱。屈家婆娘拉着闺女说："是女人都有这一天，挨着娘坐。闺女这个家苦了你了。"

昶芸说："再苦再累都是自己家好，女儿愿意一辈子伺候爹娘。"

屈芜扭过头去，说："闺女，都是爹不好，让你们跟着受罪。"

"没有爹，哪有我们，养育之恩此生难报，女儿就盼望着爹娘能过上好日子。"

"爹怎么能拖累你的终身大事呢？爹这个身体难长久，不知道哪一天闭了眼，抛下这个家老的老、小的小，就是在黄泉路上，我也不甘心喝孟婆汤、过奈何桥！"

昶芸心里清楚婚事已定，央求道："爹，女儿还小，爹娘的恩没报，让女儿再伺候爹娘几年吧。"

屈家婆娘心里感动，抹着泪说："闺女你如今也不小了，娘在这个年龄也嫁了。"

屈芜也劝道："丫头，你能等，人家能等吗？爹今天答应你谢大老，把你许配给谢顺了，人你天天见的呢，庄子上的人谁不说他是个好后生。爹不逼你，就等你的话。"

在窗外听的两个妹妹和弟弟听见二哥要做自己姐夫，喜得一把推开门冲进来，昶芳恨不得替大姐答应了。昶梦见大姐在哭，不解地问："大姐，你咋哭了？"

文武靠着娘眼睛睁得大大的，说："大姐，你别哭。"

屈家婆娘以为闺女不愿意，一把搂住她，哭着说："闺女啊，你爹都是为了你、为了这个家，你就痛快地答应吧。"

屈芜有些手足无措："你这是咋了？这么好的男人，打着灯笼没处找。"

昶芸倒不是不愿意，只是有些迷茫，她是一个心强的女人，盼望着能自己做主。见家人如此，只说了一句"一切由爹娘做主"便出了门。

谢顺早从爹娘的眼神里猜到他的婚事将定。他在院子里踱步，仰望群星闪耀的天空。时间好像停滞了，他对美好生活充满了期待。正在谢顺暗自高兴之时，谢文元推开门出来了，叫他进屋。

谢顺的心里不平静，他感觉到自己人生最重要的时刻将要来了。谢文元开门见山地说："娃啊，该成家了。跟你一同上工的线务员娃娃都不小了，你到底有没有意中人？"

谢顺说不出口，心慌意乱地说："儿听爹娘的。"

"为父年过花甲，也没能为你们挣下什么，留给你们的只有做人的操守。今后的路，你们自己走吧。自古以来，不孝有三，无后为大，你们成家立业、儿孙满堂，我也就心满意足，可以回老家告慰先祖了。"

一席话说得谢顺心在颤抖，爹娘为了儿女操劳已是两鬓斑白，自己还让爹娘如此费心，便愧疚地说："都是儿子不孝，从今以后儿子听爹娘的话。"

魏秀娥说："儿啊，你大了懂事了，知道爹娘的心就好。你爹时刻为你揪着心。"

"都是儿子不好，辜负了爹娘的教诲。"谢顺诚恳地说。

谢文元问："你的意中人是你屈叔的大闺女屈昶芸，对吗？今天我已经为你求亲了，你屈叔也同意了，你满意不满意？"

一股热流传遍全身，谢顺有点眩晕，激动地问："当真！"

"你要是愿意，爹就请媒人提亲去。"

谢顺忙不迭地说："愿意，我愿意。"

"这是一生的大事，关乎你的幸福，也是你的责任。"谢文元让儿子记下他的话。谢顺懂爹的意思，人生在世要有担当，忠孝仁义不能忘。他坚定地说："爹放心。"

屈芜夫妻猜不透大闺女的心思，一整夜惴惴不安。天色朦胧，昶芸如往日一样进厨房做早饭，准备接神祭祀。屈芜两口子心事重重地过来，屈芜说："丫头，你也不多睡一会儿，我给你妹子说了，以后这些活让她干。"

屈家婆娘也说："闺女，看你脸白的，快回去歇着，这里有娘呢。"

"爹、娘，我好着呢，女儿大了还让爹娘操心，实在是不应该。"昶芸眼中没有怨念，倒是满含深情，"爹娘放心，人心换人心，谢家二哥的好我知道，我愿意嫁。"

听女儿这么说，屈芜绷着的心算是放下了，说道："丫头，你是爹的好闺女，爹也舍不得你嫁啊。你嫁了，这个家得有个靠得住的人。爹都是为了这个家、为了你好。"

"闺女，你爹为了你的事殚精竭虑，吃不香睡不好。知道你性子烈、心气高，怕你转不过弯，一晚上没合眼，有你这句话，爹娘放心了。"屈家婆娘在一旁抹着泪说。

屈芜像小时候一样把大女儿搂在怀中，说："我的好丫头，是爹亏欠你。"

谢文元把谢顺要定亲的事告诉了家人，大家都说谢顺有福气，表下决心，要齐心协力办好婚事。

正月初七人日节，在北观的观音殿合了八字，十五元宵节谢家就请了媒人下聘礼求婚。

130

谢顺订婚后提早上班，打扫完院子，又按照卢工头的要求整理好小库房。卢工头背着手进来，打趣道："二娃喜气洋洋，这下满意了吧？"

谢顺说："卢叔为我的事没少费心，谢谢卢叔。昨天的订婚仪式卢叔去站上没来成，我爹说今天下午下了班务必请你过去。"

卢工头满口答应："我一定去。你娃好福气，有了个漂亮能干的媳妇。还有一件事，我不同意也不行。昨天下午回来，李立本段长通知我，县民团要抽少数骨干进行军训，局里要我们线路段派人，李段长决定让你去，说你人精干、枪打得好，能给咱邮电局争光呢。这可是命令，含糊不得。你现在就回去准备行李，明天上午十点以前来，我送你去报到。军训要一两个月。你要有啥要求，说给我，我想办法解决。"

谢顺吃惊地问："不是抓兵吧？"

"现在的局势你也清楚，民团早就有，我也军训过。平时用来维护秩序，打仗出兵，适龄男人扛枪打仗没商量。二娃，咱爷俩说呢，到了那时候叫谁去谁敢不去？那是要杀头的。二娃，乱世出英雄，我看军训也是个好事，能长本事，军训完了该干啥还是干啥，你放一百二十个心。"

"卢叔，我听你的。"谢顺这才把心放下。

"那你就回，明天按时来。"

谢顺又说："下班我爹等着呢。"

"没麻大。"

谢家为娶媳妇、嫁闺女忙得团团转。谢顺回来准备行李，魏秀娥问他要去哪里。谢顺说："局里派我参加民团的军训，明天早上就走，要去一两个月呢。"

魏秀娥大惊失色，问："是什么军训，是不是要你吃粮当兵？"

"卢工头说不是，一批一批的都要军训呢。"

魏秀娥说："好铁不打钉，好男不当兵，我们能不去吗？"

"娘，定下来的事，能说变就变吗？"谢顺又安慰娘说，"军训完了，回来该干啥还干啥，要给局子争了光，还有奖励呢。"

魏秀娥心慌意乱，谢芳不满地说："我哥就要结婚了，卢工头也不帮忙。"

谢顺说："这是局长、段长定的，卢工头也没办法，我不能让卢工头为难。"

谢国、谢昌回来听了，也无可奈何。下了班，卢工头与谢文元一同来谢家，二人边吃边说。对于军训，谢文元豁达得很，让谢顺好好表现。

第二天，魏秀娥也去送儿子，军训队伍六十号人一同徒步去了大营房。这次军训非同寻常，尚团长亲自动员，讲了如今严峻的形势和保家安民的重任，并承诺对军训中表现突出者要提拔重用为军官，还能得到相应的职务津贴，前途无量。

军训的教官是驻军派出的，要求严格，对违反军规者毫不留情，军棍打得让人不寒而栗。几天工夫就把一个散漫的队伍，调教得规规矩矩的。七点出操，早饭后练习军人的基本要领，操练队形；午休后讲军事常识和枪械的使用、维护、保养、拆装；晚上夜战越野。时间安排得非常紧张。

谢顺是真刀真枪在苦难中磨砺出来的，在军训中各方面都表现突出，被任命为副队长。在教官的眼里，他是有指挥能力、不怕吃苦的人才。野外训练时，挖掩体、隐蔽匍匐靠近目标、打靶、爆破等他都得了A级。

谢顺被评为优秀学员，尚团长亲手奖励给他一把德国造的工兵铁锹。军训结束以后，民团集中训练，谢顺被任命为连长。

131

过了年谢家忙着娶媳妇、嫁闺女。通往迪化的路通了，汤天山春风满面地回来准备结婚。大闺女谢贞提着四个包袱风尘仆仆地赶过来，二弟娶亲两个，小妹出嫁两个。谢贞打开包袱，一件一件让娘过目，真是嫁娶穿戴应有尽有，无可挑剔。

谢贞问还缺啥，魏秀娥拉着谢贞的手说："我的闺女啊，可是帮了娘的大忙了。你准备这些张弛愿意吗？"

谢贞说："我二弟娶媳妇、小妹嫁人是大事，这是做姐夫的应该做的，他高兴还来不及呢！"其实东西都是她进城送货时悄悄买的，张弛常不在家，哪里知道。待张弛回来发现，也无可奈何，骂着骂着就要动手打她，谢贞哭着说："居家过日子，你给的钱我一个没动。这都是我起五更睡半夜，洗毛、梳毛、纺线、织衣挣来的，你心疼个啥啊？弟弟妹妹嫁娶，你做姐夫的花点钱，全家高兴，你脸上有光。我出嫁时，我爹娘陪嫁少吗？现在我儿子读书，将来娶媳妇、嫁闺女，我娘家能少给吗？"

　　一家老小都支持谢贞，公公在屋里骂张弛："你个半吊子，要不是我的好媳妇，我能活到现在？我打死你这个不懂事理的。"

　　沁义护着娘说："你再敢打我娘，我就不依你。"

　　沁彩也拦在爹娘中间，说："爹，你打我吧！"

　　张弛气得扔掉笤帚，吼道："都冲着我来了？我还不是为了这个家！"

　　谢贞按照娘的意思把嫁娶的事做好了，回去时又给留了些钱让爹娘留着应急。谢文元拒绝道："不可，你弟结婚、你妹嫁人，你娘这些年准备得差不多了，没有要花钱的地方。闺女，你一大家子都要你操持过日子，你难过，爹更难过。听话，拿回去好好过日子，你们好了，爹就好了。"

　　魏秀娥说："闺女，听你爹的话拿回去，好好孝顺公公，闺女的日子过好了，爹娘睡梦里都能笑醒了。"

　　"爹娘，女儿的日子好着呢，你们也看见了。"谢贞坚持留下了二十块大洋。

　　谢芳结婚前三天，谢贞带来了羊肉、油果子、大馍馍，说是给送亲、接亲的准备的，省了家里的不少劲。直到谢芳婚礼前一天，谢贞一直没闲着，魏秀娥心疼大女儿，让她在自己身边睡一会儿。谢贞实在太困了，便听娘的话躺下，睡前还惦记着要准备第二天娶亲前的事。

　　魏秀娥让家里人动作都轻一点，让大闺女安心睡一觉。她坐在油灯前看着女儿憔悴的面庞，很是心疼。想到老杆子闺女也要出嫁了，三个闺女都不在身边，不知道什么时候才能见面，心里涌来一阵难过。女人的一生寄托在丈夫的身上，她祈求老天让女儿们都幸福如意。

　　她轻轻地来到谢芳的闺房，谢芳正对着灯发愣。就要离开爹娘，到一个遥远的地方，和自己梦想中有学问的男人一起白头偕老，她心中五味杂陈。看见娘进来，她抓起娘的手，紧张地说："娘，我心里猫抓似的！"

　　魏秀娥当年出嫁的情景还历历在目，现在自己老杆子女儿也要出嫁了，她感慨万分："闺女，娘也是这么过来的，这一步走出去，就开始了新生活。娘看天山不错，有学问又斯文，你要做好贤内助，体贴入微，有好日子过。"

　　"娘，女儿这一走，不知道什么时候才能相见，女儿心里空落落的，没个底的。"

　　魏秀娥轻轻拍着女儿的背，说："闺女，天山看着是个冷面人，却用情专一。男人要有威严，女人讲柔顺。男人是土，女人是水，和在一起才有形。闺女，你要记住，温良恭俭让，孝敬公婆。"她把腕上的玉镯摘下来，戴在小闺女的手腕上，"见了它就像见了娘，娘的魂随我闺女，闺女你过好了，娘的心才能安呢！丫头，靠着娘睡一会儿吧。"

谢芳睡不着，魏秀娥便给她开脸。她在闺女的脸上均匀地扑上粉，合好红丝线，拉着线的两端，用牙齿再咬起线的中间，三处协调用力，从额头开始一起一落、一松一紧地为小闺女绞面。打更的梆子敲三更，谢芳依偎在娘的怀里静静睡了。

五更谢贞伺候谢芳洗了澡，端上一碗荷包蛋细面要谢芳吃。谢芳哪里吃得下。魏秀娥劝着她吃了两口后，她说啥也不吃了。

天亮了，家人给谢芳梳妆打扮。太阳初上，娶亲的时辰快要到了。魏秀娥的心提了起来，她盼这一时刻的到来，又怕这一时刻的来临。爆竹声连天，鼓乐奏起来。谢芳拉着娘的手"哇"的一声哭出来。魏秀娥这才如梦初醒，说："闺女走吧！走吧！"

谢国代表娘家人把谢芳背上轿，谢芳的哭声被淹没在一片祝福中。谢文元心里也空落落的，这个坐在爹的腿上撒娇的小闺女出嫁了，少了她生活就少了许多色彩。

三天后回门，女儿还是那个女儿，少了一些娇气多了一些坚定。

又过了三天，谢芳将随夫家去迪化。走前她要下厨为全家再做一顿饭，娘不让，大姐不依。她坚持为家人包了一顿饺子。全家人吃着饺子，却怎么也吃不出滋味来。

谢芳走的当天，张弛来接谢贞，第二天一早就回，谢贞拉着娘的手，说："爹娘，二弟娶亲的时候我早些来。多多保重。"

魏秀娥让她只管放心，好好照顾自己家里。谢文元牵着沁丰跟爹娘告别，又和女儿女婿说："沁丰学习好，长大能出息。"

谢贞走了，魏秀娥怏怏地病倒了，谢文元守着老婆子说："娃他娘，你可是咱家的福星，你好全家都好。"

132

订婚后的谢顺很难跟屈昶芸照面。昶芳羡慕城里的生活，问谢顺："二哥，你结了婚，我们能进城吗？"

谢顺说："只要屈叔愿意我那里没问题。"

屈芜问昶芳："你这妮子到城里干啥去呢？"

昶芳答道："爹，姐夫大姐进了城，咱们的地谁种？还不如跟大姐一块儿过去，把爹的病也治好了，多好啊。"

屈芜哭笑不得，又问："你说得倒轻巧，咱都到城里了，靠啥过呢？"

昶芳说：“爹，人家能过得去，我们也有两只手，就能饿死了？”

屈芜打趣道：“爹给你在城里找一个好人家，也嫁出去好吗？”

昶芳笑嘻嘻地说：“总比种地强。”

屈芜笑着骂道：“你这丫头还真是不害臊！二娃，你一心去干好你的工作，我家的事从长计议。”

谢顺说：“我想好了，将来咱们搬到城里一起过。现在形势紧张，城里有驻军民团安全多了。”

屈芜难舍祖土，说：“今年秋收了再说，地是农民的根啊！”

谢顺说：“要是叔决定种地不进城，那我就回来种地。”

“万万不可！要不是卢工头，能轮上你吗？咱庄子上的年轻人，这些年也没一个能干上旱涝保收拿饷的活。我这个身体支撑不起来，这个家要拖累你了，庄上的地，到时候你看着办。”

谢顺宽慰道：“叔，咱把病看好了，家里的事还是你说了算。咱们的日子不会比别人家差。”

谢顺的婚期临近了，农忙季节民团放假，他便回家干活。谢顺如今是民团连长，很受局长、段长的重视。

卢工头说：“二娃，你现在的官比我大，我干了一辈子，才是个小工头。”

谢顺谦逊得很，说：“卢叔，你是在出我的洋相呢，我这算个啥呢？”

这样好的年轻人，卢工头怎么能不喜欢？又说道：“新房大事我给你说好了，局长都高看你，同意把线务员临时住的库房边面东的套房给你做新房，你看咋样？”

谢顺高兴得差点跳起来，说：“卢叔，让我怎么感谢你呢？”

卢工头笑骂道：“扯什么淡，我是你叔，理所应当的。我告诉你，你新房的后墙挨着报务室，你干事要悄悄的，注意影响。结婚前这段时间，你忙你的事，没要紧的事我不会找你，就这么定了。我得把杏树拿刺儿规护住，杏子结得多，枝都压折，多好的树，别给咱闹死了。”

谢顺立马把活儿揽了过去，用刺儿规把树护好了，怕扎着小孩又在三棵杏树周围栽上桩，用废铁丝围住，桩上刷上臭油。

这三棵杏树是谢顺刚来局里时种下的，卢工头感慨道：“二娃，这三棵杏树，东房的葡萄树、桑树，井边的钻天杨，就是你进局里的见证。”

过了几天，卢工头通知新招工的签正式合同，在小库房接待了谢文元父子。

“谢先生，当时招工签的是试用合同，今天签的是正式合同。签了这个合同，谢顺就成了邮电局线路段的正式职工，合同上规定了职责和权利。您看了跟谢顺商量好了，我们再签。"

谢文元把合同读给谢顺听，说："儿啊，你可考虑好了，这是一份生死文书，签了这个约，进了这个门，吃了这碗饭，就得死心塌地好好干，你自己拿好主意！"

谢顺毫不犹豫地说："爹，我签。"

"你要想好了，爹是要回老家的，到时候你怎么办？"谢文元心里也很矛盾，不签吧，儿子不能种一辈子地，失去难得的工作机会，况且不能丢下屈家不管；签吧，可能二儿子就在这里生根了。

卢工头说："谢顺，干我们这一行要服从分配，听从指挥。一是苦，二是难。苦的是工作环境，戈壁、沙漠、深山老林没得选；遇到难题，可不一定有人给你帮忙，你得自己解决。有了重大责任事故，还可能要法办的。世道乱，线路的畅通是我们线务员重要的责任，可不敢含糊！"

"我想好了，我签。"谢顺喜欢这份工作，又问，"卢工头，要是我爹回老家，我能不能不干了？"

卢工头拍着胸脯子说："只要我在，没麻缠。谢先生，我退了也要回呢，到时候咱还能相见！"

"爹，我签了。"谢顺更加坚定了。

"我儿想好了就签吧！"

谢顺用食指蘸上鲜红的印油，在合同上按上手印。

133

屈芜的地肥足，今年的庄稼长势喜人。谢顺抓紧时间干好了田里的活，就来局里上班。

卢工头问："不是让你准备喜事吗，你咋又跑来了？"

谢顺说："家里我也插不上手，我爹说让我抓紧学习，能给卢叔当个帮手，也好减轻卢叔的负担。"

谢家支持、谢顺上进，卢工头愿意教他。"那就行，咱们从头开始一步一步来，先来爬杆，你虽然修工中能上了，但要上得稳、速度快就要长期摸索，熟才能生巧呢，酷热严寒能少遭罪。咱门前就有杆，先脚扣再踏板，出去咱都得带上有备无患。"

从此以后，谢顺一有空就爬上几次杆，在卢工头的指导下做拉线，熟练掌握了安装拉线的要领、做断线接头、快速焊接等技能。

卢工头值班时间，总是在小库房的钳工案子上修理电话机。屋里光线暗，卢工头几乎把眼睛贴在电话机上干活。

谢顺想要学，便和卢工头说："卢叔，你教会我，修电话机的工作就交给我来干，行吧？"

"这活儿可不是人人都能干的，一时半会儿学不来。"

谢顺诚恳地请求："卢叔你教我，我绝不会丢师傅的人的。"

"都说教会徒弟饿死师傅，二娃，咱爷儿俩对脾气，我教你，我老了，不能把手艺带到棺材里去。"

谢顺在卢工头的指导下，第一次自己拆开电话机：那么多的零件，神奇的碳晶盒、一半绿一半红的U型磁铁……谢顺入迷了，满脑子都是电话机，他把卢工头几台报废的电话机。装了拆、拆了装，终于组装起一台能够通话的电话机。

谢顺的婚期临近了，目前战事一触即发，两家商定婚事从俭。连里来了十几个兵帮着装修新房，没几天工夫便把新房收拾得焕然一新，连门前的葡萄架都重新搭了架子，局里的人从架下走过，都说就是不一样。

战争阴云密布，魏秀娥忧心忡忡地说："娃他爹，抓紧办了婚事，我们赶快回吧。"

谢文元说："老婆子，现在谁敢走？杀人放火、路断人稀，恐怕是送命去。"

"这可怎么办？"魏秀吓得双手合十，求菩萨保佑。

"军阀混战，躲是躲不过去的。"学校停课了，解团长紧急调防。教书育人几乎耗尽了谢文元毕生的精力，谁想到掉进了战乱的漩涡。他目前最想做的就是完成《丝路行》，也是对今生今世的一个交代吧。

马仲英的部队在黄芦岗与省军张毓秀团交战，正巧中法学术考察团在此，双方都怕承担责任，引起国际纠纷，便都往后撤。

张毓秀团奉命回撤驻守汉城，一营兵力和一队民团把守西门，谢顺的民团就在其中。如此局势，政府实行强制性的战时体制，男丁都登记入册进行军训，日夜构筑工事，准备迎战。

134

四月二十二日十时谢家迎亲的队伍准时来到屈家。没有喜庆的鞭炮、没有欢乐的锣鼓，新娘子屈昶芸蒙着盖头哭得伤心，被表哥上元背上婚车。新郎谢顺一身戎装，身披红花，骑着自家的枣红马，在本连官兵的护卫下将新娘子娶回汉城。

这里离马仲英部队驻地不远，叛军游兵常骚扰抢夺，悲剧时有发生，不少人家去城里投亲靠友。谢顺在结婚前做了决定，回门后全家一同进城，除了屈芜以外，全家人一致赞同。

邮电局的大门上挂了红灯笼，贴了喜字，门联是谢文元手书。婚礼由尚团长主婚、局长证婚。第二天清晨，谢顺夫妻给公公婆婆请安敬茶后，屈昶芸就脱了婚装，穿上便装进了厨房，对正在准备早饭的谢国说："大哥，从今以后你专心做事，做饭是弟媳的事。"

谢国说："这是你大喜的日子，过了双十再做不迟。"

"大哥，就从现在开始。"昶芸说着话就开始行动起来。

"二媳妇，你听婆婆一声劝，过了十吧。"魏秀娥喜欢漂亮懂事的女人，这个媳妇让她满意。

谢顺说："娘，您就让她做吧。"

魏秀娥是劝不住了，说："一个比一个倔。"

三天后回门，实际就是去收拾东西准备进城，拉了些随身的。屈芜让他们先走，自己留下来看着家里的东西，最后再走。谢顺说："要是遇上叛军抢夺，就来不及了，锁上门就行了。"

"庄子上老人看家的多的是，穷家值万贯，这粮食万万少不得。"屈芜是饿怕了，说啥也不愿意走，非要留下看着家里的粮食。

谢顺拗不过他，只能暂时妥协："一有动静我就来接爹。爹，你吃饭咋办呢？"

"家里有粮还能吃不到嘴里？走你们的，抓紧把粮食运一些到城里放好。"

屈芜不走，屈家婆娘也要留下来陪着，叮嘱昶芸看好弟弟妹妹。屈芜心里暖暖的，催促儿女们："就这么办，天不早了，快走吧。"

谢顺说："爹、娘，你们把东西收拾利索了，我今天就来拉粮食，无论如何明天一起进城。"

第二天把粮食米油面等日常用的物资拉了两车回来，谢顺就被民团留下执勤，脱不开身。从此以后，谢、屈两家便同住，晚上两家人聚在一起，娃娃们都喜欢听魏秀娥讲故事，一到晚上都围着她转。谢文元在书房通宵达旦，整理资料写书。屈昶芸一日三餐围着锅台转，早饭后她跟婆婆、娘做针线，中午提前一个时辰准备午饭，午餐以拌面为主，每礼拜安排一次米饭或者抓饭，家里人都喜欢得很。孔先生年事已高，牙口不好，他的饭要在小锅里煮得烂一点，面要薄得像纸一样。孔先生很是感动，连连对谢文元夸赞这个新媳妇。

晚饭后，魏秀娥让昶芸一同侍弄院子里的花花草草，不用着急干活。谢文元爱养花，魏秀娥是夫唱妇随，喜欢跟着伺候花草。在她的精心料理下，院里的花草枝繁叶茂。

屈昶芸细心，从谢顺那儿了解到公公喜欢红烧肉，婆婆喜欢羊羔肉，想方设法地孝敬。每天走之前先给公公端上烫脚水，再给婆婆烫脚修脚。

魏秀娥常与谢文元夸媳妇贤惠，谢文元也庆幸娶了个好儿媳，媳妇会当家，他们老两口也省心。

屈昶芸见爹在书房夜以继日地工作，好奇地问婆婆："娘，我爹每天都写些啥？"

魏秀娥说："你爹啊，写的是世情、人情、不了情，留给后人仔细听，也是个念想。"

谢顺来接昶芸回新房，把月银交给娘。魏秀娥把钱还回他手里，说："以后你挣的钱就交给你媳妇，你媳妇管家我放心。"

屈昶芸说："娘，钱还是你管。"

魏秀娥说一不二，谢顺嘱咐媳妇要好好打理家事，屈昶芸恭敬地对婆婆说："凡事还是要由娘做主。"

谢顺把钱全给了昶芸，一个子儿都没留。屈昶芸问："你咋不留下个用的？"

谢顺说："用的时候再要。"

魏秀娥深知儿子实诚，说："我这个儿子，不知道零花个钱的。"

"娘，一个男人身上没有个钱，让人笑话呢！"屈昶芸数了几张给谢顺装在上衣口袋里，"可不能乱花。"

谢顺不抽烟、不喝酒、不吃零食，发了钱就想让全家都高兴一下。第二天五更他赶到牛羊肉市场宰羊的地方用放了盐的水桶接了三四只羊的血，又买了一副羊杂碎、两个羊架子，高高兴兴地回到家。

屈昶芸已经把灌羊血肠的配料准备好了，谢顺剁了羊架子煮到锅里。谢国、谢顺、谢昌弟兄三人一块儿灌羊血肠。谢昌看火煮血肠子，水开了要用尖头筷子在血肠子上扎些眼，文火煮半个时辰，不然血肠子就会崩了。

全家人在一起啃羊骨头，吃羊架子汤泡馍。谢文元把脊梁骨上有点肉的挑给孙娃子。收拾掉了羊架子骨头，上来的是羊血肠子，蘸上辣子、醋，一咬一口油，美炸了。

135

五月底马仲英的部队已经逼近郊区，常有人家遭叛军洗劫，大战在即，人心惶惶，汉城里已经挤了上千躲避战火的灾民。

谢顺所在民团严阵以待，谢国、谢昌也被纳入民团参加军训。屈芜夫妇一直不肯进城，非要守着老家。屈昶芸心如汤浇。谢文元赶上车要去接屈芜，昶梦也要同去，谢文元担心路上不安全，让她在家待着。

昶梦说："我还有东西在家，我要去拿回来。"

"你告诉大老地方，我给你拿回来行吧？"

昶梦坚持要同去，说："谢大老找不见，我去了我爹听我的。"

谢文元想这也是，便同意了。两人一路提心吊胆，到了屈家，屈芜心神不宁地在院子里转磨磨，见谢文元和昶梦来了，问："咋来了？"

谢文元说："都啥时候了，你还能沉得住气，我不来，你还要拖到啥时候？"

"都走了，我的房子、庄稼咋整呢？"屈芜还是放不下房屋和庄稼。

谢文元劝道："留得青山在，不愁没柴烧，赶紧收拾收拾进城。"

远处传来断断续续的枪声，而且越来越近。正在这时候，谢顺带着勤务兵满头大汗地进来，说："爹，都怪我，我来装。"

"马上要开战了，快走。"谢顺把收拾好的东西装上车让爹带着岳父母和昶萝先走，自己还要到庄子上看一看，撤离群众。

屈芜想在院子里再转转，昶梦不停地跑茅房。

屈芜说："看样子这仗非要打了，我叫上元去，这可是舍命不舍财的主儿。"

"我去，捆也得把他捆上走。你们先上车，不敢耽误了。"谢顺立马去叫上元。

远处的枪声又响了，谢文元把奶羊抱上车。屈芜赶着牛车在前，车后拴着白猪。谢文元赶着马车在后，准备启程。

昶梦要把鸡抓到筐里带走，屈芜说："对的呢，不留下一个活口。"又是好一阵折腾，父女俩抓了四只，还有两只飞上房。

"算了吧，我们快走吧，迟了城门关了就麻烦了。"谢文元劝说着，好不容易才锁了门出发。

太阳西倾，枪声四起，魏秀娥在院子里急得团团转。谢国去北门，谢昌去东门。城门沿城壕一线的工事架起铁丝网，荷枪实弹的士兵严阵以待。进出城的百姓，都要经过严格的安全检查才能放行。

谢国在城外仔细地寻找，逃难的拖家带口，一个个愁眉苦脸、惊恐万状。找到阿亚桥也没有找到爹，他就继续向东迎了过去。沿途到处都是老弱孤寡，惨不忍睹。终于，他在阿亚桥下望见屈叔赶着牛车，爹赶着自家的车在后，最后面是上元，也赶着车，车上还捎着几个走不动的老人和妇孺。

屈芜车后面拴着长条子白洋猪，昶梦打上一下才走几步。屈芜急了，狠狠地抽上一鞭子，白洋猪吃疼，挣扎着往路边的向日葵、玉米地里钻。

谢昌一路上护送了几个妇孺进城后也找了过来，看后面一位老汉连走带爬，赶忙迎上前去把老人背上，往东门方向走。

谢文元一行看见东门的时候，太阳已坠入天山的背后。紧赶到东门时，两扇厚重的大门正要关上，谢文元快速挡在两扇门之间，央求道："军爷，行行好，后面还有人呢！"

守军恶狠狠地说："马上就要打仗了，找死呢，快让开。"

"救人一命胜造七级浮屠。军爷抽烟。"谢文元站在门中间不走，划着火柴给守军点上烟。

一位又黑又瘦的军官抽着烟过来，操着一口东北腔问："时间到了，怎么还不关门？"

"长官开恩，让这些人进城。"谢文元忙递上一盒哈德门香烟。

后面进城的百姓已经挤到了城门口，纷纷哀求："长官，让我们进去。"

谢文元在前面和军官套近乎："我儿子谢顺是民团的连长，还在后面保护撤离的百姓，长官你行行好。"

"老子还是营长，让开。"这军官姓赵，是个营长。常年在军中，脾气火爆，他把谢文元推到一边。跟在他身后的士兵举起枪托要砸谢文元，昶梦冲上来挡在谢文元身前说："你不能打我大老。"

"这是你的丫头？真是天女下凡。小妞你是哪里来的？"赵营长见个小丫头冲上来，制止了要动粗的小兵。

谢文元如实答道："长官，我们就在城里住，这是我亲家的小闺女。"

屈芜上来说："长官，这是我的三丫头，请让我们进城去，感恩不尽啊！"

"好闺女，老子今天就为你破个例，老人家你好福气，有这么好的姑娘，要是没地方住，我那里有地方，有我的保护，保你们平安无事。"赵营长说道。

屈芜谢过赵营长，说："有地方住，我女婿是民团的谢顺连长，就住在邮电局。"

"你叫啥？有事你找我赵营长，没有办不了的，勤务兵送老人家回家。"说完，赵营长对身后的勤务兵点头示意。

"我名叫屈芜。不麻烦长官了，有时间家里坐。"屈芜感激地回答。

赵营长说："为了你的三娇娇，我也得去。"

"长官，天黑了，家里人着急，我们走了。"谢文元对这个色眯眯的赵营长没有好感，告辞后赶紧驱车带着大伙儿回家。赵营长安排的勤务兵跟了一路，把他们送回家。

此时，邮电局已经被军管，挂上了"闲人免进"的牌子。谢文元为了生活上能够照顾，特意腾出一间大房子给屈家和上元住。还没有安顿好，之前送他们的勤务兵就进了院子，大声问："哪家是屈芜家？我们赵营长来了。"

屈芜一愣，非亲非故的，要怎么着？他迎出来，客套地说："赵营长大驾光临，蓬荜生辉，家里乱得插不进脚，失敬。"

赵营长在门外巡了一遍，说："我是来检查治安的，大家要注意，大战在即，要提高警惕，若发现敌人的密探、奸细，要及时报告。"

谢文元这时也出来了，说："赵营长亲临指导，感激不尽，我们一定会提高警惕。"

赵营长目不转睛地望着昶梦，昶梦被看怕了要躲出去。赵营长一把拉住昶梦，说："让干爹看看。"

昶梦挣开躲在娘身后打哆嗦，屈家婆娘把她护在身后，说："官爷，乡下丫头胆子小，没见过世面，让你见笑了。"

赵营长笑笑，说："我就喜欢这个娃娃！"

正在这时候谢顺回来了，敬礼后说："营长有何贵干？"

赵营长礼了礼军帽，说："执行公务，巡查治安。你是团座赏识的谢连长吧？你办喜事我也去了，你媳妇那是百里挑一。"

这时，通讯员跑步过来在赵营长耳边说了几句悄悄话，赵营长说："有紧急情况。"说完就匆匆忙忙地走了。

谢顺赶紧嘱咐爹："一定要关好门，不认识的人不要开门，仗打起来，妇女、老人都躲到挖好的地窖里去。我先走了！"

136

马仲英的攻城部队于次日拂晓开始攻打汉城，攻城部队在枪炮的掩护下，发起一波波进攻。守军奋勇阻击，打退了马军的进攻，马军损兵折将，不能攻至城下。

攻城开始以后，激烈的枪炮声让老城如天摇地动。在灯下写作的谢文元第一反应就是，叫醒睡梦中的外孙沁丰，抱上孙女凤仪下地窖。魏秀娥心惊肉跳地帮助腿软的屈家婆娘和文武先下去。昶梦又要去茅房，魏秀娥陪着她去茅房，昶梦哆嗦得解不开裤子。

"好闺女，有大妈不怕。"魏秀娥给昶梦解开了，她又尿不出来。昶梦没出来，昶芳又来了，可怜的娃啊，哪里经历过这样的战争！

女人、娃娃下了地窖，还不见昶芸从厨房出来。谢文元赶紧上去叫儿媳妇，屈昶芸说："爹，我把吃的、锅放到案板下面安全些。"

屈芜着急地说："顾人要紧，快下吧。"

屈昶芸手脚麻利地收拾完，谢文元推着她去地窖入口，屈芜拉着昶芸下了窖。谢文元让他们躲好，自己要留在上面继续写书，说："我已经老了，老天自有安排。"

屈芜又急又气，说："亲家，你快下来。"

其实，谢文元现在最想见到的是三个儿子，二儿子在枪林弹雨中战斗，大儿子、三儿子都在单位值班。正在这时，谢国被单位的同事扶了回来，谢文元的心提到了嗓子眼，扔下手中的笔就奔了过来，紧张地问："国儿，你怎么了？"

谢国说："爹，没事，不小心把脚崴了。"

谢文元这才把提起的心放回肚子里，给他检查，崴了的右脚肿得连踝关节都看不见了。"你娘那里有跌打损伤的丸药，我找上了给你吃。"

"爹，我自己来。"

谢文元说："你千万别动，伤筋动骨一百天，等一阵让你娘瞧瞧伤着骨头了没有。"

"爹，我心里有数，没有伤到骨头。"

看着大儿子受伤回来，谢文元担心二儿子和三儿子，说道："我真想去看看你弟弟。"

谢国说："到处都戒严呢，子弹不长眼，你千万不能去。三弟的银行坚固无比，二弟机灵，你就放心吧。"

晚上皓月当空，省军顽强抗击，马军无机可乘，攻防战打得十分惨烈。

谢顺带的民团英勇顽强，他沉着指挥，每一次反攻都冲在前面，保住了新老城之间的通道。攻防战相持多日，马仲英部队数名将领受伤，部队伤亡严重。马仲英改变战术不再强攻，而是采用突袭骚扰的战术。马部诡诈，守军也应对有策，趁其撤退时一路追击，把马军赶出防区。这一次谢顺奉命追击，返回时路过回城桥下，几个马军的兵娃子躲在桥洞里，有一个还露出半个头来。

谢顺大声吼道："举起手来，缴枪不杀！"

三个兵娃子蹲在地下瑟瑟发抖，求饶道："长官饶命啊，我们不愿意打仗啊，都是马仲英逼迫的。"

战士们纷纷说："连长，毙了算了，哪有粮食养活他们！"

谢顺对马仲英部队用欺骗手段抓兵的行径一清二楚，起了恻隐之心说："都没成年，怪可怜的，杀一个一家遭殃，你们走吧，越远越好。"

137

马军第二次攻城，城里的百姓已经基本断粮。饥饿像瘟疫一样蔓延，一些逃难来的百姓要强行出城筹粮，城门前一片混乱，军民对峙。强行出城的人遇到马军攻击被杀害的消息传开后，无人再敢闹着出城。

县府与军方商定施粥，在县府门口架起大锅。谢国挂着拐杖与县府的大厨胡师傅按时发放黄米粥、玉米面搅团。

屈芜拉过来的米面所剩不多，屈家亲戚逃进城的已经断了粮，一家匀些，一天也只能喝两顿稀的。幸亏谢国在施粥的岗位上，每天晚上可以领回一瓦罐粥，先小孩再老弱。屈芜身体本来就弱，经这一番折腾，已经卧病在床。孔先生风烛之年，谢文元悉心照料着，可毕竟上了年纪，虚弱不堪。吴上元进城以后就被征到民工队，抬伤员、埋死人，难见一面。

马军久攻不下，停止进攻退守军营，叛军退守据点，双方处于相持阶段。谢顺、谢昌回来探望。魏秀娥看两个儿子平安归来，喜极而泣："我的儿啊，你爹你娘日夜提心吊胆的，求菩萨保佑我儿平安无事，你们要各自当心啊。"

　　谢昌请娘放心，说银行保险得很。谢顺也安慰娘，说："你儿子命大，枪子儿绕着走呢。"

　　谢文元心系儿子的安危，反复叮嘱："凡事小心不为过，你们可是爹娘的命啊。二媳妇赶紧做饭。"

　　"我知道家里快要断粮了，我们银行一日三餐都有，吃得饱饱的。"谢昌是在给爹娘宽心，连军队都定量了。

　　谢顺还有军务在身，说话就要走。魏秀娥让他与媳妇说说话再走，屈昶芸不想耽误他的正事，对娘说："娘，让他忙正事去。"

　　谢顺走后，谢昌爬到炕上休息，睡得沉沉的。魏秀娥心疼小儿子，让大家都轻些。屈昶芸下狠心今天做顿干的，扫净了所有面袋子，也只能做一顿汤饭。

　　正在这时候赵营长与打扮得妖里妖气的太太来访，警卫员提着一条子猪肉。赵营长的太太是烟花女子，能抽、能唱、能舞、能玩，就是不能生育。

　　屈芜挣扎着迎了进来，给夫妻俩上茶，点上烟，说："赵营长日理万机，今天咋有时间光临寒舍？"

　　"狗日的马仲英，这下可知道老子的厉害了，龟缩在军营里不出来了。趁今天消停，我太太要看看三娇娇。"赵营长抽着烟说。

　　赵太太很优雅地吸着烟，说："让我男人一说，你家的三闺女简直是天上掉下来的，我非要亲眼看一看不可。"

　　屈家婆娘不知他们到底所图为何，不敢放三丫头出来，推说道："军爷、太太，乡下丫头怕见人，土气得很，没啥看的。"

　　赵营长催道："难得一见，快去给我叫来，我太太还带了礼物呢。"

　　屈芜没法，只好让婆娘把三丫头叫来。昶梦这时正躲在厨房里，怎么也拉不出来。屈家婆娘出来回话："军爷，闺女胆子小，不懂事。"

　　赵太太亲自进了厨房，看了看昶梦，挑剔地说："还行，在这个穷乡僻壤，还真难见着。我要是年轻，哼！"她突然又话锋一转，拉着昶梦修长的小手说，"三儿，当我的闺女好吗？这是抬举你了，在我的调理下，你这样的容貌，吃香的、喝辣的，荣华富贵有你的。"

　　昶梦挣开了赵太太的手，躲在娘的身后低头不语。赵太太不管她乐不乐意，自顾自地说："认了我，有你想不到的惊喜。三儿，这是我的见面礼。"说完拿出来一个精巧的银锁项链、一件红裙子，"来，干妈给你带上。"她把项链戴到昶梦的项上，细细打量，"好看吧！"

　　屈芜不敢收他们的东西，说道："乡下丫头配不上啊，太太还是你配。"

赵营长发话了："当了我的丫头不就配上了，穿金戴银应有尽有。"

屈家婆娘吓得快哭了，怯怯地说："营长大人是在说笑话呢？这闺女可是我们的命啊！"

赵太太说："我们没有子女，一直想过继一个，愿意的不少，中意的没有，今天看中了你的昶梦，你若是愿意，有啥条件，你们讲出来好商量。"

屈芜说："城里好的有的是，营长大人是跟我开玩笑呢！"

赵太太见这一家子不识抬举，斜着眼威胁道："营长就看上昶梦了。城里现在吃人肉的都有，你们家要想保全，能靠谁呢？"

昶梦趁他们说话不注意的当儿，拔腿就往谢文元身边跑。在她心里谢大老是最有能耐的。她抱住谢文元的手臂，哭道："谢大老，我哪儿都不去，咱们死也死到一块儿。"

谢文元安抚她说："昶梦别怕，大老在。"

赵营长放下话来："你们好好考虑一下，大难当头，生死攸关，何去何从，一念之差！"

屈芜哪敢得罪赵营长，点头哈腰地说："赵营长，你的好意我心领了，你容我们商量商量，行吧？"

赵营长没搭理他，起身就走，赵太太也跟着出去，说："不识好歹！"

过了两天，赵营长两口子又来了，软硬兼施，一番游说。

家里的粮食光了，连葡萄叶叶都没留下。枣红马进城成了谢顺的军用马，谢文元的大灰驴被征用，吴上元赶着运输给养。

谢顺的民团补充了十九个新兵，最小的马杰还不到他的肩头，只有十四岁，老家是肃州一带的，一家跟着去淖毛湖垦荒，爹娘惨死在那里，幸好当时他被爹藏到菜窖里才活下来。谢顺见他身世可怜，将他带在身边，一步都不许离开，想着有机会把他托付到好人家。

粮荒越来越严重，施粥停了，军队定量减了。汉城里没有了绿色，连草根都挖不到，饿死的人被抬到县政府大门前的广场上，第二天早晨有肉的部位都光了，吃观音土胀死的人也不在少数。

138

马仲英没有想到省军抵抗如此顽强，只能频繁改变战术，打打停停，相持不下。城里饿殍遍地，五黄六月天气炎热，臭气冲天。城西南角的粮库有重兵把守，抢粮者格杀勿论。灾民抗议县政府见死不救，晚上把尸体抬到与粮库斜对面街的县政府门前的广场上，早晨埋尸队就忙着掩埋惨不忍睹的遗体。

谢国拄着拐杖，一瘸一拐地跟胡师傅做饭，就是为了能得到一点儿方便。但是管事的哪一个不眼巴巴地盯着食堂里的那点救命饭。谢国能够收集起来的也就是粘在锅壁上用清水洗下来的那点米水，笼箅上残留的一些馍馍渣。他把自己的馍馍揉碎了掺在里面，也是为了不让爹娘陷入绝望。当天五更，他在准备上午的饭，实在饿得两眼发黑，揉不动面。胡师傅的大肚子也瘪了进去，坐在凳子上叹气："老大，什么时候把厨子饿上了，看贼一样，我满脑子都是好吃的。"

谢国叹道："能活着就是万幸。"

胡师傅从衣兜里掏出小酒瓶，打开盖子喝了一口，又递给他，让他也来点儿。谢国知道胡师傅嗜酒如命，围城以后馋得不行了才抿上一口，便说："算了，还是留着师傅解馋提神吧！"

"烟酒不分家，有点肉就更好了。"胡师傅幻想着。

谢国说："胡师傅，你在做美梦呢，除了人肉，没有肉可吃。"

胡师傅心里也苦，说："天快亮了，你出去看看。"

139

知道家里断了粮，谢国在灶上基本得不到多余的粮，收拾少许残汤剩饭和自己的一个窝窝头，揉碎了掺到汤里。

谢顺、谢昌也把省下来的口粮悄悄地放到厨房案板上，不敢让家里发现。谢文元看见了也装着没看见，儿女亲人鲜活的生命，不能就这样消失了。天气又闷又热，人人汗流浃背，都在院子的架下有气无力地乘凉。孔先生也被谢文元扶到院子的躺椅上。阳光收敛了，一丝风也没有，瓦蓝的天空飘着一片一片的瓦棱云。

屈昶芸把清汤寡水般的一顿苞米糊糊分到每个人的碗里，轮到自己就剩下小半碗清汤了。邻居家的院子里传来了撕心裂肺的哭声，又有人走了……

魏秀娥紧紧地搂着凤仪，屈家婆娘抱着文武，沁丰靠着外爷，孔先生摇着羽毛扇沉思。平日里叽叽喳喳的昶芳也灰心丧气，一言不发。昶梦憔悴不堪，十二岁的她已经能为家里人着想。

谢文元知道是儿子们从嘴里省下来的这些救命粮，他们才得以苟延残喘，而更多的人家何以维系？县政府门口的死人拉走了又停上了，惨不忍睹。

屈芜虚弱不堪，流着泪说："我们命还在，乡下的亲朋已经饿死了不少了……"

魏秀娥见昶芸把每个人的饭摆在葡萄架下的石桌上，唯独没有她自己的。魏秀娥领着凤仪到厨房，只见昶芸靠着窗台闭目养神。她满心酸楚，问："昶芸你哪儿不好？不吃东西可不行。"

昶芸猛地回过神来，说："娘，我没事。"往起一站，眼前一黑，摇摇晃晃地扶着墙。

魏秀娥心疼地说："这还叫没事，你的饭呢？"

昶芸扯谎："我刚吃了。"

魏秀娥出去端上自己的饭进来，要往昶芸干干净净的碗里倒。昶芸挡住，说："娘，我真的刚吃了。"

"娘老了，你们还年轻，日子长得很，娃啊，我知道苦了你了，你吃上些，娘心里安稳些。"

昶芸知道瞒不过去，还是说："娘，我真的吃了，我把娘的再分上些，以后不可以了。娘，我年轻有耐力，不会有事的。"她端过婆婆的碗，分了些到自己碗里。

"昶芸，你爹身体不好，能不能薄薄地下点面？"

昶芸哭起来："娘，面箱子、米袋子水洗了似的，能吃的什么也没有了。"

正在这时候，赵营长抽着烟，带着两个兵扛着两袋子面进来了。他略表了同情，说："没吃的了吧？我过来的时候有人抬着死尸到县政府门口哭诉去了，县政府又不产粮。我身兼重任，没照顾到你们。屈老哥你病得不轻啊！"

屈芜颤抖地说："活……活不了几天了。"

"人是铁，饭是钢，一顿不吃饿得慌，先吃饱了，我让军医给你瞧瞧，保你平安无事。"赵营长指挥兵把面搬进厨房。

屈芜感动地说："赵营长，怎么报答你呢？"

"报答个球啊，我就喜欢个闺女，把娇三过继过来，能辱没你？我能亏待你？"赵营长对昶梦不死心。

屈芫别无选择，要么眼睁睁地看着大家被饿死，要么忍痛割爱救活一大家子。他闭上眼，绝望地说："娃他娘，我看这样好！"

屈家婆娘抽泣着说："我听你的，多活一个算一个。"

"使不得，昶梦能愿意？再坚持坚持。"谢文元不忍心委屈昶梦。

屈芫老泪纵横："迟了就晚了，我这样死了算了，娃们咋行呢？亲家，今天这个主我做了，什么也别说，这就是命啊！"

赵营长说："你是个明白人，我们一家亲。你要有事，我能袖手旁观吗？孩子我就领走了。"

屈家婆娘拉着昶梦不忍放手，说："娃的东西得带上。"

"带上几件夏天穿的就行了，过去我给做新的，什么好穿什么，保证让你刮目相看。"

屈家婆娘把孩子交到魏秀娥手里，抹着泪进屋收拾。魏秀娥心如刀绞，搂着昶梦哭道："好闺女，你爹这也是没有办法的办法，别怪你爹娘，都是为了活命啊。"

昶梦流着泪说："我知道！"

"大妈给你洗个脸梳梳头。"魏秀娥把昶梦领进屋里，昶芸端来热水给妹妹洗脸擦身。昶芳也来帮忙，却一脸羡慕地说："三妹，你长得不一般，将来更不一般了，别忘了二姐。"

昶芸责备道："你现在还有这个心思？是福是祸谁知道。三妹，你去了要有眼色，要学会照顾自己，有事告诉姐，我们大家给你做主，好吗？"

赵营长在外面等得不耐烦了，骂道："快一点，我军务在身耽误不起，妈了个巴子。"

魏秀娥赶紧出来回话："赵营长，这就好了，养儿不易啊，都是爹娘心上的肉。"

屈家婆娘收拾了一个包袱出来，对赵营长说："营长大人，我这个三闺女性子烈，有哪些不称你的意的，做得不好的，想不通的，还请你多多开导，担待些，行吗？"

赵营长说："我太太喜欢，只要听话，我喜欢还来不及呢，你们放心好了。"

屈芫恳求道："赵营长，我闺女没离开过我们，想家了你让她回家看看行吗？"

"在我家熟了能行。你听又打起来了。"赵营长交代勤务兵办好过继手续后领上人快些过来，赶紧走了。

"大叔快一点，迟了要挨鞭子的！"赵营长走后，勤务兵催得很紧。

屈芫搂着昶梦说："闺女去吧，好好活着，找个好人家，爹就是死了也心安了。你要是有个三长两短，爹跟着你去。"

屈家婆娘怕闺女寻短见，一路嘱咐到门口："闺女，再难也要活下去，总有出头的一天，娘等着你长大成人。"

昶梦这才大声哭出来："要饿就饿死在一起，咋偏偏把我卖了……"

屈芜也痛哭起来："闺女，你这是在拿刀子捅爹的心，赵营长就看上你了，这是命啊。"

屈家婆娘说："闺女，你去了好好听话，与其饿死不如找个生路，但愿爹娘也能托你的福，闯过鬼门关。"

昶梦是个懂事的女儿，她知道这两袋子面关系着一大家人的生死，就是刀山火海，她也得闯。"爹娘，女儿不能在你们膝下尽孝，就让女儿给爹娘磕个头。"昶梦在爹娘面前跪下磕了三个头，又对谢文元和魏秀娥磕了三个头，说："大老、大妈多多保重。"

屈家婆娘把昶梦拉起说："娘会想办法去看我闺女的。"

勤务兵拉住昶梦的手说："快走吧，再不走我今天这一顿鞭子是挨定了。"

"大姐、二姐替我在爹娘前好好尽孝。"昶梦被勤务兵拉着出了门。

把闺女送出门，屈芜夫妻抱头痛哭，院子里的人都定在门口，愁苦不堪。这真是救命的面啊！当晚屈芜让昶芸把一袋子面分成小份，趁着天黑让昶芸、昶芳送到了奄奄一息的亲朋家里。

140

麦子黄了，这是一年中最重要的时候，关系到千家万户的生计。省军师长朱瑞墀、马仲英都声称是为了解救百姓于水深火热之中不得已才打仗的。马仲英部队筹不到粮食，到处抢粮，民怨沸腾。双方都想收割到口的夏粮，又怕敌方断其后路，突然袭击。

朱师长转换手法，在加强城防的同时，大打人道牌，以图孤立马军，削弱支持力量。他亲自登门拜访本地著名乡绅等人晓以利害说，委托他们为代表尽快与敌方达成夏收的协议。季节不等人，耽误一天就有一天的损失，粒粒皆救命啊！朱师长说得诚恳，众人听得感动。最后，大家推举了骑兵营长，曾是王府的大管家尧乐娃子作代表，出面与马军王府协商。这个人出身贫寒，深知民间疾苦，做事缜密八面玲珑，又交际广泛。

在他处心积虑斡旋下，双方进行谈判。

尧娃司令马仲英权衡利弊，同意城里的饥民收割夏粮，以此企图树立良好的亲民形象，进而站稳脚跟。为了笼络人心，马仲英还宣布停战三天，让城里的百姓在日出后、日落前收割麦子。

141

马仲英允许城里的饥民出城收割麦子，饥民们虽然将信将疑，但是与其饿死不如拼死一搏。听到消息后，群情振奋，生的希望又回到饥民的躯体，各自全力准备起来。五更天，老城的饥民迫不及待地聚集到城门口，眼巴巴地望着东方的太阳快快出来！

谢文元晚上同家人商量麦收的事说："兵不厌诈，攻心为上。马仲英来者不善，是不是有信义，还不可知。到我们地里收麦路远，得快点去，赶在日落前回来。亲家母和我老伴留下看孙子。我们去的责任重大，得眼观六路耳听八方多长个心眼。"

魏秀娥说："他屈婶留下照顾有病的亲家和孙子，我同你一起去，多个人手能多收一点，心里也就踏实一些。"

屈家婆娘说："亲家母没干过庄稼地里的活。我们那口子说了让我去，他没事。"

谢文元说："不要再争了，就这么定了。"

屈昶芸也说："都听我爹的安排，家里不能没有人照顾。明天还不知道啥情况呢，两位母亲走又走不远、跑又跑不动，出了事咋办呢？我们抓紧些收就行了，兵荒马乱的，小心为好。"

正在这时候，吴上元拉着大灰驴进来了，满脸的胡子，头发像荒草一样，二十多岁的人看着都老气横秋了。"大妈、妹子都别去了，我爹死也不来，我心里急的。要是我爹还活着，我家的麦子就够大家吃的了。再说有我一个人就帮你们代收上了。"

谢文元忙问："你咋能回来了？"

吴上元说："民夫都让参加抢收。二哥说他的民团给我们暗中放哨，让我把驴也拉回来用。"

谢文元说："这下好了，有了大灰驴顶大用了。"

谢国拄着拐杖过来说："算我一个。"

吴上元说："你这个样子，我看算了吧。"

"这是做给人家看的。"谢国把拐杖放下，走了几步，"怎么样？"

魏秀娥不放心地说："一瘸一拐，还不对劲，小心再崴了，那可是前功尽弃，还是不去的好。"

谢国向母亲保证："娘，我会小心的。"

谢昌也回来了说："我去给同事收割些麦子，他爹饿死了，家里还有个年老多病的娘。"

谢文元说："这是行善积德，应该的。邻居家没有镰刀，用剪刀、菜刀，我把谢顺多打下的镰刀送人了。上元，你有吗？"

"叔，种地的没合适的工具怎么能行？我这次出来随身带了一把防身的。"吴上元从腰后抽出布裹着的镰刀来，"有我这把镰刀，一天割两三亩没麻大。明天一开城门，我就先走了，现在还分你的我的，近处的留给城里人，我还是去割我家的，也好看看我爹娘。"这跟谢文元想到一起去了。

谢文元交代昶芸今天给大家做顿饱的，备好明天的干粮。

谢国不安地问："这要是马仲英的阴谋，该如何应对？"

谢文元说："万一有变，你们不要管我，往庄稼地里躲起来。吃了饭大家早些睡，养足精神，明天以不变应万变。"

魏秀娥来到厨房，看到昶芸正准备和面，她说："二媳妇，你忙了一天了，明天还要去割麦子，馍馍我来做。"

昶芸笑着说："娘，还是我来吧。"

魏秀娥挽起袖子要帮忙，说："别把娘看扁了，连个干粮子也做不了了！"

昶芸解释道："不是的，娘，怕你东西用不顺手。"

魏秀娥让她去躺一阵，养养精神，自己先把面和上。昶芸知道婆婆这是心疼自己，擦了手准备出去，说："娘，那你和面，兑碱的时候叫我一声。"

昶芸刚躺下，不一会儿工夫就听见婆婆叫："昶芸，这个面怎么稀得流开了。"

昶芸赶快过来看，无奈地说："水放多了。娘啊，这得把后天的面都用上了。"

142

敌我双方休战，一晚上没有枪炮声。屈昶芸按照公公的安排，五更开饭，每人一碗黄米汤、一个饼。半袋黄米是陈年的黄米，都生虫了，赵太太让昶梦扔掉，昶梦请勤务兵送过来的，这可真是雪中送炭。

赵太太把屈昶梦看得死死的，不让回来，也不让自由活动，把她当丫鬟使，端屎端尿、端茶送饭、伺候起居，一点儿不如意就拳打脚踢、拿烟签子扎。昶梦过得生不如死。

谢、屈两家去抢收，带的饭真有点奢侈，一人两个饼、一块珍贵的老咸菜。

谢昌说："二嫂，吃了今天的能扛两三天。"

屈昶芸笑着说："你得感谢娘。"

谢昌说："还是娘疼我们。"

魏秀娥尴尬地说："吃饱了多收麦。"她只喝了稀饭，把自己的饼也偷偷放到了干粮包里。她让昶芸、昶芳穿上补丁衣服，脸上抹些锅灰，戴上晒得发焦的草帽子，"你们姊妹太抢眼了，昶梦就是个样子，扮丑了少惹事。"

天色朦胧，谢文元让谢国、昶芸、昶芳上车，让谢昌牵牢驴赶车，自己跟上走。通往城门的路上已经挤满了人，赶着收麦的人们心急如焚、望眼欲穿，夜色慢慢褪去，一缕霞光显现了。

大家急不可耐地喊着："太阳出来了！开城门！"

"开城！开城！开城门！"

守城门的士兵把挤进城门洞的饥民往外推，告饶道："老乡们，太阳还没有出来，没有长官的命令不敢开城门啊！"

终于盼到朝霞沸腾，人群里又沸腾起来："开城门！开城门！开城门……"

站岗的士兵没得到长官开城门的命令，还是不敢开门，饥民们前拥后挤，忍无可忍，叫骂起来。

一阵混乱后，终于见到赵营长打着哈欠举着枪出来，他喊了一声："妈了个巴子，把城门打开。"

城门一开，饥民们向城外奔去，有的饿得连走带爬，见到能吃的东西就往嘴里填，凡是能充饥的粮食都往袋里装。黄了的麦地里，人头攒动，你争我抢。

谢文元和家人快速地向自己家的地里前进，没有多少人跟上来。谢文元走得打颤，被谢昌扶上车，屈昶芸让爹赶紧吃一个饼。围城以来公公总是把自己的口粮紧着沁丰，外孙正在长身体的年龄。

谢文元想起了昶梦，心里难受，对昶芸说道："你可不能这样亏待自己，你是这个家不可或缺的，你顿顿只吃点剩饭，瘦得不成样儿了。你要是饿倒了，这个家难过了。"在他的心里有一种感觉，昶芸关系着这个家的未来，能靠实的。自己近一段时间精神大不似以前，浑身乏力，头晕心悸。

屈昶芸说："爹，我的身体好，没事。你要保重，我们都依靠爹。爹好了我们才有精神。"

上了鸡鸭场的大坡，是一望无际金黄的麦田。如果没有及时雨，今年的麦子就完了，老天有眼，保住了收成。谢昌把车停在靠自家地与吴家地的左公柳下，屈昶芸高兴说："爹，我们地挨着的吴家地，左公柳上挂了件灰衣服，一定是上元哥挂的。"

谢文元也看见了，说道："咱们也赶快干起来。"

吴上元老爹停下镰刀，弓着腰说："谢先生，你也来了，这仗打的……咳咳咳……"他从嗓子里咳出一口黏痰："娃他舅怎么没有一起来？"

谢文元说："老哥，亲家病还没有好利索。"

"谢大老，我爹耳朵背得很了。"吴上元大声对着爹的耳朵喊，"舅舅病了。"

"我儿子可多亏你们了，我们在家里吓死了，苦了一辈子挣死挣活，置下的牲口、攒下的粮食都没有了。谢先生，死的心我都有呢。"吴老爹心里苦得很。

"好好活着抱孙子！"谢文元劝了几句，交代孩子们赶紧割麦子。吴上元请谢文元去树下喝茶，自己割得差不多了来帮他们。

"多收一点就能多救条命。"地里的活儿谢文元熟，割麦子不输给年轻人。弓腰挥镰，麦子一把一把有规律地摆在身后。

到中午，割了有两亩多地，屈昶芸捆完麦子说："上元哥把割下来的麦子拉到场上碾去吧。"

吴上元说："有了牲口不用人拉车，就能多收多打，我来割，你们往场上拉麦子，让我爹碾场。"

屈昶芸对爹说："爹，你帮着往场上拉麦子，我们割。"

"也好，先拉上几车。让驴拉碌碡，我们往场上送麦子，上元他爹碾场。上元一个人能顶我们好几个。"

谢昌想让女眷休息会儿，安排道："我驾辕，妹子拉套，嫂子在后面推，爹看着就行了。"

屈昶芸说："我还是连捆带割的好。"

谢文元见大家争来争去，说："分工不分家，哪里需要就在哪里干，全力以赴多收些，谁也不知道这个城什么时候能解围。车装好了，我们先往场上拉。"

吴上元说："我们都听谢大老的。"

割的割、拉的拉、碾的碾，收到手才算数。忙到了太阳快下山，吴老爹赶着装满麦子的车过来说："快走吧，不是说太阳落山以前要回去吗？"

吴上元从地里抱了些麦子，遮着装麦子的口袋说："谢大老，你坐在车前面，我们快些回。"

谢文元说："我能行，谢国你上去。"

谢国说："爹，我就不回去了，看今天的情况，休战是真的，我找个安全的地方过夜没事的。明天太阳出来我就干，能收到手的就会多一点。"

吴上元和谢国想到一块儿了，说："大哥，我和你一起，谢大老你们快走吧，明天早上也不要那么急，把你们送到了我再回来。"

"国儿，我这里还有一个饼，留着饿了吃，晚上一定要警醒些，千万不要出问题。"谢文元交代道。

"爹，你放心，没事。"谢国从兜里拿出没吃的饼。

谢昌、昶芸纷纷拿出自己省下的饼留给谢国，吴上元说："守着庄稼地还能饿肚子？"

吴老爹提着一篮子刚出锅的全麦面饼，赶过来说："拿上这个，快些走。"

一路上往回赶的抢收灾民，争先恐后，生怕过了时辰回不去。谢文元遇到年老病衰的，都要帮上一把。一筐子全麦面饼也散得差不多了。到了大营房，谢文元让上元快回去，又多谢他照顾谢国。吴上元请他放心，看他们驾车走了才往回赶。

143

吴上元转身往回走，不走大路走小路。天太热苞米都旱了，今天晚上他要给自己的苞米地浇上一水。刚走了不远就看见一个瘦弱的女人，连背带拉地拖着一口袋粮食，后面是一个五六岁的小孩。像这样个走法，什么时候才能进城呢？他上去从女人手里拿过口袋，往肩上一扛说："快走，晚了城门关了。"

女人哭着求饶："好人，这是我娘儿俩的命啊！"

小男孩也上来抢口袋，吴上元给他们一人一个饼说："我送你俩进城，你的男人呢？"

女人将信将疑地说："守城被打死了。娃娃快要饿死了。可怜可怜我们吧！"

吴上元说："你这样走得到什么时候才能到家？天黑了要是打起来，还能有命吗！"

女人说："做个饱死鬼总比饿死鬼强。只要有一口气，就要弄回去。"

吴上元把母子俩送到，城门已经关了，守军是个有良心的，放母子二人进去。回来的路上又碰上一个老人，吴上元告诉他城门已经关了。老人说："我儿子战死了，我媳妇疯了，孙子还在家等着吃呢，死也得回去啊。"

吴上元把身上仅有的一个饼给了老汉，说："豁出来了，我们快些。"他又把老人送到城前，这才趁着夜色从庄稼地里的小路上往回走。起风了，他像精灵似的躲过巡逻兵的盘查，悠忽地进了自家的院子。

"把人急的，咋才回来！"

吴上元吓了一跳，说："爹是从哪里冒出来的？"

吴老爹拉着儿子好一番瞧，说："我和你娘一直为你提心吊胆的，我的儿，你终于平安回来了。这是什么世道！"

吴上元安抚着爹，又问道："我娘呢？"

"趁停火，你娘在磨坊里推些面藏下。"吴老爹指了指磨坊的方向。

"谢国过来了没有？"

吴老爹没听清，问道："你说的啥？"

吴上元对着爹的耳朵又问了一遍："谢先生的大儿子过来没有？"

"来过了，他说他在屈家找个地方过夜，让我们不要担心，好和善的后生。你娘在牛粪火里烧馍馍呢，仗打起来不敢生火的。案板上有烧好的，你拿上吃去。"

吴上元说："粮食要放好呢，这次城里饿死了不少人，屈老舅把三妹换了两袋子面，才救下了命。"

吴母听了这话，出来了问："你说的是真的？我的天啊！"

"这还能有假，要不是二哥让我抬伤兵、埋死人，我也得打仗去。"吴上元一边吃一边说。

吴母问："那咋办呢？这里也是一样抓兵拉夫，不得安宁，你到菜窖里躲着，不去了。"

"咱是上了册的，临阵脱逃是要枪决的，听天由命吧。爹，我把咱家的苞米地浇一下，苞米要是旱死了，今年咋过呢。"

吴母生怕儿子被拉去打仗，忧心得很："娃啊，命要紧，不知道啥时候打呢，枪子儿乱飞，我看算了吧。"

"不是停火了吗？我回来的时候，有人已经放水了。"他在案板上又拿了两个烧好的大圆馍，"我浇地去了。"

吴母嘱咐道："千万要小心呢。"

"放心就是了。"吴上元偷偷来到屈芜家的院子里，没敢叫门，从墙上翻进去，小声地说："大哥，我是上元。"

"我在这里。"谢国从柴草堆里钻了出来。

"大哥，我给你送馍来了。"吴上元把一个大馍递给谢国。

谢国说："你娘给我了，一个馍吃两天没问题。"

"放到老鼠偷不到的地方，没有的时候救急，这个馍放上十天半月好好的。"

谢国问："这么厚怎么做熟的？烤进去的黄的就有钱儿厚。"

吴上元解释道："把饼放到专门的烧锅里，埋到过了火的牛粪火里慢慢煨。大哥，晚上小心些，动静越小越好。我走了。"

吴上元先浇屈芜家的玉米地，这是马军的活跃区，明察暗哨，防不胜防。这会儿没有枪声，只有沙沙的风声，吹走了酷热，带来丝丝清凉。他想，没有战争的日子真好！马仲英狗日的我们不招你不惹你，你打我们干啥呢？我们家的一切都让你毁了，这可都是我们祖孙三代的心血啊！当年我爷爷来这里垦荒，挖地窝子、吃糠咽菜度日子，开荒引水，历经了千辛万苦，我爷爷累死在地里，爹的腰累弯了……

不知不觉，他到了爷爷的坟头，小声说道："爷爷，你天天看着我们是怎样下苦的，几十年辛辛苦苦才有了今天这份家业，过上安稳的日子，爷爷你在天之灵保佑我们平安无事吧。"他仰面朝天地躺在爷爷的坟头迷糊着了，突然听到不远处巡逻的厉声大喊："谁？不出来开枪了。"

吴上元紧张极了，不敢轻举妄动。只见一个黑影走出来，哀求道："军爷，苞米都快旱死了，行行好，让我浇些水。"

巡逻兵骂骂咧咧，几下就把人打倒了。

等巡逻队走远了，吴上元溜过来扶起这个人，才看清是熟人："是你啊，杨大哥，要紧不要紧？"

杨大哥说："死不了，我得把苞米浇了。"

屈芜没见吴上元回来，便问谢文元。谢文元说："不是休战三天嘛，上元跟他爹娘在一起，没回来。"

屈芜想家，对着婆娘说："娃他妈，我们也回家吧。"

"等把贼娃子打跑了，我们就回家。"

谢文元在一旁若有所思地说道："天下太平了，我们一起回老家。"

谢文元腰酸背痛，又惦记谢国、吴上元，一夜没有睡好。第二天，当他匆忙赶到地里时，吴上元已经割了一亩多地，谢国割了也有半亩多，他才把心放下。

屈昶芳说："上元哥你割的真多，我腰疼啊。"

吴上元说："娃娃家哪里来的腰。往年麦子熟了，请上几个麦客，几天也就收完了，今年可要糟蹋了，能多收一点算一点。你们今天来得好快啊。"

"我坐在车上，我谢大老这么大年纪让上来也不上来，一路小跑。上坡要不是我三哥扶着，我们也没有这么快。我三哥真好啊，论跑步谁都比不上。上元哥多多割，我是饿怕了。后面大队割麦子的上来了，这点麦子哪里经得住割！咱们得快一点往场上拉。要不就成人家的了。"屈昶芳絮絮叨叨地说着。

谢文元说："吃到嘴里就好，谢昌拉麦子了。"

吴上元对谢文元佩服得很，说："谢大老这么大年纪真是不一般。"

谢昌把昶芸捆好的麦子往车上装，又问大哥："你什么时候割的？"

"东方红了就割开了。你看上元，那可真是好把式，顶我两三个。你把咱爹照顾好就好了。"谢国低着头，一边割麦子一边说着。

第三天，大批的灾民如洪水猛兽般涌过来，见了人家就抢。这是最后的时刻，多一点粮食，活着就多一份保证。

谢文元把自己地里割倒的麦子让老弱妇幼拿上些打去。吴上元惦记着昨天晚上送进城的两家人，要是他们能上来，他割下的就让他们去打。当下最重要的是把割下的麦子碾好了拉回城。要是能在城里遇上那对母子和那个老人，也给他们送上些。可惜一直没有见上。

144

马军的第三次攻城是从阳历八月初二早晨开始的。这次马仲英将主攻方向转为攻打新城，他采取明暗相辅相成的策略，攻城与挖地道相结合。

攻守双方斗智斗勇，攻防战打得十分惨烈。马军明修栈道、暗度陈仓，守军也采取了相应的对策严密监听。守军在城墙脚下挖了洞，在洞口放了一口缸监听，对掘土方向加强火力打击，并派出突击队骚扰。同时，组织民夫准备沙袋、羊毛捆，预备不测。马仲英在获悉挖地道策略暴露后，决定提前埋置炸药，点火炸城。爆炸声轰隆隆的，老城的房子剧烈地摇晃，房泥、墙皮都在往下掉，谢文元扔下手中的笔要往外走。

魏秀娥心慌腿软地说："娃他爹，炸得这么厉害，你这是干什么去？"

"是不是城墙被炸开了？我的三个儿啊！"谢文元惦记着三个儿子。

魏秀娥拉住不让他出门，说："你不要命了，枪子儿不长眼啊，不能出去！菩萨保佑，儿子不会有事的，沁丰把你外爷拉住。"

沁丰过来帮忙，拉着谢文元不撒手，哭道："外爷，我害怕！"

谢文元搂着外孙子说："造孽啊，本想让你读书成人，谁知道遭难来了，老天啊！你咋不长眼呢？！"

昶芸过来扶住婆婆，问："爹娘，要不我出去问一问？"

谢文元说："今天这阵势，谁也不去，听天由命吧。"

新城北关的城墙被炸开一个近十米的豁口，马军的攻城部队如潮水一般向豁口冲去。守军加强火力封锁豁口，少数冲进豁口的部队也很快被省军消灭。民夫用准备好的羊毛捆、沙袋堵住缺口。老城的省军派出增援部队，从中山路北沙窝一线袭阻马军。马军腹背受敌，也出动了增援部队，战事进入胶着状态。

谢顺的民团与省军经过浴血奋战，在天黑以前接近北关。又是一阵地动山摇的剧烈爆炸，这一次炸的是老城城墙，但是由于省军强有力的打击，马军只能在离城墙较远处引爆，没有对城墙造成损伤。省军的援军包剿马军，马仲英命令部队冲出合围，夺路向阿亚桥退逃。

马仲英部队溃退后，商团命令各商号打开羊毛库房，用羊毛口袋堵上新城炸开的缺口。谢顺奉命撤回防区，吴上元所在的民夫队冒着枪林弹雨堵豁口、抬伤员、掩埋尸体，死伤不少，但他安然无恙。

马仲英不甘溃败，重新部署，组织力量，但一次次的进攻都被省军击退。双方的攻防战打得没日没夜，一直打到月中还没分出胜负。

屈芜卧床不起，孔先生不能自理，外孙一听到枪声就抖成一团，谢文元愁得夜不成眠。

马仲英进退两难之际，接到了情报。省军东疆剿匪总司令鲁效祖的进剿前锋部队杜治国旅与随军的辎重，已经浩浩荡荡地前来合围，先头部队已进入寮东。

马仲英攻其不备出其不意，打得杜治国部措手不及，溃不成军。

马仲英缴获了大量的装备，装备升级的马军，对老城新城发动了一轮又一轮凶猛攻打，势在必得。

省军把能够上阵的青壮年都编入预备队，谢昌被编入谢顺的民团。谢文元心如汤浇，谢国扔掉拐杖要替三弟去打仗。

谢文元说："你傻啊，两个不够，你还自己送上门去，你给我拄着拐杖，好好做饭。"

谢顺回来向爹保证："只要我在，保证三弟安全无忧。"他让谢昌负责与上级联系弹药后勤补给。仗打起来，他就找理由把谢昌支开。谢昌年轻气盛，对二哥的良苦用心不买账，总是无所畏惧地参加战斗。

在省军的顽强抵抗下，马仲英知道大势已去，为了避免被围歼，决定撤退保存实力，他命令部队发动猛烈进攻，掩护主力回撤。

145

屈芜病入膏肓，虚弱不堪，清醒的时候就想吃个大肉饺子。谢文元想方设法也没得到一两大肉。情急之下，他求助于自己的三个儿子。

谢昌被谢顺打发去团总那里候消息，路过赵营长的防区，正好碰上赵营长，情急之下打算求他帮忙。

谢昌上前问道："赵营长，昶梦怎样？"

赵营长说："哦，是秀才啊，你的字写得真好，你写的标语，我的副官拿上照着写，哪一天你给我写上几幅，我装裱了挂在家里，也是个文化人。嘿嘿，娇娇在我这儿美得很。"

"那就好。只要赵营长喜欢，写多少都没问题。"寒暄一番后，谢昌艰难地开口，"我有一事相求，不知赵营长能不能相助？"

"妈了个巴子，你说。"

谢昌说："昶梦的父亲病重，想吃个猪肉饺子，哪儿也买不到猪肉。赵营长若有办法弄到二两半斤，就感谢得很了。"

"妈了个巴子，你真有福气，大战在即，上面犒劳了一批猪肉，我让警卫员送去。"

第二天，也就是十月初九，早饭后，赵营长的警卫员带着士兵，送来了一条猪前腿、一捆秋韭菜、一袋子洋面。

谢文元让昶芸中午给包饺子，昶芸问："爹，都给包些，还是光给我爹包？"

谢文元说："给你爹和孩子们包上就行了，省着点吃，能让你爹想吃了有的吃。"

屈家婆娘服待屈芜吃药，她把屈芜扶坐起来。屈芜有气无力地说："亲家来。"

屈家婆娘让昶芳请谢文元，他立刻过来，坐在屈芜身边，问："老弟，今天感觉如何？"

"凑合着活，我想我的三闺女。"屈芜心里对昶梦怀着愧疚。

谢文元说："仗打得这么激烈，军营根本进不去，等好一些吧。昶芸正准备给你包饺子呢，就是你喜欢吃的猪肉韭菜馅儿的。"

"我一个人吃？"屈芜费劲地摇手，"一起吃。"

"听你的，一起吃。"谢文元吩咐屈昶芸，"你爹说了，今天的饺子一起吃。"

昶芸说："好，全家人一起吃好，我准备去。"

正好谢国提着面汤罐罐进来，凤仪见爹爹回来，高兴地跑过去。谢国一手把闺女抱起来，说："爹爹今天有好吃的给我宝贝香香嘴。"

凤仪问："爹爹，什么好吃的？"

谢国放下凤仪，打开罐子盖，说："你看罐罐里是红烧肉，还有好多香香汤。"

凤仪喊道："红烧肉！爷爷和屈爷爷爱吃，凤仪不吃。"

谢文元听到了说："我凤仪真懂事，爷爷让我孙子吃，吃肉长肉。"

凤仪说："爷爷吃了补脑子，屈爷爷吃了身体好。"

沁丰说："外爷，我们吃的时候多呢，你和屈爷爷吃了补补。"

谢文元高兴地说："这个仗打的孩子们都懂事了。"

谢昌也端着一个饭盆回来了，说："爹娘，今天部队吃肉，二哥让我端回来，让大家一起开荤。"

谢文元看了看说："这么多，是你俩的吧？你们出生入死，怎么不吃？"

谢昌说："我俩吃了，我哥可是连长啊。"

谢文元知道二儿子是不会弄公家油水的，说："你二哥我还能不知道？今天红烧肉多，人人都有，给你二哥也留些。今天怎么了？是有大事？"

谢昌说："省军的东疆剿匪军六七千人已经向哈密推进，很快就会聚歼马军。这是生死攸关的一仗，全都同仇敌忾，要把马军歼灭在哈密。"

"终于盼到这一天！"谢文元听了喜上心头，他端着红烧肉盆，让二媳妇把每个人的碗摆在案板上，把谢昌带回来的红烧肉分到碗里，又把罐罐里的红烧肉汤给每人的碗里倒了些，"各吃各的，不准留。"

看孩子们吃了，谢文元这才把罐罐里的肉分成四份，孔先生一份、魏秀娥一份、屈家婆娘一份，自己和屈芜一份。他把肉端到屈芜的屋子里，说："亲家，吃块红烧肉，顺顺气。"

屈芜听到了他们在外面说的话，说："我想喝杯酒。"

屈芜能有这样的精神，谢文元高兴，便对谢国说："国儿，把西凤酒拿来，今天高兴，就喝上几杯，愿省军剿匪一举成功。"

谢国忙把西凤酒拿来了，打开瓶塞，斟满两杯酒说："爹、屈叔，你俩开心地喝，饺子就好了。"

谢文元说："亲家随意，意思到了就好，等你好了，我们喝酒的机会有的是。"

"亲家，我本想着，不求同生，但求同死，到了那边也有个引路的伴，不想我阳寿如此。"屈芜吃力地说着，停下来缓口气。

谢文元宽慰道："亲家，你还正当年，好日子还在后头呢。"

"我的病我知道，我走之后，我这个家就托付给你了。"

"亲家，解了围、开了城，我们找好医生给你看病。我舅兄人称'魏神仙'，妙手回春，你放心就是了。"

"恐怕来不及了。"屈芜抿了一口酒，"还是我们家乡的酒好。"

"援军就要来了，心放宽治好病，我们一道回家。"

谢国给爹和屈叔端来饺子，谢昌给孔先生端了去。谢文元先在辣椒醋里蘸了，给屈芜放到小碟子里让屈芜尝，问："亲家，对不对你的口味？"

屈芜咬了一口，说："就想吃这个味。"吃着吃着，眼泪夺眶而出。

谢文元大惊，问："亲家，你这是怎么了？"

屈芜呜咽着说："我想我的梦梦了，她最喜欢吃我家做的饺子，把她给我找上来，行不行？"

自从昶梦走后，屈芜想见小闺女一面都不能够，谢文元便说："趁着这阵休战，我去一趟，看能不能行。"

屈家婆娘说："还是我去，他不能不让我这个老婆子进去。能进去见上我的三儿，说啥也要把她领回来，见她爹一面。我的三儿喜欢吃自己家的饺子，我去时给她带上一碗。"

谢昌看着时候该归队了，便起身要走，并说回去问问二哥能不能回来吃个团圆饺子。谢文元看谢昌走了，忐忑不安，追出去说："要行的话，跟你二哥一起回来，爹有事要说呢。"

谢昌应下了，一溜烟走了。

146

屈家婆娘提上饺子去找昶梦，昶芸和文武要同去，好有个照应。屈家婆娘不让，兵荒马乱的，小媳妇、小孩子出门不安全。屈芜发话让带上文武快去快回。

母子二人从县后巷到小营房出了巷子就到了，卫兵不让进。屈家婆娘求卫兵："赵营长是我三闺女的干爹，他爹想闺女都要想死了，你就让我进去见上一面吧。"

"没有通行证谁都不行。"卫兵不通融。

文武哭着求道："大哥哥，你就让我们进去看看我三姐，行行好，行吗？"

卫兵把他们往外赶，说："你们是想让我挨军棍了，不行。"

卫兵不让进，屈家婆娘不肯罢休，苦苦哀求，卫兵不为所动。正在这时候，昶梦端着一盆水过来泼。

屈家婆娘向昶梦招手，文武乘机跑了过去，大声说："三姐，娘看你来了。"

昶梦如梦方醒，呆呆地望着弟弟。文武问："三姐，你不认识我了？"

昶梦说："你怎么来了！危险得很，快回去。"

"娘给你送饺子，被当兵的挡在大门口了。"

昶梦这才向大门口望去，看娘被卫兵挡住，赶忙向娘跑过去，搂着娘痛哭流涕。屈家婆娘看着弱不禁风的三闺女脖子和胳膊露出来的地方都有伤痕，心如刀绞，大哭着说："都是娘不好，我去问问他去。"

昶梦拦住她，说："娘啊，没用的，只会更糟糕，我爹怎么样？"

"你爹想死你了，一定要你回去见一面。"

正在这个当儿，赵太太露面了，在门口叉着腰嚷："小婊子，让你倒个水，你倒躲起清闲来了。舞跳累了，老娘要抽烟呢，你给我快点回来，小心你的皮。"

屈家婆娘说："赵太太，你不能这样对待我闺女。"

"让他们走。"赵太太对卫兵说完，扭身回去了。

屈家婆娘泪流满面地说："丫头，跟娘走。"

屈昶梦擦了擦泪，说："娘，能走得了吗？告诉爹，我没事，你们多多保重。我得回去了。"

屈家婆娘抽泣着："娘给你做的饺子，你吃上个。"

"娘，我吃。"屈昶梦含着泪拿过饺子吃了几个，"娘，快回去，这不是你们来的地方。我得走了，把女儿忘了吧！"说完转身就跑。

屈家婆娘没拉住三闺女，呆立在原地号啕大哭。

147

谢昌上了西城墙谢顺所在的防区，正是开饭时间。谢顺在执勤，看见谢昌来了让他快吃了到团总那里听消息去。

谢昌说："我在家吃了，爹让你回去一趟。"

谢顺问："爹叫我有事？"

"你去了就知道了。"

谢顺把任务交代给王副连长，让谢昌跟他一块儿回去。谢昌怕影响不好，不愿同去。

谢顺想着正在休战，马军是不会这么快进攻，便说："不要去城墙垛口。我去去就来。"

谢昌说："二哥，我也是个老兵了，你放心回吧。"

谢顺还是不放心，交代王副连长督促谢昌去团总打听消息。谢顺把带回来的馍递给昶芸，就来到岳父屋里找爹。

谢文元对谢顺说："今天高兴，我和你丈人喝几杯。"

一听岳父能喝酒，谢顺惊喜地说道："太好了，岳父能喝酒了？马军被歼灭就是这几天，打完仗就不用回去种地了，岳父就只管听戏遛鸟，把身体养好。"

屈芫精神好，说："有你这个心意，我就心满意足了。我要跟你爹回趟老家。看看我爹说的屈家酒坊，能喝口御酒，死也值得了。"

"我陪你们去，老家我熟。"

谢文元说："今天是个好日子，全家在一起吃顿饺子，你弟怎么没一起回来？"

谢顺说："我让他回来，他说影响不好，我让王连长赶他去团总听消息。"

"理应如此，你要多注意，公务在身，吃了团圆饺子，你也……"

话还没说完，枪声就响起了。谢顺一跃而起，说："爹娘，你们注意安全，我去了。"

"千万小心，护好你弟弟。"魏秀娥追在后面说。

"我知道，爹娘放心。"谢顺拔腿就往城墙跑去。

王副连长检查完了哨位，正准备通知谢昌去团总，马军的进攻就开始了，炮弹从正面打过来，在城壕附近爆炸，敌军爆破队员在强大的枪炮掩护下匍匐着向城墙靠近，守城的战士有的已经倒下去。

谢昌看着一个战士头部中弹倒下去，他的心在沸腾，他的血在燃烧，他无所畏惧地冲上去，守住空缺的位子，瞄准射击，喊着："狠狠地打，为死去的弟兄报仇！"

马军的爆破队员夹着炸药包滚进了战壕，逼近城墙时拉响手榴弹扔了出去，一声巨响，谢昌在爆炸声中倒了下去。

谢顺正好看到这一幕，疯狂向弟弟奔去。谢昌倒在他的怀里，鲜红的血从谢昌的胸膛喷涌而出。谢顺狂喊："卫生员，卫生员！"他猛然想起，卫生员在黎明前死了。

谢昌望着他，露出一丝微弱的笑容，艰难地说："二哥，我要回家。"

谢顺把谢昌背在身上说："二哥背小弟回家。咱们回家。"

谢昌说："二哥，连长临阵脱逃是要受军法处置的，你绝不能离岗。"

吴上元冲上来从谢顺背上接过谢昌，说："你指挥打仗，我送三弟回家。"

谢顺满脑子都是对父母的保证，他现在满脑子都是报仇，冲上去射击，呼喊着："为战死的弟兄报仇啊！"

马军被打退了，追击的冲锋号响了。他带领全连向马军退却的部队冲过去，"冲啊！杀啊！"他愤怒地吼着，一直追击到回城桥下。

警卫员拉住他说："连长，收兵的号吹过了，不能再追了，我们已经脱离了部队。"

谢顺的脑子里一片空白，这时才回过神来，拔腿追赶连队。进城以后他向营长请假，营长让他听到通知后立即归队。他把指挥权交给王副连长，就向家跑去。

148

谢文元在枪炮声中，也没有停下手中的笔。他不知道能不能躲过这一劫，心痛啊！每一次枪响他都在祈求神灵保佑儿孙平安，每一次炮火停下，他都会跑到西城下，谢顺也会出现在城墙上，向父亲挥手报平安。谢文元看见儿子招手，悬着的心才能回到肚子里。

今日，他拖着沉重的脚步，心里暗暗祈祷："菩萨啊！神灵啊！所有的不幸都由我一人承担，保佑我的儿孙们平安。"

在谢文元日记记录的围城的一百多个日日夜夜里，他承受着巨大的压力和熬煎走到了今天。这场战争是欺世盗名、假仁假义的军阀为了获得更大的利益挑起的，多少无辜的生命成了战争的牺牲品。他多么希望快快走出暗无天日的黑夜，期盼黎明的曙光。

正在牵挂着儿子安危的谢文元，突然听到吴上元在喊："谢大老！大妈！谢昌不好了！"

笔从谢文元的手中滑落，他希望是自己听错了，立刻冲出去，魏秀娥正扶着门框，全身颤抖得迈不动腿。吴上元把谢昌背到门口，浑身是血。

谢文元脑袋都要炸了，慌慌张张地问："这是谁啊？！"

吴上元把谢昌放到炕上，哭着说："谢大老，是三弟啊！"

屈家婆娘、屈昶芸、屈昶芳、沁丰、凤仪都进来了。谢文元轻轻抚摸着儿子流血的伤口，问："儿啊，你疼吗？娃他妈把止血的药拿来，给我儿敷上，儿啊，一定能好的。"

魏秀娥打开药箱拿出止血药，解开血染的衣服。一颗子弹打进了心爱的三儿子的胸膛，鲜血在儿身上流，也从她心上流。

谢昌突然睁开眼睛，望着爹娘说："爹、娘，对不起……昌儿不孝……"说完就闭上了眼睛。魏秀娥欲哭无泪，瘫在谢昌的身旁。

谢文元从头到脚地抚摸着他的昌儿，心如刀割地哭着："我的儿啊，你还这样年轻！我的儿啊，你就这样走了！"谢文元忽然喷出一口血来，喷到三儿子的身上。谢国惊慌失措地跑了进来。

魏秀娥抱着吐血的谢文元哭喊："娃他爹，你可要顶住，你就是我的天啊。昶芸，快去化些盐水来。"

屈昶芸溶好盐水端过来，魏秀娥喂谢文元喝下去。孔先生跟跟跄跄、连走带爬地过来，对谢国喊："谢国快救你爹，赶紧去请医生。"喊完慢慢地便倒下去。

谢国把孔先生抱到炕上，拔腿就出去请医生。他敲开医生家的门拉着他就往外跑，边跑边说："快救救我爹我弟吧。"

外面枪声未停，老医生想等战火停了再走。"救人如救火啊！"谢国提起他的药箱，背起医生就走。

老医生被谢国背到家，只见炕上两个人血淋淋的，年轻的仰面朝天，年老的耳朵贴着年轻的心上，血还从嘴角流着，说道："赶快把人仰面朝天放平了。"

谢顺跑回来，见此情景，如同万箭穿心，跪在爹前，说："爹啊，都是儿子的罪过。"

老医生先号了谢昌的脉，摇头说："走了。"他接着号谢文元的脉："殚精竭虑阴气攻心，我这里有止血丸，加量一次一丸一日三次服下。"老医生开下药方，带着谢国回他那里去抓药。

149

屈芜知道了谢昌阵亡的消息，一定要过来看望谢文元。谢顺把岳父背过来，他望着昏迷不醒的谢文元，老泪纵横地说："好人没好报，老天不长眼。老哥啊，你一定要好好的。"

谢文元终于醒了，谢国把他扶起来，靠西墙坐好。魏秀娥让昶芸端来黄米稀饭，伺候谢文元吃。谢文元吃了几口摇头不吃了，魏秀娥劝他再吃些，好吃药。谢文元又吃了两口，望着身边的儿子说："好好孝顺你娘，她本是农官的小姐，嫁给我这么个长安儒生，跟着我颠沛流离，福没享上，罪未少受，我有愧于你娘！"

魏秀娥泪流满面地说："娃他爹，你可不能抛下我不管，我俩要生死与共。"

谢文元握着她的手，深情地说："秀娥，这个家有你才是家。你要好好活着，守护着我们的儿孙。切记！"

"娃他爹你一定会好起来，我们还要一起回老家呢。"此时的魏秀娥已经哭成了泪人儿。

谢国端着药进来，魏秀娥接了药碗喂谢文元吃药。谢文元明知命在旦夕，但他不愿儿孙们太难过，还是痛快地把药吃了。"秀娥，如果老天再给我三年，我就能把我的《丝路行》整理好。这副担子恐怕得让国儿挑了。"

谢国哭着说："爹，你的时间还长得很，一定能完成了。"

谢文元让谢国到他跟前来，嘱托道："儿啊，你是长子，忠厚孝顺，我把全家交给你了。"

"爹，儿子胸无大志，让爹费心了，从今以后孝顺父亲母亲，听爹的话好好做事，好好做人。"谢国跪在爹身边说道。

谢顺无颜面对父亲，是他没能救回三弟。

谢文元又对二儿子说："顺儿，你是个仁义敢担当的好孩子。怪爹对你粗暴，让你毁了学业，你能原谅爹吗？"

谢顺把头磕出了血，说："都是儿子不争气，让爹操碎了心，如今又酿成无可挽回的大错！"

"天命使然，我儿何错之有？以后这个家，就指望你了。"

正在这个时候，屈昶梦上气不接下气地跑回来，穿着从家带去的月白色镶蓝缎子边的中长衫，望着谢昌的遗体，流着泪说："三哥，你是有本事的，老天爷怎么不让我替你去死。"

"你爹可把你盼回来了。"屈家婆娘冲过来搂着昶梦哭。

"爹，我是昶梦，我回来了。你看看你的女儿。"屈昶梦摇着奄奄一息的爹泣不成声。

靠着谢文元的屈芜，仿佛看到昶梦身披彩霞从遥远的天际向他走来，嚅动着紫色的嘴唇，像是说着什么，却听不见声音。

屈家婆娘把耳朵贴上去听，听后告诉昶梦："你爹说，不要恨爹。"

昶梦把脸贴着爹爹的脸说："爹爹，我不恨你，女儿怎么能这么不懂事！"

赵营长的勤务兵跑进来找昶梦，见她在这里，说道："我的小姐，你也不说一声，营长要抽烟不见人，太太发怒了，我要倒霉了，快回吧。"

昶梦不理睬，拉着谢文元的手说："谢大老，你要多多保重啊，你是我们的主心骨，是我家的福星。"

谢文元说："昶梦你年轻，好好的就有希望。"

勤务兵苦苦哀求："你可怜可怜我吧，这顿鞭子挨定了。"

屈家婆娘拉着昶梦的手说："我的好闺女，是娘对不住你啊，你好好的，娘拼上命，也要讨个公道让你回家。"

勤务兵不顾一切地想拉昶梦走。谢顺让他撒手，一把拉回昶梦，勤务兵求他可怜。谢顺说："你回去就说我不让走，有事我担着。"

昶梦对昶芸、昶芳说："大姐、二姐，替我孝顺咱爹咱娘。"

昶梦又对爹娘说："女儿没指望了，二老多多保重，来世我还做你们的女儿！"

"儿啊，你是拿刀子割娘的心啊！"屈家婆娘泪流满面。

勤务兵苦苦哀求，劝道："只要你听话，赵营长升官发财，有你的好呢，该走了吧！"

"娘，这是女儿的一点孝心。"昶梦掏出用手帕包着的银元，"爹娘、谢大老、大妈、哥哥、姐姐、弟弟、侄子，我走了……"

屈昶梦扭头跟着勤务兵走了，屈芜挣扎着起身要拉住自己的闺女，没有拉住，往后一倒，昏了过去。

黎明之时，赵营长的勤务员急急忙忙地过来通知屈家人："你家的昶梦喝大烟死了，营长让你们快去收尸。"

屈芜腾地坐起来双目圆睁："你……你……"就这么断气了。

败退的马仲英部队在退回大本营的路上烧杀掠夺，屈芜的房子也被烧了。马仲英跑了，城开了。

谢文元没有等到回乡的那一天，他在太阳升起时走了，死不瞑目。

150

从哈密城被围的那一天起，谢贞想爹娘、弟、妹、儿子，日夜提心吊胆。公公也在担惊受怕的日子里，离开人世。谢贞一听说马仲英败走，就让男人套上车前去探望。

"你这个不听话的婆娘，我儿子要有个三长两短我饶不了你。"张弛想儿子，不停地埋怨她，是她让沁丰去读书识字。

张弛套上车过来，看谢贞整理了三个包袱，都是日日夜夜给亲人做的穿戴。炕上还有五摞子白花花袁大头，足足五十块。"你去接儿子带上这么多袁大头干啥啊？！"

谢贞横了心，说道："我这次去要能把我爹娘接过来，那就太好了。要是接不回来，我一时半会儿就不回来了。我得好好尽尽做女儿的责任，孝顺父母，家里就麻烦你了。"

张弛气急败坏："你这个败家的娘儿们，这钱是土里刨出来的？你给我放下，我买上骆驼多挣钱，给我儿子娶个有钱人家的媳妇，再给女儿找个有钱的女婿。"

谢贞把钱护着，说："这个钱就是我孝顺爹娘挣的，一分钱也没用你的。"

"我打死你这个养不熟的外家狗，家里的钱男人说了算。"张弛过来抢钱，谢贞挡住，张弛动手就要打。

谢贞一把推开他，拿起剪子对准喉咙说："你今天要敢抢这个钱，我就死给你看。"

张弛挡住门说："你把剪子放下，败家婆娘啊。"

"我自进了你张家的门，伺候瞎婆婆，照顾瘫公公，为你养育四个儿女。把不值钱的驼绒变成了挣钱的门道，一分一厘都是我手里干、嘴里抠、身上省出来的。父母养育之恩比天高、比海深，我尽点孝心都不行？"谢贞泪流满面。

张弛心软了，这是他持家有方的贤良妻，这么多年谨守妇道、克勤克俭，没给自己买一点过胭脂水粉。

张弛用商量的口气说道："能不能少拿些？娶媳妇、嫁丫头哪个不要钱？"

谢贞说："这都不要你操心，我准备好了。"

张弛不信："你哄我呢，就你那个驼绒，维持一家的生活，还能剩几个？"

儿子女儿都帮着娘，沁义说："爹，你不能打我娘，外爷供我哥哥上学，年年放假回来穿的戴的吃的用的，没少拿来啊！"

小女儿沁彩说："爹啊，娘对你好得很，有好东西自己舍不得吃都留给你。"

张弛火气败了下来，让闺女去做饭，沁义说："娘都做好了，娘吃素的，给爹留着红烧肉。"

吃了饭，张弛用手擦着满嘴的油，对谢贞说："去了省着点花，早点回来，这个家离不开你。"张弛装上东西，让谢贞上了车，牵着马上了路，儿女送他们到门口。

路上，一队迎亲的队伍吹吹打打地迎面而来，迎亲的鞭炮炸到了马肚子下面，马受了惊，挣脱张弛手中的缰绳疯狂地跑起来，谢贞从马车里摔出来，重重地落在山坡上。张弛冲过去抱着爱妻，哭天喊地。谢贞死在了自己男人怀里。

张弛抱着谢贞回家，给她找安葬出殡穿的衣服。从出嫁到临死前的衣服，谢贞都分门别类洗得干干净净，放得整整齐齐，但没有一套是新的。选鞋的时候，张弛从鞋里找到了谢贞为孩子们攒下的四百四十四块银元。

张弛的驼队去送货，把不幸的消息告诉了怀孕八个月的谢慧，谢慧不堪重击，早产大出血，也随姐姐去了。谢忠闻信，悲痛欲绝，昏迷不醒，七日后亡故。

第三部

雪满天山路

151

魏秀娥高烧不退，不省人事。

谢顺到处打听能医此症的医生，经人推荐得知了北关的青年医生路克病。路医生是兰州人，家中世代行医，年纪与谢顺相仿，为人谦和稳重。谢顺把路医生请来，他给魏秀娥看后下了诊断："伤心过度，不能中和，一失平衡，郁火上升。"开完方子，他又给屈婶看诊，家中变故让屈婶精神恍惚、浑身无力。

凤仪可怜兮兮地守着奶奶，不停地呼唤："奶奶，回来吧！奶奶，回来吧……"

昶芸料理家事之际，既要照顾婆婆，又要帮助昶芳伺候卧床不起的母亲。文武整日哭哭啼啼。

到了第九天，凤仪看到奶奶的嘴唇动了动，激动地喊二妈昶芸过来，全家人立马都围上来。魏秀娥慢慢地睁开眼睛，看着儿女们憔悴悲伤的脸，终于想起了丈夫临死前要她要好好活下去的嘱托，又燃起了生的欲望。

"渴。"魏秀娥声音虚弱，却用目光告诉孩子们，自己会好好活下去。

昶芸忙给婆婆喂水，谢国去给娘熬米汤。谢国的米汤还没有熬好，谢顺把金玉送来的一罐羊奶给昶芸，让喂给娘喝。因为谢顺的打点，金玉被留在邮电局值班，没有上战场，金老汉对谢顺感激涕零，尤其是得知邮电局机务刘靖津战死后，金家更是视谢顺为恩人。

魏秀娥算是渡过了生死关，虽然一个冬天下不了炕，但精神开始恢复了。屈婶也渐渐康复，无甚大碍。

这一场大变故后，屈家的祖坟不远处起了四座向东的新坟。清明时，魏秀娥、屈婶去给亡人上坟，哭得撕心裂肺。

屈家的房子烧了，一时半会儿修不起来，谢顺也不让岳母回去，留着在城里一块儿过日子。地不能荒了，便让吴上元代为打理。谢国、谢顺只要有空便一同下地，忙时还会带上连队的兵帮忙。谢家兄弟承诺打下粮食要给吴上元分一份，吴上元哪里肯要？毕竟是同生共死过的兄弟。但是谢国与谢顺坚持亲兄弟也要明算账，不愿亏了上元。

152

城里都在传马仲英第二次率军向新疆的东大门哈密进军。一时间人心惶惶，流言蜚语满天飞："马仲英要报损兵折将之仇，血洗哈密。"

这天下午，谢顺匆匆忙忙回到家里，把全家人召集到一起说："民团奉命开往古城子，就要开拔。马仲英来者不善，团总说我们跟马军打了四个多月仗，手上都沾着马军的血，马军绝不会善罢甘休。咱们不走就是死，特别是民团的家属，危险更大。许多家庭都决定随军去古城子。娘、孔先生，我们该怎么办？"

孔先生说："我老了，无牵无挂，风烛残年，他们能把我怎样？你们走吧。"

魏秀娥说："我的死活无所谓，但我的子孙怎么办？你媳妇身怀六甲，快要生了，这可是我们谢家的根啊！不能出差错啊！顺儿呀，你不能再去打仗了。"

谢顺道："娘，身不由己了，不去要军法处置，去了还有活的希望。"

魏秀娥问："能把你怎么样？"

谢国说："娘，要枪毙的。"

魏秀娥和屈婶都被吓了一跳，屈婶说："屈家就文武一根独苗，只要我活着，就不能让我儿有一点危险，我一定得走。"

魏秀娥问："古城子远不远？"

谢顺说："千里之遥，离迪化近得很。"

这一说，魏秀娥动心了，谢芳在迪化，也好有个照应，便说："谢国，你爹不在了，你是一家之主，你说走不走？"

谢国说："谢顺那是一定要走的，屈婶要走。马仲英部队在哈密死了那么多人，定然要报复。娘，你看能不走吗？"

魏秀娥问屈婶："亲家，你决心要走？"

屈婶说："我决心已定，屈家的这根血脉我赌不起，迪化安全，有我的亲戚，我去看看，躲过这一劫再说。"

魏秀娥又望向昶芸，说："媳妇，我担心你长途颠簸，有危险了咋办呢？"

昶芸坚定地回答："婆婆我能走，我不会有事的。"

走！魏秀娥下定了决心："亲家，我们一起走。"

屈婶和魏秀娥商量，赶紧准备，临走前还得上坟。魏秀娥也是这么想的，只是心里有些酸楚，怎么离家乡越来越远了！

谢顺深知，马仲英的部队说来就来，土匪也趁机作乱，随时都会有危险，便劝道："现在乱得很，时间紧迫，我看上坟的事心到即可，还是抓紧准备离开。"

大家觉得他说得有理，立刻同意了。只是留了孔先生一人在这里，大家都放心不下。谢国与胡师傅说好了，待他们离开后让胡师傅过来与孔先生同住，照顾孔先生。孔先生也没有意见。

大家分头准备起来。谢国与谢顺拾掇车，这当年载着他们奶奶从临潼来的车这次又用上了。魏秀娥把要带的东西包了七八个包袱，吃的、用的，生的、熟的五六个袋袋，还不算铺的盖的。又把旧衣服拆了洗干净用开水烫后做了几十片尿布子。

昶芸说："娘，装不下的。"

"出门在外，少一双筷子都吃不到嘴里饭。"魏秀娥一边收拾，一边说道。

"娘，把不当紧的放下，又不是不回来了。这也舍不得，那也舍不得。"谢国在一旁检查包袱，大吃一惊，"我的娘啊，连咸菜都带上了？"

"这又不碍事。你娘我拿的多是过冬的东西，少不得啊！我算计过了，铺盖铺上都不重，吃的在车后面绑紧了不占地方，要是少了穿的吃的，大伙在路上挨饿受冻咋办？"

昶芸说："说不定天没冷就回来了。"

魏秀娥十分坚持："少是不能再少了，有备无患。"

最让魏秀娥发愁的还是谢文元的书稿和他一生随身带的经典书籍，带上怕路上有个闪失，留下怕家里有个不测。魏秀娥问大儿子："谢国，你爹的书稿和书怎么办？"

谢国说："兵荒马乱拿上不安全，放到窖里怕霉了，放到屋里怕丢了。娘，包好了放到房梁上。有孔先生在，我看没问题。"

魏秀娥担心梁上有老鼠，谢国想了一想，说："那就用个箱子装好，放到孔先生的房里，我去和孔先生说一下。"

魏秀娥这才放心。

153

　　谢顺所在的民团接到开拔古城子的命令，整装出发。魏秀娥、屈婶的车跟随队伍一同出发，许多难民也跟随着民团，踏上了逃难之路。

　　魏秀娥这一次以难民的身份沿着丝路去陌生的古城子，心情十分沮丧。她搂着凤仪，忐忑不安地守着挺着大肚子的昶芸，交代赶车的谢国一定要照顾好后面屈婶的车，千万不能离开视线。屈昶芳赶着大灰驴篷子车紧随其后，不敢掉队。

　　山路险峻，山风呼啸路难行。没进过山的难民这才知道山里山外两重天。沿途难民们围着篝火取暖，一个个愁眉苦脸、唉声叹气的，苦不堪言。

　　难民们像被一股不可抗拒的力量胁迫着，沿着弯弯曲曲的山路艰难上山。魏秀娥一行终于跟着登上了这一路的最高处天山庙。这时的天山庙关帝大殿已经挤满了逃难的人，大殿外的广场上难民们围着一堆一堆的篝火取暖。

　　历经沧桑的天山庙年久失修，残破凋零，但殿里关帝的神像栩栩如生。过天山庙的难民都求关帝保佑平安。因庙里到处是人，谢国只得把母亲和屈婶安排在残破的照棚下。他又到不远的松林里捡来一捆干柴生火烧水取暖。他说："娘，屈婶，我问过了，走过的人说下了天山庙沿途的村庄就多了，路也比较好走了。"

　　魏秀娥说："我儿一路步行，甚是辛苦，吃了早些休息。"

　　谢国说："天色尚早，附近的草这么丰美，儿得把牲口放饱了再割些草，明日好赶路。娘和屈婶看好东西，千万小心，不要单独行走，千万不能出事。"

　　"娘记住了，你也千万小心，不要走远了，早点回来。"

　　"儿子知道了。"谢国牵着马和驴到草好处去放，把马、驴用长绳子拴好了，便在周围闲逛，突然眼前一亮，这不正是爹爹在世时一直想拜读的《重修天山关帝庙碑记》！谢文元生前对儿子提过想一睹天山庙的风采，还提到《天山关帝庙碑记》，可人算不如天算，最终也没能如愿。谢国站在天山庙崖口巨石间远望，橘红色的太阳像一轮燃烧的火球，染红了西天，峰回路转，北坡苍松翠柏郁郁葱葱，绵延起伏的大山在落日的余晖中如梦如幻。

154

第二日早晨，太阳好像是从天山庙下面升起，阳光普照。经过一夜苦熬的难民们相继出发，谢国在前牵着马缰绳，时刻提醒昶芳跟上。屈昶芳毕竟是个女孩，害怕地说："大哥，脚下像没有根，自己向前冲，我的心跳得厉害。"

谢国只能走上几盘就停下车，在平缓处路边的草地上等她。中午时分，终于下了三十六盘到了——口门子，再往西去就是古城子。路边有卖烟酒的小铺、小饭馆、卖烧饼的小店。谢国在一家小饭馆里给每人点了一碗羊肉汤、两个热乎的烧饼，放上香喷喷的油泼辣子，大家都吃得满头冒汗。

吃过饭稍作休整，一大家子又出发了。才走了不一会儿，魏秀娥见二媳妇脸色惨白，神情痛苦，便问："昶芸，你怎么了？"

"娘，我的肚子痛。"

魏秀娥以为是夜里受凉，拿过药箱找藿香正气丸给她吃。昶芸吃了药肚子不痛了，靠着婆婆睡了一阵，没多久又一阵阵痛了起来，这一次痛的时间比上一次长，昶芸捂着肚子，咬着嘴唇不出声，满脸的汗水。

"坏了，动了胎气，恐怕是要早产了！这上不着村、下不着店，连个人家都不见。"魏秀娥赶紧让谢国停下车，"你弟媳妇可能要生了！"

谢国一个大男人，遇到这种事也不知该如何是好。后面的昶芳见前面停了，也停了车。魏秀娥下车过来叫屈婶说："亲家母，昶芸恐怕要生了。"

屈婶赶忙下车过来，见车里的大闺女痛得嘴唇都咬青了，发愁道："丫头，你这可真不是时候啊！"

昶芸捂着肚子说："娘，继续赶路，这又不是一时半会儿就能生下来的。"

屈婶哪里肯走，魏秀娥怕谢顺在古城子等得着急，对屈婶说："你们跟上走，到了接上头，我们去了也有个落脚处。我们找个人家，把孙子生了是大事。"

屈婶问："那我们怎么联系上呢？"

魏秀娥合计了一番，说："怎么都得等孩子满月我们再出发，我看这样，五十天左右让谢顺在古城子东城门前贴个纸条，有工夫就到城门前看一看，等着我们。"她把身上的钱拿出一部分塞到屈婶手里："亲家母，把这些钱带上，快跟上大伙走，千万不要离开人群，一路平安。"

屈婶把钱还给魏秀娥，说道："家里给的钱都在呢，这钱我不能要，昶芸生娃正是用钱的时候。"

魏秀娥一把拉过屈婶的手，又把钱塞回她手里，说："这是我给你的，不要争了，快带上了好赶路。"

屈婶见魏秀娥如此坚定，也不再推辞，把钱收好后与她告别："亲家母，你们要多多保重，我在古城子等着你们。"这时她最放心不下的就是大闺女昶芸，她走过去，轻轻搂了搂昶芸，"闺女，有你婆婆在，一切都会好的。"

昶芳和文武都担心大姐，好一阵难分难舍才出发。

155

魏秀娥的车随着稀稀拉拉的难民翻过了一道岭，只见路边是一道锅底形的大缓坡，黑土地散发着泥土的芬芳，一条田间的便道连接着向阳坡间散落的农舍。

魏秀娥交代谢国："儿啊，顺着这条道找个好人家，租上间房安顿下来，让你弟媳妇把孩子生了。"

下了坡昶芸的肚子又痛起来，这一次痛得比前一次紧，一向能忍的昶芸"哎哟哎哟"地唤出声来，疼得汗流满面。

"儿啊，你把车停下，我给二媳妇吃些药。"昶芸疼成这般，魏秀娥心里难受得很，赶紧给她止痛保胎。

谢国停下车，魏秀娥打开药箱取出一包焦煳的棉籽粉末，舀了一勺放在小碗里，加了一勺红糖，放水化开了让昶芸服下。谢国跟娘说了一声，便领着凤仪下车去找农户租房子。

谢国领上女儿直奔最近的一家，土打墙年久沧桑，两扇老旧的木门关得紧紧的。谢国轻轻地敲了一下，没有反应，又敲了两下，院里的狗先咬起来，越咬越疯狂。

"咬个球，好些日子没见人来了，这是谁啊？"随着一个嘶哑的声音，门开了，开门的是一位披着黑大襟棉袄的长脸老汉，一张脸像晒黑了的麻袋，眯着的眼睛上还有豆豆似的眼屎，背驼得像弓一样。他拍打着屁股上的土，一脸惊奇地望着谢国问道："逃难来的？"

凤仪可怜巴巴地说："爷爷，我二妈要生小弟弟了，我奶奶说遇上好人家租间房子，永世不忘。好爷爷，收留下我们吧！"

凤仪带着哭腔说着，着实让人心疼，老汉瞅了瞅凤仪，说："哎哟，这娃像我过年买的善财童子画儿上下来的，嘴巧的，来，让爷爷亲亲。"

凤仪躲到爹爹的身后，谢国这才说："老人家打扰了。"

老汉吧嗒吧嗒地吸了几口烟，问："是不是你闺女？"

谢国忙递上一根哈德门香烟，说："老叔，是的，您贵姓？我们诚心租房，房钱从优，恩情后补。"

"这里的人都知道我老段，有那么老？看你细皮嫩肉的，是个读书人？"老汉把谢国从上至下打量了一番。

谢国恭恭敬敬地回答："老段哥，读过十年书，是给公家当差的。"

一听是读书人，这老段来了精神："天啊，你读了十年书，我六岁就放牛了。读过'包公办案'没有？"

谢国说："看过。"

老段追着问："知道不知道梁山一百单八将是天上的星宿？"

谢国耐心答话："《水浒传》我喜欢读，三十六员天罡星、七十二员地煞星，个个是忠义双全、顶天立地的。"

"我爹还在时能讲得很，但翻来覆去就是个《武松打虎》，说有一百单八个星宿下凡，武松只是其中的一个。我一辈子就想多听几个故事，没有地方听啊。听你这么一说，我可是遇上能人了。我两口子守着爹娘留下的一院房子，有你们住的，进来看看？"老段听了高兴得很，邀请谢国父女进去。

谢国说："老段哥，只要有个遮风挡雨的地方，就感谢得很。"

进了院，老段说："住东房吧，我婆娘经常收拾。"

"老段哥，我也得有个住处，能住人就行。"

老段指了指旁边的屋子："旁边的一间空着呢，收拾一下住下。"

谢国看了房子，有炕有席子，自己的那间太脏了，但落难之人也没那么多讲究，他诚心诚意地对老段致谢："老段哥，太谢谢你了！咱们先小人后君子，房钱怎么说？"

老段咬咬牙，狡猾地望着谢国说："你说。"

谢国想了想，说："两个月左右，给你一块大洋怎么样？"

这简直跟天上掉下金娃娃似的，老段心里乐得不行，面上还是平静地说："一个月一块！"

"城里的房子也没这个价。我得跟我娘商量好了，行吗？"谢国拉着凤仪转身要走。

这么好的事情哪里找去呢？有房子的人家多着呢，老段是不能让他们跑了，便一把拉住谢国，笑嘻嘻地说："咱俩对脾气，你得给我讲梁山一百单八将，嘿嘿。"

"这没问题。"谢国掏出来一块袁大头给了老段。

老段在嘴上吹了，放到耳朵上听了听，好不喜欢。

租好房，谢国去接娘和弟妹过来，老段蹲在大门边上抽烟等他们回来。谢国领着凤仪快步来到车旁，魏秀娥正等得心焦，不停地朝车外张望，终于看到他们回来了，问："怎么样？"

"遇上好人了，你们是个套间，我是旁边的厨房，娘，我们走吧。"谢国把车赶到老段门口，这时老段身边站着一个矮小的女人，是老段婆娘。

"大嫂子，你可是贵客！"老段热情地迎魏秀娥下车，细细观察了这车，不禁叹道，"这马这车就够排场的。"

老段婆娘瞧着魏秀娥比她还年轻，连孙子都有了，感叹道："城里人就是不一样！"

"我快六十的人了，这是我的大儿子，在县政府做事。二儿子是民团的连长，已经同队伍去了古城子。我这二媳妇快生了麻烦两位关照了！"魏秀娥故意透露了二儿子是军官的信息。

"老段哥，太阳快要落了，我得快些收拾。"谢国忙不迭地进去打扫房子。

老段在一旁告诉他："房子里有灯呢，笤帚在门背后，吃饭有米汤、蒸馍、腌沙葱。"

魏秀娥再次表达了谢意，牵着凤仪进屋收拾。老段婆娘拉着凤仪的手问："我当家的说玉女来了，真好看，几岁了？到婶婶房里暖和暖和去。"

凤仪紧紧握住奶奶的手，对老段婆娘说："我奶奶说了不能跟别人。"

魏秀娥解释道："大媳妇没了，一直跟着我，离不开。"

谢国收拾了娘和弟媳妇住的屋子，把东西搬进去，铺好了炕，让娘赶紧去车上接弟媳妇上炕休息。老段婆娘拿来柴，把炕火生着，放上牛粪，魏秀娥不胜感激。

魏秀娥扶着二媳妇下了车，老段和婆娘都呆住了："仙女下凡！"

魏秀娥、凤仪扶着昶芸进了屋。谢国给了老段一盒哈德门香烟，老段稀罕地说："城里人干啥都秀气，这烟还带洋火呢。"他把整盒烟揣到怀里，这才把耳朵上的那根烟取下来。谢国给他点上，老段抽了几口说："没劲儿，还是我的旱烟过瘾。我说你们以后吃饭可以在我家搭伙，粮食有的是。"

谢国说："先谢了，伺候月子麻烦得很，还是我们自己做吧，有面和小米给我们买上些就好得很了。"

"谢老大，我俩对脾气，这里别的没有，米、面、油有呢，沙葱、蘑菇我领你去捡，去年的洋芋还好好的，价钱你们都知道，不会多要的，嘿嘿。"

156

屈婶几人随着逃难的人群历经千难万苦赶往古城子，到达时天快黑了，便跟着难民进了一座破庙，在东南角准备铺上铺盖，过上一宿，等天亮了到东门与女婿碰面。

这时，进来一伙人把庙里挤得满满的，屈婶担心看车的昶芳，只得又回到车上等天亮。人困马乏，带的干粮都吃光了。屈婶让昶芳到近处买些饼来，若是见着卖针线的也买些回来，文武的衣服破了，得缝缝。屈昶芳交代娘看好东西，便进了城，在一家卖馕的铺子买了五个刚出炉的热馕。昶芳早就肚子饿得咕咕叫，边吃边寻找杂货铺。她在街边寻到了杂货铺。掌柜的是一位五短身材、鹰钩大鼻子的中年人。

昶芳问："掌柜的，有针线没？"

掌柜看着屈昶芳说："姑娘，之前没见过，是逃难来的吧？"

屈昶芳说："我姐夫是民团的连长，是来保卫古城子的。"

掌柜笑着问："住下了没有？"

"刚到，还没见着人呢。"

"逃难的多了去了，城里最贵的就是房子，要是没住处，你可以来找我。"掌柜死死盯着屈昶芳，一向泼辣的昶芳都被看得有些不好意思了。

屈昶芳强撑着说："我姐夫是连长，本事大着呢。"

掌柜故意说："连长不中，堵枪眼的，嘿嘿。"

屈昶芳不满地说："胡说啥呢！"

这时有人进来买东西，冲着掌柜的喊道："大鼻子，打一斤醋。"

屈昶芳这才注意到，掌柜的鹰鼻子不但大，而且红红的。

打好了醋，买主又要打酒，又要买烟。屈昶芳不耐烦起来，问道："针线到底有没有？没有我走了。"

掌柜赶紧说："有有有！"

"赶快给我拿，我娘等急了。"

掌柜并不急着拿货，而是慢慢套话："你家还有谁？人生地不熟的，让你一个这么漂亮的姑娘出来。"

屈昶芳心思单纯，老老实实回答："我娘我弟弟。快给我拿东西天黑了。"

掌柜又问:"你爹呢?"

"马仲英围城给害死了。"

掌柜的立刻骂道:"马仲英真该死!今晚你们在哪里安身?"

"在前面不远的破庙外边,先在我家的车上将就一晚上,等明天跟我姐夫见了面再说。"

"孤儿寡母,可怜见的!"

屈昶芳灵机一动,说:"你不是说你家有房子吗?给我们租上一间,仗打起来,我姐夫会保护你们的。"

掌柜的故作姿态地说:"租金可贵了,有钱也没处租。"

这时,进来一位身材高大的女人,粉脸绿衫,高挺着乳房嗑着瓜子,她看了一眼昶芳,语气不善地对掌柜的说:"不好好做你的生意,身上痒痒了?"

掌柜放低声音在她耳边说:"当家的,你不是叫我在难民中给儿子物色一个媳妇,你看这个咋样?"

女人重新审视了昶芳一番,好身材、好脸蛋,只是腮上有两粒出花儿留下的对称俏斑。她问:"多大了?"

"十六。"屈昶芳忽然觉得不对劲,转身要走,"你卖不卖?不卖我走了。"

"好利的嘴,要什么拿给她。"女人给掌柜的使了个眼色。

掌柜的把针线拿给昶芳,并没有要钱,只嘱咐她路上小心些。

屈昶芳要付钱,掌柜的说:"小意思,拿上吧,不要钱。你叫啥?"

屈昶芳心想这个人不错,便求他:"大叔,可怜可怜我们娘儿仨,有多的房子给我们租上一间先住下!我叫屈昶芳。"

掌柜说:"让我们商量商量,好事成双,嘿嘿。"

屈昶芳回来时,屈婶正急得不行,对她说:"去了这么长时间,把人急的,还以为出了什么事了。"

屈昶芳说:"找了好几家才找到,遇上了个好掌柜,热情得很,针线没要钱。"

屈婶责备道:"非亲非故的,不能随便拿人家的东西。"

"人家不要。还有更好的呢。街上到处是逃难来的,城里的房子紧张得很,但掌柜的说他们家可以腾出一间来,不过要跟他的太太商量了再说。"

屈婶感叹:"天下好人多啊!等明天跟你姐夫碰上头,让你姐夫出面可能好些。"

夜里风雨交加,车里无法躲藏,屈婶怕把文武淋病了,庙里又挤得满满的,只能在门口靠着门苦熬了一夜。太阳一出来,他们三人就赶着车在东门口等上了,但直到中午吃饭的时候仍不见人。

屈婶和昶芳商量："丫头，我们得先找个住处，再等吧。"

"娘，那我们去那掌柜的家，多说些好话，我看能成。"昶芳赶着车带着娘和弟弟去找昨日那个掌柜的，真是不顺，昨天拐了两个弯弯就到了，今天怎么也找不着了。别的地方也租不上，都住得满满的了。

屈婶说："丫头，街上多是商铺，我们到僻静的小巷找一找有没有房子可租。"一家人把条条小巷子里都找遍了，也没有租到地方。他们实在是没有办法了，只能把希望寄托到大女婿身上，可到太阳落了山，也不见谢顺的踪影。这一夜又是凄风苦雨，文武被雨淋了发起烧来，屈婶这下就慌了神。

第三日，找房、找谢顺，照旧一无所获。晚上狂风骤起，文武烧得火炭似的，屈婶含泪抱了儿子一夜，好不容易熬到天明，到城里找郎中看病。郎中说："这孩子不能再受风寒了，抵抗力弱，又营养不良，这样下去后果严重，按我的方子给他吃，要是能弄些奶子调养更好。"

儿子病了，房子找不上，女婿找不着，屈婶几乎陷入绝境。这晚，他们躲在车里避风，突然听到有人在喊屈昶芳。屈昶芳借助来人手里的马灯看清楚了，原来是大鼻子掌柜。

屈昶芳忙跟母亲介绍："娘，这就是我跟你说的好人。"

屈婶像抓着一根救命稻草似的，说："好人啊，再这样下去，我儿子就没命了。"

掌柜的说："前天晚上你女儿走了以后，我越想越不放心，世道乱得很，出了事我就更不安心了，找了两天才找到你们，看你们这个样子，真是可怜。"

这一番话让屈婶有了希望，她哀求道："掌柜的，你是救命的活菩萨，帮我们找个住处吧，我儿子病好了，我给你供功德牌，永世不忘。"

掌柜的故作为难地说："我家也没有多余的房子，只有我儿娶媳妇的新房。"

"那我们只有等死了。"屈婶的眼泪夺眶而出。

屈昶芳跪着求他："好叔叔啊，你救救我们，我愿给你当牛做马。"

掌柜的这时又说道："办法倒是有一个。"

屈婶请他快说，掌柜的说："我姓钱名仁义，乐善好施，家里有房子、有铺子，还有个二十五岁的儿子，好多人来提亲，他都看不上。那天晚上见了你闺女昶芳，我就有心让昶芳给我儿做媳妇。当然，明天我儿来看了才能定，现在就看你的态度了。"

屈婶怯怯地说："我闺女还小！"

"二八正好，要不是打仗，想给我钱家续后，我也不急。"

屈婶说："钱掌柜，你容我想一想，跟我闺女商量商量，行不行？"

钱仁义说："现时找个媳妇不是小事，今晚你想好了，商量好了，明天我们再谈。过了这个村，就没有这个店了。"

157

屈婶心里矛盾得很，文武的烧还没退，如果有个三长两短，百年之后怎么向娃他爹交代？可昶梦的遭遇让她心有余悸，怎么能这么草率地把昶芳嫁了？手心手背都是肉，做娘的心如刀绞。夜里风雨更大了，文武昏昏沉沉烧得说胡话，母女俩都慌了。

"丫头，你弟弟出了事咋办呢？"屈婶抱着文武发愁。

屈昶芳也有些熬不住了，提议："要不还是请钱掌柜可怜可怜我们吧。"

"钱掌柜说的你也听到了，娘听你的。"屈婶不知如何做决定。

屈昶芳无奈地说："我们总不能在这里没了命。"

屈婶实在不知如何是好，带着哭腔说："丫头，到了这个节骨眼上了，娘能咋办啊？"

屈昶芳低头不语，她没想到自己的终身大事来得这么突然，也许这就是命。

文武忽然痛苦地叫了一声，"烧死了"，小脸儿可怜兮兮的，眼窝都陷进去了，屈婶觉得一刻也不敢再耽误了。她狠了狠心，问："丫头，明天人来了，要是好，你愿意不愿意？"

昶芳已经绝望了，说："爹不在了娘做主。"

"娘让你说个准话。"

昶芳认命了："娘，这都是我的命，总比困死在这里强。"

屈婶大哭起来："我的儿啊，你让娘心疼！"

第四天，屈婶带着昶芳和文武去东门等谢顺，快到中午时碰上了钱仁义领着胖乎乎的儿子过来。钱仁义上前与她打招呼："来得早不如来得巧，你在城门口干啥呢？"

屈婶说："等我大女婿。"

"军队上严得很，说不定有事抽不开身，急不得的。吃了没？"

屈婶拍了身边的包袱说道："买了烧饼了。"

钱仁义殷勤地说："我太太准备了一桌子菜贺喜呢，这是我儿有福，满意吧？"

屈婶打量着有福，高高大大的，人长得不错，看着老实，便说："我看不错。"

钱有福看昶芳看得眼睛都直了，钱仁义推了他一把，问："怎么样？"

钱有福大方地说："我喜欢，就她了。"

屈昶芳臊得抬不起头。

钱仁义问："愿意吗？愿意了我们就走。"

屈婶紧紧拉着女儿的手，对钱掌柜父子说："得好好待我闺女。"

钱仁义大喜，说："这就对了，成了我儿子的人，能不好好待吗？"

屈昶芳突然说道："我有一个条件。"

钱仁义说："你说！"

"得先治好我弟弟的病。"

"没麻大，我们走吧。"钱有福先让屈婶上了车，又把文武抱上去。

屈昶芳准备赶车，钱有福说："你上去我来。"

屈昶芳问："你会赶车？"

"我赶上马车到乡下收菜蛋农产品，赶个毛驴车算个啥？你上车吧。"钱有福让爹也上车，自己赶上车往家去。

钱仁义上了车，对屈婶说："亲家母，这两个孩子真是天生一对。"

到了钱家院，钱太太引他们到屋门口，说："屋子腾出来了，有人给十块袁大头都没往出租。"

这间面西的屋子在通往茅房的过道上，屋里暗得很，除了炕，就是对着门的狭窄空间。屈婶和昶芳也没得挑，还急着要给文武看病。钱仁义请来大夫给文武看诊开药。

钱家备了一桌菜，一只鸡、一条红烧鱼，另有两荤两素，钱太太说："没办法啊，一下子来了这么些逃难的，见东西就抢，东西贵，有钱也没处买去，这还是我存下娶媳妇的。"

钱仁义说："亲家母，今天就算是订婚宴，后天是黄道吉日，我们就把婚事办了。"

屈婶大惊："太急了，啥也没准备。"

"这是啥时候？先圆房。你要是愿意我们就是亲家，你要是不愿意，各走各的路，就这么定了。"钱太太拿出了说一不二的气势。

钱仁义温言劝道："要是真打开仗了，能有吃的就不错了，哪里有这样的排场？亲家母，我把吃的东西都藏起来了。我听人说，哈密围城饿死的人多了去了。你听我太太的，没有错。来，举起杯干了，就算定了。"

钱家夫妻一仰脖子干了，屈婶没有端杯。

钱太太眼一斜，问道："看样子你是要变卦了？"

屈婶解释道："我不会喝酒。"

钱仁义劝道："这杯酒一定要喝。"

"我替我娘喝了。"昶芳见娘为难，举起酒杯把酒倒进嘴里，酒太冲，一下喷了出来，喷了钱太太一身。

钱太太骂道："这个有养没教的！"

钱有福却说："天女散花好。"

钱太太气得不行，说："没成亲就护上了，你这个没出息的。"

晚上屈昶芳在院子的井台边洗衣服，钱仁义一家商量结婚的事，突然听见钱仁义说了一句"又犯了"，接着屋里有人扑通一声倒下。有羊咩的声音。

钱太太无奈地说道："真是没办法，赶快的，冲了喜就好了！"

屈昶芳晾好衣服，回房对娘说："娘，上房不知咋了。"

屈婶说："闺女要为人妻了，还爱管闲事？记住三从四德，公婆面前要顺从，男人喜欢才有好日子过。"

屈昶芳说："娘，女儿记住了，你都说了多少遍了。"

屈婶心里替女儿苦，说："嫁了，娘就无能为力了，命啊！"

两天后，钱仁义在家里摆了一桌酒席，请来两位本族长者、两位证婚人、四位亲朋，在证婚文书上签上字、按上手印。

钱仁义说："各位贵宾，天公作美，成全了我儿的婚姻，非常时期婚事从简，不成敬意。"

屈昶芳的婚事就这样办了。入了洞房，钱有福急不可耐地剥开屈昶芳的衣服，兴奋得又掐又咬，疼得昶芳告饶。可越是这样，他越来劲，夜半时分正做得疯狂，钱有福突然口吐白沫，眼斜嘴歪地抽上了。

昶芳吓得浑身哆嗦，大喊："救命！救命啊！"

钱太太当然知道儿子的毛病，听到昶芳的求救声，赶过来说："你这个小婊子，大呼小叫什么！我儿子怎么了？"

屈昶芳哭着说："我也不知道啊！"

钱仁义用新鲜树枝折成一寸多长，断处插入有福的鼻孔，不一会儿有福醒转过来。钱太太给儿子吃了药，对着昶芳训斥："你给我悠着点，出了事我饶不了你。"

钱仁义教昶芳给有福指压血脉经络，交代说："起床前、睡觉前都要用心指压，不得有误，按时喂他服药。"钱有福有羊癫风，知道的人家谁愿意把女儿嫁给他？钱太太听人说，给儿子冲喜这病就能好，于是两口子这才把昶芳算计来了。

第二天拜见了公婆，昶芳慢慢挪到了母亲房里。屈婶问："昨天晚上咋了？惹你公婆生气了？"

屈昶芳不愿让娘闹心，说："没啥事，我给娘上茶。"

屈婶又说起了那套话："为人妻服人管，娘帮不上你了，有眼色公婆满意，让男人喜欢。"

"娘，我知道，我……"

屈昶芳的话还没有说完，钱有福就过来了，对丈母娘龇牙一笑，说："问岳母好！我有事，越等越不见人，快走。"他拉上昶芳就回房，门一关，就把昶芳抱上炕，又是云雨一番。

158

谢顺的连到了古城子就接到命令去迪化押运军火，他回来第一件事就是到东门与家人会面。一连三天都没有接上头，心急如焚，又在城里到处打听，犹如大海捞针。第四天，谢顺刚到东门，就看见岳母领着文武在东门外等待。他加快步伐，大声地说："娘，我来晚了。"

屈婶没有反应，谢顺奔上前去抓着岳母的手问："娘，你怎么了？"

屈婶这才回过神来，哭道："晚了，命啊。"

"娘，对不住，军令如山，没有办法啊。"他见其他人都不在，便问："我娘他们在哪里？"

"下了天山庙你媳妇的肚子就痛得不行了，亲家母在半路上找地方安顿下了，打算等生了孩子，满月了再过来，不知道现在如何。"

谢顺问："是不是要生了？"

"还没到月，你娘说不敢走了，让我们赶过来先和你碰头，好让你放心。"

谢顺知道有娘在，比自己顶用得多，便说："这样也好，那里安全。马仲英正往这里赶呢，娘，住下了没有？"

屈婶心慌意乱地说："马仲英就像鬼魂一样，我们走到哪里，打到哪里，我的天啊，在劫难逃啊！"

谢顺好一顿安慰："娘，打仗是我们的事，打起来你可要藏好了，保护好自己。文武咋这么没精神？你们住下了没有，昶芳呢？"

屈婶不知从何说起，叹了一口气，道："一言难尽啊！找不见你，文武又病了，你妹昶芳嫁了人我们才有个安身之地啊！"

谢顺大惊："昶芳嫁给谁了？"

"为了活命，若不嫁，你弟弟出了事，可咋办呢？"屈婶把经过简单说了，好不心酸，"命啊，如今走到了这一步，还没几天，鼻子不是鼻子、脸不是脸的，嫌白吃了他的，要不是等你，我准备去迪化投亲了。"

谢顺说："千万不敢走，叛军在迪化周边疯狂得很。我刚从迪化过来，等打走了马仲英，我再也不打仗了，回去好好过咱的日子。"

"如今咋能待得住啊。"屈婶抹起了泪。

谢顺内疚地说："都是我的错，说什么都晚了，有我在，娘放心，他再敢不讲理，我饶不了他。"

"你可不能胡来，你妹说男人对她不错，要是咱们把公婆得罪下了，她的日子就难了，你说是不是这个理？"屈婶现在是生怕给昶芳惹上麻烦，只盼她能有个安生日子过。

"行，我不惹他。娘，我这里有二十块，你拿上救个急。"

"来的时候你娘给了二十，分开的时候又给了十块，没敢离身。这钱你拿上，用钱的时候多着呢。"屈婶说什么也不肯收钱了。

谢顺说："这是大姐走的时候给的十块，让我多孝顺你们，还有十块是部队发的补贴。"

屈婶心疼谢贞，提起她就要落泪，说："多好的闺女啊，好人不长命，坏人活百年。"她抹了泪，对谢顺说："我们去认个门，我想会好一些的，你说是不是？"

谢顺把钱给岳母包好，说："娘，钱你放好了，我们走。"

谢顺抱着文武来到钱家，钱仁义夫妻见屈婶领回来一位身穿新军装、脚蹬马靴、挎着盒子枪的青年军人，两眼都直了。钱仁义点头哈腰地说："长官是我亲家的大女婿吧！"

谢顺正色说："正是，就要打仗了，希望你们好好相处。"

钱太太假模假式地问屈婶："亲家母，我们对你好不好？"

屈婶知道大女婿的脾气，不想节外生枝，忙说："好着呢。"

钱太太接着话茬说："一日三餐好吃好喝供着呢，长官放心就是！"

谢顺问钱仁义："你们家挖藏身的地方没有？"

钱仁义规规矩矩地答道："我们忙得没顾上。"

"我回去就派人来挖。"谢顺看了一下岳母的住处说，"我走了。"

文武听姐夫要走，一把抱住姐夫的腿，号道："大姐夫你别走，我害怕。"

正说着，通讯员跑了进来，谢顺问："你怎么来了？"

通讯员说："老远看见连长扶着大娘，团总让你马上开会去呢。"

谢顺安抚了文武，对岳母说道："娘，我得赶紧走了。"

钱仁义虚留："饭菜都准备好了，吃了再走。"

"只要你好好待我娘和弟弟、妹妹，都好说。"谢顺抚了抚枪。

钱仁义说："你放心，差不了。"

谢顺回去后不久，通讯员就带来三个民夫到钱家挖地下掩体。

159

马仲英挥师西进，兵临古城子城下。古城子是丝绸之路上的大驿站，是迪化北部的安全屏障，其防守力量历来被省军重视。

战斗打得十分惨烈。马军的大部队洪水猛兽似的杀进城来，四门告急，省军腹背受敌。正在危急关头，古城子城防司令宣布投降，省军纷纷缴械投降。

谢顺的连打到天黑也没有等来援兵，枪声时断时续，抵抗进入尾声，古城子已成火海，浓烟滚滚。谢顺的身边只有十几个官兵，即将弹尽粮绝，打下去必死无疑。他想起慈爱的母亲和待产的媳妇，这是他生命中的至爱。他仿佛看到爹爹在云中对他说："儿啊，不要打了，活着就是一切！"哪一个官兵不是父母所生？哪一个家庭能承受家破人亡、妻离子散的痛苦？互相残杀，战死了也是个冤死鬼。

谢顺对战友们说道："弟兄们，不能再打了，我掩护你们撤退，大家想办法活着回去。"他迎着马军搜捕队的方向，攀上了一家房顶，马军向他的方向搜来。他要拖住马军，给弟兄们争取时间。他一枪击倒了马军的一个军官，马军立刻隐蔽起来。

当谢顺打光了所有的子弹，马军听不见枪声便围了过来。谢顺扔出最后一颗手榴弹，爆炸声过后，马军的手榴弹向房上扔上来，手榴弹冒着烟从屋顶滚了下去。他抓起身边的一颗扔过去，房子轰然坍塌，他也失去了知觉。

枪声停了，夜静了，烟雾缥缈，这是黎明前的黑暗。谢顺没有死，他被担在断墙上，屋顶的苇子土把他埋住了。他从废墟中爬出来。夜空下的古城子在燃烧，浓烟滚滚，有些人家已经开始救火了。他像躲躲闪闪的幽灵来到钱家院子。他没有敲门，而是爬上房顶，从茅房的矮墙上下来，对着岳母的窗户悄悄地喊："娘，开门。"

屈姊刚从谢顺派人挖的掩体中上来，紧紧地护着文武，自言自语："天爷啊！明天，不，今天能不能活过去？"突然她听到有人叫娘，也小声回应："你是谁啊？"

"娘，我是谢顺，开开门。"

不等屈婶下炕，文武就跳下炕把门打开了，说："大姐夫，我害怕得要命，想你。"

谢顺抱起文武说："悄悄的，马军在抓人，千万不要说大姐夫是民团当兵的，记住了吧。"

文武说："记住了。大姐夫我们回家吧。"

谢顺拍拍文武的头说："大姐夫一定领你回家。"

屈婶点着煤油灯，看见谢顺满身血污，没有个人样，惊得直哆嗦："你，你……你受伤了？"

谢顺说："娘，我没事，有衣服拿出来，我得赶紧换上。"

屈婶手忙脚乱地从包袱里取出屈芫的一套新衣服给他，这是她留在身边做念想的。

谢顺把身上的军服脱下来，换上屈芫的衣服，又把脱下来的军服塞进炕洞里，倒上煤油点着又放了些柴草。收拾完，东方已经发白了。

屈婶问："饿了吧？我这里还有准备下的锅盔，先垫一垫，我给你做饭去。"

谢顺说："不敢惊动旁人，娘，我准备走。"

屈婶问："刚停战，要走去哪里？"

"我在这里恐怕对你们不利，马军正在搜查，要对我们赶尽杀绝。"

屈婶不放心他走，说："哪儿也不许去，藏到地窖里，等安稳了一起走。"

"被搜查出来可就害了你们。"谢顺拿了一个锅盔，准备快步离开。

"不许走，听话。"屈婶拉住他不放。

两人还在拉扯中，突然外面传来凶猛的砸门声，马军的清剿队冲进来封住了院子。

"不许动！房子里的都给我出来。"清剿队领头的军官厉声吼着，又交代身后的士兵，"尕娃们，给我仔细搜啊，狗日的一个都不许放过，给咱二爷和死去的弟兄报仇呀。"

一番搜查没有收获，领头的在院子里问道："你们这些人谁是当兵的？谁是民团、商团的？举报有功，隐瞒枪毙！"

钱仁义战战兢兢地说："军爷，我们都是良民，没有打过仗啊。"

"看你那个尿样子！"领头的对他满满的不屑，"尕娃们，给我一个一个验，一个都不放过。"

查到谢顺，士兵一把扯下谢顺头上的毡帽，说："报告连长，这是个当兵的。"

连长过来看了看，说："戴军帽的还能瞒得过我们，尕娃们，给我押出去挨枪子去。"

屈婶一向胆小，生死之间不顾一切地扑上去抱着连长的腿说："军爷，我儿子不是当兵的，是邮电局拉电话的。饶了他吧，我给你钱行不行？"

"我是邮电局修电话的线务员。"谢顺本以为在劫难逃，岳母的话提醒了他，他把修电话过程清楚地说了一遍。

连长半信半疑地问："你真的会修电话机？"

谢顺点头说道："我就是干这个的。"

"行，我们团正缺电话兵，拿上你的东西跟我走。你要是敢骗我，你就没命了。"连长命人将谢顺带走。谢顺就这样被抓了，成了马仲英部队的电话兵。

160

马仲英挥师向迪化进军，在紫泥泉与盛世才的省军打了起来。盛世才指挥部队将马军打得溃散逃命。

马仲英知道大势已去，下命撤回吐鲁番。

谢顺乘乱潜逃，躲了起来。待到战火平息，扔掉马军的黑皮，一路逃到了古城子城外。

省军已不费吹灰之力收复了古城子，在王爷庙开祝捷大会。盛世才大开杀戒，严惩兵败相关人员。谢顺有天大的胆，也不敢冒杀头的危险回去。思虑再三，决定进山躲过风头了再回。在口门子的路边，有伐木的正在收人，他身无分文，靠捡草地上的蘑菇、松林中的松子活下来，于是跟着伐木的进了山。

屈婶在盛世才的祝捷大会后，苦等大女婿回来，度日如年。她在钱家的日子过得也不顺心，经常遭到亲家的嫌弃，时常冷言冷语、指桑骂槐。她实在熬不到与魏秀娥的五十天之约了，她带来的钱，被钱太太连要带逼的，拿走过半。

屈昶芳身上的青伤红印，旧的未去新的又来，但她已经能应付这种生活。钱有福不犯羊癫风时对她很好，在家的时候护着她，高兴了还给她些私房钱。有福的性欲强，常常她在干活，就被如饥似渴的有福抱到屋里。钱太太怕惊着儿子，每每等他二人完事儿后便对屈昶芳破口大骂。屈昶芳百般辩解，也无济于事。昶芳每日起早贪黑，提心吊胆，还常常要被钱太太打骂。

屈婶真后悔死了，可世上没有卖后悔药的，看到女儿受虐待急得团团转，也不敢去火上添油，只能忍气吞声。

屈文武虽小，对钱太太责打昶芳十分不满，有一次吃饭时钱太太责打昶芳，屈婶没拉住文武，他冲上去挡在二姐身前，大声说道："你不能打我二姐。"

"大人的事不要你管，去去去，一边去。"钱太太把文武推到一边，一鸡毛掸子打到昶芳身上，"我打你个外家狗，吃我的还亏待我，给我稀的，给你弟捞稠的。"

屈文武气鼓鼓地说："你胡说，那是我二姐把自己碗里稠的拨到我碗里的。"

屈昶芳忍气吞声地解释道："娘，每顿饭都是你们先吃，最后才是弟弟和我。"

屈婶生怕惹怒了钱太太，把文武拉到自己身后，低声下气地说："亲家母，娃小不懂事，你担待些。"

这一日中午休息，屈婶在院里做针线，只听得昶芳一阵一阵地叫唤，过了一阵只见昶芳掩着睡衣，慌慌张张地跑出来说："娘，有福犯病了，赶快折些柳树枝，送过来。"

低处没有了，她让文武上树折了几枝。屈婶慌忙拿过来，只见二女婿赤条条的，浑身抽搐，口吐白沫，嘴斜眼歪的，吓得她手中的柳树枝掉到了地上。

屈婶以为二女婿中邪了，赶紧把脸盆架上的毛巾取下来，在冷水里洗了，要给有福擦身上。钱太太这时也赶了过来，一把夺过屈婶手中的毛巾，厉声说："你想要我儿子的命啊？"

屈昶芳把柳枝捡起来，折断处塞进有福的鼻孔，开始给有福按压穴位。

钱太太见儿子那玩意儿还往外淌东西，举手就打昶芳："娼妇，我怎么给你交代的。快拿热毛巾！"

屈婶忙换上热的，钱太太一把推开屈婶，骂道："烫猪毛呢！去去去！"

文武不干了，上去推钱太太。钱太太可是身大力不亏，轻轻一掌就把文武推倒在地，骂骂咧咧："反了你了小兔崽子，吃老娘的，还养出仇来了。"

屈婶护着儿子，和钱太太理论："亲家母，这是结婚前说好的，我也给你钱了。"

钱太太蛮不讲理："没良心的，要不是我收留你们，你们三个早就没命了，铁公鸡，一边滚。"

钱太太见儿子这一次厉害，怕他挺不过来，哭叫着："死老头子，你儿子要死了！"

钱仁义慌慌张张地进来，狠狠地瞪了昶芳一眼说："万恶淫为首，都是你这个骚货！"

屈婶护着女儿，说："亲家，这可不是一个人的事。"

钱太太在一边帮腔："母狗不愿意，公狗上不去！这就是你教养出来的好姑娘！"

钱仁义怒不可遏，说道："找你闺女本是为了给我儿冲喜，没想到越来越厉害了，你们给我从哪里来到哪里去。"

这时，钱有福醒过来了，望着一屋子人说："都走，我还要玩呢。"

钱太太使唤昶芳把参汤端来给有福喂上。有福忽然把昶芳按倒，说："爹爹是仇家，娘亲是冤家，媳妇是救命的菩萨！"

161

魏秀娥在老段家安顿下来，她知道头胎是最关键的，头胎保住了，以后再生就稳了。一路颠簸没睡个囫囵觉，刚消停了些，便让二媳妇卧炕静养。山里的晚上静悄悄，她呆呆地坐在窗前，看着熟睡的媳妇，想念战场上的二儿子。

凤仪依偎在她怀里，半梦半醒地说："奶奶，睡觉吧。"魏秀娥给凤仪盖好被子，轻轻地拍着："我孙女，睡觉觉，一觉睡到大天亮，奶奶给卧荷包蛋。"

看着凤仪睡着了，她悄悄地拿出香点上，求菩萨保佑谢顺平安无事、保佑二媳妇顺顺当当地为谢家生个大胖小子。

早晨太阳还没有出山，谢国就开始打扫院子。老段从茅房提着裤子出来，问："晚上睡得好吗？你好勤快啊，我三五天有心情了才扫一扫。"

"好呢！"谢国答道，又问他，"老段哥，看样子我们得住上些时间，有没有可以让我们做饭的地方？"

老段说："我老婆做的饭，不知合不合你们城里人的胃口，你们要是愿意就一块吃。"

谢国谢过他后，解释道："有坐月子的麻烦得很，吃饭的家具我们带着呢，我看我屋里有灶，不知道能不能用？"

"没事，只要你愿意，柴火有的是，拉水要到梁下面井里，厨房里有拉下的水，要用直接舀就是了。"

谢国谢过老段后去了母亲屋里，魏秀娥对谢国说："我看你弟媳妇就是这几天的事，你打听一下，哪里有接生婆，免得到时候手忙脚乱的。"

谢国又去找老段打听："老段哥，这里有接生婆吗？"

老段婆娘没有生养过，实在不知道。

老段叫谢国明天一同去镇上买东西，顺便也能打听。谢国回来将情况告诉母亲，魏秀娥让他买些红糖、调料回来，把接生婆打听好。

　　第二天，谢国和老段一早出发，中午来到路边的小镇，小小的几间铺面迎来送往，这在山里就是个大去处。经人介绍，谢国找好了接生婆，又在一家杂货铺买了东西。谢国拉老段上小饭馆吃碗热羊肉汤，老段舍不得，谢国不容分说地把老段拉进小饭馆，掏钱买了两碗烩羊肉。两个人泡着自己带来的馍馍吃着中午饭。邻桌的人正谈起古城子的战事，一个人说："马仲英攻打古城子，哈密民团、商团死惨了，十死七八。"

　　另一个说："要不是谢连长，恐怕没我了。"

　　谢国腾地站起来，来到这人跟前问："你说的谢连长，是不是邮电局的谢顺？"

　　"是啊，你咋知道的？"

　　谢国说："我是他哥啊，我们正是奔他去的，他现在怎么样了？"

　　这人答道："没有他掩护我们，我也活不到今天。后来我就不知道了。大哥，古城子打得太惨了。"

　　谢国详细地打听谢顺的情况，可那人也说不出个所以然。他又担心弟弟，又担心屈婶一家，匆匆忙忙地赶回去。才进院子，就听见婴儿在哭——屈昶芸生了一个女娃。魏秀娥给孙女取了个乳名叫菩萨保，感谢菩萨保佑她平安降生。

　　谢国回来时，魏秀娥正焚香求菩萨保佑谢顺平平安安回来。见谢国回来，她心有余悸地说："今天要不是你段嫂帮忙，我一个人可麻烦了。"

　　老段婆娘说："要不是凤仪来叫，我还不知道呢，这娃真让人心疼，我要有这么个娃，这辈子就知足了。"

　　老段也喜欢凤仪，拿出在镇上买的芝麻滚滚糖说："凤仪，给你芝麻滚滚糖，是段大老给你买的。"

　　凤仪不敢接，说："我奶奶不让我要别人的东西。"

　　"我们是一家子，不是别人，拿上。"老段把糖往前递了递。

　　魏秀娥向凤仪点头说道："快谢谢段大老，拿上吧。"

　　谢国可真没想到老段哥的糖是给凤仪买的，说："不好意思，让你破费了。"

　　二媳妇生了，魏秀娥还在担心谢顺，便问谢国："打听到你二弟的消息没有？娘心里急。"

　　谢国本来想考虑好了再说，老段抢先开了口："我们在饭馆碰到认识谢顺的兵，人家说，哈密去的死惨了，没活下多少。"

　　魏秀娥差点没昏过去，摇摇晃晃地扶着墙。

　　"娘，仗都快打完了，二弟好好的，不会有事的。"谢国一把扶住母亲，把听到的告诉她。

　　魏秀娥心神不宁地说："真是人算不如天算啊！"

162

屈昶芸在屋里听见了老段的话后终日以泪洗面。二儿子生死未卜，儿媳妇和小孙女还在月子里，魏秀娥知道自己无论如何也要撑住。

谢国满脑子都是古城子哈密民团的事，思虑一番后对母亲说："我想去找找我二弟。"

魏秀娥断然不敢让大儿子单独上路的，让他等昶芸出了月子大伙一起走。她舀上红枣小米稀饭看着二媳妇吃了两碗。

晚上，老段婆娘给魏秀娥端来一碗蒸洋芋。老段提一瓶酒、端着一碗蒸洋芋到谢国屋里，邀他喝上两杯，谢国也不和他虚客气。老段喝了些酒，想听梁山好汉的故事，问："你不是说要给我讲梁山一百单八将吗？"

谢国便细细给他讲上了。从此以后，老段听上瘾了，每晚必到谢国屋子里听说书。老段两口子对凤仪好得没说的，鸡下个蛋都留给凤仪。

转眼，昶芸的孩子已经半个月了，眉眼儿都像爹。魏秀娥见二媳妇一日三餐小米红枣粥奶水好，喜不自禁。她抱着孙女儿说话："菩萨保多像爹，出了月子去见爹，阖家团圆回家乡！"

正在这时，老段婆娘送来鸡汤，魏秀娥问有啥喜事，老段婆娘说："我当家的说，来了这些日子都没有个荤腥，大人不说，孩子可受不了，这不就杀了只老母鸡，头、爪子、脖子炖鸡汤，好的肉做了大盘鸡。凤仪，你爹在我们房子里，让你过去吃香的。"

凤仪拉着奶奶不放手，说："奶奶不去我不去。"

谢国在外面说："凤仪，你不去段大老不高兴，我们吃也不香。走，跟爹爹过去。"

魏秀娥对凤仪说："听话，跟你爹去。"

"奶奶，我就去一阵阵。"凤仪不舍地离开奶奶。

谢国领着凤仪还没进老段房里，老段就迎上来，用脏乎乎的胳膊把凤仪搂住，张着臭烘烘、烟气逼人的嘴说："我的小仙女，让大老亲一亲。"

"我大了，我奶奶说不让别人亲别人抱。"凤仪用力从他怀里挣出来。

谢国解释道："老段哥，这闺女犟得很。凤仪，来爹这儿来。"

老段婆娘对凤仪说："你大老喜欢你，听你爹说你不吃辣子，专门给你留了两只没放辣子的鸡大腿。"

老段把鸡大腿给凤仪吃，凤仪说："我给奶奶和二妈吃。"

谢国满意地说："这孩子就是这样，奶奶不吃她不吃。"

老段婆娘说："大妈给你奶奶送上去了，你就跟我们一起吃，好不好？"

凤仪非要和奶奶一起吃，老段让婆娘给她奶奶送一只鸡大腿过去，凤仪说："我去送，这一只鸡腿我奶奶和二妈吃，那一只段大老和大妈吃。"说着端着一只鸡腿跑了。

谢国赶紧跟上，把凤仪送进门。凤仪一溜烟跑到奶奶身边，魏秀娥笑着说："我就知道我孙女在别人家待不住的。"

谢国送了凤仪回去，又返回老段屋里，老段又提了想认凤仪做干女儿的事，谢国只推说要从长计议。

163

魏秀娥准备给菩萨保过了满月就往古城子去，与二儿子和亲家会合。

老段这一辈子就遇上谢国这个有学问的好人，他舍不得谢国一家走，而且《三打祝家庄》才说了一打，听不全也遗憾。这日，他要去割柳条，邀谢国一同去。

谢国问："去多久？"

老段说："两天，割下了，闲的时候编个筐换些零花钱，割晚了让别人把好的割完了就难了。"

谢国答应了，又和母亲说了，准备第二天同老段一起出发。要出去两天，谢国担心母亲和弟媳妇、女儿吃不上饭，让她们和老段婆娘一同吃。魏秀娥不愿意麻烦别人，打算自己蒸馍馍、熬稀饭。谢国想给她们把馍馍蒸好后再走，魏秀娥心想看了一辈子蒸馍摸，有个啥难的，便说："天快黑了，等馍馍蒸熟都到什么时候了？你把明天的面发上，后面的我来做，你只管走你的，放心！"

第二日一早，老段和谢国赶上牛车出发了，中午时分来到一处山沟，山坡上柳条没有主杆，一墩一墩的望不断。

谢国正在割柳条，一只野兔子蹿出来，他举起砍刀就砍，野兔子惊慌地望了他一眼，钻得不见踪影。老段打了两只野兔子咧着嘴笑。

到了傍晚，两人已经割了十捆柳条。老段说："明天再割上些，咱就早早回去了。

走，吃烤兔子去。"

老段一边烤着野兔子肉一边说："老大，你们是不是准备要走了？"

谢国说："分别的时候跟我弟的岳母商量好的，五十天左右在古城子东门不见不散。"

老段问："从这里到古城子，几天就差不多吧？"

"我娘说，宁让我等人，不让人等我。早走几天好。"

"这么一说，没有几天好待了！老弟，这一走就见不上了，你这么有学问的人，我没有福分啊！"

谢国安慰道："不打仗了，我会来看你的。我们有缘分，以后长来往，你进城一定要来找我。"

"有你这个话我就高兴。老弟，今天一醉方休。吃野兔子肉，香得很。"老段早有准备，酒、熟鸡蛋，还有就地取材的美味烤野兔。"我年年去卖蘑菇、洋芋、大蒸馍，有你老大在去了不待城墙窟窿了。你喝。"

两人喝到兴头上，老段突然说道："老弟，我有句话，不知你赏不赏脸？"

"老段哥，你说。"

老段说："你们这次去古城子，领上个大的，抱上个小的。大人不说，娃娃受罪死了。我和我婆娘从心里喜欢凤仪，你这次走，把凤仪留给我，过来的时候再领回去，娃娃少受些罪，我也能有点活头。"

谢国想也没想就拒绝了："老段哥，这恐怕不行，我娘根本不让凤仪离开她半步地。"

老段没有接话，两人继续喝酒，酒至半酣他又开了口："我也是为你们着想，凤仪受罪，我实在舍不下。老弟你就满足我这个愿望吧，也算是你我兄弟一场。"

谢国实在拉不下情面，犹犹豫豫地说："我……我答应你。"

164

魏秀娥天天早晨要给菩萨保擦身子，换了尿布还要在脖子、胳肢窝、腿上擦些粉，把腿裹得直直正正的，免得长大了成了罗圈腿。

这天刚做完了这些，到了吃早饭的时候。她"哎哟"一声，说："老糊涂了，你大哥不在，我得熬米汤、蒸馍馍。昶芸，今天得晚一点吃了。"

昶芸说："娘，我去吧，一会会儿的事。"

魏秀娥拦着不让："还是不要碰凉的好，搁下病了老了手麻木。你放心，我连这么个事都做不好了？"这时，菩萨保又哭了，魏秀娥让昶芸赶紧喂奶去，自己去了厨房，锅台上发面盆子里的面都快发得流出来了，她洗了手挽起袖子，满怀信心地和面蒸馍馍。发面稀了加面，面加多了加水，不是干得揉不拢，就是稀得到处流，魏秀娥实在没办法，喊昶芸过来帮忙，最后一共蒸了三笼屉馍馍，只能晒风干馍馍，带着路上吃。

谢国回来后，心里忐忑不安，不敢和母亲开口。老段把打的四只野兔子收拾干净给谢国带到路上吃，老段婆娘帮着魏秀娥整理行装，特意烧了十几个香豆油酥馍，又托人从城里带来桃子、甜瓜、糖、花衣服给凤仪。

谢国把老段的野兔子做了风干烟熏，兔子撕了一碟子让老段下酒。老段瞧这吃法好得很，央求谢国教他婆娘做，又让谢国给他讲水浒故事，夜深了就一个炕上睡。

临走前一天晚上，魏秀娥拿出四块大洋，让谢国给老段送过去，以表谢意。

谢国向老段表达了谢意，又说："老段哥，我的凤仪就托付给你了。我这心里割舍不下啊！"

老段拍着胸脯说道："这钱我是不好意思要的。凤仪在我这里你放一百个心，远近谁不知道我老段？等你过来接凤仪，绝对一根头发都少不了。"

"拜托老段哥，好好待我的凤仪，我这辈子都忘不了。"

第二天早晨装好车，老段一个人出来和他们告别。魏秀娥再次诚恳地感谢老段，谢国惴惴不安地喊母亲启程，魏秀娥喊凤仪赶紧出发，喊了又喊也不见凤仪，魏秀娥纳闷："这娃从来不乱走的，今天到哪里去了？"

谢国这才鼓起勇气对母亲说："凤仪让她姨领上去老段亲戚家去了。"

魏秀娥惊慌失措地说："你说的啥？"

"娘，眼看就要下雪了，带上她多受罪，老段哥喜欢凤仪，就让凤仪跟老段两口子玩耍上些日子，等我们过来再领回去。"谢国低着头解释道。

"你？不行，赶快给我找回来。"魏秀娥气得头都要炸了。

"娘，我都答应了，人也走了。回来不是一样的吗？"

魏秀娥流着泪说："谁答应都不行，凤仪是妈的命啊，快去给我领回来。"

老段提着两只风干鸡过来，问："谢大妈，这是咋的了？"

魏秀娥对老段说："他段叔，求你把我的凤仪领回来，我孙女离不开我啊。"

"谢大妈，你还信不过我？路上苦得很，凤仪受罪啊。等你们返回来，在我这里住上几天，欢欢喜喜领上孩子回家去。"

魏秀娥抹着泪说道："凤仪离不开我，哭都哭死了。"

谢国见母亲难过，试探着说："老段哥，不行就听我娘的？"

"我婆娘这阵子走远了，谢大妈，凤仪在我这里你放心，我们和你一样疼她。就是怕她见你们不在心里不好受，才让我婆娘领上出去多玩几天。"

魏秀娥不依，老段好话说尽。谢国心里内疚，不敢出声。屈昶芸陪着婆婆流泪，凤仪就像她的娃一样，大哥这样做实在不像话。魏秀娥不甘心就这样糊里糊涂地走了，老段不动，谢国不说话，看来孩子今天是回不来了。

谢国像犯了罪一样，说："都是儿子不好，没跟娘商量。你就原谅儿子一次，给儿子一点面子，到了古城子见了二弟，我就来接凤仪，以后再也不敢这样了。"

魏秀娥无可奈何地说道："儿啊，你只有这一个闺女了，不能有一点闪失啊，你媳妇在天上看着呢！"

"娘，都是儿的错，老段家我们住了这些日子，他们人好着呢，你就放心吧。"

见谢国不再提要回孩子，老段也开口说道："谢大妈，你们不是要搭伴走吗？今天过来了好些商队去古城子、迪化，你们跟上走安全些。"

谢国对母亲说："娘，快走吧，不会有事的。"

魏秀娥迫不得已地对老段说："我把孙女托付给你，我孙女好，我这一辈子感谢你。我孙女没有跟过别人，她嘴上不说，心里面明白得很，她要是不愿意，千万别打她。我二儿子是连长，性格暴得很，好就好，不好我就难说了。"

谢国心里好不后悔，含着泪说："老段哥，拜托，多多拜托了。"

老段打包票："你们只管放心，回来你们就知道了。"

魏秀娥从车窗探出头来对老段说："我们尽快来接凤仪，拜托了！"

165

魏秀娥一行人提前三天到达古城子东门，找了一家客栈住下。第二天太阳升起来，谢国去东门等屈婶，太阳越过城头，就看见屈婶领着文武向他走来了，两人面色好不憔悴。

他几步赶上去说："屈婶，你来了。"

屈婶说："天天都盼你们来，天天都来这里，怕你们来早了，见不上人也急人得很。"

谢国领着屈婶来到客栈，屈昶芸正在晾尿片子，见母亲来了高兴地说："娘，想死我了。"

屈婶拉着大闺女的手百感交集，说："死里逃生，能见上面，娘觉得比什么都值。"

"亲家母，今日相见恍若隔世，我的儿可好？昶芳呢？"魏秀娥抱着菩萨保出来相见。

"亲家母，一言难尽啊。城破了，谢顺被马仲英部抓去当电话兵，再也没见上面。昶芳嫁人了。"屈婶把菩萨保接过来，问，"是儿子还是女娃？"

魏秀娥说："闺女好，长大了孝顺。"

进了屋，昶芸上了茶、香豆子烤馍，屈婶一五一十地把到古城子后的情况说给他们听。魏秀娥听得惊心动魄，既担心谢顺，又心疼昶芳。

屈婶认命地说："这是老天的安排，你看城里的房子毁了多少，哈密来的死伤、失踪无数，我们却好好的。亲家母，你说这不是菩萨保佑是什么？"

魏秀娥说："亲家母，钱家住不下去，我们找个地方一块儿住，等谢顺回来我们就回家。"

"见上你们了，我心就定了，我在迪化有个姐姐，已经联系上了，我姐让我快快过去相见。你们来了，我赶紧过去见上一面，也算是了却我父母的心愿。咱们现在赶快有个地方住下，我让昶芳来认个门，有了谢顺的消息昶芳会告诉你的。"

魏秀娥说："亲家母说得极是，如今住的地方好找吗？"

"前几天我请钱亲家帮忙，他在他家不远处说好了两间房子，你去看了要愿意就住下。亲家母，凤仪呢？"

说到了凤仪，魏秀娥心中一痛，说："让我那个糊涂的大儿子寄放到奎苏的老段家了，我这个心悬着呢，等见到了谢顺，就立刻接上我的孙女回老家去，这个地方我怎么能住得安心啊！"

"行，我们一起回老家，现在赶紧看房子去。"

谢国结了店钱，赶上车去看房子。落难之人，有个遮风挡雨的地方就不错了，付了一月的房钱就住了下来。屈婶领着昶芳夫妻来认门，魏秀娥看钱有福高高大大的，又护着昶芳，劝道："啥人有啥命呢，有病好好治，有了儿子就好了。"

下雪了，屈婶过来和魏秀娥说："钱亲家帮着找好了去迪化的伴儿，后天要走了。"

魏秀娥第二天买了礼品和昶芸一起拜访了钱仁义家，第三日把屈婶送上了去迪化的路。

166

魏秀娥虚弱不堪虔诚礼佛，她不相信老天会这样无情，她要等二儿子回来、要接回孙女儿凤仪。

谢国自从把唯一的女儿凤仪托付给老段就心神不宁，常常暗自流泪，但在母亲面前他又不敢流露出来。到古城子后不久，母亲就要他去把凤仪接回来，他不放心把母亲和弟媳母女留在陌生的地方，想等二弟回来再去接凤仪。

这一日，魏秀娥心神不宁，她对昶芸说："二媳妇，我总感觉谢顺今天会回来，这种感觉特别强烈。"

屈昶芸说："娘，我听见大哥刚刚回来。"

魏秀娥连鞋都顾不得穿，就急急忙忙要往外走。昶芸赶忙把婆婆拉住说："娘，先穿上鞋。"

魏秀娥穿上鞋出了门喊谢国一起去东门等谢顺，谢国将信将疑地跟着出门。屈昶芸抱着菩萨保，拿着帽子、围巾也赶了上来给婆婆围上。祖孙三代一同向东门赶去。出了东门，一个熟悉的身影走进了他们的视野。

"我的儿啊！"魏秀娥激动地喊了出来。

谢国大声地呼喊着："二弟，你终于回来了！"

屈昶芸泪光闪闪。

谢顺走到母亲面前跪下说："娘啊，儿子回来晚了。"

魏秀娥激动得站不稳了，谢顺抱住母亲，一家人回家去。魏秀娥心力透支太多，无力操劳，只能静养。二儿子回来了，可宝贝孙女凤仪还流落在外。在谢顺回来的第三天，谢国准备去老段家接凤仪。想着母亲和弟媳母子回程要用车，决定找个驼队跟着一起去。屈昶芸给凤仪做了全套里外三层新棉衣、内衣、罩衣、帽子、手套、鞋，魏秀娥给大儿子带了足够的盘缠。准备妥当，谢国即将启程。谢顺打算等大哥走后去卖羊肉，等岳母回来，母亲的身体好了，一起回家。

167

谢顺每天早晨到市场上去买羊，拉回来在院子里宰了，羊棒子留着给母亲和媳妇炖着吃。推着独轮车走街串巷，买羊肉的还送一段血肠，生意也算红火。

眼看到了新年，魏秀娥身体渐渐恢复，只是大儿子和屈婶都没有消息，屈昶芳也很久没有过来了。她让谢顺准备了一只羊后腿、两瓶酒、两包点心，她和昶芸跟着一起去钱家打听消息。谢顺赶上车，来到钱仁义的杂货铺旁停下车，进了铺子。

钱仁义第一眼没认出是戴草帽蓄胡子的谢顺，待谢顺开了口才反应过来，于是对着后院喊："当家的，来人了。"

钱太太身着紫缎子旗袍，挽了个髻儿，懒懒地说："谁啊？我要打牌呢。"

"昶芳娘家来人了！"

钱太太到前面来相见，客套地说："要不是你派人挖地洞，吓都把我吓死了。哎呀，你这个样子我都认不出来了。"

众人寒暄一番，谢顺奉上礼物，说明了来意。屈昶芳说："我还以为娘跟谢大妈有联系呢，盼着从谢大妈那里了解些我娘的情况呢。"

屈昶芳上了茶，又上了一盘点心，准备去做饭，问婆婆："娘，今天做什么？"

钱太太有些不快地说："兵荒马乱的，生意不好做，日子不好过。"

魏秀娥听懂了钱太太的意思，说："我亲家母回来，我们就准备回了。她家里有地、有房子，过日子没问题。"

钱太太掩嘴笑笑："今天就吃面。"

魏秀娥推说家里有事要走，屈昶芳不同意，说："谢大妈好不容易来一次，连个话还没好好说，一定得吃了再走。"

屈昶芸想和妹妹说说话，也劝道："娘，菩萨保睡了。我同妹妹做面去，等孩子醒了咱再走吧。"

屈昶芸同昶芳来到厨房，昶芳挽起袖子和面，昶芸见昶芳胳膊上青伤红印的，再看脖子上也有，问道："二妹这是怎么搞的？"

屈昶芳不知怎么开口，屈昶芸问："是不是你婆婆？"

"也有，不过我那位狂起来又咬又掐的，我也习惯了。"

屈昶芸心疼地说："看你瘦的，膘都长到你婆婆身上了，多吃些、吃好些。"

"大姐小声点，让我婆婆听见就坏了。姐，我看你气色不错。"

"你姐夫回来以后，天天用羊棒子补。你男人对你怎样？"

屈昶芳说："好呢，高兴了啥都依。"

"你公公呢？"

屈昶芳悄悄地说："怕老婆。"

话刚落音，就听见有福问："谁怕老婆？"

有福和大姐打了招呼，又说道："我刚回来，有事跟昶芳商量，完了再来陪大姐。"

屈昶芸说："你们商量去，做饭有我就行了。"

有福立马拉上昶芳就进了屋，正做得神魂颠倒之际，他往后一仰又抽上了。屈昶芳赶快穿上衣服跑了出来喊婆婆，钱太太上去就是两个耳光："小娼妇，青天白日的就卖上了。我儿子要有事，就把你卖到窑子里去。"

婆媳二人配合默契，鼻插柳枝，手按穴位。钱有福回转过来，钱太太这才松了一口气，对着昶芳骂："小娼妇！"

钱家这般，魏秀娥向钱太太告辞，准备要回了。

"你不是在打我的脸吗？"钱太太一脸不高兴，转身走了。

屈昶芳哀求道："谢大妈吃了再走，行吗？"

屈昶芸抚摸着昶芳刚被打过的脸问："疼不疼？"

屈昶芳捂着脸说："没啥事。"

屈昶芸接着说："妹夫的病要抓紧看呢。"

"看遍了郎中，都说这个病不除根，好好调理也许哪一天就好了，听天由命吧。"

屈昶芸不好意思地说："妹，那就注意些……"

"姐，由不得我啊，婆婆这样。要是把男人惹下了，我的日子可怎么过？"屈昶芳哭了。

这顿饭吃得很沉闷，魏秀娥告辞回家，屈昶芳扶着魏秀娥说："有了我娘的消息，一定要告诉我。谢大妈，你走以前一定要告诉我。姐夫、大姐一定要来啊。"

谢顺说："没问题，我过来的时候给你带些你姐做的血肠子。"

屈昶芸拉着昶芳的手说："有啥事告诉你大姐夫，我有这个小人儿，脱不开身啊。你有时间就过来，姐有许多话要跟你说呢。"

屈昶芳为难地说："婆婆看得紧，不经过她同意不能出门。"

屈昶芸对谢顺说："你给想想办法。"

屈昶芳说："不知我婆婆给不给大姐夫面子了。"

屈昶芸安慰道："你姐夫有办法。"

屈昶芳满怀希望地对谢顺说："大姐夫，你可记住啊。"

"嗯，我想办法。"

没过几日，谢顺卖羊肉路过钱仁义的铺子给钱家送些羊肉、羊血肠，对钱仁义说："叔，我娘准备要走了，你让我妹子昶芳过来说说话吧，这一别不知道何年何月才能见上呢。"

过了不久，午饭后屈昶芳就高高兴兴地过来了，赶在晚饭以前回去做饭。

168

谢国随着驼队去接凤仪，一路上思绪万千。这时的奎苏蓝天如洗，白云如绣。谢国背上褡裢向老段家跑去，老段家门关着，他一边敲一边喊："老段哥开门，我是谢国。"过了一会儿，才听见走路声。老段打开门，身上披的还是那件老旧的羊皮袄，驴脸像锅底一样黑，蔫头耷脑地抽着烟，对他并没有以往的热情。

"老段哥你咋了？我是来接我的凤仪的，给你带了旱烟、好酒。"

"凤仪、凤仪，爹爹来接你了。"谢国喊着凤仪向屋里跑去，找了一圈没见着人，出来问老段，"我的凤仪呢？是不是段嫂领上凤仪出去了？"

老段低着头抽烟，不开口。

谢国急了："你说啊，我的凤仪在哪里？"

"你……你咋才来？"老段把烟锅里的烟在鞋底上磕掉，"你走以后，我天天盼你过来，你咋才来？我对不起你啊。"说完嗷嗷哭起来。

谢国的头好像要炸了，疯了一样拽着老段吼："你说，说！我的凤仪去哪里了？"

老段支支吾吾："我对不起你啊，我那该死的婆娘领着凤仪到亲戚家去玩，她跟着……跟着亲戚家的娃娃出去玩……"

"然后呢？"

"挖达子萝卜吃，吃上了断肠草。"

"什么？"

"毒死了……"

"你骗人，哄我呢，是不是？"谢国不相信，凤仪从来不吃没吃过的东西，怎么会去挖什么达子萝卜吃。

老段哭着说："你打死我吧，一命偿一命，我那个婆娘让我打坏了，我真想让她给凤仪偿命呢。"

"她人呢？我要亲口问问她！"

"今天是凤仪的七七，她去给凤仪送钱去了。"

"不是的！"谢国松开老段，把里里外外找了个遍，不停地呼唤着凤仪，没有人回应他。

"你领我去，我的凤仪埋在哪里？我活要见人死要见尸。"谢国拖着老段要出门去找。

"是她亲戚家的人埋的，我们也不知道。"老段一动不动。

"领我去找你婆娘。"

"到哪里烧纸去了，我也没问，过一会儿就回来了。"

谢国无计可施，只能等老段婆娘回来。等到了天黑，老段的婆娘回来了，回话一模一样，谢国忽然眼前一黑，栽倒在地，不省人事。

169

谢国在老段家昏迷不醒，迷糊中一直喊着要去找凤仪。老段吓坏了，要是谢国就这么死在他家，谢家岂能善罢甘休？老段考虑再三，下了决心要把谢国送回去。老段套上车，铺上毡，给谢国盖上棉被，沿着崎岖的山路要把谢国送回哈密。上了天山庙，谢国没了动静，他心里焦急，想把谢国扔到松林里跑掉，反正狼会把他吃得干干净净，不会留下痕迹。

这时，谢国突然说起胡话："凤仪，爹找你找得好苦啊！原来你跟你妈在一起……思怡我过河去，我们永不分离……我要淹死了。"

老段这才放下心来，继续往哈密去。他记得谢国说过，二弟谢顺是邮电局的，本打算将人送到邮电局，又怕被邮电局的人记住他的模样，心一横，把谢国放在城门前，吆上车头也不回地跑了。

一个摇摇晃晃的光头，在淡淡的月光中发亮。他刚刚给过夜生活的老爷做了一桌丰盛的好菜，领了赏钱喜滋滋地回家去。突然他一脚踩着一堆软乎乎的东西，往前一倒，正好压在谢国身上。

"好狗不挡路。"这光头骂骂咧咧爬起来，抬脚要踢。

只听地上的人嘟囔一句："啊，压死我了！"

光头竟觉得这人说话声音有些熟悉，酒意立刻去了一半，开口问："你是？"

只听这人答非所问："老段，你还我凤仪。"

光头蹲下细细看，大吃一惊："天啊！你不是谢老大，怎么躺在这里？起来起来。"谢国没有反应，他拍着谢国的脸，此时谢国浑身滚烫。"老大，我是老胡，你怎么了？"

路克病医生出诊回来，见一个叫、一个不起，便停下来。"哎呀，酒气呛人呢，这是谁啥？天寒地冻，咋半夜三更睡到这里了？"

胡师傅一把将路克病拉过来，说："路大夫，这是谢文元的大儿子谢国，想是从古城子回来的，也不知咋的成了这样子。"

路克病摸了谢国的头，又号了脉说："病得不轻，赶紧弄回去，迟了就不好了。"

胡师傅背着谢国，来到自己的家。他家离得不远，就在城南的顺城巷。院子窄窄的，他住的房子不大，炕就挨着门，乱七八糟埋里埋汰的。

路克病开了方子，连夜抓药、煎药让谢国喝了，又嘱咐胡师傅用冷毛巾给谢国敷上。胡师傅的毛巾像个油麻花似的，他敷了几次不耐烦起来，干脆把谢国的脑袋弄出炕沿，头下放个脸盆，用葫芦瓢往脑门子上盖着的毛巾上不停地浇水。几次下来，谢国忽然叫起来："淹死我也！"

胡师傅这才停下手中的活儿，说："谢老大，你的这条小命又回来了。"

谢国挣扎着说："胡师傅，我咋到你这里的？"

胡师傅说："谢老大，你躺在城门前差点绊死我，我和路大夫把你弄回来的，要不是我们俩，你怕是上了奈何桥了！"

谢国放声大哭："胡师傅，我的命好苦啊！"

胡师傅端了药给他，哄着他吃了药，安置他睡下，自己倒头就睡，鼾声大起。谢国哪里睡得着，恓恓惶惶直到天亮。胡师傅睁开眼睛见他哭哭啼啼，说："有什么大不了的，看你那个尿样子。"

"我活不成了，我的凤仪没有了。"

胡师傅问："走的时候是一大家子，怎么就回来你一个，到底怎么回事？"

谢国把事情的来龙去脉说给胡师傅听，胡师傅听罢骂道："谢老大，你的书都读到狗肚子里去了！"

在胡师傅家养了几日，谢国就到谢顺家去，正好跟卢工头碰了个照面。

卢工头见到他问："老大，咋就回来你一个？"

谢国眼泪汪汪地和卢工头说了事情原委，卢工头劝道："老大，人得认命，这仗打的，死的人多了去了，去的回来了多少？那都就不活了？你要死要活的，你娘咋办？你得好好给咱活下去，没有过不去的坎儿。你们走后孔先生家就着了大火，孔先生也走了，我把谢顺家的钥匙给你，你就住他那儿，吃饭先在我家凑合。"

谢国不愿意住在二弟的正房里，厨房有炕，他就在厨房安顿下来。第二天，他去了县府，单位已经没有他的位置了。谢国心情郁闷，想找个工作，却不知不觉到了一家烟馆门口。

浓妆艳抹的老板娘见谢国长袍马褂，气度不凡，却是魂不守舍的样子，便走上前，连哄带拽地让谢国躺在炕上，随那摄魂的青烟飘了起来。

170

谢顺见母亲的身体一天一天好起来，打算带着一家老小回家去。魏秀娥和昶芸思家心切，归心似箭，可与屈婶约好了一起回去，现在没有她的消息，于是谢顺决定先去迪化接上岳母和文武，顺便看看谢芳。

出发之前，谢顺带着一家老小去钱家和昶芳辞行，进门就给钱太太送了半只羊，钱太太客客气气地喊昶芳出来。昶芳从厨房跑出来，拉着魏秀娥的手说："谢大妈，你可想死我啦。"

魏秀娥说："我也想你，这么长时间不见你了，我们准备回了，你娘有信儿吗？"

钱太太插话说："我本来打算这几天多拿些东西去看望你们，你们什么时候走？"

魏秀娥说："就这两天，联系好了伴儿就走。"

屈昶芳听魏秀娥要走了，眼泪汪汪地说："去哪里？谢大妈你们走了，我可咋办呢？"

"去迪化接上你娘和弟弟，看看谢芳我们就回了，你大姐夫急着回邮电局上班去。昶芳啊，好好过日子，一切都会好起来的。"魏秀娥知道昶芳的处境，担心得很，可是又无计可施。

"没眼色，大冷的天还不请客人屋里坐下喝茶。"钱太太一脸嫌弃地对昶芳说道。一众人这才进了屋，昶芳上了茶，钱太太又让上了点心，热情地和魏秀娥拉家常："说起来我们也是亲戚呢，我听昶芳说你家是祖传的中医，家大业大，你是农官的千金，男人是大清的秀才。大家闺秀就是不一样。"

魏秀娥说："都是过去的事了，他钱婶，我的昶芳还小，有不当的地方还烦请你耐心指教呢，昶芳就托付给你了，老了你们也有个指望不是。"

钱太太有些不快地说："我就一个儿子，媳妇是我千挑万选的，我们家的一切还都不是他们的，调教好了能兴家，调教不出来则断后。我们就盼着抱孙子呢，偏就一点动静都没有。"

魏秀娥说："我们家是行医的，生儿育女之事，首先要把母体调养好！"

钱太太横了一眼昶芳，说："听见了没有？快去准备饭，今天吃羊肉焖饼子，我与谢夫人说说生孙子的事。"

魏秀娥婉拒了钱太太留饭："要走了，好些事等着呢，多多见谅。传宗接代自有定数，我们做长辈的行善积德才能福荫子孙。你说对吧？"

钱太太说："我可是求神拜佛、敬天敬地，把媳妇当闺女待呢，要给我们家添丁，这个家可指着她了！"

谢顺知道钱太太难缠，临走前说道："妹子是我看着长大的，她的事就是我的事，我能做到的绝不含糊。"

钱太太听出谢顺话中有话，不高兴地说："我男人到迪化进货去了，我忙不过来，就不留你们了。教训起老娘来了，这个家我说了算。"说完一扭屁股走了。

魏秀娥担心地对昶芳说："这不把祸给你惹下了。你姐夫也是，不该说的不能说啊。"

昶芳可怜兮兮地说："谢大妈，没事，我姐夫给我壮胆呢，我快快做，吃了再走吧。"

谢顺说有些账要收，带着母亲和媳妇孩子就要走。魏秀娥出了门又对屋里大声说道："他钱婶，得罪之处，请多多见谅，我们告辞了。"

"走好。"钱太太敷衍地答了一句，又开始吼昶芳，"还不做饭去，要饿死我啊！"

魏秀娥摸摸昶芳的头，劝道："听话，快去给你婆婆焖饼子去。"

171

回到家，屈昶芸把没卖的肉一锅焖了饼子，正准备吃饭，屈昶芳气喘吁吁地跑了进来。

魏秀娥心疼地说："这妮子急啥呢？"

昶芳说："我怎么求婆婆都不点头，趁她打牌去了，求我男人同意，我就来了。"

魏秀娥问："回去不会有事吧？"

"管他呢，谢大妈要走了，我一定要来呢。"

屈昶芸把一大盘羊肉焖饼端上桌，屈昶芳说："我姐的羊肉焖饼子好看又解馋。"

魏秀娥拉了昶芳上炕吃饭，屈昶芳问："我大姐夫呢？"

魏秀娥说："你大姐夫就要走了，明天一早动身，他去给老主户道个别，人家都挺照顾他的。"

屈昶芳便喊姐姐一块儿吃，屈昶芸要给孩子喂奶，让婆婆和妹妹先吃。她俩在炕上边吃边聊，魏秀娥最是担心昶芳在婆家不好过，交代道："把握住分寸，有了娃啊，就稳了。"

屈昶芳红着脸说："我男人那么强壮，怎么就怀不上呢？"

"一是机缘没到；二是要你男人养精蓄锐。"

"我那口子就是听不进去，犯了病能把人吓死。"

屈昶芸问："娘，你不是说舅舅能治吗？"

想起了哥哥，魏秀娥心如刀绞，她说："远水解不了近渴啊！"

"回去让开个方子寄来能成吗？"

"中医讲究对症下药，不敢乱开方子的。"

昶芳说："都是这个病有啥不敢的？"

魏秀娥说："体质症状不同，用药也不同，人命关天的事，岂能这般草率！"

饭后魏秀娥收拾东西，让她姐妹亲热亲热。

"二妹，我们这一回，不知能不能再见上，有我在，娘和弟弟你放心。你自己多保重，公婆面前眼尖手勤，把男人伺候好，生儿育女，好好过日子，我们就少操心些。"昶芸实在不放心昶芳一个人在这里，更何况还有这样苛刻的公婆。

屈昶芳替姐姐抹去泪，说道："大姐放心，如今我也明白了，知道怎么能讨好呢。有福人不错，高兴了给我点体己钱，我都存着呢。"她从怀里掏出一个花手帕，打开了是一沓零钱。"我也没处花，没来得及换整，大姐你带上。母亲养我们不容易，谢大妈对我们家有恩，这点钱就算是我的一点点心意吧。"

魏秀娥听见了说："钱你留着，需要的时候用。"

"谢大妈，我放着要是叫婆婆看见了是个祸害，有福的钱是他妈给的零花钱。"

魏秀娥想想也是，对昶芸说道："那就凑整了给你娘，也是昶芳的一片孝心。"

屈昶芸左右为难地说："娘啊，咱家的钱也是我管着呢，这……"

魏秀娥说："一家人不说两家话，没事儿！"

姐妹之间又说了些体己话，太阳已经下房了。魏秀娥怕昶芳回去晚了来不及做饭被婆婆骂，催她赶紧回去。屈昶芳说："谢大妈，你们明天就要走了，我就顾不得送你们了。"

话音刚落，就听见钱有福在院里喊："谢大妈，在吗？"

屈昶芳迎了出来说："哎，我在这里呢。"

小两口进了屋，钱有福说："我跟我爹从迪化进货回来，听昶芳说谢大妈要走了，整理好了就赶紧过来了。谢大妈、大姐，还有没有什么需要的？我想办法。"

魏秀娥说："什么都不缺。路上平安吗？"

钱有福说："好着呢。"

魏秀娥问："有福，咱昶芳漂亮能干吧？"

钱有福龇着牙笑着点头。

"昶芳夸你是好人，你俩是前世修来的姻缘，大妈愿你们一生幸福平安。"

钱有福知道谢大妈是放心不下昶芳，说道："我会对她好的！谢大妈、大姐，你们来了这么久，我也没有个表示，不好意思啊。"

魏秀娥说："你对昶芳好，就是最好的表示了。你快领着她回去，别让你娘寻着昶芳的不是。"

钱有福从兜里拿出一个小钱袋，说："谢大妈、大姐，我也没有什么，这点钱你们拿上路上花。"

"好孩子，你们俩的心意大妈知道，这钱你们自己用吧。"

钱有福说："这是我自己的，一定得收下。"

屈昶芳说："大妈，收下吧。"

魏秀娥拿了一半，说："剩下的你们留着零花，不要争了，回去吧，晚了我不放心。"魏秀娥鼻子一酸，眼泪就忍不住了。

屈昶芸也哭得转过身去，屈昶芳哭得说不出话来。

钱有福牵着昶芳告别："大妈、大姐，我们回了，一路平安。"

172

魏秀娥到了迪化，大雪纷纷扬扬，下了足有半尺深，屋顶上的雪积得老高，屋檐上垂着冰溜子。北风像蘸了盐的鞭子打在脸上，谢顺的脸几乎失去了知觉，魏秀娥和昶芸在车上也冻得不行。谢顺在红山附近找了一家客栈安顿下来，一家人就着热茶吃了些干粮，谢顺见时候还早便要去邮电局找妹夫。他边走边问，这个地方果然非同寻常，浓浓的异域风情让他眼花缭乱。他顺利找到了市邮电局，向门卫打听："请问汤天山先生在这里上班吗？"

汤天山在局子里小有名气，门卫说："邮政上有个汤天山先生，不知道是不是你找的。"

谢顺说："就是他，我是哈密邮电局的，他是我妹夫，我们一家来看望他的。"

"你来的不是时候，正好是午饭时间，恐怕都回家吃饭了，我又不知道他住哪里，还得有一个多小时才上班呢。"门卫请他进来避避风，谢顺怕影响他工作，便先告辞了。

谢顺在附近逛着，过了一会儿，他望见有人上班了，赶紧过来在门口等候，老远就看见汤天山骑着自行车过来，忙小跑过去，喊道："天山！"

汤天山下了自行车，没有认出来这个戴毡帽、留着胡子的人，迟疑地说："你找错人了吧？"

谢顺摘了帽子说："我是谢芳的二哥谢顺啊，不认识了？"

汤天山认真看了，说："二哥，你这个样子谁认得出来？"

谢顺说："这样好，麻大少。"

汤天山问："岳母也来了？怎么天寒地冻的来到这里？"

谢顺解释说："民团奉命保卫古城子，我母亲和我岳母怕家人遭马仲英报复，也跟到古城子。"

"听说哈密民团是最惨的，你们怎么这时候才过来？"

"一言难尽，我们来迪化接上我岳母，看看你们就回去了，我也急着回去上班去。"

汤天山赶着去开会，对谢顺说："二哥，你们住在哪里？我下了班去看你们。"

　　"我们住在红山附近的平安客栈，等你下了班天都快黑了。这样吧，等你下班了我过来与你一同回去认下门，明天我再带着娘去看谢芳，不耽误你上班。我现在回去告诉娘找着你们了。"

　　二人说好后，汤天山去上班，谢顺回到客栈把见到汤天山的消息告诉母亲，又回到邮电局等汤天山下班。等人的滋味不好受，太阳早早地落山了，天又下起了雪，天将黑时才见汤天山走了出来。汤天山见他满身是雪，埋怨道："什么时候到的？也不让门卫给我打个电话，去办公室里找我。"

　　"刚来一会儿，不想打扰你做事。"

　　下雪路滑，汤天山叫了黄包车，谢顺不愿意在这样一个大雪天里让一个比他大的人拉着他跑，不肯上车，拉车的人求道："兄弟上来吧，我能多挣些。"

　　谢顺心中不安地坐在车上，还好雪停了月亮出来了，又是一路下坡。不一会儿，一排一排米黄色的平房进入眼帘，谢芳拿着小笤帚迎了上来，一眼就认出了二哥，喜极而泣。

　　汤天山说："就让人站着？"

　　谢芳赶紧轻轻地给汤天山从上到脚扫一遍，汤天山在进门的门房换了拖鞋，进了住房挂好貂皮帽子、围巾，脱了大衣，谢芳往脸盆里兑好热水，伺候好丈夫，这才出来招呼二哥。

　　"我自己来。"谢顺接过小笤帚，自己扫了，换上谢芳准备好的棉拖鞋，这才进了屋。

　　谢芳给丈夫和二哥上了香片茶，谢顺认了门准备走，对小妹说："地方我知道了，别让娘等急了，我先回吧。"

　　"要开饭了，哪里有不吃饭的道理，这里坐。"汤天山留他吃饭，请他入座。

　　谢芳说："二哥，先吃点菜、喝点酒，饭说话就好。"

　　八仙桌上有常备的油泼辣子、酱菜丝、豆腐乳、酱油、醋，器皿都很精致。谢芳上了三个小盘凉菜、一盘五香花生、一盘熏马肠、一盘凉拌三丝、一个热菜醋熘土豆丝、一瓶天池白酒。

　　谢芳把酒斟上，问丈夫："饭上不上？"

　　汤天山说："菜还没动呢，等一会儿吧。"

　　谢顺喝了三杯，脸就红了，停下说："我不喝了，我娘等着呢。"

　　汤天山说："那就上饭。"

　　晚饭是羊肉揪片子，揪得指甲盖儿大，配菜有红白萝卜、豆腐丁、几片木耳、少许黄花，面滑汤清。

　　谢顺当长工拉骆驼养成的习惯，一老碗解决问题，今天的小瓷碗只有拳头大小，吃了三碗就不好意思再加了。汤天山吃饭像数数儿似的，谢芳谨慎小心地伺候左右。

汤天山吃了一小碗，谢芳伺候漱了口，端上苹果，续上水。他嚼着五香花生米问："岳母明天什么时候来？"

谢顺说："地方我知道了，明天你上你的班，谢芳在家就行了。"

汤天山说："你看我这个地方也没法住，不好意思了。"

一直看着男人眼色的谢芳在一旁小心翼翼地插话："娘来了住在外面不好吧。"

汤天山说："这也是没办法的事。"

"邻居家有一间闲房，有炕，我去说好了，让我娘住，行吗？"

汤天山有些尴尬地说："能行。"

谢顺说："不要为难，我们接上我岳母就回去。"

汤天山客气地告罪："明天我要上班，就不能陪你们了，对不住！"

173

第二天早晨，魏秀娥急着要见老杆子闺女谢芳，催着谢顺办好客栈的手续，赶着马车来到谢芳家。

谢芳眼巴巴地在大门口等着母亲，看见二哥吆着自家的马车来了，迎了上来："我的娘啊，女儿不孝。"一时间，三个女人都泪流满面。

魏秀娥牵着女儿的手说："娘总算活着见到我的小闺女了。"

谢芳带着娘和哥哥嫂子来到向邻居借的房子里，她早已收拾得干干净净，炕也烧得热热的，壶里的开水冒着热气，谢顺问："小妹啊，你什么时候收拾好的？"

谢芳说："昨天晚上二哥走了，和邻居说好了就拾掇出来了。"她看着二嫂抱着奶娃娃，问道："嫂子，是个闺女吧？"

昶芸说："是的。"

魏秀娥说："头胎生闺女好，干家务、带弟弟的事男娃可不行！"

谢芳想起了苦命的大姐、二姐，和母亲一起又是一阵伤心，谢顺看母亲和妹妹难过，赶忙转移她们的注意力，喊大家一块搬东西。

没一会儿就拾掇好了，魏秀娥问："天山几点下班？"

谢芳说："两点，有应酬就说不准了。"

魏秀娥嘱咐女儿："小女婿是干大事的，你可要伺候好，不要让他为家事操心。"

谢顺昨天见过了谢芳对汤天山的态度，说道："小妹像伺候主子一样伺候他，要是我，可承受不起。"

魏秀娥看出她的老杆子闺女长大了，便说："赶紧生个娃就好了。"

"去年怀了六个月的宝贝儿子——没保住。"谢芳低头擦了泪，"不说了，娘，我们一起过去，我得准备饭去。"

"我听你二哥说，天山讲究得很，咱这么多人过去，别把家里搞乱了，惹他不痛快。"

"人家讲究得很，不睡觉，床上不能坐人，床单有点褶皱都不行，内衣天天换，天天要洗澡。不管那么多，娘，我们走。"

魏秀娥怕给女儿惹麻烦，说："闺女我们来住上几天，不能影响你，我和你二哥在这边看孩子，让你嫂子和你去准备饭。"

"娘，我们一起去说说话儿，我把婴儿床收拾好了，没关系的。"

"也行。"哪有母亲不想和女儿说贴心话的，魏秀娥便答应了。

魏秀娥和昶芸带着菩萨保一同过去，谢顺出去买草料。魏秀娥来到小女儿家，穿上闺女做的软底儿拖鞋，说："闺女，你这个家干净得让人不敢下脚。"

谢芳招呼嫂子把菩萨保放到婴儿床上，给娘和嫂子沏上茶。屈昶芸闻了闻，问："你这屋里怎么有一股药味？"

谢芳无奈地说："是医院消毒用的福尔马林，隔几天就要兑上些擦地。"

屈昶芸吃惊地说："怪不得你哥说小妹能干，光擦这个地板就得花不少精力吧。"

地下的苏联大座钟敲响了，谢芳要去做饭了，屈昶芸说："你跟娘说话，我做吧。"

"你们到之前，我都准备得差不多了。笼上蒸了四喜丸子，砂锅鸡也炖上了，把牛排煎了，做个鸡蛋炒韭黄，配上四个凉菜，炸个薯条，再做条松鼠鱼就全了。嫂子，你把马铃薯皮削干净些。"

魏秀娥听她女儿说了这么些菜，说："别做多了，剩下糟蹋了。"

"娘，这是你女婿交代的。"谢芳给嫂子拿了件白色围裙戴上，自己也戴着，姑嫂二人有说有笑地做菜。

谢顺回来了正听到两人笑得不行，问："这么高兴说谁呢？"

谢芳笑着说："女人之间的秘密不告诉你。"

谢顺问："我干些啥？"

屈昶芸说："劈些柴吧。"

谢芳拦着不让，叫二哥洗了休息一会儿，只管等着吃饭。

"你二哥还是干活痛快些。"谢顺抄起斧子就开始劈柴，都是些松木墩子，一斧子下去就成了两半。把柴劈好、码好，谢顺又要去把小妹家的菜窖整一下。

"二哥，看你头上的汗，快歇歇吧。"谢芳话都没说完，谢顺已经下地窖了。

魏秀娥心里高兴，自从战乱，她日夜提心吊胆，如今总算是看到了光明，特别是小闺女能过上这样的日子，她也放心了。

一切都准备好了，只等汤天山回来开席庆团圆，汤天山今天回来的比往日晚些。谢芳边给他扫尘边问："今天咋晚了？娘等着呢。"

汤天山说："得把手上的事干完。"

谢芳还是那套程序伺候丈夫，魏秀娥抱着菩萨保出来见小姑父，她看汤天山穿得少，关心地说："穿这么少，不冷吧？"

汤天山恭敬地回答："还好，您还好吧？"

魏秀娥说："你们好，我就好。"

汤天山又向岳母致歉："您老人家来，住得不好，我心里过意不去，要不在天山饭店定套客房？"

魏秀娥说："这就好，方便。我们接上你屈婶就准备回家，你大哥接凤仪也没个信，我心里焦急，谢顺也急着回去上班呢。"

"好不容易来了，本该留您多住些日子，把迪化该转的地方看一看，好吃的尝一尝。现在着急找屈婶，我也不好强留了。屈婶亲戚的地址有吗？"

魏秀娥说："她走的时候只说住在南梁亲戚家。"

汤天山说："那就难了，南梁一带大得很，那可是大海捞针，要不我在报纸上登个寻人启事？"

魏秀娥说："亲家又不识字，我和她说过你在邮电局，来了这么久，她也没跟你们联系上？"

谢芳说："没有。我们开饭吧？"

汤天山问："你二哥呢？等二哥来了再开饭吧！"

谢顺这时刚从窖里出来，带上一些有伤的白菜叶子说："整好了，我把这些倒到垃圾堆里就回来。"

谢芳说："二哥，你快些，就等你了。"

谢顺把垃圾倒了，谢芳给二哥扫干净，换上拖鞋，这才开始上菜。

屈昶芸要哄菩萨保，还未上桌，汤天山说："今天是我们团圆的日子，都来。"

待谢芳上了热菜，汤天山开了瓶红葡萄酒，给每人都倒上，说："这个酒绵软，岳母，您也能喝上些。"

气氛温馨，魏秀娥欣慰地说："小女婿盛情难却，都喝。"

饭是大米饭，魏秀娥一家有好久没有吃白米饭了。谢芳上来一盆鸡蛋汤，鸡蛋丝如金丝似的均匀地漂在上面，给一人盛了大半汤碗。

汤天山盯着自己汤里的一片韭黄叶问："就我的碗里有一叶？"

谢芳脸色白了："对不起，是我锅没洗干净！"

汤天山举起手里的勺子就朝谢芳砸去，额头都给弄破了，鲜血直流。魏秀娥目瞪口呆，谢顺火冒三丈："你怎么这样对待我小妹！"

谢芳挡在二哥前面说："娘，二哥，他就是这个脾气，过来就好了。"

谢顺拉着谢芳就要走："跟二哥回去。"

谢芳站着不动，说："小妹生是他的人，死是他的鬼。"

一顿团圆饭不欢而散。

174

魏秀娥彻夜难眠，坐在窗前默默无语，庆幸自己大半辈子过得幸福安稳，又忧心孩子们的不幸。谢顺在南梁一带找了三天，真是如大海捞针，毫无所获。

谢芳被砸伤后，汤天山三天没有露面。魏秀娥万万没想到，文质彬彬的小女婿，竟然脾气这么坏，嫁出去的女儿泼出去的水，当母亲的也无能为力，只能劝女儿嫁鸡随鸡嫁狗随狗，熬出来就好了。谢芳怕母亲担心，只好帮着汤天山说些好话，让母亲放心。

魏秀娥知道女人的难处，怕他们走后女儿吃亏，训斥了谢顺："你的浑劲上来不计后果，管得了一时能管得了一世？我们走了，你妹妹可就苦了，女人都是这样的，在油锅里炸，在碱水里泡。"

"娘，你这几天没好好吃东西，小妹刚端来的，热着呢，快吃些吧！"屈昶芸把谢芳端来的清炖羊肉端上来劝娘吃些。

魏秀娥心里发愁，吃不下，让儿子媳妇先睡。屈昶芸心疼婆婆，说道："娘，我们回吧，这么长时间了，说不定我娘以为我们已经回去了，自己也便回去了。我们不如回去在家里等消息，我娘记不住古城子咱住的地址，也不知道咱过来迪化了，要是送消息，定然是送回咱邮电局家里。"

"你娘领着你弟弟，我不放心啊！"当日让亲家母带着两个孩子先到古城子，已经让昶芳受苦了，现在魏秀娥是实在放心不下这孤儿寡母的。

谢顺说："明天我再去找，不行就让小妹夫登个寻人启事。"

魏秀娥说："本来以为你岳母来了就会跟谢芳联系的，我的这个亲家母啊……"

屈昶芸劝道："我娘要回去总是有办法的，我们回去知道信了，再做决定。"

"那我们就回。也不知你大哥怎样，我的凤仪好吧？我心里跟火烤一样。"

第二天，谢顺继续去打听，汤天山中午下班终于回来了。他让谢芳取出礼服换好了，像什么事也没发生过，说："我回来打个招呼，今天同事结婚，我去参加婚礼，就不在家吃了。"

魏秀娥说："我们过两天准备回了。"

"您老不要太在意了，还是多住上些天再走。"汤天山敷衍地挽留着，说完就出门赴宴去了。

"娘，我不要你走！"谢芳听母亲说要走，哪里肯依。

魏秀娥把小女儿搂着怀里说："你大哥没有音信，我心里惦记着凤仪，你大哥只有这点骨血，娘哪里还待得住啊。"

谢芳对大哥的行为很是不解："我大哥怎么这么糊涂，敢把娃托付给不知底细的人？"

屈昶芸说："大哥都是为了我们。娘，你放心不会有事的。小妹，你和娘说话，我去做拉条子。"

"我最喜欢吃嫂子做的拉条子。"谢芳为了不让娘担心，尽拣高兴的事说。

她知道娘对她挨打的事耿耿于怀，又解释了一遍："天山那天是因为局里提拔副科长的事生气，情绪不好。按组织能力、工作能力，说什么都应该是他提上去，结果却提拔了一个样样不如他的舔屁溜，心里不痛快，才把气撒在我身上，一时失了手。娘，我过得好着呢，你就别为我闹心了。"

"我的老杆子闺女成熟了，是个居家过日子的。小时候全家宠着你可娇气得很……"魏秀娥是个极为传统的女人，见小闺女如此体谅丈夫，十分欣慰。

天快黑时，谢顺一脸失望地回来了，准备明天再去另一片没去过的地方找。屈昶芸把留给他的拉条子端上来，谢顺狼吞虎咽地吃了。

屈昶芸担心地说："娘又上火了，牙疼得吃不好饭，小妹买了一大包药来。咱不找了，快些回吧。"

"娘，再住几天吧！"谢芳泪汪汪地求着娘。

"那就后天吧！"魏秀娥看着小闺女可怜兮兮的，不忍心让她失望。

临走的前一天晚上，谢芳拿来了两个包袱都是给家里人做的衣服、鞋袜，还有买的围巾、帽子。她说："嫂子，以后娘的穿戴，我一块儿做了。"

"以后不要给娘做了。你大姐、二姐做的还有得穿。闺女，娘就盼你把日子过好，伺候好男人，快生个外孙子。"

"娘，让我尽点孝心吧，娘过年时穿的衣服我来做，这总可以吧？"

屈昶芸说："小妹，听娘的，好好过日子，娘喜欢个什么我顺手就做了，一定把娘照顾得好好的。"

谢芳又拿了钱给娘带上，魏秀娥问："这么多钱你男人同意吗？"

谢芳说："这是他给的，他还说有机会带我回去看娘呢。"

魏秀娥握着女儿的手说："女婿有情有义，娘放心。"

离别的时刻还是到了，女儿女婿把魏秀娥一家送出大门，谢芳追着车哭："娘、哥，多多保重，保重啊！"

魏秀娥心里好不酸楚，把头伸出车窗喊："芳芳停下，芳芳小心摔倒了，回去回去。"

母女二人都没有料到，这竟是她们最后一面。

175

一路跋涉，终于到了哈密。魏秀娥看到了北门，谢顺说："娘，马上咱就到家了，这就看到凤仪了。"

"阿弥陀佛，菩萨保佑！"魏秀娥双手合十，虔诚地念道。车停在邮电局门前，她没下车就迫不及待地喊："宝贝，奶奶回来了！"

往常一步一个点、稳稳当当的她，此时喊着凤仪的名字，急匆匆地往家跑，可是门锁着，没有人回应她，她心里有些急了。

"娘，一定是我哥领上凤仪出去了，你别着急。"谢顺打开屋门，把东西卸了，牵着马去马厩。回来的时候路过小库房，卢工头在里面修电话，他进去打招呼。

卢工头叹了口气，说："你们咋才回来？"

谢顺进来说："我娘病了，不敢走。"

"你娘回来了没有？"

"都回来了。"

"你陪着你娘先休息几天再上班，有个事得让你娘有个心理准备呢。"卢工头在谢顺耳边小声说了凤仪的事。

谢顺心里一紧，问："卢叔，真的？！"

"唉，这还敢假。"

魏秀娥放心不下凤仪，在屋里待不住，正准备找卢工头打听，走到库房门外就听到卢工头和谢顺说让她有个心理准备，一下就紧张起来，冲进去问卢工头："他卢叔，怎么了？"

卢工头为难得很，望着谢顺不知怎么开口，犹犹豫豫地说："老嫂子，你……你可要撑住。"

"老嫂子，人咋跟命斗呢？谢国为了女儿差点没命了，能活过来都是万幸了。"卢工头还是不敢直接和魏秀娥说凤仪的事。

魏秀娥强撑着说："卢工头你说得对，请你告诉我详情。"

"谢国回来时不省人事，被人扔在北门边，是被胡师傅和路克病医生碰上救回来的，要不冻都冻死了。老大回来，我见了都不敢认了，太可怜了。哭哭啼啼地把他在奎苏的事说了，说得我都流泪呢。"

魏秀娥擦干眼泪哽咽道："卢工头，你还没告诉我，我孙女凤仪咋了？"

"老大神志不清，只知道哭，边哭边念'我的宝贝凤仪死了！凤仪等着爹，爹背着你去见妈妈哥哥，我们在一起永不分离'。"

谢顺扶住母亲，问道："卢叔，我哥他现在去哪里了？"

"十有八九在大烟馆里。"

谢顺把母亲抱回去，交给昶芸照顾，就要出门寻大哥。魏秀娥一门心思全是大儿子的安危，她不能失去了孙女，再失去儿子。千错万错都是她的错，当初就不该没找回凤仪就走，一念之差后悔一生啊！

谢顺在邮电局门口遇见满嘴酒气的胡师傅，上前打招呼。胡师傅一把拉住谢顺说："谢连长什么时候回来的？"

谢顺赶紧说："以后可不敢这样称呼，要惹祸的，以后就叫我谢顺。胡师傅救了我哥，我们要好好报答呢。胡师傅，你知道不知道我哥现在在哪里？"

"可怜的老大啊，把魂丢了，去大烟馆里找吧。"

谢顺问："哪个大烟馆？"

"算了，我也说不清楚，我领你去吧。"

胡师傅把谢顺领进北关的烟馆，谢国正被烟馆的伙计拳打脚踢，老板娘在一边骂骂咧咧："看你的倒霉样子，就知道你骗吃骗喝骗吃喝来了，今天你要不把欠账结干净，卸你一件子。"

谢国抱着头浑身哆嗦地说："别打别打，我弟弟回来一定结清。"

"你拿这话搪塞了我多少次了！给我接着打。"

"都给我住手。"谢顺大喝一声，几步就冲了上来，把伙计挡住，"欠债还钱就是，打我大哥绝对不行。"

老板娘一脸凶相，说："你就是他的弟弟吧！把账结了，你哥还是我的上宾，欠账不还，休想离开半步。"

谢国见到弟弟，羞愧难当地低着头蹲在地下。"大哥，这可是个无底洞，你太伤我们的心了。"谢顺将他拉起来，转头问老板娘，"我哥欠多少钱？"

老板娘拿出欠条，恶狠狠地说："零头抹了，三十块袁大头。"

"我身上没带钱，明天给你送来如何？"

老板娘横了一眼说道："你把人留下，还了钱领人。"

谢国像犯人似的缩到一旁，说："二弟，别管我，让他们打死倒干净了。"

"大哥，你等着我回去取钱。"谢顺安抚好大哥，对烟馆的人说，"你们给我听好了，再敢动我哥一个指头，我绝对不会善罢甘休！"

胡师傅在门口守着，对谢顺说："我看着，你快些。"

谢顺急急忙忙地到家，昶芸正在收拾房子，他在门外对她招手。屈昶芸放下手中的活出来。魏秀娥看见谢顺了，问："你大哥找见了没有？"

谢顺搪塞道："我跟昶芸有点儿事，说了就去接大哥。"

"你快些的，是不是你大哥有事了？见不上你哥，娘心里急得汤滚似的。"魏秀娥这会儿心急如焚。

"娘把心放宽，有儿子在天塌不下来。"

谢顺将屈昶芸拉到一边小声地问："你身上还有多少钱？"

"你卖羊肉的钱，刨去路上花的，还有十三块多。"

谢顺挠着头，说道："就算都给我，这也不够啊。"

屈昶芸进去把钱都拿出来给他，问："是不是大哥需要钱？"

"嘘！小声点。"谢顺生怕被娘听见。

魏秀娥见儿子媳妇鬼鬼祟祟，开门见山地问："是不是要钱？"

谢顺也想不出别的办法了，只好说了出来。魏秀娥让他把家用的钱还给昶芸，叫昶芸去把里面箱子中的小红匣子取出来。昶芸打开胡杨木的红漆木箱，把描金的小红匣子拿出来。

魏秀娥说："打开它。"

昶芸把匣子打开，里面是红纸封住的几份银元，二十块一份。

魏秀娥哽咽地说："这是我出来的时候你舅给的，你拿上去给你大哥还烟债。剩下的银元和首饰，昶芸你收着。"

谢顺明白，这是娘的老本了，说："娘，这怎么使得！"

屈昶芸也说："娘，儿媳怎么敢做这样忤逆的事？我给娘放回去。"

魏秀娥微微仰起头，不让眼泪流下来，说："就按我说的办，快拿上去把你哥接回来。"

176

魏秀娥要去上坟，谢顺给卢工头告了假。按照谢文元临终前的交代，谢文元和谢昌的坟面朝东方，望着家乡。

魏秀娥坐在谢文元的墓碑前哭得死去活来："夫君啊，你走了留下我好苦啊。这次逃难古城子，在老段家又把你的孙女凤仪弄没了。你这大儿子谢国没有男人的骨气，得过且过，还抽起大烟来。将来我有何面目去见你啊……"

"娘啊，儿子知错了，让娘这么大年龄，还为儿受罪，是我不争气，是我罪孽深重……"谢国心中满是悔意，跪在地上把头都磕出血来。

谢顺在一旁劝道："娘，大哥知道错了，你就原谅大哥一时糊涂吧。从今以后，咱们齐心合力过好日子，再也不让娘伤心了。"

魏秀娥让谢顺和昶芸去给屈芜上坟，只留了谢国在自己身边。谢国跪在爹的坟前发誓："娘，谢国今天对着爹发誓，一定重新做人，如不改过自新，天地不容。"

魏秀娥抱着大儿子大哭："儿啊，你的不幸就是娘的不幸，娘体谅你，但绝不能看着你堕落。"

谢顺两口子给屈芜烧完纸，过来接娘和大哥一起回去，魏秀娥说："娘今天不回去了，跟你爹说说话。"

谢国又跪下求娘："娘还是不相信儿子，你回去吧，让儿子在爹面前赎罪。"

"娘，万万使不得，寒冬腊月，你的身体怎么受得了？"谢顺也跪下来求娘回去，昶芸抱着孩子也跪了下来。

魏秀娥心意已决，不论孩子们怎么哀求都无动于衷。谢顺只得带着昶芸回去给娘和大哥拿衣服、毡子。屈昶芸让谢顺一个人回去拿，她要留下来陪着婆婆。

魏秀娥望着菩萨保，说："我只说一句，别冻着菩萨保。"

屈昶芸这才无可奈何地跟谢顺回家。谢顺拿上防寒的又赶来陪娘。庄子上屈家的亲戚听说魏秀娥回来上坟，纷纷过来请她去家里，魏秀娥婉言谢绝了大家的好意。吴上元叫上谢顺去他家，二人背着柴过来生上火，一起陪着魏秀娥。

谢国是有定性的，他决心戒烟，让娘把他锁在厨房。浑身疼得像蚂蚁咬骨髓，嘴唇咬破了，他都不肯大喊大叫。几经磨难，他终于熬了过来，戒了烟。

177

一九三四年一月十二日，马仲英部包围了迪化，打响了进攻迪化的战役。他封锁了迪化通往外部的道路，攻占了迪化周围的重要据点，不停地派飞机在迪化上空散发打倒盛世才的传单，进行轰炸。

当时逃往迪化避难的难民不在少数，加上居民、军队，天寒地冻，吃、住、取暖都成了极大的问题。虽然实行了战时管制，但僧多肉少，物价飞涨，有钱也买不到食物。

屈妍是逃难来的，却又一次陷入绝望之中。这一天晚上大雪纷飞，枪炮声停了，没有粮、没有火，屈妍悲痛万分地搂着文武以体温给儿子取暖。她听见有人敲门，战战兢兢地问："谁啊？"

外面的人回答："我，白嫂。"

屈妍开了门，白嫂说："大妹子，你这没吃没喝的，一天两天还可以凑合，时间长了不是要命吗？"

"这一次恐怕是活不成了。我倒是不怕，老天啊，我的文武可是屈家唯一的一条根啊，救救我的孩子吧。"屈妍声泪俱下。

"倒是有一条路，只是不知道你愿不愿意走。"白嫂故弄玄虚。

屈妍问："像我们孤儿寡母，哪里有路可走？"

"路当然是有的，就看你愿不愿意，只要你肯，必定保你们母子衣食无忧。"

屈妍说："只要能保住屈家的这条根，上刀山下油锅我也认。"

白嫂问："巷口临街的那家粮油铺子，你去过没有？"

"去过，屈掌柜挺照顾的，人也和气。"

白嫂意味深长地说："他女人死了好多年，也没有看上个合适的。这次围城他可是大捞了一把，你看他这把年纪了，家里没个女人也不行。"

"他想怎样？"

白嫂继续说道："他啊，第一眼就相中你了，一笔写不出两个'屈'字，你要是愿意搬过去，就是一家子。"

听了这话，屈婶左右为难，一边是儿子一边是亡夫，一边是生一边是死，难不成为了让儿子活命，她真要再嫁？

就在这时，外面又开火了，白嫂留下话说明日再来，便慌慌忙忙跑了。这一夜屈婶没有下地窖，她想着自己如今的处境——没吃没喝没钱，这样下去只有死路一条，嫁人是唯一的选择。文武在她怀里发抖，这一次她只能把自己押上了。

第二天上午，屈婶收拾得整整齐齐，白嫂一来就知道成了，便问："想好了？"

"想好了，我不求名分，只要他对我儿子文武好，我愿做一个女人应该做的。"

"这么好的事，他睡到被窝里都要偷着笑呢。我们走吧！"

白嫂领着人到屈掌柜家，白嫂说："人我给你领来了，你们谈吧。"

屈掌柜问屈婶："你愿意？"

屈婶平静地说："愿意。"

"今天就过来。"

"可以。我儿子不更名，你得供他上学。"屈婶提出了自己的条件。

"行，得叫我爹，将来我这个家业有他的。"屈掌柜痛快地答应了。

"一言为定。"

"绝不反悔。"

参加他们婚礼的只有媒人、证婚人和屈婶娘家姐姐，两人签订了婚约，屈掌柜给他们一家一袋洋面做谢礼。屈掌柜对屈婶不错，就是有抽大烟这个毛病。屈婶好言相劝，也难奏效。她有自知之明，不敢逆着他来。

屈婶给大女儿一家去信报平安，却没有提再嫁的事，只说不回去了，文武在迪化念书，新庄子的地或卖或租请大女婿拿主意。

谢家收到她平安的消息，欣喜万分，魏秀娥让谢国回信，信里写着："亲家母既然心意已决，不必勉强。迪化是个大地方，对文武的成长有益。新庄子的地是屈家的根基，日后若要回归也有个依靠，断不能卖，日后租出去，租金会按时寄去……"

马仲英与盛世才交战败走南疆，历经战乱的百姓，终于迎来了一个相对稳定的和平环境。

178

　　战火终于平息，魏秀娥看着两个儿子，感慨万分。她想着总算能开始新生活了，便让两个儿子到西门外理个发，又让昶芸做几个菜，全家一起庆祝一下。

　　弟兄俩结伴而去，谢顺留分头，谢国剃了光头，还留了两撇胡子。魏秀娥看着谢国觉得不对劲儿，语重心长地说："让你理发，你怎么就剃光了？儿啊，你人生的路还长，娘还等着抱孙子呢。"

　　此时，吴上元正好来送粮，魏秀娥说："让你留下，怎么又送上来了？仓里都放不下了。"

　　吴上元说："麦子本就是你们地里打下来的，我也留了一些，屈家舅妈的生活还指望这些粮呢。"

　　魏秀娥把屈婶的近况告诉了上元："你舅妈来信说，不回来了，文武跟着她在迪化念书呢。"

　　吴上元说："来日方长，过些时候说不定要回来了呢？种子我选好留下了，今年的地还是我种。"

　　谢国说："上元，以后我上新庄子同你一块儿种地，你得多教教我啊！"

　　吴上元觉得不可思议，说："大哥，你开玩笑呢？你是干大事的，怎么能种地？"

　　谢国一本正经地说："怎能是玩笑！"

　　吴上元望了望魏秀娥，问道："婶，这咋办呢？"

　　"儿大不由娘，随他吧！"谢国早和家里商量过，大伙儿都不同意，他坚持要去，魏秀娥拿他没有办法。她同意谢国去种地也是出于无奈，一是怕他无事可做，再沾上恶习；二是磨炼大儿子的意志，唤起他的上进心。

　　吴上元见谢国是真的要去种地，便说："屈家舅舅原先的家伙什我都给放好了，我回去把房子收拾了，大哥要是去了也有个住处。"

　　魏秀娥很是感谢，留上元一起吃饭，拜托他日后照应着谢国，他痛痛快快地答应了，毕竟是患难与共的兄弟。

179

这次回哈密，魏秀娥决定安安稳稳待几年，天塌下来也不走了。载着婆婆从老家西行的车放在邮电局院子里，魏秀娥觉得影响不好，便和儿子们商量如何处置。谢国建议移到新庄子去，魏秀娥考虑再三说道："我看这辆车够岁数了，这一路折腾也快散架了，兴许是你们奶奶要把它收回去呢。我这几天总是梦见你们奶奶，我看修一修拉到你爹坟前烧了吧。"二人都同意娘的想法。

谢顺想起了凤仪的事，说道："我一直不相信凤仪真没了。我们的凤仪怎么会去吃什么达子萝卜！"

屈昶芸赞同丈夫的说法，提醒道："我们去古城子的时候都下雪了，到哪里找达子萝卜去呢？"

谢顺接着说："这个老段有鬼，我跟卢叔请了几天假，同我哥去一趟，来一个出其不意，说不定能找到凤仪。"

谢国绝望地说道："能找到的地方我都找遍了，没影没踪。"

经老二两口子一说，魏秀娥也起了疑心："老段定然是早有准备，我总觉得这个老段鬼大得很，咱们一定得搞个水落石出。"

正在这时候，突然有人敲门。谢顺去开门，来人正是魏仁诚，全家人喜出望外。

"二哥你可是从天而降。"谢顺一下子搂住他。

魏秀娥激动地落泪："仁诚，可想死我啦。"

魏仁诚泪眼模糊地说："姑妈，我终于见到你们了。"

魏秀娥迫不及待地问："你爹可好吗？"

说到爹爹，魏仁诚泣不成声。

"我哥怎么了？"

"姑妈，我爹死了！"

"你说什么？"魏秀娥一下就歪倒了，幸好被谢国接住。

魏仁诚哭着说："家里惨难，如今只有侄儿一人了，这才来投奔姑妈。"

"出……出了什么事了？"魏秀娥已是话不成句。

"马家军为非作歹，我爹救死扶伤不结交权贵，政府横征暴敛，摊派给我家的捐税我们无力承担。我哥的脾气姑妈是知道的，组织抗税，被抓进监狱。我娘悲痛欲绝地走了……"魏仁诚几度哽咽，"我爹变卖家产把我哥救出来，人已经不行了……我爹一口气没过来也走了。我沿路行医来到这里，卢工头说你们去了古城子。"

魏秀娥经历过苦难，目睹了太多悲惨，她镇定下来，擦干眼泪说："你过来跟我们一起过，好吗？"

"我开了个中医诊所，现在是离不开的。姑妈，怎么不见凤仪？"

魏秀娥忍痛把事情经过说了："这不，他们兄弟俩正商量着再去找呢。"

正好魏仁诚在南山口有个病人，便主动要求同行。

魏秀娥让屈昶芸端上素馅饺子，三人吃了便连夜骑马出发，先和魏仁诚去南山口出诊，白发苍苍的老汉早已等在路边，说："魏大夫，吃了你开的药，我儿子的病见好了，这下可遇上救命的神医了。"

魏仁诚给病人号了脉，把带过来的药交给老汉，嘱咐老汉好好为病人调理。老汉留他们吃饭，魏仁诚急着和两个兄弟去奎苏找人，婉言谢绝了。老汉说："过来的时候一定来家，我等着。"

180

到了老段家，还没有敲门就听见狗吠，等敲开门，出来的却是一位精瘦的老汉，他问："你们找谁呢？"

谢国有些蒙，问："这不是老段家吗？"

老汉说："你说老段啊，走了。"

谢顺问："老人家，老段去哪里了？"

院子里一个年轻人正掂着儿子尿尿，问道："你们找他干啥呢？"

"听你们的口音是肃州一带的，我们是老乡啊。"魏仁诚和他们套着近乎。

老汉说："可不是，一开口我就听出了，有啥事你说就是了。"

谢顺开门见山地说："老人家，我们是来找老段要人的。"

年轻人说："老段我们也不认识，更不要说你要的啥人？"

谢顺把事情的来龙去脉告诉了这老汉和年轻人，声泪俱下地说道："凤仪可是我们一家人的命啊，就这么没有了？我们这次来，活要见人死要见尸。请您把老段的去向告诉我们吧。"

老汉气愤地说道："这个老段干了这么缺德的事，真是天地不容。"

年轻人问老汉："爹，你来的时候见没见过这个小丫头？"

"我们又不认识，这都是你二叔办的，我们搬进来，这家人已经走了。"

谢国心中存有一点点希望，不想轻易放弃，泪汪汪地求道："老人家，谁会知道老段的去向？"

老汉回忆了一会儿，说："好像听我家老二说，这户人家要回老家呢，具体的我也不知道。"

魏仁诚央求："老人家，能领我们见见您家二叔吗？"

"既然来了，就把事情搞明白了。"老汉带着他们去老二家。也是凑巧，邹老二今年进城卖羊，在市场上突然昏迷，正好遇上魏仁诚，用银针将他救了过来，开了药还分文不取。邹老二见到救命恩人，立马请进家里。

邹老二说："我哥在老家过得难，又是苛捐杂税，又是拉夫征兵，早想过来山里躲着了。听说老段要卖房子，价钱也便宜，我就给买下了。这个老段是个绝户，和庄子上其他人家来往不多，谁管他去哪里。"

这时天已经渐渐黑了，邹老二留他们在家过一夜，求魏仁诚明日给庄子上的病人看病。魏仁诚痛快地答应了，这可是天赐良机，刚好可以借机打探一番，要有人知道凤仪的消息，那可太好了。

第二天，邹老二一吆喝，来了不少看病的。魏仁诚给大伙看病，兄弟俩打听消息，却一无所获。到日落，魏仁诚才把病人送完，答应回去配好药，等他们派人去取。从此以后，魏大夫在这一带出名了。

181

从山里回来，谢家人选好吉日良辰，在谢文元墓前祭祖烧车。魏秀娥和儿孙们结束了颠沛流离的生活，决定在这片大地上安定下来。

祭祖之后，谢国在全家的陪同下搬进了屈家院。院子里的树木依然如故，迎接着春天的到来。亲戚邻里纷纷前来探望，谢家做抓饭招待。庄子上来了一个有学问的先生，今后写书信、对联就不用花钱去城里了。谢国是一个勤劳和善的人，待人诚恳，有求必应，庄子上的人挺喜欢与他交往。谢国来后，这些农民有了休闲解闷的去处，农闲的晚上都会聚到他房里听他讲各种书上的故事。

谢顺经常下了班就来送粪，晚了就跟大哥睡，第二天早早回去上班。魏仁诚也隔三差五来，这里有他的病人。

这一天下午，魏仁诚看完病已到吃饭的时候，病人家留他吃饭，他推说要去看望大哥，病人家硬给他带了一包手抓肉。

仁诚来了，谢国准备炒两个拿手菜下酒。突然就听见门外有人喊："魏大夫，救命啊！"

魏仁诚快步出来看诊，病人是个妙龄女子，名叫白媛媛，是这一带长相最出众的姑娘。白媛媛时常下腹疼痛，久治不愈，魏仁诚妙手回春，治好了她的顽疾。谁知这姑娘芳心暗许，竟喜欢上了魏仁诚，整日茶饭不思。

白家母亲深知女儿心意，见女儿日渐消瘦。这日，她请魏仁诚来给女儿看病。魏仁诚手搭上媛媛的脉，居然忽生一种异样的感觉，他心慌意乱地问："小姐，你这是怎么了？"

媛媛说："我身上好像起了东西。"

白家母亲不情愿地撩起女儿白绸衫儿给他看，这是魏仁诚生平第一次看到这么美的女人的玉体，有些惊慌失措。

谁曾想，媛媛竟自己把衣服撩得老高，指着两朵瓷碗儿似的奶子说："这儿不舒服！"

白妈被女儿的举动吓到了，赶紧把衣服扯下来，问："郎中，我闺女怎么了？"

魏仁诚心里可真是翻江倒海，又不敢表现出来，又看了眼、舌根，说："肚里有虫，我开上一服药先吃着，明天就见分晓。"

魏仁诚亲自抓来药煎好，让媛媛每隔三个时辰喝一回。夜静更深，白家的人都睡了。只有魏仁诚守着媛媛，四目相对，媛媛流下泪来，魏仁诚不知所措。

媛媛哭着说："我一个女儿家，身子都让你看了，我怎么活啊？"

魏仁诚解释："医者救人，没有邪念，小姐不必在意。"

媛媛逼问道："就你那种眼神？"

魏仁诚掩饰说："医病一问、二看、三诊，自然要看。"

媛媛掩面痛哭："我看你就是色眯眯的。"

"小姐，你实在是冤枉在下了。我看过的妙龄女子，不在少数，从无非分之想。"魏仁诚心里委屈得很。

媛媛问："都像我？"

魏仁诚答："自然不同。"

"有何不同？"

这时候，魏仁诚早被撩拨得春心荡漾，红着脸说："小姐若不责怪，我才敢说。"

媛媛娇滴滴地说："我要你说。"

"魂儿没有了。"

媛媛用指尖儿点了魏仁诚的额头一下，突然唤起来，肚子痛得难以忍受，紧紧地搂着魏仁诚的脖子，拂晓时分媛媛要解手，魏仁诚把她抱进茅房。媛媛拉出几条一尺左右的白蛆，白家人莫不称奇。从此以后，媛媛总是隔三差五地不舒服，魏仁诚几天见不上媛媛就跟丢了魂似的。白家人把魏仁诚当作贵客，放松了警惕。

夏收之时，魏仁诚又到白家来了。家里只有媛媛一个人，她让魏仁诚陪她到树林里去乘凉，孤男寡女，干柴烈火，媛媛恨不得化作水，融入这个男人的心里。魏仁诚真想把媛媛连骨头带肉吞进去。两人立下了非卿不娶、非君不嫁的誓言。

没几天，魏仁诚就请媒人去白家说媒。白家一口回绝，说女儿早已许了人家，并让媒人转告魏仁诚不要再登门。魏仁诚无计可施。

几个月后，媛媛的肚子大了起来，父母百般追问，媛媛说："你们不让魏大夫来给我瞧病，那天我到树林里去乘凉解闷，一个满脸胡子的大汉，发狂一样地向我扑来，我就吓昏了……"

白家哪敢声张，媛媛说只信任魏仁诚，非要他来看。白家只得把魏仁诚请来，魏仁诚号了脉，吓了一身冷汗，她已经怀孕四个月了，白家人要打掉这个野种。他谎称不愿伤一条性命，拒不开药。

媛媛将父母支开，对魏仁诚说："你我今生有缘无分，我也没有办法了，我很快就与杨二彪结婚。我办事前后，你千万不要出现，以免有危险。"

魏仁诚出了白家的门，心痛不已，决定一走了之，在诊所门上贴一张停业告示，第二天就从患者的视线中消失了。

媛媛结婚当日黎明腹痛，在茅房流产了，是个男孩。

182

魏仁诚的诊所重新开业已是第二年的冬天。这日，一位白发苍苍的老妪陪着一位裹着俄罗斯大围巾的病患前来看病，这病患只露出两只动人的眸子。老妪开口说："魏先生，求求你救救我的女儿吧！"

"老人家请坐，你闺女哪儿不好？让我瞧瞧看。"

老妪把女儿的大围巾取下来，又帮闺女解下脖子上缠着的白布，取去膏药，露出脓血横流的脖子。魏仁诚看了一眼就确定是"老鼠疯"，不过还是谨慎地用三步法询问病情。

老妪说："魏大夫，到了这个份儿上，不怕你笑话。我男人姓宋，去年死了，抽大烟把家败光了，为了抽大烟他把我这闺女莹莹许配给一个快六十的有钱人做小。莹莹死活不依，那家人苦苦相逼，经常来骚扰，把我闺女气出这个病来。听说这个病很难好，如今我们母女一贫如洗。听说魏大夫医德高尚，特来相求。"

魏仁诚善心大发，像莹莹这样美丽的女子，要受这样的折磨，真是人间的不幸。他开下内服外敷的两套方子，细细交代外敷方法。他又嘱咐宋莹莹："心主无病，身之病先好了一半，再治不难，你要乐观向上些才好。"

魏仁诚为母女示范煎药的程序，闲聊中得知他们一家早年从山东逃难而来，如今家里只剩母女二人，靠做女红讨生活，不但不收医疗费，还送米、面、钱给她们，让莹莹好好调理，营养跟上了，病好得更快。莹莹是个聪慧的女人，魏仁诚教了一遍，就会自己煎药了。宋家母女不知如何感谢他的大恩，便每日给他送饭，略表谢意。

在魏仁诚的精心治疗下，莹莹的疮面愈合平复了。他庆幸之余，内心深处已经离不开这个善良美丽的姑娘，又怕有人说他乘人之危，才强忍着没有表现出来。而莹莹早已认定魏大夫就是世上最好、最有责任感的男人，可因为得过这种病，有些自卑，不敢表露真情。

田野绿油油，山深春迟迟，魏仁诚应邀去山里看病。这次去的时间可能要长一些，他给来送饭的莹莹交代了些注意事项以巩固疗效。莹莹说："你放心去吧，山里缺医少药，这是行善积德。诊所我会按时打扫，药品我会按你的要求妥善管理。"

魏仁诚走后，宋家的门槛差点被媒婆踏平了，宋母一概拒绝。闺女的命是魏大夫给的，她对魏仁诚的人品很是满意，也看出了闺女的心思。她对莹莹说："闺女，咱不能做薄情不义的人，你的命是魏大夫给的，咱无力报答，如果魏先生不弃，不如你就以身相许吧。"宋莹莹不说话，默许了。

宋母一生经历许多苦难，早已伤病缠身，一场倒春寒让她一病不起。莹莹精心伺候，等魏仁诚回来。他回来的第一件事就是来莹莹家，看到宋母奄奄一息，莹莹以泪洗面，十分心疼。他为宋母看了病，知道她时日不多了，便把莹莹叫出来告知实情，他怕莹莹想不开，又开解了一番。

宋母深知自己时日不多。她如今唯一放心不下的就是女儿，必须要抓紧时间，把女儿托付给魏大夫。

宋母虚弱地说："我的病是无药可救了，想来也没有多久可以活了。魏大夫，遇到你，是我们母女俩的福气。"

莹莹哭着说："娘，有魏先生妙手回春，你不会有事的。"

宋母现在也顾不得许多了，直截了当地问："仁诚，你可愿意娶我的莹莹？"

魏仁诚拉着莹莹的手跪倒在地，给宋母磕了三个头，诚恳地说："娘，你放心，我会一辈子对莹莹好的。"

宋母了却一桩心事，心满意足，撑着最后一口气说："我死之后，不必拘于礼数，我闺女孤苦伶仃，你俩尽快成亲，为母祝福你俩……"说完就咽了气。

魏秀娥尽心尽力为宋母办丧事，魏仁诚披麻戴孝又做了一次孝子。

征得仁诚的同意，魏秀娥以婆家长辈的名义出面问莹莹："你娘临终将你许配给仁诚，事出有因，你是否愿意？"

宋莹莹红着脸说："谢大妈，我生是魏家的人，死是魏家的鬼。"

既然莹莹同意，魏秀娥便问道："三年太长，百日太短，不如你们俩在明年择良辰吉日完婚，你看如何？"

莹莹说："全凭谢大妈做主。"

魏秀娥担心莹莹一个姑娘家独居不安全，问莹莹是否愿意搬过来同住。宋莹莹知道谢大妈是为她好，第二日便搬了过来，十分乖巧。

183

魏仁诚的亲事定下，魏秀娥便着急起大儿子谢国今后的生活。续弦的问题，不论家里人怎么劝说，谢国都不点头，他认命了。如今在新庄子过居士生活，他把自己住的屋子称为"虚室"，取自《归园田居》中的"虚室有余闲"，十分享受平淡悠闲的生活。乡亲们也喜欢这位有文化的先生，每每听他讲故事说书都听得废寝忘食。

这日夜晚，谢国讲完《铡美案》，说："今天就到这里，回去太晚了，婆娘不愿意了，以后不让出门了。"

"叫你说的，男人还怕婆娘不成？扇她两鞋底子就听话了，老大再来上些，听得不过瘾，回去睡不安稳。"一个汉子喊道。

有人揭短说："又吹牛了，那天我回得晚，路过你家，是你被婆娘关在门外了吧？敲门也没人给你开。"

大家笑嘻嘻地走了，只有吴上元留下帮着打扫满地的烟灰、瓜子壳、大豆皮。谢国说："你也走吧，每天你是第一个拾粪的，你家牲口都够你们两口子忙了，累不累人？你们也不雇个人。"

吴上元说："大哥，这些活我一个人就干得了。"

"你日子好了我也高兴，只是别太苦了自己。"

吴上元对未来的生活充满希望，说："我这三十几亩地算个啥？再苦上十年八年，有五六十亩地，我儿子就好过了。大哥，你屋里得有个女人，有热饭吃、有话说，多好！"

谢国说："夫妻还是原配的好，半路夫妻平添多少烦恼？破除烦恼便是极乐世界，断绝欲望即入长生之门。"送走吴上元，谢国用烫水泡脚，水的温度一般人难以忍受，那热量通过脚慢慢传遍全身，擦干的脚都是红红的。他吸了几锅子旱烟，嘬了两口浓茶，钻进了被窝里。

谢国是庄子上起得早的，每日早上都在马路上拾些牲口的粪，用来煨炕的。他在路上碰见去城里起粪的吴上元，忽然想起来前些日子娘让上元去家里一趟，便和他说了。

谢国养了两只羊，十几只鸡，他每天拾完粪就回来喂牲口，然后吃早饭。他吃得简单，常常都是米汤、馍馍和咸菜，馍馍三五天蒸一次。自己盘的炉子是灶火也是饭桌，中午、晚上常常站在炉子边烤些馒头片、拿热油炝些咸菜就是一顿，或是搅些面做个拨鱼子，偶尔也会有听他说书的乡亲给他送些饭菜。

今天听书的老磨来得早，要占个靠墙的位子，见谢国吃的是拨鱼子便问："老大，你咋吃个拨疙瘩？"

谢国说："这个饭吃上舒服，不信你也来上一碗。"

"明天我让我婆娘给你烙几张葱油饼，香得很。"

吴上元这时进来了，说："老磨这可是你说的，你婆娘可心疼死了。"

"她得听我的。"老磨怕婆娘出了名，却爱面子。

吴上元说："小心叫你婆娘知道了揪着你的耳朵满院子跑。"

老磨被挤对得不知说啥好，结结巴巴地说："你……你……咋……咋就爱揭人短呢！"

吴上元走到谢国身边，对他说："大哥，大妈让我给你带了一罐炸酱，放在外屋的案板上，让你按时按顿吃饭。我还是那个话，不想做就到我家，粗茶淡饭，吃个方便。"

谢国"嗯"了一声，赶紧把晚饭吃了，听书的人也来得差不多了。

184

又是一年秋风送爽。魏秀娥为魏仁诚、宋莹莹举办了传统的婚礼。婚后魏仁诚与莹莹决定搬到山口去住，城里不缺医生，而山里缺医少药，魏秀娥也同意了。

魏仁诚在山口盘下了院子和六亩地，谢国从旁协助。三间南房两间用来住，另一间是魏仁诚的诊所；东厢三间，一间是药房，两间是客房。院子里还有两棵杏树。

魏仁诚挑了个吉日良辰搬家，谢国、谢顺来帮忙。谢顺问："二哥你在城里有名气，怎么想当神仙？"

魏仁诚说："十年踪迹走红尘，回首青山入梦中。这里就是我的养身之地。"

谢国情不自禁地吟起诗来："种豆南山下，草盛豆苗稀。晨兴理荒秽，带月荷锄归。道狭草木长，夕露沾我衣。衣沾不足惜，但使愿无违。"

魏仁诚知道谢国喜欢这样的生活，说："大哥你要是愿意，成个家与我同过田园生活，其乐无穷啊。"

谢国摆摆手说："母在儿不远行。"

魏仁诚和莹莹在山口过着神仙般的生活，但每过上十天半月就来城里，带上山货看望姑妈，再购买药材、日用品。

屈昶芸快生了，魏仁诚和莹莹来得更勤了，这日只有莹莹一人来，魏秀娥问："仁诚呢？"

莹莹说："有几个病人等着看病，他直接去了。"

屈昶芸问："二哥放心让你自己来？"

"我们在南门分的手。"莹莹婚后越发楚楚动人，城里有色鬼无端骚扰，过来买东西都是魏秀娥陪着，买菜也有谢国、谢顺帮着置办。

下午魏仁诚回来，魏秀娥让他给屈昶芸号脉。仁诚笑着说："弟媳这胎恐怕是个千金。"

谢顺说："咋又是个丫头？"

魏秀娥责备道："是男是女由着你呢？我说对对生好，没有你大姐、你二姐带你们，那就苦了我了。"

185

农历九月十九，屈昶芸生下一个女婴，修眉俊目，可从生下来就啼哭不止。魏秀娥去庙里求观音菩萨保佑，上了布施，回来时在门口遇上了一位化缘的僧人，她便请了进来。这僧人进了门就念念有词，接着给孩子施了平安符，止住了哭闹便飘然而去，不见踪影。

魏秀娥说："这是观音菩萨保佑的，小名就叫观音保吧。"

魏秀娥没遇见过这么干净的孩子，一天尿三次、三天拉一次，有点不干净就哭，换好了冲人笑，文文静静的，不像菩萨保，身边离不得人。

生观音保时，谢顺领上人出去踩线去了。莹莹过来伺候月子，熬小米红枣稀饭却没有东西。魏秀娥生气地说："这个混吃，连这个都不知道准备的。"

屈昶芸忙帮丈夫辩解："娘，这不怪他，是我没告诉他。"

"自己媳妇要生了，还用得着告诉？"

莹莹也劝着："姑妈，男人都粗心，我去买些回来。"

正说着，谢国满头大汗地赶来了，卸下两袋小米、一袋大枣。他气喘吁吁地说："娘，不能怪二弟，我答应的。"

生了观音保，菩萨保就跟奶奶了，时刻都离不开奶奶。魏秀娥不辞辛劳，在她有生之年带了三个孙女、三个孙子。

谢顺踩线回来，观音保已经过了满月。太阳刚出来，屋外冰天雪地，他干咳了两声表示他回来了，一边跺脚一边拍打着身上。

屈昶芸刚奶上观音保，魏秀娥不让她出去，自己拿上缨刷子出来给儿子扫尘，还不忘责备儿子："你媳妇在家生孩子，你连点小米、红枣都不准备，怎么当爹的？"

"娘啊，你冤枉我了，我大哥特意种了上好的小米，红枣咱们树上就有的，我又从伍堡买了些贡枣放到厨房案板上。"谢顺从娘手里拿过缨刷子要自己扫，"娘，你快进去别凉着了。"

魏秀娥说道："你娘不是娇包包。"

谢顺说："我挖了些党参，听说熬米汤放些，对坐月子的人好，养人呢。"

"是好东西，理气养神，泡酒、冲茶、熬稀饭放上几片好得很。"魏秀娥看了门前立着的两个面袋子，打开了看见拇指粗的上好党参便说，"给院子里的邻居一家送上些，自己留上些，剩下的让仁诚拿去入药。"

母子俩这才进了屋。屈昶芸好奇地问："娘，你们在门口说啥呢？这么长时间。"

魏秀娥说："在瞧给你坐月子置办的贡枣、党参。"

屈昶芸一脸幸福地对谢顺说："爹爹来抱抱观音保。"

谢顺从昶芸怀里接过观音保，小心翼翼抱着，这么娇嫩的闺女，真像娘说的，捧到手里怕摔了，含到嘴里怕化了。不一会儿，谢顺就把孩子交给昶芸，说道："太娇嫩了，我都不敢碰。"

屈昶芸和魏秀娥见他这般，笑出了声。魏秀娥说："我刚还跟媳妇说呢，我这两个孙女命大福大造化大，该起个大名了。"

谢顺问："爹不是定了凤字辈吗？"

魏秀娥对大儿子的遭遇心有余悸，不想起高不可攀的名字，于是说："娘想了很久，和你媳妇也商量过，闺女家还是有个'春'好，菩萨保叫春晖，观音保就叫春兰，可好？"

谢顺说："'春'字，万物迎春，还是娘想得周到。"

186

　　谢顺去小库房没找到卢工头，就去了家里。卢工头满手是面，正准备蒸馍馍。卢工头的女人是农村娶来的，没有生儿育女，比较自卑，身体也不好，很少抛头露面。自从马仲英军队围城被吓到，就离不开卢工头了。段长李立本体谅卢工头，把外面的工作交给谢顺，尽量不让卢工头去野外。

　　"二娃，任务完成得怎么样了？"卢工头一边忙活，一边询问谢顺。

　　谢顺汇报："卢工头，线路的勘探工作按你的要求完成了，经过检查验收批准就可以定位施工了。"

　　卢工头欣慰地说："你这么能干，我也好放心告老还乡了。回来了休息上几天，你把库房再给咱盘点一下，又该过年了。"

　　谢顺说："卢叔，你千万不能走，没有你这个主心骨，我心里没底可就抓瞎了。"

　　"我五十多了，身体也不好，上面的意思让我抓紧培养个能干的，我也可以脱身了。"

　　在谢顺眼里，那个神采奕奕的卢工头，经过战乱和婶子重病，精神负担太重了，身体也垮了下去。他心里不好受，强忍着说："卢工头，修工怎么安排？"

　　"老规矩，你组织，费用不能超。"

　　谢顺问："要不要事先打个招呼？"

　　"早些安排，有备无患。"

　　"那我就先通知下去，让大家有个准备。卢叔，婶子的病好些了吗？"

　　卢工头愁眉不展地说："城里的好大夫都看了，不见好转，你娘让魏大夫看了，魏大夫说若是能熬过今年春天……"

　　"卢叔，以后蒸馍馍的事就交给我们吧，你也可以腾出手来照顾婶。你可是里里外外一把好手，不能把身体搞坏了。"

　　"那咋行呢？你家还有两个小的，不行。你小子，听说你媳妇给你生了个女娃，你还不高兴呢，我就喜欢个闺女。"

　　谢顺说："没这事。蒸馍的事方便得很，一点不麻烦，你就听我的吧！"

　　谢顺回去就把这个事给娘说了，魏秀娥说："以后蒸馍，我们早饭前就先给卢工头送过去。"从此以后，魏秀娥每日早饭前就把刚出笼的热馍馍、花卷亲自送过去，卢工头爱吃的油泼辣子也从没断过。

处理完了局里的事，谢顺准备去找大哥说修工的事儿，对娘说："今天晚上我就在大哥那儿不回来了，你有没有话要带给大哥？"

魏秀娥说："你大哥三天两头回来起圈、送菜、干重活，像变了个人一样，真成了少言寡语的庄稼汉了。"

谢顺说："有机会还是让大哥回城里做事，要不我大哥一肚子学问白瞎了。"

"娘何尝不想，你去了好好劝一劝，回来再说。"

谢顺到时，谢国正在剥新进了的几根松木椽子的皮，看样子是准备在这里长住了。

"大哥，都快晌午了，还不准备吃饭？"

谢国干着活儿，头也没抬，说："快过年了，上元说今天他家宰羊准备祭灶，让我过去过小年。我估计你要来了，待会儿把我们家的羊也宰了带回去。过两天我把猪宰了就回去过年。"

吴上元给谢国背了一捆柴过来，说："二哥也来了，一起吃饭去。"

谢顺说："你来得正好，我是来说今年修工的事的，计划农历三月忙过了春种开工。"

吴上元说："大哥都算好了，你也不要一家一家跑了，让晚上听书的转告一下，愿意干的到大哥这里登个记，只等你一声号令就能开工。"

谢国参考了当年谢昌算工的方法，结合了现在的物价，把账也算好了，一项一项说给谢顺听，好让他心里有个底，把握好预算。

吴上元问："今年我们家给你们工程上做饭，行吗？"

谢顺说："跟我想到一起去了。"

三人商量完，高高兴兴去上元家吃饭。

187

今年修工由谢顺负责。谢国无偿地做后勤服务，到了秋天工程就提前完成。在谢顺的陪同下，李立本、卢工头按照工程要求严格检查，顺利过关，报主管部门审查验收。这条线路与国防有关，是上面派来验收人员来审查验收。

这是谢顺第一次主管专项工程，紧张得寝食不安，检查人员休息时，他还在线路上找问题、查漏洞。最终，这条线路在质量、效率、组织方式、费用等方面都得到了较高的评价。

在李立本和卢工头的推荐下，何局长提拔谢顺为工头，决定用"以老带新"的方法，让卢工头主内、谢顺主外，完成工作过渡。

这次施工顺利完成，大哥的鼎力相助很重要，谢顺很感恩有一个有学问，又可靠的大哥。大儿子孤苦伶仃，魏秀娥心里很不好受。这个书卷气十足的儿子，黑了瘦了话少了，像个农民。她时常劝大儿子："我们在这里无地、无房、无根基，你年龄大了，找不上事了，回到娘身边吧，在城里找个差事或者干个小买卖，找个好女人好好过日子，娘死了也能瞑目啊！"

谢国看着日渐苍老的母亲，怎么能不动容呢？可他现在十分坚定，铁了心在庄子上独居："都是儿子不好，上对不起父母，下对不起妻儿。娘，你就原谅你的儿子吧，儿实在不愿做违心的事了！"

母子二人就这个话题，从未商量出个好结果。

魏仁诚按照姑妈的意思，精心给卢工头的婆娘治病，虽说熬过了冬天，却也无力回春。他对卢工头说："天暖和了，你陪婶到河坝里转一转，空气新鲜，精神也会好一些。你要放得下，才能想得开。"

卢工头无奈地说："她不出门啊，拉都拉不出去。"

魏仁诚说："事在人为，卢工头你有办法。"

谢顺闲下的时候又多了一个事情，想办法让卢工头拉着卢婶去西河坝柳林散步。卢工头婆娘的病毕竟是病入膏肓，秋天又染上了流行性感冒，没撑过去，去世了。孤身一人的卢工头准备告老还乡。

188

谢顺没有想到,他修工的第一条线路是与抗日有关的机场专用线路。"九一八"事变后,日军发动侵华战争,东北沦陷,华北危机,海路被日本海军封锁,新疆就成了苏联援华物资的陆空通道。政府在迪化成立了"中苏运输招待委员会",在伊犁、哈密设立分会。各族人民同仇敌忾,抗日热情空前高涨,工农商学各界都动员起来,自带工具、干粮,夜以继日地施工,要赶在封冻以前平整好机场,修建好物资中转库房、房屋。

谢顺也领着线务员架设通往机场的线路,新建建筑的通讯设施。工程提前完成后,谢顺主动请缨负责维修工作,他每天上午处理日常事务,下午去机场巡查线路。他认真负责的工作态度,得到了主管他工作的苏方人员瓦西里上尉的认可。如果工作晚了,瓦西里就留他共进晚餐,心情好还给他罐头、黑列巴……他常拿回来,同卢工头、家里人开洋荤。

有一次瓦西里给谢顺两瓶格瓦斯和午餐肉罐头。第二天中午发了工资,他带着一帮线务员到小库房开洋荤。他用电工刀把午餐肉切成小块,格瓦斯从几个线务员手中翻过来传过去的,不知倒腾了多少次。

金玉要来开第一听,典兵说:"吃你是机灵得很啊!"

王志林说:"又斗开了,快打开。谢大妈还等着我们吃拉条子。"

只听得"砰"的一声,金玉手中的格瓦斯像爆炸了一样,白色的泡沫喷了他满头满脸。他惊魂未定地把格瓦斯摔到案子上,带着气流的格瓦斯从瓶口涌出来。

谢顺一把抓起来说:"这可是洋东西,喝不到嘴里一辈子都不知道啥味道。"

王志林对金玉说:"你就那么个胆子,我们都在呢,要是让你一个人出去,遇上土匪,尿裤子迈不开腿,那你就倒霉了。"拿过格瓦斯大口地喝。

典兵说:"急啥呢,心急吃不了热豆腐,你看我!"他对着瓶口慢腾腾地吸溜着。

金玉说:"都像你急死人了。"把瓶子抢过来。

魏秀娥端来四样小菜对他们说:"就着菜喝,拉条子好了,我给你们端过来。"

几个同龄人吃喝斗嘴,快活得很。金玉说:"格瓦斯就这么个味道?像马尿,麻麻酥酥的,还有点甜,放了迷魂药了?"

王志林说："你们家的马也能尿格瓦斯？老毛子可就不用从那么远带过来了。"

谢顺说："这是飞机从万里之外的苏联运来的，你们坐过飞机吗？"

金玉说："天天都在头上轰隆隆的，我的鸽子遇上就飞得没了。哎呀，像是你坐过！"

谢顺得意地说："瓦西里上尉让我开了一次洋荤，上天的感觉真不好说。"

典兵说："谢工头，哪一天你说好了，让我也开个洋荤行不行？"

金玉也凑上来问："行不行？"

谢顺说："机场是军事重地，没有通行证进不去，我那是碰上了。说实话，你这胆子还是不坐为好。"

王志林在一旁幸灾乐祸地说道："好好搂着你们媳妇睡觉比啥都强。"

自从谢顺当了工头，外面的线务员或者家属来了，基本上都在他家吃住。魏秀娥和屈昶芸以礼相待，大家都很喜欢这一家人。

189

马上就是虎年了，年前魏仁诚过来巡诊，带来了一口袋疙瘩鸡。

魏秀娥说："哎呀，这么多？"

魏仁诚说："姑妈，雪大得很，疙瘩鸡没吃的，撒上些食就扣住一堆。这些放在外面冻得硬邦邦的，什么时候吃，什么时候收拾。我哥呢？"

魏秀娥说："你大哥在庄子上还得两天，你二弟总是忙得不见人。"

魏仁诚说："我还说冬闲了，让大哥到我那里住上些天。"

魏秀娥说："马啦、猪啦、羊啦离不开人，今年过年回来你劝一劝，把地租出去，在城里找个事做。说日本鬼子又打上来了，天下咋就不太平呢？看样子我这个老家回不去了？"

魏仁诚说："我过来的时候，城里正在搞募捐呢，我把身上的钱都捐了，绝不能让小日本得逞。姑妈，我有两个病人看了就直接回去了，莹莹一个人在家我不放心。"

魏秀娥说："要买啥我去办。"

魏仁诚说："过年的东西都买上了。啥也不缺，我得走了，不然回去就晚了。"

魏秀娥说："你快些去，天黑了不安全。"

魏仁诚走了不一会儿，谢顺匆匆忙忙地回来说："娘，我得准备进山了。"

魏秀娥说："你魏二哥刚走，太阳都偏西了，你这说风就是雨的，赶到了都得什么时候了，我不放心的。"

谢顺说："娘啊，老马和小白前天进山抢修线路，到今天线没接通，人也没有音信。何局长都急坏了，这是全民抗战的非常时期，李段长让我和金玉立即动身。我准备今天晚上在山口二哥那里住一晚上，明天早早就进山了。"

屈昶芸说："带些啥，我准备。"

谢顺说："老规矩，带上两块砖茶，馕就在路上买。这个金玉磨磨蹭蹭的，还不见人，我得领枪去。"

山里的匪患没有根除，局里线务员进山也都带枪。

魏秀娥说："儿啊，你媳妇过了年快要生了，定是个大胖小子，你可要给我小心啊。"

谢顺说："娘，你把心放宽，你儿子枪林弹雨过来的，我知道怎么做。我领枪去了。"

谢顺领上枪回来，金玉还不见人。

屈昶芸把东西收拾好了放在炕上，忐忑不安地挺着个大肚子，担心着将要进山的男人。魏秀娥正在上香磕头，求菩萨保佑儿子平安。

谢顺把褡裢搭在马上进来，先亲亲菩萨保，再抱上观音保，他脸上的胡楂挠得观音保用手遮挡，这个闺女他太喜欢了，见过的人没有不夸的！他放下闺女说："等爹回来跟我闺女玩耍。娘，你们该吃就吃，该睡就睡，放宽心，我得去金玉家。"

到了金玉家，老金满脸愁容地说："听说土匪张狂得很，咋就点上我儿子了？"

谢顺说："叔，局里没有人了，这是局长点的将，这几年不是没出过事吗，不要听人说得邪乎。一般来说土匪是不劫线务员的，毕竟咱没钱没势的。"

金玉娘说："碰上了就晚了，我儿子不干了。"

谢顺说："婶，非常时期不执行命令那是要坐牢的。"

老金说："还把人给固住了？"

金玉说："爹，我也是堂堂的七尺男儿，谢工头能去，我怕什么？走！"

老金说："谢工头，你可要保证让我儿子平平安安回来啊，我家就指望他了。"

金玉娘说："我儿子要有事，我也不活了。"

谢顺劝道："放心就是了，只要我在，金玉不会有事。"

路上，谢顺买了十个油馕，两匹马一路小跑来到山口，隔老远就看见魏仁诚带着小黄狗冲他们招手。

谢顺下马，说："二哥，天快黑了，风呼呼的，你站在山口等谁呢？"

魏仁诚说："我知道你今天要来，我刚出门你俩就到了。我让你嫂子准备好饭了，就等你们了。"

金玉说："魏哥，我知道你神得很，你得算算我俩的吉凶？"

魏仁诚说："前天上午老马和小白过来，在我这里吃的饭，说让我买些过年的奶饼子、奶疙瘩、钉子蘑菇，到现在也没见面，我就想到你要来，吃饭去。"

谢顺说："今天晚上就在二哥家住一宿，明天早些进山，线路断了，上面急得很。"

到了客房，火炉上的水噗噗地往外冒汽，炕暖和得很。三人拿热热的水洗了脸，喝着浓浓的茯茶，吃着香喷喷的红烧疙瘩鸡，又喝了几杯烧酒，酒足饭饱后，金玉感慨地说："这才是神仙过的日子！"

谢顺说："二哥，老马和小白到现在还不见人，是不是雪大找不见故障处？"

魏仁诚面无表情地说："凡事都有个定数。"

金玉问："我们这次进山，会平安无事吧？"

魏仁诚说："我知道你这个线务员是不想干了。"

金玉惊讶地问："我们家的事你咋知道？"

魏仁诚说："这个差事又苦又危险，你是你们家的独苗苗，闲散惯了，得准备遭点罪。好了，我也困了，你俩明天一早还要进山呢，烫个脚早点睡，养足精神好干事。"

190

第二天早饭后谢顺和金玉进山，魏仁诚让他们把小黄狗带上。小黄是两年前魏仁诚用家养的母狗跟山里最好的牧羊狗配的种，一窝就出了这一只，长得像狮子一样。魏仁诚对谢顺说："以后进山就带上小黄，也算多个帮手。一路平安，我等你俩。"

谢顺脖子上挂着卢工头给他的俄罗斯望远镜，两人拉着马沿着线路寻找故障点，一根杆一根杆地检查。金玉深一脚浅一脚地在雪中艰难行走，眉毛、鼻毛都结了霜，苦不堪言地说："这哪里是人干的？"

过了中午，他们在一个避风处生了一堆火，把行军壶里冻住的茶水化开，就着馕吃饱。谢顺强调说："继续找，你注意周围的动静，看看有没有老马、小白的踪迹，我查线，千万不要粗心大意！"

金玉说："连个鬼都见不着，他俩能在这里等死？再烤一阵火，身上还没有暖和过来呢。"

谢顺说："越是人烟稀少的地方，越要小心才是，你看到处都是白茫茫的，要是迷了路也有可能。抓紧些，天黑了就麻烦了。"

金玉说："老二，这个鬼差事不是人干的，就这一次，以后别找我。"

谢顺说："要么你就驻站，要么你就听差，干这一行哪有不受风吹雨打的？赶快行动！"

他们继续沿线找过去，谢顺突然兴奋地喊道："找见了！"

他通过望远镜看见了被割断的线正在随风甩动，于是加快脚步来到断线的两根杆前，线是被从中间拉断的。

谢顺对金玉说："你注意观察异常。"

他又低头对小黄说："小黄，发现人你就叫。"

谢顺拿出自己用铁皮做的小火炉和准备好的开花煤，迅速生火烧上烙铁。他用砂纸打净接头处，拿出新线接上，又给两根接头线搪锡，再把接好的线带着上了杆，完成了第二个接头，接着把拴着绳子的烙铁从火中提上搪锡，完成了接线，最后接上电话开始试话。

守着电话的李立本，听到铃声像触电似的拿起电话，说："是谢工头吗？通了通了，大功告成。老马和小白找见了没有？家属哭闹得不行，回来得有个交代。"

谢顺说："人还没找到，一点踪迹都没有，全是雪。"

李立本说："天快黑了，你俩明天再找，不见就继续找，你娘和金玉爹都在打听你俩的消息，我这就给他们报平安去。"

挂了电话，两人开始收拾，金玉说："冻死了，我得烤烤火，吃点东西。"

谢顺说："行，牲口也得加点料，把料兜子挂在马脖子上、套住马嘴，马就攒劲地吃着。别忘了给小黄喂上些食。"

金玉说："今天不让回去，咱也不能在雪中冻死，我观察了好久，不远处有哈萨克毡房，要不我们过去住上一宿？"

谢顺说："不行，不知底细，咱赶快吃了走，到松树塘去，那儿人多，我有认识的哈萨克朋友，礼物我都带着呢。"

风卷着雪花，炉子里的火烧得呼呼作响，他们刚把烤热的馕吃到嘴里，就听见小黄汪汪叫。一个矮胖的哈萨克人骑着马过来，只见他帽子上插着鹞子翎子，狗熊一样罗圈腿夹着马肚子，他问："朋友，你们是干什么的？"

金玉说："我们是线务员，修线的。"

哈萨克人说："天快黑了冻死人呢！这样不行。"

谢顺说："尊敬的勇士，大前天两个线务员修线来了，没有回去，你们有人见着了没有？"

哈萨克人说："今天晚了，到我们的毡房里住下，手抓肉、马奶子的吃下，明天我领你们打听去。"

金玉说："太好了，老二，快走。"

谢顺对这个主动的邀请心存疑虑，这个哈萨克人汉话说得这样好，两只眼盯着他们胸前的枪。他从褡裢里取出一块砖茶和三个油馕给哈萨克人，说："朋友，一点小意思，今天我们还是在这里等一下，我们的两个线务员看见火光就会过来的。"

金玉说："你疯了，要我的命呢？"

哈萨克人说："哎，天冷得很，不要命了吗？走，我家里暖和。"

谢顺说："领导让我们找人，家里的爹娘哭得不行。今天晚上找不见，明天我到你的房子里去，请您帮忙打听。"

哈萨克人见他们不为所动，有些失望地说："朋友，那个亮灯的毡房就是我的家。你们太受苦了，我的手抓肉拿上，吃、喝，交上朋友好不好？"

谢顺说："不要麻烦了，谢谢。"

哈萨克人骑上马要走，说："一会儿就来了。"

金玉问谢顺："我俩今天晚上真的要在电杆下过夜？"

谢顺说："防人之心不可无，收拾好东西赶紧走。"

金玉说："还没吃东西呢！"

"少磨蹭，快走。"谢顺把火炉一脚蹬翻，在雪中一滚，两人收拾好了上马就往回去的路上狂奔。走出不远就听见急促的马蹄声，那个哈萨克人追着喊道："朋友，哪里去呢？手抓肉拿来了，吃下。"

谢顺对金玉说："你在前猫着腰快跑，不要回头。"

交代完金玉，他对后面追来的人说："朋友回去吧，我们有急事，不要追了！"

"砰、砰、砰"，枪声在身后响起，金玉吓得摔下马，谢顺跳下马去扶他，可金玉抖成了一团，怎么也扶不上马，马蹄声越来越近。谢顺朝天开了一枪，追赶的马蹄声渐渐听不到了。

谢顺一下把金玉抱上马，说："前面不远的山沟里有个山洞，快走。"

没一会儿，后面的马蹄声又响了。谢顺拉着金玉的马进了山沟，藏到山洞里。这里山险林密，不易发现，他守在洞口，小黄警惕地挨着他。

马蹄声越来越近，但并没有停下来。过了一个多时辰，马蹄声又传过来了，只听得叽里咕噜的恐吓声渐渐地消失了。谢顺这才松了口气，去看金玉。

金玉尿裤子了，冻得硬邦邦的，抖得上牙打下牙。谢顺估计那伙人不会再来了，对金玉说："不要怕，我去捡些柴火，把裤子烤干，吃些东西，明天我们回家。"

谢顺在山洞里生着火,让金玉烤火吃东西。他守住洞口,不敢有丝毫懈怠,聚精会神地听着外面的动静。风小了,雪停了,多么漫长的夜啊,他几乎被冻僵了。

终于熬到太阳出来了,谢顺说:"回家了。"

<h1 style="text-align:center">191</h1>

回到局里,李立本说:"排除故障干得不错嘛,怎么这么快就回来了?人找到了没有?"

金玉把马上的褡裢拿下来,掏出工具袋,对李立本说:"李段长,东西都在这里呢,我不干了。"

李立本莫名其妙,问:"不干啥了?"

金玉说:"我这个线务员不干了,回家种地去。"

李立本说:"你以为是摆家家玩呢?说不干就不干了?"

金玉说:"我这条命不能白白丢了,能活着回来是万幸,这次我要是被哈萨克人宰了,我一家老小谁管呢?李段长,你就饶了我吧。"

李立本问:"怎么回事?"

金玉把这次死里逃生的事说了,又求道:"不可能有第二次了,你开开恩吧,说什么我也不干了。"

李立本说:"你给我站住!你知道你这样做是啥结果?"

谢顺一言不发,老马和小白凶多吉少,他为他俩悲哀,也为自己担心,自己也是有老有小的啊!

老马的妻子和小白的娘听说谢工头回来了,哭哭啼啼地来打听消息。

谢顺说:"对不起,没找着。"

李立本安抚着家属说:"局长让休息一下再去找,活要见人死要见尸。"

两家人哭得死去活来,小白的父亲死得早,他母亲只有他一个孩子。两个线务员在谢顺当工头的任上不见人了,他得担起责任,时刻准备着进山找人。

过了两天,又到了魏仁诚巡诊的日子,看完病他就来看姑妈。

魏秀娥说:"这么长时间没见莹莹的面,咋不一块儿来?"

魏仁诚说:"她怀上了,雪大路滑,不敢颠簸啊。"

魏秀娥高兴地说："我说呢，大喜。几个月了？"

魏仁诚说："三个多月了，快过年了，莹莹做了些油果子让姑妈尝尝，这还有些奶疙瘩、疙瘩鸡。"

魏秀娥嘱咐："怀上头胎多加注意，需要啥说一声。我扯了些花布，拿不准她喜欢的样式，准备等她来了一起做新衣裳，怕是来不及了。"

魏仁诚说："衣服有呢，留下给侄女做吧。"

魏秀娥说："我买的料子素净，怀上了也可以穿，要不就做个孕妇穿的。"

屈昶芸说："等我做好了月娃子的衣服，你下次来带过去。你和莹莹说，心情好对肚子里的娃好，让她别操心。"

魏仁诚说："是了，一定让她高高兴兴。姑妈，要没事我就走了。"

屈昶芸说："饭就好了，吃了再走吧。"

魏仁诚说："病人等着呢，我初二再来。"

谢国宰了猪拉回来准备过年，正在这时候李立本匆匆忙忙地过来找谢顺："不好了，线又不通了，何局长让赶紧组织抢修。你快去通知金玉，明天一早进山。"

谢顺赶忙去了金玉家，全家人异口同声地反对，谢顺回来报告了李立本，李立本立即报告何局长。

何局长大怒："反了他了！让他知道这是什么后果。"他拿起电话就给警察局长打了个电话。警察局派来两个警察，把金玉押到局子。金玉爹娘哭哭啼啼地跟过来，求局长开恩："局长大人啊！我就这么一个儿子，你饶了他吧。"

李立本在一旁说："现在服从命令，还来得及。"

老金说："不能行啊，这是要命的差事，求求你们放了我儿子吧，我给你们磕头了。"

金玉说："我犯了啥法了？不去不去不去，看能把我咋样？"

何局长说："公然抗命罪加一等，再给你最后一次机会。"

金玉说："我不干了，坐牢也比送命强。"

何局长让警察把金玉押走了，这分明是杀鸡给猴看。

李立本说："局长，按规定一个人不能去啊！"

何局长说："立即找人去。"

李立本说："谢工头，要有合适的人选，你就招上。当务之急是排除故障，重赏之下必有勇夫，要有人愿意，先高薪聘上，你看如何？"

谢顺知道这次的线路故障非同一般，十有八九是报复，便说："一时半会儿怕是难找到合适的。"

谢国说："我去。"

谢顺说："大哥，你不能去，有我一个就够娘闹心的了，怎么能搭上你！"

谢国说："我心甘情愿。"

何局长说："我知道你，有学问，识大体，你得签进局子的契约。"

谢国说："我签。"

李立本提醒说："谢国你可要想好了。"

谢国说："君子一言，快马一鞭，我想好了。"

谢顺说："大哥，你不能签！"

李立本知道谢家的情况，对谢国说："这样吧，谢国你先去，你娘同意了，你要愿意再签，你说好不好？"

谢国十分坚定地说："我定了，我进山去。"

192

谁也没能拦住谢国，魏秀娥只能眼巴巴地看着两个儿子进山去。兄弟二人在魏仁诚家吃了中午饭。

谢顺说："魏二哥，我大哥啊，让我咋说呢！为了我冒这个险，我娘也不知愁成啥样了！这次的断线地点我估计还是上次那附近，我们得快去快回。"

魏仁诚眯着眼说："二弟，是福不是祸，是祸躲不过！我跟你俩进山，这几年我看病交了不少哈萨克朋友，有的在当地牧民中很有权威。我也该去巡诊了，我把他们介绍给你俩，也有个照应。"

谢国说："你进山了，弟媳妇没人照顾，我看算了。"

魏仁诚说："我找了个老妈子干家务，你们放心就是了。"

魏仁诚建议乔装成哈萨克人，三人戴上哈萨克帽子，穿上皮袄子，还真有几分哈萨克人的样子。魏仁诚交代好莹莹和李妈，弟兄三人带上小黄就出发赶往上次的故障点，果然还是在那儿割断的。谢顺有条不紊地快速处理好故障，试话通了。

魏仁诚带着谢国、谢顺到哈萨克病人的帐篷去看病，顺便打听老马和小白的消息。

魏仁诚在毡房前把自己的大哥和二弟介绍给看病这家的主人，希望今后多多关照。哈萨克人的热情好客让谢国、谢顺颇受感动。魏仁诚看病，谢国、谢顺打听老马和小白的消息，一无所获。最后是哈森一家，他五十岁左右，在这一带很有威望。哈森被腰腿病折磨多年，经魏仁诚诊治，大有好转，他把魏仁诚奉为上宾。

魏仁诚来看他，他非常高兴，热情地迎他们进屋。魏仁诚向他介绍了自己的兄弟，说明了来意。谢顺奉上十发子弹、砖茶、馕作为礼物。

哈森宰了羊招待他们，他说道："你们是我的尊贵的客人，以后来了就到我家来，有啥事找我，我给你们去说。"

哈森女人端上奶茶，魏仁诚问："腿啦，腰啦，还疼不疼？"

哈森女人回答："好多了，谢谢魏大夫！"

魏仁诚说："药我带上来了，一样的用法，等会儿给你。巴郎子哪里去了？"

"朋友家唱歌跳舞玩去了，你们坐下吃喝。"哈森女人一边说，一边摆好了各类食物，餐巾上有馕、馓子、奶皮子、包儿萨克……

哈森陪着兄弟三人喝奶茶聊天，他说："明天是你们的大年三十，还来为我们看病，我感谢得很。今天晚了，就在我们家住下，明天回去。大年初一，我去你们家拜年。"

魏仁诚说："天寒地冻路远，今天就算是拜年了，别来回跑。"

哈森诚恳地说："你是我尊贵的朋友，你的年一定要拜。"

"那我在家专候。"

哈萨克人做羊肉真是有独门诀窍，不大工夫，哈森端上羊头，先把羊头面颊上的肉切下来一人敬了一片，来宾蘸上盐吃了。魏仁诚也回敬了哈森羊眼，谢国、谢顺也学着敬了。

晚饭后，哈森叫来有名的哈萨克歌手演唱哈萨克民歌，哈森用哈萨克语告诉来人：魏大夫大家都认识，我们的好医生。这两个邮电局的线务员是魏大夫的哥哥、弟弟，是我们的朋友。以后发现有人破坏电话线，我们要拦着。还有一件让我特别伤心的事，有两个和他们穿一样衣服的线务员五天前来修线，人没有了，有谁见了一定告诉我。这是国家的事，打日本鬼子少不了电话线。

魏仁诚这几年在山里行医，积累下深厚的人脉关系，为兄弟俩以后进山创造了不少条件。

193

第二日早晨告别哈森，兄弟三人策马回家，到了山口已是中午时分。莹莹在院子里扫衣服，见兄弟三人牵马进来，忙停下手中的活儿走过来。

魏仁诚扶住她，说："你这是干什么了？一身的面。"

莹莹说："水磨闲着，家里的面不多了，磨了点面。"

魏仁诚说："不是说我回来磨吗？你大着个肚子，不要闪着腰！"

莹莹说："李妈磨的，我帮着装了装。"

李妈说："魏先生，我给你扫身上？"

魏仁诚说："我们自己来，你扶着莹莹换了衣服去休息，再准备午饭，吃了饭我大哥、二弟回去过年呢。"

李妈说："已经好了，上了菜你们先吃着喝酒，饺子说话就好。"

三人喂好了马和小黄，收拾干净才进屋。谢国说："魏老弟你好福分啊，守着风水宝地，给个县长都不换。"

魏仁诚说："大哥喜欢田园生活，一定要多过来。我就盼着你过来修个院子、续个弦，开几亩荒，咱们也能朝夕相处，如何？"

谢顺说："大哥的当务之急是成家立业，在城里干个啥不比当线务员好，回去咱们不签这个契约。找个好事情干，好好孝顺咱娘。"

谢国说："我们兄弟是离不开的，我心里有数。"

莹莹换上魏秀娥给带来的淡青色大襟袄，显得雍容大方，过来招呼他们兄弟三人入座吃饭。魏仁诚说："快来吃了回去，我姑妈不知急成啥了？"

莹莹说："当家的吩咐吃些野味，油炸疙瘩鸡、黄羊肉闷饼子，你们吃，我就不陪了。"

谢国说："疙瘩鸡让你把魂勾住了，都往你的箩筐里钻。"

魏仁诚说："这是因果报应。大哥我敬你！"

谢国说："我想起爹娘问心有愧，爹活着的时候，我没有尽到一个儿子的责任。"

谢顺感慨道："小时候还像昨天，今天却在千里之外成家立业，人生难料。"

魏仁诚说："一切随缘。"

谢国说："当年西出阳关，我爹说，三五年就回西安老家，如今却……"

魏仁诚劝解道："顺势者安，逆势者危，顺其自然吧。"

谢顺心里惦记着家，吃得差不多了便说道："太阳偏西了，大哥我俩回吧。"

谢国说："仁诚，今天就到这里，以后少来不了。初二我在家里等着你喝茅台酒。过了十五，我得把新庄子的事安排好了，去年的收成不错，还有六七石麦子、苞米要处理。"

谢顺说："回城里有几个维吾尔族老乡要问我借粮，大哥我看怪可怜的。"

谢国说："与人方便就是自己方便，你看着办吧。"

魏仁诚说："今年刚把烧了的房子修好，你是没福住。"

谢顺说："有房子地好租出去，来以前我娘让我把岳母的生活费用托人送过去了。"

魏仁诚和莹莹把谢国、谢顺送到门口。谢顺给孩子们买了芝麻滚滚糖，一路策马回家过年。在老城的十字路口，他们就看见老娘带着两个孙女在暮色中苦等。兄弟两个跳下马，向娘跑去，喊着："娘，我们回来了。"

观音保和菩萨保向爹爹、大老挥着手，谢国、谢顺跑到娘的身边，一人握着娘的一只手说："娘，我们回来了。"

魏秀娥说："好，好，观音菩萨保佑，咱回家过年了。"

谢顺抱着观音保，谢国抱着菩萨保，祖孙三代一起回家。

194

谢国要进邮电局当线务员的决定，魏秀娥想通了，上阵亲兄弟，打虎父子兵，她对谢国说："儿啊，你的事情你做主，妈不拦你，你要想好了。"

谢国说："娘，我现在适合干这个工作。再说二弟没有个可靠的帮手不行。他现在是工头，不能让山里的事拖着，我学上几个月就可以自己干了，他就不用进山了。"

魏秀娥说："可是这个工作危险得很啊！"

谢国说："娘，这一次仁诚跟着进山，介绍了不少哈萨克朋友，这些人都是很讲义气的牧民。老马和小白失踪没那么邪乎，再说了，干什么没有危险？日本鬼子在屠杀我们的骨肉同胞，苏联的援助物资要从这里运往前线，保证线路畅通也是支援抗战。"

正月初六，卢工头做了几个菜喊谢国、谢顺过去喝酒。下了班他俩就去了卢工头家。卢婶去世后，这屋里就只有卢工头一个人孤零零的。卢工头在炕桌上摆着一盘卤肉、一盘四喜丸子、一只烧鸡、一条红烧鱼，中间是一大盘蔬菜拼盘。

谢国说："卢叔的手艺不错啊！"

卢工头说："我老伴在炕上两年多，我不做饭能行吗？来，上炕。"

卢工头上坐，兄弟俩左右坐定。卢工头拿过西凤酒，说："给你婶办丧事，老家兄弟带过来的，咱把它干了。"

谢国忙接过来，把酒打开倒上，他有些伤感地说："家乡的酒就是香啊！"

卢工头说："老大，你我同病相怜，这杯酒祭奠亡灵。"

他又倒上一杯，说："这第二杯酒，谢谢你们家这些年对我的帮助。咱干了。"

谢国说："卢工头，这些年你一直帮着我弟弟，我爹在的时候就说不能忘了你的大恩。"

谢顺举起酒杯向卢工头敬酒，说："这杯酒我们敬卢叔栽培之恩，请。"

卢工头说："要是没你们兄弟挺身而出，抢修线路，我可要坐蜡了。谢顺啊，工头不好当，老鼠钻风箱，两头不落好。"

谢国说："卢叔，你这个工头当得好，都说你秉公办事，我敬你。"

卢工头说："谢国，局长让我明天代表局里跟你签合同。我咋都觉得你一肚子的墨水干线务员糟蹋了。要有个三长两短，我也对不起你过世的父亲。你这是为啥？你娘担心得很，我看你还是从长远考虑，别签了。"

谢顺说："大哥，卢叔是为咱们家着想，咱们不急，有合适的事再说。"

"我决心已定，绝不反悔。自从妻儿走后，我方寸已乱。本来想把爹的文稿整理出来，也算是对咱爹在天之灵的一点慰藉，怎料一把大火给烧干净了！每当我拿起笔，脑子里都是一片空白，我现在只想做一个有用的人。"谢国一番话说得声泪俱下。

谢顺说："大哥，你千万不要这样，只要你痛快，干什么我都支持你。"

卢工头说："谢国，活着比什么都好！喝了这杯酒，你们兄弟俩老虎杠子热闹一番。来，吃肉，这卤肉、烧鸡可是东江春的。"

谢顺向卢工头道了声失礼，陪着大哥一醉解千愁，卢工头说："你俩玩得越高兴，我也越高兴。"

兄弟俩正较劲，卢工头的电话铃响了，来电话的是机场的瓦西里，他让谢顺过去。

卢工头让谢顺赶紧过去，又交代道："有啥事来个电话，别让我担心。我跟你哥等你的消息。"

谢顺匆匆忙忙地走了，到了后，来电话说："没有什么事情，瓦西里让我参加机场的会餐，今天回不去了，让我大哥告诉我娘。"

谢国与卢工头谈笑风生，微醺而归，把谢顺不回来的事告诉娘后说："娘，明天我就签合同去了。我跟卢工头请了假，把庄子上的事处理一下。娘还有什么要嘱咐的，我过去一起办好！"

魏秀娥说："地里的事都和上元交代好了，上元说得找个一心一意种地的，咱们还是不要麻烦乡亲们了。"

谢国说："我知道。"

第二天中午，谢顺带着罐头、面包、格瓦斯回来。没过几天，他的大儿子小虎降生了，全家人都喜笑颜开。

195

三月底，一批批河南的难民涌进来。吴上元把屈家的地租给两户难民，都是在老家就种地的好手，房子一家一半。

谢国有谢顺带着做学徒，技术进步很快。这天早晨谢国正在洒扫院子，一个破衣烂衫稚气未脱的孩子在门口可怜巴巴地说："大叔，给个馍馍给碗水喝吧。"

谢国把娃领进来，把屈昶芸刚出笼的热蒸馍拿了两个，又给他端了黄米汤、油泼辣子、咸菜，看着娃狼吞虎咽地吃饱。

魏秀娥问这娃："你叫啥？"

娃说："俺叫赵安福。"

"家里还有什么人？"

赵安福哭着说："俺和爹在地里干活，俺娘俺妹在家都叫日本鬼子的飞机炸死了。俺爹在逃难的路上把吃的都给了我，饿死了……"

"你多大了，今后咋办呢？"

赵安福说："十七了，俺也不知道该咋办。"

谢国说："你要愿意的话，先跟着我，要有机会的话，帮你找个事干。"

赵安福跪倒就磕头，边磕边说："大叔，你可真是我的再生父母。"

谢国扶他起来，说："我领你去洗个澡，换身衣服从长计议。"

谢顺回来看家里又来了新人，年纪小、身体单薄，想着今年修工正需要人，局长也同意给谢国配个人，于是问大哥："你看这个娃怎么样？"

谢国说："是个老实娃。"

谢顺说："大哥你要是同意带他，我跟卢工头商量，收下先用着看。"

谢国说："我愿意。"

从此以后，赵安福就跟着谢国。谢国既带着他干活，又教他识字。赵安福踏实肯干，两人相处融洽。

四月春回大地，山里的雪开始融化了。谢顺、谢国进山例行巡查线路，他们路过一个山沟，这里林木葱茏、人迹罕至，小黄停在沟边发现了什么，突然叫起来。

谢顺警惕地端起枪，并没有发现什么异常。谢国说："它一定发现了什么！"

两人跟着小黄过去，在进沟口不远的林子里，小黄拉着一堆破烂的衣物。谢顺紧张地说："线务员的工作服！"

他把马拴在松树上，清理衣物周围的积雪。谢国在离谢顺二三十米的制高点，警惕地观察着周围的动静。

谢顺清理出来的除了衣物，就是白骨。他明白了，老马和小白遇难了，这些是野狼吃剩下的。他含着泪把残留的尸骨收集起来，脱下自己的工作服包好，庄重地说："老马、小白，我们回家，我们回家了。"

196

这年五月一日，邮电局发了新工作服，局长带队参加声讨日军的大游行，局里的同事人手一面谢国手书的抗日旗帜，大声呼喊着。

"打倒日本帝国主义！"

"全国各民族人民团结起来一致抗日！"

"驱逐外辱，还我河山！"

"血债要用血来偿！"

……

人们在大十字焚烧日本膏药国旗、穿日本军服的麦草人。各界民众踊跃捐款，支援抗日。魏秀娥也不落后，在门前学生的募捐箱，捐出自己压箱底的钱。

县里组织学习抗日救国的政策，群情激昂，大家纷纷表示只要抗日需要，时刻准备着抗日救国。

过了几天，卢工头让谢顺领上几个人，在东墙上开个一扇门大的豁落。豁落打开以后才发现宽阔的空地上，搭起了三顶新帐篷，里面出来的是碧发金眼的苏联医生。

因为没有井，特意开了豁落方便他们过来用水。

谢国每天早上天不亮起来打扫院子，赵安福机灵得很，听到动静也起来了。

谢国说："你年纪小睡个回笼觉。"

赵安福抢着打水洒院子，说："谢大老，俺睡得早，睡好了。"

谢国说："我看苏联人打水不得劲，我俩把淘麦子的木桶搬到井边，把水打满让他们方便点。"

从此以后，井边的大木桶总是满满的，打水的人看见桶不满，顺手就把桶打满。

苏联人喜欢洗澡，谢国就带他们去河坝洗。夏天太热，苏联人也喜欢到葡萄架下、大柳树下来乘凉。虽然语言不通，但相互都能感受到眼神中的友善。

197

屈昶芸每月都让谢顺把娘的生活费，按时请开邮车的老车带过去。老车每次回来就是一句话："你娘说好着呢。"再问其他情况，他是一点儿都不知道。在古城子的昶芳也是一点儿消息都没有。

屈昶芳的日子不好过，公公婆婆盼孙子盼红了眼，媳妇却一点动静都没有。钱有福的病有所好转，玩得更欢实。

婆婆见面就骂她："花钱买了个不下蛋的母鸡，你这个不要脸的小娼妇要让我断子绝孙？"

医生看不出屈昶芳的毛病，婆婆更是变着法儿折磨昶芳，饭咸了、茶没味、房子收拾得不干净、针线活没干好……都说是十年媳妇熬成婆，她能熬上十年吗？

今年的夏天太热了，天上下火，地下烫脚，院子里没风，屋里是蒸笼。婆婆在树荫处放上铺了凉席的躺椅躺着乘凉，命昶芳在一旁扇风，她扭动着胖嘟嘟的身体骂道："小婊子没吃饭，老娘热得满身汗。"她抬手就往昶芳身上打。

屈昶芳累得汗如雨下，一滴汗不小心滴到婆婆脸上，婆婆骂道："小娼妇轻飘飘的，看样子你的皮又松了。"

太阳都偏西了，钱有福出去收账还不见回来。大鼻子公公说："太太，这有福出去半天了，还不见人影，别把钱搞丢了。"

钱太太说："你是死人啊，你不会出去找！"

钱仁义说："我这不是看铺子吗，正是卖货的时候，让媳妇出去找。"

钱太太说："你倒是会使唤人，你没看到老娘快要热死啦！"

钱仁义说："太太，要是钱丢了怎么办？"

钱太太爱财如命，无可奈何地说："你快去快回，要是在外面避清闲小心你的皮。"

屈昶芳赶快出去找有福。

这钱有福讨完账往回走，口干舌燥，汗如雨下，从河边路过，清凌凌的河水有半人深，不少娃娃大人在水里玩得好不痛快。自己也忍不住要痛痛快快地洗个澡，便脱了衣服卷起来夹到柳树杈间，然后一个猛子扎到水里就不见影儿了。洗澡的人都说他好水性，没有在意。谁知道好大工夫也没见他出来换气，众人这才觉得有些蹊跷。

有人高声呼叫起来："哎呀，那里有个人！"

人们望过去，果然有个人漂在水面上，人们把他救上来时已经没有气了。有认识钱有福的人知道这家难缠，不愿意去报信，其他人也不敢多管闲事。

一个老汉见钱有福赤条条地暴露着，好心把树杈上的衣服拿下来给他穿上，又嘱咐围观的人照看，急急忙忙来到钱家杂货铺对钱掌柜说："钱掌柜，你儿子出事了。"

钱仁义问："我儿子出啥事了？钱被抢了？"

老汉说："你儿子在河里洗澡被淹死了，直挺挺地在河边晒着呢，你快去收尸吧。"

"你说啥？你不要吓唬我！"

老汉说："人命关天，怎么敢胡说，快走吧。"

钱仁义一下瘫倒在地上，哭天喊地。

屈昶芳没找到钱有福，一个人回来了，叫婆婆好一番数落，她继续给婆婆扇扇子纳凉，听到铺子里传来公公凄惨的哭声，问婆婆："娘，我爹这是怎么了？哭成这样。"

钱太太反手就给了昶芳一个耳光，骂道："你这个丧门星，你咒我家出事是不是？"

正在这时候，老汉搀着钱仁义跌跌撞撞地到了后院，钱仁义哭哭啼啼地说："老婆子，大事不好了！我的有福……"

钱太太问："我的有福怎么了？"

钱掌柜说："我儿他……他！"

老汉说："你儿子在河里洗澡淹死了。"

钱太太从躺椅上跳起来，破口大骂："你这个老不死的，胡说啥呢，我儿子讨账去了。咋到河里了？讹来了！"

"怪不得没人敢来报信，信不信由你。"老汉摇了摇头，掉头就走。

钱家夫妻这才慌了神，屈昶芳一头栽倒在地，痛哭起来。哭声惊动了左邻右舍，虽然平时不甚走动，但这是天大的不幸，赶忙租了车，帮着把钱有福的尸体拉回来。他身上的钱一文不少。

198

葬了钱有福，屈昶芳更难熬了，这个家里只有男人对她好，她唯一的依靠也没了，今后的日子不知怎么熬！她哭肿了眼，愁得嘴上全是泡。

钱太太见她就打，骂她是丧门星，怨她克死了钱有福。钱仁义也把一腔的怨恨都发泄到她身上，对她非打即骂。夜里，他们不让昶芳进屋，昶芳只能缩在杂物间里。

这天晚上，屈昶芳在窗下听见婆婆说："留下是个害，你我老了能靠她？"

钱仁义说："休了赶出去算了。"

钱太太说："养上几天有个人样了，卖到窑子里换了钱还能雇一个用人。"

钱仁义说："好，这都不解我的恨。"

除了逃，屈昶芳没有别的出路了。夜半更深，她用笼布包了几个剩下的馍馍，带上随身的衣服，带着有福给她的一点点私房钱，孤身一人走上了去迪化的寻亲路。白天怕被钱仁义抓，就躲着，晚上敲开好人家的门，要口水喝，问明了路再走，反正离得越远越安全。第四天，她搭上了一辆好人家的车到了迪化。迪化太大了，她到处打听，一点消息都没有。半月过去了，她已经身无分文，走投无路的她想到了死，她伤心欲绝地痛哭一场。她谁都不怪，只怪命不好。

屈昶芳收拾干净，梳成姑娘时的一条大辫子，换上一身姑娘时的白底地蓝花花的衣服。天快亮时，她用自己的衣服做成绳子，套在路边的一棵歪脖子树上，踩着两块土块，把脖子往里一套，两眼一闭、两脚一蹬，就挂上了。

迷迷糊糊中，她感觉到有人把她往上一托，放了下来。那人说："姑娘，你年轻轻的，有什么过不去的？怎么要寻死啊？"

屈昶芳痛哭流涕，说："我也不愿意死，我是实在活不下去了。"

救她的是一位身着长衫的清瘦中年人，他对昶芳说："姑娘，你有什么难事，不妨说出来听听，没有过不去的坎，万万不可轻生。"

"反正活不下去了，不怕你笑话。"屈昶芳把逃出来寻亲的事全说了出来。

中年人回忆了片刻，仿佛想起了什么，说："你到我铺子上打听过，我想起来了。可迪化这么大，找你家人哪有那么便宜？"

屈昶芳痛不欲生地说："死了干净，先生不该救我啊。"

这中年人说："姑娘，我姓关名冀东，东北沦陷后父母双亡，我孤身一人来到这里，开个杂货铺子维持生计，听了你的遭遇感同身受，我有个想法，不知你愿意不愿意？"

屈昶芳说："要死的人有什么愿意不愿意的，关先生但说无妨。"

关冀东说："你要是愿意，先在我的铺子里帮忙，等找到你的母亲再做打算如何？"

屈昶芳听了，仿佛是抓到了救命的稻草，跪倒在地说："好人啊，恩人啊，我愿意。"

关冀东说："你快快起来，我受不起这大礼。"

关冀东把屈昶芳领回铺子里，考虑到孤男寡女不宜同住，把她安排到铺子后面放货的小房子里。他对昶芳说："我这里条件不好，你暂且将就。我的要求是货物要井然有序，不能乱了，注意烟火，我就靠这些家当活命。白天我看铺子，你到我家做个家务，我若出去进货，你就到铺子里照料生意。你说行吗？"

屈昶芳起誓："关先生对我如同再生父母，我要有半点异心，天诛地灭不得好死。"

"我能收留你，就相信你的人品。我关冀东是个什么人，你会明白的，我这个人喜欢整齐清洁。"关冀东是个坐怀不乱的正人君子，做事严谨，做人正派，做买卖诚信，木工手艺不错。他做的鞋绷子、楦头、镜框子、牌位子十分精致。虽读书不多，却也略通文墨。为了帮屈昶芳寻找家人，他写了寻人启事，四处张贴。

屈昶芳在钱家受过苦，做事小心谨慎，把家收拾得干干净净，看铺子兢兢业业，更能做一手好茶饭，这对独居的关冀东来说，简直是天降的福音。家里有个知冷知热的女人，他过得舒畅极了，没过多久就离不开这个女人了。

199

春去秋来，花开花落，屈昶芳还是没得到家人的消息。

关冀东喜欢这里的食物，也放不下家乡的味道，黄豆酱是他必不可少的食物，他手把手教会屈昶芳做黄豆酱。屈昶芳也渐渐喜欢上了生菜蘸黄豆酱的滋味，不但大葱、黄瓜、白菜能蘸着黄豆酱吃，连茄子、荬瓜、豆角也照吃不误。

在关冀东的教导下，她照料生意做得有模有样；在屈昶芳的精心照料下，关冀东苍白的脸上有了光泽。关冀东看在眼里，乐在心里，对屈昶芳的关心也更胜一筹，他给她买漂亮的布料、女人喜欢用的化妆品，让她好好打扮。

年关将至，关冀东提醒屈昶芳做几样喜庆的菜。屈昶芳心想，关先生勤俭节约，是不是要待客？她没敢多问，按他交代下的做了。还没有到打烊的时候，关冀东关门歇业回到家里，屈昶芳见并无他人，问道："关先生，菜做多了？"

关先生看桌上摆了三个精致的凉菜、一个四喜丸子、一个糖醋鱼、一个砂锅鸡，便说："六六大顺，正合我意。"

他让昶芳上坐，她受宠若惊地说："关先生，万万使不得，你这是折我的寿呢！"

关冀东说："你给我打工半年有余，没讲过条件，没要过工钱。我的买卖比往年增加了三成，支出与往年持平。你是我的福星，我有要事相求，你理应上坐。"

屈昶芳说："关先生，万不可这样说，你是我的救命恩人、再生父母，做牛做马我都心甘情愿。"

关冀东还是把她让到主位上，坐定了说："你一个妙龄女子，我一个不惑男人，长此下去免不了招来些闲言碎语，不利于你的清白。"

屈昶芳听了大惊失色，问道："关先生，你是不是要赶我走？"

关冀东递给她店里最漂亮的绸子手绢，让她擦干眼泪说："我说了你是我的福星，我怎么舍得你走？"

屈昶芳破涕为笑："关先生，我哪儿做得不好，要打要骂，我心甘情愿，千万不要赶我走。"

关冀东说："你年轻貌美，我本不该有这样的奢求，让人家说我是老牛吃嫩草，但是为了你我的名誉，得有个名分才是。"

昶芳明白了，在她心里，关先生是个正人君子，她坚定地说："一切全凭关先生做主，我绝无二话。"

关冀东说："我向你诚心诚意地求婚，你意下如何？"

屈昶芳悬着的心落地了，喜极而泣："只要关先生不弃，从今以后，我就跟随你姓'关'。先生的主张就是我的主张，先生的愿望就是我的愿望，先生就是我的一切。"

关冀东说："结婚的一切我都准备就绪，择良辰吉日成亲即可，从今天起到结婚前，你住屋子，我去铺子住。"

年前，关冀东、关昶芳举行了婚礼。

200

一日，屈昶芳看铺子，店里来了一位穿灰狐皮领紫红呢子大衣的时髦妇女，二人相对而视，愣住了。

"昶芳妹！"

"谢芳姐！"

一时间，两人相拥而泣。

谢芳说："妹妹不是在古城子成家了吗？"

昶芳抹了泪，把自己的遭遇说了。谢芳听了心里酸酸的，红着眼圈说："我可怜的妹子啊，你的命怎么这样苦呢？好在老天爷有眼，你算是苦尽甘来。"

昶芳笑中带泪，说道："关先生对我好，我知足了！你今天怎么想起来我们铺子买东西？我在这里半年多了，到处打听我娘的消息，一点儿音讯都没有，真把我急死了。"

谢芳说："我的那口子要穿我做的鞋，邻居介绍我到关掌柜这里来买鞋绷子，这不就碰上了。"

昶芳说："我猛猛地一见都不敢认了，还以为哪里来的阔太太走错门儿了。"

谢芳说："我的那口子讲究呢，丢他的人可不行，这也就是出门穿穿。看妹子的样子像个新娘子呢。"

昶芳说："要是早些见面，结婚也能有个娘家人参加。关先生认真得很，在铺子要有做买卖的样儿，家里要有家里样儿，啥都教我。"

谢芳说："我们的小雀儿这下有人管了。"

昶芳担心母亲，问谢芳："你知道我娘的消息吗？"

谢芳说："你娘在老满城屈掌柜的粮油杂货铺子。我哥月月让开邮车的车师傅给你娘带生活费。你们没联系上？"

"哎哟，我娘怎么能开起铺子了？"

谢芳说："我过年去拜年，铺子都关门了，没找见。"

昶芳请谢芳到屋里坐，谢芳看了腕上的小金表说："不耽误你做生意，改日有空再说，我得回去准备做饭去。"

谢芳把自己的地址详详细细地告诉昶芳，这才想起来鞋绷子还没买。

昶芳问："有没有合适的？要不留下鞋样子，改日来取。你哪天来？"

"那得看哪天有空儿呢，这会儿也说不好。"谢芳留下鞋样子，两人依依惜别。

关冀东来换关昶芳，昶芳兴奋地说："关先生，你要早来点儿，就见上我家谢芳姐姐了。"

关冀东说："又失态了？"

关昶芳伸伸舌头说："这下可好了，从我姐那儿知道我娘的消息了。"

关冀东说："那你快快准备好了，抽时间看娘去。"

201

谢顺带着还在试用期的大哥进山巡线，每一次魏秀娥都提心吊胆地坐在窗前等着兄弟俩回来。兄弟俩知道家里担忧，都是在第二天傍晚前准时回来。他俩从心里感谢魏仁诚给他们创造的安全保障，每次哈森都为他们保驾护航。何局长特批了子弹、手电筒等物资，让他们送给哈萨克朋友，线路被破坏的事情越来越少。

这年十月，莹莹生下一个胖小子虎虎，魏秀娥领着两个孙女春晖、春兰第一次去了侄子家，为虎虎带上长命锁。

又是一年春来到，谢国提前转正。他给李立本、卢工头说："谢顺忙得抽不出时间，以后进山我一个人就可以了。"

李立本说："没有个帮手不行。"

卢工头说："我快要退了，谢顺得专心致志地把工头的事接过去，机场的老毛子也指着他，别人还不行。进山巡查真得再配个人。"

李立本说："谢国不是有个徒弟，进山怎么不让去呢？养兵千日用在一朝，就这样定了。"

赵安福有情有义，愿意跟着谢大老进山，他细致周到，凡事都争着干。谢国处处保护他，避免让他受到伤害。

在李立本的主持下，卢工头与谢顺正式交接了库房的工作。李立本年龄与谢顺相仿，是个专科生，老成持重。

卢工头说："我当了十年多的工头，管了十年多的库房，没动过库房里一点点东西。

你看，就连院子里晒衣服的 8 # 铁丝，都是废拉线拆开弄直了接上架的。李段长，你们对着账本查收了，我也就准备回老家了。"

谢顺说："库房对账我都在，算了吧？"

李立本说："这是手续，查对得清清楚楚，对你、对卢工头都有好处，不找后账是不是？"

卢工头说："谢顺，这可不是你我两个人的事，公私分明，履行手续，有凭据为证。"

谢顺喊来大哥帮忙对账，李立本和卢工头从旁监督。兄弟两人一项一项逐一核对，问题不大，略有出入。

李立本说："差的都是些小件的易损易耗品，卢工头这些年有些疏漏在所难免，现在就按查实后的新账交接，到了你手里可不能马虎，账物一致，免得出事。"

这时候谢顺更后悔没有读书，不过好在有个读书识字的大哥。交接以后，弟兄俩对库房归置一番，打扫得整齐干净。

交接完成以后，卢工头说："二娃，以后就看你的了，你在民团能管一百多号人，线务员人不多，事却不少，每个站点的情况不一样，你心里要有个数。"

谢顺这些年跟卢工头学习，知道在线务员的管理上不能没有一套行之有效的规矩。在征得李立本和卢工头的同意后，他和大哥整理出了《工头职责》《线务员职责》《库房管理职责》等，让大家一同学习。

每月发工资是线务员集中的日子，也是对这个月工作进行小结的日子。领料、买日常用品也是集中在这两天。发工资的这一天上午，线务员都被召集到小库房开会。

李立本正式向大家宣布："卢工头带着谢工头有一年多了，从今天起，卢工头就正式退下去，由谢顺工头接下他的担子。现在先请卢工头讲话。"

卢工头说："咱们都是同甘共苦过的同事，我们在一起跟线路打了这些年的交道，有感情了，要离开了，我还真舍不得。没规矩不成方圆，不管是新规矩，还是老规矩都是为了把事情干好，往后大家和谢工头一起好好干！"

李立本说："谢工头你表个态。"

谢顺说："该讲的李副局长、卢工头都讲了。路遥知马力，日久见人心，咱们在一起的日子多着呢，往后拜托大家了！"

202

卢工头退下来以后，准备回故乡，谢顺帮着张罗，他已经和骆驼户金大头说好了，租了他的一匹骆驼，请他护送卢工头回西安。不论卢工头在位不在位，他都一如既往地把卢工头当师傅。

卢工头刚退下来，心里难免失落，谢顺只要有空就陪着他去河坝散心。成群的鱼儿在水中游来游去，光着屁股的娃儿们在浅浅的水中捉鱼儿，勾起了卢工头的回忆。

卢工头说："回了老家，吃不上这好的瓜了，你说别的地方咋长不出来呢……回家吃咱家乡的水果别有风味，凤翔的石榴稀罕呢，火晶柿子想起来我都要流口水呢……你爹在的时候，我们约好了一块儿回乡呢，唉……"

谢顺说："我爹生前一直想着要叶落归根呢，我内疚得很。要不是我惹了祸来找我爹，我爹也躲过生死劫，平平安安地回去了！"

卢工头说："二娃，这都是命啊，人算不如天算。你上你的班去，不用陪着我了，别耽误了事儿！"

谢顺说："我记住了，想睡的时候，把单子盖上，受了凉，在路上就遭罪了。"

卢工头说："你把我当娃娃了，这么热的天，没事。"

谢顺笑着说："晚饭前我来接你。"

卢工头说："我自己回就行了，你干你的。"

谢顺说："卢叔我走了。"

金风送爽，金大头的驼队和另外两个同行的驼队一起踏上了去西安的漫漫长路。卢工头老泪纵横，在骆驼上频频向邮电局送别的人们挥手告别。

汉城东门送君别，西天路险盼长安。谢顺、谢国一直伴着卢工头到十里长亭，才挥泪分别。

203

有儿不愁养，谢顺的三个娃一天一天长大，春晖已经能垫上块方砖帮妈和面、蒸馍馍了。春兰天生丽质，长得清纯可人自不必说，爱干净又聪明。奶奶教她的《三字经》、给她讲的故事，她也能讲给爹爹听了。

小虎也已经能脱开手到处跑着玩，魏秀娥跟不上，又怕他摔着让观音保看着弟弟。春兰一听奶奶叫她的小名，她就不乐意了，对奶奶说："奶奶，我叫春兰，不要叫我的小名。"

她拉着浑身是土的虎子，嫌弃地说："脏死了，奶奶把笤帚子给我。"

魏秀娥说："万物土中生，孙女扫不及的。"

春兰说："奶奶，我不敢挨着个脏虎子。"

魏秀娥说："不难为我的春兰。奶奶来看，绣你的花去。"

天暖以后，女人们都爱坐在葡萄架下乘凉的门板上一边做活，一边听谢奶奶讲故事。春兰怕把衣服坐皱了，她把家里的小凳子放在奶奶身边，端端正正地坐下绣花。

过上一会儿把嚼好的大豆，嘴对嘴地送到奶奶嘴里。魏秀娥说："有我的好孙女，奶奶没牙也能吃香香的。"这两年，魏秀娥的牙已经掉得没剩几颗了，吃饭要拉得薄薄的、煮得烂烂的，吃瓜要吃老汉瓜、红沙瓤西瓜。咬不动的东西，都是两个孙女儿嚼碎了喂给她吃。

吃上几口，春兰问："奶奶香好了没有？"

魏秀娥说："我孙女的玉嘴嘴能不香好吗？好了，奶奶喝口水。"

她喝水的紫砂壶是大儿子孝敬的，夏天她喜欢喝个菊花茶，冬天喝茯茶。她喝着紫砂壶里的水，想着可怜的大儿子，这孩子是铁了心要单身下去了。想到二儿子，她才高兴起来，二媳妇又有了身孕，按时间算，过年前后就要生了。一门有后，十门不绝，她这一辈子就是为了儿孙活着。魏秀娥老了，胃里总不舒服，但吃些肥肉就会好受些。她想着，是不是二儿子在古城子卖羊肉惯下的毛病。

谢顺给娘定了热合曼那儿的手抓羊肉，每天二两，每月结一次钱。热合曼夫妻住在老城西门外一个被葡萄藤遮得严严实实的维吾尔族小院里，夫妻俩没儿没女，相依为命。他的手抓肉很有名气，绕着回城老城转一圈基本上就卖尽了。

每天早饭后一个时辰，高高瘦瘦的大胡子热合曼，推着一只手抓肉整羊的独轮车，身边是不离不弃蒙着围巾露出两只眼睛的小格秩个子（老婆）他们会准时在邮电局大门西边叫卖："羊娃的手抓肉，亚克西的香，手抓肉的买下了。"

买手抓肉的主顾听到了热合曼生硬的汉话便会围过来。春晖总是端着小碟子默默地站在后面，等买手抓肉的人喜滋滋地离去后，热合曼用那油光光的劈恰克片下来薄薄的一片精肉撒点盐放到春晖嘴里。

热合曼问："你的爸爸在吗？"

春晖说："上班去了。"

热合曼取一层油一层肉的羊肋把肉切成片，再切些精肉撒点盐，然后片上两片羊尾巴油撒上盐放到春晖的小碟子里。

魏秀娥先给虎子喂上两片，给二媳妇留下两片，春晖说吃了，春兰不吃油腻的。给儿孙们分好了，魏秀娥才吃，她先把羊尾巴油放到嘴里吃了，再把手抓肉撕成丝慢慢地品尝。

屈昶芸把婆婆留下的一片肥肉喂到婆婆的嘴里，说："娘，这是给你润胃的，你吃不到嘴里。"

魏秀娥把最后一片喂给虎子说："我孙娃吃上长得高高的。"

谢顺每月发工资后的第一天，屈昶芸会领上春晖把算好的钱给热合曼的秩个子（老婆）。热合曼说："你们的麦子我们借下了，我说手抓肉的钱算了，你们不干，我心里过意不去。"

屈昶芸说："你们是小本生意，那样不行。"

热合曼说："错不了。"

204

谢顺房前的葡萄树有胳膊粗的三根主干，能给十多米的走道遮阴，几乎要与南面的古柳连上了。北面的一棵桑树白色树干笔挺，桑叶子像抹了油一样，就是不好好结桑子。夏天女人们在葡萄架下做活，男人们在柳荫下下棋，娃娃们在这里玩耍，是人气最旺的去处。

谢顺每年搭了葡萄架，都要给葡萄施肥，最好是埋死畜生。葡萄架上的红葡萄挂满了架，又大又圆，透亮香甜。每年都是要等到八月十五过节前，线务员领工资的时候采摘。

今年采摘葡萄就要开始了，领了工资的线务员兴高采烈地把小库房里的长案子抬过来，站在上面用电工刀一嶽啦一嶽啦地摘。

典兵慢吞吞地上去先拣大的、红的揪上吃，说："这个葡萄咋这么好吃，又甜又脆。"

王志林把他赶下来，自己上去摘。赵安福悄悄地拿上筐子、剪刀上房剪葡萄去了，他对现在的处境满意极了。

每年这个时候金玉也提着自己种的蔬菜，给要好的线务员一人分一份。他在监牢里被关了半年，出来头更歪了，种菜养鸽子，日子过得蛮自在。他跟谢顺的关系不赖，卖菜总是先便宜卖给邮电局家属，谢顺闲的时候经常去他家看鸽子。

谢国今年开春同赵安福到松树塘驻站去了，站就在路边。这里很美，松林莽莽，碧草连天，山花盛开，商旅往来必经于此。谢国是一个小心谨慎的人，不能让事故发生在自己的辖区，未雨绸缪最重要。融雪以后，他同赵安福对每根电线杆都进行了精检查加固，对个别在风口、水流上的电杆做拉线，用毛石加固。他们整个夏天没有歇过一天。每月他都回来三四天看母亲，置办生活用品，放松几天。拿上工资，把他和母亲的生活费交给弟媳妇。屈昶芸每个月都为大哥准备自制的挂面、炸酱、咸菜和米、油。谢国留下买的烟、酒、茶叶和一些给侄女侄子的零花钱。

每月谢国回来，胡师傅总是准时来，两人一起出去喝酒散心。魏秀娥担心大儿子有公务在身，在外面喝酒影响不好，便留胡师傅在家里喝。

胡师傅说："在家里喝麻烦得很，喝多了惹人嫌。一个月没见了，痛痛快快地喝一次。"

魏秀娥没办法，只能由着他们。谢国同胡师傅出西门，总想着请上路大夫一起喝酒。路大夫病人多，常常脱不开身。路大夫虽来不了，但另外两个蹭酒的老相识却总是早早就等在东江春饭馆门口。

胡师傅嗜酒，喜欢自由自在，自己摆了个油糕摊子。他脑袋上只有耳朵旁的一圈还有点头发，头皮光亮，蓝布套袖也是油光光的。他炸的油糕是这里一绝，光看鱼鳞似的表面样子就没人能及，八珍馅儿脆香可口，每天早晨卖百多个油糕，两个多时辰就完事了。

胡师傅见谢国过来，说："老大把草放下，把你的油糕端回去。"

谢国说："你忙你的吧，我喂了马就过来。"

等他再端着碟子过来的时候，胡师傅准备收摊了。他把十个油糕摆在碟子里，跟着谢国过来，对魏秀娥说："大妈，油糕是孝敬您老的。"

魏秀娥说："胡师傅的手艺好,炸的油糕外酥里嫩。多谢你了,我老了,牙口不好。"

胡师傅说："大妈不老,精神好得很,活一百岁没问题。"

魏秀娥说："那不成了老妖精了。"

胡师傅说："大妈等着抱重孙子吧。"

魏秀娥说："七十三、八十四,阎王不请自己去!"

胡师傅送完油糕准备回去收摊,他突然对谢国说："老大,要不你跟我学炸油糕吧,我这祖传的手艺,学会了吃喝没问题,自己干还不看别人的脸色。"

谢国说："罢了,还是干我这个省心。"

胡师傅说："看样子我祖传的手艺要失传了,我得收摊去,老地方。"

魏秀娥知道他俩又要出去喝酒,说："昨天喝得进不了门,今天歇一天吧!"

谢国像犯了错的学生,没吭声,干完了手头的活,又把要带上进山的东西检查了一遍,问赵安福说："你的东西买全了没有?"

赵安福说："俺也没啥买的,全听谢大老安排。谢大老,二老说让你去查库记账呢。"

每月回来,谢国都要帮助二弟把一个月的库房账目清理好了。有了这个有学问的哥,谢顺管库房轻松多了。

干完了活儿,谢国换了衣服准备出去,魏秀娥说："儿子,吃了再去,空腹喝伤身体。"

谢国说："饭有呢,到时间了,别让胡师傅等。"

谢顺说："娘,你就让我大哥去吧,我哥一个月就休息这三天。"

魏秀娥说："早些回来。"

谢国摸摸二弟给他剃的光头说："明天要回去了,娘还有什么要交代的?"

魏秀娥说："出门在外注意照顾好自己,平平安安的娘就烧高香了。"

谢国说："娘放心。我过去跟胡师傅说一声,早早地就回来。"

天黑了,魏秀娥拄着拐杖站在大门口等谢国。儿子大了,要给他脸面,不能让他在朋友面前抬不起头,做娘的只有等他回来了才放心。

给他泡了山楂红枣杏皮子水醒酒,把要带的东西整理好,看着大儿子睡了才离开。母慈子孝,惹得赵安福羡慕不已。

第四天早晨,大儿子要走了,魏秀娥站在大门口,一直看着大儿子拐进了北上的路才回去,盼着下月见面的时候。

205

今年是屈昶芸的本命年，按日子算她的第四个娃娃将在新年前后降生。年前的一场大雪真巧，正好赶在了谢国回来过年的前一天晚上。谢国在山口魏仁诚那儿吃了晚饭，天黑了才回来。赵安福这次没有跟着回来，让谢大老帮着买需要的东西。谢国巡线的途中打了一只野羊，带回来半扇子。大儿子每次回来，娘都要过来跟儿子唠唠山里的事。

魏秀娥说："一想起山里就让娘闹心。"

谢国说："我每一次路过老段家都要去询问凤仪的下落。娘，我不甘心，我心里疼。"

魏秀娥知道这是大儿子的伤处，叹了口气说："儿啊，你怎么就过不了这个坎儿呢！一切都可以重新开始，看你这个样子，娘不安心啊！"

这一夜，谢国又失眠了，到天亮才闭眼。刚睡着，他就听见娘在门外说："儿子，天亮了，把房上的雪扫一扫，别把房顶压塌了！"

谢国穿上衣服，费劲地推开门，门前的雪被门刮出凹下去的半圆形。这场雪真大！

谢顺已经上了房，对谢国说："大哥，我在房上就行了，你把路扫开。"

院子里的人也都开始扫雪了，春兰最喜欢洁白的雪，对爹说："爹爹，不要把雪弄脏了，我要堆雪人儿。"

谢顺说："好闺女，太冷了，你先回去，爹扫完了房上的雪，给你堆雪人。"

"爹，我不冷。"春兰小心地捧了一捧雪，看着雪慢慢融化。

谢顺说："冷了就回去，不要把小手手冻坏了。"

魏秀娥过来把孙女的手揣到怀里，说："让你爹给你堆雪人，小手冻成个冰坨坨了。"

扫完雪，谢国、谢顺带着孩子们堆雪人。小虎学着爹一起堆，春兰让爹给她塑个观音菩萨。

谢顺说："你心中有谁，堆起来就是谁。"

魏秀娥一会儿给孙女焐焐手，一会儿给孙子擦鼻涕，太阳光灿灿的春晖过来叫大家回去吃饭。

明天就要过年了，屈昶芸的预产期越来越近。孙子出生前，魏秀娥都要去观音殿求观音菩萨保佑母子平安，祭拜太岁求吉利。大儿子的悲惨遭遇让她心有余悸。

早饭后，谢顺雇了辆毛驴车送母亲和妻小到西庙。他们先拜了如来佛祖，再拜观音菩萨。拜了太岁出来，天色大变，飘起鹅毛大雪。屈昶芸刚出大殿门，就捂着肚子叫起来。

魏秀娥说："媳妇，你怎么了？"

屈昶芸叫着："肚子疼，哎呀……"

谢顺把媳妇抱上车，往家赶，请来隔壁院子接生婆安婶。这是谢顺第一次看媳妇生孩子，手忙脚乱的。

魏秀娥让他领着孩子到外屋去，谢顺干脆领了孩子们上大哥屋里。谢国回来一定要主厨做一顿饺子，让全家高高兴兴地吃上。这会儿他在屋里包饺子，包的是羊肉白菜馅儿的。谢顺夹了一点馅子尝了尝，说："是不是淡了点？"

春晖说："奶奶说盐多了不好。"

谢顺瞪着眼说："叫你多嘴！"

春晖最怕爹瞪眼珠子，忐忑不安地低头不语。

春兰说："爹，奶奶是这样说的。"

谢国岔开话题，说："春晖，你来擀皮子，大老来包。"

春兰说："大老，我也包。"

谢国说："我们的春兰能得很，包的饺子俊得很。"

春晖已经开始擀饺子皮了，谢国说："第一个皮子是春兰的月牙儿饺子，第二个是大老的和尚头饺子。"

魏秀娥在门口喊："水开了没有？提桶热水过来。"

谢国说："老二，锅里的水开着，你舀上提过去。"

谢顺把开水提到外屋说："娘，开水提上来了，我提进去？"

安婶出来说："我来。"

饺子煮好了，谢国说："春兰，你去问奶奶，饺子是端过去，还是过来吃？"

春兰问了过来说："奶奶让端过去。姐，你端过去，妈疼成那样，我害怕。"

春晖说："我也是。"

两个丫头磨磨蹭蹭，不敢过去。

谢顺接过饺子端过去。魏秀娥让安婶到外屋炕桌上吃，自己照顾媳妇吃。这是她照料第四个孙子的出生，前三个都没有这个困难。她说："媳妇，你忍着吃上些。"

屈昶芸痛得汗流浃背，魏秀娥怕媳妇没劲儿了，逼着她吃了些。

直到夜幕降临，娃娃还没有出生。屈昶芸一阵一阵痛苦地叫着，在院子里等待消息的谢顺惴惴不安。为了缓解焦虑的情绪，他又把房上的雪、路上的雪扫干净。

安婶说："该想的办法都想了，见血了，还是快送医院。"

魏秀娥六神无主地出来，说："谢顺，快找个担架送医院。"

谢顺说："这么晚了哪里找去呢，娘，我背上走吧。"

安婶说："血流得厉害，不能背。"

谢国迅速地跑到苏联医生那里借担架，不大工夫谢国和谢尔盖医生抬着担架过来，粉脸高鼻的娜塔莎护士也跟了过来。

谢顺和谢国把屈昶芸抬到苏联医生电灯明亮一色白色的帐篷里，谢尔盖医生为屈昶芸做了全面的检查，屈昶芸臊得不敢睁开眼睛。

魏秀娥、谢顺在帐篷外面紧张地等待，时间好像是凝固了。

谢顺说："娘，你快回去，别冻坏了。"

魏秀娥说："你一个男人家不方便，要是叫人得我进去。"

谢顺说："娘，就这几步路，我不会接你去？"

魏秀娥说："娘回去也不安心，还是等在这里好。"

寅时，谢顺终听到了婴儿的哭声，娜塔莎出来向他们招手，魏秀娥长长地舒了一口气，双手合十，说："阿弥陀佛。"

他们进了帐篷，看见谢尔盖医生倒提着刚出生的娃，往嫩红的屁股上拍了两下，男婴的哭声在黎明前格外响亮。

娜塔莎护士把男婴放到温水里洗干净，用白布包好了。魏秀娥心惊胆战，生怕小孙子冻坏了。

天亮了，谢尔盖医生料理好产妇和新生儿，对谢顺说："没事了，可以回去了。"

206

春暖花开时，李立本通知谢顺去迪化，落实今年修工的有关事宜。这是他第一次以工头的身份去总局办事。

如今人们都尊称谢顺"谢工头"，魏秀娥也觉很光彩。当初，她匆匆忙忙地离开迪化，汤天山把谢芳砸出血的事成了她的一块心病。走过了这条路，她才知道有多艰难，心知自己这辈子是去不了了，老杆子闺女也不一定能过来看她。二儿子要去迪化，她交代说："见了你妹夫要好好的，千万不要犯驴脾气，这样才是对你妹妹好。人家两口子是要过一辈子的，我们不能管，也没法管。去了大方些，该花的钱要花。别忘了带上给金凤、冬生打的长命锁。"

魏秀娥打量着二儿子，又说："人仗衣，马仗鞍，你得给自己做身衣裳。"

谢顺说："过年的衣裳还新着呢。"

屈昶芸说："你过年穿的罩衣都两年了。料子过年前按你的意思买下了，刘裁缝做过年的衣服排得满满的没作成。现在就拿过去，做个什么样你自己定，给刘裁缝说要得急，两三天就做好了。"

谢顺说："还是算了吧，急急忙忙的。"

魏秀娥说："昶芸你把料子拿上，跟他现在就去。"

屈昶芸把料子、辅料一应俱全地拿出来，说："来得及，你不是想要个中山装吗？娘，你看着小龙，我跟他去。"

刘裁缝五十多岁，上海人，个子不高，黄皮寡瘦，在县政府对面有间门面房，卖祭祀用品、杂货，也卖大烟泡泡。裁缝的手艺不错，他裁剪，媳妇做，听说很有钱的。

谢顺和屈昶芸过去时，刘裁缝正在铺子后面的工作台上裁衣服，听见有人来了，抬起头说："谢工头，今天怎么有空到小店来？"

谢顺说："做套中山装，要快。"

刘裁缝说："最少也得五六天，行吗？"

谢顺说："那就来不及了。"

屈昶芸说："刘师傅，他要到迪化去办事，你给抓紧点，两天行吗？"

刘裁缝说："时间恐怕来不及。"

谢顺说："那就算了，回去还有事呢。"

屈昶芸说："刘师傅，你费心赶一下，我们多掏些钱，可以吧？"

刘裁缝挤着眼睛说："不好意思啊！"

屈昶芸说："我们多给两成的钱，你给量尺寸吧。"

刘裁缝取下茶色石头镜，揉着鼻梁上被压出的两个坑儿说："谢太太真精明，好吧。"

谢顺要比刘裁缝高出快一头，刘裁缝得踮着脚量尺寸。

量好了尺寸，刘裁缝说："谢工头，我做的活你放心好了，我媳妇的机子活儿那是一流的，谢工头穿上我做的衣服，谁都要多看你一眼！"

谢国回来时，太阳已经落山了，他把带回来的东西往案板上一放，就赶紧把一麻袋沙葱倒到外面晾开，这个东西好吃也娇气，捂了不行，压了也不行。院子里的人家都好这一口，包饺子别有风味，腌上更好。所以每年沙葱上来的季节，他都会尽量多带些回来。摊开到葡萄架下晾，谁家来要，魏秀娥都给分上些，吃个稀罕。

魏秀娥看大儿子汗流浃背，帽边子都湿了，心疼地说："这么多东西，你是咋弄回来的？"

谢国的枣红哈萨克马，看着虽不威武，但四条粗壮的腿像四根柱子，憨厚老实，速度不快，爬山却是一流的。他把这匹马当儿子待，料兜子里常带着马儿喜欢吃的豆子。他说："一边巡线，一边走呗。"

魏秀娥说："天啊，你是走回来的？"

谢国说："戈壁上不配牲口的线务员，哪个不是走着巡线的。"

谢国从褡裢里拿出半块酥油说："娘的酥油快吃完了吧？这是哈森自己留下吃的，听说你常年吃，给我分了一半。"

魏秀娥说："一看就知道是好东西，前几天莹莹带了些来，这个就让你二弟带给丈母娘去。"

谢国说："都听娘的。我喂了马去看胡师傅。"

魏秀娥说："应当的。"

第二天，谢顺跟大哥盘了库后对大哥说："快发工资了，这个月的工资你负责发。按规定领了料，把库房钥匙放到李立本副局长那里，我明天走了。"

207

谢顺住在迪化的邮电局招待所，早晨上班去省局相关部门办事，虽然人生地不熟，但还算顺利。午饭他到临街的小饭馆去吃个便餐，从南面流下来融化的雪水黑乎乎的，上面漂着马粪、垃圾，过马路都困难。

三天以后相关的计划已基本落实，拿上批文就可以回去交差了。谢顺到邮电局门口等汤天山。

刘裁缝给谢顺做的这套中山服让他风光了不少，汤天山又是半天没认出谢顺来。

谢顺说："妹夫，我是谢芳的二哥。"

汤天山说："转眼几年就过去了，看样子二哥这几年干得不错。"

谢顺说："我是来省局办事的，顺便看望妹夫。"

汤天山问："办得咋样？要不要我出面协调？"

谢顺说："原来打算请妹夫帮忙，又怕忙耽误你工作，自己便先试着办了，这里的人都挺好的，就等批文了。"

汤天山说："我帮你催一催。二哥，我上班呢，要不你先到家里见见你妹子，下午我们去宴宾楼给你接风。"

谢顺说："我还有些事情要再落实一下，下班了我在邮电局门口等你。"

汤天山说："二哥要是完事儿早，就不要等我，我上班去了。"

谢顺的事情提前办完了，直接到市邮电局门口等待汤天山，中午下班的人都走得差不多了，门卫关上大门后才见到汤天山出来。

"二哥，不好意思，等久了吧！这个科长当得……要处理的事情多得很。黄包车。"

谢顺想省城的妹夫就是不一样，有派头，这次没有反对，直接上了车。听见黄包车铃声，谢芳手持小笤帚迎了上来，见后面下来的是身穿灰色中山装的二哥，喜出望外地说："我二哥来了！"

"我到省局办事来了。"看着谢芳身边与小虎差不多大的小女孩，谢顺招了招手，"是金凤吧？跟我的小虎一个属相，快来让二舅抱抱。"

金凤认生，躲在爹爹身后。谢芳说："这是二舅，叫二舅。"

金凤害羞地说："二舅。"

谢芳高兴地说："到底亲呢，别人不叫的。"

汤天山也不管兄妹俩是久别重逢，沉着脸对谢芳说："就让我们站着？"

谢芳赶紧给男人扫身上，谢顺有了上次的经历，知道汤天山讲究，忙接过小扫帚自己扫了。谢芳伺候汤天山换上在家的便装，谢顺换上拖鞋，二人洗手擦脸后才坐下。

谢芳上了香片茶请二哥喝，谢顺说："我们那儿也没有什么好带的，带了点山货，还有娘给金凤的长命锁、小镯子。"

汤天山说："来就来了，还带这么多东西，这里什么都不缺。"

谢芳说："我娘的长命锁吉利。这个钉子蘑菇真好，大红贡枣稀罕得很。"

谢顺说："蘑菇是大哥在山里采的，烟熏过不长虫，这是大哥的一点心意。来的时候，大哥一再嘱咐问妹夫、小妹好呢。"

谢芳问："娘、大哥、二嫂、娃们都好吧？"

谢顺说："都好，娘就盼着你们好。"

汤天山说："都什么时候了？吃了还上班呢！"

谢芳说："都好了，不知道二哥来，我再炒个菜？"

谢顺说："见了你们比吃什么都好，小妹赶快来吃，别耽误妹夫上班。"

汤天山说："今天下班我们到宴宾楼给二哥接风洗尘。"

谢顺说："对不住，下午我要去岳母家，这些年没见面，不知道她现在怎样了。"

汤天山说："那就星期天去稻香村庆贺团聚。"

谢芳把菜端上来了，一盘土豆烧牛肉、一盘醋熘白菜、一碗蒸鸡蛋，主食是大米饭。汤天山用的是细瓷小碗，谢芳给二哥换了大碗。

谢芳问："二哥，要不要喝点酒？"

谢顺说："你知道二哥烟酒不沾。"

谢芳又端上来菠菜豆腐汤，一看到汤，谢顺就想起了那一幕。

汤天山大男子主义惯了，说："吃了我还要躺一会儿，要不然下午上班没精神。你们兄妹说说话。"

饭后，汤天山午休，谢顺、谢芳到外面说话儿，谢芳把家里每个人的情况都问了。谢顺打算等大后天邮车来了一道回去，向小妹问了岳母的地址，想赶紧去看望岳母，把生活费送过去。

谢芳说："来了就多待上几天，明天早些来，我们包饺子。给娘做的夏衣和鞋明天就好了，帮我给娘带回去。"

谢顺说："娘说了，不要做了，穿不了的。"

汤天山午休完准备上班去，对他们说："你们屋里说话，我上班去了。"

谢芳伺候汤天山穿戴好了，黄包车也准时来了。汤天山走后，谢顺才敢问小妹过得怎样。

谢芳说："我过得好着呢，二哥也看见了，条件不错，关起门来过日子，哪能不闹别扭的？让娘别为我操心，我就盼着什么时候能回去看看娘。"

谢顺说："二哥明天早些来，时候不早了，我得赶紧去岳母那儿。"

谢芳说："我同二哥去吧。马仲英围城时，屈婶为了保住文武，像做了什么见不得人的事，一直躲着。"

谢顺说："我去就行了，免得妹夫回来家里没人。"

谢芳说："那成，门外有黄包车，坐上直接就送到了。"

谢顺说："我不坐黄包车，心里不舒服。"

谢芳说："二哥，你这是帮他，我送你去。"

谢芳把二哥领到大门口，叫来黄包车，说了去处，目送二哥，直到看不到人影才回去。

208

约莫有半个多时辰，黄包车停在了老屈家日杂粮店门口。黄包车夫满脸的汗，这让谢顺心里怪不好意思的。这里店铺众多，还好听小妹的雇了黄包车，不然还真不好找。门前站着个半大小子，正低头看书，那模样跟岳父一模一样，他一下子抱起来这小子，说："文武，想死二哥了！"

屈文武惊慌失措地在谢顺怀里挣扎着说："你是谁？想干什么？"

谢顺把他放下来，说："你说呢？连二哥都不认识了？"

屈文武睁大眼睛，忐忑地看着谢顺问："你是谁的二哥？"

谢顺这才意识到，离别的时候文武还小，他对二哥的印象已经淡薄了。谢顺问："屈昶芸你认识吗？"

屈文武说："她是我大姐，我怎么不认识呢！"

谢顺接着问："大姐夫谢顺你就忘了吗？"

屈文武的记忆渐渐清晰起来："你……你是大姐夫吧，我还以为哪来的当官的认错人了。"

谢顺没想到一身中山装会有这样的效果，感慨地说："好好读书，大姐夫指望文武光宗耀祖呢。怎么不在家里读书？"

屈文武说："家里暗得很，外面敞亮。大姐夫，你什么时候来的？"

谢顺说："来了好几天了，刚办完事就赶紧来了，娘好吗？"

屈文武说："好呢。"

谢顺说："你上几年级了？"

屈文武说："四年级。"

谢顺说："走，领大姐夫见娘去。"

屈文武领着谢顺来到巷道里的一个院子里，屈婶正在厨房里准备午饭。

屈文武说："娘，你看谁来了？"

屈婶抬头看着谢顺，好像是做了什么见不得人的事，不作声。

谢顺说："娘，你还好吧？我们都很想念你。"

屈婶不看他，一边揪面一边说："我还行，你们都好吧？文武，带你二哥进屋喝茶去。"

谢顺说："娘，我不渴，给你带了些东西，放到哪里？"

屈婶说："放到炕桌上，我这就好了。"

谢顺把带来的蘑菇、酥油、奶皮子、奶疙瘩、红枣放下，说："还有昶芸给娘和文武做的衣服、鞋，不知道合适不合适？"

屈婶说："你们那么多娃娃，以后就别给我们做了。文武叫你爸回来吃饭，说你大姐夫来了，再买上些熟肉回来。"

谢顺说："娘，我买去，文武跟二哥一起走。"

屈文武领着谢顺买了只卤鸡、手抓肉，说："我替爸看店去。"

谢顺说："一起去。"

到了老屈家日杂粮店，文武说："爸，我大姐夫看我们来了。"

老屈中等个子挺和气，他对谢顺说："稀客，我关了门一起回。"

谢顺说："屈叔，这不影响你做生意？"

老屈说："没啥。听老伴说，你是邮电局的工头。"

谢顺说："领上干活的。"

老屈说："工头还干活？"

谢顺笑着说："不比别人干得少。"

谢顺帮着把店关了，一起回来。

老屈说："你坐，我先抽上两口。"说完就躺下烧着大烟泡泡抽起来，大烟味飘过来让谢顺很不舒服。

屈婶过来说："吃饭了。"

老屈说："你们先走，我随后就到。"他拿起放在窗台上的紫砂壶吮了一小口水漱口吐了，又吸了几口，"贤侄，不好意思，抽大烟的人没出息。"

谢顺说："戒了好。"

老屈说："老伴逼着我戒了几次，嘿嘿……"

老屈和谢顺一起来到厨房的炕桌上坐下。

屈婶说："你们喝些酒吧。"

老屈说："我喝酒不行，谢工头你敞开喝。"

谢顺知道抽大烟的人不能喝酒，说："叔，我很少喝。"

老屈说："那就随你。"

饭后，屈婶说："老头子，你看我女婿带来的钉子蘑菇、酥油多好。"

老屈接过来看了闻了说："好东西，要是我们店里能进上这样好的货，价钱错不了。"

谢顺说："酥油是我大哥在山里跟哈萨克人家换来的，钉子蘑菇是我大哥捡的。"

屈婶说："你有这个大哥真好，你弟弟上学费得很。"

谢顺说："我回去跟我大哥商量一下，看能不能送货过来，听我的信吧。"

老屈说："赚了钱给你三分利。"

谢顺说："叔，只要你们过得好，我弟能好好上学，我啥都不求。"

又拉了一阵家常，老屈说："你跟你岳母说话，我困了，躺一会儿去。"

老屈走后谢顺拿出钱给岳母，说："娘，这些钱你收着。"

屈婶说："这个月的钱我已经收到了，你给我这么多，你们花啥？"

谢顺说："这是我来的时候昶芸让我带着花的，我又没处花，文武上学用得着。"

屈婶说："大烟是个害死人的东西，他怎么也戒不了。钱又看得紧，我的钱得收好了。"话中的辛酸可见一斑。

谢顺说："娘，要不你跟我回去，回去上学多近便。明年开学春晖也该上学了，要不是我娘说女娃娃大一点上学好，今年秋天我就让上了。让文武和春晖一块儿上学有多好。"

屈婶说："人得讲良心，要不是他，马仲英围迪化时没有我和文武了。他人不错，脾气好，对文武不错，我伺候是应当的。"

谢顺说："只要娘愿意，我们听娘的，我们的日子月月有工资，好着呢，娘放心就是。"

屈婶说："你娘好吧？"

谢顺说："我娘为了我们操碎心，身体还可以，牙掉得差不多了。就是天天念叨跟岳母在一起的时候。"

屈婶说："有两个孝顺的儿子，现在又有了四个孙子，你娘活得比我好。我这个样子没脸见乡亲啊。"

谢顺说："娘，你千万不要这么想，这是命数。"

说起娃娃们，屈婶说："太稠了，人累得很。"

谢顺不好意思地说："我娘说多子多福，这都是命里有的，一树的果子要结全呢。有我娘在，现在大的也能领小的，没事儿。昶芸给做的鞋、衣服不知合适不合适？"

屈婶说："合适，娃娃多，别给我们做了。"

谢顺说："她想娘想得偷偷哭呢，能尽点孝心，心里也舒坦点。"

屈婶说："看你这个工头不错，能到省上来。"

谢顺说："跟卢工头一样干事，忙忙碌碌也痛快。"

屈婶说："那就好。"

不知不觉月上中天，屈婶担心夜深了路上不安全，留谢顺住下。

谢顺说："文武呢？"

屈婶说："晚上在店里做作业、看书，没人打扰。你今晚就睡在文武住的外屋。"

谢顺说："我就睡在这里挺好。"

209

第二天一早，谢顺赶上班时间到省局打听批文的事，上面只说让他回去等通知。他又去跟相关部门的有关人员打招呼告别，这才匆匆忙忙赶到汤天山家。

谢芳正翘首以待，见二哥过来忙迎上去说："屈婶找着啦？"

谢顺说："小妹的办法好，黄包车就拉到门口，方便得很。要没事我还得去岳母那儿一趟。"

谢芳说："我知道二哥忙，饭已经准备好了，说话就好了，吃了再去行吗？"

谢顺说："岳母也让我中午过去吃饺子，还得赶紧到昶芳家去看看，来了不去不好，你说是吧。"

谢芳说："快中午了，说什么也得吃了饺子再去。当家的还说星期天把亲戚都请上来，在稻香村一起聚一聚，给二哥接风洗尘呢。"

谢顺说："见面的机会有呢，下次吧。"

谢芳说："我给哥下饺子去。"

谢顺说："让岳母等急了不好。"

谢芳眼泪汪汪地说："二哥，送行的饺子一定得吃呢，不知道再见面是什么时候了。"

谢顺说："只要妹夫对你好，二哥比什么都高兴。"

谢芳说："其实他人好着呢，脾气不好也只是一时的，你让娘放心就是。"

谢顺说："二哥看你们过得不错，回去告诉娘，娘肯定高兴。有机会回去看看娘，娘想你。"

谢芳说："我好想娘，可如今由不得我啊！"

谢顺说："小妹，还有没有事？"

谢芳说："多在娘跟前替我尽孝，我给娘做的衣服、鞋，还有给大哥做的都准备好了，明天跟车师傅过来吃个饭吧，老麻烦他，也没个机会道谢。"

谢顺说："看机会吧，一路上装装卸卸，事情不少。"

谢芳说："一个单位的就是好，车师傅人不错，每次回去都来问我有没有事、回去不回去。他说你对他有恩。"

谢顺说："当初在古城子巷战中，我掩护他们撤离，是过命的朋友。"

谢芳说："二哥，饺子好了。"

谢顺说："我吃上赶紧去。"

谢顺这一次毫不犹豫地坐上黄包车赶到岳母家。文武正在门口等着呢，迎上来说："二哥咋才来？我妈等着呢。"

谢顺同文武来到屈家，屈婶问："怎么才回来？"

谢顺说："没办法，我小妹一定让吃了饺子再走。"

屈婶说："应该的，最亲不过兄弟姐妹。文武，去换你爸回来吃饭，吃了饭我们上你二姐家去。"

不一会儿工夫，老屈回来了，问谢顺："昨天晚上睡得好吗？"

谢顺说："好呢，屈叔生意好吧？"

老屈说："马马虎虎，饿了吧？快上炕吃饭。"

屈婶做的都是谢顺喜欢吃的，说："文武和我都吃了，就等你俩了。"

老屈说："喝些酒，无酒怠慢了。"

谢顺倒上酒说："我祝屈叔身体健康，家庭和睦，生意兴隆，年年有余！"

这一顿饭吃得开心，饭后老屈换文武回来，三人一起去昶芳家。

谢顺说："娘，我们坐黄包车过去！"

屈婶说："一辆坐不下，两辆太费钱。"

谢顺说："娘和文武坐上，我跟在后面就行了。"

屈婶说："那像什么话！听我的，我们坐老维的毛驴车。"

路过店里，屈婶对老屈说："我们要是回来晚了，饭菜都有呢，你热上吃，别等我们。"

老屈说："早些回来，太晚了不好。"

屈婶说："我知道。"

在巷口等上老维的毛驴车，谢顺扶着岳母上了车，自己跟在后面。屈婶喊他也上来。谢顺不习惯男男女女挤在一起，便说："我跟着就行了。"

屈婶说："快上来，别叫人笑话。"

老维说："上来吧，好得很，我的车快得跟飞一样的，你跟不上的。"

210

他们在关记杂货店附近下了车，看铺子的是昶芳。

昶芳说："娘，您老人家今天怎么有空到我这里来？"

屈婶说："你看谁来了？"

昶芳惊喜地说："哎呀，是大姐夫啊！是啥风把你吹上来的？"

谢顺说："给我们单位办事来了。看昶芳春风满面的，我心里就高兴。"

昶芳说："总算是苦尽甘来，自家的事自己做能不舒心吗。大姐夫你没咋变样，比在古城子时还威风。我说娘啊，地下滑，脚底下小心些。文武，你给二姐看铺子，我让你姐夫来换你。价钱价目表上都有呢，来了客人能行不能行？"

文武说："二姐没问题，我爸的店我看得好着呢。"

屈婶说："精着呢。"

关冀东的铺子地处闹市，生意好，门面值钱。昶芳领着拐进一条幽深的巷子，路上积雪还没有化尽，湿漉漉的。进去五六十米是一处面东的老四合院。昶芳住的是两间东房，屋里传出锯木声。掀开门帘，关冀东没有停下手中的活儿，问："怎么扔下铺子自己回来了？"

昶芳说："铺子我让文武看着呢。我娘和我大姐夫来看你来了。"

关冀东放下手中的活，说："这几件人家要得急。娘、姐夫，怠慢了，这两天昶芳还念叨着看娘去呢。快请炕上坐下喝茶。"

屈婶说："我也是，想来呢，脱不开身啊，我不在，爷俩吃不到嘴里。冀东，我什么时候来都没见你闲过，这才是居家过日子的好手。"

关冀东说："没办法，客户是我的衣食父母，不能丢掉了。昶芳常提起大姐夫，果然名不虚传。"

谢顺说："妹夫外表上看像个先生，还会木匠活儿，真不一般。"

关冀东说："过奖了，养家糊口而已，没有别的本事，坐享其成是不行的。"

谢顺看了关冀东的活儿，夸道："好手艺，怪不得我小妹说好得很！你们结婚我们也不知道，这次过来也没有带什么好东西，不好意思。长命锁是我娘给你家冬生的。娃娃呢？"

昶芳说："冬生认了个干妈，喜欢得很，我有事就让他干妈看着。姐夫，咋还拿这么漂亮的料子！这钉子蘑菇真好，我家先生爱吃个羊肉汤饭。我去把冬生抱回来。"

屈婶说："快去抱回来让外奶好好看看，外孙认不认外奶奶了？"

昶芳出去不一会儿工夫抱着冬生回来就说："热乎乎的，又尿下了。"

"我给换，多乖的孙娃子不认生。"屈婶话音没落，冬生就哭起来。

昶芳说："我儿饿了，妈给儿奶吃，好宝宝不要哭，你爹听见了又要说我呢。"

冬生在昶芳怀里睡着了，等他睡实了昶芳才悄悄地把奶头抽出来，冬生还咂着嘴，又把奶嘴给他噙上，对着娘的耳朵小声说："娘，你看着，我做饭去。"

关冀东说："我去把店关了。"

昶芳说："文武看着呢，能成。"

关冀东说："姐夫第一次来，你好好做几个菜。"

谢顺说："别误了妹夫的生意，我今天还得去我妹子家，要是车来了明天准备走了。"

昶芳说："大姐夫，谢芳是你妹，难道我不是？来了就说走，偏心。"

谢顺说："答应我妹的。局长催我回去呢，我得去招待所看车师傅来了没有。给公家干事，身不由己，下次吧。"

关冀东说："吃了不会耽误事的，我去去就来。"

关冀东走后，昶芳说："大姐夫的面子大啊，我先生的店不到时候是不关门的，这时候打酒、灯油生意不错。"

谢顺说："这如何是好！"

屈婶说："来日方长，不在一时半会儿，照冀东的这个干法，又不抽烟不喝酒，洁身自好，二丫头好日子在后头呢。"

冬生醒了哭着要奶呢，屈昶芳喂着奶说："还放不下了。"

屈婶说："娃娃都是哭着长的，我跟你一起做饭。"

谢顺说："一家人简便些好。"

昶芳说："娘，凉拌三丝、洋芋丝、小葱拌豆腐，红烧肉来不及了，就红烧鱼吧，我还得去买鱼去。"

谢顺说："我去。"

昶芳说："出了巷口对面的市场上就有，大姐夫，你把钱拿上。"

谢顺笑着说："一起算。"

在巷口遇上关冀东提着酒和文武一起回来，关冀东问："大姐夫，这是干啥去？"

谢顺说："我熟悉一下，下次来了不迷路。"

关冀东说："长生巷一问就知道，快点回来，我等你喝酒呢。"

谢顺说："娘不是说妹夫不喝酒？"

关冀东说："平日里烟酒不沾，大姐夫来了借酒助兴。"

谢顺说："我看一看就回去。"

屈文武说："大姐夫，我跟你去。"

谢顺到对面的市场上买了鱼、卤鸡回来，炕桌上已经摆好了菜。

关冀东说："也没有个准备，怠慢了。"

谢顺说："看你们过得好，我们都替你们高兴，这些东西我都喜欢吃。"

关冀东给文武捡了一只鸡腿，说："娘，你和文武捡上菜吃，我和大姐夫喝喝酒。"

谢顺说："二妹能遇上妹夫这样的好人，真是命里有的。妹夫我敬你，干了。"

关冀东说："大姐夫是个爽快人，命大福大，干。"

两人谈得很投机，不知不觉太阳快要落山了。

屈婶说："你们好好玩，我得回去了，你叔家是门好进、脸难看。"

昶芳说："娘，叔是个冷面人，心好着呢，我正下着饺子，吃了再走。"

吃了饺子，谢顺要送岳母回去，对关冀东说："我送岳母回去，还得赶回去看车来了没有，以后有啥事千万别客气。"

关冀东说："没事，下次来了一定在我这里住两天，我俩好好唠唠嗑。"

谢顺说："妹夫要是能到我们那儿看看，也算是回家了。"

昶芳说："我也是这么说的，姐夫，回去问大妈好，下一次让我姐来，我娘可想了。"

谢顺说："恐怕不易，身后一群，看机会吧。"

211

谢顺这次修工的地方离故乡已经不远了。祁连山，梦中的山，黑河、北大河从他心中澎湃而过。记忆中爹娘是那样年轻，如今他自己也已步入中年。

百里风区刮个不停，在电线杆上作业要格外小心，所以上杆前谢顺都要检查安全带。这次他在工作区的一家便宜的小饭店包住包吃，算下来还是比较合适的。

这天早饭，谢顺看见一个面容枯槁、衣服破旧的老汉带着一个可怜巴巴的儿子，不声不响地等他们吃完了收拾残汤剩饭。老汉先让儿子把残汤倒在一起，把稀的喝了，把稠一些的收到一个瓦罐里。

店家能有工程队入住喜出望外，生怕惹他们不高兴，要赶讨吃的出去。

谢顺说："倒了也糟蹋了，让他俩收去吧，要能活命也是功德，不是吗？"他还特意把中午带的馍给这父子俩一人一个，老汉唯唯诺诺，儿子羞得低头不语。

在这个荒郊野外，确实没有要饭的。但是父子俩一连几天早晚都来，谢顺关切地说："老人家，你家是不是遇上难心的事了？靠这个怎么过啊？"

老汉说："好人啊，今年遇上蝗灾，颗粒无收。娃他娘又病了……"

谢顺指了指他身边的娃，问："这娃咋不说话？"

老汉说："这个榆木疙瘩，三杠子打不出个屁来，就会低头干活，心里明白着呢。"

谢顺说："娃今年多大了？"

娃低着头一言不发，老汉在他屁股上踢了一下，说："朝知，你是死人吗？"

朝知这才磕磕巴巴地说："十……十九了。"

谢顺问他："愿意找个活干吗？"

一听能有活干，他爹感激涕零地说："好人啊，要真能有活干，只要能吃饱，啥都不要。你别看我这娃瘦，种田、干活像头牛。"

谢顺说："那让你娃跟上我们干活，挣上钱度饥荒。"

朝老汉拉着儿子说："快给恩人跪下磕头，我也能行。"

谢顺赶紧拦住，说："磕头万万使不得！我们这里有定额，安排不了多余的人。你儿要愿意，就跟我走。"

朝老汉说："愿意，一百个愿意！恩人，你贵姓？"

典兵说："这是我们的谢工头，好好干，能行了，正招人呢。"

朝老汉说："快谢谢谢工头。"

朝知低着头小声说："我要爹。"

朝老汉往他屁股上又是一脚，骂道："你这个没出息的，跟上谢工头好好干能吃饱饭。爹要是知道你不卖力，小心你的皮。谢工头，要打要骂都由你，只要有口饭吃，我们全家都把你当活菩萨。"

从此以后，朝知就跟上谢顺干活，只要是安排的活，没有不尽心尽力的，挖坑栽杆，一个顶俩。正像他爹说的，人虽然笨些，但任劳任怨，从无二话。

晚上收工回来，朝老汉在店门口等候，见到谢顺，忙问："谢工头，我儿子听话不听话？干活攒劲不攒劲？"

谢顺说："刚开始，慢慢来，不着急。"

朝老汉对儿子说："谢工头就是你再生父母，你要听话，不能给他丢脸，知道了没有？"

朝知点头说：“爹，我记住了。这是我的馍馍，你拿回去吧。”

朝老汉帮助店家挑水劈柴，店家的剩菜剩饭大多都给了他，这一家人的生活看起来有了起色。

干了一段时间活儿，朝知也活泛起来，知道要和工友搞好关系了。晚上睡觉前给一个大炕上的师傅打打洗脚水，早晨倒尿盆子，脏活、累活抢着干。有些人连衣服、袜子都丢给他洗。

谢顺看不惯，告诉朝知：“自己的事情让他们自己干，你没有这个任务。”

朝知说：“谢二老，能吃饱肚子，还能挣上钱，我很满足了。大家不嫌弃我，我心里高兴得很。”

谢顺觉得这后生心里有主意，说：“老实人不吃亏，你要在学技术上多用心，我收你也不落闲话。”

朝知说：“谢二老，我笨，你多教教我，我把你当爹看。”

谢顺说：“别这样说，我担不起，干活的时候多用心，不懂的多问，勤学苦练，不会比别人差。工程完了你要是能行，我给李副局长说，要能留下来，我就带你。你年轻，还能跟着我哥识字。”

在谢顺的推荐下，李立本同意朝知留下试一试，但他还是不放心，问道：“我咋看这个娃呆头呆脑？”

谢顺说：“人老实，但心里有数。”

李立本说：“如果能行，招人的时候就把他招进来，也算是帮他们家一把。”

工程完成已经是天寒地冻，大风刮得天昏地暗。朝老汉专门陪着儿子来了邮电局。

谢顺安排他们在自己家里吃住。魏秀娥看这父子穿得破破烂烂，把儿子换着穿的衣服让他们换上，同桌吃饭，当自己家人看待。

发工资那天，朝老汉拿上儿子的工钱，父子两人抱头大哭，哭得在场的人摸不着头脑。

谢顺赶紧把他俩拉到一边，说：“有啥事说出来好商量，哭个啥？”

朝老汉拿着钱，一脸不可思议的样子，战战兢兢地说：“谢工头，我这一辈子哪里见过这么多的钱！这是梦，还是真的？儿子，你掐爹一下。”

朝知掐了爹一下，说：“爹，我也像做梦一样。”

谢顺说：“这是你儿子干活挣的钱，拿上回家过日子去。”

朝老汉激动地跪在地求谢顺：“谢工头给我家一条活路吧，收下我的朝知吧，千万不能不要他。"

谢顺扶起他，说："娃这么长时间没回家了，让他跟你回去看看家里，准备一下，过几天再回来。以后的事情就看朝知的造化了。"

朝老汉怕回去后局里变卦了，说："谢工头，他用的东西，我回去就给他送上来，有啥干的让他干。我们家养不起啊，是不是他把你们吃怕了？他有的是力气，千万不能让他回去，谢工头让他干活，多苦多累他都不怕。"

谢顺说："你放心，我说话算数。回来我教他学技术，学得好留下的机会就大。"

朝老汉说："娃啊，你好好跟着谢工头学。谢工头，你们家都是好人，我给你们烧香拜佛。"

谢顺说："放心回吧。"

朝老汉让朝知留下干活，自己准备回去了，院子里职工把不穿的衣服送来，他千恩万谢地背了一麻袋回去。

212

谢顺在李立本的支持下，发起了一次技术比赛，日子定在新年发工资前。比赛获得优胜的，奖励一套苏联进口的电工工具。

比赛这天，谢顺交代屈昶芸说："天寒地冻的，今天中午就吃热乎乎的抓饭、喝热茶吧，你早些准备。"

屈昶芸说："抓饭我可没把握。"

谢国耸耸肩说："东西准备好我来做。"他跟胡师傅学过做抓饭，技术很正宗。

今天的比赛项目是在杆上做接头，评委主委是李立本，委员是谢顺和王志林。根据用时、接头的均匀平整度、搪锡的质量来评分。

线务员们个个摩拳擦掌，抽号上阵。作为工头谢顺，第一个上阵。工作台上放着双玲马蹄表，王志林计时。

谢顺不慌不忙地背着工具袋、扣好脚扣，轻松登上了葡萄架东面的电线杆。他系好安全带开始作业，不慌不忙，一气呵成。风吹着杆下的煤炉子呼呼的，他把烧热的烙铁提上去，随着"刺啦刺啦"的搪锡声完工了。做好的接头被剪下来放到评委台上，接头像轴儿线似的，光滑平整，闪着银色的亮光，耗时只有十二分钟。

典兵把接头扯开一半，搪锡均匀饱满。典兵说："谢工头，你这么好的技术也不给我们说一声，这么保守的！"

谢顺说："这得感谢我师父卢工头。"

下一个是典兵了。典兵刚登上杆，突然间乌云密布，狂风大作。典兵在电线杆上无所适从，大叫："不行了，干不成了！"

李立本说："真本事就表现在这样的关键时刻。"

典兵说："站不住啊，刮下来就没命了！"

就在这个关键时刻，何局长把李立本和谢顺叫到局长办公室。何局长焦急地擦着金丝眼镜，说："怎么搞的？通迪化的电话不通了，这可是抗战的关键时期，上面追究下来谁能负得起这个责任？"

李立本说："让谢工头查明原因，立即组织抢修。"

谢顺考虑大风，故障点基本可以确定在老风口一带，带上紧急抢修的相关材料，同典兵、朝知先去查明故障点。让王志林、谢国、赵安福套上车拉上两根电线杆和抢修材料立刻跟上。

谢顺他们在老风口顶着狂风排查故障点，大风裹挟着碎石打到皮袄上，像敲鼓似的，人要飘起来似的，每前进一步都有被掀翻的危险。谢顺和典兵脸上的肌肉已经失去了知觉，鼻孔、嘴里都是土，呼吸都感到困难。

典兵说："谢工头，上不来气，找个避风的地方，等风小一些了再找吧。"

谢顺说："早一点抢通，就少一点危险。我们得在天黑以前找到故障点。时间紧迫，一分钟都不能耽误，误了事上面追究下来了不得。我在前面，你和朝知在后面跟紧了，不要麻痹大意。"谢顺通过望远镜一根一根检查，终于发现了被滚落的巨石砸断的电线杆。

断线在风中狂舞，年轻气盛的朝知企图把断线逮住，只听得"哎呀"一声，被甩出去好几米。

谢顺顶着风过来看，朝知戴着手套的手血淋淋的，谢顺说："不敢蛮干，要是打到脸上，问题就大了。"

朝知说："师傅，没关系。"

谢顺用纱布给朝知包扎好了，说："听我的，先接好通话，风小了以后再恢复。典兵要小心，你上这一根，我上那一根，把断线固定住，接上临时通话线。"

他们冒着生命的危险终于把断线制服了，接上临时线通话，电话通了！

213

夜半更深，屈昶芸梦见一个火球扑怀而入，肚子痛了起来。

魏秀娥坐在窗前惦记着黑风中的儿子，默默地祈祷："菩萨啊！保佑我的儿子平平安安。娃他爹你儿子干的事，让我提心吊胆的，一定要保佑他俩逢凶化吉。"

她突然听到昶芸的叫声，大声问："昶芸，是不是要生了？"

屈昶芸说："刚开始，没那么快吧？"

魏秀娥说："我请安婶去。"

屈昶芸说："我先上个茅房。"

魏秀娥说："在尿盆子里尿就是了。"

屈昶芸说："不好当着儿子的面尿。"

魏秀娥说："他是你儿子，毛病多得很。"

每一个孙子断了奶就跟奶奶睡，现在跟奶奶睡的是长河。昨天晚上，奶奶觉得脊背上热热的，就知道孙子正在尿尿呢。遇到这种情况，她一动不动地等到尿完，她的道理是孙子尿尿的时候，猛然叫醒会把尿惊住，以后会尿不干净。

长河做了一个梦，尿急了到处寻找尿尿的地方，找到了一堵墙，对着墙尿了个痛快。尿完了才知道尿炕了，不敢言声。

魏秀娥说："孙娃子起来烤褥子、换衣服了。"

里屋的春晖过来问奶奶："妈又要生了？"

魏秀娥说："快去烧水去。"

屈昶芸说："春晖，你先陪妈去趟茅房。"

春兰说："小虎，跟二姐烧水去。"

小虎穿上棉衣乖乖地跟着二姐去了，小龙钻到奶奶的被窝里，不愿露头。

屈昶芸忍着一阵一阵的疼痛，艰难地往回走，忽然一股热乎乎的血从她的裤筒里流下来，腹中的婴儿迫不及待地要来到这个人世间！她提醒自己一定要忍着，就要到家了。她抓住门，春晖把她扶进门。才进门，孩子就落在了裤裆里，哭声响亮。

魏秀娥赶紧把昶芸扶上炕，从裤裆里抱出一个男婴，他就是小羊长路。

屈昶芸说："娘把剪子烧了，帮我把脐带剪断。"

魏秀娥手忙脚乱。屈昶芸迫不急待的用牙咬断肚脐带，在长路的肚脐眼上留下妈妈的牙印。

214

春晖快十岁了，要不是奶奶坚持闺女大一点上学少受欺负，谢顺去年就要送她上学去。

谢顺说："娘，今年开学要不让春兰和春晖一起上，相互也有个照应。"

魏秀娥说："春兰还小呢，明后年吧。"

谢顺说："娘，政府规定学龄儿童七八岁就得入学。违者要予以处罚呢。"

魏秀娥说："你看跟我们菩萨保一样大的，有几个女娃娃上学的？我去学堂里看了，女学生少得很，都是些比我们菩萨保大的有钱人家的闺女。女子无才便是德，能识字就不错了，上那么早有个啥用呢？多少家庭连吃饭都困难，别说供娃娃上学了。"

谢顺从自己的亲身经历中，深刻体会到了读书识字有多么重要。他绝不能让自己的儿女像自己一样是个睁眼瞎。不论多苦多累，他都要让自己的儿女读书识字，像爷爷希望的那样，做一个识文断字的人。

谢顺说："别人家我们管不着，我们家的娃娃都要进学堂读书识字，不能像我一样。"

魏秀娥说："娘没说不上，菩萨保可是个娇泡泡，一碰就流泪。我想大一些会好些吧。"

谢顺说："所以我让春兰一起上。"

魏秀娥说："我的春兰柔弱，你不怕人欺负，我还怕呢，太小了，不行。"

小虎、小龙跑进来提上粪筐就跑。谢顺一瞪眼珠子，说："干啥去了？衣服都不穿，脏得像个猪娃子。"他深信棒打出孝子，娇养忤逆儿的道理。

小虎一哆嗦，衣服包着的骆驼粪蛋子就撒了一地，低头不语。

魏秀娥说："能不能好好说？把我孙儿吓的。"

谢顺说："娘啊，人前教子。"

魏秀娥说："我不是人前教子吗？我孙子这么大就知道拾粪打柴，你还有啥不满意？"

"奶奶，你听，金大头家的骆驼队过来了，去迟了，就叫别人拾光了。哥，快走。"

小龙拉上小虎就跑。

魏秀娥说："金大头可不是你叫的，叫金叔。小心点，离骆驼远一些，被骆驼踩上可了不得了。"

谢顺笑一笑，无可奈何地说："像谁了？"

魏秀娥说："有其父必有其子，你说像谁？"

屈昶芸把散落的骆驼粪扫到簸箕里，倒到柴房说："在门口玩着呢，听到驼铃响就不见影了，衣服也盛开粪了，不说不行了，该管着。"

兄弟俩见金大头的驼队，已经拐进了自家住的这条民主西路，便目不转睛地盯着骆驼的一举一动，只见骆驼，屁股一用劲，那像涂了油一样黑亮的骆驼粪蛋子就喷出来。

小龙扑过去就要捡，小虎拉住说："奶奶说的你听见了没有？"

后面一峰骆驼又拉了，小龙说："哥，我捡后面的去，你看，来人了，慢了捡不上了。"等他跑过去，骆驼也过去了。骆驼粪让大人扫进了筐里，干着急没招。骆驼拉屎可能也会传染，又有骆驼拉了，那诱人的骆驼粪蛋子散落得到处都是，这一次他用手把骆驼粪收拢到一起，毫不示弱地说："大哥，快过来。"

一队骆驼过去拾不了多少粪，但是积少成多，兄弟俩高高兴兴地回来倒下粪。

屈昶芸说："衣服脏的，脱下来妈给洗了，怎么又剐破了？咋不小心点！鞋又露指头了，一双鞋穿不了一个夏天。淘啊！"

谢顺说："奶奶教的《三字经》会几句？"

小虎还是不吭声。

小龙说："我背给爹听，人之初，性本善……"

谢顺对儿子没好脸，喜欢爱学习的娃。他说："娘，我明天要去东面站上检查。春晖报名以前一定赶回来，要让我闺女体体面面去上学。春兰就明年上吧。"

魏秀娥说："昶芸把上学的东西都准备好了，书包、本子、铅笔，穿的裙子、白小袄。你干你的去，我俩还报不上个名了？"

谢顺对两个儿子说："小虎，你给我记住了，不许领着弟弟到城墙上疯跑打土块仗，不许到闸坑里去洗澡，天黑不许出去，老子不在你可成精了，你给我小心着。记住了没有？"

小虎说："记住了。"

魏秀娥说："听你爹的话，奶奶可攒不上你俩。"

屈昶芸说："记住了，千万不能到城墙上打闹，不能到闸坑洗澡。"

215

谢顺在开学前赶回来，这是他的第一个孩子上学，对他来说是大事。万事开头难，一个看一个。大闺女头带得好，二丫头天生是个好学生，他不会看错的。他看两个小子的头发有点长了，给剃个帽盖子头。他的技术不行，儿子疼得龇牙咧嘴，他在头上拍一下，教训说："别动，老子枪林弹雨也没像你这样。看，又破了吧！昶芸快烧些头发灰贴上。"

屈昶芸说："血啦啦的，你不会小心些！"

谢顺说："这算个啥啊，快点！"

屈昶芸把剃下来的头发抓上一撮，用洋火烧成灰贴在破处。儿子最怕爹给剃头了。

同样重要的是给两个闺女篦头。春晖、春兰很高兴的。妈妈为闺女洗净头发，爹用桃木梳子梳顺了秀发，用篦子轻轻地梳，那光洁的黑发在爹的梳子下面像流水一样。

女子学校设在南门附近的文庙，可见当局对女子学校的重视。负责教育的是新任副县长黎端。自从其父黎崇义去世后，他做出了一个惊人之举，免收他家近五百亩佃户的地租。人们对这位副县长刮目相看！

上学的女学生天天从门前过，穿大襟白上衣、黑裙子、白袜子、黑鞋，多数留着剪发头，也有梳着辫子的，像一群快乐的小鸟儿。屈昶芸看在眼里，羡慕在心里，真是一代一个活法儿。她说："她爹，春晖的辫子是留下，还是剪了？"

谢顺说："我看还是剪了利索。"

听说要剪辫子，春晖流着眼泪说："人家不剪嘛。"

屈昶芸哄道："留心大孩子欺负你，拽你的辫子，妈给你剪个漂亮的齐肩发，一定更好看。"

魏秀娥说："我大孙女鹅蛋脸，配上剪发头才俊呢。"

春兰说："妈，我也剪了吧，跟大姐一样的。"

谢顺说："等明年上学的时候再剪吧。"

春晖说："给我剪吧，春兰，不用陪着我。"

屈昶芸细心地给大闺女把辫子剪了，说："妈把剪下来的辫子给我闺女放好了，长大了你想留再留。"拿过镜子给闺女看："闺女，你看看哪儿不满意？妈再给你修。"

春晖说："妈啊，我咋觉得不是我了？"

魏秀娥说："我孙女儿更俊了。"

谢顺在西门外的羊肉摊子上买了一副羊架子，煮熟了把骨头捞出来，撒上盐，特意给大闺女挑了两块腰梁杆杆上肉多些的地方，说："吃好了，爹领你报名去。"

春晖说："膻得讨人嫌。"

屈昶芸给每个人舀一碗青萝卜羊架子汤，说："你还不知道你的闺女？嫌有味呢。春晖，那你就泡上锅盔吃了走吧。"

春晖用羊架子汤泡了点锅盔吃了，又用牙粉刷了牙。春兰素来喜清淡，吃了点锅盔、咸菜。长安在爹面前循规蹈矩。长河才不管这些，啃了一桌子骨头。

谢顺说："儿子，羊架子上能有多少肉？就是喝汤的。等爹发了工资给你多买些肉，让你妈焖饼子。"有了五个孩子，他知道省吃俭用才能供得起儿女上学。

魏秀娥看着孙子吃心里就高兴，自己用了些羊肉汤泡馍馍。

春晖说："春兰，记住给奶奶拿手抓肉。"

屈昶芸说："这个事儿交给两个弟弟了。"

春晖对着弟弟们说："不许偷吃。"

谢顺洗了手、漱了口，换上中山装，准备出门，说："娘，我们走了。"

魏秀娥拉着春晖说："以后奶奶去接我的娇泡泡。"

谢顺说："春晖，走吧。"

谢春晖不想走，屈昶芸对谢顺说："我大闺女胆子小，跟先生说担待些。"

魏秀娥说："有奶奶呢，别害怕。"

谢顺拉着谢春晖的手说："胆子是练出来的。"

谢春晖眼泪汪汪、不情不愿地被爹拉着去报名。这样一个陌生的环境，让她忐忑不安。有老师在检查暑假作业，没有认真完成暑假作业的学生正在挨板子，春晖觉得像是打她一样，不由自主地哆嗦起来。

谢顺说："看见了没有，这是不好好学习的下场。你得给爹争气。"

负责报名的老师操着一口带有南方口音的国语说："小姑娘叫什么名字？年龄、家庭住址，父亲干什么工作的？"

谢春晖低下头不敢望老师，不敢多说话，老师问一句说一句。

老师鼓励她说："谢春晖，不要害怕，胆子要大一点，学习要努力。"

谢顺说："老师贵姓？我看老师不是本地人。"

女老师年轻单薄，但稳重大气，说："我叫王淑娟，上海来的。"

谢顺说："王老师，我这个闺女，要不好好学习，王老师怎么管教，我们都没有意见。"

王淑娟说："谢师傅放心，我不体罚学生。你回吧，谢春晖同学去教室吧。"

216

谢春晖学习好，遵守纪律，经常受到老师的表扬。而十四五岁的组长朱彩云学习差，算术陈老师总爱拿谢春晖做榜样教训她，说："你这是什么脑子啊！学的都让你吃了，你这个爪子连个笔画都写不顺。你看人家谢春晖是怎么学的！打你三板子，看你有没有长进。跟谢春晖学着点。"

朱彩云记恨在心，老师不在就揪着谢春晖的脸蛋说："让你能，今天下学把黑板刷了。"

谢春晖忍气吞声地回到家，眼泪汪汪地说："奶奶，组长让我刷黑板呢！"

魏秀娥说："我孙女不哭，奶奶让你弟弟掏烟囱。"转头对小虎说："小虎上房掏烟囱去，你大姐要刷黑板呢。"

屈昶芸在长杆子上拴上一块布，让小虎搭上梯子上房捅自己家的烟囱。屈昶芸把把小虎掏下来的黑灰盛在一个小铁桶里，用开水调好了，说："小虎、小龙，帮大姐把黑板刷了。"

小虎提上烟灰桶，小龙拿上用布做的刷子，跟着大姐去学校把黑板抬下来刷好。

第二天下学，谢春晖脸蛋上红了一块，又是眼泪汪汪地回来了。

魏秀娥问："我孙女又咋了？"

谢春晖说："组长说我笨得连个黑板都不会刷，擦得黑板黑灰直淌。今天要刷不好，明天要让我知道厉害呢。"

屈昶芸说："我忘了往里面加些胶了。"

魏秀娥说："今天我们重新刷好不好？"

过了两天谢春晖下学回来很晚，屈昶芸说："等你回来揪面呢，咋才回来？"

谢春晖说："做值日了。"

魏秀娥说："不是昨天刚做了值日吗？"

谢春晖说："今天有个值日生家里有急事，组长让我做。"

屈昶芸说："知道帮助人了。朋友多了好，洗了手跟妈揪面。"

又过了两天下学，谢春晖满身泥水，一瘸一拐地哭着回来说："娘，我不去上学了。"

屈昶芸问："这是咋的了？"

谢春晖泪流满面地说："我去提水，组长给我使绊子。"

屈昶芸说："你就窝囊，不会告老师啊？"

谢春晖说："组长又高又大，她说敢告老师就撕烂我的嘴。"

魏秀娥说："这个坏肠子的，明天我去找老师。"

第二天早晨，谢春晖背着书包在大柳树下磨磨蹭蹭地不愿去学校。

屈昶芸说："还不快走，要迟到了。"

谢春晖说："我不敢去。"

谢顺听见了，瞪着眼珠子说："你说啥？"

谢春晖还是不动，谢顺不问青红皂白，怒上心来，顺手折了一根柳条朝着大闺女的屁股就是两下。

谢春晖痛得直哭，却迈不开腿，尿就顺着腿流下来。

魏秀娥不干了，举起拐杖就打："我打你个冲发君，怎么能下得去手？"

谢顺挨了两下打，说："我的娘啊，我在管娃呢。"

魏秀娥说："当年你爹管你，管出来了个啥？你要把我孙女的尿泡吓破了，我跟你没完。"

谢春晖可怜巴巴地躲在奶奶的身后，屈昶芸说："好好上学那是必须的，妈给你换上裤子，快些跑，不然要迟到了。"

换好了裤子，谢春晖背上书包就往学校跑。可从那以后，春晖看见爹向她瞪眼睛就尿裤子。

魏秀娥跟在后面喊："等等奶奶，我送孙女儿上学去。"

屈昶芸说："娘，来不及了，迟了老师要罚的。"

魏秀娥说："从今天起，我看着我大孙女上学，看谁敢欺负她。"

谢顺说："娘啊，你都多大年纪了，让他们自己闯去。"

魏秀娥说："我又不惹别人，谁惹我孙女得有个说道。"

小虎、小龙看见连大姐都挨打了，哪里敢出去。

谢顺说："你两个浑身上下没好处，头发脏乱的像个囚犯。舀盆子水来，我给你们把头剃了。"

听爹说要剃头，两个儿子心里就犯憷。小虎提着水桶往葡萄架下的木盆里倒了半桶凉水。

魏秀娥说："倒些热的。"

春兰已经把热水倒在木盆里。谢顺说："还是我春兰有眼色，我咋不打她！"

魏秀娥说："你敢打她，我跟你没完。"

屈昶芸说："娘，你咋当着孩子们的面打他！"

魏秀娥说："不问青红皂白！他八十岁也是我的儿子，我不管他，谁管？我得去学校了。"

谢顺说："娘，你别去了，这样会惯坏娃的。"

魏秀娥说："我又不是护短去，我看看我的孙女到底怎么回事不行吗？"

魏秀娥拄着拐杖来到女子学校大门口，听着下课铃响了，学生们都出来课间活动，没见春晖出来，便进去找。正好遇见王淑娟老师。王淑娟说："老奶奶，你找谁啊？"

魏秀娥说："我看看我的孙女谢春晖，她今天迟到了没有？"

王淑娟说："我看她眼睛红红的，今天咋了？"

魏秀娥说："也没啥，有些不舒服。"

王淑娟说："不要紧吧？我是谢春晖的老师，我领你去。"她把魏秀娥领进教室，喊谢春晖出来，就去上课了。

谢春晖问："奶奶，你咋来了？"

"以后奶奶天天送我孙女上学，接我孙女下学。来，喝口茶。"魏秀娥从包包里拿出紫砂壶，把壶嘴儿放到春晖的小嘴里。

班里的同学都围了过来，魏秀娥说："同学亲如姊妹，好好相处，终生难得，都是懂事的好学生。"

上课铃响了，魏秀娥对春晖说："奶奶待会儿接你下学。"

从这天起，谢奶奶天天把春晖送到校门口，看着她走进了教室。课间休息，在校门口的操场上，总会看到谢春晖和几个要好的同学围着慈祥的谢奶奶吃烤馍馍片，其中也有那个朱彩云。不管春夏秋冬，魏秀娥日日都来。

217

这一年，春兰也上学了。她是一个与人为善、彬彬有礼的学生。与同学交往十分真诚，班里的同学都愿与她交往。她是班里拔尖的学生，完全是可以跳级的水平，但考试总拿不了第一。

老师惋惜地说："这是送分的题，你怎么不做？"

谢春兰总是低头不语。

　　魏秀娥年逾古稀，站不久了，看着两个孙女进了学校，就坐在学校西面大柳树下的长凳上。她老了，老眼昏花，牙掉得差不多了，腮瘪了进去，当年那位魏农官的千金已是一位普通慈祥的老妪。看着天真烂漫、蝴蝶一样美丽的姑娘们，她也常常回忆起自己的少女时代，那是一个遥远而幸福的梦。陪着奶奶的长路，人小却懂事，不离左右，是个能靠得住的孙娃子。

　　长安、长河按时来给奶奶送茶和烤馍馍片。

　　长河问："奶奶，你困了？"

　　长路说："大哥、二哥，奶奶在想事情呢。"

　　长河又问："奶奶，你在想什么？"

　　魏秀娥说："奶奶也像你们一样年轻过，有过美好的年华，转眼就是几十年。"

　　长河问："奶奶，我也会老吗？"

　　奶奶说："长江后浪推前浪，世上新人赶旧人。"

　　三个小子似懂非懂，长安说："奶奶，我俩拾柴去了。"

　　奶奶说："不要上树，早些回来。"

　　长河说："不上树拾的都是毛毛柴。"

　　长路说："哥，听奶奶的话，不要让奶奶担心。"

　　长安嘲笑道："丫头子！"然后对奶奶说："奶奶，我俩走了。"

　　奶奶说："靠边走，街上有车。"

　　长河说："奶奶，我是草上飞。"

　　奶奶说："孙儿啊，听说书别入迷，像你两个姐姐一样好好学习，你爹喜欢。"

　　"预备……跑！"长河还没听清奶奶讲的话，冲着哥哥喊了一声，自己先跑了。

　　长安说："让你一马。"

　　长安、长河你争我抢地跑，一转眼便不见了。

　　魏秀娥抚摸着长路的头说："我的长路真是奶奶的好帮手，一娘养十子，十子不一样……"

　　课间休息的铃声打响了，学生们像春天的小鸟，来到操场上踢毽子、丢沙包。

　　谢春晖、谢春兰和几个要好的同学围到奶奶身边来，谢春晖说："奶奶，我说了多少次了，现在我们大了能自理了，不用奶奶天天这样劳神接送了。"

　　魏秀娥说："孙女儿，奶奶习惯了，到时候不来坐立不安。看见你们像春天的蝴蝶，我也觉得年轻了。那时候我们可没有你们这样自由自立。好啊，一代会比一代强。"

　　谢春兰轻轻地拍打着奶奶黑衣服上的土，说："奶奶，你看你身上、鞋上的土。"

　　魏秀娥说："孙女啊，人是土里生土里长，九九归于土，奶奶快了。"

谢春晖眼泪汪汪地说："奶奶，你一定要好好的，我好怕的。"

魏秀娥说："不怕，树高千尺，叶落归根，顺其自然吧。"

谢春兰想起了那位质本洁来还洁去、离恨天上的林黛玉……

上课的铃声响了。

218

屈昶芸的每一个孩子都是哺乳到一岁多，便让婆婆帮着断奶。如果两个月不来月经，她就知道怀上了。她一天忙到黑，没有那么矫情，不愿意也觉得没有必要把怀孕的事儿告诉任何人，该干什么干什么，这好像是天经地义的。她的第六个孩子在她腹中幸福地成长，等待着瓜熟蒂落的美好时刻。

自从谢顺当了工头，她身上的担子更重了。站上线务员的儿子进城上学，多在谢顺家吃住，娃娃的衣食住行安全，哪一样不让她操心？

日本鬼子投降了，全民欢欣鼓舞。杀人魔王盛世才走了，消失多年的尧乐娃子从南京回来了，成了尧乐博斯，轿车天天送专员尧乐博斯到专员公署办公，还配了警卫队。他从南京带回来的年轻时髦的夫人廖云秋，现在的公开身份是女子学校的校长。文庙中的女校搬进了老城新建的女子学校，魏秀娥送春晖春兰上学更近了。

谢春兰在王淑娟老师的推荐下，参加了低年级升高年级的考试，以全优的成绩跳了级，同谢春晖一个班，这让谢顺脸上增光。

老城街道两边古柳如云，干涸的渠沟里每天都要定时放一次水，洒水、打扫卫生也成了街道两边住户义不容辞的责任。苏联医疗队走了，尧乐博斯专员准备在这里建"中山堂"。

精瘦的黎端副专员穿着风衣从百米开外的家中步行上下班，遇见老人总是和蔼地点点头。

专员公署的大门就对着线路段的大门，邮电局也搬到了隔墙的专员公署东面，里面用铁链子拴着条大狼狗。

谢顺每月发了工资，如数交给屈昶芸。物价上涨，屈昶芸更要精打细算，维持一大家子的生活。她拿上谢顺交给她的工资首先会领上长安、长河去买一个月的粮油。

中山路有名的"长兴永"店，原是黎端家的祖业，黎端无偿地把它分给了三个技术拔尖的老伙计经营，更名为"三友好"。

一次，谢长安、谢长河抬着从"三友好"打满了胡麻油的油坛子嘻嘻哈哈地回家，不小心撞到路边的石头上，油坛子打破了，胡麻油流了一地。屈昶芸转身就进了石家院，跟石大妈借了一个盆子，把流到地上的胡麻油一点不留地捧到盆子里端回家，澄清后在锅里烧开再澄，一点东西都不浪费。

盐是维吾尔族人用毛驴车拉来的雪白的大块岩盐，便宜。有时候邮车会从镇西的盐湖捎来一麻袋晶莹剔透的湖盐，能吃好长时间。调料都是按照妈配好的料，由小虎小龙在一个不知用了多少年的生铁礶窝子里踏出来的，粗糙的生铁杵子握手处光滑黑亮。

屈昶芸说："小虎，辣面子没有了，你给踏上些。"

长安说："该叫你的小龙也踏一踏了。"

屈昶芸说："干这么点活还挑三拣四，快点，谁叫你俩比着吃辣子的！"每天早饭兄弟俩热馍馍夹辣子，辣子油把嘴都染红了。

长河说："不就是踏个辣子吗？把辣子拿过来。"

长安把墙上挂的干辣皮子取下两串说："哥上个茅房，你踏。"

长河说："要这么多啊？"

长安说："不多，我走了。"

长河把干辣皮子一个一个地放到礶窝子踏，蹦得外面都是。那冲七窍的辣味，搞得长河眼泪鼻涕直往下流。

魏秀娥说："不要用手抹眼睛。"

长河还是忍不住去擦泪水，那就更悲惨了，泪流满面，火辣辣的，睁不开眼睛，不知如何是好。

魏秀娥说："木盆里晒下的水，快洗去。"

屈昶芸说："我的儿啊，干活都是有窍门的，在礶窝子里放些盐，用左手护住礶窝子口，不要让辣味直冲着，千万不要去抹眼睛。你哥看着老实，可会捉弄你了。儿子，妈来，你看着刚淘好的麦子，别让雀儿吃了。"

石家铺子紧挨着金大头的院子。临街的门面是个二层土楼，是专门做醋的，一进院门就会看到晒醋的大缸，闻到浓浓的醋香。屈昶芸每月拿到谢顺交给她的工资，都要到石家铺子打上一坛子醋晒在房上，吃的时候让儿子上房舀上些。石大妈剪裁衣服、绣花样子都来找屈昶芸，两家关系不错。磨面也是在石家磨坊，磨一次面，得一天时间，这一天屈昶芸是不离开的。

石大妈说："谢二嫂快生了吧，怎么还来磨面？"

屈昶芸说："不磨面，麦子都让娃他爹借给人了，不比前几年，日子过得紧巴巴的。"

石大妈说："可不是吗，钱不经花，料都贵了，生意不好做。你磨，我得忙去了。"

屈昶芸说："放心忙你的去。"

磨坊只有个一尺见方的天窗，磨道的毛驴被蒙着眼睛拉着磨转，踩出的磨辙深陷进去，几乎只有一个毛驴蹄子宽。毛驴不慌不忙、不紧不慢地走啊走啊，自认为走在回家的路上。

长河嫌太慢了，用条子去吆毛驴快起来。昶芸说："儿啊，牲口也是命，悠着点，慢不了多少。咱家的老毛驴通人性呢。你俩骑上出去拾粪，也不能赶得太快了，老了要爱护呢，你说对不对？"不紧不慢地推了两个时辰，人去吃饭，给流着泪的毛驴加些料，缓一缓再干。

麦子磨第二遍才筛，屈昶芸踏着箩儿叮咚叮咚叮咚的节奏有条不紊地干着。

长安说："妈，我来吧。"

屈昶芸说："箩儿是个娇气的物件，每次加在筛子里的面不能重，一簸箕就行了，用劲要均匀，破了不赔能过意得去？咱可没那个闲钱。衣服鞋都要爱惜着穿呢，妈忙不过来，看衣服又剐破了，回去妈给你缝上。奶奶老了，眼睛不好，不能摔了，看小羊多乖，这么小就知道护着奶奶。人要知恩呢！"

长河说："妈，箩上有破的地方，你看，筛下来的面上有麸子！"

屈昶芸把面上落的一点点麸子拣出来，说："不碍事的。"她从胸前的衣服上取下针线，均匀地把小口口缝合。

长安说："我小心地筛，妈歇一会儿。"

屈昶芸说："好吧，下一次磨面，妈怕是来不了了。我儿大了，顶事了，妈妈也老了。"

长河说："妈，讲个故事好吗？"

屈昶芸说："那就讲个《卧冰求鲤》吧。"

长河说："妈，我都会讲了。"

屈昶芸说："能做到吗？《二十四孝》里的故事你姥姥讲给我，我讲给你们，辈辈相传。"

面磨到了太阳快要落山，磨坊里点上了灯，屈昶芸让儿子们打扫干净磨坊，留下麸子，请来石大妈看了才回家。

回到家，春晖说："妈，我来揪面。"

春兰说："妈浑身都是面粉，换下来我给妈洗。"帮妈换了衣服，春兰又要给妈洗头。

屈昶芸说："学习紧张，吃了走一走就学习去。"

春晖说："妈，洗吧，饭还得一会儿。"

春兰已经把热水放在门外的凳子上，说："妈，你坐下。"

洗好了头发，屈昶芸容光焕发。

春兰说："妈真美。"

屈昶芸这次怀孕，面似桃花，婆婆说是个闺女。

219

又是桑子下来的季节，魏秀娥喜欢吃桑子。不同的桑子其味相似又各有不同，紫桑子甜，粉桑子酸甜，白桑子味美。维吾尔族人家的院门前都有桑树。

从桑子下来到金色的秋天，是谢长安、谢长河一年中最美好的时光。早晨出去采桑叶子、吃桑子。回来正是热的时候，可以在路过的七道闸子痛痛快快地洗澡。

谢长河说："妈，摘桑子、桑叶子去了。"

屈昶芸说："早去早回，小虎，不要让你弟弟在闸坑的深处洗澡。"

谢长安说："妈，他不会凫水，我让他在屁股深的渠里学狗刨水，小龙是条旱龙，嘿嘿。"

谢长河说："你还不是只会狗刨水，等我学会了洋人凫水，我就能去东海龙宫，到时候你只能在山上干叫了。"

谢长安说："不会走你还想跑呢。等你会了，我就更会了，到通海的黑河去游泳，走。"

屈昶芸说："有苦苦菜、苜蓿芽采上些，有榆钱子也别忘了采。"

他俩拿上自己的小筐和装桑叶子的袋子就走。

屈昶芸说："带上个馍馍。"

魏秀娥在长路的陪伴下回来，给孙女准备茶和烤馍馍片。看两个孙子已经不见影了，说："饭也不好好吃，瘦成皮包骨头了。"

屈昶芸说："娘，长个子了，你不见比同龄的娃娃高半个头！"

也许是娃娃多，婆婆觉得媳妇对孙子不那么爱惜，心里有些不快。

回城不像老城经纬分明，那不知名字的巷道错综复杂，弯弯曲曲，没头没尾地转来转去，好像家家的庭院都是相似的，土房、土墙、葡萄架。兄弟俩和小朋友虽天天去，但想找到想去的巷子也绝非易事。好在家家的桑树都结着密密麻麻的桑子，他们像猴子一样从这家的房上就能跳到那家的树上。他们把小筐子挂到顺手的树枝上，铺上桑叶一边吃一边摘。奶奶爱吃紫桑子，妈妈喜欢粉桑子，姐姐爱吃白桑子，每次都一样摘上些。

日头老高了，桑子、桑叶子摘够了，谢长安说："小龙，走不走？"

谢长河学着当年爹爹的样子说："吃饱了喝涨了，有钱的娃娃一样了，走。"

兄弟俩在城郊没人管的树上摘上一捆榆钱子来到七道闸子。斜坡上有细细的沙子。太阳红彤彤的。洗澡的娃娃各显神通，或朝前，或朝后，或翻跟头扎进水里。

谢长安说："老二到浅处狗刨水去，不要到我这里来，小心淹！"他一个猛子扎进去，到两丈开外才从水里露出头，调转身来一个洋人凫水，游到长河身边得意地说："我的洋人凫水咋样？"

谢长河说："充其量是个洋狗凫水。"

河水太凉了，这是天山上流下来的雪水，河东岸的垂柳挡住了太阳，谢长河哆嗦着甩掉头上的水，上牙磕着下牙爬上岸，躺在满是细沙的斜坡上。

谢长安躺在他身边说："小龙，哥是浪里白条，只要你听话，哥就教你洋人凫水，咋样？"

谢长河说："你是洋狗凫水，我要做混江龙。"

谢长安说："混江龙连个闸坑都不敢下，只能是个露屁股龙吧。"

谢长河说："混江龙让你心服口服。"他觉得今日不下去，定要让哥哥小瞧。

谢长安说："牛皮不是吹的，火车不是推的，你下去让我瞧一瞧。"说完他一个猛子扎进水，胸部露出水面，"老二，是骡子是马拉出来遛遛。"

谢长河一纵身跳进水，脚没挨着底，两只手乱刨、两只脚乱蹬，想露出头，越紧张越忙乱，几口水灌得慌了神。

起初看笑话的谢长安这时也有些慌了，大声说："不要紧张，顺着水游。"

闸坑的山水没有挡挡板，水流湍急，想逆水游到闸口抓住闸门框几乎不可能。顺流而下却不费吹灰之力，激流会把人带到水比较缓的浅处。

谢长安游过来，谢长河已经脚踩着底了，狼狈不堪地露出头。

谢长安说："你吓死我了！喝够了没有？"

谢长河说："水怎么这么深？"

谢长安说："我踩着水呢。"

谢长河说："你耍弄我啊？"

谢长安说："回去千万别提，让爹知道了可了不得了。"

谢长河说："儿子娃娃敢作敢当，本事是练成的。"他不服输地上了岸，从闸口浪花喷涌处一跃顺流而下。

220

东风化雨柳絮飞，杏花枝头春意闹，屈昶芸生了个好乖的女儿。

谢顺从星星峡回来，高兴地说："娘，你说叫个啥好？"

魏秀娥说："你看院子里的花开得多好。"

谢顺说："就叫花花好了。"

这次他带回来一只小鸡，说是美国斗鸡，可稀罕呢。所有的鸡看起来都差不多，美国的斗鸡也是鸡。这只斗鸡，在长安、长河的精心饲养下，天天有虫子、有狗鱼吃，一天一个样子。厚厚的冠子、紫红色的羽毛、墨绿色的翎子、金黄的鹰嘴、鱼鳞状的腿，看上去光彩夺目、威武雄壮。更出奇的是，它懂人意，对家里的每个人都很友好。对长安、长河言听计从。因为它是美国种，大家都叫它"大鼻子"。

谢长安说："大鼻子跟我跑。"

大鼻子就跟他赛跑。

天热了，谢长河说："大鼻子，去木盆里洗个澡。"

大鼻子就去木盆里潇洒地洗澡。

更让人喜欢的是，它会保护家里人。要是有陌生人来，大鼻子就会警惕地看着来人，只要主人发出命令，它就会昂首挺胸地扇动翅膀，发出警告声。

回城桥下，早巴扎有人斗鸡，正好谢顺进山去了。

谢长河说："老大，让大鼻子显显本事？"

谢长安说："干什么？"

"到回城斗鸡，看看大鼻子的本事，你说好不好？"

"要让爹知道了，那还了得？"

"你放心，没人告状。"

"你说能行？"

"爹不知道，没麻大，明天早晨早些走。"

第二天早晨，兄弟俩一前一后，领着大鼻子悄悄地走时，被魏秀娥发现了，说："快吃饭了，去哪里？"

谢长河说："一阵阵就回来。"

屈昶芸说："长安过几天开学，你爹送你上学去。你还不好好让你姐教教你！你啊，心思咋不在学习上。我说你们领上大鼻子干啥去？"

谢长河说："没事。"

两人一溜烟便没了踪影。

来到斗鸡场，斗鸡还没有开始。斗鸡圈子里有一只凶猛的斗鸡，看样子是擂主。这只斗鸡看见谢长安抱着的大鼻子，便扇动着翅膀进行挑战。

谢长河说："骚情啥呢，斗死你呢？"

斗鸡的主人大胡子说："哎，巴郎子，说啥呢？有胆斗一斗，看一看到底是谁的厉害。不过丑话说在前，斗输了可不要哭鼻子！"

谢长安看这个人很强势，不敢放鸡。

大胡子说："不敢了一边去。"

谢长河一把把大鼻子抱过来，放到圈子里。大胡子的斗鸡还在挑衅，但大鼻子却不反击。谢长河急着说："大鼻子，上！"

只见大鼻子竖起翎毛，抬腿就把这只斗鸡踩在爪下，不给对方留反抗的余地。

大胡子急了，又不好动手，气急败坏地说："巴郎子，快快抱开。"

谢长安把鸡抱上。

谢长河说："快回。"

两人在一片惊叹声中跑回家，再不敢去斗鸡。但是名声已在外，常有斗鸡爱好者来求种了。

谢顺从山里回来心情不错，魏仁诚满足了他想有一只百灵鸟的愿望——捉到了一只罕见的野百灵鸟送给他。

魏仁诚说："多少年没遇到了，二弟，你运气不错。"

谢顺提着魏仁诚给配好的全套装备回来后。在外屋的梁上和葡萄架上各装了个挂鸟笼子的钩子，晚上挂在头顶上，白天挂在架子上。

魏秀娥说："又来了，不怕你儿子上瘾？"

谢顺对孩子们说："看个稀罕，我告诉你们，一心不能二用，好好给我上学，不许动我的鸟儿，记住了没有？"

这只百灵可金贵呢，吃的小米是用鸡蛋糊拌了晒干的，放在一个小瓷坛里。谢顺还有一个装小白蛆的小罐罐。这只百灵鸟只能由他喂，如果他出去只有昶芸能喂。

早晨太阳出来的时候，谢顺手里提着鸟笼子，在一个半圆曲面上有节奏地晃动着，来到西河坝亮鸟儿的地方。浩如烟海环绕三城苍劲古朴的左公柳上挂了爱鸟人的宠物。谢顺揭开罩子，百灵鸟便一展歌喉。

221

山里生活条件极其严酷，一年有半年是冰天雪地，沿线人迹罕至，野兽出没，更危险的当然是匪患未绝。谢国是一个大度的人，同事推辞，他就礼让。他已经是快五十的人了，至今孤身一人。春暖花开，谢国终于换到了三铺站，这里离家近些，是农业区。坎儿井灌溉着这片绿洲，土地肥沃，瓜果飘香。巡线可以回来看望母亲。赵安福今年开春调到星星峡站了。

魏秀娥老了，更关心大儿子的幸福。大儿子固执，她只能给大儿子更多的关心。

谢国交接完工作回来，正赶上中秋节。邮车带回来他种的三麻袋洋芋。谢长安上学去了，谢长河一个人无聊地围着洋芋口袋转圈圈，推一推麻袋纹丝不动。想起了当年倒拔垂杨柳的鲁智深，真是好不心甘。于是脊背靠着洋芋袋子，准备学一学好汉。

正在这个时候，胡师傅来找谢国，他东摇西晃地进来说："谢老大，回来也不给哥打个招呼？"他见长河靠着洋芋麻袋要背，便说："来，大老给你放上。"两手一推，洋芋麻袋就把长河压住了。

谢长河挣扎不动，上不来气，头昏脑涨。大鼻子不干了，飞起来连叫带啄。

胡师傅被啄得酒醒了一半，连滚带爬。屋里的谢国、谢顺闻声出来，看到被压到麻袋下面的长河奄奄一息，掀去麻袋，把他抱回炕上。

魏秀娥给长河按摩，说："小龙，你怎么样了？"

谢长河昏昏沉沉的，嘴角上有血。

屈昶芸眼泪汪汪地说："儿啊，说话啊？你吓死妈了！"

下学回来的春晖、春兰、长安和长路都围在长河的身边，不知该如何是好。

谢春兰说："爹，快送医院吧。"这才提醒了谢顺，他背着长河飞快地往医院跑去。后面跟着一家人。半路上长河清醒过来，挣扎着要下来。

谢顺说："你给我好好待着。"

谢长河说："爹，我没事，让我下来吧。"他是最怕进医院的，最怕吃药，按妈的说法，撬开牙也灌不进药去。

医生说没什么大碍，开了一些药，让回家吃药观察，谢长河并没有吃那些让他讨厌的药片。但是从此以后，小小年纪的他，早晨起来便会咳痰，痰中带血，他没把这症状告诉任何人，但还是被奶奶发现了。

魏秀娥说："昶芸，小龙痰中带血，把我的孙儿哪里压坏了，可不能粗心大意。"

屈昶芸说："拉不进医院啊，开的药不吃，娘，你说咋办呢？"

魏仁诚来了，给长河诊了脉，也没发现什么问题，便说："姑妈，应该问题不大。娃也太瘦了，家里若有条件，加强营养，继续观察。"

魏秀娥说："我老了，有痰也没办法，我孙子小小年纪怎么会有痰呢？"

魏仁诚说："可能伤了肺了，慢慢来。"

魏秀娥说："不给配些药？"

魏仁诚说："娃不肯吃药，再说是药三分毒，不是什么病都要吃药，我看强身健体为好。"

为了养好孙子长河的病，魏秀娥交代谢顺每天早上领长河去河坝呼吸新鲜空气。谢顺只要在家，天蒙蒙亮就会领着长河、长路，不是去西河坝，就是去东河坝。

金色的秋天层林尽染，草地上铺着厚厚的黄叶，被风吹得沙沙响。沿着弯弯曲曲的小路，来到水汽氤氲的河边，潺潺的流水，青青的水草……在柔软的河边草地上，洗脸漱口乐趣横生。冬天银装素裹的柳林千姿百态，从踩出的雪中小路上来到河边，河边结着美丽的冰花，左公柳上的雾凇玲珑剔透。

魏秀娥说："小龙，吃上奶奶的鸡蛋酥油红糖水，对肺有好处呢。"

谢长河吃不了酥油和红糖，屈昶芸就给他清油炸鸡蛋。这个二儿子的毛病太多了，芫荽不吃、芹菜不吃、菠菜不吃，甜面汤饭也不好好吃。母亲屈昶芸就把做好的臊子盛出来些，吃甜面的时候单独给二儿子放上些。

这当然引起长安的不满："二少爷，你有三只眼。"

谢长河说："二郎神的天眼。"

谢长安说："你脸皮太厚了，一个人吃心不愧？"

谢长河说："我的饭端过来跟你一样，底下有臊子，下一次我跟你换。"

谢长安说："你让我丢人呢。"

222

寒冷的冬天北风呼啸，苏联医疗队走了以后，这里便有军队驻扎。早晨天不亮就响军号，列队出操的多是刚入伍的新兵。在魏秀娥的眼里都是稚气未脱的未成年娃娃啊。

谢芳带来消息说，屈文武下学回家的路上被抓兵了。魏秀娥把这些兵娃子都看成同文武一样的可怜孩子。从墙豁落里经常能看到军官在惩罚士兵，军棍打得新兵嗷嗷求饶；被罚跑步的士兵跑不动了，便会被鞭子抽着跑；罚站的士兵像根杆一样，在风雪严寒中一动不动，不知道什么时候是个完……她的心啊，像刀割似的，都是血肉之躯，爹娘所生。这一天她看到军官在惩罚一个与文武一般大的士兵。刚开始打军棍时，那个小士兵一直在叫，渐渐地便没了声音。魏秀娥以为给打坏了，不顾一切地从豁落里跑了过去。

身边的长路说："奶奶，那是军营，我爹说了不能去！"

魏秀娥说："孙娃你别来，奶奶不去要出人命了。"

长路说："奶奶路上有雪慢点，我爹说我不能离开奶奶半步。"他扶着奶奶直奔被打的士兵。

魏秀娥对军官哀求："军爷，别打了，还是个娃娃啊，打坏了他一家子人怎么活？"

军官说："老人家，他是你什么人？"

魏秀娥说："军爷，行行好，饶了他吧。"

军官说："你这个老婆子怎么进来的？"

谢长路护在奶奶身边，说："军爷，我们就住在隔壁邮电局的院子里。"

军官不满地说："你这个多管闲事的老太太，快回去，军事重地，严禁入内。"

魏秀娥护着被打的士兵说："军爷求你饶了他，我就走。军娃以后要好好听长官的话，你爹娘还盼着你平平安安回去呢。"

挨打的军娃子眼泪汪汪地点头，军官若有所动，说："起来，入列。"

谢顺知道后说："娘啊，这是军队，军法无情。你可不敢掺和。"

魏秀娥说："自从知道文武被抓了兵，看见这个样子对兵娃子，我的心啊刀割一样，不由自主的。你看昶芸愁成了啥样子，你要好好劝呢。"

谢顺说："我知道。娘，她听你的话，你多开导开导。长安到哪里去了？不给我好好做寒假作业。"

魏秀娥说："你不看柴房柴粪都不多了，一放假兄弟俩不是打柴，就是拾粪，手脸皱得锉刀一样。"

谢顺说："男娃娃就是要吃苦呢，吃得苦中苦，方为人上人。明天早晨我到巴扎买车柴去。"

屈昶芸说："省着点吧，东西又贵了，一车柴能买几斗麦子。你借出去的麦子连个条条都没有，什么时候还呢？银元换好了没有，赶快给我娘带过去。"

谢顺说："钱昨天带过去了。麦子人家有了自然就还了。我明天一早去西面，五天后回来。快吃午饭了，还不见这两个的面？"

魏秀娥说："我听小龙说吃饭的时候打柴最好，看林子的老汉回去吃饭去了。"

谢长安扛着根一丈左右的柴钩子，自称是钩联枪。谢长河肩上套着捆柴的麻绳，说是绊马索。兄弟俩肩靠着肩，你推我我推你，一个劲地钻风。

谢长河说："今天去哪里？"

谢长安说："走远些，到没人管的地方去。"

谢长河说："天这么冷，你的鼻涕都过河了。我看越近越好。"

谢长安说："说我呢，看你的清鼻涕！近处让看林子的人看见了，白忙活了。"

谢长河把棉袄掩了掩说："咋这么冷？哥，你注意到了没有，中午吃饭的时候看林子的人不在。"

谢长安抹着过河的清鼻涕说："我注意这个干啥？"

谢长河说："知己知彼，百战不殆。他不在，我们三下五除二，钩上就走。"

谢长安说："你这个鬼精灵，我都冻僵了，听你的！"

谢长河说："听我的没错。从你们学校的小后门出去，直直地就到了西河坝，树多得很，一阵阵就够我们背的了。"

谢长安说："我们学校你怎么知道？后门只有上学下学才开。"

谢长河说："从厕所的墙上下去不就行了。"

谢长安说："不行不行，要让同学看见告了老师，我可倒霉了。"

谢长河说："时间来不及了，兵贵神速。"

谢长安说："要是没有人，我先下。"

谢长河说："没麻大。"

天气寒冷，四下无人，一切都很顺利。长安先下去，然后长河让长安托住脚下来。

穿过菜地，一路向下，来到河边，过了独木桥，钻进林子。左公柳上有数不清的干枝丫。有两三棵树上的枝丫就够兄弟俩背的了。

回到家，屈昶芸说："天这么冷，吃了饭别出去了，你爹刚才还问呢！小虎，你的寒假作业写完没有？"

谢长安说："妈，你的小龙捣乱，我写不了。"

谢长河说："驴乏了怨臭棍，我离你远点。"

屈昶芸说："哎呀，手都张嘴了，妈给你俩收拾一下。"她把热水放在洋炉上，让两个儿子泡手。裂开的口子遇到水，疼得他俩龇牙咧嘴，长河马上把手缩了回来。

屈昶芸说："我儿听话，泡软了洗净了，抹上油就不疼了。"

谢春兰说："二姐给你轻轻地洗，不疼的。"那水葱儿般的纤纤玉手与弟弟的手真有天壤之别。她轻轻地给弟弟的手打上胰子，洗了一遍又一遍。洗净了学着妈处理裂口的方法，把烤得滴油的羊尾巴油滴在裂口上。"忍着。"那热乎乎的羊尾巴油封住了裂口。处理好后抹上蛤蜊油，一双手便舒展开了。

谢春晖说："妈，奶奶又管人家处罚士兵去了！"

223

谢长河领着刘裁缝的儿子小老鼠打雪仗时得知，昨天小老鼠他们去拾粪，碰到一处骆驼粪，由于粪多没有拿完，明天早晨还要去，兄弟俩便也摩拳擦掌要跟着去。

屈昶芸特意烙了香豆子锅盔，又配上咸菜。

晚饭后，谢顺说："到麦仓子里看看冬瓜有没有坏的，挑软的拿一个，今天晚上吃。"

秋天下霜以后，谢顺在回城桥下买了一车便宜的麻皮子冬瓜。谢长安与谢长河你争我抢地去抱瓜。

谢顺说："你俩有没有消停的时候？摔了就糟蹋了。"

谢长河说："摔了不会吃它？"

屈昶芸说："青瓜蛋蛋子，生的呢。"

谢顺说："放到过年就甜得蜜一样，让我娃吃。"

话音没落，长河就把瓜掉到地上摔碎了。

谢顺说："我说你啥好呢，馋嘴猫。"

屈昶芸把长河摔碎的瓜切成牙子，长安咬上一口就不吃了。只有上面一层层有点瓜味，还没有萝卜好吃。长河为了脸面硬吃了三牙子。

谢顺让两个儿子等太阳出来晒瓜，太阳落了抱到厨房地下。在两个儿子的照料下，结冰后晒好的冬瓜被放到麦仓子。长安、长河按照爹的样子把瓜放到草圈圈上，过几天检查一次有没有坏的。到了数九寒天，麦仓子里的冬瓜发出诱人的瓜香。

得到爹的许可兄弟两个高兴地提着马灯，下到麦仓子里，把放在草圈圈上的瓜逐一检查，把最软、最香的一个大冬瓜抱过来。

谢顺把瓜切成拇指宽的牙子，红瓤子的瓜已经熟到了皮皮上，一寸多厚的瓤子清香扑鼻。

魏秀娥说："我没牙，怕寒，半牙牙就行了。"

长路说："奶奶，我们俩一牙子，我喂你。"

春晖说："晚上吃多了肚子不舒服，我吃一牙子就好了。"

春兰说："爹，我半牙子就好了。"

屈昶芸向来是把好吃的先紧着孩子们，说："那半牙子是我的。"

谢顺拿了一牙子，一边喂花花，一边自己吃。

长安呢，在爹面前规矩得很，不敢跟长河比着吃，吃亏在心里。

而长河自从被压了以后，各方面都得到照顾。瓜确实是太好吃了，长河便一牙子接着一牙子吃。

魏秀娥说："你今晚可不敢发大水了！"

瓜已经被两个儿子吃得差不多了。

谢顺说："今天晚上我叫他起来。"

春晖、春兰大了在里屋，其余的子孙三代睡在外屋的大炕上。夜半更深，长河尿床，长安喊起来："爹，你二儿子尿了我一腿。"

这一闹全家人都醒了。

魏秀娥拧着灯说："别把尿激住了。"

谢顺说："尿干净了没有？"

长河赶紧穿上棉袄到外面去尿。

魏秀娥说："别凉了，尿在尿盆里。"

屈昶芸已经起来了，把褥子扯下来，烤在炉子边说："白天桑大妈，要点童子尿作药引子，看把你难的，拿着缸子跟着你转了一圈也没给人家尿上点。"

长河说："看着我怎么能尿啊。"

屈昶芸说："你哥下学一泡尿尿得溢出来，桑大妈着急说行了行了。把人笑得不行！"

这一折腾把瞌睡折腾没了，屈昶芸起来要赶过年的衣服，春晖起来做早饭，春兰收拾房子，兄弟俩准备跟随刘裁缝去拾粪。

长河把褥子拿出去，晒在院里晒衣服的铁丝上。

长安说："要有人问起来，我就说我家的老二画地图把炕尿塌了。"

长河说："你敢！我就跟爹说，老师家访的时候……"

长安说："哥逗你玩呢。"

天蒙蒙亮，长安牵着毛驴在门里，长河在门外观察动向。过了不久，刘裁缝骑着毛驴，带着儿子小老鼠向东门方向走去。路过邮电局门口时小老鼠对谢长河挥手说："跟上了。"

谢长安拉着毛驴同谢长河紧随其后。

刘裁缝不满地拍了儿子一下说："藏不住话的东西。"

小老鼠辩解说："他有好地方也告诉我，故事也讲得好。"

出了东门上了毛驴，过了鸡鸭场便是茫茫的雪野。路上要经过一片漫水滩，刘裁缝的黑驴轻松过去了，谢长安的大灰驴走到水中央，突然停下不走了。

骑在后面的谢长河说："毛驴啊毛驴，你今天犯了什么病了？坑起我来了！"

刘裁缝家的毛驴渐渐走远了，谢家的老驴怎么吆也不走。谢长河一怒之下用手中的棍子狠狠地打了一下。毛驴一个蹶子就把骑在后面的长河摔在水中，没一会儿湿衣服就冻硬了，只得打道回府。

224

这次出师不利，谢长河很不甘心，对谢长安说："哥，明天早上咱俩自己去。"

谢长安说："奶奶这两天不让你出去。爹回来问起作业，我可倒霉了。再说也不知道地方，要去还是去我们的老地方。"

披着被子的谢长河说："你没听小老鼠说粪多得装不完吗！"

谢长安："找不着地方白跑了。再把你摔到水中冻病了，爹回来如何交代？"

谢长河说："不入虎穴焉得虎子，就这么定了，离了拐杖还不走路了？我拿个大顶，你看能有多长时间？"他靠着墙就倒立起来。

谢长安在他的胳肢窝里挠他的痒痒，谢长河忍不住就倒了下来。

魏秀娥烤着湿衣服，说："淘啊！别把炕砸塌了。这个毡筒外面烤干了，里面湿湿的！"

屈昶芸说："在里面装些热炉灰把湿气赶出来。"

谢长路说："我跟奶奶学《三字经》。"

屈昶芸在毡筒里装好了热炉灰，又去窗前做衣服，说："今年过年旧衣服洗补干净还能穿，我看啊还是只有一套好，这一下圈住了，别急疯了。"

魏秀娥说："我孙子够可怜的，面子一年，罩衣又一年。孙娃啊，尿尿不要滴答滴答的，这裤裆硬的，奶奶给你刷一刷，不然骚得咋上学呢？"

谢长安说："奶奶，都差不多，谁也别说谁。"

屈昶芸说："妈跟你俩商量个事，今年过年棉的就不做新的了，妈给你俩翻新一下，罩上罩衣跟新的一样。"

谢长安说："听妈的。"

"妈说话不算数，不是说要做新的吗？"谢长河在人前还是注意外表的，棉的打了不少补丁不愿意穿。

屈昶芸说："儿啊，妈也是这样想的，来不及了。过了年天就热了，爱惜点穿，缝缝补补又一年。"

魏秀娥可怜二媳妇，一个人操持着这么一大家子，针线活没明没夜地做，自己眼睛马虎，又帮不上忙。光这两个小子一双鞋两三个月就踢踏得没帮通底了。这不是又快生了，前六个没啥反应，这一个反应挺厉害的。便哄孙子说："听话，过了年天就热了，明年里外一身新。"

谢长河一个鹞子翻身，脚下就是一个坑。他知道自己惹祸了，心怦怦直跳。

谢长安说："妈，你二儿子把炕闹塌了！"

屈昶芸放下手中的活儿，掀开看，一块炕面子碎了，摇头说："这可咋办呢？烟都出来了，要把人打着，那可麻烦了！"

谢长河吓得没敢抬头，谢长安也不吱声。

"吱"的一声，门开了，谢顺回来了。

魏秀娥说："怎么这么快就回来了？"

谢顺说："李副局长打电话让我回来研究明年修工的事，说不定过了年还得去迪化。"他今天心情不错，回来的时候去花果山鸟市逛，哪只鸟也不如他的，有人出十块大洋他都没动心。

他见炕塌了，也没有生气，说："你们两个把跳塌的炕面子清出来，砸碎了用热水加些盐和草泥。"门外就立着备用的炕面子，不一会工夫谢顺就把炕修好了。修好炕后，从褡裢里取出半袋子冻得邦硬的家乡冻梨，还有路过花果山卖的芝麻滚滚糖，说："冻梨是安福给的。一人一个芝麻滚滚糖。"

人人都有芝麻滚滚糖，就谢顺自己没有。谢春兰把自己的给爹，说："爹你吃这个。"

谢顺说："爹不吃，你吃。"

谢春兰把糖放到爹的嘴边说："爹，你多咬些。"

谢顺小心地咬了一点说："好香，我闺女吃。"

谢春兰说："奶奶、妈，你们咋不动？"

屈昶芸说："妈小的时候你外爷常买呢。"

魏秀娥说："我的长路有，奶奶就有了。"

谢春兰说："妈，你也尝一尝。"

屈昶芸小小地咬了些说："你吃吧，软了就不脆了。"

谢顺说："我这个百灵鸟可金贵呢，有人出十块大洋想买了去，我没同意，晚上要防野猫，千万不要让烟熏着。"

长安、长河没吃够，舔着手上的芝麻。妈把自己的那个芝麻滚滚糖掰开给两个儿子一人一半说："吃吧。"

谢长安不愿意地说："偏心。"

屈昶芸说："谁偏心了？"

谢长安说："爹给小龙的糖最大，妈给的也比我的大。"

谢顺说："第一个就是你的，我哪里知道大小。"

魏秀娥说："都是爹娘生的，都一样的。奶奶的多给你些。记住了下一次先由我小虎挑。"

谢长安说："吃甜饭只有小龙的是荤的。要是我把炕跳塌了，那就了不得了，你二儿子跳塌了就没事。"

魏秀娥说："听见了没有？我孙子长大了，有心事了，一碗水要端平呢。"

谢顺轻轻打了小龙一巴掌，对小虎说："别胡思乱想，都是爹的儿子，什么时候都是一样样的。爹给你化冻梨吃，这次我小虎第一个挑。"他拿出几个冻梨放到水桶里。冻梨外面是一个冰壳壳，砸开了里边的梨又软又甜。谢顺挑了一个最大的递给长安。

睡觉了，妈把灯捻子拧得香头子般大。

今天长河头朝里，他对老大告他的状很不满。见长安没有动静，他故意把被子往自己身子下一滚，长安就几乎被拉光了。要是往常，兄弟俩睡到一个被子里，你拉我拽互不相让。今天长安自知少理，由他去吧。

魏秀娥躺了一会儿又坐起来，她的痰越来越多了，躺着憋气，经常是靠着墙半睡半醒地坐着。她发现小龙把小虎拉光了，就悄悄地拽被子，要给小虎盖好，拉不动便轻轻拍了小龙一下，悄悄地说："别把你哥抖凉了。"

长河没得到长安的响应，有些尴尬。他仔细一想，老大平时对自己不错，什么都让着自己，今天就主动给他盖好吧。

225

早晨长安、长河像什么事也没发生过，准备去找刘裁缝拾粪的地方。临走时谢顺关心地说："把老黄带上，路上小心些，早去早回。"

听到爹让带老黄，弟兄俩高兴得很。大老从山里过来，把当年的小黄、现在的老黄带回来。爹喜欢老黄，去站点它就跟着爹。谁见谁怕，这家伙简直就是一头雄狮。在院子里，爹把它用铁链子拴在葡萄架后的墙下。院子里的人拿骨头、馒头喂它。老黄善解人意，从不伤人。院子里不管大人、小孩都觉得有了老黄就多了几分安全感。

谢春兰用大老给的驼绒线赶织了手套、袜子给两个弟弟，兄弟俩穿戴上心里暖洋洋的。

谢长河一出门就上了毛驴，谢长安说："出城再骑。"

谢长河说："太子出卖本王，罚他牵马，二王爷要治老毛驴上次冒犯之罪。护驾大臣老黄听命，老毛驴若再敢犯驴劲，与我重重地处惩。"

谢长安说："哪有太子给臣子牵马的，下来太子骑上，你拉上还差不多。"

兄弟俩一边斗嘴一边往东去，前面不远就是那片水域。谢长河说："石子太好看了，真想下去拣些好石子回去。"

谢长安说："那你就下去。"

谢长河紧紧搂着谢长安的后腰说："上次救驾不利，这一次本王要与你同归于尽。"

大灰驴一路上让快就快，让慢就慢，脖子上的铃铛有节奏地响着，眼毛结银霜，还有些流泪。它小心翼翼地望着老黄的表情，毫不犹豫地蹚过了这片水域。谢长河高兴地跳下毛驴说："老黄跑。"老黄跟着跑起来。

谢长安说："刘裁缝不会走远的。"

谢长河说："我也觉得就在这里。咱俩朝骆驼吃草的地方找过去，看有没有骆驼圈子。"在他的眼里，所谓的圈子一定是有墙有栅栏的。

发现了零散的骆驼粪，谢长安要拾。

谢长河说："不拾零散的，小老鼠说了，他们发现的骆驼粪是成片的，直接装就是了。"

两人找了个遍也没有找见这样的地方。谢长安说："老二别做梦了，要是人家不让你装呢。"

谢长河："哎呀，兔子！"一只毛茸茸的大灰兔从他的腿边惊慌跑过，他不顾一切抡起棍子就打。

谢长安也不落后，拔腿就追。老黄已经跑起来了，没多久，野兔在老黄的爪下俯首就擒。

谢长河提着野兔子的耳朵，让它挣扎，直到它精疲力竭，才捆住后腿装进麻袋。

谢长安说："不找了，就在这里。"

谢长河说："天上掉不下馅儿饼，根本不可能有只管装的骆驼粪的骆驼圈子。"

谢长安说："这天地就是圈，你能跑出去？"

他们在一个红柳墩边"安营扎寨"。

谢长河说："把毛驴放开，让它自由自在地吃草去。"

谢长安说："把腿绊住跑不了。"

谢长河说："要是遇上狼，那不就是驴入狼口？"

谢长安说："爹说毛驴见了狼吓得尿直淌，一步也走不动。"

谢长河说："听大太子的。"他提着拾粪的兜子走了几步又回来，把麻袋里的野兔子提出来当头一棍，四个蹄蹄蹬了几下就展了。

谢长安说："哎呀，活的拿回去多好。"

谢长河说："死的就是我的，没跑了。"

按照常规，粪都要集中在营地，拾粪的兜子拾满了，回来倒下再去拾。谢长河说："老黄随我来。"这里的骆驼粪就是不少，一会儿就是一兜子。谢长河把兜子挂在老黄的脖子上，一路小跑送到营地。第二次他让老黄咬着兜子送回去，老黄不辱使命，咬着空兜子来到他的身边。老黄可真是通人性的牲灵。

谢长安追着一只野兔子大声喊："老黄，老黄，野兔子。"

谢长河领着老黄不顾一切地跑过去，牛筋条剐破了裤子，他懊恼地用手对上新口子，继续向谢长安跑去："哥，怎么样？"

谢长安说："就差那么一点点。"

太阳西倾的时候，粪已经装好了两麻袋，还有剩余。于是兄弟俩把多余的粪用骆驼刺苫着。给老黄吃光羊头加锅盔，给老驴上点料，兄弟俩就着咸菜吃锅盔，又斗起嘴来。

谢长河说："要有刺猬烧上那才美呢。"

谢长安说："你是土行孙，把冬眠的刺猬抓出来。"

谢长河说："还没有跟你算账呢，为啥出卖我？"

谢长安辩解说："要是我把炕跳塌了，挨打是难免的。而你呢，只是屁股上被轻轻拍了一下。我说咱爹偏心，好事都有你，坏事少不了我，你说是不是？"

谢长河说："不是，你是家里的老大，银锁锁、手镯镯的，我咋没有？"

谢长安说："吃饭时妈总把有肉的骨头给你，爹总把碗里的肉捡给你，还说我二娃是个馋嘴猫没肉不吃饭。"

谢长河说："奶奶、二姐没给你吗？再说干骨头上哪里有肉呢？半斤羊肉一锅汤饭，能有多点肉？"

谢长安说："大家都吃甜面，为啥你有肉？不说了，该回家了。"

226

魏秀娥天天在长路的陪伴下去女校，长路给奶奶垫上个垫子坐在学校门前的花墙上。

学校的门卫看见了说："谢奶奶，廖校长看见了说我呢。"

魏秀娥拄着拐杖站起来说："不好意思啊，给你惹麻烦了，学校有规矩。"

门卫说："你的孙女是学校最好看的。谢奶奶快下课了，廖校长可能不来了，我打铃去了。"

下课铃响了，谢春兰第一个出来，后面是谢春晖，还有几个天天要见谢奶奶的同学。

谢春兰拍着奶奶蹭在腿上的土说："奶奶，不是说不要来了吗！"

魏秀娥说："惯了，长路让姐姐们吃。"

谢春晖说："奶奶，快要上课了，我看着你回去吧。"

谢春兰说："三弟，千万别让奶奶摔着。"

谢长路说："放心吧。"

魏秀娥说："上课的时间快到了，走吧。今天你爹发工资，早些回来。我长路就是奶奶的金童，细心得很、懂事得很。"魏秀娥每天到学校听琅琅的读书声，看青春焕发的女学生，她的生命就增添了活力……

今天是发工资的日子，以前发工资欢天喜地，现在愁眉苦脸，钱要用口袋装。

典兵的老婆死了两年了，今年朝知要独立操作。两个人都窝囊，凑合一天是一天。

领了工资，典兵说："谢工头钱毛得不够花，这日子怎么过呢？我上辈子造了啥孽了，连个娃娃都没有，活不成了！"

谢顺最担心的就是典兵负责的线路，去他那儿的次数最多，开导说："你正当年，再续上一房，娃娃会有的。你家里还有地呢，日子比我好过。"

典兵说："我哪里找去呢，你儿女双全，站着说话不腰疼。"

典兵中年丧妻，膝下无儿，谢顺不能不管，说："有啥条件？"

典兵说："谢工头，你还不清楚我吗？你看合适就好，最好有个儿子跟着我姓。"

谢顺当然知道，因为典兵的生育问题，魏仁诚给他看过，推说自己不善此道，还是另请高明。他说："找老婆的事包在我身上，你要打起精神来把线路维护好，目前的形势，你要心中有数，出事了就不好说了，你说对不对？"

典兵说："谢工头，有你这句话我就有指望了。金玉坐大牢腰都坐弯了，我可不能的。连个焊锡都没有了，用开了咋办呢？"

谢顺说："库里的材料都快领光了，新材料半年多进不来，要精打细算，正在想办法呢。"

典兵说："我的焊锡真的一点点都没有了，地里又长不出来，我真一点办法都没有了。"

谢顺说："我还有点救急的，你拿上两条，不能再帮着别人焊盆盆罐罐了。"

典兵说："都是熟人，求上来了让我咋办呢？"

谢顺说："就说没有了，不然咋办呢？"

典兵说："我听你的，就说没有了。我的事要当回事办呢，办好了我这辈子都念你的好呢。"

谢顺先请人说了几家，他这个条件确实不好办。正好他去安西办事，把典兵的事跟裘工头说了。裘工头说："我有个乡下亲戚男人死了几年了，有个十岁的儿子，母子两人无依无靠，正想找个人家呢。你要是有意，我俩现在就去，你看这样行不行？"

谢顺说："好。"他到那家一看，过得真凄惶。女人三十出头，瘦小虚弱，看着好像有病似的，他有些犹豫。

裘工头说："就这么个人，日子难唱，别看黄皮寡瘦的，能干得很，人好得很。"

女人麻利得很，说话工夫长面就做好了，几样小菜也不错。

儿子很老实，低头不语。谢顺说了典兵的情况，女人没有意见，要求就是供娃延宗上学。谢顺一口答应，双方约定在谢顺家见面。

227

谢顺家来了母子二人，院子里的邻居多以为是给他大哥说的。

有人说："谢老大也该有个家了。"

有的说："侄儿养大了，又养别人的，这个样子，老大能愿意吗？"

魏秀娥不满地问二儿子："这是怎么回事？"

谢顺说："娘，我忙得没顾上跟你说，这是在安西给典兵说的，我已经打了电话让他过来谈呢。"

魏秀娥说："我还以为连娘都瞒住了。"

谢顺说："大哥的事娘催过，我提过，大哥不愿意，我也没办法。"

正巧谢国巡线过来看娘，在街上碰见酒友说："老大恭喜你，肚子不疼就有儿子了，以后喝酒有人管了。"

谢国丈二和尚摸不着头脑，说："胡说什么？"

"装啥的呢，女人都领回来了，还有个现成的儿子，就等你洞房花烛夜呢。"

谢国匆匆忙忙地回家看个究竟，正碰上谢顺，气不打一处来，说："老二，你搞什么名堂，败坏我的名声？"

谢顺莫名其妙，说："大哥，你是不是又喝醉了？"

谢国说："女人、娃娃是怎么回事？街上都传开了。"

谢顺这才反应过来说："大哥，是这么回事……"他一五一十地说了，又提醒道："大哥，咱娘也想让你无后顾之忧呢。"

谢国说："人家李立本局长也没有一男半女，照样理直气壮地说他兄弟的孩子就是他的。"

谢顺说："哥我说话算数，长安就是你的儿，娃们谁要不孝顺我大哥，我就不认他。"

谢国说：“一切随缘，我看了娘就回了。”

魏秀娥让屈昶芸烧水，让这娘儿俩洗了澡，又给他们做了新衣服，人靠衣裳，马靠鞍，母子俩像换了人似的。

接到谢顺的电话，典兵当天下午赶来了。他在任待招理发店理了发，第二天一大早又在澡堂子里痛痛快快地泡了个澡，换了一身新衣服。人人都说：“典师傅，人逢喜事精神爽，恭喜。”

典兵不放心地问：“你看我这行不行？”

“精神多了，把头抬起来，就没说的了。”

在谢顺的带领下，典兵昂首挺胸地进了谢家屋。女人和儿子从里屋被魏秀娥送了出来。女人局促不安地看了典兵一眼，正好目光相遇，典兵赶忙低下头。女人想，这么拘束放不开，定是个靠实的人，心里愿意了。

典兵看女人羞羞答答，儿子安安分分，正是自己想要的人。

谢顺说：“情况都跟你俩说了，行不行你们自己拿主意，我闺女在库房等我盘点呢，好了告诉我一声。”

坐在桑树下面的魏秀娥说：“都下来，别处玩去，别把油桶弄倒了。”她又有了不放心的事——谢顺搞回来几十个废汽油桶，怕调皮捣蛋的娃娃摔倒砸着了。

谢顺说：“说的咋不听呢？都去一边玩去。”

从三年级起库房的账目就由谢春晖代行，谢春兰复核，一清二楚。三个儿子在爹的带领下打扫库房，干干净净。形势严峻，材料进不来，消耗品已经供不应求。谢顺跑遍了各站，把能应急的、换下来的残次品收集起来，集中管理，以供急用。最困难的焊锡，在机场的废品中也找到了解决的途径。机场有很多废弃的油桶，他通过瓦西里上尉以很便宜的价格，自己掏钱买下了。机场到城里采购的汽车把几十个破桶陆陆续续送过来。

李立本说：“一堆破烂能干啥？”

谢顺说：“烧下来的焊锡可以应急。”

谢顺用他的铁匠炉试验从废油桶剥离焊锡的方法。把废油桶焊缝处烧红了，在地下摔，用榔头敲，直到把焊缝烧开。一天抽空能展开两三个油桶，把焊锡收集起来，连炉灰里的都清理得干干净净，用坩埚融化开，适当配些废干电池剥下来的铅皮，在用青砖做的模子里铸成焊锡条。工夫不负有心人，一只废油桶能出两条焊锡。把油桶的铁皮用木榔头砸展放好，他又要用铁皮做一种最畅销的火车头炉子。

屈昶芸过来说：“娃他爹，典师傅要走呢。”

谢顺说："去哪里？"

屈昶芸说："成了，要回去呢。"

谢顺对两个闺女说："你俩对账，爹得过去。"

谢春晖说："明年的账本得换新的。"

谢顺说："爹知道了，我去局子财务看看，能不能给本新的。"

谢春兰说："爹，还有些材料得重新整理干净。"

谢顺说："你可别动，等爹有了工夫。爹得快去。"到了家，典兵与女人已经收拾好了。

谢顺说："这就走啊？"

典兵说："家里站上没人不行，这下好得很了。赶紧过去把娃他妈的事搞好了。我们咋感谢你呢？"

谢顺说："不办了？"

典兵说："娃他妈说，好好过日子就好了。"

谢顺说："不搞三媒六证，但一定的媒证还得有。李副局长已经写好了婚约，马上就过来，你们按个手印这就合法了。我已经跟我媳妇说好了，做几个菜，祝贺你们喜结良缘，百年好合。明天再走。"

典兵说："我典延宗上学的事，谢工头你得给我靠实了。"

谢顺说："没问题，来了要没有合适的地方就住在我家上学，离学校近，你看咋样？"

典兵说："谢工头，我俩想到一起去了。"

228

形势紧张，谢顺忙得顾不上家，三天两头去站上。

屈昶芸说："小虎、小龙，我们帮帮你爹吧，把废油桶弄开了。你爹回来给我们做个火车头炉子，冬天在后兜子里闷洋芋可好了。"

谢春晖说："人手不够了，我也参加。"

屈昶芸说："眼看天冷了，你和春兰下了学家里的事够忙了。长路照顾奶奶，奶奶看花花，各干各的。我和你弟弟干就行了，人多了也拉不开栓。"

晚饭后母子三人就开始干，妈怕烫着儿子，让儿子戴上他爹的手套，一再交代无论如何都不能用手去动油桶烧热的地方，只能用扶油桶的木把铁丝叉子。

谢长河拉风箱，昶芸和谢长安烧废油桶，搞得精疲力竭，一只油桶一晚上也没有破开。

屈昶芸说："看起来容易做起来难啊，我们还没有找着窍门。问题出在哪里呢？"

谢长安说："爹也是这样的。"

谢长河说："老大你拉风箱我来干。"

谢长安说："你能得很，你来。"

又忙活了一番，还是瞎子点灯白费蜡。

屈昶芸说："今天就这样了，明天星期天早些的，我就不信连这么个活也干不了！"

第二天早饭后就干上了，娘儿仨累得腰酸背痛还是一个废油桶也没有弄开。

谢顺回来看娘儿仨狼狈不堪，说："我说我回来干，你们非要搞得跟头马趴的。"

屈昶芸万般无奈地说："没想到这么难干！"

谢顺笑着说："会者不难，难者不会。"

屈昶芸说："你得干到猴年马月。堆了那么多，娃娃在里面藏起猫猫。搞得娘从早到晚脱不开身，要把人家娃娃砸下了，可不好交代。"

谢顺说："这怎么是好，我得干正事。"

屈昶芸："我们想干，怎么就不得法儿？"

谢长安说："没法弄。"

谢顺说："受苦也要动脑子，跟爹学着点。"

魏秀娥说："这就不是他们干的活，搞得我提心吊胆的。你媳妇有了，你也不知道心疼。"

谢顺说："媳妇，你也不说一声。等我抽时间干，你就算了。"

屈昶芸："我没事，众人拾柴火焰高，我们跟你学着干，不信干不了。"

谢顺说："我们一起干。"他先把废油桶底边放到火上烧红一尺多掀下地，用榔头把烧红的部位砸开，重复上面的过程，直到把底取下来。每一个焊接缝都一样，少量残留的焊缝用錾子剔开，趁热把铁皮整平。

屈昶芸说："儿啊，我们是想快，这里烧红了烧那里，烧红的又凉了，费力不讨好。"

过了几天，谢顺要去迪化的省局催料，临走的时候说："昶芸，废油桶还是我回来干吧，别把你累坏了。"

屈昶芸说："干你的正事要紧，这个事你就别管了。"

谢顺走后，屈昶芸跟两个儿子说好了，每天下午下学干两三个。

　　二十多天以后，谢顺从迪化空手而归。屈昶芸却给了他一个惊喜——剩下的废油桶没有多少了。在柴房展开的铁皮平平展展、整整齐齐地码好，盖着草帘子。

　　谢顺说："最重要的是焊锡，站上都在告急。"

　　屈昶芸说："焊锡做好了都交给春晖放下了。"

　　谢春晖说："爹，我妈可苦炸了，铸好的一百一十七条焊锡条，都编号放到小库房。"

　　谢顺说："看你们的脸、手就知道了。"

　　魏秀娥说："一个不让一个，抢着干，你这个工头是给咱们家当的。"

　　谢顺说："连我春兰的手都皴了。"

　　谢春兰说："我妈的手都烫了几个泡。"

　　谢顺说："你咋不小心些，让我看看。"

　　屈昶芸说："你两个儿子可顶用了。"

　　谢顺说："没烫着吧？"

　　谢长河不平地说："光看我姐的手皴了，连我哥肚子都起了泡。"

　　谢顺说："过来让爹看看，不小心些，烫坏了没有？"

　　屈昶芸说："毛毛糙糙地把衣服都烧了几个洞，抹了他魏二老的烫伤膏，没事了。"

　　谢顺说："以后干活可千万要小心。"

　　屈昶芸说："要不是长路，我们也不放心娘，这个娃让人真放心。"

　　魏秀娥说："连《百家姓》也能倒背如流，真是个上学的料。"

　　谢顺说："还是我长路好，长大了金榜题名，光宗耀祖。"

　　谢长河不服气地说："《百家姓》谁不会？"

　　谢顺说："明年就要上学了，你得把心收一收，整天出去疯，看不见人，衣服破得像个叫花子。我看汗衫子破得穿不住了。他妈，一人给做件新的吧。"

　　魏秀娥说："你说得轻巧，不比当年了，东西贵的，没有你大哥帮衬着，你挣的那几个钱吃都难了。"

　　谢顺说："家家有本难念的经，咋也得让我的娃吃饱穿暖了上学。"

　　屈昶芸说："长大了就知道柴米油盐来之不易。"

　　谢顺决定把他关于废油桶铁皮的第二个想法付诸实践，做火车头洋炉。他一鼓作气地带着两个儿子把剩下的废油桶拆完了。在家的日子下午下班抓紧时间干，点上马灯干到天黑。先做了一个样板火车头炉子，看见的人都说好。定型后就按照样板下料，做火车头炉子、烟筒。他的手艺不错，铁皮又比街上卖的洋炉厚实得多，式样新颖，价格便宜，不用赶巴扎，就有熟人来预订。线务员需要的不收钱。他为人大度，从不斤斤计较，他做的火车头洋炉成了供不应求的畅销品。

229

新年前谢顺家异常热闹。一是技术比赛越来越受到重视，人都是要面子的，攀比心理促使大多数线务员都重视提高技术水平。今年南门院子的南瓜成了，厨房地下、麦仓子里都是脸盆大的南瓜，又腻又甜，院子里的吃了都说好。奖品很特别，参加比赛奖励一个南瓜。二是王志林要迎娶第三个婆娘。他娶的婆娘一个赛一个漂亮。第二个婆娘下地被狼咬死了没半年，第三个婆娘妙曼就要娶进门。据说是个旦角，水灵得很。妙曼的条件是，要在局子里举行隆重的结婚仪式，在城里住些天再回去驻点。在线务员之中王志林家庭条件好，有房子、有地、有牛羊。听说娶这个婆娘可花了血本了。

谢顺为了满足妙曼的条件，跟李立本商量把卢工头住过的房子收拾出来，成全这对半路夫妻。收拾房子的责任又落到了谢顺家人肩上。

根据妙曼的要求，一切要按新婚的标准。屈昶芸与两个闺女赶做了苏绣龙凤呈祥，男红女绿的被子，红缎子面的褥子，以及炕上铺的、日常用的一应俱全，新房布置得喜庆雅致。一切都赶在发工资前准备就绪。

王志林要待客，谢顺提前把王志林准备好的猪肉、羊肉、鸡肉运过来，又让过了年就要驻站的朝知在王志林结婚期间负责王志林的线路。

主厨是局子里新招来的食堂大师傅老龚。去年秋天的一个早晨，魏秀娥看着春晖、春兰去学校，在大门口碰上一家三口要饭的，一眼就能看出女人是农村出来的，领着一个六七岁的闺女。

女人操一口陕西口音，说："老奶奶，给点吃的吧！"

魏秀娥问："陕西那边过来的吧？"

女人说："老奶奶，要打仗了，凤翔没法活了，我丫头两天没有吃东西了。"

一听说是凤翔的，魏秀娥说："我媳妇的老家也是凤翔的，进来洗个脸，吃饱了再说。"

低着头不开口的男人说："老奶奶，谢谢你。"

魏秀娥说："看你这个样子，不像是种地的？"

男人说："老奶奶，我叫龚家祥，在凤翔饭馆做饭。"

魏秀娥说："这样说就更巧了，局子里正在找做饭的。新局长也是老陕，给我儿子说新来的厨子最好是咱陕西人。"

龚家祥说："老奶奶，拜托，我要是能进局子做饭，连局长家的饭也包了。"

魏秀娥说："我可是听说的，说了不算数。走，进屋吃了再说。"

她领着龚家祥一家进屋后说："昶芸，来了个老乡，赶紧拿些吃的。"

屈昶芸出来说："哪里来的老乡？"

女人回答说："大嫂，我们是从凤翔逃难过来的，我叫巧巧，大嫂一看就是咱家乡人，面慈心善。我娃饿坏了。"

屈昶芸说："你们先洗洗，我这就端饭。"她端来一盘花卷馍馍，一盘咸菜，放到葡萄架下的炕桌上。"你们先吃，我做个胡辣汤。"

龚家祥说："大嫂，我是厨子我来做。"

屈昶芸说："你吃，你东西都不顺手，还是我来吧。"一阵工夫，胡辣汤就上来了。

吃好了，巧巧说："谢奶奶，我能干个啥你尽管说。我们也没去处，就赖上你们了。我们家老龚的饭做得好呢，只要他在，我小萌都不吃我做的饭，不敢糊弄人的，让他做了就知道了。"

魏秀娥说："长路，到小库房叫你爹去。"

不一会儿谢顺领着长路回来。

龚家祥说："谢哥，我是厨子，西北的口味都在行。只要能吃饱，工钱不论多少，让我试一试，你看行不行？"

谢顺说："我说了不算，局长同意才行呢。"

龚家祥说："谢老哥给我引见一下，感激不尽。"

正好李立本过来，谢顺说："李副局长，秦局长要我找个陕西的厨子，我托了两个人还没回信，今天这个……"

老龚说："我叫龚家祥，在老家饭馆做饭的。李局长，我给做上几天，你看行不行？"

李立本说："老龚，我是个副的，秦局长刚来，如果他同意，你可以留下。我可有言在先，不能惹麻烦。"

龚家祥说："李局长，我可是本本分分的。"

谢顺说："都是受苦人！"

龚家祥说："谢工头，我就是个做饭的，你帮帮我们吧。"

谢顺说："李副局长，先干着看行不行？"

李立本说："我现在就给秦局长说去，听我的信。"

中午李立本正式告诉谢顺说："秦局长答应先试用，如有问题立即报告，决不姑息。"

谢顺说："我记住了，李副局长，他们得有个住处。"

李立本说："后面去马厩面东有间空房，先安排住下。"

龚家祥是个明白人，中午就开始收拾厨房。下午第一顿饭岐山臊子面，让秦局长吃得极为过瘾。

魏秀娥让屈昶芸把自己家的被褥送去一套，春晖、春兰也过来帮着收拾。

集体食堂在外院对着局子大门，挨着柴油机机房。载波室是面西的一排砖房，大柳树下拴着一条大狼狗虎视眈眈。只开铁大门上的小铁门，门卫非常严格。

老龚人勤快厨艺好，做事主动周到，积极到工作地点听取搭伙职工对伙食的要求和意见，尽其所能满足大多数搭伙的嗜好，不贪不占，兢兢业业，又是个热心肠，局子里的婚丧嫁娶都全力以赴，很快就融入进来，好评不断。

线务员钉马掌，这些年都是由谢顺承揽。事情都安排在发工资前进行，以免影响回程。明天一早技术比赛，十一点以前结束，十二点王志林的结婚典礼后吃席。

龚家祥一切准备就绪，只等明天结婚典礼。

谢顺说："朝知，先把你的马掌钉了，再钉我大哥的、王志林的。你学着点，以后这个活你也能干。"

朝知把自己的马拴到马架子上，前三个蹄子钉得都很顺利。正要钉第四个蹄子，王志林同未婚妻妙曼从街上买东西回来了。局子里除了局长的太太，还没见有这么时髦的女人，一下把在场的人的目光吸引过去了。朝知手中的马蹄子被马挣脱，马蹄子就在谢顺的腰上来了一下，踢得谢顺头昏眼花，倒在一边。他爬起来教训说："干什么的？一心不能二用，你这样会出人命的！"

朝知正在想入非非，看人家王志林四十出头，还能找到这样的女人。听到师傅的训斥，看师傅被马踢得龇牙咧嘴，面红耳赤地低下头。

谢顺说："钉好了，你进去看个够。"

一向老实巴交的朝知把气撒在马身上，举起鞭子就是一鞭子，马被打惊了，后蹄子尥蹶子。

谢顺一把把朝知推开才避免了踢着他，说："我还没看出来，蔫人还有这一手，这不怪马，马和人一样，要相互理解。"其实他知道线务员一个人在戈壁滩上孤苦伶仃，身边没个女人真是苦上加苦，得想方设法解决个人问题。

王志林新房的门口，围了不少看新娘子的男女老少。妙曼一边发糖一边风情万种地向谢顺招手说："谢工头，吃喜糖来？"

王志林在旁边喜笑颜开地说："谢工头，我结婚多亏你了，一定得来。"

谢顺收拾好了，叫上朝知一起过来。

妙曼把一颗喜糖递到嘴边说："谢工头，我就看你一表人才。"

谢顺说：“都是线务员，谁能比谁强？”

妙曼吐着烟圈说：“你是工头，我家老王说升了段长就坐办公室，前途不可限量。到时候我们老王可靠你提携了。”

谢顺说：“这可不敢随便说。”

王志林说：“屋里坐，让妙曼给你敬烟。”

谢顺说：“我不会吸烟你是知道的。”

妙曼说：“这是喜烟一定要吃的。”她给谢顺点烟，旁边的人就把火柴吹灭，几次都点不着烟，欢声笑语热闹非凡。

屈昶芸这边饭好了，就等娃他爹和站上来的线务员回来就开饭。

谢国说：“别等了，我们吃吧，不知要闹到什么时候！”

屈昶芸说：“娃大老，你先盛上吃了忙你的去。”

谢国说：“也行，我吃了去看看胡师傅。”

越等越急，新房那边传来美妙的“苏三离了洪洞县……”

魏秀娥说：“这把年纪了还有那个闲心。小虎叫你爹去，快些的。”

谢长安跑到新房门前，看见几个线务员逼着王志林与妙曼“吃老虎”。王志林推说今天不行。

谢长安说：“爹，都等着你们吃饭呢。”

谢顺说：“你先走，爹这就回去。”他赶紧给王志林解围：“开饭了，闹洞房也得到明天洞房花烛夜，老王你俩的饭我让送过来。”

魏秀娥说：“还没结婚，你这个工头先闹开了？”

谢顺说：“妙曼那才叫时髦呢。”

屈昶芸对自己的男人不顾及自己的感受，当面夸别的女人，心里很不舒服，顺口说：“人家是干啥的？能不摩登风流吗？”

谢顺说：“老王可美得不知道姓啥了，城里也少见，好福气。”

屈昶芸说：“我说你咋挪不动脚了，不就是时髦头、高跟鞋吗？连饭都忘了吃了。”

在众人面前这太伤谢顺的自尊心了，一怒之下拿起饭桌上的茶碗就向屈昶芸泼去，泼了屈昶芸一身，愤愤不平地说：“争风吃醋，编派起自己的男人来了？”

谢春兰怕爹打妈，挡住说：“爹，妈不是那个意思。”

魏秀娥举起拐杖就要打，说：“你这个冲发君，学会打媳妇了？”

屈昶芸说：“娘，都是我的错，不能当众数落娃他爹。”

谢顺知道错了拔腿就跑。

谢国说：“昶芸是谢家的功臣，你不能这样。”

230

龚家祥是起得最早的，早上进局子，门卫热情地说："老龚早啊！"

龚家祥说："今天早饭磨豆浆、炸油条，你早些来，现炸现吃，美炸了。"

门卫说："老龚，都夸你的饭做得好，几天不重样。"

龚家祥"嘿嘿"着往厨房走，载波室门口的狼狗大卫向他示好。按说大卫只吃柴油机房老陈喂的食，听载波室新来的段长邓宏斌的。自从龚家祥做饭以后，喂食理所当然地落到了老龚的身上。大卫对老龚摇头摆尾，无人可比。

邓宏斌对老龚的印象特别好，与人为善、为值夜班的做好吃的夜班饭。他感激地说："龚师傅，昨天晚上的馄饨真好吃，今天早上吃啥？"

龚家祥说："邓段长，豆浆油条，你来了现炸。"

邓宏斌说："吃龚师傅的饭真是一种享受。"

龚家祥说："你日夜操劳，让你吃好是我的职责，邓段长，我的饭对不对你们河南人的口味？"

邓宏斌说："我们豫菜可是个大系，博大精深。我从小离家去黄埔军校求学。从邮电学校毕业了，去年从迪化邮电局调到这里，走南闯北吃什么都行。"

龚家祥说："邓段长年轻有为、博学多才，我可是个大老粗，想吃啥打个招呼，我尽力而为，我准备去了。"

邓宏斌交接了班，吃饭的职工都上班去了。

龚家祥看邓宏斌过来，油条才炸上，豆浆热乎乎的，说："邓段长，豆浆你自己盛，油条说话就好。"

邓宏斌说："龚师傅，俗话说众口难调，我吃过的职工食堂，没有一个师傅像你周到，服务到每一个吃饭的。"

龚家祥说："吃饭的都是单身，远离父母妻儿，我能做的也只有这些。"

邓宏斌说："龚师傅，实实在在、兢兢业业，大家交口称赞，实在难得。"

龚家祥说："不敢当，邓段长，油条是嫩一点，还是老一点？"

邓宏斌说："老一点。"

龚家祥把两根金黄的油条端到饭桌上，说："邓段长你慢用，我收拾去了。"

邓宏斌咬了一口说："龚师傅，你的油条好吃又实在，要是卖油条可赚不上钱。"

龚家祥说："这也是我摸索出来的，比街上卖的怎样？"

邓宏斌说："街上卖的一层皮，泡到豆浆里一点点，龚师傅的油条蜂窝似的香脆可口，不在一个水平上。"

李立本过来说："老龚，你的饭做得不错，秦局长还是满意的，你可以正式办手续了。"

龚家祥说："李局长，尝尝我的油条提提意见。"

李立本吃了一口油条说："油条炸得不错，你做的烧饼也好，有工夫尝尝我哥做的，交流交流。"

龚家祥说："我怎么敢跟李大哥比，李大哥的烧饼有名得很，早晨都挨个排队等着买呢。"

李立本说："干不动了，心脏不好。"

龚家祥说："那可要抓紧治呢。"

李立本说："我哥是个苦命人，生老二的时候我嫂子大出血去世了，又当爹又当妈的，不说了，办手续去。"

业余时间龚家祥喜欢在大柳树下看下棋，他从不轻易开口，开口必有好棋。

龚家祥有了正式的工作，巧巧的打狗棍也没有放下，照旧破衣烂衫地领着小萌去要饭，回来跟屈昶芸一起做针线。

屈昶芸说："巧巧，龚师傅有了事做，还不够你们搅和的？"

巧巧说："没办法，老家一大家子还等着这点钱活命呢，要不谁愿意干我这个？"

屈昶芸说："你走得太远，小萌回来脚都迈不动了。我看你还是把小萌留下，我给你看着。"

巧巧说："就是太麻烦你了。"

屈昶芸说："麻烦啥呢，我娘、长路都喜欢小萌。"

从此以后魏秀娥去学校，身边又多了一个可爱的小萌。长路按奶奶的意思每天教小萌十句《三字经》，小萌很快就会背了。

空闲时间小萌说："小羊哥哥我们玩改绞绞。"

长路说："死疙瘩你解不开。"

小萌说："有奶奶呢。"

长路说："快下课了，回去再玩。天上的钉，地下的炭……"

小萌说："河里的绿鱼泡不烂，谁不知道？红房子，白帐子，里面住个大胖子。"

长路说："木头锅、木头盖，里面装的好香菜。"

下课铃响了，春晖、春兰来看奶奶。

谢春晖说："小萌头发乱了，大姐给你梳梳小辫子。"

小萌说："好，二姐姐教的'天下为公'我会写了。"

谢春兰说："小萌真聪明。举头望明月——"

小萌说："低头思故乡。"

龚家祥过来说："小萌离不开两个姐姐了，一不注意就不见人了，知道准是去你们家了，学会那么多唐诗，真不知道怎么谢你们。"

上课铃响了，谢春晖、谢春兰快步去上课。

龚家祥说："谢大妈，我们回了？"

魏秀娥说："我有这两个小人儿护着，你忙你的。"

龚家祥说："该准备的我都准备好了，就等快下班拉条子下锅，我就怕把您老人家摔着了。"

魏秀娥说："老了，脚底下没根了。"

龚家祥说："这几个人的饭快得很，不误事。"他扶着魏秀娥往回走，来到局子门口交代说："长路、小萌照顾好奶奶，千万不敢摔倒了。"

魏秀娥说："我二儿子说你特别会理事，要是上过学一定会很不一般。"

龚家祥说："家里穷，能学个厨子就不错了，知足者常乐，你说是吧？谢大妈，我看你两个孙女儿出众得很，要好好上学，不能半途而废，你说是吧。"

空闲的时候龚家祥也偶然去小库房看谢顺修电话。

谢顺说："老龚，你是个能人，以你的为人处世，是个干大事的。"

龚家祥说："做饭的学问大得很，我只知个皮毛。"

谢春晖正跟谢春兰对库房的账。

谢春兰说："龚师傅，我觉得你好有想法的，你看仗能不能打到我们这儿来？"

龚家祥说："一切都有可能，有备无患。"

231

谢顺自从与昶芸闹了别扭，碍于脸面又不肯认错，上午去小库房，下午去机场，一直躲着昶芸。王志林度蜜月，谢顺带着准备去驻站的朝知去顶班。安排好了回来又在机场忙了两天，这才回家。

魏秀娥见他回来，说："这一次去得久啊！"

谢顺说："局长又发话了，已经进入战时体制，一定要保证线路畅通无阻，否则严惩不贷。你儿子可是提心吊胆的。"

魏秀娥说："我看这个工头也不好当。儿啊，千万别有事，这一家子就指望你了。你哥那里好吧？"

谢顺说："娘，放心好了，起初有人说我大哥喝酒误事，现在没人说了。这些年我大哥管的线路没出过事，连李局长都说我哥做事不贪大，做人不计小，不用操心，靠得住。"

魏秀娥说："那就好，洗了吃饭。"

谢顺说："我在机场吃了，老毛子的饭菜挺新鲜，花样多得很。"

魏秀娥说："去跟你媳妇赔个不是，娘看她眼睛红红的。"

谢顺说："尿尿多得很，还没有完了！打出来就没这么娇。"

魏秀娥说："你真是身在福中不知福，谁的媳妇能比我的昶芸？没明没夜，这么一大家子亏了她。"

谢顺拿下褡裢、卸下马鞍，把马交给长安，说："拉上去遛遛马，可千万不敢骑，这马可认生呢。"

谢长安牵上马，谢长河拿上口袋顺便割些草回来。

谢顺直接去了库房，看两个闺女把库房管得井井有条，心里十分得意。在小库房修电话磨蹭到娃都出去了，才瓷着脸进了厨房说："这么早就做开了？"

屈昶芸说："娃大老回来带了些羊肉，娘说娃没油水，拉屎难，给包顿饺子。"

谢顺说："多放些油，明天早晨我去买一副羊架子。媳妇，谁也没你好。"

屈昶芸低头和面说："干你的去。"

谢顺把褡裢往炕上一摆说："媳妇，把洗衣服的盆盛上水拿上来。"

屈昶芸有些奇怪，想着这么多年谢顺饭来张口、衣来伸手，从来也没有洗过衣服，今儿真是太阳从西边出来了，便说："你要洗啥，我洗就行了。"

谢顺说："叫你拿，你就拿。"

正好谢长安遛马回来，把爹敲的大铁盆子拿进来放到地下，倒上水。

谢顺从裆裤里提出一双好威风的俄式厚底长靴，坐在炕沿上穿好，站在水盆里好一阵工夫，从盆子里出来剁了几下脚，脱下靴子，脚上的袜子干干的，伸进手摸了一番，一点潮气都没有，高兴地说："媳妇，你摸一摸。"

屈昶芸摸了说："好东西，你爱惜东西能穿些年。"

谢顺说："媳妇，有了它，进山就不怕蹚水了。"冰雪融化的季节进山回来毡筒像个吸水龙，脱下来，袜子都湿漉漉的。脚上的疮就是这时候冻的，小脚趾冻得又红又亮又肿，他一边在炉子边烤，一边抹上魏仁诚配的冻疮膏。

屈昶芸说："这下好了，少受些罪。猴儿财神，花了多少钱？我给你。"

谢顺说："瓦西里上尉要回国了，让我留个纪念，还有方块糖、好喝的洋咖啡。"

春晖、春兰过来包饺子，听见爹说"咖啡"。

谢春兰说："有一次廖校长在校长室让我演节目，校工端来一杯醋一样颜色的热饮料，香气四溢。廖校长问我喝过咖啡没有，我说没有。她说牛奶加咖啡养颜又提神。"

谢顺说："瓦西里上尉放了一块咖啡，加了一块方块糖，用开水泡开，让我喝，有点苦，后味还不错。拿回来让我娃也开开洋荤。春兰，你泡上些，让大家都尝一尝，也知道洋玩意儿的味道。"

谢春兰说："爹，咖啡是热带非洲出产的，供富人享受的，细细品尝提神。"

谢顺说："那就更要享受一下。"

谢春兰拿出过年才舍得用的龙凤呈祥瓷壶，放了三块咖啡，倒了大半壶开水，又放了三块洋方块糖，搅拌均匀，先倒了三半茶碗咖啡说："先敬奶奶福如东海、寿比南山。"她把咖啡双手敬给奶奶。

魏秀娥说："我老婆子也能喝上洋咖啡了。"她端起来闻一闻，抿了一点，"洋人的东西闻起来好闻，喝开了味道就是有些怪怪的。"

谢春兰把另外两杯敬给父母，说："感谢爹妈生养我们，祝爹妈吉祥如意、心想事成。"

谢顺说："儿女争气，爹心甘情愿。"

屈昶芸说："你们平平安安，妈就称心如意。"

轮到了小字辈，长河喝了一口就喷出来说："像喝药。"

别人都喝得有点苦涩，只有春兰慢慢地品尝着。

232

谢顺的眼睛在古城子守城战中伤了，经常红肿刺痛，久治不愈。医生说，不好好保护，有失明的危险。家里人都为他的眼睛担忧。这天他路过大十字，看见一位老者在狂风中孑然一身，叫卖茶镜，叫价六十块大洋。他心生怜悯，上去询问，究竟什么样的茶镜要买这么高的价格。

老者说："这是我们崔家的祖传之物，不到万不得已，多少钱也不能卖的。"

谢顺说："你姓崔？这让我想起我爹爹讲的关于崔家坟出土了一副有珊瑚星星的茶镜的故事。"

老者说："你还知道我们崔家坟的事，真是遇到故人了。我这副茶镜就是崔家坟里出土的，不落到寸步难行的地步，不做这有辱祖宗的事。老乡，戴上我的镜子感觉一下怎么样？"

谢顺戴上镜子，感觉眼睛上像抹了油一样滋润。在这样的大风天几乎近于墨色的茶镜，观望起来却清晰柔和，真是难得一见的好物件！身上有刚换的两块大洋，是准备带给岳母的，他说："这两块大洋老先生先收下当定金，这六十块不是一个小数，容我回去商量了再说。"

老者感谢地说："亲不过家乡人，有你这句话，我就有救了，我在义顺西客栈专候佳音。"

谢顺回到家里，把老乡遇难事的事跟母亲说了。

魏秀娥说："患难见真情，儿子买下。"她把自己最后的压箱钱给了儿子。谢顺连夜去了义顺西客栈。第三天又把崔先生托付给金大头的驼队，送他回乡。

自从有了这副茶镜，谢顺爱不释手。

魏秀娥想起丈夫在的时候，也提起过从亲家崔生那里见过崔家坟里出土的茶镜，多少往事涌上心头。她自知时日无多，油尽灯枯，决定趁全家都在的时候把要说的话说了："孩子们，我时日无几，什么也没有给你们留下，也只能死后尽心尽力保佑儿孙了。生不能与你爹同年，我死后把我和你爹葬到一起。"

谢国、谢顺心里面明白，如今娘的身体状况不容乐观。

谢国说："娘何出此言？儿子不孝让娘失望了！"

谢顺说："娘是我们家的主心骨，老天保佑我娘健康长寿。"

魏秀娥说："娃啊，人都有这一天呢，娘没有别的奢望，只求你们同心同德。"

屈昶芸说："娘，孙娃子还小，都离不开奶奶。娘好好活着才是儿孙们最大的心愿。"

魏秀娥说："二媳妇是谢家的有功之人，都要好好地待她。"

谢春晖眼泪汪汪地说："奶奶，我离不开你，你咋不吃肉了？吃了肉身上就有劲儿了。"

魏秀娥说："见不得了，只想清清淡淡的。"

谢春兰说："奶奶，你不会有事的。"

233

新学期开学，典兵要送儿子典延宗进城上学。典延宗少年丧父，艰难度日，养成忍辱负重、沉默寡言的性格。

典兵对里里外外一把手的媳妇满意得很。典兵媳妇不断地提醒说："当家的，千万别误了延宗上学，将来老了就指望儿子了。"

典兵说："结婚的时候就跟谢工头说好的，九月一日开学就去，你准备好了，到时候咱俩把他送过去。"

典兵媳妇说："延宗上学的东西都准备好了呢，不能空手去吧？"

典兵说："我炒了两面袋子大豆带去，一袋子给谢工头家。一袋子在巴扎上卖了买些用的东西。他家娃娃多，爱吃得很。伙食费谢工头不要，发工资的时候我给上些就行了。"

典兵媳妇说："延宗人生地不熟的，可别受委屈。"

典兵说："谢奶奶、谢二妈人好呢，把上学在他家住的都当成一家子了。媳妇你放心就是了。想看儿子了近便得很，我送你就好了。"

典兵夫妻提前两天带着典延宗进城，中午时分来到谢顺家。典兵说："我说谢工头，我把我儿子延宗交给你了，学习上两个姐姐多关照。我娃爱学得很，老实得很，别让人欺负。"

魏秀娥拉着延宗的手说："这里就是你的家，有长安、长河，没有娃娃敢欺负你。"

谢顺说："老典，我家就这个条件，娃娃多，吃饱穿暖就行了。我给你说，对你的延宗会比对我的儿子精心。有言在先，养个儿子不容易，负担大得很，有了事了不好交代啊。你要是放心，就在我家，不放心就另谋他处。"

典兵说："谢工头，我要是不相信你，咋能把我儿延宗交给你。我儿子出息了，我这辈子都忘不了你对我的好。我娃认生呢，熟了就好了，延宗叫谢奶奶、谢二老、谢二妈。"

典延宗听话地叫了，又低下头。他对任何人都将信将疑，保持距离。

典兵媳妇说："谢奶奶、娃二老、娃二妈，我娃胆子小，人生地不熟的，上学跟长安一起走，下学了别让他出去。"

谢顺对两个儿子说："听见了没有？敢领上典延宗出去野，小心你们的皮。"

典兵把大豆袋子解开说："吃大豆，铁砂子炒下的，又酥又香。放心吃去。"

魏秀娥说："这不好吧？"

典兵说："我的好大妈，娃娃都喜欢吃个零嘴，我的延宗就喜欢吃我家的大豆、萝卜。吃完了我再炒。不怕你笑话，我延宗能吃得很。"

魏秀娥："正是能吃的岁数。你放心，吃好不敢说，吃饱没问题。"

典兵说："还有一袋子拿到巴扎上卖了，换些急用的东西。"

谢顺说："没人跟你借钱，你有地、有牲口，日子总比别人好过些。"

典兵说："土匪嚣张得很，防不胜防的，马啦、牛啦、猪羊啦，见了就抢，轮流守着呢。晚上睡觉提心吊胆，睁一只眼闭一只眼，听见敲钟，就拉上大牲口躲在苇湖里。猪羊差不多都给抢光了。谢工头，还是城里好，你给我想想办法。"

屈昶芸说："饭好了，吃饭吧。"

在一校报上名典兵两口子就要走了。

魏秀娥说："来了就多住上几天，看看你儿子上学习惯不习惯。"

典兵说："谢工头催着让回呢。战时体制啊，要是线路上有了问题，那就麻烦大了，哪里敢待呢。"

谢顺说："咱们可都是受苦的，有老有小，不敢出事。媳妇拿些钱我去买上两斤羊肉，吃了饺子就让走吧。"

屈昶芸给了钱说："碰上韭菜买上三四斤。"

谢顺说："早晨路过，金玉说今年最后一茬韭菜嫩得很，我去割上些就行了。"他又对两个儿子说："把靠窗台的位置让出来叫延宗住。"

谢长河说："窗根是大老回来睡的。"

谢顺说："你大老回来你延宗哥靠着麦仓子，能放灯好看书。"

谢长河说："天冷了我哥也看书呢。"

谢顺说："天冷了你俩也应该搬进去睡了，不就是睡个觉吗，挑三拣四的。"

中午的饺子男人是按每人三十个包的，奶奶吃素，春晖、春兰每人吃上十几个。典延宗是个吃手，轮到屈昶芸也没剩多少馅儿了，就两个皮子捏成葵花边边的圆片片饺子了。她什么时候都是吃在人后，剩啥吃啥。

晚上长安、长河还是睡在葡萄架下的木板上。对着满天星斗，哥儿俩激烈地争论着哪一颗是属于自己的。后半夜阴风四起，乌云遮月，飘起雨丝，雨水透过葡萄叶子打在被子上，他们俩便蒙着头睡，听见爹说："还不搬进去睡？把被子都淋湿了。"两个人这才抱着被子跑进去。

谢顺要去早市的屠宰场买羊架子、接羊血。回来把羊架子煮熟，屈昶芸的蒸馍馍也熟了。

吃了早饭，典兵夫妻要回了。典兵说："谢大妈，我延宗就交给你了，二哥、二嫂给你们添麻烦了。"

魏秀娥说："放心干好你的事，有空常来看看。"

典兵说："谢工头我的线路你放心就是了，不会给你惹麻烦的。"

谢顺说："你的娃就和我的一样，安心工作去。"

典兵媳妇说："谢二嫂，你是我遇到的最贤惠的了，我娃的心思重，多多拜托了。"

屈昶芸说："跟我的儿子熟了就好了。"

典兵摸着延宗的头说："跟你弟弟好好的，过来巡线时就来看你。要啥东西让你谢二老早上试话的时候告诉爹，爹就给你买。你的箱子要锁好呢，东西要看好呢。好好学习，爹老了就靠你了。"他把泪汪汪的延宗抱上马，送到学校门口就走了。直到典兵离开，延宗也没说一句话。

234

典延宗是个性格孤僻的少年，跟长安、长河睡在一个炕却从不主动与他们交流，也不和院子里的同龄人说话，没有人主动跟他交往，长安、长河对呆头呆脑的延宗也失去兴趣了。屈昶芸对这孩子加倍呵护，什么都尽着他。典兵拿来的大豆，长安、长河比着吃。屈昶芸说："儿啊，什么都有个够呢，你俩连吃带送的，没有多少了，留下让延宗吃吧。"

典延宗一边吃大豆一边学习，于是大豆就成了典延宗的专属。

谢长河不满意地说："放的屁臭死人了。"

自从典延宗来了，魏秀娥就不送两个孙女了，而是天天在长路的照料下，出西门到一校去送他。她对老师说："老师，这是戈壁上驻站线务员的娃娃，可怜见的，爹妈不在身边，交给我们看着上学。我天天在学校门前，他有啥不对的，告诉我老婆子。我好好跟他说，多多关照，我这里谢了。"

老师说："谢奶奶，你放心就是，这么大的年纪了，万一摔着不好，不要来了。"

谢长路说："好老师，我奶奶不放心，不要打我典延宗哥哥板子行不行？"

老师说："这个孩子一看就聪明，将来老师教你，不打你的板子。"

典延宗很用功，下学从不跟院子里的娃娃一起玩，而是一个人专心学习。他不是一个有悟性的学生，但循规蹈矩，做事尽力。

魏秀娥说："这娃是个实诚人。"又叮嘱长安："下学可不能自己先跑了，一定要等上延宗一起回来。"

谢长安也是个实诚人，听了奶奶的话，说："奶奶，你咋光护着典延宗，我挨打你就不管？"

魏秀娥说："你向你姐姐学，老师喜欢学习好的学生。如果家长都护着自己的娃娃，老师就没法管了，你说是不是？延宗爹妈不在身边，不管不行啊。"

谢长安天天下学跟在典延宗后面回家，到了家说："奶奶，我们回来了。"

魏秀娥说："我长安是个听话的好孩子。"

典延宗放学回来做的第一件事，是检查他的东西、铺盖有没有被人动过。做作业之前，打开自己箱子的锁，又不打开箱盖，好像里面有奇珍异宝似的，还窥视一眼谢长河。

每到这个时候，谢长安就会拉着长河故意说："出去打杂杂去，号嗦不能断。"

谢长河说："惯了他的毛病了，防贼似的。我就不出去，看他怎么着？"

谢长安说："他就这么个毛病，以小人之心度君子之腹。"

两个人出去玩到天快黑，谢长安说："不玩了，得回去做作业，要是让爹知道了了不得。"

两人回到屋里，典延宗正苦思冥想地摸脑袋。谢长河知道准是数学题又不会了，也不说破，在一旁看大哥做作业，说："鸡兔四十九，一百个爪爪满地走，鸡有多少？兔有多少？"

这时，典延宗摸着头有些尴尬地说："我这里有大豆，你们想吃就自己拿。"

谢长安说："那是金豆豆，我们可不敢吃。"

谢长河说："吃独食，臭得我没处钻。"

典延宗说："你们不拿，我也没办法，嘿嘿，长河帮我个忙，把二姐叫来看这道题怎么做，做错了老师要打板子！"

谢长河说："你自己怎么不去？"

典延宗说："我不好意思开口。"

谢长河吃软不吃硬，帮了他这个忙。

晚上睡觉，典延宗说："跟你俩商量个事，天冷了把大老的尿盆子拿进来行不？"

谢长安、谢长河天再冷也是出去尿尿。

谢长安说："行呢。"

谢长河说："尿盆子谁倒？"

典延宗说："一人一个礼拜，我大我带头，行吧？"

长河说："还算公道，不吃亏、不占便宜、不欠人情。"

235

门前的杨柳又绿了，后面的杏花又开了。隔墙的军队搬走以后，邮电局与女子学校之间许多民房被拆掉。尧乐博斯专员要在这里建"中山堂"。

空地上来了五六个维吾尔族民夫，就地取材脱土块。天不亮，还结着冰花，光着脚和泥脱开了。真是春耕春种的大忙季节，又是青黄不接的难过时候。中午吃饭从豁落里过来，打上一桶井水，晒着太阳，吃着带上来的麸皮糠打的馕、菜团子，喝凉水。

魏秀娥看见了说："老乡钱挣下，凉水不能喝，肚子疼下了不好了。"

民夫说："老妈妈，哪里钱给下呢，派上来的，白给干活，干不完的家不能回。"

魏秀娥说："这样的馕吃得下？"

"老妈妈，粮食没有，这个就好得很了。"

天下的穷苦人都是一样的，魏秀娥说："我的茶喝下，清真的。"

"老妈妈，谢谢了。"

魏秀娥在长路的搀扶下，提着一篮子热馍馍。

谢长河提着一大壶浓浓的茯茶过来说："茶的喝下。"

魏秀娥揭开笼布说："蒸馍也是干净的，吃不吃？"

民夫惊讶地说："老妈妈，你让我们吃下？"

魏秀娥说："咸菜疙瘩吃不吃？筐筐里有呢。吃下了自己拿，吃下了劲有呢，活干下。"

民夫说："老妈妈好人，我们相信你，肚子饿得很，吃下。"

民夫非常爱惜粮食，吃东西要铺上一块布，吃的时候一只手接着掉下来的馕渣渣，吃完了还要把漏在布上的也集中起来吃了，一点点都不浪费。

魏秀娥提醒自己的孙子说："看见了没有，糟蹋粮食有罪呢。锄禾日当午，汗滴禾下土，谁知盘中餐，粒粒皆辛苦。"

巧巧把要饭来的馕给民夫吃。维民夫感动地说："太太，你太好了，这么好的东西，拿上来给我们吃下。什么事情找下我们，二话的没有。"

脱土块的人换了一批又一批，一人高的土块码子，一道又一道。在维吾尔族民夫眼里谢奶奶、巧巧太太是一等一的好人。她们送茶送馕一直持续到维吾尔族民夫完工离去的那一天。

快放暑假前发薪水的一天，线务员集中在葡萄架下等待谢顺回来发薪水。虽然发到手数额越来越大，他们对越来越不值钱的金圆券已经失去了信心，但有总比没有强。这个淡蓝色的金圆券，听说是从美国印来的。拿一张在手里甩能发出金属声，怎么就不值钱呢？

谢顺领着春晖数钱数得头昏眼花，在中午饭前才把薪水领回来开始发工资。

典兵拿上钱说："谢工头，东西又涨了，薪水不顶用，不管我们的死活了，没法活了。"

王志林说："谢工头，我的情况你是知道的，我媳妇抽烟。羊、猪卖了钱都不行啊，闹得我心烦意乱，愁得我睡不好、吃不消。你说咋弄呢？"

朝知说："师傅，今年又旱了，我爹给我说了个媳妇，出不起彩礼钱，又要饭去了，说我不顶事。媳妇要是黄了，得打一辈子光棍。"

赵安福说："是你的跑不了，不是你的留不住，这是缘分。"

大家七嘴八舌，叫苦连天，埋怨工头不为工人做主。谢顺心里那个冤屈，我拿的薪水都在工资单上写着呢，谁不知道，好像我还有见不得人的地方！

谢国这时候出来为二弟主持公道，说："谢顺就是个受气包，升官发财没他的份，危险的地方少不了，钱多钱少上面定，小小的工头算个啥？我们还是审时度势，相机而行。"

谢顺说："我们都是受苦的，平安是福。我们还能吃上饭，满街的逃难的、卖儿卖女的、要饭的咋办呢？领上薪水该干啥干啥去，千万不要节外生枝，惹祸上身。"

李立本过来插话说："谢工头，线务员惹事，你难逃干系。"

谢顺说："拿上钱走吧，城里事多。"

236

放暑假了，太阳像喷火似的。中午洗澡回来，长河躺在葡萄架下的板床上，不知道在外面吃了什么东西，肚子疼得满床打滚。

魏秀娥说："奶奶给你揉一揉，以后不要在外边胡吃东西。"

谢长河痛苦地呻吟着，奶奶轻轻地顺着揉长河的肚子，像念经似的说："肚儿肚儿不要疼，奶奶揉一揉，一泡稀屎泡塌炕。肚儿肚儿不要涨，奶奶揉一揉，一泡稀屎冲出门……"

奶奶按了一圈又一圈，说："长安，奶奶没劲了，你给弟弟揉一揉，用脚重一点揉。"

长安用那铁板似的脚使劲踩着揉，说："没出息，满肚子的虫子吃着肠子，还要我赤脚大仙消灾免祸。"

谢长河哎呀呀叫着轻一点。

谢长安得意地说："一顶二稀屎淌。"

屈昶芸说："小虎别闹了，好好给弟弟揉。"

魏秀娥说："以后可不敢热热地进门就是一肚子凉水。"

谢长安狠狠地一压，说："猪八戒上了树，带麻雀屎的晚桑子都进肚。"

谢长河"哎呀"一声，突然感到要拉了，提着裤子就往茅房里跑。

谢长安说："我也要拉。"猛地冲到长河的前头，跑进茅房把茅坑占住，"拉到裤子里就热闹了。"

谢长河捂着肚子挪着步子，连大气都不敢出，怕夹不紧冲了出来，那就丢大人了。

谢长安扬扬得意地看着长河着急的样子，说："等哥拉完了就轮到你了。"

谢长河看他故意耍弄他，忍无可忍，一把拉下裤子，那稀屎就冲了出来。

谢长安提起裤子，手里拿着块擦屁股的土块就往外跑："臭死人了，该死的，你溅到我腿上了。"

谢长河如释重负，得意地说："'米田共'香喷喷，吃上唐僧的屎，是长生不老药，不要跑啊。"

这一切都让躺在席子上为发工资生闷气的谢顺看在眼里，心里火大得很。长安嘟囔着："都溅到人家的腿上了。"

谢顺瞪着双眼，拿起身边的笤帚就摔过去，说："你这个坏尿，是不是让你弟拉到裤子上了？"

长安本来就怕爹，兄弟俩逗着玩惯了，无所顾忌，没想到爹会发火，吓得拔腿就跑。

谢顺起身就追，说："我让你跑！"

谢长安跑进豁落，爹追了进去。魏秀娥知道儿子的脾气，拄着拐杖在长路的搀扶下就跟了过去。土块码子之间的距离只能躲进去瘦瘦的长安。谢顺找不到长安就上了土块码子，吼道："你给我出来不出来？"拿起土块就打。

谢长安哪里敢出来，在土块码子间躲藏。

魏秀娥颤颤巍巍地过来骂道："我打你这个冲发君，你给我把大孙子打坏了，我也活不成了。"

谢顺这个阵势早就把全家老少都惊呆了，魏秀娥腿一软就要倒下去。长路赶紧扶住奶奶，哭道："爹，奶奶不行了！"

谢春兰冲了过来把奶奶抱住，谢春晖脸色煞白，迈不开腿。

屈昶芸听到孩子喊"奶奶不行了"，放下手中的针线，挺着个大肚子站在豁落口，惴惴不安地望着在土块码子上发脾气的娃他爹说："快住手，娘不好了。"

谢长河惊出了一身冷汗，早忘了肚子痛，钻到土块码子之间放声喊："大哥，快出来，奶奶不好了，爹不敢打你了。"

谢顺摇摇晃晃地跳下土块码子，跑上来抱起娘说："我的娘啊，那是我的儿子，我能真打吗？我连人都没找到。"

他又对长河说："让你哥回来，爹不打他。"他把娘抱到躺椅上。"娘，我把长安叫回来，你看伤着了没有！"他过去找儿子，正碰上长河陪着惊慌失措的长安磨磨蹭蹭地往回走。长安看见爹又要跑，长河拉住说："奶奶见了你才放心。"

谢顺拉着长安的手说："今天饶了你，十多岁的人了，还不知道省心。"他把长安送到娘的跟前。"娘，你看，是不是好好的？"

奶奶拉着长安的手说："小虎，你是家里的长孙，是谢家的顶梁柱，你要听话，好好的，奶奶才能放心见你爷爷去……"

237

七月是一年中天气最热的时候，浩浩荡荡的施工队开进了中山堂的工地。

施工队起早贪黑，披星戴月，紧张施工，中山堂一天一个样子。秋末时中山堂终于按期完成。

邮电局家属院通往中山堂的豁落被堵住了。魏秀娥天天看着修建中的中山堂，她的视线被这座比二层楼还高的宏伟建筑阻断了。她望着南飞的大雁，又是一年秋来到。秋风吹动着满地的黄叶，南归的大雁哀鸣着，低低地掠过屋顶。一只大雁落在谢家院子里的杏树上。

谢长路说："奶奶，大雁落在我家杏树上了！"

魏秀娥说："过去看一看，咋回事？"

谢长河跑到杏树旁，院子里的人也集中过来。大家七嘴八舌的，有的说飞累了，有的说抓住美餐一顿。

魏秀娥说："大雁是最仁义的飞禽，万不可造孽。"

谢长河上了树，把大雁抱下来，人们都围了过来，发现大雁的翅膀上还流着血。

魏秀娥说："抱回去，抹些红药水，让老黄、大鼻子看着，谁也不许伤害它。大雁是一种用情很专一的鸟类，它的另一半要在，一定会来寻找的。"

谢顺给大雁喂玉米粒、麦子，仔细检查大雁受伤的部位，把铅弹子抠出来，又给抹上消炎粉。长安、长河从东河坝抓来狗鱼喂大雁。白天就把大雁放到房上晒太阳，等待它的另一半来寻找。

第三天早上，雁阵中的头雁从蓝天上俯冲直下，在众目睽睽之下，落在受伤大雁的身边，两只大雁相依相偎，仿佛在诉说着离别的痛苦。

魏秀娥让围观的大人娃娃们不要干扰劫后重逢的大雁。过了一会儿，来寻伴侣的大雁，扇动着翅膀先飞起来，受伤的大雁跟着飞起来。伤雁飞了不高又哀鸣着落下来。在空中回旋的大雁也落下来，头对头地相互鼓励。又是一次引飞，但还是没有成功。看得魏秀娥老泪纵横。

谢顺让儿子把好吃的都放到房上。让大雁养精蓄锐，等待伤好了南飞。魏秀娥带着长路守着，不让闲人上房惊扰。

第四天当南归的雁阵出现时，这两只大雁又开始试飞。魏秀娥祈祷上苍，让相依为命的大雁飞走吧。

长路说："奶奶，受伤的大雁飞不起来啊，好的大雁会不会自己飞走？"

魏秀娥说："大雁坚贞不二，至死不渝，如果伴侣死了，另一个不会再配。只要活着，就会不离不弃。"

谢长河说："让大雁就在我们家过冬吧？"

魏秀娥说："但愿如此。"

时间一天一天过去，两只不下房的大雁始终没有试飞成功。

魏秀娥说："下来吧，养好伤，明年再飞吧。"

在不断地努力不断地失败后，一天乌云遮日的黄昏，北风横扫着树上残留的黄叶。天空没有雁阵飞过，两只大雁互相梳理着羽毛，它们是在追忆逝去的美好时光，还是在向往碧水青山的江南？抑或是做最后的告别？无人知晓。令人意想不到的一幕发生了，两只大雁把脖子绞起来突然拼尽全力飞了起来，又双双跌落下来，悄无声息。

魏秀娥"啊"了一声，倒了下去。

238

魏秀娥乘着南飞的大雁，在天空中翱翔，蓝天白云，阳光灿烂，祁连巍峨，绿洲一碧万顷，黑河涛涛北上……朝思暮想的家乡，还与自己做新娘的时候一模一样。老宅的庭院里花开似锦，王子学校的垂柳在微风中飘荡……爹、娘、文元、谢贞、谢慧都向她招手……她拍着大雁的头说："终于到家了！"突然大雁直飞云霄，她在空中飘飘荡荡……声声呼唤着："爹啊！娘啊！文元救我啊！"

一直寸步不离的长路惊喜地喊道："奶奶醒来了！"

魏秀娥睁开眼睛，嚅动着嘴唇说："我……"

谢国说："还是长路细心，娘真的醒了！"

谢顺说："太好了，娘可吓死孩儿了！"

屈昶芸说："阿弥陀佛！菩萨保佑！"

谢春晖说："奶奶这一觉就是三天三夜！"

谢春兰说："我奶奶心太善，遇事太伤神了。"

魏秀娥示意把她扶起来，两个儿子把娘扶起来，靠着后墙的被窝坐好。春兰又在被窝上放了一个枕头。她说："大雁带着我飞回老家，正要下去看看，却又把我驮上天。唉……原来是大梦一场。"

屈昶芸端来红枣小米稀饭说："娘，吃些稀饭吧。"

谢春兰说："妈，我来。"她接过碗，舀了半勺，试了烫不烫才给奶奶喂上。

谢顺说："我给娘买个羊棒子吃？"

魏秀娥摇头说："见不得了。"

屈昶芸说："娘从去年起就见不得荤腥油腻，只能吃素。"

魏秀娥吃了小半碗，说："娘时日无多，要去与你爹相会去了，没有什么遗憾的。"

儿孙们听了潸然泪下。

谢国说："娘健康长寿，开开心心地再活十年没问题。"

谢顺说："娘，你是我们的主心骨，没有娘的日子怎么过？娘，你一定会好起来的。"

魏秀娥精神不错，说："娘这一生就是为你们活着，为儿孙们祈福。儿孙们好，娘就没白活一场。人活七十古来稀，娘七十二了，天命不可违。"

过了八月十五，谢顺喜冲冲地告诉娘："娘，儿子在南门外买了一块宅基地，我们很快就会有自己的院子了，娘喜欢花，我们就种好多花。"

这也是魏秀娥多年的心愿，孙娃子大了，有了自己的院子就有了自己的家，她欣慰地说："儿啊，这是真的？"

谢顺拿出盖着民国政府鲜红印章的地契说："娘，便宜得很。我们家的宅基地一出南门紧挨着城墙，比别人家的要大一个拐子，大二分多地呢。"

全家人都围上来，地契上明明白白标明宅基地的位置、面积、相关的权益。

谢春兰说："爹，就是挨着南门城墙弧形过渡带吧？"

谢顺说："离城近近的，干什么都方便。"

屈昶芸说："其实我们现在住公家的房子挺好的。花钱少，邻居好。"

谢顺说："头发长见识短，公家的房子你能住一辈子？儿女大了总得有个住处。"

魏秀娥说："还是有了好，心里踏实。动土的日子定了没有？"

谢顺说："定了，我让王道士看了。后天是黄道吉日，祭了土赶在上冻以前把城壕填上。明年天暖和了，把围墙打上，水方便得很，院子里就可以栽树、种花、种菜，娘说好不好？"

魏秀娥说："好，后天娘也去。"

破土的吉日良辰，全家沐浴更衣，忌口吃素。魏秀娥被两个孙女春晖、春兰打扮得端详庄重。

谢顺说："娘，我请了云游高僧按照娘的意思念《金刚经》，我先领上长安、长河准备去。过上一个时辰，大哥同娘一起来。"

魏秀娥说："你先去，我们随后就到。"

谢顺说："去的时候叫个车。"

魏秀娥说："娘今天心情好，精神也好，可以见见天日，看看尘世。"

谢顺今天一手拉着一个儿子，高高兴兴地走，这倒使得两个儿子局促不安。

过了一会儿，魏秀娥说："都收拾好了没有？"

屈昶芸说："都好了，就听娘的了。"

魏秀娥说："我们走吧。"

屈昶芸说："娘，我去叫个车。"

谢国说："这点点路，我背上娘走。"

魏秀娥说："算了，你也不年轻了。"

谢国说："娘把儿子从小背到大，呕心沥血，儿子不争气，让娘颠沛流离、提心吊胆，今天就让儿子尽点孝吧。"

魏秀娥说："我的儿啊，亏了你了，娘的心里明镜似的，背吧，我的儿。"

谢国蹲下，春晖、春兰把奶奶扶到大老的背上。谢国两只手把紧母亲说："娘，你搂紧了，儿子走了。"

魏秀娥的心啊，多么不平静，大儿子从小到大的遭遇都涌上心头。

谢国迈着平稳的步子，春晖在前看路，春兰在后保护，长路不离左右，屈昶芸拖着大肚子领着花花，一家人向南门走去。

这条魏秀娥送孙女上学的路，她记不清走了多少遍，眼前的一草一木都是那样的熟悉亲切。岁月如梭，似水流年，孙子长大了，自己也老了。怎么觉得像黄粱梦般，转眼就是百年！

谢顺看大哥背着娘，赶过来说："大哥，你都是五十出头的人了，不是让你叫个车吗！"

谢国说："我背上娘，就觉得跟小时候一样贴心。"

谢顺说："长安搬凳子过来让奶奶坐。"

魏秀娥说："我站得住，扶奶奶跪下。"

谢春兰说："奶奶，我给铺上手帕。"

魏秀娥说："孙女，万物由土而生，人因有土才生生不息，土是最圣洁的。"

春晖、春兰扶奶奶跪下，儿孙们也都跪下，三叩首。

魏秀娥说:"民女谢魏氏追随夫君一心向善,祈求神佛保佑我的儿孙平平安安。"

云游老僧敲响木鱼,虔诚吟诵《金刚经》。

魏秀娥回来以后平静如水,大伙都以为她累了,赶快让她躺下。魏秀娥上不来气,自己坐了起来,从此以后观音打坐再也没有躺下过,似睡非睡,似醒非醒,清醒的时候只能吃一点素净的流食。

谢国让魏仁诚开方子,魏秀娥摇头。

三个人碰头,谢国问:"二弟,我娘怎么样?"

魏仁诚说:"脉象弱,天命难违,顺其自然,准备后事。"

谢顺说:"把娘的寿材做好,能延年益寿。"

魏秀娥的寿材,大儿子谢国在山里的时候就和谢顺商量好了,买来了上好的柏木寸板。娘一见就烦了,不让做,放了这些年也没敢打。现在娘是这种情况,不敢再耽误了。他们把柏木寸板从柴房里抬出来,请木匠精心制作。

完工之日,魏秀娥突然开口说了两个字:"不要。"

儿子说:"不要,不要。"

239

宅基地上当年是三丈宽深、工程量浩大的城壕,开掘时的艰辛,已经沉淀在岁月的长河中。

谢顺下班领着长安、长河干到夜深,累得筋疲力尽。礼拜天全家齐上阵,谢国回来就来宅基地干。在小雪前基本完工。就等春暖花开把围墙打起来,就有了一块属于自己的宅基地!

有了宅基地,建房的材料就成了当务之急。没有能一次性把木料买回来的资金,谢顺还像当年爹在老家建房一样,零打碎敲地在赶巴扎的时候碰上合适的梁、柱子、椽子、门窗料,陆陆续续地买回来,积少成多。

谢顺抓紧一切时间把剩余的铁皮材料做成时兴的洋炉,见到便宜的好材料买进来,打些卖钱的器具,赶巴扎的时候让长安、长河去卖。

这天魏秀娥当着全家人的面突然开口说:"昶芸,首饰箱箱交给你了。"说完闭目不语。

屈昶芸怎么能动婆婆的救命钱！谢国发了工资也不下馆子了，在胡师傅家一醉方休。他又从驻站的农村里买到一些便宜的木材拉回来，商量房子怎么建。

在全家都去干活的日子里，没有人叫过典延宗，他大门不出二门不迈地学习。

现在家里有十多口人吃饭，冬天厨房炕桌上根本坐不下。魏秀娥观音打坐已经不下炕了，女眷们都到奶奶那儿吃饭。春兰给奶奶喂小米汤，奶奶慈祥地望着孙丫头。魏秀娥现在没有痰，整个晚上悄无声息地打坐，从来不影响别人。她的一生都无怨无悔地为别人活着。

厨房炕上是男人们。

屈昶芸把饭舀上说："长安，这碗是你爹的。长河，这碗端给你延宗哥。"

谢长河说："他不会自己端？"

屈昶芸说："随手的事，还斤斤计较。"

谢长河说："他成了我们家的大爷了，我不伺候。"

谢顺说："延宗坐在里面不方便。吃了上学去。你给我小心些，玩得昏天黑地的，快些。"

典延宗一言不发。

谢春晖来端饭说："你看你棉鞋又裂开嘴了，能不能省着点穿？"

谢长河说："你管呢！旧棉鞋。"

谢春晖说："这鞋底是我加密纳底的，去年过年穿上的，我们的都好好的。"

谢长河说："二姐也纳了，她咋不说？"

屈昶芸说："你还记得清楚得很，那就省着点。"

谢长河说："我要是像他们就好了，看看我的手。"

谢春晖说："长安就比你强些。"

谢长河说："他现在是套上笼头了，有老师管呢。"

谢顺说："谁说跟谁顶，你这头倔驴。明年你也该上学了，给爹争气。"

吃过饭，谢长河把棉衣一掩要走。

屈昶芸说："这么冷，妈把鞋给你缝上。"

谢长河说："我跟李阔商量好了，打柴去。"

屈昶芸说："这么好的娃命真苦。随他去吧。"

李阔幼年丧母，今年春天父亲突然死了。兄弟两个由二叔李立本收养。

谢顺说："跟人家学着点，与你同岁，洗衣做饭什么都能干，为人处世有礼性得很。"

谢长河说："我走了。"

谢顺说："跟奶奶打个招呼。"

谢春晖说："奶奶、爹、妈，我们上学去了。"

谢春兰拉着奶奶的手说："奶奶你快些好起来，我们王老师说，欢迎谢奶奶参加我俩的毕业典礼呢。"

谢长河说："奶奶，我跟李阔拾柴去了。"

谢顺说："路上小心些，靠边边走。"

魏秀娥深情地目送孙子们离去，她的心还伴着孙子在上学路上。

唯有谢长安志忐不安地不动弹。

谢顺拉着脸说："延宗都走了，你怎么还不走？"

谢长安低着头浑身哆嗦，说："我……"

谢顺严厉地说："你怎么了？"

魏秀娥不满地望着儿子，谢顺收敛了一些说："是不是老师又叫家长了？"

屈昶芸说："不怕，怎么回事？"

谢长安说："昨天下学长河说南门城壕灌了水，陷下去几个坑，我们填坑回来把作业本丢了。"

谢顺说："咋没把你丢了，昨天咋不说？"

屈昶芸说："算了，别吓孩子了，这么实诚的娃，别误了上课了。"

谢顺说："我还不知道你们在南门上打雪仗、滑冰玩疯了，还不跟上快走？"

到了学校老师根本没问作业的事，可见这个老大是太实诚了。既然家长来了，不能不把学生的问题告诉家长，要抓好学习，算术比较差，要遵守学校要求：衣冠要整齐。

谢顺被老师说得脸红耳赤，在老师面前自己也像个犯了错误的学生。中午回来没好气地让长安跪门外，说："人活一张脸，树活一张皮，我看你臊不臊。"谢顺接着的屈昶芸说："不比两个姐姐，你就看人家典延宗是怎么用功的。他下学就不见影儿了，怎么学得好？"

屈昶芸说："打柴、拾粪、填城壕，我们家娃娃多，东西这么贵，没有这两个可真不行。"

谢顺说："上学要穿得体面些。"

屈昶芸说："买了宅基地，拉下饥荒了，我们家的娃夏天一身单，冬天里面穿。冬天一套棉衣，来年翻过来穿。娃娃多就是难，我生了这个娃不生了。"

谢顺说："你敢，我娘说了，一树的果果要结全呢。"

魏秀娥望着二媳妇，眼睛里充满了期待。

屈昶芸说："娘说家贫出孝子，国乱显忠臣，我们的娃长大了不比别人差。快让小虎起来吃饭。"

谢顺说："小龙呢？"

屈昶芸说："拾柴回来看见你那个样子，不知道吓得藏到哪里去了！"

谢顺说："还不起来，叫你二弟回来吃饭。"

谢长安听了站起来就往西门跑，西城墙根逃难的挖了不少的洞，夏天可以避风雨，冬天可以御严寒。现在有的没有人，晚上小同伴聚集在这里玩，听谢长河说故事，这些故事都是奶奶讲的，他还会添枝加叶。变天了，北风呼啸雪花飘飘，谢长河无聊地坐在里面。

谢长安进来说："爹让你回家吃饭去。"

谢长河说："我这一招救了你了吧，不然你的脸往哪里放呢？"

谢长安说："这跟你有什么关系？"

谢长河说："我要在，你能起来？"

谢长安说："把你能的，你要在，就你这个讨吃样，一块儿跪。"

谢长河说："你这个学上的。你看爹，一说起二姐脸上笑得开了花。"

谢长安说："还能不让我上了？"

谢长河说："老师点了一炮，我也跟上你倒霉，下跪太丢人，男儿膝下有黄金。"

谢长安说："快走吧，晚了让你顶上砖跪。"

谢长河说："爹走了不就没事了。"

谢长安说："老二你不回去，爹说不定就找上来了，快走吧。"

果不其然，刚出城墙洞就看见爹已经拐过来了，这个老爹真是太神了，今后连个安全的地方都难找。

谢顺说："赶紧回去吃饭去，奶奶不愿意了。"

240

魏秀娥躺不了吃不下，只有靠观音打坐才能上来气。路大夫看了，喂不进去药。母亲这样受罪地坐着，让儿孙寝食不安。

龚家祥一家几乎天天都来看望谢奶奶，让谢工头请西医看看。

谢顺说："仁爱医院看了，不行啊，真把人急死了。"

龚家祥说："我给雷大夫说好了，过一阵就来。"

雷震西大夫是南方人，在这里行医多年，夫妻开着震西诊所，医德好，名气大。

谢顺说："那就太谢谢了。"

正说着，雷震西大夫背着药箱来了。

龚家祥、谢顺急忙迎上去。

龚家祥说："雷大夫，麻烦你了，谢老太太人好，得了个躺不下来的病，真受罪。"

谢顺说："雷大夫快请。"

雷大夫给魏秀娥仔细检查了说："年纪大了，心衰，吃不了药，打针看看？"

谢顺说："我娘吃不下东西，怎么办？"

雷大夫说："输液看看？"

送雷大夫出来，雷大夫说："你们要有思想准备，打针疗效有限，还是以调养为主。"

门口柳树上的姑姑等一声一声地叫，叫得那样的凄婉。

龚家祥说："这个姑姑等，这几天不停在你家门前树上叫。"

谢顺说："往年叫一叫飞走了，今年有些怪。"

雷大夫说："我回去配好了液，让我太太来输液，我走了。"

谢长安、谢长河一人背着一捆子柴回来。

雷大夫说："你的大儿子跟我的儿子一般大，放了假会帮家里干活，不错。"

放下柴看见姑姑等、野鸽子、麻雀在柳树上飞来飞去，谢长河说："哥，我在城墙上看见粮库里的人扣鸽子，扣得可多了。"

谢长安说："我们扣上了给奶奶熬汤喝。"

兄弟两个把葡萄架后面放着的大罩筐用拴了长绳子的棍子支起了。在柳树下撒少少的食，在筐里撒多多的食。把绳子拉到柴房里，长安拉着绳子，长河告诉家里人不许走动，躲在柴后观察。

屈昶芸说："院子里人来人往，不行的。"

谢长河悄声说："麻雀下来了，别出声。"

先是多嘴的麻雀叽叽喳喳飞下来，喜出望外地啄食。接着是两只野鸽子警惕地从中山堂的围墙上飞下来。再接着是老鸹肆无忌惮地从白杨树上飞下来争食吃。

谢长安瞪大眼睛，谢长河屏住呼吸。千钧一发之际，几个小孩跑过来看热闹，把鸟儿们都吓飞走了。

气得谢长河大叫："你们要干什么？"可毕竟不是自己家的院子，只能把娃娃们哄乖，一个个像小羊似的，然后撒食等待，大人走过来了，问："扣上了没有？"

小心翼翼的一上午，一切努力都白费了。

谢长河说："哥，这里没有个安稳的时候，我们到中山堂的院子里去扣好吧。"

谢长安说："娃娃玩来了照样不行。"

谢长河说："我把住门。"

中山堂空空如也，无人问津，门前的广场上成了几个朋友打杂杂的地方。

谢长安说："我们悄悄地把罩筐从墙上放下去。"

一切准备就绪，只等君入瓮。谢长安在树背后拉着机关麻绳躲着。谢长河在临街的栅栏大门口守着，不让小孩捣乱，盯着猎物的动向。两个小家伙过来了，要推开门进去，被谢长河拦住。

小家伙看见麻雀、野鸽子在罩筐边边上吃食，激动地喊："拉！"

谢长河说："再出声就给我滚开。"看着进去的麻雀、姑姑等、野鸽子心都要快跳出来，这个老大啊，怎么还不拉？罩筐"砰"地落下，外面的飞鸟惊慌失措地飞走了，罩筐里的猎物扑扑腾腾，尘土飞扬。

谢长河高喊着："乌拉！"他跑过去，新的问题又产生了，怎么把这些猎物抓获？

谢长安说："掀开罩筐肯定飞跑了。不掀开在外面干着急。你说怎么办？"

长河说："它总有累的时候，让它累趴下了，再抓也不迟。"

于是他们从筐上面的预留孔中，把罩筐里挣扎着想出去的猎物，用柳条赶得精疲力竭。两人兴冲冲地回到家说："妈，我们抓上姑姑等、野鸽子、麻雀了，给奶奶吃。"

奶奶突然睁开眼。春兰说："奶奶让放生去。"

屈昶芸说："快拿出去放生，你奶奶说姑姑等可怜，不能伤害它。"

241

过了年是魏秀娥的本命年，常言道七十三八十四，阎王不请自己去。

谢顺跟大哥商量说："咱娘要是过了七十三这个坎儿，就望八十四了，我想给娘在观音菩萨殿请尼姑祈祷念经，为娘消灾免祸。"

谢国说："我看好，早该如此。"

魏秀娥的道场定在了初十，全家人早早就准备好了。正月初十，魏秀娥的精神好，喝了一小碗红枣党参小米汤，春晖、春兰给奶奶洗了澡，依照奶奶的喜好穿戴。

午时风和日丽，一点过年的气氛都没有。民国政府日暮穷途，物价飞涨，百姓怨声载道。愁眉苦脸的行人祈求新的一年风调雨顺，天下太平。

谢国、谢顺换着背着魏秀娥，全家步行去观音菩萨殿虔诚祈祷……

从道场回来，路过大十字照相馆，给魏秀娥照了一张六寸的照片。

回到家，魏秀娥好像从遥远的天际回来了，慈祥的目光依依不舍地看着家人，最后停在魏仁诚的身上。她的嘴唇嚅动着，却听不见声音。

谢春兰看着奶奶说："魏二老，我奶奶说，让你在她爹娘坟前替她谢罪呢，女儿生不能尽孝，死不能送终，罪莫大焉。"

魏仁诚说："姑妈安心调养，早日康复是儿孙的心愿。"

魏秀娥又一次环视着儿孙们，脸上有欣慰的笑容，默默地合上眼睛。儿孙们都围着呼喊着。

魏仁诚说："累了，安心安歇吧。"

魏秀娥从观音菩萨殿回来，水米不进地观音打坐。到了第九天的午时，春兰惊呼："爹，你看奶奶！"

魏秀娥面容庄重，两股白色透明的鼻涕往腿间延伸。

屈昶芸、谢春晖用毛巾擦去了，又流了下来。

魏仁诚给魏秀娥把脉后说："我姑妈走了……"

灵堂就设在外屋，入棺高抬的时候两滴晶莹剔透的泪水挂在魏秀娥的眼角。

谢长路说："爹啊，我奶奶哭了！"

谢顺叫起来："不要动，我娘还活着。"他不相信娘就这样走了。

全家都围着，儿子说："娘，你不能走呀！"

孙子说："奶奶，你睁开眼睛。"

孙女说："奶奶，我想你。"

魏仁诚双手握着魏秀娥放在胸前双手合十的手腕，说："姑妈，你安心平步青云，保佑儿孙吉祥如意，岁岁平安吧。"

242

谢顺本来打算围墙正房一起建的，为了母亲的葬礼该花的花了，今年也只能先把围墙打起来。自己苦一点累一点，争取两三年把房建起来。

六月谢顺从站点巡查回来，遛马来到金玉的庄园里，麦子快要抽穗了，菜蔬茁壮，瓜果飘香，鸡鸭成群，小日子过得十分自在。

金玉一瘸一拐地拄着拐子说："老二，有些日子没见了，忙啥呢？"

谢顺说："我怎么能跟你比，听说要打仗了，上面管得紧，出了事可不是坐上一半年笆篱子的事，心惊胆战，真不如你小日子过得这么消停的。"

金玉说："听说国军被共军打败了？"

谢顺说："可不敢信口开河！"

金玉说："也只能给你说说，是不是真的要变天了？"

谢顺说："老龚说共产党是穷人的队伍，怎么对穷人心里明白就行了。这可对你爹妈都不能说。"

金玉说："我知道。"

谢顺说："你的脚怎么了？"

金玉说："抓鸽子崴断了，要不是老家来的亲戚汪老汉，也不知受多大的罪呢。"

一听是老家来的，谢顺思乡之情油然而生，便说："哪天见一见，听一听家乡的事。"

金玉说："逃难过来的，打听哪里有泥瓦匠的活呢。"

谢顺说："还会泥瓦匠的活？"

金玉说："受苦的没点本事不好活啊。"

谢顺说："我的新院子要打墙，能干不能干？"

金玉说："打墙是个人就能干。"

谢顺说："看起来我这个老乡是个能人。"

金玉说："治跌打损伤是祖传的。老二我这个脚要不是他，疼也疼死了，有了他的药，像神仙一把抓竟不疼了。"

这时满脸皱纹的汪老汉走进来对金玉说："老乡，你觉得怎么样？我换药来了。"

金玉说："老哥，好得很啊，拐子都可以不用了。"

汪老汉说："伤筋动骨一百天，这还不到两个月，千万要小心呢。"

金玉说："汪老哥，谢工头是你地地道道的老乡。"

谢顺拉着汪老汉的手说："汪老哥是哪儿的？"

汪老汉说："金塔大王庄的，谢工头的老家是哪儿？"

谢顺说："我是在王子庄长大的。"

汪老汉说："那就亲得很啊，谢工头。"

谢顺说："怎么背井离乡过来了？"

汪老汉说："一言难尽，苛捐杂税，抓兵拉夫，要是能活下去，就不往这里跑了。"

谢顺说："安顿好了吧？"

汪老汉说："青黄不接的断顿了，想借上两斗麦子加上野菜度春荒呢，又不认识人。"

金玉说："我说我的老哥，现在打个醋都得用鸡蛋换，我这个种菜的不中了，你看我们，也等米下锅。"

汪老汉说："这咋弄呢，我新来的，两眼一抹黑，我的泉儿可怜，连野菜糊糊都没得吃了。"

谢顺说："先到我家拿上两斗麦子救个急。"

汪老汉不敢相信地说："谢工头，你……你是不是开玩笑呢？"

谢顺说："你是我的老哥，我怎么敢初次见面就拿这种事开玩笑呢？"

金玉说："谢工头有些活儿正找人呢，我也正想把这个活介绍给你干。"

汪老汉说："什么活儿？"

金玉说："谢工头买了一块宅基地要打院墙，这个活儿你能行不能行？"

汪老汉说："别的不敢说，泥水匠的活儿手拿把掐。谢工头这个活儿交给我，你放心就是了。"

谢顺说："先把麦子拿回去救个急，别的事都好说。"

汪老汉给金玉换了药，金玉爹割了一捆韭菜给谢顺说："嫩得很。"

谢顺把汪老汉带回家，给装了一麻袋麦子说："你怎么弄回去？"

汪老汉说："你别看我长得老，其实我也就四十出头，有了吃的，背上百十斤麦子还能成。"

谢顺把麦子搭到马上说："我要到新庄子去看看，正好路过，你不是说断顿了吗，磨面得明天了。"

汪老汉说："一顿两顿的好说。"

谢顺把笼里的馍都拿上，说："走吧。你儿子多大了？"

汪老汉说："十五了，从小苦出来的，顶个劳力呢。"

谢顺说："上学了没有？"

汪老汉说："像我们这样的上不起啊。"

谢顺说："我爹是教师，为了我上学伤透了脑筋。老哥，我不争气害了自己，还是让娃上学识字好。"

汪老汉说："能活着就不错了，让我儿汪泉上学，连想都不敢想。"

谢顺说："为了儿孙过得比我们好，苦一点累一点，咬咬牙就过去了，你说是不是？"

汪老汉说："我现在是一无所有，走一步看一步，凑合活吧。"

谢顺说："有啥事你只管说，我要能帮上的，尽力而为。"

汪老汉说："这就帮大忙了，还不知道该怎么谢你呢。谢工头，你把泥瓦工的活儿交给我，保证让你满意。"

谢顺说："我听金玉说了，医生、泥瓦匠不简单啊！"

汪老汉说："正骨是祖传的，我爷爷是正骨的名医，唉，到了我爹手里就不行了。泥瓦匠的活儿那也是找个活路，不想竟混成这等光景。"

谢顺说："三十年河东三十年河西。我的那点活儿就交给你了，你开个价。"

汪老汉说："你看着给，能度过春荒就是我的福分。"

谢顺说："随行就市，我让懂的人做个预算，你看了要行，我们就签个合同。"

汪老汉说："都听你的，打墙用的椽子得用你的。我父子俩开伙，耽误时间，能吃饱就好，你看？"

谢顺说："吃饭我让我儿子送，住我给你在附近租间房子。家里粮食不够，我再给你两斗麦子。"

汪老汉说："这就好得很了，钱一个子儿都不能要了。"

谢顺说："亲兄弟明算账，一码是一码。"

汪老汉说："什么时候开始干？"

谢顺说："看你的安排。"

汪老汉说："要行的话，我明天就过来做准备，不要误了你修房子。"

谢顺说："先把墙打起来，建房子得准备好了再说。"

谢顺又问了些老家的事，真是越说越近。

243

谢顺领着长河从西河坝回来，见汪老汉在大门口领着稚气未脱黑瘦的儿子背着行李、带着打墙的工具，便说："五更就上路了吧？"

汪老汉说："早干早好。"

谢顺说："这是你的儿子吧？"

汪老汉说："是的。泉儿叫谢二老。"

谢顺说："这娃这么瘦？"

汪老汉说："庄户人家的娃娃，从小苦出来的。"

谢顺对长河说："看人家的娃经着使了，你爹我这么大就当长工了。给你汪大老烧茶送饭是你的活儿。你爹我在的时候脱土块，你得跟上学着点。"

汪老汉说："谢工头，烧茶我随手的事。"

谢顺说："你还没吃吧，先吃饭。"

汪老汉说："我吃了就等干活了。"

谢顺说："走了这么长的路，吃了我带你去宅基地。我在附近给你们找个住的地方，安排好了再干。"

汪老汉说："天热了，能挡雨就行。"

到了南门宅基地，突然乌云蔽日下起雨了。谢顺说："这如何是好？"

谢长河说："先把东西放在城墙洞里躲一躲。"进了城墙洞，里面铺着麦草，畅快得很。

汪老汉说："谢工头不找房子了，这里冬暖夏凉近便得很。"

谢顺说："这不行吧？"

汪老汉说："我就住这儿方便，哪里也不去。"

谢顺说："我中午过来装个门。"

汪老汉说："不费那个劲儿。"

谢顺说："这你得听我的。我得上班去，有啥事让长河告诉我，我在小库房。"

汪老汉拿尖子朝料礓石地上挖了几下说："天呀！石头一样？"

谢长河说："水一泡湿就软了。"

汪老汉说："我们先把土阴上，哪里有水？"

谢长河说："你看见了吗？对面高处就是水渠，水急得很。"

汪老汉说："看见了，我先定了线，在用土的地方打上埂子，再放水。你玩去吧。"

谢长河说："我先捡些柴烧壶水。"对面的渠上都是大柳树，上面的干枝子多得是，一会儿工夫他就背了一捆柴回来，又到对面的胡家打了一桶水，两块城砖做灶，点着火烧茶。

汪老汉对低头干活的儿子说："你看人家一套一套的，你是个没嘴的葫芦。"

244

汪老汉起早贪黑，打的墙又瓷又好，一天一堵墙。

料礓石的墙干了，也像料礓石地那么坚硬，谢顺十分满意。他在家的时候也没有闲着，买了两个土块模子和泥脱土块。他想修房子的土块脱够了，取土这块地就可以改造成好地，用来种菜，一家人吃不了的。靠墙栽果树，孩子也有吃的。他心中的家就是一个确确实实属于自己的地方。他浑身充满了力量，每天能脱两百块左右土块。

谢长河送饭烧水，按时把阴土水坑里的存水舀到捂着的脱土块泥的凹里。料礓石土太吸水了，干了难和得很。

中午下学，长安快快吃了就来了。在爹来以前，谢长安用坎土镘争取把捂的泥过一遍。谢长河往干处洒水，光着脚踩泥，硌得龇牙咧嘴。

汪老汉也来帮着和泥。

谢顺来了说："他汪大老，你的活就够累的，我来吧。"他三下五除二就把泥和好了。两块模子，兄弟俩一人一块，滚了沙的泥团往模子里一放，用手按实。爹放下涮了沙的空模子，用铁锨把有泥的模子铲平。就这样一模子一模子，干净利落，横竖成行。

谢顺看看怀表，快到上学的时候了，说："长安不干了，爹上班，你上学去。长河别让泥干了。"

太阳城墙高的时候，谢长安背着书包来了，和长河一个挖、一个踩和明天的泥。

谢顺来了，接过坎土镘，一阵工夫把泥和好，把剩下的泥脱土块说："你俩的手都裂口了，爹带了蛤蜊油，干完了抹上些。"

准备收尾的汪老汉说："谢工头，你两个儿子顶事呢。"

谢顺说："我看你儿子也是个干活的好手，将来错不了。"

汪老汉说："穷人家的娃，不能吃苦咋行呢！我干不动了就指望儿子了。"

谢顺说："你祖传的医术也后继有人了。"

汪老汉说："爱学得很，能顶事了。"

谢顺到站上巡查去了，谢长安说："老二，是骡子是马拉出来遛遛，比谁脱得好。"

谢长河端不动模子，只能连拉带推，脱下的土块歪歪扭扭不成样子。

谢长安说："这叫脱土块？歪七扭八，四六不成行。"

谢长河说："你比我多吃几年饭，也强不到哪里。"

谢长安说："哪天我不比你脱得多？"

谢长河说："没劲了。"他躺在地上不想动了。

谢长安说："你不想住新房子了？"

谢长河说："对面胡家围墙上的羊奶角角子秧都遮住墙了，白花花开的，哥，你去摘些羊奶角角子回来，吃了再干好不好？"

谢长安说："你成了财主了。"

谢长河说："你不想吃算了。"

谢长安说："你躺着我吃去了。"

谢长河说："一个人吃独食不香，摘上来一起吃才香呢。今天你去，明天我来，好不好？"

谢长安自己走了，说："等我吃剩下才是你的。"

谢长河吃亏了，跳起来追打老大。

谢长安跑到墙下，两人嘻嘻哈哈地摘羊奶角角子吃。刚露白花的羊奶角角子很嫩，有点甜味，也就是拌个嘴巴。

汪老汉说："泉儿，你也缓一缓，吃个羊奶角角子？"

汪泉说："我不喜欢吃，干活吧。"

谢长安说："太阳快落了，摘些回去，吃了饭还要做作业呢。"

谢长河说："土块不脱了？"

谢长安说："你不是动不了了吗？要不我写作业，你脱土块。"

谢长河捡了个屎爬牛，说："你的作业我有办法，你把泥脱完，我让你一鸣惊人，跨马游街。"

谢长安说："谁不知道，很久很久以前，有个不学无术有钱的钱公子，同几个秀才上京赶考。太阳火辣辣的，前一天下过雨路上晒得卷起泥卷卷。钱公子问赵秀才这是什么卷？都知道他是个胸无点墨的草包，便日弄他。"

谢长河抢着说："日晒胶泥卷。走到一家客栈，一个小个子站在一个大个子肩上挂灯笼。钱公子问秀才这是哪一册上才有？"

谢长安说："矬子册上册。到了京城住店，大风把瓦片刮到地上打碎了，就有了风吹打瓦篇。"

谢长河说："进了考场打开卷子，什么也不会，看见脚下有个屎爬牛，抓起来放到墨盒子里，屎爬牛满身是墨，爬到卷子上，满卷子屎爬牛逃跑的墨迹。"

谢长安说："正好皇帝来视察，看着钱公子的卷子问，你这是？"

谢长河说："钱公子吓得半死，心想横竖是个死，胡说起来，吾皇万岁万岁万万岁！我这是出自日晒胶泥卷矬子册上册风吹打瓦篇。"

谢长安说："皇帝问这字？"

谢长河说："吾皇万岁万岁万万岁！吾皇无所不能，无所不在，无所不知，这是斯牛文。"

谢长安说："万岁万岁万万岁的皇帝，英明无比，钦点钱公子为状元。"

谢长河说："汪大叔吃饭去了。"

245

在汪老汉父子夜以继日的辛勤劳作下，谢家宅基地的围墙六月初打好了。修起了土坯门楼，以两个不大的石墩托以两扇白茬门，两扇门外侧谢顺打了两个门环用铁链子锁门，内侧有门闩，大门顶覆以苇子，上了草泥，手工之好，增色不少。清了账，说好了建房还请汪老汉。父子俩高高兴兴回去了。

平整土地尽快让院子变绿，谢国一力承担。他带上两个侄儿，先把马粪、大粪运过来，在准备建茅房的南城根沤上。把上房地基前面填城壕的地平整出来，中间垫起一米宽的小路直通上房。路的两边种黄菊花，东西各有两块地栽了辣子、茄子、洋柿子苗，种了黄瓜、豇豆、菠菜、芹菜，城郊园子不要的韭菜根整理好后栽了两行子。三天工夫院子里就变了样。他走的前一天晚上，对两个侄儿说："院子里种的菜管理好了，种菜也像看娃娃一样要精心呢，水肥最重要，水多了泡死了，水少了旱死了，现在天气热了，一个星期得浇上一水，处处都要人管呢。沤的粪等大老回来再上。"

　　谢顺对自己家的院子更关心，虽然栽树的季节已过，还是从园子上陆续搞来了两棵桃树苗、两棵梨树苗、三棵枣树苗、三棵苹果树苗在东墙边的空地上栽上。更神奇的是，在大门里两边的小水渠边，两棵破土而出的杏树长得那个快。两个儿子饭后就往南门院子里跑，在爹爹的指挥下两个儿子逐渐学会了田间管理。小哥儿俩每天带着老黄把城墙洞当作大本营，天不黑不回家。谢顺梦里都是桃李挂满枝头，瓜菜满园飘香。

　　靠城墙根的土块码子一天一天增加。谢长安、谢长河脱土块的水平也在提高，爹不在的时候每天也能脱百十块。

　　谢国回来先到南门院子，开门的钥匙放在门头上。出南门从城门到家的西墙那是一块很大的荒地，碧草萋萋。他就像呵护孩子一样呵护他的菜，虽然菜种迟了些，这倒成了优势，别人的茄子、辣子、黄瓜下去了，他的正是时候。家里的娃最高兴的还是发工资的时候，大老领上工资会给每个侄儿侄女一点钱，上学的多些。每次拿上钱，长河、长安都会斗嘴。

　　谢长河说："给你的钱比我多，为什么不叫爹？"

　　谢长安说："叫大老一样的。"

　　谢长河说："爹说了，有了两儿子，就把你过继给大老了。"

　　谢国听见了说："给你哥多点，是让他买些学习用品。"

　　谢长河说："大老，他要是买学习用品就好了，都买零食吃了。"

　　谢长安说："买什么能少了你的？多吃了人家的还告状。"

　　谢国说："等你上学了一样多。肥上太多了，菜是有生命的，什么东西过了都不行。多浇上几水，叶子展了就好了。"

　　谢长河说："大老，不是肥越多越好吗？"

　　谢国说："上得太多烧死了，赶紧放水去。"

　　兄弟俩浇好了水，谢国把脱土块的泥和了一遍说："该回去领工资了。"

　　谢长河说："我还以为大老忘了。"

　　谢国说："一个月就这点闹心的事，走了。"

　　长安、长河刚进门，屈昶芸便说："可把你俩等回来了，快去南门院子摘些茄子、辣子、黄瓜，多割些韭菜，拔些葱、芫荽，今天发工资，人多，菜要多些。"

　　谢长安说："我要做暑假作业。"

　　谢长河说："你会找借口得很，做作业也不在这一时半会儿。"

　　屈昶芸说："我长安知道做作业了再好不过。开学交不上作业，老师不给报名，你爹饶不了你。我的长河快去快回，妈等着呢。"

　　谢长河说："把人累的，我骑上大灰驴去。"

屈昶芸说："牙长的一截截路，骑上个驴干啥？"

谢长河说："拿那么多菜，老大不去我拿不了。"

谢长安说："妈，他没自己骑过。"

屈昶芸说："你可要小心些。"

谢长河得意扬扬地骑上驴，故意从长安身边过，说："金戈铁马气吞万里如虎。"

花花说："二哥哥，我也要去。"

谢长河说："二哥驮上你。"

谢长安说："老二没一个人骑过，每次都是闻我的屁。"

屈昶芸说："千万小心点。"

谢长河扬扬得意地抱着花花骑着毛驴，路过秋家铺子，一辆美国大道机从北面的十字路横冲直撞地过来，毛驴惊了，把花花摔在水沟里。

谢顺同春晖、春兰在局子财务科数钱数到快吃中午饭才回来。他的心情好，今天中学发榜，两个女儿双双被录取了，这就相当于中秀才吧。他兴致勃勃地回来，把钱码在外屋炕桌上，领钱的在葡萄架下门口等，叫到谁谁领钱。

246

谢春兰今年考中学名列前茅，免交学费，奖的钱够买校服、学习用品。

谢顺说："钱不在多少，爹脸上有光。"

谢春晖、谢春兰是中学生中引人注目的，从中山路去上学吸引了不少人的目光，总有人不怀好意地搭讪，姊妹俩宁可远些出北门，从河南巷子拐进穿心巷子，北上北沙窝去学校，这条路没有商铺，人少。

谢顺知道女儿走偏僻的巷子很担心，他在家的时候早晨把女儿送到过了北沙窝能看到学校的路上。这是学生去学校的必经之路。

谢顺交代长河下午下学去迎迎姐姐，这倒正合了谢长河的愿，他天天都按时去北沙窝听《三侠剑》。说书的是一位五短身材的河南人，光头黑脸，声音嘶哑却很有穿透力。听他说书让长河联想到剑客夏侯上元，他是剑客中最让长河佩服的。在这里说书不用租场子，天热时在梧桐树下，沙子会让人有凉爽感。天冷了在东墙旁的向阳处，阳光暖暖和和，沙子隐藏的热量会让人倍感温暖。当然长河没有钱给说书的，收钱的时候就溜之大吉。

说书的声音嘶哑地说："有钱的帮钱场，没钱的帮人场，我得有饭吃才能说。"

谢长安下学早，也打着迎姐姐的名义听个尾巴。

谢长河自然是要卖弄一番今天的精彩之处。

谢长安说："爹不让你听说书，听得入了迷，上学了不安心学习。"

谢长河说："你是不是上课还想着听书呢？"

谢长安捡起一片黄中带红的梧桐叶说："我们老师今天讲了它的故事，你知道它的学名吗？"

谢长河说："梧桐树谁不知道。"

谢长安说："我说的学名不知道吧，它叫胡杨树？"

长河说："你糊弄开我了，从小到大我听说的都叫梧桐。"

谢长安说："等一等大姐二姐来了，问了就知道。"

正好谢春晖、谢春兰同几个同学下学过来。

谢春晖说："我不是不让接了吗？下学按时回家复习功课做作业，别打着接我们的幌子听说书，让爹知道了，没你的好果子吃。"

谢长河说："来不来得听爹的。"

谢长安说："姐，梧桐树的学名叫啥？"

谢春晖说："胡杨，顽强的生命千年不死，死了千年不倒。"

谢长安说："没有知识的，怎么样？"

谢春兰说："回吧。"

谢长河说："姐先回，我俩后面就追上去了。"

谢春兰说："一块儿回，别让妈牵挂。"

谢长安说："姐先走，我俩这个样子不寒碜吗？"

谢春兰说："谁嫌弃了，回去二姐还给你俩洗手抹油，今年的手好多了。"

247

年三十天还没有亮，谢家儿女们给爹妈磕头拜年。爹、妈、大老给压岁钱，这是孩子们一年中最富有的一天。

谢顺让孩子们都去睡一会儿，自己也迷糊一会儿就要去拜年。

屈昶芸说："妈去包饺子。"

谢顺说："长路来跟爹躺一会儿。"

谢长路说："爹，我不瞌睡，香快完了，我续香。"

屈昶芸说："妈给你抓些花生、瓜子、葡萄干，我娃剥穷皮。"

谢长路说："爹妈辛苦了，儿子不孝顺，只求观音菩萨保佑万事如意。爹吃口长路敬的糖。"

谢顺说："我儿孝顺，甜死了。爹躺一会儿。"

谢长路说："妈也吃上些，妈一年四季为儿女们辛苦。长路祝妈心想事成。"

屈昶芸咬了一口说："香死了，我长路真懂事。"

谢长路说："爹妈，我梦见奶奶叫我去呢。"

谢顺说："梦是反的，我长路长大了光宗耀祖呢。"

屈昶芸说："奶奶在天上，不要胡思乱想了，姐姐等着呢，妈包饺子了。"

这时候天已经蒙蒙亮了，炕上的都睡得香。门"吱"地打开了，是院子里桑妈的小闺女小娇。

屈昶芸说："小娇，这么早就往外跑。"

小娇说："我叫上长路看放炮去呢。"

鞭炮声响成一片。

谢长路说："我不去。"

小娇捏了一下长路的脸说："我跟你玩。"

谢长路正在把妈给的吃的分开，看花生、瓜子、大豆、葡萄干各有多少，小娇伸手就抓上吃。

谢长路说："不要拿我的花生！"

小娇说："小气鬼。"

谢长路说："那是有数儿的。"

小娇说："零食还数数呢？"她不管三七二十一，把长路分开数好的花生、瓜子、大豆、葡萄干搂到自己的衣襟里就跑。

谢长路伸手去拉扑了个空，头朝下栽在炕下。

屈昶芸心惊肉跳地把栽倒的长路抱起来。昏迷不醒的谢长路口角流着涎水，浑身打战地哭起来。

谢春兰掐长路的人中没有反应，全家人都围上来呼唤长路，一点反应都没有。

谢顺把不省人事的长路接过来埋怨说："连个孩子都看不好，快上医院。"

全家人都跟上。

谢长路躺在仁爱医院的急救室，鼻子里插着氧气管，打着吊针。天要黑了，谢长路还是不省人事。

屈昶芸说："娃他爹，你带上娃们都回去。都在外面守着也没用，我在这里就行了。"

谢顺发火说："他妈的我真想……"

屈昶芸说："你想打就打吧，都是我做的孽。"

谢春兰说："爹，不能怪我妈，我妈都痛死了！"

谢国说："老二，你这就不对了，人有旦夕祸福。要是相信我，你们都回去歇一歇，有事我会叫你们的。"

谢顺心里升起一团无名之火，说："干你什么事？"

这下谢国的心被刺得好痛，狗肉贴不到羊身上。他转身就走，不愿意让人看到他的孤苦无奈。他来到南门院子的城墙洞里自语道："爹娘，儿子苦啊，我的妻儿你们在哪里？"

248

谢长路在仁爱医院的第五天，医院让出院。

回家的路上遇到谢贞的亲戚宁妮子，她男人是黎端长兴永的伙计，现在是友好号的股东，在老城东置下好大的院子。

宁妮子说："舅，舅母，这是咋的了？"

屈昶芸泪涟涟地说："我的三儿子初一摔得不省人事了，你这是？"

宁妮子说："我刚回来，正要给舅拜年去。"

谢贞的亲戚前些年进城多住在谢家，魏秀娥把他们当自家人待，亲得很。

谢顺说："这个年过得伤心死了。"

宁妮子说："二舅，我家院子对面的大院子里，来了个河南道士，能驱鬼看病，找的人不少，不妨让他看看。"

谢顺好像是遇到救星说："我们现在就去。"

这个大杂院住的外来人多，三教九流，院子里的雪没人清理，得小心绕着泥水走。道士有道士的排场，门口有幡迎风招展。屋子里供三清神像，香烟缭绕，劳道长是个白净面皮，留着山羊胡子的中年道士。他开口说："无量天尊，来者皆结善缘！"

谢顺说："劳道长，我的三儿子初一从炕上摔下来，人事不省，住医院看了说让回去养着。望道长救救我儿！"

劳道长问了长路的生辰八字，念念有词，掐算许久后说："乙未，鬼日。"

谢顺说："劳道长明示。"

劳道长说："魂被捏走了，凶。"

谢顺说："求劳道长救救我儿。"

劳道长说："本道长为你驱鬼招魂。"他让把长路放在八卦垫上，拜祖师烧香磕头，口中念念有词，又手持香火，喷洒圣水，从头到脚打得火星子乱飞，如此三番。劳道长舞剑捉鬼一番后说："无量天尊。恶鬼已被我装进太上老君的宝葫芦化为血水。"

谢顺说："道长，我儿何时能够苏醒？"

劳道长说："魂魄分离，得太上老君的九转还阳丹，方可还阳。"

谢顺跪拜恳求说："求道长赐九转还阳丹，我当重谢，永世不忘道长的救命之恩。"

劳道长说："本道长下山以来救人无数，无奈九转还阳丹已散尽。正准备闭关祭炉炼丹，无奈还缺两味药，无量天尊！"

谢顺说："只要能救我儿谢长路的命，只要能找到，我全力去办。"

劳道长说："九十七种药我已备好，只差散风祛邪的麝香，开窍明心的牛黄。越快越好。"

谢顺说："得多少为好。"

劳道长说："济世救人，天礼昭昭二二双喜。"

谢顺问："二？"

劳道长说："二两。"

回到家，谢顺说："媳妇，只能动娘那根金条了。"

屈昶芸心中对这个牛鼻子劳道长心怀疑虑，提醒说："娘交代不到山穷水尽，不能用！"

谢顺说："救我长路命要紧，赶紧拿上来，道长说了越快越好。"

屈昶芸悄声说："我咋觉得这个道士不靠实？"

谢顺说："快拿来。"

屈昶芸哪里再敢多说。她回去把婆婆交给她救急的金条拿来，连同包金条的红布一同交给男人，说："干净了。"

谢顺拿上金条按劳道长的要求买了麝香、牛黄，恭恭敬敬地献上说："劳道长，我三孩何时能九转还阳？"

劳道长说："无量天尊。贫道闭关三日请太上老君下凡，第四日阳气上升功德圆满，你儿九转还阳。"

谢顺全家度日如年，寝食不安，守候在谢长路的身边。谢长路气息奄奄，危在旦夕，只等着太上老君的九转还阳丹起死回生。

三日后谢顺沐浴更衣，万分虔诚地来见劳道长，苦苦等到午后，才见劳道长抹着油嘴从外面归来，见了谢顺说："闭关炼丹水米无交，我祖师济世救人，慈悲为怀，跟我来。"

谢顺跟着进来给了布施说："道长，我儿谢长路九转还阳，永记道长的无量功德。"

拜过三清，劳道长给谢顺一个有符咒的黄纸包说："这是九转还阳丹九丸，回去后拜上祖师用无根水一日三次、一次一丸服下，九转还阳。"

谢顺问："敢问劳道长何为无根水？"

劳道长说："用天上不落地的雪水、雨水便可。"

谢顺回到家祈祷之后，把谢长安、谢长河从西河坝取来的雪，供奉祭拜。

谢春兰用新碗盛化开的无根水，把九转还阳丹化开。

屈昶芸抱着人事不省的谢长路，谢春晖掰开谢长路的嘴，谢春兰一点一点地把九转还阳丹喂到谢长路的嘴里。

谢顺说："劳道长说这三日吃素，香火不断，供品新鲜。小虎、小龙早中晚一日三次的无根水你俩按时取来。"

谢长安说："爹，对面墙头上的雪行不行？"

谢顺说："落上灰尘了，恐怕不行。"

谢长河说："就到河坝的大柳树上收雪去，雪不落地。"

谢顺说："这就对了，还是我儿脑瓜子活。"

全家人眼巴巴地盼着喝了劳道长的太上老君九转还阳丹，长路能够醒。

第三天夜阑人静，无根水化的九转还阳丹喂不进谢长路的嘴里，就从牙缝里流出来。

三更天，可怜的谢长路气息皆无，身体渐渐凉下去，走了。

按照殡葬习俗，未成年人的葬礼要天亮以前快速完成。谢国敲开棺材铺的门，买来白皮棺材。听到哭声，龚家祥赶过来帮着给谢长路擦洗干净，穿戴好了说："老二不是我说你，走江湖的你也信？"

谢顺说："天命不可违。"

谢顺、谢国从金玉家借了辆车，踏着白茫茫的雪野，把谢长路埋在了奶奶的左边。

屈昶芸悲痛欲绝，怨恨满腹地昏过去了。

谢顺掐人中醒来后说："天命。你别太伤神了。"

屈昶芸说："我就是气不过，我的长路是被耽误了，要了那么多的麝香、牛黄，九转还阳丹怎么连一点麝香味也没有？"

谢顺这才把剩下的九转还阳丹拿出来闻，闻不出来麝香味，掰开了也没有。怒气冲冲地说："这个江湖骗子，我找他去。"

那劳道长早跑了。

249

尧乐博斯的大公子尧道明在中山路学摩托。听说这是美国货。这里的人们还是第一次见上这个洋玩意儿，自己走，屁股冒烟。路上的行人驻足观看，把窄窄的人行道挡得不便行走。

大地回春，早晨谢春晖、谢春兰身着校服去学校，姣好的面容、出众的身材吸引众多的目光。中山路上的许多铺子的掌柜的，都认识这是谢工头的两个闺女，真有清水出芙蓉的风韵，特别是春兰温文儒雅的气质引人注目。已经有人家托媒人来说媒，谢顺一概拒绝，说闺女还小，正是上学的年纪。

谢春晖、谢春兰不愿意在人们的目光中走，就低着头沿着马路边快步走过去。

尧道明骑着摩托车赶过来大声喊："美啊！窈窕淑女，君子好逑。"

谢春晖、谢春兰心慌意乱，不敢理睬。

尧道明的摩托车想绕到前面，失控冲了上来。谢春晖、谢春兰惊慌失措，脑子里一片空白！摩托车扫倒谢春晖，撞上了路边的百年老榆树。尧道明被甩到人行道上，满脸是血，爬不起来。

　　跟着的谢长河本来是兴致勃勃地看摩托车奔驰，结果看到的是摩托车扫倒大姐，二姐惊慌失措地抱着脸色惨白的大姐。

　　谢长河瞬间赶到身边，和谢春兰一起想让谢春晖起来，谢春晖一动就痛，不让动。

　　谢春兰说："长河快叫爹去，我们去仁爱医院。"

　　谢长河撒腿就跑。

　　谢春兰和同学把谢春晖抬进仁爱医院疗伤。

　　谢顺听了谢长河的叙述胆战心惊，说："你姐现在在哪里？"

　　谢长河说："二姐说去仁爱医院。"

　　谢顺说："我先去，小龙扶着你妈。"

　　屈昶芸交代花花看好小蓉，母子二人向医院走去。谢春晖被诊断为左胯骨粉碎性骨折，要开模子做固定，医院里没床位，先回去静养，模子好了以后再做固定。她被抬回来眼泪涟涟地说："爹、妈，我要是残了，我就不活了。"

　　谢顺说："丫头，没事的，一定会好的。"

　　屈昶芸说："闺女，过了这一劫就顺了。"

　　春晖声音嘶哑，流着泪说："我的学怎么办呢？"

　　春兰说："大姐你自己学习，我把笔记做详细些，不懂的我帮助你。"

　　止痛药止不了痛，打了固定的谢春晖痛苦万分，泪都快流干了，小脸儿可怜得让人心疼。素来爱干净的春兰帮她洗漱，给她端尿端屎，晚上也睡不好，一脸的憔悴。

　　谢顺看在眼里，急在心里，一筹莫展。正好汪老汉城里有病人顺便前来打听天气暖了建房子的事，看见谢顺愁眉苦脸便问："谢工头有啥不顺心的事？"

　　谢顺说："你要不来，我还把你祖传的接骨医术忘了。我的大闺女被尧专员大儿子的摩托车撞伤了，疼得没办法。"

　　汪老汉说："能行的话让我看看。"

　　谢顺说："我求之不得，若能让我大闺女少受点罪，不留下残疾，你就是我大闺女的福星，快请。"

　　汪老汉进了闺房说："真干净。"

　　春晖、春兰也许是受了苏联医疗队的影响，喜欢白色，爱素净。

　　谢顺说："不要拘束，她就是你的丫头，春晖，汪大老给你看伤来了。"

　　汪老汉说："闺女，我老汉是个农民，你不要嫌弃，我看一看行不行？"

　　谢春晖疼得死去活来，只要能治病，求之不得，说："救救我吧。"

屈昶芸说："她汪大老，你尽管看，要能少受点罪，磕头都行呢。"

汪老汉说："嫂子，你把伤处揭起来我看看。"

屈昶芸把白单子揭开，露出不敢挨炕的伤处。

汪老汉说："这个石膏壳壳能不能不要了？"

谢顺说："受罪得很，听你的。"

屈昶芸："疼得死去活来的，拜托了。"

汪老汉说："这么俊的闺女，落下个残疾可是一辈子的事，我尽心尽力，敷上我的药，保准轻松了。"

谢顺说："你是医生，你取吧。"

汪老汉把固定模板取去，用锉刀似的手按压一番，说："我看问题不大。有酒和醋吗？"

谢顺说："长河把酒醋拿上来。"

在外屋的长河听见了，一趟子跑到厨房把酒醋拿上来。

汪老汉对春晖说："闺女你忍着些，过了就好了。"他把酒倒在碗里点着，用手蘸着酒，在伤处反复按摩直到皮肤发红。用醋和好药粉，摊到按伤处剪好的白布上，贴到伤处。伤处不疼了，丝丝凉气沁人心脾。又拿出丸药，让春晖服下。

谢春晖这些天她被伤痛折磨得精疲力竭，竟然迷迷糊糊地睡了。

谢顺说："这是咋了？"

汪老汉说："丫头太累了，让她好好睡上一觉吧。"

来到外屋，谢顺请汪老汉上坐。

汪老汉在炕沿上坐下，说："过上五六天我来换药，跌打损伤丸一次一丸，一日二次。谢工头，真是万幸，再往上一点点，就伤到腰梁杆杆子上了，那我就没办法了。"

谢顺说："汪大哥，能落下残疾吗？"

汪老汉说："天阴、下雨、下雪有感觉呢。"

屈昶芸问："走路不咋的吧。"

汪老汉说："没事。"

谢顺这下放心了。

屈昶芸端上茶、油果子，说："汪大哥，你吃上些，我去做饭。"

汪老汉说："我是来问问修房子的事。"

谢顺说："汪哥你吃，今年本想把上房修起来。连着出事，唉，我的三儿子长路出事了，把修房子的钱花得差不多了，人还没保住。"

汪老汉说："只要料全，工钱的事不当紧，我这里你放心。"

谢顺说："东西都准备好了，工钱一时凑不齐，拖上些日子，行不行？"

汪老汉说："谢工头，我信得过你。"

谢顺说："这就说好了，春耕春种忙完了，我们就开工，今年只能先把上房建起。"

汪老汉说："那我就听你的信，我回了。"

谢顺说："我家里的正在做饭，吃了饭再走吧。"

汪老汉说："油果子吃好了，家里还等米下锅呢。"

谢顺让把过年炸的油果子装了半面袋子，又拿了两条子猪肉、一只羊腿包好了放在面袋子上绑好，说："一袋子面下午我送过去，不成敬意，我闺女的伤好了另有重谢。"

汪老汉说："这咋成呢！东西这么贵的，我拿走了，你娃吃啥呢？"

谢顺说："猪是我老婆子残汤剩水喂的，羊肉是让我山里的二哥前一年买的淘汰羊，让哈森带着放的。"

汪老汉这才提着东西要走。

谢顺说："这一块钱拿上先用。"

汪老汉看是一块袁大头，推辞说："谢工头，这万万使不得。这么多值钱的吃的拿上了，让我心里不安的。"

谢顺说："看病哪有不花钱的，只要能治好我大闺女的伤，先救个急，多多费心。"

汪老汉拗不过，拿上钱骑着毛驴走了。

250

谢春晖一觉睡到第二天大天亮，她现在的感觉真是从地狱来到人间。

一直惴惴不安地守候着的屈昶芸，叫她吃饭也不吃，继续睡。真的不明白汪老汉用了什么方法，让这个娇滴滴、哭天抹泪的大丫头，安安静静、舒服得睡不醒。

屈昶芸又叫了一遍说："菩萨保，头睡扁了，起来洗一洗，吃了再睡。"

春晖睁开眼睛说："哎哟，太阳上了窗户了。"

屈昶芸伺候春晖洗脸刷牙梳头，说："菩萨保，感觉咋样？"

春晖说："妈啊，我感觉能活下去了，那些天我真不想活了，浑身难挨的啊，伤处火烧似的，疼得钻心。"

屈昶芸说："现在呢？"

春晖说："伤处凉凉的，像有一种箍紧的力量把伤口合住了。妈，扶我起来坐一坐。"

屈昶芸把春晖扶起来，靠着窗台的被子坐起来，要是之前，这还不把天哭破了，她说："真是菩萨保佑！我闺女少受罪，我们的心也就安稳了。"

春晖说："我爹给我请了多少天假？"

屈昶芸说："伤筋动骨一百天，仁爱医院的病假证明就开了三个月，说到时候再看。我听你爹说，学校说一半个月还可以，要请假三个月就不能参加期末考试了。让办了休学，得留一级。"

春晖又哭了："我不留级，能走了我要上学去呢。"

屈昶芸说："你汪大老说了，一个月内最好不要下炕，两个月内不能干活，别摔着、碰撞着，三个月以后就稳定了。丫头，这是一辈子的事，要是落下个残疾，那就坏了。"

春晖流着泪说："我咋这么倒霉。明年我毕业了参加工作，还可以为爹妈分忧解难。"

屈昶芸说："这是没办法的事，你就安心养伤吧。我听你爹的意思，局长有意给你提亲呢，你爹还没有点头。"

春晖说："万万不能，我还要上学、工作呢。"

屈昶芸说："男大当婚，女大当嫁。你妈我在这个年龄就嫁给你爹了。"

春晖说："我才不嫁人呢，我自学参加期末考试。"

谢顺看大丫头的情绪不错，安慰说："你能写能算，比你爹强得多，成个家爹妈也放心了。"

春晖说："爹，我可不嫁人。"

谢顺说："龚师傅让我保密，说当年的红军，现在的解放军要解放穷苦人来了，工农大众当家作主。"

春晖说："我在学校也听说了。"

谢顺说："龚师傅说诬蔑共产党的谣言不能信。"

春晖说："爹，给我到学校章青松老师那里联系去，让学校同意我参加期末考试行吗？"

谢顺说："等春兰回来，让她打听一下怎么办好。"

春兰回来后说："我姐一下不一样了！"

春晖说："遇上好医生了，这些天的罪算是熬出头了。"

春兰说："我说姐就是虚，把天哭破也减轻不了你的痛苦，还是坚强面对。"

春晖说："说得好听。言归正传，从明天起，我要好好在家自学，你问一问能不能让我参加期末考试。"

春兰说："你写个报告，我去办。"

谢顺说："你领上爹去是不是好一点。"

春兰说："好。"

第二天，谢春兰把谢顺带到章青松的办公室说："章老师，这是我爹，来问我姐谢春晖能不能自学参加期末考试，请章老师指教。"

章青松热情地站起来，有礼貌地说："你坐。"

在谢顺的眼里这位戴着帽子的年轻老师热情干练。他把《关于谢春晖申请参加期末考试的报告》递给章青松，说："请章老师多多关照。"

章青松看了报告后说："你两个闺女的字写得不错，谢春晖的字有锋芒，谢春兰的字娟秀。至于参加期末考试，我看问题不大。我请示学校教务处后，让谢春兰通知你。"

谢顺感激地说："章老师，太谢谢你了。"

章青松说："你的两个闺女学习不错，特别是谢春兰，是各方面都突出的学生，希望你让她能够继续深造，前途可期。"

谢顺说："都是学校管得好，老师教得好，谢谢学校，谢谢老师。"

章青松说："老师引进门，学习靠个人。勤奋好学，追求进步，家庭教育很重要。"

谢顺说："我经常在外，多亏了老师教育得好，我两个闺女都说章老师是认真负责的好老师。谢谢。"

251

汪老汉每过五天便准时来给谢春晖换一次药，过了一个月，谢春晖就能拄着拐子在屈昶芸的看护下去茅房了，生活能够自理，自学孜孜不倦。

时局混乱，民不聊生，买东西除了银元，得实物交换。金圆券一文不值，小孩叠三角打着玩。不管时局怎样糟糕，谢顺的建房计划照常进行。

根据材料、资金，谢顺与谢国商量决定，先建坐北朝南的上房。上房的西面建一间厨房，结构与现在的厨房相同。谢国回来还得住厨房。根据条件，慢慢把四合院建起来，让儿子们成家立业先有个家。

五月，汪老汉父子连同他找的一个零工，在选定的黄道吉日祭土的前一天，住进谢顺在路对面租的一间房子准备开工。

谢顺带领全家人来到开工现场，祈求平安，王道士摇动法铃开始祭土仪式。献上供品上香化表，拜天拜地拜祖宗，鸣放鞭炮。

谢国、谢顺忙里偷闲来帮工，屈昶芸一日三餐尽心尽力，不敢有丝毫懈怠。谢长河烧茶送饭，谢长安下学背上书包就来干活。

汪老汉更是分秒必争。汪老汉说："谢工头，你家的地基光堂牢实得很，土块结实得很，这房子百年没麻大。"

谢顺说："这里有许多百年老屋还好好的。"

汪老汉说："谢工头，我看你的两个儿子顶事呢，能吃苦受累。"

谢顺说："我爹说儿要粗养，让他们知道辛苦，长大了能自食其力。闺女要精养，从小教以妇德、妇言、妇容、妇功。吃得苦中苦，方为人上人，你说是不是？"

汪老汉说："对得很。"

谢顺说："我是吃了没上过学的苦了，再苦再累，也要让我的儿女上学，长大了不受没文化的苦。"

汪老汉说："你有那个条件，我们能吃饱就不错了。"

谢顺说："我得好好谢谢你，我的大闺女要不是你接骨，不知要受多大的罪呢！"

汪老汉说："我爹就传给我这点本事，能尽上力就好。现在正是长骨头的时候，不要累着、伤着，落下个毛病，我心里过意不去的。"

谢顺说："我大丫头虚得很，胆小心细，都按你交代的做，不让她下炕，谁也拉不下来。"

五月底，举行隆重的上梁仪式，谢顺请的还是王道士。这是人们叫顺了口，其实他已娶妻生子，有一个比长河小一岁的儿子王道明，是长河的跟班。他在县府石家院西边开了一个专卖瓜子、大豆、葡萄干的商店。他的打瓜子、五香瓜子、油大豆特别有名。院子里有一口大缸，专门泡五香瓜子的。吃了他的五香瓜子满口生香，难以忘怀。油大豆连皮皮都是脆的，咸中带甜，油而不腻，买卖还是不错的。特别是王爷庙唱戏——他家的铺子就在王爷庙对面，开戏前的一刻，特别畅销。说他是道士，他至今装扮都没有改变，青衣道帽，长脸眯眼，把头发绾起来别根竹簪子，牛鼻子青布鞋、白布袜子。好人缘与世无争，开口无量天尊。

上梁的时辰已到，王道士带领徒弟置幡符，击锣鼓念经，绕院三周，进入道场，诵经放炮，焚香化表，献盘中置铜钱、红枣、红豆。

屋子的中央放清水一担，木匠在中梁面上钻一小孔，将铜钱、党参、桂圆放入孔中，刻木封口，恢复原状。

梁上的符咒是王道士用黑红二笔书写的"民国三十八年农历四月二十六癸时吉祥如意"，平安吉符用有阴阳八卦的红布包起来捆牢在梁上。

谢顺、汪老汉抬梁。汪老汉唱："左手推开金鸡叫，右手挽来凤凰升。"

王道士说："无量天尊！祖师保佑。"

汪老汉说："吉祥如意，事事平安。"

谢国提着滴血的大红公鸡，在鞭炮声中登梯。

龚家祥等在屋墙上拉紧钢绳，配合着"步步高升"的吉言，将梁平平稳稳地拉上屋顶，放在中间两扇中柱顶端的衔木口内。

王道士焚香化表，燃烛奠酒。谢长安点燃鞭炮。汪老汉将献盘中的红枣、红豆、铜钱撒开。谢顺向空中泼水。

大家齐声唱祝词："吉祥如意，万事大吉。"

谢国将盘中的红布赠给木匠。谢顺请宾客吃龚家祥做的四大碗。

252

天黑以后龚家祥来了。

屈昶芸说："龚师傅今天剩下没有动的熟肉，你拿上点让萌萌吃。我给你包好了。怎么不见巧巧、萌萌的面？"

龚家祥说："我来就是告诉你们，家里有急事，巧巧带着萌萌昨天晚上走了，没有来得及告诉大家，不好意思啊。我也准备走，来打个招呼，就不要惊动别人了。"

谢顺说："需要我的，你尽管开口，千万不要客气。"

龚家祥说："我一个大男人，说走就走说来就来。现在大家都好苦的，什么也不需要。"

谢顺知道老龚说一不二的脾气，便说："还回来吗？"

龚家祥说："回来，很快就会见面的。"

谢顺说："这就太好了，不用说我，我媳妇、闺女也惦记着你媳妇和萌萌呢。"

听说龚家祥要走，春晖、春兰从里屋出来。

谢春晖说："龚叔怎么说走就走了？我们可想龚婶、萌萌了。"

龚家祥说："迟了怕误事，正好有便车，没来得及打招呼，萌萌可牵挂你们了，学会那么多字、唐诗。"

谢春兰说："龚叔不是说很快就回来了？我们等着婶子、萌萌。"

龚家祥说："很快，要是回来我给春晖介绍个对象，保证你们满意。"

谢春晖羞得满脸通红，说："我伤好了还要上学呢。"

谢顺说："不急。等中学毕业了，要有条件去迪化上学了再说。"

龚家祥说："也好，不能强迫，你们将遇上好时候了，好好学习，前途光明，老谢，我屋子那边，你帮我照看着些行吧？"

谢顺说："你放心走，快快回，屋子我闺女给你收拾。东西我给你看得好好的，没有麻大。"

龚家祥说："回来还不知道在哪里干呢，你家娃娃多，能用的你放心用，没麻大。你们该睡觉了，我回去还得整理整理。谢谢了。"

谢顺说："要不要我去帮你收拾？"

龚家祥说："你们听我的，千万不要惊动别人，不要告诉别人我要走，我家那点东西顺手的事。我走了，后会有期。"

第二天早饭，集体食堂笼里蒸的豆沙包子和黄米稀饭还热着呢。吃饭的桌子上摆着下饭的小菜，凉拌苦苦菜、水萝卜的调料都放在凉拌菜的旁边，只要倒进去就能吃了，却不见龚家祥的面。

谢顺试话后过去跟龚家祥告别，门没有锁，龚家祥人不在家。家里收拾得清清爽爽，留下的被褥叠得整整齐齐的，散发着屈昶芸熬的胰子的清香。锅灶上的器皿都洗得干干净净的。他想老龚一定是去食堂了。到食堂也没有人。他没吭声，牵着马去东河坝遛马去了。

谢顺从东河坝回来，院子里气氛紧张，听说全副武装的警察逮捕共产党龚家祥扑了个空。

253

六月谢顺的上房完工了，平整光洁的墙面就足以证明泥水匠的手艺。屋顶上的梁柱子、檩子、椽子都是自己家精心挑选的，光溜结实，真是为百年着想。遗憾的是，窗没窗扇，门没门扇，囊中羞涩，无力买料，只能等来年再置办。

屈昶芸在大院里与邻居一起做针线热闹惯了，不想去过那种独门独户的孤寂日子，暂时搬不了家反倒遂了她的意。现在住公家的房子多好，远亲不如近邻，出门什么都方便。更让她高兴的是，祖祖辈辈点油灯的日子，要被明亮的电灯所替代。局里的发电机还有富余，给职工一家装了一个十五瓦的电灯。当夜幕降临的时候，大家急切地要体验电灯给生活带来的变化。

王妈说："我说老二家的，你男人是不是管这个的？这不用油的灯怎么还不来？"

屈昶芸说："好王妈呢，他就是拉电灯的，什么时候来得听局长的。"

刘奶说："有了电灯我包包子就好了。"她儿子刘靖津英年战死，白发人送黑发人。老两口是天津人，如今靠卖天津包子度日。她的包子叫"狗不理"包子。

王妈说："我说刘奶你这么好吃的包子，叫得不美气，狗都不理，人还能理呢，糟蹋东西。"

刘奶说："天津的狗不理包子天下有名，慈禧太后都说好。"

王妈说："我说这个话里有话，变着法儿数落人呢。"

刘爷说："卖包子的叫狗子，他的包子色香味俱全。生意忙得顾不上说话。吃包子的人都说狗子卖包子不理人，天长日久就叫狗不理包子了。"

王妈说："哎呀，电灯来了，晃眼呢。人啊，能得很啊！我说他谢二妈，你的谢老二说了这东西可不敢乱动，打死人呢！哎呀，赶紧享受去。"

屈昶芸有了电灯，干活做饭亮堂，晚上掉个针都能看见。任何时候只要用手一拉线线连着的开关灯就亮了。按规定每家正房装一盏电灯。因为谢国回来住厨房，所以经谢国打报告、局长批准，厨房也装了一盏灯，这样典延宗、谢长安晚上做作业复习功课就美得很了。

晚上，春兰和好早晨蒸馍馍的面，跟妈学做浆水，这是个洁净的技术活，处理不好就臭了。厨房里亮堂堂的，屈昶芸对春兰说："闺女，这个电灯是哪个能人干的？线线既能说话又能点灯。"

春兰说："妈，这是一个叫爱迪生的外国人发明的。"

屈昶芸说："这么亮，费钱得很吧？"

春兰说："妈，这是科技进步，发光的原理不同，能效不一样，单位亮度电灯比油灯节省费用。"

这天晚饭后谢顺高高兴兴地拿着一摞书回来，看葡萄架遮得暗暗的，就把电灯吊在门外。

王妈说："我的天啊，亮堂堂的，我说谢工头，这电灯是不是费钱得很？我老婆子没钱倒不敢点的。"

谢顺说："秦局长说职工福利不收钱。"

王妈说："哎呀呀，你咋不早说，害得我老婆子不敢点啊。我说谢工头，今年的葡萄又成了，结得密密麻麻的。"

刘奶说："我看去年秋天谢工头深埋了一只死猪。"

屈昶芸说："今年上架后，又上了好多熟大粪，肥足得很，四五天就得浇上一水。"

谢春晖在门外小凳上乘凉，谢顺说："丫头说《三侠剑》的走了，爹借了本《三侠五义》，晚上没事给爹念上一回怎么样？"

王妈说："好得很，我看那个听说《三侠剑》的人多得地下、墙头上都是，牵肠挂肚的啊。丫头，给咱念一念，让我老婆子高兴一下。"

桑妈说："晚上没个事干，夜长能听个书多好。"

屈昶芸说："大丫头开学还要补考呢？"

谢顺说："学了一天，晚上有电灯也该换换脑子。"

谢春晖说："这种打打闹闹的书没意思得很。"

谢顺说："求到你们这么难？"

刘奶说："闺女给你爹读吧，这是孝道。"她挺喜欢春晖、春兰的，自从春晖受伤，天天都过来看一看，有时候带上狗不理包子，一定要让尝一尝。

谢春兰说："爹让我姐复习功课，今天同学不来辅导。我在屋里读好不好？"

王妈说："你在屋里念，我老婆子得趴到窗户格格上听呢。葡萄架下凉凉的，在屋里一身臭汗，别把你熏坏了。"

谢春晖说："就你孝顺，爹才不会耽误他的宝贝闺女拿第一。我读还不行吗！"

谢顺家的葡萄架下，天不黑就有人来占位置，有二三十个人来听书。

刘爷说："老了早早躺下睡不着，翻来翻去浑身疼。天不亮起来蒸包子头昏眼花的。自从听了这个《三侠五义》，惦记着下回分解，睡得好了。"

王妈说："我老婆子听书听上瘾了，脑子里全是那个李娘娘，落下一点都不行的。"

桑妈小脚一扭一扭地过来说："咋不等等我？越急越忙，光想着听书了，踢倒油瓶子都不知道扶了。我说谢工头，让你的两个儿子也过来听说书，躲在葡萄架后面做贼一样的，怪可怜的。"

谢顺悄悄地过来，兄弟两个聚精会神没有发现，听到爹说："我让你俩干啥呢？"

逃已经来不及，要是当众罚跪那可丢死人了。谢长河说："让我浇南门院子的水，我跟我哥浇好了。"

谢顺说："长安，让你学习没精神，听闲书精神大得很。作业做完了没有？"

长安支支吾吾地说："我……我……"

谢顺严厉地说："我什么呢，到底做完了没有？"

长安说:"都是他让我去浇水,还有一点点。"

谢顺说:"以后做不完作业,不准听说书。向你典延宗哥学,人家下学就学习,门都不出。"

谢顺一走,谢春晖就停下来休息等爹。

谢春兰担心弟弟受罚,也跟过来说:"长安,跟二姐做作业去,不懂的二姐辅导你,长大了自己看。"

王妈说:"谢工头,你快来吧,大人都放不下,不要说娃娃了,你这两个儿子顶事得很,柴不用买,菜吃不完,城墙上跑趟子像平地一样啊!"

桑妈说:"谢工头,娃娃就是要管呢。你的老二,就为尿个尿,对我有意见,瞪眼珠子呢。"

刘爷说:"这么大了知道害臊了。以后好好学习,听你爹的话。"

邓宏斌醉翁之意不在酒,说是来听谢春晖读书,总是在后面偷偷窥视谢春晖。他过来说:"谢二老,男娃娃这么大有求知欲,听书能开阔视野。小弟弟下学复习功课,完成作业,才能安心听书嘛。我小时候家里穷,没这个条件,真羡慕你们家书香门第。"

谢顺被邓宏斌说得没了脾气。谢顺一直对他的印象不错,稳重能干,又是机务段的段长,载波室的顶梁柱,局长对他都另眼相看。谢顺客气地说:"邓段长也来听书,不如自己看!"

邓宏斌恭敬地说:"谢二老,天太热,还是这里好。"

254

每天上午十点左右,刘爷背着一只已经发亮的原木包子箱,里面护着厚厚的白色棉盖头,狗不理包子什么时候都是热的,这是第一趟出去卖包子。刘奶紧随其后,两个白发苍苍的老人不离不弃,相濡以沫。一个一个的包子褶褶好像模子里刻出来的。吃他的包子得先咬个小口儿,把那浓香的汤汁喝到嘴里,馅儿是一个肉丸丸。他在老城里走街串巷到午饭的时候就卖完回来了。晚饭前是第二趟,这次卖得更快些。隔上几天路过谢顺家的时候,总是把剩下的包子给屈昶芸放到案板上。

今天刘奶过来说:"不好意思开口,今天就剩下两个包子了,这一个是春晖的,补考顺利。这一个是春兰的,多拿第一。"

屈昶芸说："刘爷、刘奶，这咋行呢？"

刘爷说："天天吃你娃送的菜，吃个包子算什么！"

谢春兰说："这是二老的生计，还是刘爷刘奶留着。"

刘奶说："这是给你俩的。"

谢春晖说："我们不能白吃，刘爷刘奶少卖钱了，还是当晚饭吧。"

刘爷说："我们是卖包子的，还缺包子吃？你们吃得香我高兴。"

谢顺说："你刘爷刘奶给的，拿上吃吧。有了好吃的，别忘了你刘爷刘奶。"

谢春晖说："妈，你先咬上一口。"

屈昶芸说："这个丫头，让你吃你就吃。"

谢春兰说："这个是爹的。"

刘爷说："多好，回去了。"

谢顺知道春兰不喜欢吃油大的东西，说："爹饱饱的，给馋嘴猫吃吧。"他让长安先把汁吸掉，小心地咬了一点儿，满嘴流油。长河吃了半个肉丸儿，还没有咂出味儿，余下的就给花花了。

谢春晖的狗不理还没有吃，王妈风风火火过来，粗喉咙大嗓门地说："大丫头，今天早些儿读。"

屈昶芸说："大闺女今天上火，嗓子有点痛，喝了胖大海，不知道行不行呢！"

王妈说："我的丫头，要是识字就好了。这是刘爷的狗不理，我老婆子有嘴没福享用啊！"

屈昶芸说："那就给王妈吃吧。"

王妈拿过包子咬了一口，汤汁流了一手，用舌头舔干净，把包子吃了，说："香得很，香得很，吃不够的狗不理，再有几个才过瘾呢。"惹得大家都笑了。

天渐渐黑了，谢顺把灯拉到门外，大丫头嗓子不好，二丫头不愿抛头露面在众目睽睽之下读书，这么多的人迫不及待的。

谢春兰每天在蒸馍锅烧一锅开水放些茶叶，舀到茶壶里，放两个碗在厨房外的窗台上，听书的谁想喝水自己喝。

谢长安下学就做作业，要抢在听书前完成。谢长河要在听书前去南门院子，把该浇水的浇水，把妈第二天早上吃的菜摘回来。

谢顺说："丫头，到时候了，开始吧。"

谢春晖嗓子不舒服，声音小，远处的就说："声音大一点，听不见。"

谢春晖大一点声音，读了一会儿就要歇一歇。听书的都急不可耐，有人说："急死人啦！"

谢顺说："我丫头不舒服，早点散了吧。"

有人说："正在要紧三关，谁能行？"

站在后面的邓宏斌，说："我来读，读得不好，大家将就着听。"

看是邓段长出马，大家都感到意外。

谢顺说："邓段长读那就太好了。"

王妈说："哎呀，这么年轻就当段长了，了不得啊！"

桑妈说："一看就是个有本事的，人比人活不成。都给邓段长让开路。"

谢春晖早已发现了邓宏斌站在后面痴情窥视，无意间与他目光相遇，羞得无地自容。

邓宏斌说："我念大家能听得懂吗？"

王妈说："河南巷子的要饭的，捡破烂买菜的天天见的呢，听得懂的。"

桑妈说："邓段长，你别生气，话从她嘴里出来就变馊了。"

现在读的《精忠岳飞传》是李立本借给的，李立本也来听，他说："邓段长在黄埔军校读过书。"

谢春兰给邓宏斌搬过一把椅子，谢春晖把书递给邓宏斌就进了屋。

邓宏斌像被人发现了内心的秘密似的，有些心慌意乱找不到接着读的地方，越急越找不到。

谢顺说："春晖，你来给邓段长指一指读的地方。"

谢春晖红着脸出来拿过书翻到读的地方指着说："杨再兴误走小商河，从这里开始读。"

邓宏斌接过书，有板有眼地拽着河南腔，很快就进入状态，读得津津有味。

读完了两回，邓宏斌说："今天就读到这里，要知后事如何，且听下回分解。"他完全恢复了自信。

有人说："邓段长，时间还早，再来一回。"

邓宏斌说："规矩不能破，春晖还要学习呢。"

王妈说："都走吧，要知道后事如何了，书也就完了，回去好好睡觉去。"说完背着手走了。

从此以后只要没公务缠身，邓宏斌都会准时过来替谢春晖挡上一阵。

255

七月中旬，谢春晖参加了二年级的期末考试，顺利通过。谢春兰名登榜首。谢顺高兴得很。

邓宏斌跟谢顺家熟了，又是单身，河南人也喜欢面食，谢顺有时候就留他吃个拉条子、汤饭。他来了总不空手，晚上读书更是有板有眼。大家欢喜得很。

电灯明亮，照着葡萄架上快要熟了的葡萄。王妈说："谢工头，今年的葡萄稠得很，能不能剪点下来让大家尝个鲜。"

有人说："白吃当然说好。"

谢顺说："这么个东西算个啥！长安、长河把条桌子抬过来。"他站上去拣熟的剪下来。

谢长安打来井水洗干净，要吃的都自己拿。架上的葡萄开始发红了，长河、长安趁爹不在的时候从库房旁边的小羊房子爬上去，捡着吃早熟发红的葡萄。

又到了八月发工资的时候，金圆券废纸一张，线务员们群情激奋闹起着要罢工。秦局长领着太太走了，说是老娘病危。

李立本出面平息说："共产党的军队就要打过来了，现在谁能顾上谁？不是一人还有一块袁大头吗？这可是费了大劲了。怎么办？谁也说不上。怎么干？自己看着办！"

谢顺只是一个小小的工头，也只能好自为之了。

线务员走了，门前扔下不少崭新的金圆券。长安、长河捡了几十张。

谢国说："没用了，拿上玩去吧。"

谢长河说："叠三角方方，看谁能赢谁！"

谢顺说："还是我的长安会过日子。这个长河性格像我。"

屈昶芸说："你的儿子不像你像谁？"

新学期快开学的时候，谢顺提前去学校打听谢春晖复课的有关事宜，在学校里只见到了章青松。

章青松说："谢工头，时局混乱，什么时间开学听通知。"

谢顺说："章老师，我大闺女上学还要不要办手续？"

章青松说："开学让谢春晖到教导处办手续。"

谢顺说："街上都传共产党的军队要打来了？"

章青松说："不该问的不要问，不该说的不要说，一切都会过去的，好自为之，快回去吧。"

谢顺在西门外看见有钱人着急处理东西，解放军要来了，有些有钱人跑了。有一个一丈二的和田红地毯引起了他购买的欲望，价钱也便宜，谢顺高高兴兴地买回了家。

256

秋风萧瑟，谣言满天飞，人心惶惶，盗贼猖獗，许多商铺关门歇业，粮价飞涨。路人匆匆，关门闭户，以求自保。

专员公署大门口，尧公馆换了岗，清一色的哈萨克骑兵，气势汹汹地手持崭新的美制冲锋枪。尧乐博斯的车队经过时路上行人寥寥无几。

谢顺加紧准备安全避难的地方，菜窖加固了，家里人多，躲不下，权衡再三最安全的地方是库房。小库房套在大库房里，清一色的废电线杆搭建，房子倒了也比较安全。更安全的是铁丝盘子中间，上面准备上几根电线杆，打起来让娃躲进去，把电线杆往上面一挡打不进、砸不着，于是加紧完善起来。

谢国回来，家里快断粮了，街上买不到酒，酒瘾上来，心慌意乱就到胡师傅家去。

胡师傅说："吃的啥？"

谢国说："吃了碗瓜菜糊糊。"

胡师傅说："有吃的就不错了，好些人家断粮吃野菜。喝了没有？"

谢国说："胡师傅是明知故问，哪里能买上酒？"

胡师傅说："这我能忘了吗？别的没有，还能少了酒？"

谢国说："时局动荡，路上危险，街上的骑兵像鹞子似的荷枪实弹，不敢回来。"

胡师傅说："是不是世道要变了？"

谢国说："你不看能跑的全跑了。"

胡师傅说："管他呢！馋酒了吧，喝酒。"

谢国喝得迷迷糊糊地回来，碰上管党务的党胖子说："谢老大，这张表你得签个名。"

谢国说："干啥的表？"

党胖子说："好事，签了你就知道了。"

谢国醉眼蒙眬，连看也没看就签了名，哪知道就这样成了国民党员了。

九月下旬线路故障，谢顺到站上带人抢修去了。

邓宏斌从鄯善检修设备回来，拉了两袋子美国洋面，一面袋子葡萄干，让卸到屈昶芸的厨房地上。

屈昶芸说："这下子可救了急了，邓段长，多少钱？"

邓宏斌说："我在谢妈家没少吃，是点心意。我还要去向李副局长汇报工作。"

邓宏斌到李立本办公室，李立本说："这么快就回来了？"

邓宏斌说："排除故障，正常运行就赶快往回赶。"

李立本说："这一阵子乱得很，谢顺出去抢修去了。"

邓宏斌说："外面这么乱，能少出去还是少出去。"

李立本说："出了故障，上面限时修通拖不起啊，他不去能行？"

屈昶芸打开美国洋面，真是不同，细砂子粒大小，摸上去粗拉拉的。今天邓段长来吃饭就吃拉条子吧。屈昶芸做了一碗羊肉炸酱，谢春晖炒了一个鸡蛋洋柿子、一个茄子辣子、一个汆韭菜，谢春兰拉的拉条子又细又均匀。

邓宏斌过来说："我能干些啥？不能光看着。"

屈昶芸说："这不是男人干的，说话就好了，你到桌子上吃了干你的事情去。"

邓宏斌说："春晖，鄯善局赠给我一个日记本，你留下用吧。"

谢春晖说："给你的你就用，我不要。"

邓宏斌说："我有呢，这个日记本，我看就配你。"

257

谢顺抢修回来，就被李立本叫到办公室，李立本说："线路通了，出了什么问题？"

谢顺说："风太大，瓷瓶打坏了。"

李立本说："你解了我的围了，上面的电话不断，再修不好，可能要出大事。"

谢顺说："李副局长，两年没进勾弯子瓷瓶了，要不是收回的那些旧的就抓瞎了。"

李立本说："这是你的功劳，你帮我了。"

谢顺说："这是我分内的事，李副局长言过了。"

李立本关心地说："时局险恶，危险大，今后不是非要你出面解决的问题，你就不要出去卖命了，你娃娃多，命要紧。"

谢顺心里明白，便说："我听局长的。"

李立本说："谢工头你大喜。"

谢顺丈二和尚摸不着头脑，说："兵荒马乱的，哪里来的喜？"

李立本说："邓宏斌段长看上你的大闺女谢春晖了。我看跟你们家的关系挺融洽的，这真是千里姻缘一线牵，这样好的女婿打着灯笼也难找的。"

谢顺没想到，说："我的大闺女年龄还小，中学还没有念完，还没有想过这个事。"

李立本说："谢工头，给邓段长说媒的不少，他都没有答应，非你家的春晖不娶。他愿意供谢春晖读书，中学毕业再结婚。"

谢顺说："这不好吧，李局长，这个事容我们商量商量，我的大丫头虚得很，不能伤着了。"

李立本说："邓段长这样的人才委屈不了闺女的，况且我也是为你们家着想。"

谢顺说："我咋没听明白？"

李立本说："邓宏斌是难得的人才，前途无量。这么好的条件，你不为自己想，也要为儿女们想一想，有这样的女婿帮衬，心想事成，你还犹豫什么？"

谢顺被说得心动了，说："我对邓段长的人品没有什么说的，容我回去商量好了再说吧。"

李立本说："机不可失，可不要错过一桩美满姻缘。我听你的信。"

谢顺回到家，屈昶芸说："是不是又有事了？连饭也吃不上。兵荒马乱的，这一大家子就指望你了，你要有个三长两短，这一家子可就没指望了。"男人每次出去她都提心吊胆寝食难安。

谢顺说："李副局长也这样交代的，没事不出去，安全第一。线路顺通是我的事，我能置之不理？我会小心的，你放心吧。"

屈昶芸说："众人眼里出水呢，李局长心眼好，那就吃饭吧。"

谢顺说："老婆子，李局长给咱春晖提亲呢。"

屈昶芸吃了一惊，说："这是什么时候？你看我们对门的那些骑兵虎视眈眈的，兵荒马乱的，不是时候。"

谢顺说："我觉得他人不错，春晖也该到谈婚论嫁的年龄，错过了有些可惜。你知道是谁？"

屈昶芸说："是谁也不是时候，你闺女读书心切，等中学毕业了，安稳了再说吧。

是谁？"

谢顺说："天天见的邓宏斌，倒是难得的人才，局子里的都说谁要嫁给邓段长有福享呢。"

屈昶芸说："人倒是个好人，不知今年多大了？"

谢顺说："属牛的。"

屈昶芸算了说："比咱春晖大九岁呢！"

谢顺说："大一点好，天长地久，会疼媳妇。"

屈昶芸说："娶到手就不是那个话了。我看还是过了这个乱局再说。"

夫妻之间不对光，谢顺就会联想到昶芸当年的娃娃亲，如今人家是专员，而自己却是一个臭苦力，心里就不高兴，说："头发长见识短，婚姻是命中注定的，过了这个村没有这个店。"

屈昶芸知道家有千口，主事一人，儿女的婚姻大事，当爹的说了算。她叹了口气说："一晃闺女也要谈婚论嫁了，我围着锅台转了半辈子，闺女不能像我吧？"

谢顺说："跟上我，你后悔吧，想做太太没那个命。"

屈昶芸寒心地哭了。里屋的谢春晖听得一清二楚，隔着门帘哭哭啼啼地说："爹，我谁也不嫁。"

谢顺说："男大当婚，女大当嫁，哪有不嫁的道理？闺女，爹看邓宏斌人不错，你一定会过得比爹好。"

谢春晖说："我要上学，我要做事。"

谢顺说："李副局长说，人家答应等你中学毕业再结婚。"

谢春晖说："爹，你可怜可怜女儿吧，我不嫁人。"

258

谢顺不痛快，拉着马要到城郊去放，遇到党胖子。

党胖子说："谢工头回来了，有事要例行个手续。"

谢顺说："啥事？"

党胖子说："当然是好事。"

谢顺说："好事能轮上我？"他与党胖子鲜有来往，这个人阴得很，眼睛一转一个点子，在局子里素有党棍之称。

党胖子说："你把马拴好，跟我去办公室。"

谢顺说："有啥事你尽管吩咐，库房催结账呢。"

党胖子说："有张与你息息相关的表你签个字。"

谢顺说："什么表？我又不识字。"

党胖子说："你按个手印也行。"

这更让谢顺疑心，他说："你说究竟是干什么的？"

党胖子说："经组织研究决定吸收你为国民党党员，这是党国对你的信任。"

谢顺说："我就是个爬戈壁的线务员，没有人对我提过，我有自知之明，不够格。"

党胖子说："你加入了国民党就能包你全家平安无事。我这里要提醒你，你跟龚家祥眉来眼去的，别以为我们不知道，说你个共党嫌疑！"

邓宏斌过来说："谢工头，李副局长让人到处找你，快走。"

党胖子气急败坏地说："签上名再走。"

邓宏斌已经拉着谢顺走远了，说："不能签这个字。"

谢顺说："当年我在民团就让我入，我爹不让，谁提我都不依。这次谢谢你解围了。"

邓宏斌说："叔的事就是我的事，快解放了。要十分小心，慎言慎行，咱可不能上贼船。"

谢顺说："我信老龚是好人。"

邓宏斌说："这话也只能对你说，共产党解放了劳苦大众翻身做主人，我们老家打土豪分田地呢。"

谢顺对共产党的认识是从接触苏联医疗队、机场的服务开始的，世上还有这样好的军队。他说："我信你的。你的事李副局长对我说了，我说等安稳了再定好吗？"

邓宏斌说："叔，我对春晖是一心一意的，会一辈子对她好，只要她愿意的，我都支持。"

谢顺说："这我就更放心了。"

邓宏斌说："一旦打起来，得有个准备。"

谢顺说："我知道，眼下就抓紧准备。"

早晨试话，谢顺对谢国说："哥，风声紧，路上都没有行人了，骑兵也不巡逻了，我觉得会发生什么事，你一个人不安全，我提心吊胆的，你还是回来吧。"

谢国回来说："老二，我早把生死置之度外了，娃们都小，看这个架势不可不防。我看最安全的地方是库房了。"

兄弟俩不谋而合，谢顺说："哥，我俩抓紧把库房加固整理出来，一旦有事，愿意躲难的都可以进来。"

谢顺让昶芸准备干粮、烟灰，再给家里的女眷一人预备一套破衣服。

屈昶芸说："预备烟灰干什么？"

谢顺说："一旦兵痞进来胡作非为，越丑越好。"

259

就在谢国回来的第二天，九月二十八，解放军就要进城了。城里的气氛像凝固了似的。

傍晚居民们关门闭户惴惴不安地躲进屋里。邮电局家属院死气沉沉，没有了往日的欢声笑语。

谢顺受命组织几个人轮流值班，一旦有危险，值班人敲响挂在葡萄架上的生铁钟，院里的人就躲进自己修建的安全掩体。库房的门到时候就会打开，谢顺已经告诉家属，愿意去库房躲难的，可以去库房。

三更过后，谢顺在院子里巡逻，又到大门口观察外面的动静。突然枪声骤起，靠着被子和衣躺着的谢国像触电似的跑出来敲响铁钟。枪声就是命令，一时间惊慌失措的人们开始按照自己的打算躲避。

谢顺打开库房门。

谢国说："老二，好像是东边大营房那面的枪声。"

谢顺说："没错，是那边打的。大哥你在大门口观察动静，我把去库房的人安排好了。"

第一个到的是桑妈和小娇，桑妈说："谢工头，我要躲在小库房。"

谢顺说："你进去自己定。"

小娇说："妈妈，我要尿尿！"

桑妈说："你不是刚刚尿了吗？"

小娇撒腿就跑，蹲在南墙根不起来。

王妈领着丫头来娣说："这个胆小鬼没出门就尿了一裤子，你妈我啥没经历过啊？要不是你，我睡我的，他打他的，老娘才不怕呢。"

谢顺去接刘爷刘奶，刘爷说："天命难违，早晚的事，不躲了。"

谢顺说："躲一躲吧，我扶刘奶走。"

刘爷说："你去忙你的，我俩就去。"

谢顺说："大家别慌，听枪声还比较远，赶紧行动，没听到我们的通知千万不要随便出去。"

通知完其他人，他才回去招呼家人。照明停了，家里黑灯瞎火的，没有经历过战乱的闺女吓得找不见鞋，他埋怨屈昶芸说："不是让你留着灯吗？"

屈昶芸说："一开门，风把灯刮灭了。"

谢国提着马灯过来，把马灯递给谢顺说："越催越急，越忙越乱，不要慌，还有时间。"

屈昶芸领上花花，谢顺抱上蓉蓉，还不见春晖、春兰出来。谢顺说："磨蹭啥呢？别人都到位了。"

春兰说："大姐尿尿呢。"

谢顺说："早不尿，关键时刻掉链子。"

屈昶芸说："你大闺女吓出个毛病，越急越尿不出来。春晖不用怕，妈在呢。"

枪声越来越近，谢顺有些急了，说："还没完了，快走。"

屈昶芸进去把浑身哆嗦的春晖领出来，对春兰说："帮妈提上包袱，咱们走。"

谢顺把他们安排到拥挤的小库房里，看两个儿子还在磨蹭，发火说："怎么不动弹？"

谢长河说："爹，我要尿尿。"

谢顺说："懒驴上磨屎尿多，就地尿。"

"我尿不出来！"

"那就走。"

谢长安说："爹，我也想尿尿。"

谢顺一手拉上一个，不容分说地拉进库房，对着门的两个铁丝盘子没人，于是他把两个哆哆嗦嗦的儿子抱到里面说："外面不论发生什么事都不要出声，我不叫出来不许出来。"他出去把库房门关上。

忽然，有人在院子里喊起火了。

在铁丝盘子里的谢长河吓得尿急，说："大哥，我忍不住了，我要尿尿。"

谢长安说："我也是，爹不让出去。"

谢长河说："顾不得了。"他推开铁丝盘子上的电杆，提心吊胆地爬出来推门出去。

在院子里的谢顺看见了说："谁让你出来的？"说完就看见长河解开裤带尿尿。

专员公署的枪声响起来。谢顺抱起长河就往库房跑。进到库房又把长河放到铁丝盘子里，把电杆滚到上面说："尿尿就在里面尿。"

枪声紧起来。谢国说："老二，好像是刘裁缝家着火了。"

谢顺说："大哥，你也躲一躲去。"

谢国说："你去，我只身一人，早把生死置之度外。"

谢顺说："大哥啊，都是我不好，让大哥没有归属感。我们是兄弟，我的就是你的。儿女们如果不孝，我不会原谅的。"

枪声没有逼近专员公署，邮电局是安全的，枪声远去了……

260

拂晓，街上已经有哭天喊地的救火声。

谢顺打开库房门说："没事了，拿上东西回家吧。"

王妈第一个走出库房，这个饱经沧桑的女人，拍打着裤子上湿漉漉的一片泥说："我老婆子又过来一难，这个老没出息的桑老婆子，把我的裤子都弄湿了，你得赔呢。"

桑妈说："你会诬赖人得很，没见你刚刚抖得像个筛子一样，差点把我压死，我的裤子谁赔呢？"

刘奶说："别丢人现眼了，没事就好，别忘了拿上你的值钱货，回去收拾洗裤子去。"

谢国上街看，街上的火都扑灭了，刘裁缝的铺子烧塌了，老婆儿子哭天抹泪地收拾，刘裁缝不知去了哪里。他路过银行，门大开着，票据到处都是。

谢顺对家里人说："生火做饭，情况不明不要出门，我试话去。"

院子里的人们窃窃私语，都在互相打听消息。

谢国回来说："听人说银行的金库被抢光了，国军争抢袁大头，撒得满街都是，都说军队走了，最早出门救火的人发财了。"

谢长河听到了说："老大听见了没有？趁爹不在捡银元去。"

谢长安说："白日做梦，有你捡的？"

谢长河说："走，看你我福分如何？"

二人出门准备开溜，屈昶芸说："给我站住，干啥去？"

谢长河装出尿急的样子说："尿尿去。"

谢长安说："我也去。"

屈昶芸说："快去快回，就要吃饭了。"

兄弟两个只好到茅房去了一遭，见妈正忙着做饭，就打算从葡萄架后溜走。没想到妈一刻也没有放松对两个"猴儿财神"的监督，对快要到大门口的儿子说："你爹不让出去，给我回来。"

谢长河说："门口看看还不行？"

屈昶芸说："不许上街，叫你爹看见了没你的好。"

谢长河说："就在门口看看，不上街。"

屈昶芸说："就是你的鬼点子。长安听话，给妈看住。"

谢长河拉着谢长安出了门，对面的专员公署大门紧闭。路过刘裁缝被烧毁的铺子，刘裁缝的媳妇和小老鼠忙着抢救埋在泥里的东西。

谢长河说："小老鼠收拾这些废东西干啥呢？跟我捡银元去。"

小老鼠妈说："异想天开，能有你的？这些东西哪个不是钱买的。"刘裁缝的铺子从此关了，解放后不久，举家南归。

谢长河说："大哥，快去银行那里，晚了就没我们的事了。"

谢长安说："爹不让出去，还是回去吧。"

谢长河说："儿子娃娃，捡回来银元，谁不高兴？"

中山路上一片狼藉，有的商铺还在冒烟。谢长安、谢长在河边走边找，看街上走的人都像找银元似的。

谢长河说："老大，你东面我西面，沟里没有就是捡完了。"他们睁大眼睛边玩边找，到了银行门口一无所获。门前散落的是票据，一群人哭天抹泪的，而且人越来越多。

谢长安说："快回，不要白日做梦了，要是让你捡着银元，银元还值钱吗？"

谢长河伤感地说："好事咋就没有我们的份？今年夏天发大水，你拉上我去捡山芋，我说山芋是地里种的，你说像党参一样山里长的，要不怎么叫山芋？捡回来做冰糖葫芦那才美气呢。"

谢长安说："你把洪水中倒了的嫩柳树根当成山芋，折不断、拽不下，竹篮打水一场空，笑得我肚子都疼了。回吧，晚了让爹发现没有好果子吃。"

谢长安、谢长河贼心不死，一路想入非非，想出现奇迹。进了西门，老远看见爹背着手东张西望。

谢长安说："坏了，快躲起来，要叫爹碰见没好的。"

兄弟俩躲在县府凹进去的东墙边边，结果还是被谢顺发现了，他叉着腰说："还不赶快给我滚回来，回去跟你俩算账。"

中午，专员公署的大门大开，路过的人驻足相看，门前的人越来越多。

听说尧专员跑了，专员公署、尧公馆的大门口第一次没有了警卫……

（未完，待续）